中国古代文学作品选注

ZHONGGUO GUDAI WENXUE ZUOPIN XUANZHU

（第二版）

葛晓音　周先慎　选注

北京大学出版社
PEKING UNIVERSITY PRESS

图书在版编目(CIP)数据

中国古代文学作品选注/葛晓音,周先慎选注. —2 版. —北京:北京大学出版社,2013.1

(博雅大学堂·中国语言文学)

ISBN 978－7－301－21641－5

Ⅰ.①中… Ⅱ.①葛…②周… Ⅲ.①中国文学—古典文学研究—高等学校—教材 Ⅳ.①I206.2

中国版本图书馆 CIP 数据核字(2012)第 282241 号

书　　　名	中国古代文学作品选注(第二版) ZHONGGUO GUDAI WENXUE ZUOPIN XUANZHU(DI-ER BAN)
著作责任者	葛晓音　周先慎　选注
责 任 编 辑	徐丹丽
标 准 书 号	ISBN 978－7－301－21641－5
出 版 发 行	北京大学出版社
地　　　址	北京市海淀区成府路 205 号　100871
网　　　址	http://www.pup.cn　新浪微博:@北京大学出版社
电 子 邮 箱	编辑部 wsz@pup.cn　　总编室 zpup@pup.cn
电　　　话	邮购部 010－62752015　发行部 010－62750672 编辑部 010－62752022
印 刷 者	三河市北燕印装有限公司
经 销 者	新华书店
	965 毫米×1300 毫米　16 开本　25.75 印张　435 千字 2002 年 5 月第 1 版 2013 年 1 月第 2 版　2023 年 8 月第 16 次印刷
定　　　价	65.00 元

未经许可,不得以任何方式复制或抄袭本书之部分或全部内容。

版权所有,侵权必究

举报电话:010－62752024　电子邮箱:fd@pup.pku.edu.cn

图书如有印装质量问题,请与出版部联系,电话:010－62756370

前　言

　　这本《中国古代文学作品选注》，是为大学中文系本科选修课《中国古代文学作品选》所编选的教材。先秦至隋唐五代部分由葛晓音教授选编，宋元明清及近代部分由周先慎教授选编。这门课的目的，是通过学生对教材的阅读和思考，再加上主讲教师的讲授和指导，提高学生对中国古代文学作品的阅读和鉴赏水平。因此，它和与《中国古代文学史》相配合的《中国古代文学作品选》是有区别的。后者是整个《中国古代文学史》骨架中的血肉，必须要照顾到史的线索，不同层次的作家都要有相应数量的作品入选，力求反映出文学史发展的整体面貌。本书从着重提高学生的文学鉴赏水平出发，所选篇目主要是思想艺术俱佳的传世名篇，不求全，不求不同作家所选篇目数量的平衡，也不考虑文学史发展的线索。宋以后小说戏曲占有很重要的地位，但由于一般篇幅较长，入选篇目也不可能与其在文学史上的成就相称。长篇名作则更难列入。如有可能，将来在课堂讲授中加以弥补。所选作品，有作家简介、详细注释，并附简要的阅读欣赏提示。

目 录

先 秦

一、神话
　　精卫填海(1)　夸父逐日(1)　鲧禹治水(1)　女娲补天(2)

二、诗经
　　芣苢(2)　氓(3)　伯兮(4)　七月(4)　东山(6)　蒹葭(8)

三、先秦散文
　　齐晋鞌之战(节录)(8)　邵公谏弭谤(10)　冯谖客孟尝君(12)
　　子路曾皙冉有公西华侍坐章(14)　逍遥游(节录)(16)　舜发于畎
　　亩之中章(18)　劝学(节录)(19)

四、楚辞
　　离骚(节录)(22)　山鬼(26)　国殇(27)

两 汉

一、两汉辞赋
　贾　谊
　　鵩鸟赋(28)
　枚　乘
　　七发(节录)(30)

二、史记
　　项羽本纪(节录)(33)　李将军列传(节录)(35)

三、两汉乐府诗
  战城南(40) 上邪(40) 陌上桑(41) 平陵东(42) 东门行(43)
  孤儿行(43) 古诗为焦仲卿妻作(44)

四、汉代古诗
辛延年
  羽林郎(49)

古诗十九首
  行行重行行(50) 明月皎夜光(50) 迢迢牵牛星(51)
  上山采蘼芜(51) 十五从军征(52)

魏晋南北朝

一、建安诗赋
曹 操
  蒿里行(53) 短歌行(54) 步出夏门行［观沧海］(55)
  ［龟虽寿］(55)

曹 丕
  燕歌行(56) 杂诗(57)

曹 植
  送应氏(57) 白马篇(58) 野田黄雀行(59)
  杂诗(59) 洛神赋(节录)(60)

王 粲
  七哀诗(61)

陈 琳
  饮马长城窟行(62)

刘 桢
  赠从弟(63)

蔡 琰
  悲愤诗(63)

二、正始诗文

阮　籍
　　咏怀(66)

嵇　康
　　赠秀才入军(68)

三、西晋诗歌

傅　玄
　　豫章行苦相篇(69)

张　华
　　情诗(70)

陆　机
　　拟明月何皎皎(71)

潘　岳
　　悼亡诗(71)

左　思
　　咏史(72)

张　协
　　杂诗(74)

刘　琨
　　扶风歌(74)

郭　璞
　　游仙诗(76)

四、东晋诗文

陶渊明
　　归园田居(77)　饮酒(78)　读山海经(79)　桃花源诗并记(79)

五、南朝乐府民歌

吴声歌曲
　　子夜歌(81)　子夜四时歌(82)　大子夜歌(82)　读曲歌(82)

神弦歌
　　青溪小姑曲(82)　青溪小姑歌(82)

西曲歌
　　那呵滩(83)　西洲曲(83)

六、北朝乐府民歌

企喻歌(84)　幽州马客吟(84)　雀劳利歌(85)　隔谷歌(85)
折杨柳歌辞(85)　捉搦歌(85)　敕勒歌(86)　木兰诗(86)

七、南朝诗文

谢灵运
登池上楼(87)　石壁精舍还湖中作(88)

鲍照
拟行路难(89)　拟古(90)

谢朓
之宣城出新林浦向板桥(91)　晚登三山还望京邑(91)
玉阶怨(92)　王孙游(92)

吴均
与宋元思书(92)

何逊
与胡兴安夜别(93)　相送(93)

陶弘景
答谢中书书(94)

阴铿
江津送刘光禄不及(94)

八、北朝诗文

郦道元
水经注[江水(节录)](95)

庾信
拟咏怀(96)　寄王琳(97)

卢思道
从军行(97)

九、魏晋南北朝小说

干宝
搜神记[干将莫邪](99)　[韩凭夫妇](100)

刘义庆
世说新语[过江诸人](101)　[王子猷居山阴](102)

隋唐五代

- 一、隋代诗歌
  - **薛道衡**
    - 人日思归(103)
- 二、初唐诗歌
  - **王　绩**
    - 野望(104)
  - **卢照邻**
    - 长安古意(104)
  - **骆宾王**
    - 在狱咏蝉(107)
  - **王　勃**
    - 送杜少府之任蜀川(108)
  - **杨　炯**
    - 从军行(108)
  - **苏味道**
    - 正月十五夜(109)
  - **杜审言**
    - 和晋陵陆丞早春游望(110)
  - **沈佺期**
    - 杂诗(110)
  - **宋之问**
    - 题大庾岭北驿(111)
  - **陈子昂**
    - 感遇(112)　登幽州台歌(112)
- 三、盛唐诗歌
  - **张　说**
    - 邺都引(113)
  - **王　翰**
    - 凉州词(113)

王 湾
　　次北固山下(114)
张若虚
　　春江花月夜(114)
贺知章
　　咏柳(116)　回乡偶书(116)
张九龄
　　感遇(116)
孟浩然
　　秋登万山寄张五(117)　过故人庄(117)　临洞庭(118)
　　宿建德江(118)
王之涣
　　登鹳雀楼(119)　凉州词(119)
崔　颢
　　黄鹤楼(120)　长干曲(120)
王昌龄
　　从军行(121)　出塞(121)　长信秋词(122)
李　颀
　　古从军行(122)
王　维
　　山居秋暝(123)　终南山(124)　使至塞上(124)　渭川田家(125)
　　鸟鸣涧(125)　鹿柴(125)　送元二使安西(125)
李　白
　　古风(127)　蜀道难(127)　将进酒(128)　行路难(129)
　　长干行(129)　丁都护歌(130)　子夜吴歌(130)
　　梦游天姥吟留别(131)　望天门山(132)
　　黄鹤楼送孟浩然之广陵(132)
高　适
　　燕歌行(133)　别董大(134)
岑　参
　　走马川行奉送出师西征(134)　白雪歌送武判官归京(135)
杜　甫
　　望岳(136)　兵车行(136)　丽人行(137)　自京赴奉先县咏怀五

百字(138) 春望(140) 石壕吏(141) 蜀相(141)
秋兴八首(142) 登高(142) 登岳阳楼(142)

四、中唐诗文

元 结
　　贼退示官吏(143)

刘长卿
　　逢雪宿芙蓉山主人(144)

钱 起
　　省试湘灵鼓瑟(144)

张 继
　　枫桥夜泊(145)

韩 翃
　　寒食(145)

顾 况
　　囝(146)

韦应物
　　寄李儋、元锡(147)　滁州西涧(147)

卢 纶
　　塞下曲(148)

李 益
　　夜上受降城闻笛(148)　宫怨(149)

孟 郊
　　游子吟(149)　洛桥晚望(149)

韩 愈
　　山石(150)　左迁蓝关示侄孙湘(151)
　　早春呈水部张十八员外郎(151)　进学解(151)

柳宗元
　　登柳州城楼寄漳、汀、封、连四州刺史(155)　田家(155)
　　渔翁(156)　江雪(156)　段太尉逸事状(节选)(156)

张 籍
　　秋思(158)

王 建
　　水夫谣(159)　十五日夜望月寄杜郎中(159)

刘禹锡
　　西塞山怀古(160)　　石头城(160)　　乌衣巷(160)
白居易
　　宿紫阁山北村(161)　　上阳白发人(162)　　长恨歌(163)
　　赋得古原草送别(165)
元　稹
　　闻乐天授江州司马(166)
李　绅
　　悯农二首(166)
贾　岛
　　题李凝幽居(167)
李　贺
　　李凭箜篌引(167)　　雁门太守行(168)　　金铜仙人辞汉歌(169)

五、晚唐诗词散文

杜　牧
　　早雁(170)　　过华清宫(170)　　江南春绝句(170)　　泊秦淮(171)
李商隐
　　隋宫(171)　　贾生(172)　　无题(172)　　锦瑟(173)
皮日休
　　读"司马法"(173)
陆龟蒙
　　野庙碑(并诗)(174)
杜荀鹤
　　山中寡妇(176)
罗　隐
　　英雄之言(177)
温庭筠
　　商山早行(178)　　菩萨蛮[小山重叠金明灭](178)
　　更漏子[玉炉香](178)
韦　庄
　　菩萨蛮[人人尽说江南好](179)
无名氏
　　菩萨蛮[平林漠漠烟如织](179)　　忆秦娥[箫声咽](180)

六、唐传奇
李朝威
柳毅传(节录)(180)
蒋 防
霍小玉传(186)

七、敦煌曲子词
菩萨蛮[枕前发尽千般愿](192)
鹊踏枝[叵耐灵鹊多谩语](192)

八、五代词
牛希济
生查子[春山烟欲收](193)
冯延己
蝶恋花[谁道闲情抛弃久](193)　谒金门[风乍起](193)
李 璟
摊破浣溪沙[菡萏香销翠叶残](194)
李 煜
清平乐[别来春半](194)　相见欢[林花谢了春红](195)　[无言独上西楼](195)　浪淘沙[帘外雨潺潺](195)　虞美人[春花秋月何时了](195)

宋　元

一、北宋诗词散文
范仲淹
渔家傲[塞下秋来风景异](197)　岳阳楼记(198)
晏 殊
浣溪沙[一曲新词酒一杯](200)
欧阳修
晚泊岳阳(201)　戏答元珍(201)　食糟民(202)
踏莎行[候馆梅残](202)　蝶恋花[庭院深深深几许](203)
五代史伶官传序(203)　醉翁亭记(205)

柳　永
　　雨霖铃[寒蝉凄切](207)　　望海潮[东南形胜](208)
王安石
　　河北民(209)　　书湖阴先生壁(209)
　　泊船瓜洲(210)　　桂枝香[金陵怀古](210)
　　答司马谏议书(211)　　游褒禅山记(213)
苏　轼
　　和子由渑池怀旧(215)　　游金山寺(215)　　六月二十七日望湖楼醉书(216)　　吴中田妇叹和贾收韵(216)　　饮湖上初晴后雨(217)　　题西林壁(218)　　荔支叹(218)　　惠崇春江晓景(219)　　江城子[乙卯正月二十日夜记梦](220)　　江城子[密州出猎](220)　　水调歌头[明月几时有](221)　　念奴娇[赤壁怀古](222)　　水龙吟[次韵章质夫杨花词](223)　　前赤壁赋(223)　　记承天寺夜游(226)
黄庭坚
　　登快阁(227)　　题竹石牧牛(227)　　清平乐[春归何处](228)
秦　观
　　满庭芳[山抹微云](229)　　踏莎行[郴州旅舍](229)
周邦彦
　　六丑[蔷薇谢后作](230)　　苏幕遮[燎沉香](231)

二、南宋诗词散文
李清照
　　如梦令[昨夜雨疏风骤](232)　　醉花阴[九日](233)
　　渔家傲[记梦](233)　　声声慢[寻寻觅觅](234)
　　永遇乐[落日熔金](234)
张元幹
　　贺新郎[送胡邦衡谪新州](235)
岳　飞
　　满江红[怒发冲冠](237)
陆　游
　　夜读兵书(238)　　游山西村(238)　　剑门道中遇微雨(239)
　　关山月(239)　　书愤(240)　　临安春雨初霁(240)　　示儿(241)
　　诉衷情[当年万里觅封侯](241)　　卜算子[咏梅](242)
　　钗头凤[红酥手](242)

范成大
　　后催租行(243)　　州桥(244)　　四时田园杂兴(244)
杨万里
　　悯农(246)　　初入淮河绝句(246)　　闲居初夏午睡起二绝句(247)
　　戏笔(247)　　晓出净慈送林子方(247)
辛弃疾
　　水龙吟[登建康赏心亭](248)　　菩萨蛮[书江西造口壁](249)
　　摸鱼儿[更能消、几番风雨](250)　　破阵子[为陈同甫赋壮词以寄
　　之](251)　　鹧鸪天[壮岁旌旗拥万夫](252)　　西江月[夜行黄沙
　　道中](252)　　永遇乐[京口北固亭怀古](253)
　　清平乐[村居](254)
陈　亮
　　水调歌头[送章德茂大卿使虏](255)
姜　夔
　　扬州慢[淮左名都](256)
文天祥
　　过零丁洋(257)　　金陵驿(258)

三、金元诗词
元好问
　　论诗绝句(259)　　岐阳(260)　　壬辰十二月车驾东狩后即事(261)

四、元代散曲
关汉卿
　　〔南吕〕一枝花[不伏老](263)
白　朴
　　〔双调〕沉醉东风[渔夫](265)
马致远
　　〔越调〕天净沙[秋思](266)
张养浩
　　〔中吕〕山坡羊[潼关怀古](266)
睢景臣
　　〔般涉调〕哨遍[高祖还乡](267)

张可久
　　〔越调〕天净沙〔江上〕(269)
五、宋元话本
　　碾玉观音(270)
六、元代杂剧
　　关汉卿
　　　　窦娥冤[第三折](280)　　救风尘[第三折](283)
　　　　单刀会[第四折](287)
　　王实甫
　　　　西厢记[第二本　第三折](291)　　[第四本　第三折](296)

明　　清

一、明代诗文
　　宋　濂
　　　　送东阳马生序(300)
　　刘　基
　　　　田家(302)　　卖柑者言(303)
　　高　启
　　　　登金陵雨花台望大江(304)
　　归有光
　　　　项脊轩志(306)　　寒花葬志(308)
　　宗　臣
　　　　报刘一丈书(308)
　　袁宏道
　　　　满井游记(311)
　　张　岱
　　　　西湖七月半(312)　　湖心亭看雪(313)
　　张　溥
　　　　五人墓碑记(314)

二、明代小说

无名氏

　　杜十娘怒沉百宝箱(317)

三、明代戏曲

汤显祖

　　牡丹亭[闺塾](330)　[惊梦](334)

四、清代诗文

吴伟业

　　圆圆曲(339)　过吴江有感(342)

顾炎武

　　海上(343)　精卫(344)

王士禛

　　江上(345)　秦淮杂诗(345)　真州绝句(345)

查慎行

　　村家四月词(346)

方　苞

　　左忠毅公逸事(347)

袁　枚

　　马嵬(349)　苔(349)

赵　翼

　　论诗(350)

姚　鼐

　　登泰山记(350)

黄景仁

　　癸巳除夕偶成(352)　都门秋思(353)

五、清　词

陈维崧

　　点绛唇[夜宿临洺驿](354)

朱彝尊

　　卖花声[雨花台](354)

纳兰性德

　　长相思[山一程](355)　蝶恋花[又到绿杨曾折处](355)

张惠言
　　木兰花慢[杨花](356)

六、清代小说
　蒲松龄
　　叶生(357)　婴宁(361)　红玉(367)　促织(372)

七、清代戏曲
　洪　昇
　　长生殿[惊变](376)
　孔尚任
　　桃花扇[却奁](380)

近　代

一、近代诗文
　龚自珍
　　咏史(385)　己亥杂诗(386)　病梅馆记(387)
　魏　源
　　寰海十章(388)
　黄遵宪
　　哀旅顺(389)　书愤(390)
　章炳麟
　　狱中赠邹容(391)
　梁启超
　　读陆放翁集(393)

先　秦

一、神　话

精卫填海

发鸠之山①,其上多柘木②,有鸟焉,其状如乌,文首③、白喙④,赤足,名曰"精卫",其鸣自詨⑤。是炎帝之少女⑥,名曰女娃。女娃游于东海,溺而不返;故为精卫,常衔西山之木石,以堙于东海⑦。(《山海经·北山经》)

①发鸠之山:山名。旧说在山西长子县西。　②柘(zhè)木:落叶灌木或乔木。叶子可喂蚕,树皮煎汁,可染黄赤色。　③文首:头上有花纹。　④喙(huì):鸟嘴。　⑤其鸣自詨(xiào):詨即"呼"、"叫"。这种鸟的叫声是自己呼叫自己的名字。　⑥炎帝之少女:神农氏的小女儿。　⑦堙(yīn):填塞。

夸父逐日

夸父与日逐走①,入日;渴,欲得饮,饮于河、渭②;河、渭不足,北饮大泽,未至,道渴而死。弃其杖,化为邓林③。(《山海经·海外北经》)

①夸父:中国古代神话传说中的巨人。　②河渭:黄河和渭河。　③邓林:树林。今湖北、河南交界处有此地名。

鲧禹治水

洪水滔天,鲧窃帝之息壤以堙洪水①,不待帝命;帝令祝融杀鲧于羽郊②。鲧复生禹,帝乃命禹卒布土以定九州③。(《山海经·海内经》)

①帝:天帝。息壤:一种能够生长不息的神土。　②祝融:火神。羽郊:据近人考订即委羽山之郊。在北极之阴,不见太阳。　③卒:最终。布土:铺填土壤。

女娲补天

往古之时,四极废①,九州裂②;天不兼覆,地不周载③。火爁焱而不灭④,水浩洋而不息;猛兽食颛民⑤,鸷鸟攫老弱⑥。于是女娲炼五色石以补苍天,断鳌足以立四极,杀黑龙以济冀州⑦,积芦灰以止淫水⑧。苍天补,四极正;淫水涸⑨,冀州平;狡虫死⑩,颛民生。(《淮南子·览冥训》)

①四极废:天的四面尽头称为"四极"。古人认为天由四方的柱子支撑,"废"即柱倒天塌。　②九州裂:九州指中国的版图。"裂":土地崩裂。③兼覆:完全覆盖。周载:全部容载。　④爁(làn)焱(yàn):大火延烧貌。　⑤颛(zhuān)民:善良的人民。⑥鸷鸟:恶禽。攫(jué):用爪抓取。　⑦济:拯救。冀州:位于九州之中,古中原地区。⑧淫水:平地出水。　⑨涸(hé):干枯。　⑩狡虫:指猛兽鸷鸟。

二、诗　经

《诗经》是我国古代第一部诗歌总集,共收作品三百零五篇。其中有许多是经过整理的民间歌谣,也有不少奴隶主贵族的创作;产生于西周初年到春秋中叶五百年间,约在公元前六世纪中叶编纂成书。先秦时通称"诗"或"诗三百",到汉代被儒家尊为经典,才称为《诗经》。

《诗经》按音乐的不同分为"风"、"雅"、"颂"三类。"风"又称国风,绝大部分是各诸侯国的民间歌谣,共有十五国风。"雅"是贵族所作的乐章,分大、小雅;"大雅"多朝会燕享之作,"小雅"多个人抒情之作。"颂"是用于宗庙祭祀的舞曲乐歌。

现存的《诗经》据说是战国时的毛亨和汉代的毛苌所传,因此又叫《毛诗》。另有齐、鲁、韩三家诗,已亡佚不传。

芣　苢(周南)

采采芣苢①,薄言采之②。采采芣苢,薄言有之③。采采芣苢,薄言掇之④。采采芣苢,薄言捋之⑤。采采芣苢,薄言袺之⑥。采采芣苢,薄言襭之⑦。

①芣(fú)苢(yǐ):车前草,种子可入药。 ②薄言:语助词。 ③有(古读 yǐ):取得。 ④掇(duō):拾取。 ⑤捋(luō):成把地从茎上撸取。 ⑥袺(jié):用衣角兜东西。 ⑦襭(xié):把衣襟掖在带间来盛东西。 (这首诗是妇女采芣苢子时所唱的歌,描写从采摘到满载而归的过程。)

氓(卫风)

氓之蚩蚩①,抱布贸丝②。匪来贸丝,来即我谋③。送子涉淇④,至于顿丘⑤。匪我愆期⑥,子无良媒。将子无怒⑦,秋以为期。

乘彼垝垣⑧,以望复关⑨。不见复关,泣涕涟涟⑩。既见复关,载笑载言。尔卜尔筮⑪,体无咎言⑫。以尔车来,以我贿迁⑬。

桑之未落,其叶沃若⑭。于嗟鸠兮⑮,无食桑葚⑯!于嗟女兮,无与士耽⑰!士之耽兮,犹可说也⑱;女之耽兮,不可说也。

桑之落矣,其黄而陨⑲。自我徂尔⑳,三岁食贫㉑。淇水汤汤㉒,渐车帷裳㉓。女也不爽㉔,士贰其行㉕。士也罔极㉖,二三其德㉗!

三岁为妇㉘,靡室劳矣㉙;夙兴夜寐㉚,靡有朝矣㉛!言既遂矣㉜,至于暴矣㉝。兄弟不知,咥其笑矣㉞。静言思之㉟,躬自悼矣㊱!

及尔偕老㊲,老使我怨。淇则有岸,隰则有泮㊳。总角之宴�739,言笑晏晏㊵,信誓旦旦㊶,不思其反㊷。反是不思㊸,亦已焉哉㊹!

①氓(méng):民,等于说"那个家伙"。蚩蚩:敦厚貌,一作"嗤嗤",嬉笑的样子。 ②布:一说即刀布,古代的货币。 ③来即我谋:即:就,接近。谋:商量婚事。 ④子:你。涉:渡。淇:卫国的河名,在今河南省淇县。 ⑤顿丘(古读如 qī):地名。 ⑥愆(qiān)期:延误婚期。 ⑦将(qiāng):愿。 ⑧乘:登上。垝(guǐ)垣(yuán):颓坏的墙。 ⑨复关:未详。可能是男子所居之地。一说为男子返回要经过的关门。 ⑩涟涟:流泪的样子。 ⑪尔卜尔筮:"尔"指男子。卜:用龟甲占卦。筮(shì):用蓍(shī)草占卦。 ⑫体:指卦象,占卜的征兆。咎(jiù)言:不吉利的言辞。 ⑬贿(huì):财物。这句说带着我的嫁妆搬了过去。 ⑭沃若:形容桑叶润泽,比喻情意正浓。 ⑮于(xū)嗟(jiē):感叹词。鸠:斑鸠。 ⑯桑葚(shèn):据说鸠鸟吃多了桑葚会醉。这里比喻女子沉醉在爱情中不能自主。 ⑰耽:与"酖(zhèn)"通。指过分沉迷于爱情。 ⑱说:与"脱"通,解脱。 ⑲其黄而陨:桑叶变黄摇落,比喻丈夫情意日衰。陨(yǔn):坠落。 ⑳徂(cú)尔:去你的家。 ㉑食贫:过苦日子。 ㉒汤(shāng)汤:形容水大。 ㉓渐:

浸湿。帷裳:车上的布幔。这里写女子被休弃后渡过淇水回娘家。 ㉔女也不爽:女子没有过错。爽:差错,过失。 ㉕士贰其行(háng):"贰"应作"貳",即忒(tè),差错。忒其行,行为不对。 ㉖罔极:没有准则。 ㉗二三其德:不断改变言行,负心背德。 ㉘三岁:虚数,指其初婚时。 ㉙靡室劳矣:所有的家务活计都由自己承担,家人就无劳作之苦了。 ㉚夙(sù)兴夜寐:起早睡晚。 ㉛靡有朝矣:自己天天早起晚睡,丈夫就不用起早了。 ㉜言既遂矣:一切都已遂了丈夫的心。言:语助词。 ㉝至于暴矣:丈夫就对自己粗暴起来。 ㉞咥(xì)讥笑。 ㉟静言思之:静下来想一想。言:语助词。 ㊱躬自悼矣:自己伤悼自己。 ㊲及尔偕老:从前相约一同到老。 ㊳隰(xí):应作"湿",即漯(tà)河,与淇水都流于卫境。泮(pàn),同畔,河边。 ㊴总角:男女未成年时。宴:欢乐。 ㊵晏晏:温和。 ㊶信誓旦旦:定约立誓显得十分诚挚。 ㊷不思其反:没想到他违反了当初的誓言。一说"反"同"返",不再想回到从前的生活中去。 ㊸反是不思:重复上句意思。 ㊹亦已焉哉:也就算了吧! (这首诗追述女主人公与丈夫相爱、结婚到被弃的遭遇,以决绝的态度表示对这个负心男子的怨恨。)

伯 兮(卫风)

伯兮朅兮①,邦之桀兮②。伯也执殳③,为王前驱。自伯之东④,首如飞蓬⑤。岂无膏沐⑥,谁适为容⑦?其雨其雨!杲杲出日⑧。愿言思伯⑨,甘心首疾⑩。焉得谖草⑪,言树之背⑫。愿言思伯,使我心痗⑬。

①伯:女子称其夫。朅(jié),英武雄壮。 ②桀:同"杰"。邦之桀:国中突出的人才。 ③殳(shū):兵器名,杖类,长一丈二尺。 ④之东:往东方去。 ⑤飞蓬:蓬草遇风四散飞旋。此处喻女子的乱发。 ⑥膏:润发油。沐:洗发。 ⑦适(dí):专主。容:修饰容貌。意为:君子行役,妇人在家无所主,打扮好又为了给谁看呢? ⑧"其雨"二句:盼望下雨,却偏偏出太阳。比喻事与愿违,盼夫归来却总不回来。其:语助词。杲(gǎo)杲:明亮。 ⑨愿言:沉思貌,"言"是语助词。一说即"睠然",念念不忘。 ⑩首疾:头痛。 ⑪谖(xuān)草:忘忧草,即萱草。谖:忘。 ⑫言树之背:言:发语词。树:种植。之:指谖草。背:同"北",指北堂。这两句说:从哪儿能找到忘忧草让我种在北堂下呢? ⑬心痗(mèi):忧思成病。 (这首诗描写思妇对征夫深切的怀念之情。)

七 月(豳风)

七月流火①,九月授衣②。一之日觱发③,二之日栗烈④。无衣无褐⑤,何以卒岁⑥！三之日于耜⑦，四之日举趾⑧。同我妇子，馌彼南亩⑨。田畯至喜⑩。

七月流火，九月授衣。春日载阳⑪，有鸣仓庚⑫。女执懿筐⑬，遵彼微行⑭，爰求柔桑⑮。春日迟迟⑯，采蘩祁祁⑰。女心伤悲，殆及公子同归⑱。

七月流火，八月萑苇⑲。蚕月条桑⑳，取彼斧斨㉑，以伐远扬㉒，猗彼女桑㉓。七月鸣鵙㉔，八月载绩㉕。载玄载黄㉖，我朱孔阳㉗，为公子裳。

四月秀葽㉘，五月鸣蜩㉙。八月其获㉚，十月陨萚㉛。一之日于貉㉜，取彼狐狸，为公子裘。二之日其同㉝，载缵武功㉞，言私其豵㉟，献豜于公㊱。

五月斯螽动股㊲，六月莎鸡振羽㊳。七月在野，八月在宇㊴，九月在户，十月蟋蟀入我床下㊵。穹窒熏鼠㊶，塞向墐户㊷。嗟我妇子，曰为改岁㊸，入此室处㊹。

六月食郁及薁㊺，七月亨葵及菽㊻。八月剥枣㊼，十月获稻。为此春酒㊽，以介眉寿㊾。七月食瓜，八月断壶㊿，九月叔苴(51)。采荼薪樗(52)，食我农夫(53)。

九月筑场圃(54)，十月纳禾稼(55)。黍稷重穋(56)，禾麻菽麦。嗟我农夫！我稼既同(57)，上入执宫功(58)。昼尔于茅(59)，宵尔索绹(60)。亟其乘屋(61)，其始播百谷(62)。

二之日凿冰冲冲(63)，三之日纳于凌阴(64)。四之日其蚤(65)，献羔祭韭(66)。九月肃霜(67)，十月涤场(68)。朋酒斯飨(69)，曰杀羔羊，跻彼公堂(70)，称彼兕觥(71)，“万寿无疆”(72)！

①七月：夏历七月。流：向下降行。火：星名，又叫大火，即心宿（xiù）。每年五月，这星出现在正南方，位置最高，过六月后就偏西下行，所以叫“流”。 ②授衣：叫女工裁制冬衣。 ③一之日：周历正月，相当于夏历十一月。下文“二之日”、“三之日”、“四之日”以此类推，相当于夏历十二月、一月、二月。觱（bì）发（bō）：寒风刮得很紧时发出的声音。 ④栗烈：凛冽。 ⑤褐（hè）：粗布衣。 ⑥卒岁：度过一年。 ⑦于耜（sì）：修理农具。于：为。耜：犁铧。 ⑧举趾：迈步下田。趾：足。 ⑨馌（yè）：送饭。南亩：田垄南北向的田地。 ⑩田畯（jùn）：监督耕作的农官。至：来到田间。 ⑪载：开始。一说为语助词。阳：天气变暖。 ⑫有：语助词。仓庚：黄莺。 ⑬懿筐：深筐。 ⑭遵：顺着。微行（háng）：小路。 ⑮爰（yuán）求：爰是语助词，有“于是”之意。柔桑：柔嫩的桑叶。 ⑯迟迟：昼长，日落很晚。 ⑰蘩（fán）：菊科植物，又叫白蒿。用来煮水滋润蚕卵，容易出蚕。祁祁：形容繁多。 ⑱殆：只怕。及：与。这句说女子怕被贵族公子带走。 ⑲萑（huán）苇：芦苇。这里指收割芦苇，制作蚕箔（bó）。 ⑳蚕月：夏历三月。条：剪枝。 ㉑斨（qiāng）：方孔的斧子。 ㉒以伐远扬：砍去那伸得太远的、扬起的枝条。 ㉓猗彼女桑：用手牵攀着枝条采摘柔嫩的桑叶。猗：通“掎”（jǐ），牵引，攀曳。女桑：柔桑。 ㉔鵙（jué）：伯劳鸟。 ㉕载绩：开始纺织。载：略等于现代汉语的“就”、

“于是”。 ㉖载玄载黄：于是染成黑红色、染成黄色。 ㉗“我朱孔阳”二句：那染成红色的丝绸特别鲜艳，这些都是给贵族公子做衣裳的。我：拟奴隶自称。朱：正红色。孔：非常。阳：鲜明。 ㉘秀葽：远志结子。秀：植物结子。葽(yāo)：远志。味苦，可入药。 ㉙蜩(tiáo)：蝉。 ㉚其：语助词。获：收获。 ㉛陨(yǔn)萚(tuò)：树木落叶。萚：草木的落叶。 ㉜于貉：猎取狐貉。于：为，指打猎。貉(hé)：类似狐狸的一种兽。一说，貉与“祃”通，音 mà。古代射猎前演习武事的礼叫貉祭或祃祭。 ㉝其同：狩猎前会合众人。 ㉞缵(zuǎn)：继续。武功：指田猎。 ㉟言私其豵(zōng)：奴隶们自己将小兽留下。言：语助词。私：动词，归于私有。豵：一岁小猪。这里泛指小兽。 ㊱献豜(jiān)于公：大兽献给统治者。豜：三岁大猪，这里泛指大兽。 ㊲斯螽(zhōng)：蝗类鸣虫。动股：两腿摩擦发出声音。 ㊳莎(suō)鸡：虫名，即纺织娘。振羽：振翅发声。 ㊴在宇：在檐下。主语“蟋蟀”省略。 ㊵蟋蟀入我床下：这句承上几句，写蟋蟀由田野到檐下，由门口转移到床下，表示天气愈来愈冷了。 ㊶穹(qióng)：空隙。窒：堵死。这句说把屋里的缝隙都堵上，用烟火熏老鼠。 ㊷塞向：堵好朝北的窗子。向：北面的窗。墐(jǐn)户：用泥涂门。农村多编柴枝为门，冬天必须涂泥才能御寒。 ㊸曰为改岁：算是又过了一年。曰：语助词。 ㊹入此室处：进到这屋里过活。处：居住。 ㊺郁(yù)：果实像李子。薁(yù)：果实像桂圆。 ㊻亨葵及菽(shū)：“亨”同“烹”，煮。葵：菜名。菽：豆类总称。 ㊼剥(pū)枣：打枣。剥：敲击。 ㊽为此春酒：冬天酿酒，春天才成，所以叫春酒。上文所说枣和稻都是酿酒所用。 ㊾以介(gài)眉寿：敬酒祈人长寿。介：祈求。眉寿：老人眉上有长毫毛，叫秀眉，所以称长寿为“眉寿”。 ㊿断壶：摘下葫芦。壶：大葫芦。 (51)叔苴(jū)：拣麻子。叔：拾取。苴：麻的种子，可食。 (52)采荼(tú)：采苦菜。薪樗(chū)：把臭椿当柴火。樗：臭椿树，木质极坏。 (53)食(sì)：喂食。 (54)筑场圃：修整打谷场。 (55)纳禾稼：把粮食收进谷仓中。 (56)稷(jì)：高粱。重(tóng)：同“穜”，早种晚收的农作物。穋(lù)：晚种早熟的农作物。 (57)我稼既同：我们收割的粮食已都集中起来。 (58)上：同“尚”，还得。执：执行，从事。宫：贵族的住宅。功：劳役。这句说还得给统治者修理房屋或作室内的工作。 (59)昼尔于茅：白天整治茅草。尔：语助词。于：为。 (60)宵尔索绹(táo)：夜里搓绳子。索：绳，这里作动词用。 (61)亟(jí)：急，赶快。乘屋：登上屋顶修房。 (62)其始播百谷：播种庄稼又要开始了。 (63)冲冲：凿冰的声音。 (64)凌阴：冰窖。阴，同“窨”，地窖。 (65)蚤：同“早”，指统治者每年夏历二月初一举行的祭祖仪式。 (66)羔：小羊。韭：韭菜，都是祭品。 (67)肃霜：霜降后天气肃爽。 (68)涤场：打谷场上清扫干净。一说“场”与“荡”通，涤荡指天宇澄净。 (69)朋酒：两樽酒。斯：语助词。飨(xiǎng)：享用。 (70)跻：升、登。公堂：乡里的公共场所。
(71)称：举杯敬酒。兕(sì)觥(gōng)：用犀牛角制成的酒器。(72)万寿无疆：祝颂之辞。疆：止境。 （这首诗反映了周代农奴一年四季的劳动生活。）

东　山(豳风)

我徂东山①，慆慆不归②。我来自东，零雨其蒙③。我东曰归④，我心西悲。制彼裳衣⑤,勿士行枚。蜎蜎者蠋⑥,烝在桑野⑦。敦彼独宿⑧,亦在车下⑨。

我徂东山,慆慆不归。我来自东,零雨其蒙。果臝之实⑩,亦施于宇⑪。伊威在室⑫,蟏蛸在户⑬。町畽鹿场⑭,熠燿宵行⑮。不可畏也⑯,伊可怀也。

我徂东山,慆慆不归。我来自东,零雨其蒙。鹳鸣于垤⑰,妇叹于室。洒扫穹室⑱,我征聿至⑲。有敦瓜苦⑳,烝在栗薪㉑。自我不见,于今三年。

我徂东山,慆慆不归。我来自东,零雨其蒙。仓庚于飞㉒,熠燿其羽。之子于归㉓,皇驳其马㉔。亲结其缡㉕,九十其仪㉖。其新孔嘉㉗,其旧如之何㉘?

①徂:往。东山:诗中军士远戍的地方。 ②慆(tāo)慆:久久。 ③零雨:小雨。蒙:细雨蒙蒙。 ④"我东"二句:我在东山要归家的时候,我的心已西向家乡而悲了。 ⑤"制彼"二句:可以制作平民的衣裳,不必再过军旅生活了。制:缝制。士:同"事",从事。行枚:即"衔枚"、"横枚",古人行军,口中横衔一枚筷子似的小木条,以防出声。 ⑥蜎(yuān)蜎:虫子爬行的样子。蠋(zhú):蝴蝶、蛾等的幼虫。 ⑦烝(zhēng):置于尘埃中。一说"烝"为发语词。一说作"久"解。 ⑧敦(duī):形容人独自野宿时不动的样子。 ⑨亦在车下:在车下睡觉。 ⑩果臝(luǒ):葫芦科植物,即瓜萎。实:果实。 ⑪施(yì)蔓延。宇:屋檐。 ⑫伊威:即蚚蛾,虫名。今名土鳖。 ⑬蟏(xiāo)蛸(shāo):即蟢蛛。 ⑭町(tiǎn)畽(tuǎn):平地被兽蹄践踏的地方。鹿场:家园无人,便成了野鹿经行的场所。 ⑮熠(yì)燿(yào):光亮闪烁。宵行:虫名,如蚕,夜行,喉下有光如萤。一说是磷火。 ⑯"不可畏也"二句:这些景象难道不可怕吗?但还是值得怀念的啊!伊:语助词。 ⑰鹳(guàn):水鸟,似鹤。垤(dié):小土堆。以鹳鸟鸣叫比兴下句征夫之妻在家思念叹息。 ⑱洒扫穹室:想象妻子在家收拾屋子,准备迎接丈夫归来。 ⑲我征:征夫。聿至:就要到家。 ⑳敦(tuán):通"团",圆形的。指瓜的形状。瓜苦:即瓠瓜,亦即匏(páo)瓜。这里指一剖为二的酒瓢。古人结婚时行合卺(jǐn)礼,夫妇各执一瓢盛酒漱口。 ㉑烝:置、搁。栗薪:成束的柴,也是古代行婚礼时所用。这二句说妻子看到团团的瓠瓜搁在柴堆上很久,而丈夫与自己已有三年不见了。以结婚时用的物品引起下文,回忆妻子初嫁的情景。 ㉒仓庚:黄鹂鸟,又名黄莺。于,语助词。这里以黄鹂飞来兴起新嫁娘到来时光采辉耀的景象。 ㉓之子:这个女子,指妻。于归:嫁到夫家。 ㉔皇驳其马:迎娶的乘马色彩斑斓而有威仪。皇:黄白色。驳:赤白色。 ㉕亲结其缡(lí古读如luó):女子的母亲给女儿系结佩巾。亲:妻母。缡:佩巾。 ㉖九十其仪:礼仪繁多。九十表示极多。仪:古读é。 ㉗其新孔嘉:妻子新婚时很美。孔:非常。嘉(古读gē):美。 ㉘旧:同"久"。久别之后不知怎样了?(这首诗写久戍的战士在还家途中对故乡和妻子的思念。)

先秦

蒹　葭(秦风)

蒹葭苍苍①,白露为霜。所谓伊人,在水一方。溯洄从之②,道阻且长;溯游从之,宛在水中央。

蒹葭凄凄,白露未晞③。所谓伊人,在水之湄④。溯洄从之,道阻且跻⑤;溯游从之,宛在水中坻⑥。

蒹葭采采⑦,白露未已。所谓伊人,在水之涘⑧。溯洄从之,道阻且右⑨;溯游从之,宛在水中沚⑩。

①蒹(jiān)葭(jiā):芦苇。苍苍:草木盛多。　②溯(sù):从岸上向上游走。洄:盘曲的水道。　③晞:干。　④湄:水边,岸旁。　⑤跻(jī):升高。　⑥坻(chí):水中高地。　⑦采采:与"苍苍"义同。　⑧涘(sì):水边。　⑨右:迂曲。　⑩沚(zhǐ):水中小洲。

三、先秦散文

(一) 左　传

《左传》是《春秋左氏传》的简称,又名《左氏春秋》,是一部解释孔子所修《春秋》的编年史。它记事起于鲁隐公元年(前722),止于鲁哀公二十七年(前468)。最后附鲁悼公四年(前463)事一条,提到晋韩氏魏氏灭智伯的事。书的编写大约也在这时。它叙述了东周前期二百四十多年间各国的政治、外交、军事活动。

《左传》的作者,相传是春秋末年鲁国的史官左丘明。后代学者多认为是战国时人。阐释《春秋》的著作还有公羊高的《公羊传》、穀梁赤的《穀梁传》,写成时代可能在汉朝。它们与《左传》合称为"春秋三传"。

齐晋鞌之战(成公二年)(节录)

癸酉,师陈于鞌①。邴夏御齐侯②,逢丑父为右③。晋解张④御郤克⑤,郑丘缓为右⑥。齐侯曰:"余姑翦灭此而朝食⑦!"不介马而驰之⑧。郤克伤于矢，流血及屦；未绝鼓音⑨，曰："余病矣！"张侯曰："自始合⑩，而矢贯余手及肘；余折以御⑪，左轮朱殷⑫。岂敢言病？吾子忍之！"缓曰："自始合，苟有险，余必下，推车。子岂识之⑬？然子病矣！"张侯曰："师之耳目，在吾旗鼓；进退从之⑭。此车，一人殿之⑮，可以集事⑯；若之何其以病败君之大事也？擐甲执兵⑰，固即死也；病未及死，吾子勉之！"左并辔⑱，右援枹而鼓⑲，马逸不能止⑳。师从之，齐师败绩。逐之，三周华不注㉑。

韩厥㉒梦子舆㉓谓己曰："旦辟左右㉔！"故中御而从齐侯㉕。邴夏曰："射其御者，君子也。"公曰："谓之君子而射之，非礼也。"射其左，越于车下㉖；射其右，毙于车中。綦毋张丧车㉗，从韩厥曰："请寓乘㉘！"从左右㉙，皆肘之㉚，使立于后。韩厥俛定其右㉛。

逢丑父与公易位㉜。将及华泉㉝，骖絓于木㉞而止。丑父寝于辗㉟中，蛇出于其下，以肱击之；伤㊱，而匿之㊲。故不能推车，而及㊳。韩厥执絷马前㊴，再拜稽首，奉觞加璧以进㊵。曰："寡君使群臣为鲁、卫请㊶，曰：'无令舆师陷入君地。'下臣不幸，属当戎行㊷，无所逃隐；且惧奔辟㊸，而忝两君㊹。臣辱戎士㊺，敢告不敏㊻，摄官承乏！"丑父使公下㊼，如华泉取饮；郑周父御佐车㊽，宛茷为右㊾，载齐侯以免㊿。韩厥献丑父，郤献子将戮之。呼曰："自今无有代其君任患者；有一于此(51)，将为戮乎？"郤子曰："人不难以死免其君(52)，我戮之不祥！赦之以劝事君者(53)！"乃免之。

①师陈于鞌：齐晋两国军队在鞌摆开战阵。成公二年，齐侯伐鲁，卫军侵齐。鲁、卫军败，向晋求救。晋出师救鲁、卫而伐齐。鞌：地名，在今山东历城县附近。 ②邴夏：齐大夫。 ③逢丑父：齐大夫。 ④解张：晋臣，一称张侯。 ⑤郤（xì）克：晋中军主将，又称郤献子、郤伯。 ⑥郑丘缓：姓郑丘，名缓。 ⑦"余姑"句：我先消灭了这些敌人再吃早饭。姑：且。 ⑧不介马：不给马披甲。 ⑨未绝鼓音：郤克一直亲自击鼓，虽受伤而一直击鼓不止。 ⑩自始合：从刚开始交战。 ⑪余折以御：我把箭折断，照旧驾车。 ⑫朱殷（ān）：左轮被血染红。朱：红色。殷：深红色。 ⑬识：知道。 ⑭进退从之：指军队以中军的旗帜和鼓声为进退的标志。 ⑮一人殿之：一人在此坐镇。 ⑯可以集事：就能成事。 ⑰擐（huàn）甲执兵：穿上铠甲，拿起兵器。 ⑱左并辔：将辔并拢在左手。 ⑲右援枹（fú）：右手牵持鼓槌，帮郤克击鼓。援：引、助。枹：鼓槌。 ⑳马逸不能止：因解张一手受伤，一手击鼓，马跑起来就无法控制了。 ㉑三周华不注：晋军追逐齐军，围着华不注山跑了三圈。华不注：山名。在山东历城县东北。 ㉒韩厥：晋之名臣。又称韩献子。 ㉓子舆：韩厥之父。 ㉔旦辟左右：明天出战，避开战车左右两侧的位置。旦：明天。辟：同"避"。 ㉕中御而从齐侯：站在车的中间，代替御者，追逐齐侯。 ㉖越：坠落。 ㉗綦（qí）毋张：晋大夫。姓綦毋名张。丧车：丢了自己所乘的兵车。 ㉘寓乘：搭车。 ㉙从左右：綦毋张站在左右两侧。 ㉚皆肘之：韩厥

都用肘推他，让他立在自己身后。 ㉛俛定其右：俯身放稳车右的尸体。俛：同“俯”。㉜易位：交换位置。指逢丑父以自己代替齐侯。 ㉝华泉：在华不注山下，泉流入济水。㉞骖絓（guà）于木：齐侯车上的骖马绊在路旁树上。絓：绊住。 ㉟轏（zhàn）：有棚的卧车。 ㊱伤：逢丑父臂肘受伤。这是补叙头天夜里的事。 ㊲而匿之：逢丑父隐匿了他伤臂的事。 ㊳而及：因而被韩厥追上。 ㊴絷（zhí）：马缰绳。 ㊵奉觞加璧以进：举酒杯加玉璧以进献齐侯，表示对齐君修臣仆之礼。 ㊶“寡君”二句：敝国国君命令群臣为鲁、卫两国向您提出退兵的请求。说：“不要让晋国的军队深入齐国国境。” ㊷属当戎行（háng）：刚巧和您的兵车在路上碰到。属：恰值。戎：兵车。行：道路。 ㊸且惧奔辟：而且害怕奔逃回避您的车驾。 ㊹而忝两君：会成为晋君的耻辱，于齐君也不大光彩。忝：辱。 ㊺臣辱戎士：自己愧为战士。 ㊻“敢告不敏”二句：我敢向齐君报告，自己办事很不聪明。但既任此职，只好勉强承担俘虏齐君这件事了。敏：聪明。摄官：任职。承乏：因人才缺乏，只好由自己勉力担当。 ㊼丑父使公下：丑父冒充齐侯，所以使齐侯下车，让他去华泉取水，以便逃走。 ㊽郑周父：齐臣。佐车：诸侯的副车。 ㊾宛（yuān）茷（fèi）：齐臣。 ㊿载齐侯以免：载着齐侯逃跑了。免：免于被俘。 (51)有一于此：现在就有一个人肯替代他的国君承受灾祸。 (52)人不难：有人不以……为难。以死免其君：以自己一死免其国君受害。 (53)以劝事君者：以鼓励侍奉国君的人。 （这一节正面叙述齐晋鞌之战的经过。并生动地描写了双方将帅在战争中的不同表现和性格。）

（二）国　语

《国语》是一部分别记载周、鲁、齐、晋、郑、楚、吴、越等八国历史片断的国别史，共二十一卷。记事起于周穆王十二年（前990），止于周贞定王十六年（前453），约计五百年。以记言为主，所以称为“国语”。

司马迁说：“左丘失明，厥有国语。”现在一般认为《国语》大约在战国初年编成，与《左传》不是出于同一作者之手。

邵公谏弭谤（周语）

厉王虐，国人谤王①。邵公告王曰②：“民不堪命矣③。”王怒，得卫巫④，使监谤者。以告⑤，则杀之。国人莫敢言，道路以目⑥。

王喜，告邵公曰：“吾能弭谤矣⑦，乃不敢言。”邵公曰：“是障之也⑧。防民之口，甚于防川。川壅而溃，伤人必多；民亦如之。是故为川者决之使导⑨，为民者宣之使言。故天子听政，使公卿至于列士献诗⑩，瞽献曲⑪，史献书⑫，师箴⑬，瞍赋⑭，矇诵⑮，百工谏⑯，庶人传语⑰，近臣尽规⑱，亲戚补察⑲，瞽史教海⑳,耆艾修之㉑,而后王斟酌焉㉒。是以事行而不悖㉓。民之有口也,犹土之有山川也,财用于是乎出;犹其原隰之有衍沃也㉕,衣食于是乎生。口之宣言也,善败于是乎兴㉖。行善而备败㉗,所以阜财用衣食者也㉘。夫民,虑之于心而宣之于口,成而行之㉙,胡可壅也?若壅其口,其与能几何㉚?"

王弗听,于是国人莫敢出言。三年,乃流王于彘㉛。

①厉王:周厉王。公元前878年即位,在位37年。谤:指斥过失。　②邵公:即召公、召穆公,名虎,周王的卿士。　③民不堪命:人民受不了暴虐的政令。　④卫巫:卫国的巫者。　⑤以告:以谤者报告厉王。　⑥道路以目:人们在路上相遇,只敢相互看看。　⑦弭(mǐ):阻止、消除。　⑧障:防水的堤。这里作动词用。　⑨"是故为川者"二句:这两句中"为川者"、"为民者"的"为",即"治"。宣:宣泄。　⑩列士:上士、中士、下士。献诗:献上关于王政的讽谏之诗。　⑪瞽:乐师,由盲者充任。又称太师。所献乐曲多采自民间。　⑫史:外史之官。书:三皇五帝之书,史籍。　⑬师:少师,次于太师的乐官。箴:进规劝箴戒的言辞。　⑭瞍(sǒu):没有眸子的盲人。赋:不歌而诵。　⑮矇:有眸子而不能见物的盲人。诵:没有音节腔调的诵读。　⑯百工:从事各种工艺的人。一说这里指乐工。　⑰庶人:平民。传语:间接地传达对政事的意见。　⑱近臣尽规:周王左右之臣进献规谏。尽,同"进"。　⑲亲戚:与国王同宗的大臣。补:弥补王的过失。察:监督王的行政。　⑳瞽史教诲:太师用音乐,太史用礼法对王进行教诲。史:太史,掌礼之官。　㉑耆(qí)艾修之:年高有德的人对国王进行劝诫。耆:六十岁的人。艾:五十岁的人。耆艾:指国王的师傅。修:整饬。　㉒斟酌:斟酌去取,付诸实施。　㉓悖(bèi):违背道理。　㉔财用:财富、用度。于是乎出:从这里生出来。　㉕原:宽阔平坦的土地。隰(xí):低下而潮湿的土地。衍:低下而平坦的土地。沃:有河流灌溉的土地。　㉖善败:好坏、治乱。兴:体现出来。　㉗备败:防范坏事。　㉘所以阜财用衣食:是用它来丰富财物、器用和衣食的。　㉙成而行之:思虑成熟,自然要从言语中流露出来。　㉚其与能几何:赞同你的人能有几个呢?与:相与、亲附。　㉛流王于彘(zhì):把王流放到彘(今山西省霍县)这个地方。　(这篇文章借召公之谏说明厉王压制民言,最终不免被人民流放。)

(三) 战国策

《战国策》,又名《国策》、《事语》、《短长》、《长书》等。作者姓名已不可考,大约是秦汉间人杂采各国史料编纂而成。后经汉朝学者刘向重新整理,定名为《战国策》。共三十三篇,分为十二策。记事从春秋结束以后到秦并六国为止(前452—前216),约二百四十年。主要记载战国时期东周、西周、秦、齐、楚、赵、魏、韩、燕、宋、卫、中山等国的政治、军事、外交等活动,着重叙述了谋臣策士纵横捭阖的斗争以及有关的谋议策略。

冯谖客孟尝君(齐策)

　　齐人有冯谖者①,贫乏不能自存②。使人属孟尝君③,愿寄食门下④。孟尝君曰:"客何好⑤?"曰:"客无好也。"曰:"客何能?"曰:"客无能也。"孟尝君笑而受之,曰:"诺⑥。"

　　左右以君贱之也⑦,食以草具⑧。居有顷⑨,倚柱弹其剑,歌曰:"长铗归来乎⑩,食无鱼!"左右以告⑪。孟尝君曰:"食之,比门下之客⑫。"居有顷,复弹其铗,歌曰:"长铗归来乎,出无车!"左右皆笑之,以告。孟尝君曰:"为之驾⑬,比门下之车客⑭。"于是乘其车,揭其剑⑮,过其友曰⑯:"孟尝君客我⑰。"后有顷,复弹其剑铗,歌曰:"长铗归来乎,无以为家⑱!"左右皆恶之⑲,以为贪而不知足。孟尝君问:"冯公有亲乎?"对曰:"有老母。"孟尝君使人给其食用,无使乏。于是冯谖不复歌。

①冯谖(xuān):人名。　②自存:自己养活自己。　③属(zhǔ):同"嘱"。孟尝君:即田文,战国四公子之一。"孟尝君"是他的封号。　④寄食门下:在贵族人家做食客。　⑤好(hào):爱好。　⑥诺:答应的声音。　⑦左右:在孟尝君左右办事的人。以君贱之:因为孟尝君轻视冯谖。　⑧食(sì):给……吃。草具:粗劣的食物。　⑨有顷:不多时。　⑩长铗(jiá):指剑。铗:剑把。　⑪以告:将(冯谖唱歌事)告诉(孟尝君)。　⑫比门下之客:照一般的门下食客那样看待。　⑬为之驾:给他准备车。　⑭车客:有车坐的食客。　⑮揭:举着。　⑯过:访。　⑰客我:把我当客人看待。　⑱无以为家:没有用来养家的东西。　⑲恶(wù):厌恶。

　　后孟尝君出记①,问门下诸客:"谁习计会②,能为文收责于薛者乎③?"冯谖署曰④:"能。"孟尝君怪之,曰:"此谁也?"左右曰:"乃歌夫'长铗归来'者也。"孟尝君笑曰:"客果有能也,吾负之⑤,未尝见也。"请而见之,谢曰⑥:"文倦于事⑦,愦于忧⑧,而性懧愚⑨,沉于国家之事⑩,开罪于先生。先生不羞⑪,乃有意欲为收责于薛乎?"冯谖曰:"愿之。"于是约车治装⑫,载券契而行⑬。辞曰:"责毕收,以何市而反⑭?"孟尝君曰:"视吾家所寡有者。"

　　驱而之薛⑮,使吏召诸民当偿者悉来合券⑯。券遍合,起,矫命以责赐诸民⑰,因烧其券,民称万岁。

　　长驱到齐⑱,晨而求见。孟尝君怪其疾也,衣冠而见之⑲,曰:"责毕收乎?来何疾也!"曰:"收毕矣。""以何市而反?"冯谖曰:"君云'视吾家所寡有者'。臣窃计君宫中积珍宝⑳,狗马实外厩㉑,美人充下陈㉒,君家所寡有者,以义耳㉓,窃以为君市义。"孟尝君曰:"市义奈何㉔?"曰:"今君有区区之薛,不拊爱子其民㉕,因而贾利之㉖;臣窃矫君命,以责赐诸民,因烧其券,民称万岁,乃臣所以为君市义也。"孟尝君不说㉗,曰:"诺,先生休矣。"

后朞年,齐王谓孟尝君曰㉘:"寡人不敢以先王之臣为臣㉙。"孟尝君就国于薛㉚。未至百里㉛,民扶老携幼,迎君道中。孟尝君顾谓冯谖曰:"先生所为文市义者,乃今日见之。"

①记:可解为书状之类的文件,如通告。又可解为账簿。　②计会(kuài):即今会计。　③收责:同收"债",薛,孟尝君的采邑,在今山东省滕州东南。　④署:签名。　⑤负之:对不起他。　⑥谢:道歉。　⑦倦于事:疲于琐事。　⑧愦(kuì)于忧:被忧患搞得发昏。愦,昏乱。　⑨悁(nuò)愚:愚弱无能。悁,同"懦"。　⑩沉:沉溺。　⑪不羞:不以为羞辱。　⑫约车治装:预备车辆,收拾行装。　⑬券(quàn)契。　⑭以何市而反:用收回的债款买些什么带回来?　⑮驱而之薛:赶着车到薛邑去。　⑯"使吏"句:派小吏召集应当还债的百姓都来对证借券。　⑰矫命:假托孟尝君的命令。　⑱长驱:一直赶着车。　⑲衣冠:穿戴得整整齐齐的。　⑳窃计:我私下考虑。　㉑实:充满。厩:马棚。　㉒充下陈:站满了后列。　㉓以义耳:只有义罢了。　㉔奈何:怎么样。　㉕拊:同"抚"。子其民:视其民为子。　㉖贾(gǔ)利之:用商贾的办法向人民取利。　㉗说:同"悦"。　㉘朞(jī)年:满一年。朞,同"期"。齐王:齐湣王。　㉙"寡人"句:我不敢把先王的大臣用作自己的大臣。这是齐王罢免孟尝君相位的辞令。先王,指齐宣王。　㉚就国于薛:返回自己的采邑薛。　㉛未至百里:还差一百里没走到。

冯谖曰:"狡兔有三窟,仅得免其死耳。今君有一窟,未得高枕而卧也。请为君复凿二窟。"孟尝君予车五十乘,金五百斤。西游于梁①,谓惠王曰:"齐放其大臣孟尝君于诸侯②,诸侯先迎之者,富而兵强。"于是梁王虚上位③,以故相为上将军④,遣使者,黄金千斤,车百乘,往聘孟尝君。冯谖先驱,诫孟尝君曰:"千金,重币也;百乘,显使也;齐其闻之矣⑤。"梁使三反⑥,孟尝君固辞不往也。

齐王闻之,君臣恐惧,遣太傅赍黄金千斤⑦,文车二驷⑧,服剑一⑨,封书谢孟尝君曰⑩:"寡人不祥⑪,被于宗庙之祟⑫,沉于谄谀之臣,开罪于君!寡人不足为也⑬;愿君顾先王之宗庙,姑反国统万人乎⑭!"冯谖诫孟尝君曰:"愿请先王之祭器,立宗庙于薛⑮。"庙成,还报孟尝君曰:"三窟已就,君姑高枕为乐矣。"

孟尝君为相数十年,无纤介之祸者⑯,冯谖之计也。

①"西游"二句:梁:即魏国。因迁都于大梁,所以又称梁国。惠王:名䓨,魏武侯的太子。　②放:放逐。诸侯:各诸侯国。　③虚:空出。　④以故相为上将军:把原来的

宰相调为上将军。　⑤齐其闻之矣：齐大概已听说了。其：表示测度的语气。　⑥三反：三次往返。　⑦太傅：官名。赍(jī)：拿着东西送人。　⑧文车：绘有文采的车。二驷：八匹马，驾两乘车。　⑨服剑：佩剑。　⑩封书：封好书信。　⑪不祥：倒霉。这是齐王聊以解嘲的话。　⑫被于宗庙之祟：遭到祖宗神灵降下的祸祟。　⑬不足为：不值得顾念。　⑭姑：姑且。反：同"返"。　⑮立宗庙于薛：薛邑既有齐国先王的宗庙，齐王就不能夺其地而毁之；他国来攻，齐也不能不出兵救护。　⑯纤介：丝毫。介：同"芥"。（这篇文章通过冯谖为孟尝君"市义"和经营"三窟"的故事，反映了齐国贵族为巩固政治地位所采用的权术，塑造了一个具有深谋远虑的策士形象。）

(四) 论 语

《论语》是记录孔子及其一些弟子言行的一部语录体著作。作者不详，大约是孔门弟子（包括再传弟子）根据自己的记忆或耳闻辑录整理而成。共二十篇，以首二字为篇名，一篇包括若干章。《论语》是儒家最重要的经典著作。从宋朝以后，它和《大学》、《中庸》、《孟子》合称为"四书"。

子路曾皙冉有公西华侍坐章(先进篇)

子路①、曾皙②、冉有③、公西华④侍坐⑤。
子曰："以吾一日长乎尔⑥，毋吾以也⑦。居则曰⑧：'不吾知也⑨！'如或知尔⑩，则何以哉⑪？"
子路率尔而对曰⑫："千乘之国⑬，摄乎大国之间⑭，加之以师旅⑮，因之以饥馑⑯。由也为之⑰，比及三年⑱，可使有勇⑲，且知方也⑳。"
夫子哂之㉑。
"求，尔何如？"
对曰："方六七十，如五六十㉒，求也为之，比及三年，可使足民㉓。如其礼乐㉔，以俟君子㉕。"
"赤，尔何如？"
对曰："非曰能之，愿学焉。宗庙之事㉖，如会同㉗，端章甫㉘，愿为小相焉㉙。"
"点，尔何如？"
鼓瑟希㉚，铿尔㉛，舍瑟而作㉜，对曰："异乎三子者之撰㉝。"
子曰："何伤乎㉞？亦各言其志也！"

曰:"莫春者㉟,春服既成㊱,冠者五六人㊲,童子六七人,浴乎沂㊳,风乎舞雩㊴,咏而归。"

夫子喟然叹曰:"吾与点也㊵。"

三子者出,曾皙后㊶。曾皙曰:"夫三子者之言何如?"

子曰:"亦各言其志也已矣!"

曰:"夫子何哂由也?"

曰:"为国以礼,其言不让㊷,是故哂之。唯求则非邦也与㊸?安见方六七十、如五六十而非邦也者!唯赤则非邦也与?宗庙、会同,非诸侯而何㊹?赤也为之小㊺,孰能为之大!"

①子路:孔子弟子。姓仲名由,字子路。 ②曾皙(xī):孔子弟子。名点,字皙。 ③冉有:孔子弟子。名求,字子有。 ④公西华:孔子弟子。姓公西,名赤,字子华。 ⑤侍坐:陪孔子坐着。 ⑥长(zhǎng)乎尔:比你们年长一些。 ⑦毋吾以也:不要对我止而不言。以:借作"已"字,作"止"解。一说,"以"为"用",已经没人用我了。 ⑧居:平时。 ⑨不吾知也:没有人了解我啊! ⑩如或知尔:如果有人了解你们。 ⑪则何以哉:那你们又怎么办呢? ⑫率尔:急忙、轻率的样子。 ⑬千乘之国:拥有一千辆兵车的中等诸侯国。 ⑭摄:迫近。一说:"摄"即"祭",作"夹"解。 ⑮师旅:大军。这里指战争。 ⑯因之:继之。 ⑰为:治。 ⑱比及:等到。 ⑲勇:勇于作战。 ⑳知方:懂得是非。 ㉑哂(shěn):微笑。 ㉒如五六十:或方圆五六十里地。 ㉓足民:使民丰足。 ㉔如其礼乐:至于礼乐教化。 ㉕以俟(sì)君子:要等修养高的君子来推行。 ㉖宗庙之事:指诸侯祭祀之事。 ㉗如会同:或是诸侯会盟之事。 ㉘端章甫:希望自己穿着礼服,戴着礼冠。端:玄端,一种礼服。章甫:礼冠。 ㉙小相:相是在诸侯祭祀或盟会时,替国君主持赞礼、司仪的官,分卿、大夫、士三个等级。"小相"即最低的"士"这一级。 ㉚鼓瑟希:瑟声逐渐稀疏。希:同"稀"。 ㉛铿尔:鼓瑟最后的余音。 ㉜舍瑟而作:放下瑟站起来。 ㉝撰:述,指子路等三人所说的话。 ㉞伤:妨碍。 ㉟莫春:暮春。 ㊱春服既成:春天的袷(jiá)衣已经穿得住了。成:作"定"解。 ㊲冠者:古时男子二十岁成年,行冠礼。所以用"冠者"称成年人。 ㊳沂(yí):水名。在今山东曲阜县南。 ㊴风:乘凉。舞雩(yú):地名。在曲阜东南,是求雨的祭坛。 ㊵与(yù):赞同。 ㊶后:留在后面。 ㊷不让:不谦让。 ㊸唯求则非邦也与:难道冉求所说的就不是邦国吗? ㊹非诸侯而何:不是诸侯国是什么? ㊺为之小:做小相。 (本篇写孔子和他的弟子各言其志。)

(五) 庄　子

《庄子》是战国时期的哲学家庄周及其后学所撰写的哲学论著。据《汉书·艺文志》著录有五十二篇。今传三十三篇。《内篇》七,一般认为是庄周自己所作。《外篇》十五,《杂篇》十一,则出自他的门徒或为后来的道家所依托。

逍遥游①(节录)

北冥有鱼②,其名为鲲。鲲之大,不知其几千里也;化而为鸟,其名为鹏。鹏之背,不知其几千里也;怒而飞③,其翼若垂天之云④。是鸟也,海运则将徙于南冥⑤。南冥者,天池也⑥。

《齐谐》者⑦,志怪者也⑧。《谐》之言曰:"鹏之徙于南冥也,水击三千里⑨,抟扶摇而上者九万里⑩,去以六月息者也⑪。"野马也⑫,尘埃也,生物之以息相吹也⑬。天之苍苍⑭,其正色邪⑮?其远而无所至极邪⑯?其视下也⑰,亦若是则已矣⑱。

且夫水之积也不厚⑲,则其负大舟也无力⑳。覆杯水于坳堂之上㉑,则芥为之舟㉒。置杯焉则胶㉓,水浅而舟大也。风之积也不厚,则其负大翼也无力。故九万里则风斯在下矣㉔,而后乃今培风㉕,背负青天而莫之夭阏者㉖,而后乃今将图南㉗。

蜩与鸴鸠笑之曰㉘:"我决起而飞㉙,枪榆枋㉚,时则不至而控于地而已矣㉛,奚以之九万里而南为㉜?"适莽苍者㉝,三飡而反㉞,腹犹果然㉟;适百里者,宿舂粮㊱;适千里者,三月聚粮。之二虫又何知㊲!

小知不及大知㊳,小年不及大年㊴。奚以知其然也?朝菌不知晦朔㊵,蟪蛄不知春秋㊶:此小年也。楚之南有冥灵者㊷,以五百岁为春,五百岁为秋;上古有大椿者㊸,以八千岁为春,八千岁为秋。而彭祖乃今以久特闻㊹,众人匹之㊺,不亦悲乎!

汤之问棘也是已㊻:"穷发之北㊼,有冥海者,天池也。有鱼焉,其广数千里,未有知其修者㊽,其名为鲲。有鸟焉,其名为鹏,背若太山,翼若垂天之云,抟扶摇羊角而上者九万里㊾,绝云气㊿,负青天,然后图南,且适南冥也。斥鴳笑之曰(51):'彼且奚适也?我腾跃而上,不过数仞而下(52),翱翔蓬蒿之间,此亦飞之至也(53),而彼且奚适也?'"此小大之辩也(54)。

故夫知效一官(55),行比一乡(56),德合一君(57),而征一国者(58),其自视也,亦若此矣。而宋荣子犹然笑之(59)。且举世而誉之而不加劝(60),举世而非之而不加沮(61),定乎内外之分(62),辩乎荣辱之境,斯已矣(63)。彼其于世(64)未数数然也(65)。虽然,犹有未树也(66)。

夫列子御风而行⁶⁷,泠然善也⁶⁸,旬有五日而后反。彼于致福者⁶⁹,未数数然也。此虽免乎行⁷⁰,犹有所待者也⁷¹。

若夫乘天地之正⁷²,而御六气之辩⁷³,以游无穷者⁷⁴,彼且恶乎待哉⁷⁵!故曰:至人无己⁷⁶,神人无功⁷⁷,圣人无名⁷⁸。

①逍遥游:闲放不拘,逍遥自得、任性而行之意。　②北冥:北海。冥,一本作"溟"。　③怒而飞:鼓翼而飞。　④垂天之云:如天边的云。垂,同"陲",边。垂天即天边。　⑤海运:即海动。旧说,六月海动,水从海底涌沸,必起大风。鹏即借风从北海迁往南海。一说,"运"作"行"解。海运即海上飞行。　⑥天池:指南海是天然形成的水池。　⑦《齐谐》:书名。　⑧志怪:记载怪异之事。　⑨水击:鹏初飞时举翼拍水,逐渐升空。　⑩抟(tuán):环绕。扶摇:上行的暴风。指鹏团旋着飞翔上行。抟,一本作"搏",则是拍、拊之意,指鹏拍翼直上。　⑪六月息:六月海动时的大风。息:气息。一说"息"为休息,鹏一举飞去,半年才歇息下来。　⑫野马也:春天阳气发动,林莽沼泽之间蒸气上腾,远望犹如奔马。　⑬生物之以息相吹:指野马般奔腾的气,和空中飞扬的尘埃,都是生物的气息所吹动的。　⑭天之苍苍:天色深蓝。　⑮其正色邪:是天真正的颜色吗?其:表示揣测的语气。　⑯"其远"句:还是天空无限高远,不能看到它的尽头呢?　⑰其视下也:鹏从高空往下看。　⑱亦若是则已矣:也不过是这样罢了。　⑲且夫:表示再说一层道理。　⑳负:载。　㉑坳(āo)堂:堂上洼陷之处。　㉒芥:小草。　㉓胶:黏着。　㉔风斯在下矣:风就在它下面了。　㉕而后乃今:然后才。培:凭。　㉖莫之夭(yāo)阏(è):没有什么阻碍。夭:折。阏:阻塞。　㉗图南:图谋南行。　㉘蜩(tiáo):蝉。鸴(xué)鸠:斑鸠。　㉙决(xuè):同"赽",迅疾貌。　㉚枪:突、碰。枋(fáng):檀木。　㉛时则:时或,有时。控于地:落到地上。　㉜奚:何。以:用得着之:往。南:南去。为:疑问句的语尾助词。　㉝适莽苍者:往近郊。莽苍:林野之色。　㉞飡:同"餐"。　㉟果然:饱。　㊱宿舂(chōng)粮:出发前一宿捣米,准备旅行用的粮食。　㊲之二虫:指蜩与鸴鸠。　㊳知:同"智"。　㊴年:寿命。　㊵朝菌:一名大芝。天阴时生在粪堆上,太阳一出便死。活不到三旬。晦:阴历每月最后一天。朔:阴历每月初一。一说,朝菌是在早晨出生的菌类。晦:黑夜,朔:平明。　㊶蟪蛄:寒蝉。春生夏死,夏生秋死。　㊷冥灵:树名。一说是大海中的灵龟。　㊸大椿:一种落叶乔木。　㊹彭祖:传说中的长寿者。名铿,从帝尧时活到商朝,近八百岁。以久特闻:因活得长久而闻名于世。特:突出。　㊺匹:比。　㊻汤:商朝开国之君。姓子,名履,字天乙。棘:人名,相传是汤时的大夫。《列子·汤问》篇中称之为"夏革"。是已:略等于"是也"。已,助词,表示"是这样的"。　㊼穷发:北方极荒远的不毛之地。发:指草木。　㊽修:长。　㊾羊角:旋风。　㊿绝:超越。　㉛斥鴳(yàn):小雀。　㉜仞(rèn):古时以八尺为仞。　㉝飞之至:飞翔的最高度。　㉞小大之辩:小和大的分别。辩,同"辨"。　㉟知效一官:才智能胜任一官之职。效:见功效。　㊱行比一乡:行事能庇护一乡之地。一说,"比"作"合"解。　㊲德合一君:德业能与一个国君之心相合。　㊳而征一国:才

能足以取得一国的信任。"而"读为"能"。征:信。 ⑤⑨犹然:嗤笑的样子。"犹"同"迪",微笑自得貌。 ⑥⑩劝:奋勉,积极努力。 ⑥①沮(jū):止,这里有泄气的意思。 ⑥②定乎内外之分:认定了内外的分界。内:内心修养。外:外物。 ⑥③斯已矣:这也就罢了。已:止。 ⑥④彼其于世:他(宋荣子)在世间。 ⑥⑤未数(shuò)数然也:没有汲汲然追求什么。一说数作"频"、"常"解。指宋荣子这样的人在世上并不常见。 ⑥⑥树:立。指确立至德,达到至境。 ⑥⑦列子:姓列,名御寇。相传他曾遇风仙,学法术,会驾风而行。御风:乘风。 ⑥⑧泠(líng)然:轻妙的样子。 ⑥⑨彼于致福也:列子对于求福的事。一说:致:得。福:备,无所不顺。指列子乘风而行,无往而不顺。 ⑦⑩免乎行:免得步行。 ⑦①犹有所待者也:仍然有所依靠。待:凭借。 ⑦②若夫:至于。乘天地之正:顺应天地自然之本性。 ⑦③御六气之辩:驾驭六气的变化,适应自然的变化。六气:阴、阳、风、雨、晦、明。辩:同"变"。 ⑦④以游无穷:游于无穷无尽的宇宙之中,不受时空的限制。 ⑦⑤恶(wū)乎待哉:有待于什么呢? 即不再凭借任何外物。 ⑦⑥至人无己:修养最高的人,能达到忘却自己和一切外物的境界。 ⑦⑦神人无功:阴阳不测的神人不为功利所累。庄子认为这是比"至人"次一等的境界。 ⑦⑧圣人无名:圣人不求名位。庄子认为这是比"神人无功"更低一等的境界。 (本文是《逍遥游》的第一大段。先以鲲鹏变化为喻,与蜩、鸴鸠、斥鷃等作对比,引出一系列比喻,指出大小之间的分别,说明眼光短浅、志量狭小是不能理解伟大境界的。最后归结到庄子所理想的最高境界是顺应自然,忘其自我、超然物外、绝对自由,这才是真正的逍遥游。)

(六) 孟 子

《孟子》是战国时期的思想家孟轲和他的弟子万章等人的论著。《汉书·艺文志》著录十一篇,今存七篇。孟子是孔子以后的儒学大师,因此他的著作也被后世儒家奉为经典。

舜发于畎亩之中章(告子下)

孟子曰:

舜发于畎亩之中①,傅说举于版筑之间②,胶鬲举于鱼盐之中③,管夷吾举于士④,孙叔敖举于海⑤,百里奚举于市⑥。

故天将降大任于是人也⑦,必先苦其心志,劳其筋骨,饿其体肤,空乏其身⑧,行拂乱其所为⑨,所以动心忍性⑩,曾益其所不能⑪。

人恒过⑫,然后能改。困于心,衡于虑,而后作⑬。征于色,发于声,而后喻⑭。入则无法家拂士⑮,出则无敌国外患者,国恒亡。

然后知生于忧患⑯,而死于安乐也。

①"舜发于"句:舜原在历山耕田,三十岁时被尧举为辅佐,后继尧为帝。畎(quǎn)亩:田亩。 ②"傅说(yuè)"句:傅说原来为人筑墙,被殷帝武丁起用为相。版筑:古时筑墙,在两块夹板间填土夯实。筑:捣土用的杵。 ③"胶鬲(gé)"句:胶鬲起初贩卖鱼和盐,西伯姬昌把他举荐给商纣王。后来辅佐周武王。 ④"管夷吾"句:管仲(夷吾)奉齐公子纠,纠与小白争夺君位失败后,管仲被押下狱。小白(齐桓公)用他为相。士:狱官。举于士:从狱官手里释放被举用。 ⑤"孙叔敖"句:楚人孙叔敖隐居海滨,后被楚庄王用为令尹。 ⑥"百里奚"句:百里奚是春秋时虞国人,因对虞君失望而逃到秦国,隐于都市,被秦穆公起用为相。 ⑦是人:这个人。 ⑧空乏:使他缺乏资财。 ⑨行拂乱其所为:所行不顺,搅乱他的所作所为。 ⑩动心:惊心。忍性:使其性坚忍。 ⑪曾益:增加。曾,同"增"。 ⑫恒过:常犯过错。 ⑬作:奋起有所作为。 ⑭喻:了解。 ⑮法家拂(bì)士:"法家"指有法度的世臣。拂,同"弼",辅弼的贤士。 ⑯"生于忧患"二句:忧患能激励人奋发图强,因而得生。安乐会使人懒散懈怠,以致身亡。(这篇文章以历史事例和精辟的道理,论证了"生于忧患,死于安乐"的命题。)

(七) 荀 子

《荀子》是战国时期思想家荀况的文集,共二十卷,收文章三十二篇,绝大部分是他自己所作。荀子是孔子、孟子之后最著名的儒家学者,对前期儒家学说有所修正和发展。

劝 学①(节录)

君子曰②:学不可以已③。青,取之于蓝,而青于蓝④;冰,水为之,而寒于水。木直中绳⑤,𫐓以为轮⑥,其曲中规,虽有槁暴⑦,不复挺者,𫐓使之然也⑧。故木受绳则直,金就砺则利⑨,君子博学而日参省乎己⑩,则知明而行无过矣⑪。

故不登高山,不知天之高也;不临深谿,不知地之厚也;不闻先王之遗言,不知学问之大也。干越夷貉之子⑫,生而同声,长而异俗,教使之然也。《诗》曰⑬:"嗟尔君子,无恒安息⑭。靖共尔位⑮,好是正直。神之听之,介尔景福⑯。"神莫大于化道⑰,福莫长于无祸。

吾尝终日而思矣,不如须臾之所学也;吾尝跂而望矣⑱,不如登高之博见也。登高而招,臂非加长也,而见者远⑲;顺风而呼,声非加疾也,而闻者彰⑳。假舆马者㉑,非利足也㉒,而致千里;假舟楫者,非能水也,而绝江河㉓。

君子生非异也,善假于物也。

南方有鸟焉,名曰蒙鸠㉔。以羽为巢,而编之以发,系之苇苕㉕。风至苕折,卵破子死。巢非不完也,所系者然也。西方有木焉,名曰射干㉖。茎长四寸,生于高山之上,而临百仞之渊。木茎非能长也,所立者然也。蓬生麻中,不扶而直;白沙在涅㉗,与之俱黑。兰槐之根是为芷㉘,其渐之滫㉙,君子不近,庶人不服㉚。其质非不美也,所渐者然也。故君子居必择乡,游必就士㉛,所以防邪僻而近中正也。

物类之起㉜,必有所始;荣辱之来,必象其德㉝。肉腐出虫,鱼枯生蠹㉞。怠慢忘身㉟,祸灾乃作。强自取柱㊱,柔自取束㊲。邪秽在身,怨之所构㊳。施薪若一㊴,火就燥也;平地若一,水就湿也。草木畴生㊵,禽兽群居,物各从其类也。是故质的张而弓矢至焉㊶,林木茂而斧斤至焉,树成荫而众鸟息焉,醯酸而蚋聚焉㊷。故言有召祸也,行有招辱也,君子慎其所立乎㊸。

①劝:勉励。　②君子曰:古书中引用前人的言论,或发表自己的看法,往往用此称谓。　③已:止。　④蓝:草名,又叫蓼蓝。可从叶子里提取靛青这种染料。　⑤中(zhòng)绳:合乎墨线。绳:木匠用来取直的墨线。　⑥輮(róu)以为轮:把木材用火煣过,弯成车轮。　⑦槁暴:枯干、曝晒。　⑧輮使之然:木材弯曲不再挺直,是由于经过火煣,才使它这样的。　⑨金:金属。砺:磨刀石。　⑩日参省(xǐng)乎己:天天对自己检查反省。参:检验。一说,同"三",多次之意。省:省察。　⑪知明:智识日明。　⑫干越夷貉(mò)之子:干,小国名,后为吴国所灭。夷:外族。貉:古代东北方的少数民族。子:婴儿。　⑬《诗》曰:见《诗经·小雅·小明》。　⑭无恒安息:不要常常贪图安逸。　⑮"靖共"二句:敬慎守职,企慕正直。靖:同"静"。共:同"恭"。位:职位。好:爱好、崇尚。　⑯介尔景福:神会赐你洪福。介:助、佑,给予。景福:大福。　⑰化道:通过求学提高修养,使气质发生变化,达到至上的神明境界。　⑱跂(qì):踮起脚跟。　⑲而见者远:人们在很远的地方也能见到登高而招手的人。　⑳彰:听得清楚。　㉑假:借助。舆马:车马。　㉒利足:走得迅疾。　㉓绝:横渡。　㉔蒙鸠:即鹪鹩。　㉕苕(tiáo):新生的嫩苇条,上开有花。　㉖射(yè)干:植物名。白花长茎,可入药。　㉗涅:黑泥。　㉘兰槐:香草名。苗名兰槐,其根名芷。　㉙其渐之滫(xiū):如果把兰芷浸在臭水里。渐:浸。滫:酸臭的淘米水。　㉚服:佩戴。　㉛游必就士:交游必须接近有学问、品行正的贤士。　㉜物类之起:万物开始择类而聚集到一起。　㉝必象其德:一个人享受荣誉还是蒙受耻辱,依据他的德行的好坏。　㉞蠹:蠹鱼,能侵害衣物书籍的害虫。　㉟忘身:忘记切身利害。　㊱强自取柱(zhū):物强则自取折断。柱:断。　㊲束:约束。　㊳构:积、结。　㊴施薪若一:把柴薪同样地摆在那里。施:铺陈、摆列。若一:一样。　㊵畴生:同类草木生长在一起。畴:类。　㊶质的张:箭靶摆开。质:箭靶的:箭靶正中的圆心。　㊷醯(xī)酸而蚋(ruì)聚:醋酸了就有蚊蚋一类的害虫向它聚拢。醯:醋。蚋:一种形状似蜂、专吸动物之血的飞虫。　㊸慎其所立:为人立身应十分慎重。

积土成山,风雨兴焉;积水成渊,蛟龙生焉;积善成德,而神明自得①,圣心备焉②。故不积跬步③,无以至千里;不积小流,无以成江海。骐骥一跃④,不能十步;驽马十驾⑤,功在不舍⑥。锲而舍之⑦,朽木不折;锲而不舍,金石可镂⑧。蚓无爪牙之利⑨,筋骨之强,上食埃土,下饮黄泉,用心一也。蟹八跪而二螯⑩,非蛇蟮⑪之穴无可寄托者,用心躁也⑫。是故无冥冥之志者⑬,无昭昭之明;无惛惛之事者⑭,无赫赫之功。行衢道者不至⑮,事两君者不容⑯。目不能两视而明⑰,耳不能两听而聪⑱。螣蛇无足而飞⑲,鼫鼠五技而穷⑳。《诗》曰㉑:"鸤鸠在桑㉒,其子七兮。淑人君子,其仪一兮㉓。其仪一兮,心如结兮㉔。"故君子结于一也㉕。

昔者瓠巴鼓瑟而流鱼出听㉖,伯牙鼓琴而六马仰秣㉗。故声无小而不闻㉘,行无隐而不形。玉在山而草木润,渊生珠而崖不枯。为善不积邪㉙?安有不闻者乎?

①神明自得:自然得到智慧。 ②圣心备焉:就具备了圣人的思想。 ③跬(kuǐ):同"跬",一足举一次为一跬,相当于今天所说一步。 ④骐(qí)骥(jì):骏马。 ⑤驽(nú)马:笨马。十驾:十日之程。 ⑥舍:放弃、中止。 ⑦锲(qiè):刻。 ⑧镂:雕刻。 ⑨蚓:同"蚓",蚯蚓。 ⑩八跪:八足。 ⑪蟮(shàn):同"鳝"。 ⑫用心躁也:心浮气躁。 ⑬"无冥"二句:没有精诚专一的志向,对事理就不能豁然贯通,昭然于心。 ⑭"无惛"二句:不能专心致志于事业,就不能建立显赫的功绩。惛(hūn)惛:精诚专一的意思。 ⑮行衢道者:走在歧路上的人。不至:达不到目的地。 ⑯事两君者:一人侍奉两个国君。不容:两方面都不能容忍。 ⑰两视:同时看两个对象。 ⑱两听:同时听两种声音。 ⑲螣(téng)蛇:传说中的一种神蛇,能兴云雾,游于空中。 ⑳鼫(shí)鼠:形似兔,专吃农作物的害鼠。据说有五种技巧,但都有限:"能飞不能过屋;能缘不能穷木;能游不能度谷;能穴不能掩身;能走不能先人。"(《说文解字》) ㉑《诗》曰:见《诗经·曹风·鸤鸠》。 ㉒"鸤鸠"二句:鸤鸠:布谷鸟。其子七兮:鸤鸠养七只小鸟,早晨从上往下喂,晚上从下往上喂,能平均对待,始终如一。 ㉓其仪一兮:仪表举止始终如一。 ㉔结:固结,不分心。 ㉕结于一:集中专注于一点。 ㉖瓠(hù)巴:楚人,善鼓瑟,能使鸟舞鱼跃。流鱼:应作"沉鱼",水中之鱼。出听:浮出水面来听瑟。 ㉗伯牙:楚人。善鼓琴。仰秣(mò):喂马。指马吃草料时,听到弹琴竟仰起头来。 ㉘"声无"二句:声音无论多小,也不会听不见,行为无论多么隐蔽也不会不显形迹。 ㉙为善不积邪:做善事难道不积德吗?否则哪有不被人知道的呢? (本文选自《劝学篇》第一、第二两大段。作者运用大量比喻从修身远祸的方面说明学习的重要意义,强调学习要有收获,必须专心致志,坚持不懈。)

四、楚　辞

楚辞是公元前四至前三世纪之间由楚国屈原等人在民间歌谣基础上进行加工、创造而成的一种新的诗歌形式。因为作品都是"书楚语、作楚声、纪楚地、名楚物",所以汉代人把这种文体称为楚辞,后世又称为"骚体"。

楚辞的主要作者屈原(约前340—前277?),名平,楚国贵族。早年受楚怀王信任,官左徒,曾为怀王草拟楚国宪令。因主张举贤授能、修明法度、联齐抗秦,受到当时贵族政治集团的谗害,被怀王疏远。后虽曾被召回,任三闾大夫,但不久又遭放逐,最后自沉于汨罗江。

屈原的主要作品有《离骚》、《九歌》、《天问》、《九章》等。这些诗篇充满追求崇高理想的热情,猛烈地批判了楚国贵族的腐朽势力,具有浓厚的积极浪漫主义特色,是我国古代诗歌的不朽典范。

此外,宋玉等人也是当时有名的楚辞作家。汉代的淮南小山等人也写过一些模仿楚辞的作品。西汉刘向把这些作品汇编成集,共收辞赋十六篇,定名《楚辞》。东汉王逸又增入己作一篇,并为它作章句。此后楚辞又成为一部诗歌总集的名称。

离　骚①(节录)

帝高阳之苗裔兮②,朕皇考曰伯庸③。摄提贞于孟陬兮④,惟庚寅吾以降⑤。皇览揆余初度兮⑥,肇锡余以嘉名⑦:名余曰正则兮⑧,字余曰灵均⑨。纷吾既有此内美兮⑩,又重之以脩能⑪。扈江离与辟芷兮⑫,纫秋兰以为佩⑬。汨余若将不及兮⑭,恐年岁之不吾与⑮。朝搴阰之木兰兮⑯,夕揽洲之宿莽⑰。日月忽其不淹兮⑱,春与秋其代序⑲。惟草木之零落兮⑳,恐美人之迟暮㉑。不抚壮而弃秽兮㉒,何不改乎此度?乘骐骥以驰骋兮㉓,来,吾道夫先路㉔!

昔三后之纯粹兮㉖,固众芳之所在㉗;杂申椒与菌桂兮㉘,岂维纫夫蕙茞㉙?彼尧舜之耿介兮㉚,既遵道而得路㉛;何桀纣之猖披兮㉜,夫唯捷径以窘步㉝。惟夫党人之偷乐兮㉞,路幽昧以险隘㉟。岂余身之惮殃兮㊱,恐皇舆之败绩㊲!忽奔走以先后兮㊳,及前王之踵武㊴。荃不察余之中情兮㊵,反信谗而齌怒㊶。余固知謇謇之为患兮㊷,忍而不能舍也㊸。指九天以为正兮㊹,夫唯灵修之故也㊺!曰黄昏以为期兮㊻,羌中道而改路。初既与余成言兮㊼,后悔遁而有他㊽。余既不难夫离别兮㊾,伤灵修之数化㊿。

余既滋兰之九畹兮(51),又树蕙之百亩(52)。畦留夷与揭车兮(53),杂杜衡与芳芷(54)。冀枝叶之峻茂兮(55),愿竢时乎吾将刈(56)。虽萎绝其亦何伤兮(57),哀众芳之芜秽(58)!

①离骚:牢骚。或解作遭忧。又解作别愁,离别之愁。 ②"帝高"句:屈原说自己是古帝王高阳氏的后代子孙。高阳:远古帝王颛顼在位时的称号。 ③朕:我。皇:伟大、光明。皇考:对亡父的敬称。曰伯庸:名字叫伯庸。 ④摄提:摄提格。按太岁纪年法,黄道附近一周天分十二等分,由东向西配以子丑寅卯等十二支。古代天文占星家想象出一个与岁星背道而驰的假岁星,即太岁,根据太岁所在位置纪年,并取了十二个年份的名称。太岁在寅叫摄提格,是年份的名称。另一说:"摄提"是星名,随斗柄指向四季不同的方位。贞:正,当,正对着。孟陬(zōu):正月,即夏历寅月。所以这句是说寅年寅月。 ⑤庚寅:正月里的一天。降(古读 hóng):降生。 ⑥皇:"皇考"的简称。览:观察。揆:估量。初度:初生的时节。 ⑦肇(zhào):始。锡:赐。嘉名:好名字。 ⑧"名余"句:正:公正。则:法则。屈原名平,檃括"正则"的含义。 ⑨"字余"句:灵均:美好平坦的地势。檃括屈原的字"原"。 ⑩纷:盛多。内美:先天具有的美好的内在品质。 ⑪重:加上。脩能:长才。"能"一作"态",则指美好的仪态。 ⑫扈:披。江离:香草名,即川芎。辟芷:生在幽僻处的芷草。 ⑬纫:连缀成串。佩:佩饰。 ⑭汩(yù):形容水流急速,比喻年光如流水。 ⑮不吾与:不等待我。 ⑯搴(qiān):拔取。阰(pí):大土坡。木兰:香木名,又叫辛夷。 ⑰揽:采。宿莽:一种经冬不死的香草。 ⑱日月:指光阴。忽:倏忽。淹:久留。 ⑲代序:交替更换。 ⑳惟:语助词。㉑美人:这里喻国君,可能指楚怀王。迟暮:年老。 ㉒抚:凭借、趁着。弃秽:抛弃秽政。 ㉓此度:指楚国现行的法度、政治。 ㉔骐骥:比喻贤臣。 ㉕道:导。夫:语气助词。先路:前驱。 ㉖三后:楚国先君熊绎、若敖、蚡冒。一说,指夏禹、商汤、周文王。纯粹:德行精纯完美。 ㉗固:就,便。众芳:即下文椒、桂、蕙茝等香草,喻贤人。所在:指集中在一起。 ㉘杂:纷。申椒:申地所产之椒。菌桂:即肉桂。 ㉙岂维:岂但。蕙:一根而多花的兰。茝(chǐ):同"芷"。这句是说岂止是把蕙茝联结成串作为佩饰,还杂有申椒和菌桂。比喻贤才众多。 ㉚耿:光明。介:正直。 ㉛遵道:沿着治国的正道。得路:获得了宽广的前程。 ㉜猖披:猖狂邪恶。 ㉝捷径:斜出的小路,喻不走正道。窘步:困窘难行。 ㉞党人:结党营私的小人。偷乐:苟安享乐。 ㉟幽昧:昏暗。险隘:危险狭隘。 ㊱余身:自己。惮(dàn):怕。殃:灾祸。 ㊲皇舆:国王的车,喻国家。败绩:兵车倾覆,喻国家倾覆灭亡。 ㊳忽:匆忙、迅疾。奔走以先后:在皇舆前后奔忙照料。喻辅佐君王。 ㊴及:赶上。前王:指尧、舜、三后。踵武:足迹。 ㊵荃(sūn 或 quán):香草名。此处喻楚王。中情:本心。 ㊶齌(jì):猛火烧饭。齌怒:火上

加油,急怒。 ㊷固:本来。 謇(jiǎn)謇:尽忠直言。 ㊸忍:忍耐。 舍(shù):中止。 ㊹九天:九重天。 正:证。 ㊺灵修:神明,指楚王。 ㊻"曰黄昏"二句:据宋洪兴祖《楚辞补注》考订,这两句是衍文,应删去。 ㊼成言:指楚王先已与自己有成约。 ㊽悔遁:反悔而改变初衷。 有他:有了其他打算。 ㊾不难:不怕。 离别:被楚王疏远而离去。 ㊿数(shuò)化:屡次改变心意。 ㋀滋:栽种。 畹(wǎn):十二亩为一畹。 ㋁树:种。 亩:古读 mǐ。 ㋂畦:田垄,这里用作动词,一垄一垄地种植。 留夷:即芍药。 揭车:一名乞舆,香草名。 ㋃杜衡:即马蹄香。 上述香草皆比喻贤人。 ㋄冀:希望。 峻茂:高大茂盛。 ㋅俟(sì):同"俟",等待。 时:众芳长成之时。 刈:指收获。 ㋆萎绝:枯死。喻培植的贤人受到摧折。 ㋇芜秽:荒芜。喻群贤变节。

众皆竞进以贪婪兮①,凭不厌乎求索②;羌内恕己以量人兮③,各兴心而嫉妒④。忽驰骛以追逐兮⑤,非余心之所急⑥;老冉冉其将至兮⑦,恐修名之不立⑧。朝饮木兰之坠露兮⑨,夕餐秋菊之落英⑩。苟余情其信姱以练要兮⑪,长顑颔亦何伤⑫!擥木根以结茞兮⑬,贯薜荔之落蕊⑭;矫菌桂以纫蕙兮⑮,索胡绳之纚纚⑯。謇吾法夫前修兮⑰,非世俗之所服⑱;虽不周于今之人兮⑲,愿依彭咸之遗则⑳!长太息以掩涕兮,哀民生之多艰㉑;余虽好修姱以鞿羁兮,謇朝谇而夕替。既替余以蕙纕兮㉔,又申之以揽茝㉕;亦余心之所善兮㉖,虽九死其犹未悔㉗!怨灵修之浩荡兮,终不察夫民心;众女嫉余之蛾眉兮㉚,谣诼谓余以善淫㉛。固时俗之工巧兮㉜,偭规矩而改错㉝;背绳墨以追曲兮㉞,竞周容以为度㉟。忳郁邑余侘傺兮,吾独穷困乎此时也;宁溘死以流亡兮㊲,余不忍为此态也㊳!鸷鸟之不群兮㊴,自前世而固然㊵;何方圆之能周兮㊶,夫孰异道而相安㊷!屈心而抑志兮㊸,忍尤而攘诟㊹;伏清白以死直兮㊺,固前圣之所厚㊻!

悔相道之不察兮㊼,延伫乎吾将反㊽;回朕车以复路兮㊾,及行迷之未远㊿。步余马于兰皋兮㋑,驰椒丘且焉止息;进不入以离尤兮㋓,退将复修吾初服㋔。制芰荷以为衣兮㋕,集芙蓉以为裳;不吾知其亦已兮㋖,苟余情其信芳㋗!高余冠之岌岌兮㋘,长余佩之陆离㋙;芳与泽其杂糅兮㋚,唯昭质其犹未亏㋛。忽反顾以游目兮㋜,将往观乎四荒;佩缤纷其繁饰兮㋝,芳菲菲其弥章㋞!民生各有所乐兮㋟,余独好修以为常;虽体解吾犹未变兮㋠,岂余心之可惩㋡!

①众:群小。竞进:竞相追逐权势利禄。 ②凭:满。厌:餍足。求索:追求索取。 ③羌:楚方言,发语词。量人:以小人之心度量他人。 ④"各兴"句:各生妒贤之心。 ⑤驰骛(wù):马奔跑。形容小人急于追逐权势财利。 ⑥急:急于做的事。 ⑦冉冉:渐渐。 ⑧修名:美名。 ⑨坠露:落下的露珠。 ⑩落英:落花。一说,"落"应作

"始"解。落英指秋菊初开的花。 ⑪信:确实。姱(kuā):美好。练要:精诚坚定。 ⑫长:永远。顑(kǎn)颔(hàn):因饥饿而脸色黄瘦。亦何伤:又有何妨! ⑬"擥木根"句:把木兰的根采来和兰槐的根结在一起。擥:同"揽"。木根:木兰的根。茝:兰槐的根。 ⑭"贯薜荔"句:把薜荔的花蕊串在一起。 ⑮矫:举,拿起。 ⑯索:把胡绳搓成绳索。胡绳:香草名,叶可搓绳。纚(xǐ)纚:形容长长的一串。 ⑰謇:语助词,楚方言。法:效法。前修:前代的贤人。 ⑱非世俗之所服:说自己用香草制成的这种服饰(喻美德)是效法前贤,不是世俗的人所能用的。服:用。 ⑲周:相合,相容。 ⑳彭咸:相传是殷时贤大夫,谏其君不听,投水而死。遗:留下的法则、榜样。 ㉑民生:人生。 ㉒好修姱:爱慕美好的品行。鞿(jī):马辔绳。羁:马笼头。"鞿羁"是约束自己的意思。 ㉓朝谇(suì):早晨受群小的诟骂。夕替:晚上受到他们的离间。替:疑为"暜"字的讹写。"暜",古"朁"字,离间。一说,"替"是"废"的意思,指屈原被楚王斥废。 ㉔"既替"句:既斥责我以蕙草佩带在身。纕(xiāng):佩带之物。 ㉕"又申"句:还加上指责我采集芷草。连上句,意为自己的美德善行——为群小所诽谤。 ㉖善:崇尚。 ㉗九死:等于说多次去死。 ㉘浩荡:无思虑,茫然。一说:放肆纵恣貌。 ㉙民心:人心,这里指屈原自己的用心。 ㉚众女:喻群小。蛾眉:形容女子的眉毛细长弯曲如蚕蛾的眉。这里喻美德。 ㉛谣诼(zhuó):造谣诬蔑。 ㉜固:诚然。时俗:世俗之人。工巧:善于取巧。 ㉝偭(miǎn):背弃。规矩:指法度。错:同"措"。改错:不走正道。 ㉞背:违反。绳墨:以木匠取直的工具喻正道直行。追曲:追求邪曲。 ㉟周容以为度:以苟合取容于众人作为正当的法则。 ㊱忳(tún):忧愁很深。郁邑:烦恼苦闷,是附加于"忳"的形容词。侘(chà)傺(jì):抑郁不得志的样子。 ㊲宁:宁可。溘(kè):忽然。 ㊳此态:指小人苟合取容于世的态度。 ㊴鸷鸟:指鹰、鹯一类猛禽,喻刚直的人。不群:超出流俗。 ㊵固然:本来就是这样。 ㊶何方圜之能周:方和圆怎能相合。 ㊷"夫孰"句:不同志趣的人哪能相安无事。 ㊸屈心、抑志:心志受到压抑。 ㊹忍尤:忍受怨尤。攘诟:取辱。 ㊺伏清白:保持清白。伏:同"服"。死直:死于直道。 ㊻厚:嘉许。 ㊼相(xiàng)道:探视道路,喻审视前途。不察:没有察看清楚。 ㊽延:引颈遥望。伫:久立等待。反:同"返"。 ㊾回朕车:转回我的车子。朕:自称。复路:回到旧路上去。 ㊿及:趁着。行迷:迷路。 ㈤步:慢行。兰皋(gāo):生有兰草的水旁陆地。 ㈥椒丘:有椒树的小山。且焉止息:暂且在那里休息。 ㈦进不入:进身于君前而不为所用。离尤:获罪。"离"同"罹"。 ㈧初服:原来的衣服。喻"初衷"、"夙志"。 ㈨芰(jī):菱。 ㈩不吾知:人们不了解我。亦已:也就算了。 ㈦信芳:确实芳洁。 ㈧岌(jí)岌:高高的样子。 ㈨陆离:长长的样子。 ㈩芳:香草的芬芳。泽:佩玉的润泽。杂糅(róu):掺杂在一起。 ㈦昭质:光辉纯洁的品质。亏:亏损。 ㈧反顾:回顾。游目:放眼四望。 ㈨缤纷:形容盛多。繁饰:纷纷的饰物。 ㈩芳菲菲:芳草浓郁。章:同"彰",显著。 ㈦"民生"句:人生各有所好。 ㈧"余独"句:我独爱修身洁行,并习以为常。 ㈨体解:肢解。 ㈩惩(chéng):怨悔。 (以上节录第一部分。先追述自己的祖先和身世,然后表明自己追踪先王、引导楚君使政治走上正道的志向。并通过前代明君和暴君的对比,总结兴亡成败的历史教训,为楚王相信谗言、反复无常而深感痛心。同时斥责贪婪忌妒的邪恶小人,申述了自己决不趋时媚俗,宁愿以身殉志的决心。)

山 鬼①(九歌)

　　若有人兮山之阿②,被薜荔兮带女罗③。既含睇兮又宜笑④,子慕予兮善窈窕⑤。乘赤豹兮从文狸⑥,辛夷车兮结桂旗⑦。被石兰兮带杜衡⑧,折芳馨兮遗所思⑨。余处幽篁兮终不见天⑩,路险难兮独后来⑪。
　　表独立兮山之上⑫,云容容兮而在下⑬。杳冥冥兮羌昼晦⑭,东风飘兮神灵雨⑮。留灵修兮憺忘归⑯,岁既晏兮孰华予⑰?采三秀兮于山间⑱,石磊磊兮葛蔓蔓⑲。怨公子兮怅忘归⑳,君思我兮不得闲㉑。
　　山中人兮芳杜若㉒,饮石泉兮荫松柏㉓。君思我兮然疑作㉔。雷填填兮雨冥冥㉕,猿啾啾兮狖夜鸣㉖。风飒飒兮木萧萧㉗,思公子兮徒离忧㉘。

①山鬼:指山神。可能是早期流传的楚国神话中的巫山神女的形象。　②若有人:仿佛有一个人。山之阿:山中深曲之处。　③被:同"披"。女罗:蔓生植物,又叫松萝。④含睇(dì):含情微视。宜笑:笑得美而自然。　⑤子:与下文的"灵修"、"公子"、"君",都是指山鬼所思念的人。慕:爱慕。善:美好。窈窕:幽娴的样子。　⑥乘赤豹:以红色的豹为乘骑。从文狸:以有花纹的狸为侍从。　⑦辛夷车:以辛夷香木做车。结桂旗:编结桂花为旗。　⑧被石兰:身上又披了石兰。带杜衡:腰间系上杜衡。　⑨芳馨:指香花香草。遗(wèi)所思:赠与所思之人。　⑩余:山鬼自称。幽篁(huáng):幽深的竹林。　⑪后来:来迟了。　⑫表:突出地。　⑬容容:同"溶溶",形容云像流水似地慢慢移动。　⑭杳:深广貌。冥冥:昏暗不明貌。羌:发语词。昼晦:白天光线阴暗。⑮飘:急风回旋。神灵雨:雨神降雨。　⑯"留灵修"句:希望灵修到这儿来,当留住他,使他乐而忘归。憺(dàn):安。　⑰孰华予:谁使我如花一般年轻美丽。　⑱三秀:芝草。于:疑为衍文。《九歌》中"兮"字往往有介词"于"的作用,此不当再有"于"字。"于"原作"於",一说"於山"即巫山。　⑲磊磊:石头攒聚的样子。葛蔓蔓:葛草蔓延纠缠。　⑳怅忘归:说自己心中怅惘而忘归山中。　㉑"君思我"句:山鬼想象那位公子一定也在想念自己,只是不得空闲前来相会。　㉒山中人:山鬼自称。芳杜若:像杜若一般芳香。　㉓石泉:石崖中流出的泉水。荫松柏:住在松柏树下。　㉔"君思我"句:对于"君思我"的想法疑信交替。然:肯定是这样。疑:怀疑。作:交作。　㉕填(tián):雷声。雨冥冥:阴沉昏暗的雨天。　㉖啾(jiū)啾:猿鸣声。狖(yòu):长尾猿。　㉗萧萧:落叶声。　㉘徒:徒然。离忧:感到不幸和忧伤。离:通"罹"。遭受。　(这首诗是楚人祭祀山神的乐歌。全篇都是巫扮山鬼的自白。诗中写她在阴暗的雷雨天气里,徒然盼望所爱的人前来相会的忧愁心情。)

国　殇①（九歌）

　　操吴戈兮被犀甲②，车错毂兮短兵接③。旌蔽日兮敌若云④，矢交坠兮士争先⑤。凌余阵兮躐余行⑥，左骖殪兮右刃伤⑦。霾两轮兮絷四马⑧，援玉枹兮击鸣鼓⑨。天时怼兮威灵怒⑩，严杀尽兮弃原野⑪。

　　出不入兮往不反⑫，平原忽兮路超远⑬。带长剑兮挟秦弓⑭，首身离兮心不惩⑮。诚既勇兮又以武⑯，终刚强兮不可凌⑰。身既死兮神以灵⑱，魂魄毅兮为鬼雄⑲！

①国殇：是追悼阵亡将士的祭歌。死于国事叫作国殇。　②操：持。吴戈：吴国所制的戈，当时这种戈最锋利。被：同"披"。犀甲：犀牛皮制的甲。　③错：交错。毂(gǔ)：车的轮轴。错毂：指双方战车交错。短兵：短的兵器。　④"旌蔽日"句：极言敌军之多。　⑤矢交坠：两军相射的箭纷纷坠落在阵地上。　⑥凌：侵犯。躐(liè)：践踏。行：行列。　⑦殪(yì)：毙。右：右骖。刃伤：为兵刃所伤。　⑧霾：同"埋"。指车轮陷入泥中。絷(zhí)：拴、捆。这里指马被绳绊住。　⑨援：拿起。玉枹(fú)：镶嵌玉饰的鼓槌。鸣鼓：很响的鼓。　⑩天时：天象。怼(duì)：怨恨。威灵：威神。　⑪严杀尽：壮烈地战死。弃原野：弃尸于战场。　⑫"出不入"句：战士视死如归，出征以后就不打算生还。　⑬忽：渺茫。超远：遥远。　⑭秦弓：秦国所制的弓，这种弓射程最远。　⑮"首身"句：战士虽然首身分离而心不可屈。惩：悔恨。身：一作"虽"。　⑯勇：精神勇敢。武：武艺高强。　⑰不可凌：志不可夺。　⑱神以灵：英灵不泯。　⑲魂魄毅：魂魄威武不屈。为鬼雄：死了也是鬼中豪杰。　（本篇描写激烈沉重的战争气氛，赞美将士们为国牺牲的忠诚和勇敢。）

两　　汉

一、两汉辞赋

贾　谊

贾谊(前200—前168),洛阳人。西汉初期杰出的政治家和文学家。二十余岁为博士。后被贬为长沙王太傅,又为梁怀王太傅。三十三岁逝世。

鵩鸟赋①

单阏之岁兮②,四月孟夏,庚子日斜兮③,鵩集予舍,止于坐隅兮④,貌甚闲暇。异物来萃兮⑤,私怪其故;发书占之兮⑥,谶言其度⑦,曰:“野鸟入室兮,主人将去。”请问于鵩兮:“予去何之?吉乎告我⑧,凶言其灾。淹速之度兮⑨,语予其期。”鵩乃叹息,举首奋翼;口不能言,请对以臆⑩,曰:“万物变化兮,固无休息。斡流而迁兮⑪,或推而还⑫;形气转续兮⑬,变化而嬗⑭。沕穆无穷兮⑮,胡可胜言!祸兮福所倚⑯,福兮祸所伏;忧喜聚门兮,吉凶同域⑰。彼吴强大兮,夫差以败;越栖会稽兮,句践霸世。斯游遂成兮⑱,卒被五刑;傅说胥靡兮⑲,乃相武丁。夫祸之与福兮,何异纠纆⑳;命不可说兮㉑,孰知其极!水激则旱兮㉒,矢激则远㉓;万物回薄兮㉔,振荡相转。云蒸雨降兮,纠错相纷㉕;大钧播物兮㉖,坱圠无垠㉗。天不可预虑兮㉘,道不可预谋;迟速有命兮,焉识其时!

“且夫天地为炉兮㉙,造化为工;阴阳为炭兮,万物为铜。合散消息兮㉚,安有常则?千变万化兮,未始有极㉛!忽然为人兮㉜,何足控抟㉝;化为异物兮㉞,又何足患!小智自私兮㉟,贱彼贵我;达人大观兮㊱,物无不可。贪夫徇财兮㊲,烈士徇名。夸者死权兮㊳,品庶每生㊴。怵迫之徒兮㊵,或趋西东;大人不曲兮㊶,意变齐同㊷。愚士系俗兮㊸,窘若囚拘;至人遗物兮,独与道俱。众人惑惑兮㊹,好恶积亿㊺;真人恬漠兮㊻,独与道息。释智遗形兮㊼,超然自丧㊽;寥廓忽荒兮㊾,与道翱翔。乘流则逝兮㊿,得坻则止;纵躯委命兮(51),不私与己㉜。其生兮若浮㉝,其死兮若休;澹乎若深渊之静㉞,泛乎若不系之舟。不以生故自宝兮㉟,养空而浮㊱;德人无累兮㊲,知命不忧。细故蒂芥兮㊳,何足以疑!"

①鹏鸟:即今所谓猫头鹰,古人认为它是不祥的鸟。据《史记·屈原贾生列传》,贾谊谪居长沙,为长沙王太傅。三年,有鹏鸟飞入其室,停在座位一旁,贾生自以为不得长寿,便写此赋以排遣忧伤。此赋见于《史记》、《汉书》、《昭明文选》。今正文据《文选》本。　②单(chán)阏(è)之岁:《尔雅·释天》:"太岁在卯曰单阏。"按太岁纪年法,黄道附近一周天十二等分,由东向西配以子丑寅卯等十二支。根据太岁(与真岁星背向运行的假岁星)所在位置来纪年。单阏和《离骚》中的摄提格都是太岁年名。单阏就是"太岁在卯"这个年份的名称。这一年是汉文帝七年。　③"庚子"二句:"庚子"指四月里的一天。日斜:太阳西斜。鹏集:鹏停留下来。予舍:我的屋子。　④坐隅:座位旁边。　⑤异物:怪物,指鹏鸟。萃(cuì):作"止"解。　⑥发书:指打开占卜所用的策数之书。　⑦谶(chèn):预断吉凶的话。度:即"数",吉凶的定数。　⑧"吉乎"二句:如果吉利的话,请告诉我;即使有凶灾,也请说明。　⑨淹速之度:死生迟速的定数,即年寿长短的期限。淹:迟。　⑩臆:胸中之事。《汉书》作"意",即示意,亦通。对:作答。　⑪斡(wò)流:运转。迁:变迁。　⑫推:推移。还:回,反复。　⑬形:天地间有形体之物。气:天地间无形体之物。转续:互相转化、连续不断。　⑭而:与"如"通。蟺:与"蝉"通。而蟺:言变化有如蝉之蜕化。　⑮沕(wù)穆:精微深远的样子。　⑯"祸兮"二句:语见《老子道德经》。倚:因。伏:藏。　⑰域:处所。同域:同在一处。　⑱斯:李斯。游:游于秦。遂成:获得成功。李斯为相后,在秦二世时被赵高所谗,最后身受五刑而死。　⑲傅说:见前《离骚》注释。胥靡:《汉书》颜师古注:"相随之刑也。"又:"胥靡:相系而作役。"胥:相。靡:系。"胥靡"是古代处分犯轻罪者的刑罚。　⑳纠缪(mò):纠是两股线撚成的绳子,缪是三股线撚成的绳子,这里比喻祸福之间的关系正如绳索的几股互相缠绕纠合。　㉑说:解说。㉒水激:水受激,即受外力作用。旱:通"悍",作"猛疾"解,水流加速。㉓矢:箭。则远:指箭受外力作用便射得远。㉔回:返。薄:迫。回薄:往返不停地激荡。㉕纠错:纠缠错杂。纷:纷乱。㉖大钧:造化。播:运转、推动。㉗坱(yǎng)圠(yà):无边无际。㉘预:干预。《史记》、《汉书》中"预"作"与",作"参与"解。"预虑":通过人类的思虑了解天意。"预谋":通过人类的谋划理解自然之道。㉙"且夫"四句:天地是熔炼金属的火炉,造化是冶炼阴阳的工匠。阴阳是炼物的炭,万物是由阴阳炼成的铜。㉚"合散"二句:合:聚。消:灭。息:生长。常则:固定的规律。㉛未始:未尝。极:终极。㉜忽然:偶然。为人:生而为人。㉝控:引持。抟(tuán):抚弄。控抟:爱惜珍重。㉞化为异物:人死后变为另一种物质。㉟小智自私:小智之人只见自身利害。㊱达人:通达知命之人。大观:眼光远大。㊲徇:以身从物叫作徇,今通作"殉"。㊳夸者:好虚名、爱权势的人。死权:为追求权势而送命。㊴品庶:众庶。每:《史记》作"冯",贪。每生:贪生怕死。㊵"怵(xù)迫"二句:

为利所诱、为贫所迫的人不免东奔西走。趋西东:指趋利避害。 ㊶大人:道德修养极高的人。曲:为物所屈。 ㊷意变:千变万化。意,《史记》作"亿"。齐同:等同看待。此句意为无论外物怎样变化,在大人看来却是等同齐一。 ㊸系俗:羁于世俗。 ㊹惑惑:极乱。 ㊺好(hào)恶(wù):爱憎。积亿:积满在胸中。"亿"同"臆"。 ㊻真人:得天地之道的人。恬漠:虚静淡泊。 ㊼释智:抛弃智慧。遗形:忘却形骸。 ㊽自丧:忘却自我的存在。丧:亡、失。 ㊾忽荒:恍惚。寥廓忽荒:形容元气未分,人与道浑然一体的状况。 ㊿"乘流"二句:乘:随。流:水流。逝:往,喻人生的行进。坻(chí),水中高地。这两句喻人的行止犹如木浮于水,水流则行,遇坻则止,由命运决定。 ㉛纵躯委命:把身体交给自然命运。 ㉜不私与己:不把躯体看作自己私有的东西。 ㉝浮:作"寄"解。 ㉞澹:安定、平静。 ㉟不以生故:不以活着的缘故。自宝:自我珍贵。㊱养空而浮:自养空虚之性、浮游于人世。 ㊲德人:有修养的人。累:忧虑。 ㊳"细故"二句:生死祸福,不过是小事,不值得为它疑虑不安。细:琐细。故:事故。蒂芥:即芥蒂,指因鹏鸟入室一事而存芥蒂于胸中。 (这篇赋用老、庄齐万物、等死生、委运自然的学说来排解人生的忧患,驱除鹏鸟入室所带来的疑惑不安。)

枚 乘

枚乘(?—前140),字叔。西汉著名辞赋家。曾上书谏吴王濞之谋反。后为梁孝王文学侍从。

七 发①(节录)

客曰:"将以八月之望②,与诸侯远方交游兄弟,并往观涛乎广陵之曲江③。至则未见涛之形也,徒观水力之所到,则恧然足以骇矣④。观其所驾轶者⑤,所擢拔者⑥,所扬汩者⑦,所温汾者⑧,所涤汔者⑨,虽有心略辞给⑩,固未能缕形其所由然也⑪。恍兮忽兮⑫,聊兮慄兮⑬,混汩汩兮⑭。忽兮慌兮,俶兮傥兮⑮,浩瀁瀁兮,慌旷旷兮⑯,秉意乎南山⑰,通望乎东海,虹洞兮苍天⑱,极虑乎崖涘⑲。流揽无穷,归神日母⑳。汨乘流而下降兮㉑,或不知其所止㉒。或纷纭其流折兮㉓,忽缪往而不来。临朱汜而远逝兮㉔,中虚烦而益怠㉕。莫离散而发曙兮㉖,内存心而自持㉗。于是澡溉胸中㉘,洒练五藏㉙,澹澉手足㉚,頮濯发齿㉛,揄弃恬息㉜,输写淟浊㉝,分决狐疑,发皇耳目。当是之时,虽有淹病滞疾㊱,犹将伸伛起躄㊲,发瞽披聋而观望之也㊳,况直眇小烦憃㊴,醒酟病酒之徒哉!故曰:发蒙解惑㊵,不足以言也㊶。"

太子曰:"善,然则涛何气哉㊷?"

客曰:"不记也㊸,然闻于师曰,似神而非者三㊹:疾雷闻百里;江水逆流,海水上潮;山出内云㊺,日夜不止。衍溢漂疾㊻,波涌而涛起。其始起也,洪淋淋焉㊼,若白鹭之下翔。其少进也,浩浩溰溰㊽,如素车白马帷盖之张。其波涌而云乱,扰扰焉如三军之腾装㊾。其旁作而奔起也㊿,飘飘焉如轻车之勒兵。六驾蛟龙㉛,附从太白㉜,纯驰浩蜺㉝,前后络驿㉞。颙颙卬卬㉟,椐椐彊彊㊱,莘莘将将㊲,壁垒重坚㊳,沓杂似军行㊴。訇隐匉礚,轧盘涌裔㊱,原不可当。观其两旁,则滂渤怫郁㊲,暗漠憾突㊳,上击下律㊴,有似勇壮之卒,突怒而无畏㊵。蹈壁冲津㊶,穷曲随限㊷,逾岸出追㊸,遇者死,当者坏。初发乎或围之津涯㊹,荄轸谷分㊺。回翔青篾㊻,衔枚檀桓㊼,弭节伍子之山㊽,通厉胥母之场㊾。凌赤岸,篲扶桑,横奔似雷行。诚奋厥武㊿,如振如怒。沌沌浑浑,状如奔马。混混庉庉,声如雷鼓。发怒庢沓,清升逾跇,侯波备振,合战于藉藉之口。鸟不及飞,鱼不及回,兽不及走。纷纷翼翼,波涌云乱。荡取南山,背击北岸,覆亏丘陵,平夷西畔。险险戏戏,崩坏陂池,决胜乃罢。汩汩潺潺,披扬流洒,横暴之极,鱼鳖失势,颠倒偃侧;沈沈湲湲,蒲伏连延。神物怪疑,不可胜言。直使人踣焉,洄暗凄怆焉。此天下怪异诡观也,太子能彊起观之乎?"太子曰:"仆病未能也。"

① 七发:"七发"之义有二解:一、刘勰《文心雕龙·杂文篇》:"盖七窍所发,发乎嗜欲,始邪末正,所以戒膏粱之子也。"二、《文选注》:"七发者,说七事以起发太子也。"此文旧题"八首",实为一篇。第一首是序,假设吴客问楚太子病。中间六首先后陈述音乐、饮食、车马、游观、田猎、观涛六事来启发引导太子。最后一首直接以正道谏劝,使太子霍然病愈。这种结构体制为后人所模仿,形成了一种"七"体。这里节选《七发》的第七首。 ②望:夏历每月十五日。 ③广陵:即今江苏扬州市。曲江在扬州城外。 ④恤(xù)然:惊恐的样子。 ⑤驾轶(yì):超越。 ⑥擢拔:高耸拔起。 ⑦扬汨:鼓动、激荡。 ⑧温汾:结聚在一起。 ⑨涤汔(qì):冲刷。 ⑩心略:心中略有印象。辞给:稍能用言辞描述。 ⑪缕形:详细地形容。所由然:指江涛自始至终的种种形态。 ⑫怳兮忽兮:形容江涛浩茫无际,望不真切。下文"忽兮慌兮"与此同义。慌:同"怳"。 ⑬聊兮栗兮:使人惊惧战栗。 ⑭混(gǔn)汩汩兮:许多潮头合到一起。汩汩:波浪翻滚的声音。 ⑮俶(tì)兮傥(tǎng)兮:卓异貌。俶:同"倜"。 ⑯浩潢(wǎng)瀁(yǎng):形容江涛浩大深广。下句的"慌旷旷"形容广大无边。 ⑰秉意:秉作"执"解,集中注意力。南山:江涛发源之地。 ⑱虹洞:即"渱(hóng)洞(tóng)",混然一片,与天相接。 ⑲极虑:本为竭尽智虑,这里指极目远望。崖涘(sì):边际。 ⑳归神:精神集中到某

处。日母:太阳。　㉑汩(yù):迅疾貌。乘流而下降:潮头随江流直向下游。　㉒其所止:指潮头止处。　㉓"或纷纭"二句:众浪纷纭,江流曲折,潮水忽然纠缠在一起,向上游逆行而不再顺流下来。缪(jiū):缠结。往:水向上游逆行。来:顺流而下。　㉔朱汜:一说是地名。一说是南方水涯。　㉕"中虚烦"句:观涛之人见江涛已逝,内心感到空虚烦闷,也添了些倦意。　㉖莫:同"暮"。莫离散:指晚潮去了。发曙:指早潮来了。　㉗内:内心。存心而自持:江涛的印象存于心中,久久不忘。　㉘澡:浸洗。溉:同"溉":洗涤。　㉙洒:洗。练:汰。五藏:即五脏。　㉚澹澉(gǎn):洗涤。　㉛頮(huì):洗脸。濯:洗。　㉜揄弃:抛弃。恬息:懒散。　㉝输写:排除。浀(tiǎn)浊:身上的污垢。　㉞分:判明。决:决定　㉟发皇耳目:耳目受到启发而变得聪明。皇:明。　㊱淹病滞疾:拖延很久的疾病。　㊲伸伛:使伛偻的人可伸直躯体。起躄(bì):使跛足的人可以起来行走。　㊳发瞽:使盲人睁眼。披聋:使聋子听见声音。观望之:指观望江涛。　㊴况直:何况不过是。眇小:小病。烦懑(mèn):烦闷。　㊵蒙:不明。发蒙解惑:使头脑清醒。　㊶不足以言:不值一提。　㊷气:气象。㊸不记:不见于记载。　㊹"似神"句:江涛似有神助,而实际并非神力所致的特点有三方面。　㊺山出内云:云气从山口出入。内:同"纳"。出内:吞吐。　㊻衍溢:江水平满。漂疾:急流。　㊼洪淋淋:潮头腾起,又从空中洒落下来的样子。　㊽澺(yì)澺:高白之貌。　㊾扰扰:纷乱。腾装:军队装备整齐,奔腾前进。　㊿"其旁作"二句:旁作:潮头横出。奔起:潮头上扬。轻车之勒兵:主帅在轻便的战车上指挥队伍。　㉛六驾蛟龙:江涛的来势象六龙驾车。　㉜太白:一说指河伯,六龙听从河伯的指挥。一说指帅旗,六龙驾车视帅旗所指的方向前进。　㉝纯(tún)驰:"纯"通"屯",屯驻。驰:急驰。浩蜺:高大的样子。这句说江涛高大,或停或奔。　㉞前后络驿:江涛前后接连不断。　㉟颙(yóng)颙:大貌。卬卬:波浪高貌。　㊱椐(jū)椐彊彊:形容波浪横恣。　㊲莘(shēn)莘将将:形容波浪相激。　㊳重坚:形容波涛如军营的壁垒,重叠而坚固。　㊴沓杂:众多。军行:军队的行列。　㊵訇(hōng)隐匌磕(kē):四字都是形容波涛冲击、声浪巨大的象声词。　㊶轧盘:波涛相撞,气势浩大。涌裔:江涛奔行。四字连用,形容波涛翻滚沸腾的情状。　㊷潢渤怫郁:水势受阻而郁结。　㊸暗漠:大约指江涛混沌一片的情景。感突:左冲右突。感:触。或与"撼"通。　㊹上击:潮头上升,似被击,又落下。下律:"律"应作"硉"(lù),从高处推石而下,形容波涛从半空跌落时势头猛,声音大。　㊺突怒:奔突发怒。　㊻蹈壁:浪涛拍打岸壁。冲津:冲击渡口。　㊼穷曲随隈:江涛深曲弯折之处,浪涛无所不至。穷、随:穷尽,无往不至。曲、隈:江湾曲折处。　㊽逾岸:越过江岸。出追:超出沙堆。追,古"堆"字。　㊾或围:地名。可能属寓言,不是实有地理可考的地方。津涯:水岸边。　㊿菱(gāi)轸谷分:山陇盘曲,川谷分裂。菱:"陔"的借字,作"陇"解。轸:地形盘曲貌。　㊶青篾:覆盖在车栏上的青色帷幔之类。这是形容涛之初发,如车之回翔。　㊷衔枚:马疾走时口中衔一根筷子似的东西,这里比喻江涛无声。檀桓:相当于"盘桓",形容涛如马之回旋。　㊸弭节:按辔徐行。节:行车的节度。伍子之山:因伍子胥得名的山。　㊹通厉:远行。胥母之场:祭祀伍子胥的祠庙。　㊺凌:侵逼。赤岸:地名。彗(suì):

扫。扶桑:树名,日出之处。 ⑦诚:诚然,确乎。 奋:发扬。 厥:彼。 武:威势。 ⑦振:震威。 ⑦沌沌浑浑:波涛相追逐之貌。 ⑦混(gǔn)混庉(dùn)庉:波浪之声。 ⑧庢(zhì)沓:江涛遇阻涌溢而出。庢:"窒"字的正写,阻碍之意。沓:沸水从釜中溢出。 ⑧清升:涛势渐缓,水现澄清,递相上升。逾趹(yè):跳跃着越过。 ⑧侯波:即阳侯之波,阳侯相传是伏羲氏时的诸侯,溺死于水,成为波涛之神,这句等于说大波。 ⑧合战:会战。藉藉:寓言中的地名。口:港口。 ⑧纷纷翼翼:交错貌。 ⑧荡:冲击。取:同"趣",趋。 ⑧背击北岸:潮水冲击南山后退回又拍击着北岸。 ⑧覆:倾覆。亏:亏蚀。 ⑧夷西畔:潮水满溢,与西岸相平。 ⑧险险戏(xī)戏:倾侧危险的样子。 ⑨陂(pō)池:斜坡。"池"是"阤"(陀)的假借字。 ⑨沛(zé)汩(yù):波涛相击之貌。 ⑨披扬流洒:水花飞扬四溅。 ⑨颠倒偃侧:形容龟鳖在水中东倒西歪。 ⑨沈(yóu)沈湲湲:鱼鳖颠倒的样子。 ⑨蒲伏:即匍匐。连延:延续貌。这句形容鱼鳖在水中起伏不已。 ⑨踣(bó):向前跌倒。形容江潮的神奇怪异使人惊疑,以至于跌倒。 ⑨泂暗凄怆:惊骇失智,心境悲凉。 ⑨诡观:奇诡的景象。 (这一节铺陈江涛的种种奇观,希望以此使太子头脑清醒。)

二、史　记

《史记》是一部伟大的历史著作。全书包括本纪、表、书、世家、列传共一百三十篇,五十二万六千五百余字。本纪记述历代帝王的生平事迹;表是各历史时期简单的大事记;书分别叙述天文、历法、水利、经济、文化等发展情况和现状;世家记贵族侯王的历史;列传是不同类型、不同阶层人物的传记。《史记》记事上自黄帝、下至武帝太初年间,全面叙述了我国上古到汉初三千年来的历史。

《史记》的作者司马迁(前145—前87?),字子长,夏阳(今陕西省韩城市)人。父司马谈为汉武帝时太史令。司马迁随他在长安学习,并三次漫游全国各地。后继父职任太史令,博览国家藏书,整理历史资料。从四十二岁时开始正式写作《史记》。在此期间,由于为投降匈奴的名将李陵辩护,触怒武帝,遭受宫刑。出狱后任中书令,以坚忍的毅力继续著作,大约在公元前93年完成《史记》。

项羽本纪(节录)

项王军壁垓下①,兵少食尽,汉军及诸侯兵围之数重。夜闻汉军四面皆楚歌②,项王乃大惊曰:"汉皆已得楚乎? 是何楚人之多也!"项王则夜起,饮帐中。有美人名虞,常幸从③;骏马名骓④,常骑之。于是项王乃悲歌慷慨⑤,自为诗曰:"力拔山兮气盖世!时不利兮骓不逝⑥!骓不逝兮可奈何⑦!虞兮虞兮奈若何⑧!"歌数阕⑨,美人和之⑩。项王泣数行下,左右皆泣,莫能仰视。

于是项王乃上马骑⑪,麾下壮士骑从者八百余人,直夜溃围南出⑫,驰走⑬。平明⑭,汉军乃觉之,令骑将灌婴以五千骑追之⑮。项王渡淮⑯,骑能属者百余人耳⑰。项王至阴陵⑱,迷失道,问一田父⑲。田父绐曰⑳:"左㉑。"左,乃陷大泽中㉒。以故汉追及之。项王乃复引兵而东,至东城㉓,乃有二十八骑。汉骑追者数千人。项王自度不得脱㉔,谓其骑曰:"吾起兵至今八岁矣,身七十余战㉕,所当者破,所击者服,未尝败北,遂霸有天下㉖。然今卒困于此,此天之亡我,非战之罪也。今日固决死㉘,愿为诸君快战㉙,必三胜之,为诸君溃围、斩将、刈旗㉚,令诸君知天亡我,非战之罪也。"乃分其骑以为四队,四向㉛。汉军围之数重。项王谓其骑曰:"吾为公取彼一将。"令四面骑驰下,期山东为三处㉜。于是项王大呼驰下,汉军皆披靡㉝,遂斩汉一将。是时赤泉侯为骑将㉞,追项王,项王瞋目而叱之,赤泉侯人马俱惊,辟易数里㉟。与其骑会为三处,汉军不知项王所在。乃分军为三,复围之。项王乃驰,复斩汉一都尉,杀数十百人。复聚其骑,亡其两骑耳。乃谓其骑曰:"何如?"骑皆伏曰㊱:"如大王言㊲。"

于是项王乃欲东渡乌江㊳。乌江亭长檥船待㊴,谓项王曰:"江东虽小,地方千里,众数十万人,亦足王也。愿大王急渡。今独臣有船,汉军至,无以渡。"项王笑曰:"天之亡我,我何渡为!且籍与江东子弟八千人渡江而西,今无一人还,纵江东父兄怜而王我㊵,我何面目见之!纵彼不言,籍独不愧于心乎!"乃谓亭长曰:"吾知公长者㊶。吾骑此马五岁,所当无敌,尝一日行千里,不忍杀之,以赐公。"乃令骑皆下马步行,持短兵接战㊷。独籍所杀汉军数百人。项王亦身被十余创㊸。顾见汉骑司马吕马童㊹,曰:"若非吾故人乎?"马童面之㊺,指王翳㊻,曰:"此项王也。"项王乃曰:"吾闻汉购我头千金,邑万户,吾为若德㊼。"乃自刎而死。王翳取其头,余骑相蹂践㊽,争项王,相杀者数十人。最其后,郎中骑杨喜㊾,骑司马吕马童,郎中吕胜、杨武各得其一体㊿,五人共会其体,皆是。故分其地为五㉞,封吕马童为中水侯㊾,封王翳为杜衍侯㊿,封杨喜为赤泉侯,封杨武为吴防侯㊾,封吕胜为涅阳侯㊿。

①垓(gāi)下:地名。在今安徽省灵璧县东南。　②楚歌:用楚地方言土音所唱的歌。　③名虞:一说姓虞氏。幸从:为项羽所宠幸而跟随左右。　④骓(zhuī):毛呈苍白

杂色的马。 ⑤慷慨:愤激悲叹。 ⑥逝:向前行进。 ⑦可奈何:将怎么办。 ⑧奈若何:把你怎么安排。 ⑨阕(què):曲终一遍叫一阕。 ⑩和(hè):应和着一同歌唱。⑪上马骑(jì):一人独乘一马叫作骑。 ⑫直夜:当天夜里。溃围:突围。 ⑬驰走:奔驰逃跑。 ⑭平明:天亮时。 ⑮灌婴:汉初名臣。随刘邦转战南北,后封颍阴侯。⑯淮:淮水。 ⑰骑能属(zhǔ)者:能跟从项羽的骑士。 ⑱阴陵:秦县名。故治在今安徽定远县西北。 ⑲田父:农夫。 ⑳绐(dài):欺哄。 ㉑左:向左。 ㉒泽:潮湿低洼之地。 ㉓东城:秦县名,故治在今安徽定远县东南五十里。 ㉔度(duó):揣度。脱:脱身。 ㉕身:亲身参战。 ㉖霸有天下:称霸天下。项羽曾自立为西楚霸王。 ㉗非战之罪:不是作战的过错。 ㉘固决死:必定要死。 ㉙“愿为”二句:快战:痛痛快快打一仗。三胜之:胜它三次。 ㉚溃围、斩将、刈旗:即上文所说“三胜”。 ㉛四向:向四面。 ㉜期山东:约好冲过山的东面。为三处:分三处集合。 ㉝披靡:以草木被风吹倒形容兵士溃散。 ㉞赤泉侯:名杨喜。因斩项羽有功,后封赤泉侯。赤泉后改丹水县,在今河南省淅川县西。这里是史家追书他后来的封爵。 ㉟辟易:退避。辟:同“避”。易:改变,指离开原地。 ㊱伏:心服。 ㊲如大王言:正如大王所说。 ㊳乌江:即今安徽省和县东北四十里江岸的乌江浦。 ㊴亭长:按秦汉时制度,十里一亭,设亭长一人。檥(yí):整船向岸。 ㊵王我:以我为王。 ㊶长者:谨厚者。 ㊷短兵:短小的兵器。 ㊸被十余创:身受十几处伤。 ㊹顾见:回头看见。吕马童:人名。当是项王旧部,后来投奔刘邦,所以项羽称他为故人。 ㊺面之:面对着项王。 ㊻指王翳:把项羽指给王翳看。 ㊼为若德:施恩于你。 ㊽相蹂践:自相践踏。 ㊾郎中骑:武官名。这是杨喜当时的官职。 ㊿各得其一体:各得项羽尸体的一部分。 (51)分其地为五:分应封之地为五份,五人分封为侯。 (52)中水:汉县名,在今河北省献县西。(53)杜衍:汉县名,在今河南省南阳市西南。 (54)吴防:汉县名,在今河南省遂平县。(55)涅阳:汉县名,在今河南省镇平县南。 (这一大段写项羽垓下被围、乌江自刎,描述了英雄末路的悲壮情景。)

李将军列传(节录)

李将军广者,陇西成纪人也①。其先曰李信②,秦时为将,逐得燕太子丹者也。故槐里③,徙成纪。广家世世受射④。孝文帝十四年⑤,匈奴大入萧关⑥,而广以良家子从军击胡⑦,用善骑射⑧,杀首虏多,为汉中郎⑨。广从弟李蔡亦为郎⑩。皆为武骑常侍,秩八百石。尝从行⑪,有所冲陷折关及格猛兽⑫,而文帝曰:“惜乎,子不遇时!如令子当高帝时,万户侯岂足道哉!”

及孝景初立⑬,广为陇西都尉⑭,徙为骑郎将⑮。吴楚军时⑯,广为骁骑都尉⑰,从太尉亚夫击吴楚军⑱,取旗⑲,显功名昌邑下。以梁王授广将军印㉑,还,赏不行㉑。徙为上谷太守㉒,匈奴日以合战㉓。典属国公孙昆邪为上泣曰㉔:"李广才气,天下无双,自负其能,数与虏敌战,恐亡之。"于是乃徙为上郡太守㉕。后广转为边郡太守㉖,徙上郡,尝为陇西、北地、雁门、代郡、云中太守,皆以力战为名。

　　匈奴大入上郡,天子使中贵人从广勒习兵击匈奴㉗。中贵人将骑数十纵㉘,见匈奴三人,与战。三人还射,伤中贵人,杀其骑且尽。中贵人走广。广曰:"是必射雕者也㉙。"广乃遂从百骑往驰三人。三人亡马步行,行数十里。广令其骑张左右翼,而广身自射彼三人者,杀其二人,生得一人,果匈奴射雕者也。已缚之上马,望匈奴有数千骑,见广,以为诱骑㉚,皆惊,上山陈㉛。广之百骑皆大恐,欲驰还走。广曰:"吾去大军数十里,今如此以百骑走,匈奴追射我立尽。今我留,匈奴必以我为大军之诱,必不敢击我。"广令诸骑曰:"前!"前未到匈奴陈二里所,止,令曰:"皆下马解鞍!"其骑曰:"虏多且近,即有急,奈何?"广曰:"彼虏以我为走,今皆解鞍以示不走,用坚其意㉜。"于是胡骑遂不敢击。有白马将出护其兵㉝,李广上马与十余骑奔射杀胡白马将,而复还至其骑中,解鞍,令士皆纵马卧。是时会暮㉞,胡兵终怪之,不敢击。夜半时,胡兵亦以为汉有伏军于旁欲夜取之,胡皆引兵而去。平旦,李广乃归其大军。大军不知广所之,故弗从㉟。

①陇西:郡名,在今甘肃省东部。成纪:汉县名,初属陇西郡,故治在今甘肃省秦安县北。　②先:祖先。李信:秦名将。　③故:日居。槐里:汉县名,故城在今陕西省兴平市东南。　④受:学习。射:祖传的射箭之法。　⑤孝文帝十四年:公元前166年。　⑥大入:大举侵入。萧关:通塞外的关口,在今甘肃省环县西北。　⑦以良家子:以普通良家子弟的身份。按,汉代当兵的人有两种:一种是普通百姓,即出身正当、家世清白的人;一种是犯罪的人。　⑧"用善"二句:因善于骑马射箭,斩杀敌人的首级很多。用:因为。杀:杀死敌人。首虏:斩敌人首级。　⑨中郎:官名,又简称"郎"。属郎中令所管,担任宫中守卫值夜的工作。皇帝出门,则充当车骑,作为护卫。　⑩"广从弟"三句:李广和他的堂弟都由中郎升为武骑常侍,每年俸米八百石。从(cóng)弟:同祖父的弟弟。武骑常侍:皇帝的侍从官。秩:俸禄的等级。　⑪尝从行:曾随皇帝出行。　⑫冲陷:冲锋陷阵。折关:防御敌人。折:拒,御侮。关:防止,阻拦。格:格斗,格杀。　⑬孝景:汉孝景帝。初立:刚即位时。　⑭陇西都尉:陇西郡郡尉。都尉本名郡尉,是郡守的佐职,管理一郡的武备军卒。　⑮骑郎将:主管骑郎的将领。骑郎是骑马护从皇帝车驾的郎官。　⑯吴楚军时:对吴楚用兵之时。指镇压七国叛乱。　⑰骁(xiāo)骑(qí)都尉:率领骁骑的都尉,此处都尉是禁卫军的将领。骁骑:轻骑兵。　⑱太尉:主管全国军事的最高长官。亚夫:周亚夫,汉名将。　⑲"取旗"二句:夺取敌人军旗,在昌邑城下立功显名。昌邑:秦县名,是梁国的要邑,故城在今山东省金乡县西北。　⑳"以梁王"句:由于

梁孝王封李广为将军,并授予印信。以:因为,表示下文"赏不行"的原因。按,李广在梁地作战有功,所以梁王这样做。　㉑还,赏不行:李广受梁封,违反汉廷法令,所以还朝以后,汉朝没有给李广封赏。　㉒上谷:秦郡名,包括今河北省西北大部分和中部一部分。　㉓日以合战:每天来与李广交锋作战。　㉔典属国:官名,负责处理当时向汉称臣的外族国家事务。公孙昆(hún)邪(yē):复姓公孙,名昆邪。　㉕上郡:秦郡名,包括今陕西省北部及内蒙古旧鄂尔多斯左翼。　㉖"后广"四句:这四句共三十一字,前人考订认为移至下文"大军不知广所之,故弗从"(本段最末)句以后,其中"徙上郡"是衍文。另一种说法,认为这四句是插叙语,说李广从上谷太守历转各边郡太守,然后才转任上郡太守,并不是说在上郡太守以后又历转各边郡太守。北地:郡名,大约包括今甘肃省东北部和旧宁夏一带。雁门:郡名。包括今山西省西北部宁武以北一带,大同的东部和北部。代郡:代本古国名,战国时为代国一郡包括今山西河北两省北部。云中郡名,大约包括今山西省西北部和内蒙古西南部一带。　㉗天子:指景帝。中贵人:宦官。勒:部勒,指天子命中贵人受李广约束。习兵:参加军事训练。　㉘将骑数十:领着几十名骑兵。纵:放马奔驰。　㉙雕:鸷鸟名,一名鹫,迅猛凶恶。射雕者:匈奴专门射雕的能手。　㉚诱骑:诱敌的骑兵。　㉛陈:摆开阵势。　㉜用坚其意:使匈奴更加坚定地相信李广是诱骑。　㉝白马将:匈奴方面一个骑白马的将领。出护其兵:出来监护他手下的兵卒。　㉞会暮:正值黄昏。　㉟"大军"二句:大军本部不知李广所去的方向,所以没有跟来接应。　(这一大段写李广智勇无敌,以及他早年屡建战功的经过。)

居久之,孝景崩,武帝立①,左右以为广名将也,于是广以上郡太守为未央卫尉②,而程不识亦为长乐卫尉③。程不识故与李广俱以边太守将军屯④。及出击胡,而广行无部伍行陈⑤,就善水草屯,舍止⑥,人人自便,不击刁斗以自卫⑦,莫府省约文书籍事⑧,然亦远斥候⑨,未尝遇害。程不识正部曲行伍营陈⑩,击刁斗,士吏治军簿至明⑪,军不得休息,然亦未尝遇害。不识曰:"李广军极简易,然虏卒犯之⑫,无以禁也;而其士卒亦佚乐⑬,咸乐为之死⑭。我军虽烦扰,然虏亦不得犯我。"是时汉边郡李广、程不识皆为名将,然匈奴畏李广之略⑮,士卒亦多乐从李广而苦程不识。程不识孝景时以数直谏为太中大夫⑯。为人廉,谨于文法⑰。

后,汉以马邑城诱单于⑱,使大军伏马邑旁谷,而广为骁骑将军⑲,领属护军将军⑳。是时单于觉之㉑,去,汉军皆无功。其后四岁㉒,广以卫尉为将军㉓,出雁门击匈奴。匈奴兵多,破败广军,生得广。单于素闻广贤,令曰:"得李广必生致之。"胡骑得广,广时伤病,置广两马间,络而盛卧广㉔。行十余里,广详死㉕,睨其旁有一胡儿骑善马,广暂腾而上胡儿马㉖,因推堕儿,取其弓,鞭马南驰数十里,复得其余军,因引而入塞。匈奴捕者骑数百追之,广行取胡儿弓,射杀追骑,以故得脱。于是至汉,汉下广吏㉗。吏当广所失亡多㉒,为虏所生得,当斩,赎为庶人。

顷之,家居数岁。广家与故颍阴侯孙屏野居蓝田南山中射猎㉙。尝夜从一骑出,从人田间饮。还至霸陵亭㉚,霸陵尉醉,呵止广㉛。广骑曰:"故李将军。"尉曰:"今将军尚不得夜行,何乃故也!"止广宿亭下。居无何㉜,匈奴入杀辽西太守㉝,败韩将军㉞,韩将军徙右北平。于是天子乃召拜广为右北平太守㉟。广即请霸陵尉与俱㊱,至军而斩之。

广居右北平,匈奴闻之,号曰"汉之飞将军"。避之数岁,不敢入右北平。

广出猎,见草中石,以为虎而射之,中石没镞㊲,视之石也。因复更射之,终不能复入石矣。广所居郡闻有虎,尝自射之。及居右北平射虎,虎腾伤广,广亦竟射杀之。

广廉,得赏赐辄分其麾下㊳,饮食与士共之。终广之身,为二千石四十余年,家无余财,终不言家产事。广为人长,猿臂,其善射亦天性也,虽其子孙他人学者,莫能及广。广讷口少言㊴,与人居则画地为军陈,射阔狭以饮㊵。专以射为戏,竟死㊶。广之将兵,乏绝之处,见水,士卒不尽饮㊷,广不近水;士卒不尽食,广不尝食。宽缓不苛,士以此爱乐为用。其射,见敌急㊸,非在数十步之内㊹,度不中不发,发即应弦而倒。用此,其将兵数困辱,其射猛兽亦为所伤云。

①武帝立:汉武帝刘彻即位。 ②以上郡太守为未央卫尉:把李广从上郡太守任上召回,任未央宫卫尉之职。 ③程不识:汉景帝时名将。 ④故:过去,从前。以边太守:以国家边境上的郡守的身份。将军屯:率领军队驻防。 ⑤广行:李广行军。部伍行陈(zhèn):部队编制和行列阵势。陈:同"阵"。 ⑥舍止:停宿之处。 ⑦刁斗:铜制的军用饭锅,又叫"镬"(jiāo),白天烧饭,晚上用来敲击巡更。 ⑧莫府:幕府,指军幕。省约文书籍事:对公文簿册一类事宜尽可能简化。 ⑨斥候:侦探敌情或守望的哨兵。远斥候:远远地放出侦察敌情的哨兵。一说,指李广虽治军不严,但也能在塞上较远而深入敌境,走到了斥候所不及照顾的地方。 ⑩正:严格要求。部曲:指行伍编制。汉时领军皆有部曲。大将军营五部,部下有曲,曲下有屯。行伍营陈:队伍驻扎的营位和行军所列的阵势。 ⑪治军簿至明:对于军中文书簿册都办得极其明白。 ⑫"然房"二句:但如敌人仓促之间来侵犯他,他是无法阻挡的。卒:同"猝"。 ⑬佚乐:安逸快乐。 ⑭咸:都。乐:乐意、情愿。为之死:为李广出死力。 ⑮略:战略、计谋。 ⑯"程不识"句:程不识在汉景帝时因屡次直言进谏而被封为太中大夫。 ⑰谨于文法:对于朝廷的条文法令,执行得谨慎认真。 ⑱"汉以马邑城"句:汉武帝元光二年(前133),韩安国、李广等带三十万军队,屯驻马邑谷中,派当地豪绅聂壹为间谍,诱骗匈奴单于来取马邑城。马邑:汉县名,属雁门郡,即今山西省朔县。 ⑲骁骑将军:将军的一种冠

号。 ⑳领属护军将军：受护军将军节制。护军将军：也是将军的一种冠号，这里指韩安国，此次战役的统帅。 ㉑单于觉之：单于相信聂壹的话，带十余万骑兵入武州塞（今山西朔县西），离马邑百余里，路上不见一人，觉得奇怪。抓住武州尉史拷问，得知汉兵几十万伏马邑谷中，便立刻退去。汉军估计追不上，遂撤兵。 ㉒其后四岁：武帝元光六年，前129年。 ㉓"广以卫尉"二句：李广自马邑之役以来，一直任卫尉之职，这时又被封为"将军"，出雁门征伐。雁门：指雁门山，在今山西省代县西北三十五里，其上有雁门关，是当时北方要塞。 ㉔络而盛卧广：用绳结成一个兜络，张开放在平行的两马之间，把李广装在网兜中，让他躺着。 ㉕详死：装死。详，通"佯"。 ㉖暂：猝然，骤然。腾而上：一跃而上。 ㉗汉下广吏：汉廷把李广交给执法官吏去审问。 ㉘当(dàng)：判决。所失亡多：所损失、伤亡的军队太多。 ㉙故颍阴侯孙：即灌婴的孙子灌强。当时灌强因有罪免去侯爵，所以称"故"。故：前任的。屏野：屏居在野。蓝田南山：蓝田县的南山之麓。蓝田：秦县名，故治在今陕西省蓝田县西三十里。 ㉚还至：回来时走到。霸陵亭：汉文帝陵叫霸陵，因其地而设霸陵县（在今陕西省西安）。霸陵亭：霸陵附近的亭驿，亭长由霸陵县尉兼任，专司守陵之职。 ㉛呵止广：大声怒喝，制止李广通行。㉜居无何：没过多久。 ㉝"匈奴入杀"句：武帝元朔元年（前128）秋，匈奴入边境，杀辽西太守，入雁门，杀掠数千人。 ㉞败韩将军：匈奴杀辽西太守时，韩安国屯渔阳（县名，故治在今北京密云县西南），正罢军屯，令军队作田。匈奴侵入上谷、渔阳，韩安国军营中只有七百人，战败。匈奴大掠而去。武帝派使者怒责韩安国，命他东迁屯兵右北平。韩安国不久即病死。 ㉟右北平：汉郡名，在渔阳东北，故城在今河北省建昌县东。此时韩安国死于右北平任所，所以召李广代之。 ㊱"广即请"句：李广随即请求皇帝批准，让霸陵尉与他一起去右北平。 ㊲中石没镞(zú)：箭射中石头，整个箭头都陷入石中。 ㊳分(bān)其麾下：颁赐给他的部下。分：通"颁"。 ㊴讷口：口才笨拙。㊵射阔狭以饮：在地上画出宽、窄不同的行列，从高处向行列放箭，箭能直立在窄行中为胜，射到宽行或箭不能直立就输，射出行列之外也算输。输了就罚酒。 ㊶竟死：一直到死都是如此。 ㊷士卒不尽饮：如果不是所有的士卒都喝了水。 ㊸见敌急：见敌人逼近自己。 ㊹"非在"二句：只要不是在几十步以内——如果估计不中，他是不发箭的。 （这一段通过生活细节描写李广平时带兵打仗的作风、超人的勇敢和射技，以及待人接物的性格。）

三、两汉乐府诗

乐府是汉代管理音乐的官署名称。据《史记·乐书》和《汉书·礼乐志》，乐府的设置至迟不会晚于汉惠帝二年（前193）。但从汉武帝时，乐府才开始采集民间歌谣和俗曲，"有赵、代之讴，秦、楚之风"（《汉书·艺文志》)。这种采诗的工作,一直延续到东汉末年。

乐府所采的诗,后来也称为乐府,又叫乐府诗。汉乐府歌辞有一部分是文人所作,一部分来自民间。宋朝人郭茂倩将上古至五代的乐章歌诗辑成《乐府诗集》,分为十二大类,所收作品以汉魏至隋唐的乐府诗为主。其中《鼓吹曲辞》保存了西汉的《铙歌》,《相和歌辞》、《杂曲歌辞》里保存了较多的东汉民歌。

战 城 南①

战城南②,死郭北,野死不葬乌可食③。为我谓乌④:"且为客豪⑤!野死谅不葬⑥,腐肉安能去子逃⑦!"水深激激⑧,蒲苇冥冥⑨,枭骑战斗死⑩,驽马徘徊鸣⑪。梁筑室⑫,何以南,何以北?禾黍不获君何食⑬?愿为忠臣安可得⑭?思子良臣⑮,良臣诚可思:朝行出攻⑯,暮不夜归!

①本篇是西汉《铙歌十八曲》第六首。 ②"战城南"二句:写战士们各地转战,城南城北到处都是战场。郭:外城。 ③"野死"句:战士死于郊野,无人埋葬,乌鸦就来啄食他们的尸体。 ④为我谓乌:替我对乌鸦说。我:诗人自称。 ⑤且为客豪:暂且先为死者号哭几声。客:战死的士卒。因无人埋葬,只得以乌鸦叫权当招魂。 ⑥"野死"句:死在野外,谅必不会被埋葬。 ⑦"腐肉"句:腐烂的尸体还能躲开乌鸦的口逃走么? ⑧激激:形容流水清澈。一说,流水声。 ⑨冥冥:形容芦苇丛昏茫一片。 ⑩枭(xiāo)骑(jì):勇敢善战的骏马。 ⑪驽马:笨拙的劣马。"枭骑"、"驽马"隐约含有"英勇的战士牺牲了,庸碌的人还在偷生"的寓意。 ⑫"梁筑室"三句:古代桥梁上往往盖有房屋,称为"桥屋"或"桥亭"。汉代重要桥梁两头还设有表木(立木柱以作标志),设津吏把守,盘查往来行人,定时启闭。所以南来北往受到限制。这里仅用作比兴。 ⑬"禾黍"句:丁壮出来打仗,没人收割庄稼,人们吃什么?"君"亦可指皇帝。 ⑭"愿为忠臣"句:忠诚的士兵都战死了,从哪里还能得到愿当忠臣的人呢? ⑮"思子"二句:想念你们这些战死的好臣民,好的臣民确实值得思念。 ⑯"朝行"二句:你们早上出去打仗,晚上便再也回不来了! (这首诗通过诗人与乌鸦的对话,描写大战之后战场上荒凉死寂的景象,哀悼阵亡的士卒,诅咒了残酷的战争。)

上 邪①

上邪②!我欲与君相知③,长命无绝衰④。山无陵⑤,江水为竭,冬雷震震⑥,夏雨雪⑦,天地合,乃敢与君绝⑧!

①本篇为《铙歌十八曲》第十六首。 ②上邪:天哪! 邪,同"耶"。 ③君:所爱的人。相知:相好,知心。 ④"长命"句:令爱情永不断绝衰减。命:令,使。 ⑤山无陵:直到山没有了峰,即变成平地。 ⑥冬雷震震:冬天响雷。震震:雷声。 ⑦夏雨雪:夏天下雪。 ⑧"乃敢"句:意谓只有以上所说五种情况都发生,我才敢同你决绝。 (这首诗连举五种不可能出现的自然现象为誓,表白了女子对男子坚贞不渝的爱情。)

陌上桑①

日出东南隅②,照我秦氏楼。秦氏有好女,自名为罗敷③。罗敷喜蚕桑④,采桑城南隅。青丝为笼系⑤,桂枝为笼钩⑥。头上倭堕髻⑦,耳中明月珠⑧,缃绮为下裙⑨,紫绮为上襦⑩。行者见罗敷,下担捋髭须⑪。少年见罗敷,脱帽著帩头⑫。耕者忘其犁,锄者忘其锄。来归相怨怒,但坐观罗敷⑬。

使君从南来⑭,五马立踟蹰⑮。使君遣吏往,问是谁家姝⑯。"秦氏有好女,自名为罗敷。""罗敷年几何?""二十尚不足⑰,十五颇有余。""使君谢罗敷⑱,宁可共载不⑲?"罗敷前置辞⑳:"使君一何愚㉑!使君自有妇,罗敷自有夫。"

"东方千余骑㉒,夫婿居上头。何用识夫婿㉓?白马从骊驹㉔。青丝系马尾㉕,黄金络马头;腰中鹿卢剑㉖,可直千万余㉗。十五府小史㉘,二十朝大夫㉙,三十侍中郎㉚,四十专城居㉛。为人洁白皙㉜,鬑鬑颇有须㉝。盈盈公府步㉞,冉冉府中趋㉟。坐中数千人,皆言夫婿殊㊱。"

①本篇为汉代《相和歌》古辞。《宋书·乐志》题为《艳歌罗敷行》。共三解(三章)。 ②隅:方。 ③"自名"句:起名叫罗敷。罗敷:古代美女的通称。自名:也可解作"本名"。 ④喜:一本作"善"。蚕桑:养蚕和采桑。 ⑤青丝:青色的丝绳。笼系:篮子上的络绳。 ⑥桂枝:桂树枝条,取其香洁。笼钩:篮上的提柄。 ⑦倭堕髻:又叫堕马髻。髻歪在头部一侧,似堕非堕,是当时一种时髦的发式。 ⑧明月珠:宝珠名。此言以明月珠作耳珰。 ⑨缃绮:杏黄色有花纹的绫子。下裙:裙子。 ⑩上襦(rú):上身的短袄。 ⑪下担:放下担子。捋(lǔ):用手指抹过去。髭(zī):口边的胡须。须:下巴上的胡子。 ⑫帩(qiào)头:即绡头。包束头发用的纱巾。著帩头:写少年下意识地重戴头巾,整理自己的外表。 ⑬但坐:只是因为。这四句写人们因贪看罗敷而各自耽误了自己的活,回来后互相埋怨发火。 ⑭使君:东汉时对太守、刺史的称呼。 ⑮五马:太守所乘的车马。五马本是古代诸侯驾车所用。太守为一方长官,所以也用五马。踟蹰:徘徊不去。 ⑯姝:美女。 ⑰二十尚不足:这两句是说罗敷不到二十,大过十五。与

"秦氏有好女"二句均为小吏问过罗敷后对答太守的话。　⑱谢:请问。　⑲"宁可"句:愿不愿意和使君一同登车而去。宁:愿。不:同"否"。　⑳前置辞:向前回话。㉑一何:何其。　㉒"东方"二句:东方,夫婿居官的地方。千余骑:形容夫婿随从之多。上头:前列。　㉓何用:用什么。识:辨识。　㉔"白马"句:夫婿骑着白马,后跟骑黑马的随从。骊:黑色马。驹:二岁小马。　㉕"青丝"二句:白马尾上系着青丝,马头上笼着金色的笼头。　㉖鹿卢剑:剑柄用丝绦缠绕成辘轳状的剑。鹿卢:同"辘轳"。　㉗直:值。㉘小史:古代衙门中地位低下的小吏。　㉙朝大夫:朝廷上的大夫。　㉚侍中郎:是一种在本官之外特加的荣衔,有此荣衔可出入宫禁。　㉛专城居:州牧、太守等一城之主。㉜洁白晳(xī):皮肤洁白。　㉝鬑(lián)鬑:胡须稀疏的样子。颇:略微。　㉞盈盈:仪态美好、步履稳重的样子。公府步:官府中人踱的方步。　㉟冉冉:也是形容步态舒缓的样子。趋:小步快行。　㊱殊:与众不同。　(这首诗写一个民间采桑女子机智地拒绝太守纠缠的故事。)

平陵东①

　　平陵东②,松柏桐,不知何人劫义公③。劫义公,在高堂下,交钱百万两走马④。两走马,亦诚难,顾见追吏心中恻⑤。心中恻,血出漉⑥,归告我家卖黄犊⑦。

　　①本篇为《相和歌》古辞。　②平陵:汉昭帝墓,在长安西北七十里。　③不知何人:是讽刺写法。劫:目前一般都认为是官府绑架。义公:古今注本均不明所指。按,《后汉书·虞傅盖臧列传》说:"是时长吏、二千石听百姓谪罚者输赎,号为'义钱',托为贫人储,而守令因以聚敛。(虞)诩上疏曰:'(永建)元年以来,贫百姓章言长吏受取百万以上者,匈匈不绝。谪罚吏人至数千万,而三公、刺史少所举奏。寻永平、章和中,州郡以走卒钱给贷贫人,司空劾案,州及郡县皆坐免黜。今宜遵前典,蠲除权制。'于是诏书下谕章,切责州郡。谪罚输赎自此而止。"这段记载指出:东汉郡吏太守假借为赈贷贫苦人而储存钱财的名义,规定凡应受责罚的百姓可以交钱赎罪,号称"义钱",而守令就借此机会大肆搜刮民财。这种赎金往往在百万以上,致使百姓的怨言汹汹不绝。本篇主人公正是被迫交钱百万再加两匹走马的一个百姓,因为是被勒索"义钱",所以称"义公"。"义"是形容词。劫:指官府强行捕人,胁以威势。崔寔《政论》:"是以百姓创艾,咸以官为忌讳,遁逃鼠窜,莫肯应募,因乃捕之,劫以威势。"即此意。　④走马:善跑的好马。　⑤恻:痛心,难过。　⑥血出漉(lù):血都渗了出来。　⑦"归告"句:只好回家卖掉小牛来凑足被勒索的费用。

东门行①

出东门,不顾归②;来入门,怅欲悲③。盎中无斗米储④,还视架上无悬衣⑤。拔剑东门去⑥,舍中儿母牵衣啼⑦:"他家但愿富贵⑧,贱妾与君共餔糜⑨。上用仓浪天故⑩,下当用此黄口儿⑪。今非⑫!""咄⑬!行⑭!吾去为迟!白发时下难久居⑮。"

①本篇属相和歌辞瑟调曲。东门:诗中主人公所住城市的东门。 ②不顾归:下决心铤而走险,不再考虑回家的事。 ③怅欲悲:写主人公内心矛盾:去东门时已不想回家,但终于还是回来,进家门后又满怀失意和悲伤。 ④盎:盆类。斗米储:一斗米的存粮。 ⑤还视:回头看看。无悬衣:没有衣服挂着。 ⑥"拔剑"句:言家中无法生活,只得拔剑再去东门。 ⑦儿母:孩子的母亲。 ⑧"他家"句:别人家只想富贵,所以出去冒险。 ⑨"贱妾"句:我情愿与你在一起喝粥过穷日子。 ⑩"上用"句:上为苍天。用:为了。仓浪天:青天。 ⑪"下当"句:下为黄口小儿。黄口儿:幼儿。 ⑫今非:你现在这样干不对。 ⑬咄(duō):男主人公呵斥他的妻子。 ⑭行:我走了! ⑮"白发"句:白头发一天天脱落,这日子实在难过下去了。 (这首诗写一个被贫困逼得铤而走险的男子,在即将离家而去时悲愤矛盾的心情,以及不顾妻子阻拦、拔剑而起的果决行动。)

孤儿行①

孤儿生,孤儿遇生②,命独当苦③。父母在时,乘坚车,驾驷马④。父母已去⑤,兄嫂令我行贾⑥。南到九江⑦,东到齐与鲁⑧。腊月来归,不敢自言苦。头多虮虱⑨,面目多尘。大兄言办饭,大嫂言视马。上高堂⑩,行取殿下堂,孤儿泪下如雨。使我朝行汲⑪,暮得水来归。手为错⑫,足下无菲⑬。怆怆履霜⑭,中多蒺藜⑮,拔断蒺藜肠肉中⑯,怆欲悲。泪下渫渫⑰,清涕累累⑱。冬无复襦⑲,夏无单衣。居生不乐⑳,不如早去,下从地下黄泉㉑。春气动,草萌芽,三月蚕桑,六月收瓜。将是瓜车㉒,来到还家㉓。瓜车反覆㉔,助我者少,啖瓜者多㉕。愿还我蒂㉖,兄与嫂严,独且急归㉗,当兴校计。

乱曰㉘:里中一何譊譊㉙!愿欲寄尺书㉚,将与地下父母,兄嫂难与久居。

①本篇是《相和歌》古辞。 ②遇生:所遭遇的一生处境。 ③命独当苦:命运偏独

当此苦境。　④驷马:四匹马。　⑤去:去世。　⑥行贾:来往经商。汉代商人社会地位低,有些商人就是富家的奴仆。所以兄嫂命孤儿行贾是把他当奴仆使用。　⑦九江:汉九江郡。故治先后在今安徽寿县与定远县西北。　⑧齐与鲁:泛指今山东省境内之地。　⑨虮(jī):虱卵。　⑩"上高堂"二句:上高堂去办饭,又急忙到堂下去喂马。行:复,又。取:通"趋",急走。殿:即高堂。殿下堂:高堂下另一处房屋。　⑪行汲:出外打水。　⑫错:"皴"的假借字,皮肤冻裂。　⑬菲:草鞋。　⑭怆(chuàng)怆:悲伤。履霜:走在霜地上。　⑮中:道上。蒺藜:野生的草,有刺。　⑯肠:腓肠肌,足胫后面的肉。　⑰渫(dié)渫:泪流不断的样子。　⑱累累:形容泪珠滚滚。　⑲复襦:短夹袄。　⑳居生:活在世上。　㉑下从:指跟从其死去的父母。黄泉:人死后埋葬的地方。　㉒将:推。是:这个。　㉓来到还家:往回走到将近家门的地方。　㉔反覆:翻倒。　㉕啖(dàn):吃。　㉖"愿还"句:孤儿无法阻拦别人吃瓜,只得求众人把瓜蒂还他,回去好向兄嫂交代。　㉗独且急归:自己赶快回家。且:语助词。校计:计较,争执。当兴校计:必然会引起一场争吵。　㉘乱:尾声。　㉙里中:孤儿所居里巷。谇(náo)谇:争吵声。　㉚尺书:书信。将与:拿给。　(这首诗写孤儿遭受兄嫂虐待,实际上也反映了汉代奴仆的悲惨生活。)

古诗为焦仲卿妻作①(并序)

汉末建安中②,庐江府小吏焦仲卿妻刘氏③,为仲卿母所遣,自誓不嫁。其家逼之,乃投水而死。仲卿闻之,亦自缢于庭树。时人伤之,而为此辞也。

孔雀东南飞④,五里一徘徊。"十三能织素⑤,十四学裁衣,十五弹箜篌⑥,十六诵诗书。十七为君妇,心中常苦悲。君既为府吏,守节情不移⑦。鸡鸣入机织,夜夜不得息。三日断五匹⑧,大人故嫌迟⑨。非为织作迟,君家妇难为。妾不堪驱使⑩,徒留无所施⑪。便可白公姥⑫,及时相遣归⑬。"

府吏得闻之,堂上启阿母⑭:"儿已薄禄相⑮,幸复得此妇。结发同枕席⑯,黄泉共为友。共事二三年,始尔未为久⑰。女行无偏斜⑱,何意致不厚⑲?"阿母谓府吏:"何乃太区区⑳!此妇无礼节,举动自专由㉑。吾意久怀忿,汝岂得自由?东家有贤女,自名秦罗敷。可怜体无比㉒,阿母为汝求。便可速遣之,遣去慎莫留!"府吏长跪告,伏惟启阿母㉓:"今若遣此妇,终老不复取!"阿母得闻之,捶床便大怒㉔:"小子无所畏,何敢助妇语!吾已失恩义㉕,会不相从许㉖!"

①本篇最早见于《玉台新咏》,题为《古诗无名氏为焦仲卿妻作》,并有序。《乐府诗

集》载入《杂曲歌辞》,以为是古辞。题又作《孔雀东南飞》。　②建安:东汉献帝年号(196—220)。　③庐江:汉郡名。郡治先在今安徽省庐江县西南,汉末迁至安徽省潜山县。府:郡守官府。　④"孔雀"二句:以孔雀飞时徘徊顾恋的样子起兴。孔雀,相传是鸾鸟的配偶。　⑤素:白色丝绢。　⑥箜篌:古弦乐器名,有二十二弦,出自西域。　⑦守节:指仲卿对兰芝的爱情忠贞不移。一说,节:指臣节,即忠于职守。情不移:不为夫妇之情所移,指仲卿因公务而不能常回家与兰芝相见。　⑧断五匹:织成五匹布。　⑨大人:刘氏对她婆婆的敬称。故:故意。　⑩不堪:不能胜任。驱使:使唤。　⑪施:用。　⑫白:禀告。公姥(mǔ):公婆。此处只指婆母。　⑬遣归:休弃女子,使其归家。　⑭堂上:应作"上堂"。启:禀告。　⑮薄禄相:命小福薄的相貌。　⑯结发:束发,指成年。　⑰始尔:夫妇同处二三年,恩爱刚开始。　⑱偏斜:不正当。　⑲致不厚:使得母亲对她没有厚爱。　⑳区区:迂执。　㉑自专由:自作主张。　㉒可怜:可爱。体:体态面貌。　㉓伏惟:伏地思虑。是表示谦卑的发语词。　㉔捶:击床。床:古代卧具坐具均可叫床。　㉕失恩义:恩义断绝。　㉖会:会应,必定。从许:依允。

府吏默无声,再拜还入户。举言谓新妇①,哽咽不能语:"我自不驱卿,逼迫有阿母。卿但暂还家,吾今且报府②,不久当归还,还必相迎取。以此下心意③,慎勿违吾语。"新妇谓府吏:"勿复重纷纭④!往昔初阳岁⑤,谢家来贵门⑥。奉事循公姥,进止敢自专?昼夜勤作息,伶俜萦苦辛⑦。谓言无罪过,供养卒大恩⑧。仍更被驱遣,何言复来还?妾有绣腰襦⑨,葳蕤自生光⑩。红罗复斗帐⑪,四角垂香囊⑫,箱帘六七十⑬,绿碧青丝绳⑭。物物各自异,种种在其中。人贱物亦鄙,不足迎后人⑮。留待作遗施⑯,于今无会因⑰。时时为安慰,久久莫相忘。"

鸡鸣外欲曙,新妇起严妆⑱。着我绣夹裙⑲,事事四五通⑳。足下蹑丝履㉑,头上玳瑁光㉒。腰若流纨素㉓,耳著明月珰。指如削葱根,口如含朱丹㉔。纤纤作细步,精妙世无双。上堂谢阿母,母听去不止㉕。"昔作女儿时,生小出野里,本自无教训,兼愧贵家子。受母钱帛多,不堪母驱使。今日还家去,念母劳家里。"却与小姑别㉖,泪落连珠子:"新妇初来时,小姑始扶床,今日被驱遣,小姑如我长㉗。勤心养公姥,好自相扶将㉘。初七及下九㉙,嬉戏莫相忘。"出门登车去,涕落百余行。

府吏马在前,新妇车在后,隐隐何甸甸㉚,俱会大道口。下马入车中,低头共耳语:"誓不相隔卿,且暂还家去,吾今且赴府。不久当还归,誓天不相负。"新妇谓府吏,"感君区区怀。君既若见录㉛,不久望君来。君当作磐石,妾当作蒲苇。蒲苇纫如丝㉜,磐石无转移。我有亲父兄,性行暴如雷,恐不任我意,逆以煎我怀㉝。"举手长劳劳㉞,二情同依依。

①举言:转述母言。新妇:媳妇。 ②报府:赴衙门。 ③下心意:安心。 ④纷纭:找麻烦、多事。 ⑤初阳岁:冬至以后、立春以前的一段时间。 ⑥谢家:辞别娘家。贵门:对仲卿家的敬称。 ⑦伶俜(píng):孤单。萦:围绕。 ⑧卒大恩:尽量报答公婆大恩。 ⑨绣腰襦:绣花的齐腰短袄。 ⑩葳(wēi)蕤(ruí):本是形容枝叶繁盛,这里形容衣上刺绣很多很美。 ⑪"红罗"句:红罗做的双层床帐。斗帐:上狭下宽,像复斗。 ⑫"四角"句:斗帐四角垂着装香料的袋子。 ⑬箱帘:同"箱奁"。 ⑭"绿碧"句:指箱上扎着各色丝绳。 ⑮后人:仲卿日后再娶的妻子。 ⑯遗施:赠送。 ⑰会因:再次会合的机会。 ⑱严妆:隆重地装扮。 ⑲绣夹裙:绣花的夹裙。 ⑳四五通:每事(穿衣、戴首饰)都反复四五次。 ㉑蹑:穿鞋。丝履:丝制的轻便鞋子。 ㉒玳瑁光:指玳瑁簪发光。 ㉓"腰若"句:腰间束着素帛,光彩流动。 ㉔朱丹:一种红宝石的名称。 ㉕听去不止:听其自去,不加挽留。 ㉖却:还。 ㉗如我长:长得快和我一样高了。这里是夸张小姑长得快。宋本《玉台新咏》和《乐府诗集》无"小姑始扶床,今日被驱遣"二句。有人疑"新妇初来时"四句为后人所添,非本篇原有。 ㉘"好自"句:好好照应自己,多多保重。 ㉙初七:七月初七。下九:每月十九日。都是古代妇女游戏玩耍的日子。 ㉚隐隐、甸甸:形容车声的象声词。 ㉛见录:蒙你记着我。 ㉜纫:同"韧"。 ㉝逆:逆料,揣度。煎我怀:忧心如煎。 ㉞长劳劳:忧伤不已。

入门上家堂,进退无颜仪①。阿母大拊掌②:"不图子自归③!十三教汝织,十四能裁衣,十五弹箜篌,十六知礼仪,十七遣汝嫁,谓言无誓违④。汝今无罪过,不迎而自归?"兰芝惭阿母:"儿实无罪过。"阿母大悲摧⑤。

还家十余日,县令遣媒来。云"有第三郎,窈窕世无双,年始十八九,便言多令才⑥。"阿母谓阿女:"汝可去应之。"阿女衔泪答:"兰芝初还时,府吏见丁宁⑦,结誓不别离。今日违情义,恐此事非奇⑧。自可断来信⑨,徐徐更谓之。"阿母白媒人:"贫贱有此女,始适还家门⑩;不堪吏人妇,岂合令郎君?幸可广问讯,不得便相许。"

媒人去数日,寻遣丞请还⑪,说"有兰家女⑫,承籍有宦官。"云"有第五郎⑬,娇逸未有婚,遣丞为媒人,主簿通语言。"直说"太守家⑭,有此令郎君,既欲结大义,故遣来贵门。"阿母谢媒人:"女子先有誓,老姥岂敢言?"阿兄得闻之,怅然心中烦。举言谓阿妹:"作计何不量⑮!先嫁得府吏,后嫁得郎君,否泰如天地⑯,足以荣汝身。不嫁义郎体,其往欲何云?"兰芝仰头答:"理实如兄言。谢家事夫婿,中道还兄门,处分适兄意,那得自任专?虽与府吏要⑰,渠会永无缘⑱!登即相许和⑲,便可作婚姻。"

媒人下床去,诺诺复尔尔⑳。还部白府君㉑:"下官奉使命,言谈大有缘㉒。"府君得闻之,心中大欢喜。视历复开书㉓,便利此月内,六合正相应㉔。"良吉三十日㉕,今已二十七,卿可去成婚。"交语速装束㉖,络绎如浮云㉗。青雀白鹄舫㉘，四角龙子幡㉙，婀娜随风转；金车玉作轮，踯躅青骢马，流苏金镂鞍㉚。赍钱三百万㉛，皆用青丝穿。杂彩三百匹㉜，交、广市鲑珍㉝。从人四五百，郁郁登郡门㉞。

阿母谓阿女："适得府君书㉟，明日来迎汝。何不作衣裳？莫令事不举㊱！"阿女默无声，手巾掩口啼，泪落便如泻。移我琉璃榻㊲，出置前窗下。左手持刀尺，右手执绫罗，朝成绣夹裙，晚成单罗衫。晻晻日欲暝㊳，愁思出门啼。

①颜仪：面目。 ②拊(fǔ)掌：轻击掌。 ③不图：没想到。 ④誓违：有二解，一说"誓"是"替"的误字，古"愆"字。愆违：过失。一说"誓"是"约束"。"无誓违"即不违背规矩约束。 ⑤摧：疑作"懁"，忧伤。 ⑥便言：有口才。令：美。 ⑦见丁宁：被一再叮嘱。 ⑧非奇：不妙。 ⑨断来信：回绝来使。 ⑩始适：刚嫁出不久。 ⑪寻：不久。遣丞请还：县令派县丞请示太守，县丞请示后又回来。 ⑫"说有"二句：县丞对县令说可向兰家女儿求婚，其家世代官宦。承籍：继续先人户籍。宦官：读书做官的人。 ⑬"云有"四句：是县丞对县令所说。第五郎是太守的第五个儿子。娇逸：娇生惯养，安逸享福。遣丞的主语是太守。主簿：太守府中掌管档案文书的官。通语言：传达太守意见。 ⑭"直说"四句：是县丞来刘家说媒时所说。直说：单刀直入地说。结大义：结亲。 ⑮作计：考虑事情。不量：不好好想想。 ⑯否泰：《易经》中的两个卦名。否(pǐ)：坏运。泰：好运。 ⑰要：约。 ⑱渠：他，指府吏。 ⑲登即：当即。许：许应。 ⑳诺诺：答应声。尔：如此，就这样。 ㉑还部：回衙署。 ㉒缘：机缘。 ㉓"视历"句：开视历书。 ㉔六合：古人婚嫁必须选吉日，"合"是吉利，"冲"是不吉利。六合指月建与日辰相合。月建，即每月所建之十二辰，如正月建寅，二月建卯之类。日辰：用干支记日。如月建为子，须选丑日才合。六合即子丑合、寅亥合、卯戌合、辰酉合、巳申合、午未合。古代有一本专供婚嫁选吉日的《六合婚嫁历》。 ㉕良吉：吉日良辰。 ㉖交语：交相传话。装束：筹办婚礼所用的东西。 ㉗"络绎"句：形容筹办婚礼的人众之多。 ㉘"青雀"句：即青雀舫和白鹄舫。贵人所乘画舫。 ㉙"四角"：船舱四角。龙子幡：画有龙形、装饰船舱的旗幡。 ㉚流苏：装在车马、帷幕等物上的穗状饰物。这里指五彩毛做的分缕下垂的马饰。 ㉛赍(jī)钱：付钱。 ㉜杂彩：各色缎匹。 ㉝"交、广"句：从交州和广州买来鱼菜。鲑(xié)珍：泛指山珍海味。 ㉞郁郁：形容人势之众。郡门：府门。 ㉟适：刚才。 ㊱事不举：事情临时措办不及。 ㊲琉璃榻：镶嵌琉璃的坐卧之具。 ㊳晻(yǎn)晻：昏暗无光貌。

府吏闻此变，因求假暂归。未至二三里，摧藏马悲哀①。新妇识马声，蹑履相逢迎，怅然遥相望，知是故人来。举手拍马鞍，嗟叹使心伤。"自君别我后，人事不可量，果不如先愿，又非君所详。我有亲父母，逼迫兼弟兄，以我应他人，君还何所望！"府吏谓新妇："贺卿得高迁！磐石方且厚，可以卒千年②;蒲苇一时纫,便作旦夕间③。卿当日胜贵④,吾独向黄泉。"新妇谓府吏:"何意出此言! 同是被逼迫,君尔妾亦然。黄泉下相见,勿违今日言!"执手分道去,各各还家门。生人作死别,恨恨那可论! 念与世间辞,千万不复全⑤。

府吏还家去,上堂拜阿母:"今日大风寒,寒风摧树木,严霜结庭兰⑥。儿今日冥冥⑦,令母在后单⑧。故作不良计⑨,勿复怨鬼神! 命如南山石,四体康且直⑩。"阿母得闻之,零泪应声落。"汝是大家子,仕宦于台阁⑪。慎勿为妇死,贵贱情何薄⑫? 东家有贤女,窈窕艳城郭。阿母为汝求,便复在旦夕⑬。"府吏再拜还,长叹空房中,作计乃尔立⑭。转头向户里,渐见愁煎迫。

其日牛马嘶,新妇入青庐⑮。庵庵黄昏后⑯,寂寂人定初⑰。"我命绝今日,魂去尸长留。"揽裙脱丝履,举身赴清池。府吏闻此事,心知长别离。徘徊庭树下,自挂东南枝。

两家求合葬,合葬华山傍⑱。东西植松柏,左右种梧桐。枝枝相覆盖,叶叶相交通⑲。中有双飞鸟,自名为鸳鸯,仰头相向鸣,夜夜达五更。行人驻足听,寡妇起彷徨。多谢后世人⑳,戒之慎勿忘。

①摧藏:通"凄怆"。　②卒千年:过完一千年。　③旦夕间:形容时间短促。　④日胜贵:一天比一天高贵。　⑤"千万"句:纵有千思万虑,也不想再保全自己了。　⑥结:凝结。庭兰:院中兰草。　⑦日冥冥:日暮途穷。　⑧"令母"句:儿子先死,令母亲日后孤单。　⑨"故作"句:有意寻此短见。　⑩直:顺适。　⑪"仕宦"句:指仲卿家先世曾在台阁做官。台阁:尚书省,在汉代是掌管机要文书的官署。　⑫贵贱:指仲卿与兰芝身份贵贱不同。情何薄:指兰芝再嫁薄情。　⑬"便复"句:一半天即可办到。　⑭"作计"句:自杀的主意就这样打定了。乃尔:就此。立:定。　⑮青庐:青布幔搭成的棚,即喜棚。　⑯庵庵:同"晻晻"。　⑰人定初:亥时初刻,相当于夜间九时。　⑱华山:可能是安徽舒城县南的华盖山。或谓是庐江郡的小山名。　⑲交通:交接。　⑳多谢:再三嘱告。

四、汉代古诗

辛延年

辛延年,东汉时人,身世不详。

羽林郎①

昔有霍家奴②,姓冯名子都。依倚将军势③,调笑酒家胡④。胡姬年十五⑤,春日独当垆⑥。长裙连理带⑦,广袖合欢襦⑧。头上蓝田玉⑨,耳后大秦珠⑩。两鬟何窈窕⑪,一世良所无⑫。一鬟五百万⑬,两鬟千万余。不意金吾子⑭,娉婷过我庐。银鞍何煜爚⑮,翠盖空踟蹰⑯。就我求清酒,丝绳提玉壶;就我求珍肴,金盘脍鲤鱼。贻我青铜镜⑰,结我红罗裾。不惜红罗裂⑱,何论轻贱躯!男儿爱后妇,女子重前夫。人生有新故⑲,贵贱不相逾。多谢金吾子⑳,私爱徒区区。

①本篇载《玉台新咏》,《乐府诗集》列入《杂曲歌辞》。羽林:汉武帝设置的皇家禁卫军。羽林郎:羽林军的军官。 ②"昔有"二句:霍家奴:西汉霍光家的奴才。他们依仗权势,可随意出入御史大夫之门,甚至进宫见皇帝。冯子都:是霍光所宠爱的一个监奴。 ③将军:指霍光。霍光在汉昭帝、宣帝二朝俱为大司马大将军。 ④酒家胡:开酒店的外族女子。 ⑤姬:古时对女子的美称。 ⑥当垆:对着酒垆。垆:酒店里置酒坛的土台子,类似今日酒店的柜台。 ⑦裾(jū):衣服的大襟。连理带:两条对称的带子,用来结两边衣襟。 ⑧广袖:宽大的袖子。合欢襦:有合欢花纹的短袄。 ⑨蓝田玉:长安东南有蓝田山产玉,又名玉山。 ⑩大秦珠:西域大秦国所产的宝珠。 ⑪鬟:环形的发髻。窈窕:美好貌。 ⑫良:确实。 ⑬"一鬟"二句:夸张双鬟之美价值千万。 ⑭金吾子:对豪奴的敬称。执金吾卫戍京师的武官。 ⑮煜(yù)爚(yào):光耀耀目。 ⑯翠盖:饰有翠羽的车盖。此代指车子。空踟蹰:徒劳在此逗留。 ⑰青铜镜:古代用青铜制镜,多为圆形,背后有纽,可以照人,也可挂在胸前做装饰品。 ⑱"不惜"二句:不惜将罗裾撕裂以抗拒豪奴的调戏,更不用说对我这轻贱的身体加以侮辱了!从这两句到结尾,都是胡姬拒绝豪奴的话。 ⑲"人生"二句:新故:新相知,旧相识。这二句意为人生相识不妨有新有故,但贵贱之间的界限不可逾越。 ⑳"多谢"二句:"谢"字意含双关:表面上感谢,实为谢绝。私爱:私心相爱,指豪奴的殷勤。徒:徒然。区区:方寸之地,指心意。意为豪奴对自己的殷勤实在是白费心。(这首诗写一个外族酒家女子勇敢反抗贵家豪奴的凌辱,反映了东汉外戚家奴仗势欺人的社会现实。)

古诗十九首

"古诗"原指古代人所作的诗歌。汉代在乐府诗之外还有一批无名氏所作的五言诗,六朝人统称之为"古诗"。它们与乐府诗关系密切,有的就是乐府歌辞。梁代萧统所编《昭明文选》,将十九首风味相似的古诗编在一起,冠以"古诗十九首"的标题,这些诗便成为东汉文人五言诗的代表作。目前一般认为它们不是一人一时所作,大约产生在东汉桓帝、灵帝时代。

行行重行行

行行重行行①,与君生别离②。相去万余里③,各在天一涯④。道路阻且长⑤,会面安可知?胡马依北风⑥,越鸟巢南枝⑦。相去日已远⑧,衣带日已缓⑨。浮云蔽白日⑩,游子不顾反⑪。思君令人老,岁月忽已晚。弃捐勿复道⑫,努力加餐饭!

①行行:走啊走啊,不停地走。重行行:走了又走,越走越远。 ②生别离:活生生地分开。这是用屈原《九歌·少司命》"悲莫悲兮生别离"语意。 ③相去:相离。 ④天一涯:天各一方。 ⑤阻:艰险。 ⑥"胡马"句:北方边地的马无论到哪里都依恋北方吹来的风。 ⑦"越鸟"句:南方百越之地的鸟远飞他乡仍要在朝南的树枝上筑巢。"胡马"、"越鸟",均用比兴,说明禽兽都眷恋故乡,何况人呢? ⑧日已远:一天比一天远。 ⑨缓:宽。衣带一天比一天宽松,可见人一天比一天消瘦。形容对远行人思念之深。 ⑩"浮云"句:这是秦汉诗文中常见的比喻。汉乐府《古杨柳行》:"谗邪害公正,浮云蔽白日。"以浮云遮日比喻奸邪蔽贤,这里用其成句,写游子不回来的原因。 ⑪不顾反:不想着回家。 ⑫弃捐:抛开。勿复道:不再说了。 (这首诗以思妇的口吻写她对远行在外的丈夫的怀念。)

明月皎夜光

明月皎夜光①,促织鸣东壁②。玉衡指孟冬③,众星何历历!白露沾野草④,时节忽复易。秋蝉鸣树间⑤,玄鸟逝安适?昔我同门友⑥,高举振六翮。不念携手好⑦,弃我如遗迹。南箕北有斗⑧,牵牛不负轭。良无盘石固⑨,虚名复何益!

①"明月"句:《诗经·陈风·月出》:"月出皎兮,佼人僚兮,舒窈纠兮,劳心悄兮。"这里可能用其意,写明月的皎洁,又暗示心中的忧愁。 ②促织:蟋蟀。鸣东壁:在东墙角落里叫。秋虫避寒就暖,东壁向阳。这句写景点出天气渐凉。 ③"玉衡"二句:北斗七星的第五到第七星构成斗柄形状,称为"玉衡"。北斗星的方位有转动,古人常据斗柄的指向来辨识季节和时间。这句是说斗柄指在标志孟冬的方位。孟冬:初冬。这应是夏历九月下半月、秋冬之交的季节。历历:一一分明可数。 ④"白露"二句:秋天的

露水刚沾湿野草,一转眼季节又变了。忽复易:很快又忽然改变。 ⑤"秋蝉"二句:秋蝉还在树上叫,燕子不知飞到哪里去了。玄鸟:燕子。这两句不是写夜间眼前实景,而是由时节变易回忆起前些时秋天的景象。秋蝉哀鸣和玄鸟飞去不仅写节候之变,也微寓"寒苦者留,就暖者去"的意思,兴起下文,影射自己的被弃和同门友的高飞。 ⑥"昔我"二句:同门友:同在师门受业的朋友,即同学。高举:高飞。比喻飞黄腾达。振:奋起。六翮(hé):羽茎。大鸟翅膀有六翮。 ⑦"不念"二句:携手好:亲密的友谊。用《诗经·邶风·北风》"惠而好我,携手同行"语意。遗迹:留下的足迹。 ⑧"南箕"二句:用《诗经·小雅·大东》"维南有箕,不可以簸扬,维北有斗,不可以挹酒浆",和"睆彼牵牛,不以服箱"等句的意思。箕星不能簸扬,南斗星不能酌酒,牵牛星不能拉车,都是徒有虚名。比喻"同门友"徒有朋友之名而无真情实谊。軛:车辕前横木,牛驾辕时架在脖子上。 ⑨"良无"二句:良:实在。盘石:同"磐石"。虚名:双关斗箕牵牛和"同门友"。 (这首诗由季节变化引起世态炎凉之叹,埋怨朋友不肯援引。)

迢迢牵牛星

迢迢牵牛星①,皎皎河汉女②。纤纤擢素手③,札札弄机杼④。终日不成章⑤,泣涕零如雨⑥。河汉清且浅,相去复几许⑦!盈盈一水间⑧,脉脉不得语⑨。

①迢(tiáo)迢:遥远。牵牛星:在银河南。 ②河汉:银河。河汉女:指织女星。与牵牛星隔"河"相对。 ③纤纤:形容手细长。擢(zhuó):摆动。素:洁白。 ④札札:织机声。杼(zhù):织布梭。 ⑤"终日"句:用《诗经·小雅·大东》"跂彼织女,终日七襄,虽则七襄,不成报章"的意思。说她终日织布却织不出整幅的布来。章:布的经纬纹理。 ⑥"泣涕"句:用《诗经·邶风·燕燕》"瞻望弗及,泣涕如雨"的意思。零:落。 ⑦几许:多少。 ⑧盈盈:形容水光轻盈。 ⑨脉脉:含情相视。 (这首诗写牛郎织女隔河相望的痛苦,比喻男女咫尺天涯的怨慕和哀思。)

上山采蘼芜①

上山采蘼芜②,下山逢故夫③。长跪问故夫:"新人复何如④?""新人虽言好,未若故人姝⑤。颜色类相似⑥,手爪不相如⑦。""新人从门入,故人从閤去⑧。""新人工织缣⑨,故人工织素。织缣日一匹⑪,织素五丈余。将缣来比素,新人不如故。"

①本篇最早见于《玉台新咏》,题为"古诗"。《太平御览》引此诗作"古乐府"。 ②蘼芜:香草名。叶子可做香料。 ③故夫:前夫。 ④新人:前夫新娶的妻子。

⑤姝(shū):好。兼指容貌和各方面的优点。 ⑥颜色:容貌。类相似:差不多。 ⑦手爪:指女子纺织、缝纫等方面的手艺。等于说"手脚"。 ⑧阁:旁门,小门。 ⑨工:善于。缣(jiān):颜色发黄的绢。 ⑩素:洁白的绢,比缣贵。 ⑪日一匹:每天织一匹。古时一匹长四丈,宽二尺二寸。 (这首诗写弃妇路遇前夫的一番对话。从前夫念旧的原因可见出汉代妇女在家庭和社会中地位的低下。)

十五从军征①

十五从军征,八十始得归。道逢乡里人②:"家中有阿谁③?""遥望是君家,松柏冢累累④。"兔从狗窦入⑤,雉从梁上飞⑥;中庭生旅谷⑦,井上生旅葵⑧。舂谷持作饭,采葵持作羹。羹饭一时熟,不知贻阿谁⑨。出门东向望,泪落沾我衣。

①本篇见于《乐府诗集·梁鼓角横吹曲》,题作《紫骝马歌辞》。但郭茂倩在解题中引《古今乐录》说:"'十五从军征'以下是古诗。"可知这首诗曾在梁代用《紫骝马歌》来唱,现在一般都认为它是古诗。 ②乡里人:同乡同里的人。 ③阿:方言语气词。 ④"松柏"句:遥望松柏之下一片坟地,就是你家。冢:高坟。累累:一个接一个。 ⑤"兔从"句:野兔从狗洞里钻进来,可见家屋已经残破,家里已经没有人了。 ⑥"雉从"句:野鸡飞到屋脊上。 ⑦中庭:堂前院子。旅谷:野生的谷子。不因播种而生叫"旅"。 ⑧井上:井台周围。葵:葵菜,又名冬葵,嫩叶可食。 ⑨贻:给。 (这首诗写一个终生服役的老兵归家后见到田园荒废、亲人死尽的悲惨景象,反映了封建社会中不合理的兵役制度和无休止的战争给人民所造成的灾难。)

魏晋南北朝

一、建安诗赋

曹　操

曹操(155—220),字孟德。沛国谯(今安徽亳州)人。建安时代杰出的政治家、军事家和文学家。曾镇压汉末黄巾起义,随袁绍讨伐董卓,后迎献帝迁都许昌,受封大将军及丞相。他采取打击豪强、抑制兼并、广兴屯田等一系列较为进步的政策,恢复生产,统一北方,为全国的统一奠定了基础。其子曹丕称帝,追尊他为魏武帝。

曹操诗现存二十四首,都是乐府歌辞。有《曹操集》。

蒿 里 行①

关东有义士②,兴兵讨群凶③。初期会盟津④,乃心在咸阳⑤。军合力不齐⑥,踌躇而雁行⑦。势利使人争⑧,嗣还自相戕⑨。淮南弟称号⑩,刻玺于北方⑪。铠甲生虮虱⑫,万姓以死亡⑬。白骨露于野,千里无鸡鸣。生民百遗一⑭,念之断人肠。

①蒿里行:汉乐府《相和歌·相和曲》名。原是给士大夫庶人送葬的挽歌。蒿里:死人的居里。　②"关东"句:汉初平元年(190)春,关东(函谷关以东)各州郡起兵讨伐董卓,推渤海太守袁绍为盟主。董卓焚掠洛阳,挟持献帝迁都长安。义士:指袁绍等讨伐董卓的各路军阀。　③群凶:指董卓及其部将。　④初期:原先期望。会:会师。盟津:即孟津。在今河南省孟州南。周武王伐纣时曾在此会集八百诸侯,诗中隐约以此相比。⑤"乃心"句:指义士兴兵是忠于国事,志在辅佐汉室。《尚书·康王之诰》:"虽尔身在外,乃心罔不在王室(你们虽身在外地,但你们的心没有不在王室的)。"后世称忠于国事为"乃心王室"。咸阳:原是秦都城。《史记·高祖本纪》:"秦二世三年……怀王……与诸将约,先入定关中者王之。"入定关中也就是心在咸阳。所以这里又是暗喻讨董诸军名义上乃心王室,实际上怀有先入咸阳为王的目的。　⑥"军合"句:各路军阀都有自己

的打算,观望不前。所以军马虽合在一处,而心力不齐。《三国志·魏书·武帝纪》:"卓兵强,绍等莫敢先进。……太祖到酸枣,诸军兵十余万,日置酒高会,不图进取。太祖责让之,因为谋曰:'……今兵以义动,持疑而不进,失天下之望,窃为诸君耻之!'" ⑦踌躇:犹豫不前。雁行:雁群飞行时所排的队列,形容讨卓诸军阵观望的样子。 ⑧"势利"句:为夺取势利而使各路州郡内部发生争斗。 ⑨"嗣还"句:随着就发生了自相戕(qiāng)杀的战争。嗣:继。还(xuán):通"旋",立刻。嗣还:随之,接着。这是指袁绍、袁术、韩馥、公孙瓒等人之间的争战。 ⑩"淮南"句:建安二年(197),袁绍的从弟袁术在淮南(今安徽寿县)僭帝号,自称"仲家"。 ⑪"刻玺"句:建安五年(200),曹操击败袁绍,发现袁绍和韩馥在初平二年(191)谋立幽州牧刘虞时,已刻了金玺。玺(xǐ):印章,秦以后专指皇帝的印。当时袁绍屯兵河内,刘虞在幽州,都在北方。 ⑫铠(kǎi)甲:铁甲战服。虮:虱子的卵。生虮虱:战衣久穿在身,连铁甲上都是虮虱。形容战争旷日持久。 ⑬万姓:百姓。以:因此。 ⑭生民:人民。百遗一:一百人中只剩一个还活着。 (这首诗反映建安初群雄并起讨伐董卓以及军阀混战的史实,哀悼战乱给人民带来的深重灾难。)

短 歌 行①

对酒当歌②,人生几何?譬如朝露③,去日苦多④。慨当以慷⑤,幽思难忘⑥。何以解忧?唯有杜康⑦。青青子衿⑧,悠悠我心⑨。但为君故⑩,沉吟至今。呦呦鹿鸣⑪,食野之苹。我有嘉宾,鼓瑟吹笙。明明如月,何时可掇⑫?忧从中来⑬,不可断绝。越陌度阡⑭,枉用相存。契阔谈䜩⑮,心念旧恩。月明星稀,乌鹊南飞,绕树三匝⑯,何枝可依?山不厌高⑰,海不厌深。周公吐哺⑱,天下归心。

①短歌行:汉乐府《相和歌·平调曲》名。 ②当:对着。或以为是"应当",亦可。 ③朝露:早上露水日出即干,形容人生短促。 ④去日:过去了的日子。苦:苦于。 ⑤慨当以慷:即慷慨,形容歌声激昂不平。 ⑥幽思:深藏的心事,指统一天下的功业。幽,一作"忧"。 ⑦杜康:相传是开始造酒的人,这里代指酒。 ⑧"青青"句:青衿是周代学子的服装。衿(jīn):衣领。这里用《诗经·郑风·子衿》中"青青子衿,悠悠我心"的成句。 ⑨"悠悠"句:使我心中长久地思慕。 ⑩"但为"二句:只是因为你们的缘故,使我一直低吟至今,难以忘怀。君:指所思念的人才。 ⑪"呦呦"四句:《诗经·小雅·鹿鸣》首章:"呦呦鹿鸣,食野之苹。我有嘉宾,鼓瑟吹笙。"这里取其成句,意思是说鹿得艾蒿而欢快地发出呼叫同伴的呦呦声,我高兴地奏乐设宴来娱乐我的嘉宾。苹:艾蒿。鼓:弹奏。瑟:古代一种弹拨乐器。笙:一种管乐器。 ⑫"何时"句:那明月的运行什么时候才会停止?掇(chuō),同"辍"。停止。 ⑬"忧从"二句:我的忧思出自内

心,也是不会断绝的。 ⑭"越陌"二句:越过田间纵横的小路,劳你远道前来问候我。应劭《风俗通》引古谚:"越陌度阡,更为客主。"陌:田间东西向的小道。阡:田间南北向的小道。枉:枉驾,屈就。用:以。存:问候,探望。 ⑮契阔:聚散,合离。谈讌:畅谈欢宴。讌:同"宴"。 ⑯匝(zā):一圈。此处以乌鹊在月夜寻不到归宿,比喻当时的人才都在寻找依托。 ⑰厌:嫌。 ⑱"周公"二句:传说周公唯恐失去天下人才,凡有士人来访,他立即接待,以至于"一沐三握发,一饭三吐哺"。这两句说自己要以周公"一饭三吐哺"的精神虚心对待贤才,就会得到天下人的衷心拥戴。周公:周文王之子,武王之弟,成王之叔父,为宰相。哺:嘴里嚼着的食物。归心:心向自己归拢。 (这首诗是作者在宴会上抒发自己的雄心壮志和人生感慨,并表达了渴望天下贤才与之共成统一大业的心情。)

步出夏门行①

观 沧 海

　　东临碣石②,以观沧海。水何澹澹③,山岛竦峙④。树木丛生,百草丰茂。秋风萧瑟⑤,洪波涌起。日月之行,若出其中;星汉灿烂⑥,若出其里。幸甚至哉,歌以咏志⑦。

①步出夏门行:又名《陇西行》,汉《相和歌·瑟调曲》名。曹操这首诗共有"艳"(前奏曲)一章,正曲四章。这里选第一章"观沧海"和第四章"龟虽寿"。夏门:洛阳城西北角上的一个门。 ②"东临"句:建安十二年(207),曹操北征乌桓。当时曹操已灭袁绍,袁绍残部逃到乌桓那里,企图凭借乌桓的支持东山再起。曹操这次北征就是为了消灭袁绍残余势力。乌桓是汉末辽东半岛上的少数民族。碣石山在右北平郡骊成县(今河北乐亭县)西南。曹操征乌桓途中经过此山。 ③澹(dàn)澹:水波动荡。 ④竦:同"耸"。峙:同"立"。 ⑤萧瑟:风声。 ⑥汉:银河。 ⑦幸:庆幸,甚:很。至:极。以:用。咏:歌咏。末二句是合乐演奏时附加的,每章结尾都有,与正文内容无关。 (这一章写作者在碣石山上俯瞰大海所见到的壮观景象,展现了大政治家宽广的胸怀。)

龟 虽 寿

　　神龟虽寿①,犹有竟时②。腾蛇乘雾③,终为土灰。老骥伏枥④,志在千里;烈士暮年⑤,壮心不已⑥。盈缩之期⑦,不但在天⑧;养怡之福⑨,可得永年⑩。幸甚至哉,歌以咏志。

①"神龟"句:古人认为龟能长寿。神龟是龟类中最灵的一种。 ②竟:完,即死。

③腾蛇:能够兴云驾雾的一种龙。　④老骥:衰老的千里马。枥(lì):马棚。　⑤烈士:重义轻生或志向远大的人。　⑥已:止。　⑦盈缩:指长短、满亏、进退、升降、成败等。这里指寿命的长短。期:期限。　⑧不但:不只是。在天:由天来决定。　⑨养怡:养和,即修养性情,保持平和愉快。福:吉,犹言好处。　⑩永年:长寿。　(这一章写人虽不能长寿不死,但可以保持永不衰退的进取精神,何况身心修养得法,还能延长人的生命。)

曹　丕

曹丕(187—226),字子桓,曹操次子,建安二十五年(220)代汉继帝位,为魏文帝。其诗现存约四十首。此外有《典论·论文》,是我国现存第一篇文艺批评论文。

燕 歌 行①

秋风萧瑟天气凉②,草木摇落露为霜。群燕辞归雁南翔,念君客游思断肠。慊慊思归恋故乡③,君何淹留寄他方④?贱妾茕茕守空房⑤,忧来思君不敢忘,不觉泪下沾衣裳。援琴鸣弦发清商⑥,短歌微吟不能长⑦。明月皎皎照我床⑧,星汉西流夜未央⑨。牵牛织女遥相望,尔独何辜限河梁⑩?

①燕歌行:汉《相和歌·平调曲》名。《乐府广题》:"燕,地名。言良人从役于燕而为此曲。"一说,"燕"主要表示声音的地方特点。后世声音失传,就只用来写当地风土人情。燕地在汉魏时期征戍不绝,所以此题多作离别之辞。曹丕这首诗是现在能见到的最古最完整的七言诗。　②"秋风"四句:宋玉《九辩》:"悲哉秋之为气也!萧瑟兮草木摇落而变衰。"首二句化用其意。摇落:凋残。这四句写深秋景色,兴起感时思人之意。　③慊(qiàn)慊:怨恨不满的样子。这句是思妇设想其夫在外怀恋故乡的情景。　④"君何"句:这句是思妇自己因夫不归而发生疑问。淹留:久留。　⑤贱妾:妇人自称的谦辞。茕(qióng)茕:孤独。　⑥援:取。鸣弦:弹琴。清商:乐调名。音节短促,声调纤微。这句说因心中悲伤,弹琴唱歌也发出了短促急切的声音。　⑦短歌微吟:指清商曲短促细微,不能长歌曼咏,发出舒缓平和的声音。　⑧"明月"句:这句从古诗"明月何皎皎,照我罗床帏"化出。　⑨"星汉"句:星汉泛指众星和天河。西流:满天星斗和银河都在向西偏移。夜未央:夜已深而未尽。央:尽,完了。　⑩尔:指牵牛织女。何辜:何故。限河梁:因银河无桥而被限,不能常见。民间传说牵牛织女每年只能在七月七日夜相会

一次,乌鹊为他们搭桥。　(这首诗写思妇见秋风起而生空闺之愁,在深夜怀念客居他乡的丈夫。)

杂　诗①

其　二

西北有浮云②,亭亭如车盖③。惜哉时不遇④,适与飘风会⑤。吹我东南行⑥,行行至吴会⑦。吴会非我乡,安得久留滞?弃置勿复陈⑧,客子常畏人⑨。

①杂诗:不拘类例,有感即发的抒情短诗。　②浮云:诗中主人公的自喻。　③亭亭:耸立而无所依倚的样子。车盖:车篷,伞形。　④时不遇:没有遇到好时机。　⑤适:恰好。飘风:暴风。会:碰到。　⑥东南行:向东南飘游。　⑦吴、会:指东南的吴郡、会稽郡。今江、浙一带。　⑧"弃置"句:这是乐府诗中的套话。意为丢开不再说了。⑨"客子"句:客子身在异乡,势孤力单,怕人欺负。客子:客居他乡的人。　(这首诗以浮云为喻,描写游子漂泊不定的命运。)

曹　植

曹植(192—232),字子建。曹丕的同母弟。早年受曹操宠爱,几乎被立为太子,后因"任性而行,不自彫励",终于失宠。曹丕称帝后,对他屡加迫害。明帝曹叡继位后,他仍处于被软禁的状态,因此一直郁郁不得志。四十一岁时因病去世。这种生活经历造成了曹植前后两期创作的不同特点。他的诗歌艺术性很高,对五言诗的发展有很大的推动作用。今传《曹子建集》十卷。

送应氏①

其　一

步登北邙阪②,遥望洛阳山③。洛阳何寂寞,宫室尽烧焚。垣墙皆顿擗④,荆棘上参天⑤。不见旧耆老⑥,但睹新少年。侧足无行径⑦,荒畴不复田⁸。游子久不归,不识陌与阡⁹。中野何萧条⁶⁰,千里无人烟。念我平常居⁶⁰,气结不能言⁶²。

①应氏:指应玚、应璩兄弟,曹操的僚属,曹植的朋友。建安十六年(211),曹植随曹操西征马超,从邺城出发,经过洛阳,会见应氏兄弟。而应氏兄弟又将北往。分手时,曹植作诗二首送别。这是第一首。 ②北邙:即邙山,在洛阳城北,是东汉王公贵官陵墓群集的地方。阪:山坡。 ③洛阳山:洛阳周围的山峰,南有伊阙、龙门。北有邙山。 ④垣:墙。顿擗:倒塌崩裂。 ⑤参天:与天相接。形容皇宫废墟上野生杂树长得很高。 ⑥耆(qí):年老。但睹:只看见。这两句说已看不见旧日的老人,只能遇见新一代的少年。 ⑦侧足:侧着身体走路。 ⑧荒畴:荒废的耕地。田:耕种。 ⑨"不识"句:因到处是荆棘,田野荒芜,所以已认不出东西南北的小路了。 ⑩中野:田野中。 ⑪平常居:指从前在洛阳城里的住处。一作"平生亲",指从前的亲友,或谓指应氏。 ⑫气结:心情郁结。用《古诗》"悲与亲别离,气结不能言"意。 (这首诗写洛阳被董卓焚毁后的荒凉景象以及人事代谢的深沉感触。)

白 马 篇①

白马饰金羁②,连翩西北驰③。借问谁家子?幽并游侠儿④。少小去乡邑⑤,扬声沙漠垂⑥。宿昔秉良弓⑦,楛矢何参差⑧。控弦破左的⑨,右发摧月支⑩。仰手接飞猱⑪,俯身散马蹄⑫。

狡捷过猴猿⑬,勇剽若豹螭⑭。边城多警急,虏骑数迁移⑮。羽檄从北来⑯,厉马登高堤⑰。长驱蹈匈奴⑱,左顾凌鲜卑⑲。弃身锋刃端⑳,性命安可怀㉑?父母且不顾,何言子与妻!名编壮士籍㉒,不得中顾私㉓。捐躯赴国难,视死忽如归。

①本篇是乐府歌辞,属《杂曲歌·齐瑟行》。《太平御览·兵部》引本诗,题作《游侠篇》。 ②羁:马笼头。 ③连翩:翻飞不停。形容游侠儿跃马飞驰的姿态。 ④幽:幽州,今河北一带。并:并州,今山西陕西一带。史书上称幽、并之民"好气任侠"。 ⑤去:离开。乡邑:故乡。 ⑥扬声:扬名。垂:通"陲",边疆。 ⑦宿昔:经常、一向。秉:持。 ⑧楛(hù)矢:用楛木茎做的箭。楛:是一种类似荆条的灌木。参差:长短不齐貌。 ⑨控弦:张弓。左的:左方的箭靶。 ⑩右发:向右发箭。摧:射裂。月支:又叫"素支",白色箭靶名。 ⑪仰手:仰面而射。接:迎射。猱(náo):猿类动物。身体矮小,攀缘树木轻捷如飞。 ⑫散:射碎。马蹄:射帖(箭靶)名。 ⑬狡捷:巧捷。过:超过。 ⑭勇剽(piāo):勇敢轻疾。螭(chī):传说中的一种黄色似龙的动物。 ⑮虏骑:对胡人骑兵的蔑称。数:屡次。迁移:移向边境,侵犯骚扰。 ⑯羽檄(xí):紧急调兵的文书。写在

一尺二寸长的木简上,情况紧急时则加插羽毛。　⑰厉马:催马。垒:筑以御敌的工事。⑱长驱:驱马直入。蹈匈奴:指踏破匈奴的军营。　⑲左顾:左向回顾。凌:压服。⑳"弃身"句:置身于枪刀锋刃之前。　㉑"性命"句:哪能爱惜自己的生命?　㉒籍:簿籍,名册。　㉓中顾私:心中顾念自己的私事。　(这首诗赞美幽并游侠少年武艺高强、骁勇无敌,抒写了舍身报国的豪情壮志。)

野田黄雀行①

高树多悲风②,海水扬其波。利剑不在掌③,结交何须多!不见篱间雀,见鹞自投罗④。罗家见雀喜,少年见雀悲。拔剑捎罗网⑤,黄雀得飞飞。飞飞摩苍天⑥,来下谢少年。

①本篇为乐府歌辞。《相和歌·瑟调曲》名。　②"高树"二句:树高风劲,大海扬波。这两句是起兴,隐喻时势的动荡不安,在诗人心中掀起的波澜。　③"利剑"二句:手中没有权势,又何必结交许多朋友?建安二十四年(219),曹操为防止曹植和曹丕争权,杀了曹植的主要羽翼杨修。次年曹丕即位,又杀了曹植的知交丁仪、丁廙。因此这两句说自己不能解救朋友的危难,结交再多也是枉然。　④鹞(yào):鹞鹰。像鹰而较小,性凶猛,捕食小鸟。自投罗:说黄雀为躲避鹞鹰,反而自己投进了人设下的罗网。⑤捎(xiāo):除,削破。　⑥飞飞:轻快地飞翔。摩苍天:飞得极高,接近蓝天。摩:接触。　(这首诗借少年拔剑捎网解救黄雀的故事,抒发了自己无力解救朋友危难的悲愤心情。)

杂　诗

其　五

仆夫早严驾①,吾行将远游。远游欲何之②?吴国为我仇。将骋万里途③,东路安足由?江介多悲风④,淮泗驰急流。愿欲一轻济⑤,惜哉无方舟。闲居非吾志⑥,甘心赴国忧。

①"仆夫"二句:赶车的仆人早早地备好了车马,我就要开始远行了。严驾:整治车驾。行:且。　②"远游"二句:远行要到什么地方去?那远方的吴国是我的仇敌。之:往。　③"将骋"二句:我将奔驰于万里征途之上,那东行到鄄城的路哪里值得我去走?④"江介"二句:大江之上风声正悲,淮水泗水急流滚滚。江介:江间,指长江。淮水、泗水是征吴的必经之地。　⑤"愿欲"二句:我本欲渡过江水和淮泗,可惜没有船只。方

舟;二舟相并而行。这里喻权柄。 ⑥"闲居"二句:闲居无事不是我的志向,我情愿为国家的忧患而赴难。 (这首诗抒写渴望为国立功的壮志以及在现实中寸步难行的忧愤。)

洛神赋①(节录)

……其形也,翩若惊鸿②,婉若游龙③。荣曜秋菊④,华茂春松。髣髴兮若轻云之蔽月⑤,飘飖兮若流风之回雪。远而望之,皎若太阳升朝霞,迫而察之,灼若芙蕖出渌波⑥……

于是洛灵感焉,徙倚彷徨⑦,神光离合,乍阴乍阳。竦轻躯以鹤立⑧,若将飞而未翔。践椒涂之郁烈⑨,步蘅薄而流芳⑩。超长吟以永慕兮⑪,声哀厉而弥长。尔乃众灵杂遝⑫,命俦啸侣,或戏清流,或翔神渚,或采明珠,或拾翠羽。从南湘之二妃⑬,携汉滨之游女⑭。叹匏瓜之无匹兮⑮,咏牵牛之独处。扬轻袿之猗靡兮⑯,翳修袖以延伫。体迅飞凫⑰,飘忽若神,陵波微步,罗袜生尘。动无常则,若危若安。进止难期,若往若还。转眄流精⑱,光润玉颜。含辞未吐,气若幽兰。华容婀娜,令我忘餐。

①这篇赋前面有序文,说:"黄初三年,余朝京师,归济洛川。古人有言,斯水之神名曰宓妃。感宋玉对楚王说神女之事,遂作斯赋。"洛神,相传是伏羲氏之女宓妃,溺死于洛水而为洛水之神。 ②翩:鸟疾飞貌。鸿:水鸟名,雁中最大者。 ③婉:蜿蜒。 ④荣曜:繁荣光彩。 ⑤髣髴:看不真切的样子。 ⑥灼:鲜明。芙蕖:荷。渌(lù):水清。 ⑦徙倚:低回。 ⑧竦:耸。 ⑨椒涂:长满花椒的路。郁烈:香气浓烈。 ⑩蘅薄:杜蘅丛。 ⑪超:怅。永慕:长相思。 ⑫尔乃:于是。杂遝(tà):众多。 ⑬南湘之二妃:舜之二妃娥皇、女英。 ⑭汉滨之游女:汉水之神。 ⑮匏(páo)瓜:星名,一名天鸡,独在河鼓星东。所以说"无匹"。匹:偶。 ⑯袿(guī):妇女的上衣。猗(yī)靡:随风貌。 ⑰凫(fú):野鸭。 ⑱转眄(miǎn):转眼观看。流精:目光有神。

王 粲

王粲(177—217),字仲宣,山阳高平(今山东邹县西南)人。出身官僚世家。十七岁离开长安往荆州避难,依附刘表十五年,后归附曹操,历任丞相掾属、军谋祭酒、侍中等职。建安二十二年在大瘟疫中去世。他在"建安七子"中以擅长诗赋见称,被后人誉为"七子之冠冕"。今传《王侍中集》。

七哀诗①

其 一

西京乱无象②,豺虎方遘患③。复弃中国去④,委身适荆蛮⑤。亲戚对我悲,朋友相追攀⑥。出门无所见,白骨蔽平原。路有饥妇人,抱子弃草间。顾闻号泣声,挥涕独不还⑦:"未知身死处⑧,何能两相完?"驱马弃之去,不忍听此言。南登霸陵岸⑨,回首望长安。悟彼下泉人⑩,喟然伤心肝⑪。

①七哀诗:吴兢《乐府古题要解》说:"《七哀》起于汉末。"《文选》六臣注吕向说:"七哀谓痛而哀,义而哀,感而哀,怨而哀,耳目闻见而哀,口叹而哀,鼻酸而哀。"俞樾《文体通释叙》说:"古人之词,少则曰一,多则曰九,半则曰五,小半曰三,大半曰七。是以枚乘《七发》,至七而止;屈原《九歌》,至九而终。……若欲举其实,则管子有《七臣》《七主》篇,可以释七。"《七哀》之名七,可能与《七发》等近似,原来大概有七首。王粲《七哀诗》今存三首,不是同时所作。这一首写他初离长安,往荆州避难之时。 ②"西京"句:初平三年(192),董卓为王允、吕布所诛。董卓部将李傕(jué)、郭汜攻入长安,放兵掳掠,吏民死者万余人,狼藉满道。西京:长安。乱无象:乱得不成样子。 ③豺虎:指李傕、郭汜等。方:正。遘患:造成灾难。 ④"复弃"句:王粲原住洛阳,因董卓之乱迁居长安。这时又离开长安逃难,所以说"复弃"。中国:国家的中央地区,即京都附近的地区。北方中原地带也因之而称为"中国"。 ⑤委身:托身。适:往。荆蛮:即荆州,古楚国地。楚国原称荆,周朝人称南方民族为蛮。故称"荆蛮"。 ⑥追攀:追着拉着,依依不舍。又,王粲这次南下,是与蔡睦等友人同行的,他在《赠士孙文始》诗中说:"天降丧乱,靡国不夷。我暨我友,自彼京师。……迁于荆楚,在漳之湄。"《赠蔡子笃诗》中也有"我友云徂,言戾旧邦"之句。荆州当时未遭兵祸,去那里避乱的人很多。所以"朋友相追攀"也应包含"与朋友们攀缘相携一起逃离长安"的意思。 ⑦涕:泪。 ⑧"未知"二句:连自身都不知死于何处,哪能母子两相保全? ⑨霸陵:汉文帝陵墓,在长安东南。岸:高地。 ⑩"悟彼"句:《下泉》是《诗经·曹风》中的一首诗。毛序说:"《下泉》,思治也,曹人……思明王贤伯也。"下泉即黄泉。《下泉》人指《下泉》这首诗的作者,同时也隐指黄泉之下的贤君汉文帝。这句说登上霸陵,想到昔日文帝统治下的太平盛世,回望今日长安的混乱景象,自然深深懂得了《下泉》诗作者思念明王贤伯的心情。 ⑪喟(kuì)然:叹息。 (这首诗写作者在离开长安时所见到的战乱造成的惨相以及盼望明王贤伯建立清平之治的理想。)

陈 琳

陈琳(?—217),字孔璋,广陵(今江苏扬州)人。"建安七子"之一。曾为袁绍掌管书记,后归附曹操。擅长草拟章表文书。今传《陈记室集》辑本一卷。

饮马长城窟行①

饮马长城窟②,水寒伤马骨。往谓长城吏,"慎莫稽留太原卒③。""官作自有程④,举筑谐汝声⑤!""男儿宁当格斗死⑥,何能怫郁筑长城⑦?"长城何连连⑧,连连三千里。边城多健少⑨,内舍多寡妇⑩。作书与内舍:"便嫁莫留住⑪。善事新姑嫜⑫,时时念我故夫子⑬。"报书往边地:"君今出语一何鄙⑭!""身在祸难中⑮,何为稽留他家子⑯?生男慎莫举⑰,生女哺用脯⑱。君独不见长城下,死人骸骨相撑拄⑲?""结发行事君⑳,慊慊心意关㉑。明知边地苦,贱妾何能久自全㉒?"

①本篇为乐府古题,属《相和歌·瑟调曲》。 ②长城窟:长城近边的泉眼,可供行役者饮马。 ③"慎莫"句:这句是由太原征来的役夫所说。慎:请留意。稽留:滞留。 ④"官作"句:官府的工程自有期限。这句和下句是长城吏不耐烦的回答。 ⑤"举筑"句:举起夯来,夯歌唱得整齐些!筑:夯土工具。谐:使和谐。汝:指役夫们。声:夯歌。 ⑥"男儿"句:男子汉宁可在战场上与敌人搏斗牺牲。 ⑦怫郁:烦闷。 ⑧连连:连绵不绝。 ⑨边城:即指长城。健少:健壮的青年,谓戍卒。 ⑩内舍:士卒的家里。寡妇:古代凡已婚而独居的妇女,都称寡妇。这里指戍卒的妻子。 ⑪"便嫁"句:你就改嫁吧,不要留在家里等我了。 ⑫善事:好好侍奉。姑嫜:公婆。 ⑬故夫子:从前的丈夫。以上三句为士卒信上所说。 ⑭鄙:粗野,不达事理。这句是寡妇回信给丈夫所说。 ⑮"身在"六句:是士卒复又写信给妻子,说明要她改嫁的原因。祸难:指自己在此筑城,决无归期。 ⑯他家子:别人家的女子。 ⑰举:养育。 ⑱哺用脯:用肉干喂养。 ⑲撑拄:形容尸骨杂乱堆积。从"生男"以下四句,借用秦时民谣:"生男慎勿举,生女哺用脯。不见长城下,尸骸相支拄。" ⑳结发:指成人。行事君:指婚后侍奉丈夫。 ㉑慊(qiàn)慊:指分居两地的怨恨。心意关:心意互相关联、牵系。㉒"贱妾"句:知君在边地受苦,我又怎能长久保全自己?意为夫若死于长城,自己也活不了多久。从"结发"以下四句是妻子再次回信所说。 (这首诗通过太原卒和长城吏的对话以及戍卒和妻子的通信,反映了封建统治者无休止地征发劳役给人民带来的家庭悲剧。)

刘 桢

刘桢(?—217),字公幹,东平(今山东泰安市东平县)人,"建安七子"

之一。被曹操用为丞相掾属。今传《刘公幹集》辑本一卷。

赠从弟①

其 二

亭亭山上松②,瑟瑟谷中风③。风声一何盛,松枝一何劲!冰霜正惨凄④,终岁常端正⑤。岂不罹凝寒⑥?松柏有本性⑦。

①本篇见《文选》,共三首。此选其二。从弟:堂弟。 ②亭亭:耸立貌。 ③瑟瑟:风声。 ④正惨凄:正凛冽寒冷。 ⑤"终岁"句:山上松树的姿态终年都是那么端正挺拔。 ⑥罹(lí):遭受。凝寒:严寒。 ⑦本性:指松柏秉性坚贞不屈。 (这首诗以松柏为比,赞美和勉励堂弟坚守节操。)

蔡 琰

蔡琰(生卒年不详),字文姬,陈留圉(今河南杞县南)人。汉代著名学者蔡邕的女儿。博学多才,精通音律。董卓之乱中,被胡兵掳到南匈奴。十二年后被曹操赎回。今传《悲愤诗》五言和骚体各一篇,《胡笳十八拍》一篇。但只有五言《悲愤诗》比较可信,其余二篇可能是后人伪托。

悲 愤 诗①

汉季失权柄②,董卓乱天常③,志欲图篡弑④,先害诸贤良⑤。逼迫迁旧邦⑥,拥主以自彊⑦。海内兴义师⑧,欲共讨不祥⑨。卓众来东下⑩,金甲耀日光。平土人脆弱⑪,来兵皆胡羌⑫。猎野围城邑⑬,所向悉破亡。斩截无孑遗⑭,尸骸相撑拒⑮。马边悬男头⑯,马后载妇女。长驱西入关⑰,迥路险且阻⑱。还顾邈冥冥⑲,肝脾为烂腐。所略有万计㉑,不得令屯聚㉒。或有骨肉俱㉓,欲言不敢语。失意几微间㉔,辄言"毙降虏㉕,要当以亭刃,我曹不活汝㉗。"岂敢惜性命,不堪其詈骂㉘。或便加棰杖,毒痛参并下㉙。旦则号泣行,夜则悲吟坐。欲死不能得,欲生无一可。彼苍者何辜㉚,乃遭此厄祸㉛?

魏晋南北朝

①本篇最早见于《后汉书·列女传·董祀妻传》。本传说:"兴平(献帝年号,194—195)中,天下丧乱,文姬为胡骑所获,没于南匈奴左贤王。在胡中十二年,生二子。曹操素与邕善,痛其无嗣,乃遣使者以金璧赎之,而重嫁于祀。……后感伤乱离,追怀悲愤,作诗二章。"本诗为首章,次章为骚体,两首诗内容大致相同。　②汉季:汉末。权柄:中央统治的权力。　③天常:天道,天理。　④"志欲"句:董卓之志在杀君夺位。中平六年(189),汉灵帝死,大将军何进和袁绍、袁术等人密召董卓带兵进京,以威胁太后,剪除宦官。卓兵未至而何进谋泄身死。宦官段珪等挟持少帝和陈留王出京,被董卓赶上劫住。卓兵屯驻洛阳,董卓废少帝为弘农王,立陈留王为帝(即汉献帝),从此控制中央政权。　⑤"先害"句:初平元年(190),关东州郡起兵讨卓,董卓为避讨卓诸军,预备迁都长安,督军校尉周珌、城门校尉伍琼等反对迁都,被董卓杀害。诸贤良:即指周、伍等人。　⑥"逼迫"句:指董卓强迫汉廷君臣迁往长安。旧邦:指长安,长安原是西汉旧都,故称。　⑦"拥主"句:说董卓企图挟持皇帝以加强自己的权势。　⑧"海内"句:指关东州郡讨伐董卓的联军。　⑨不祥:恶人,指董卓。　⑩"卓众"句:指董卓部将李傕、郭汜所带的军队,从陕西出关,在中牟击破河南尹朱俊,乘势掳掠陈留、颍川等县,杀掠男女,所过无遗。当时蔡琰正在这一带。　⑪"平土"句:中原的百姓一向比较脆弱。　⑫"来兵"句:来的军队中大多是强悍的羌、胡。　⑬"猎野"二句:李、郭军队在田野上打猎(实指作战),包围城市,兵锋所向,无不遭到破坏毁灭。　⑭截:断。一作"歼"。无子遗:一个不剩。孑:单独。此用《诗经·大雅·云汉》中"周余黎民,靡有孑遗"的成辞。　⑮撑拒:支撑。尸骨杂乱堆积的样子。　⑯"马边"二句:《三国志·魏书·董卓传》记董卓"尝遣军到阳城,适值二月社,民在其社下,悉就断其男子头,驾其车牛,载其妇女财物,以所断头系车辕轴,连轸而还洛"。可与此二句参看。　⑰"长驱"句:指李、郭等部在陈留杀掠以后又长驱直入函谷关,返回陕西。　⑱迥路:远路。　⑲"还顾"句:回顾来路,邈远迷茫。　⑳"肝脾"句:因伤心而脏腑俱碎。　㉑所略:所掳掠的人。有万计:有上万人。　㉒屯聚:聚集在一起。　㉓"或有"句:有的连至亲骨肉一同被掳来。　㉔"失意"句:稍有不留意。几微:极微小的。　㉕"辄言"句:那些掠夺者就骂:"杀了你们这些降虏!"　㉖"要当"句:应当让你们挨刀子。　㉗"我曹"句:我们不想让你活了!以上三句都是卓兵的骂人话。　㉘詈(lì):骂。　㉙毒:心里的仇恨。痛:身上的疼痛。参并下:交杂在一起。　㉚"彼苍者"句:那老天爷呵,我们有什么罪孽? 彼苍者:天。　㉛厄祸:灾难。　(以上第一段,写董卓军队的杀掠暴行以及自己被掳之后所见到的血腥景象和受到的残酷虐待。)

　　边荒与华异①,人俗少义理②。处所多霜雪,胡风春夏起。翩翩吹我衣,肃肃入我耳③。感时念父母④,哀叹无终已。有客自外来⑤,闻之常欢喜。迎问其消息⑥,辄复非乡里⑦。邂逅徼时愿⑧,骨肉来迎己⑨。己得自解免⑩,当复弃儿子⑪。天属缀人心⑫,念别无会期。存亡永乖隔⑬,不忍与之辞。儿前抱我颈,问母"欲何之? 人言母当去,岂复有还时? 阿母常仁恻⑭,今何更不慈?我尚未成人,奈何不顾思?"见此崩五内⑮,恍惚生狂痴⑯。号泣手抚摩,当发复回疑⑰。兼有同时辈⑱,相送告别离。慕我独得归,哀叫声摧裂⑲。马为立踟蹰,车为不转辙。观者皆歔欷⑳,行路亦呜咽㉑。

①边荒:边远荒凉之地。指蔡琰被掳后所居住的南匈奴。据余冠英考证,兴平二年(195)十一月,李傕、郭汜军为南匈奴左贤王所破,疑蔡琰就在这次战争中由李、郭军转入南匈奴军。 ②人俗:当时匈奴的生活习俗。少义理:从汉族的观点来看,缺少仁义伦理道德。 ③肃肃:风声。 ④"感时"句:在这种处境下,有感于时节变易,更加思念父母。 ⑤自外来:从外地来。 ⑥"迎问"句:迎上去探问亲故的消息。 ⑦"辄复"句:那客人又往往不是自己同乡里人。 ⑧邂逅:意外的机遇。徼:侥幸。时愿:平时的愿望。此句意为自己平时的愿望意外地侥幸实现了。 ⑨"骨肉"句:有亲人来迎我回国。曹丕《蔡伯喈女赋》序:"家公(曹操)与蔡伯喈有管、鲍之好,乃命使者周近择玄璧于匈奴赎其女还。""骨肉来迎"即指此。 ⑩解免:脱离了匈奴的生活。 ⑪儿子:指蔡琰在匈奴生的两个儿子。 ⑫天属:天然的亲属。缀:联系。 ⑬乖隔:隔开、背离。 ⑭仁恻:仁慈。 ⑮五内:五脏。 ⑯"恍惚"句:见到儿子如此眷恋母亲,痛苦得精神恍惚,如痴如狂。 ⑰"当发":当车子要出发时又回头迟疑,不忍离开。 ⑱同时辈:同时被掳来的人。 ⑲"哀叫"句:哀叫声的凄苦,使人心肝摧裂。 ⑳歔(xū)欷(xī):悲泣抽噎。 ㉑行路:过路的人。 (以上第二段,写自己沦落匈奴、思念故乡的孤苦心情以及回国时母子生离死别的悲惨场面。)

去去割情恋①,遄征日遐迈②。悠悠三千里,何时复交会?念我出腹子,胸臆为摧败③。既至家人尽④,又复无中外⑤。城郭为山林,庭宇生荆艾⑥。白骨不知谁,从横莫覆盖⑦。出门无人声,豺狼号且吠。茕茕对孤景⑧,怛咤糜肝肺⑨。登高远眺望,神魂忽飞逝⑩。奄若寿命尽⑪,旁人相宽大⑫。为复彊视息⑬,虽生何聊赖⑭?托命于新人⑮,竭心自勖厉⑯。流离成鄙贱⑰,常恐复捐废⑱。人生几何时,怀忧终年岁。

①情恋:母子之情。 ②遄(chuán)征:快速赶路。日遐迈:一天天走远了。 ③臆:胸。摧败:摧伤。 ④家人尽:家里人都死尽了。 ⑤中外:中表亲。中:指舅父的子女,为内兄弟。外:指姑母的子女,为外兄弟。 ⑥荆艾:荆棘、艾蒿,统指杂草。 ⑦从横:即纵横。莫覆盖:没有遮盖。 ⑧茕(qióng)茕:孤独貌。景:即影。 ⑨怛(dá)咤(zhà):惊呼。糜:烂。 ⑩飞逝:指神魂飞向远方的儿子。 ⑪"奄若"句:忽然觉得自己不能再活下去了。 ⑫相宽大:竭力相宽慰。 ⑬"为复"句:为此又勉强活了下来。视息:睁开眼,喘过气来。 ⑭聊赖:乐趣和依靠。 ⑮"托命"句:新人指"董祀",意为自己又嫁了人。 ⑯竭心:努力。自勖(xù)厉:自我勉励好好活下去。 ⑰"流离"句:但自己经过流离生涯,已经成了被轻视的女子。 ⑱捐废:抛弃、遗弃。 (以上第三段,写途中思念儿子的悲痛,回到故国后所见家破人亡的情景及后半世生活的忧虑。)

二、正始诗文

阮 籍

阮籍(210—263),字嗣宗,陈留尉氏(今河南开封)人。"建安七子"之一阮瑀的儿子,"竹林七贤"之一。史称他博览群籍,尤好老庄,嗜酒能啸,擅长弹琴。魏末曹爽辅政时曾召他为参军,被他托病辞去。司马氏专权时,不得已而任从事中郎,但不问世事,终日饮酒,听说步兵厨善酿,便求为步兵校尉。因此人称"阮步兵"。今传辑本《阮步兵集》。

咏 怀①

其 一

夜中不能寐,起坐弹鸣琴。薄帷鉴明月②,清风吹我襟。孤鸿号外野③,翔鸟鸣北林④。徘徊将何见,忧思独伤心。

①咏怀:据明人冯惟讷编辑的《诗纪》,阮籍《咏怀》诗现存八十二首,是其生平诗作的总题,不是同时所作。这些诗主要是表现他生活在魏晋之交黑暗政治中的各种感慨,多用比兴,写得比较隐晦曲折。 ②薄帷:薄薄的帐幔。鉴:照。言帷帐既薄,则自能照进月光。 ③号:哀号。 ④翔鸟:飞翔盘旋着的鸟儿。一作"朔鸟",北方的鸟。 (这首诗写深夜弹琴的情景和孤独不安的忧思。)

其 三

嘉树下成蹊①,东园桃与李。秋风吹飞藿②,零落从此始③。繁华有憔悴④,堂上生荆杞⑤。驱马舍之去⑥,去上西山趾⑦。一身不自保,何况恋妻子⑧。凝霜被野草⑨,岁暮亦云已⑩。

①嘉树:指东园桃李。蹊:小路。此二句由《史记·李将军列传》赞语"桃李不言,下自成蹊"变化而来。比喻盛时情景。 ②飞藿(huò):飞散的豆叶。 ③零落:指桃李的凋零也从秋风吹飞藿时开始了。 ④"繁华"句:繁华终有憔悴之时。喻盛景总有衰败

之日。　⑤"堂上"句:高大的殿堂也会破败荒芜。　⑥舍之:抛舍这一切。之:指世事。⑦"去上"句:离开世俗,上西山去隐居。西山:首阳山,相传是伯夷、叔齐隐居之处。趾:山脚。　⑧"何况"句:谓自身难保,哪里还顾得上眷恋妻儿。　⑨"凝霜"句:野草已蒙上严霜。　⑩"岁暮"句:一年已快过完了。已:尽。　(这首诗以桃李由盛而衰的变化起兴,抒写世事盛衰的感慨以及唯恐避乱太晚的忧虑。)

其十一①

湛湛长江水②,上有枫树林。皋兰被径路③,青骊逝骎骎。远望令人悲④,春气感我心。三楚多秀士⑤,朝云进荒淫。朱华振芬芳⑥,高蔡相追寻。一为黄雀哀,泪下谁能禁。

①本诗所刺时事,前人解说很多,一般采用刘履之说,认为是指魏主曹芳游幸平乐观,被司马师指以荒淫无度,乃废为齐王这件事。今据史料,可证此诗是刺魏宗室曹爽集团荒淫无度,被司马懿暗中算计一事,详下注。　②湛(zhàn)湛:水深貌。首二句由《楚辞·招魂》"湛湛江水兮上有枫"句变化而来。　③"皋兰"二句:皋兰:水边的兰草。被:覆盖。青骊:黑马。逝:奔驰。骎(qīn)骎:马急驰的样子。　④"远望"二句:此由《招魂》"目极千里兮伤春心"句变化而来。　⑤"三楚"二句:三楚:古称江陵为南楚,吴为东楚,彭城为西楚,统称三楚。秀士:从所用典故来看,是指宋玉等有文才的人。宋玉有《高唐赋》,写巫山神女与楚怀王在阳台之下欢会,"旦为朝云,暮为行雨"。这里说宋玉那样的秀士,光用巫山云雨一类的荒淫故事去娱乐君王,当实有所指。按,《三国志·魏书·曹爽传》载,曹爽"妻妾盈后庭,又私取先帝才人七八人,及将吏、师工、鼓吹、良家子女三十三人,皆以为伎乐。……作窟室,绮疏四周,数与(何)晏等会其中,饮酒作乐"。其弟曹羲曾三次上书曹爽,"陈骄淫盈溢之致祸败",不听。又,史称何晏"少以才秀知名",因此"秀士"实指何晏这些"才秀"的名士。"朝云进荒淫",即刺曹爽与何晏等在窟室中淫乐之事。　⑥"朱华"四句:用《战国策·楚策》中庄辛谏楚襄王语。大意是说黄雀高栖于茂树,鼓翅奋翼,自以为无患,与人无争,却不知公子王孙正在用弹丸打它。蔡灵侯"左抱幼妾,右拥嬖女",驰骋于高蔡之中,却不知子发已受命于楚宣王,前来捉拿他了。朱华:红花。高蔡:今河南上蔡县。这四句是说鲜花盛开,芬芳迷人,蔡灵侯在高蔡寻欢作乐,却不知宣王已在暗中算计他,一旦像黄雀那样被公子王孙打中,就令人悲不自禁。按,史载曹爽专权时,司马懿对他的骄淫暂且隐忍,一直在家装病,后看准机会,才将曹爽集团一网打尽。司马懿在晋国初建时追尊为宣王,恰与典故中"宣王"相应,可见用典之巧。

其三十一

驾言发魏都①,南向望吹台②。箫管有遗音③,梁王安在哉!战士食糟糠④,贤者处蒿莱。歌舞曲未终,秦兵已复来⑤。夹林非吾有⑥,朱宫生尘埃⑦。军败华阳下⑧,身竟为土灰。

①驾:驱车。言:语助词。魏都:战国时魏国都城大梁。在今河南省开封市。 ②吹台:战国时魏王宴饮之所,遗迹在今开封东南,又称繁台、范台。 ③"箫管"二句:昔日传留下来的音乐尚在演奏,而当初在此宴乐的魏王又在哪里呢?梁王:即战国魏王婴。 ④"战士"二句:说魏王只知行乐,不问国事,使兵士以糟糠为食,使贤士在草野之中得不到起用。 ⑤"秦兵"句:秦兵已乘机重来进攻。 ⑥夹林:梁王在吹台所建的游览之所。吾:拟梁王自称。 ⑦朱宫:吹台的宫殿。 ⑧"军败"二句:前273年,秦兵围大梁,破魏军于华阳,魏割南阳求和。华阳:地名,在今河南新郑东。一说是山名,又亭名,在密县,今河南密县附近。 (这首诗借咏战国魏都的兴废以刺时政,指出君王一味歌舞荒淫,不知养兵用贤,必遭败亡之祸。)

嵇 康

嵇康(223—262),字叔夜,谯郡铚(今属安徽淮北)人。"竹林七贤"之一。爱好老庄之说,与曹魏宗室联姻。官中散大夫。政治上反对司马氏,并因此遭诬杀。有《嵇康集》传世。

赠秀才入军①

良马既闲②,丽服有晖③。左揽繁弱④,右接忘归⑤。风驰电逝,蹑景追飞⑥,凌厉中原⑦,顾盼生姿。

①本篇是嵇康送其兄嵇喜(字公穆,曾举秀才)从军的诗。全诗共十八章,本篇原列第九。 ②闲:熟习。 ③丽服:戎装。 ④繁弱:古良弓名。 ⑤忘归:箭矢名。《新序》:"楚王载繁弱之弓,忘归之矢,以射兕于梦。" ⑥"蹑景"句:蹑(niè):追。景:影。飞:飞鸟。 ⑦凌厉:奋行直前貌。 (这一章写嵇喜穿上戎装后驰射中原的风姿。)

息徒兰圃①,秣马华山②。流磻平皋③,垂纶长川④。目送归鸿,手挥五弦⑤。俯仰自得⑥,游心太玄⑦。嘉彼钓叟⑧,得鱼忘筌。郢人逝矣⑨,谁可尽言。

①息徒:休息车驾。徒:輂者,推车之人夫。按,目前通行注本皆释"徒"为步卒,认为此章写嵇喜行军各地,休息时领略山水乐趣的自得情景。但本章原列第十四,是写自

己隐居俯仰自得的雅兴,与嵇喜入军相对照,委婉地表现了两种不同的生活志趣,隐含着对嵇喜入司马氏军幕一事的深深遗憾。第十三章有"驾言出游,日夕忘归"二句,因此本章首二句承上而来,是写自己出游途中暂时歇息喂马的情景。兰圃:有兰草的野地。②秣(mò)马:饲马。华山:有花草的山。　③流磻(bō):用生丝绳系在箭上射鸟,绳子一端再加石块,叫作"磻"。皋:草泽地。　④纶:系钓钩的线。"流磻"句以下转为写自己的隐居闲散生活。　⑤五弦:乐器名,似琵琶而略小。　⑥俯仰:一举一动。俯仰自得:随时随地自得其乐。　⑦"游心"句:神思遨游于天地自然的大道中。　⑧"嘉彼"二句:见《庄子·外物》:"筌者所以在鱼,得鱼而忘筌。……言者所以在意,得意而忘言。"比喻得到自然的真意,而不在意它的形迹。嘉:赞美。　⑨"郢人"二句:《庄子·徐无鬼》篇说:郢都有个人,鼻尖上沾上一点蝇翅那么大的石灰浆,匠石可用斧子将它削尽而不伤鼻。宋元君听说后,请匠石来表演。匠石说:这样做需要对手配合,郢人早已死了,我已没有合适的人做对手了。这里用郢人比喻自己可与谈论的知音,指嵇喜走后,无人能与自己尽兴交谈了。

三、西晋诗歌

傅 玄

傅玄(217—278),字休奕,北地泥阳(今陕西省铜川市东南)人。仕魏晋两代。封鹑觚男,历官御史中丞、司隶校尉等职。曾为西晋王朝制作了许多宗庙乐辞。有《汉魏六朝百三名家集》本《傅鹑觚集》。

豫章行苦相篇①

苦相身为女②,卑陋难再陈③。男儿当门户,堕地自生神④。雄心志四海,万里望风尘。女育无欣爱,不为家所珍。长大逃深室⑤,藏头羞见人。垂泪适他乡⑥,忽如雨绝云⑦。低头和颜色⑧,素齿结朱唇⑨。跪拜无复数,婢妾如严宾⑩。情合同云汉⑪,葵藿仰阳春⑫。心乖甚水火⑬,百恶集其身。玉颜随年变,丈夫多好新。昔为形与影,今为胡与秦⑭。胡秦时相见,一绝逾参辰⑮。

①本篇为乐府歌辞,属《相和歌·清调曲》。　②苦相:苦命相。　③卑陋:地位卑

贱。　④堕地:一生下来。神:神气。　⑤逃深室:躲藏在深室之中。　⑥适:出嫁。⑦雨绝云:雨点离开云层。犹言嫁出的女儿泼出去的水。　⑧和颜色:和颜悦色。⑨"素齿"句:形容很少开口说话。　⑩"婢妾"句:对待婢妾也像尊敬的宾客。　⑪"情合"句:丈夫和自己情投意合时,好像牛郎织女相会那么融洽。　⑫"葵藿"句:自己仰赖丈夫的爱情,犹如葵藿仰赖春天的太阳。　⑬"心乖"句:丈夫与自己不合时,更甚于水火之不相容。乖:违背。甚:更厉害,更严重。　⑭胡:北方少数民族。秦:指中国。⑮逾:超过。参:参星,居西方。辰:辰星,居东方,二星永不相见。　(这首诗写封建社会重男轻女的现象给女子造成的不幸命运。)

张　华

张华(232—300),字茂先,范阳方城(今河北固安县南)人。出身寒微。晋武帝时因伐吴有功封侯,历任要职。后在"八王之乱"中遇害。著有《博物志》,今传《张司空集》辑本一卷。

情　诗①
其　五

游目四野外②,逍遥独延伫③。兰蕙缘清渠④,繁华荫绿渚⑤。佳人不在兹⑥,取此欲谁与⑦?巢居知风寒⑧,穴处识阴雨。不曾远别离,安知慕俦侣?

①《情诗》共五首,均写夫妇离别相思之情。　②游目:随意观览。　③延伫(zhù):久立。　④缘:沿。　⑤繁华:指盛开的兰蕙花。荫:荫覆。绿渚:绿色的小洲。　⑥佳人:指妻室。兹:这里。　⑦谁与:与谁,赠谁。一说,与谁共赏。　⑧"巢居"二句:鸟儿巢居在树上,所以先知风寒。蝼蚁之类居住在低湿的洞穴中,所以预识阴雨。喻经受了离别之苦的人,才更体会思慕爱侣的心情。　(这首诗写远游之人对妻子的思念。)

陆　机

陆机(261—303),字士衡,吴郡(今上海松江区)人。出身东吴大士族,祖父陆逊为吴丞相。晋灭吴后,与弟陆云入洛阳,被辟为祭酒,曾任平原内史,后世又称"陆平原"。"八王之乱"中为后将军、河北大都督,战败被诬遇害。著有《文赋》,是我国文学批评中的重要文章。今传《陆士衡集》十卷。

拟明月何皎皎①

安寝北堂上②,明月入我牖。照之有余晖,揽之不盈手③。凉风绕曲房④,寒蝉鸣高柳。踟蹰感节物⑤,我行永已久⑥。游宦会无成⑦,离思难常守。

①陆机有《拟古》诗十二首,都是模仿《古诗十九首》。这是第六首。 ②北堂:坐北的正室。 ③"揽之"句:谓月光皎洁,使人情不自禁去揽取,却因其恍惚无形,而不能握满手中。 ④曲房:带曲廊的房子。 ⑤踟蹰:心神踌躇不定。节物:时节景物。 ⑥永已久:已很久了。 ⑦游宦:远游仕宦。会:当。 (这首诗写游宦之人在月夜有感于时节变易而产生的离愁。)

潘 岳

潘岳(247—300),字安仁,荥阳中牟(今河南中牟县东)人。少年时在乡里被称为奇童,二十多岁时已很有才名。他攀附当时权贵贾谧,是"二十四友"之首。后在赵王伦当权时,被赵王的亲信孙秀害死。今传《潘黄门集》辑本一卷。

悼 亡 诗①
其 一

荏苒冬春谢②,寒暑忽流易。之子归穷泉③,重壤永幽隔。私怀谁克从④,淹留亦何益。僶俛恭朝命⑤,回心反初役。望庐思其人⑥,入室想所历。帏屏无髣髴⑦,翰墨有余迹。流芳未及歇⑧,遗挂犹在壁。怅恍如或存⑨,回惶忡惊惕。如彼翰林鸟⑩,双栖一朝只;如彼游川鱼,比目中路析。春风缘隟来⑪,晨霤承檐滴。寝息何时忘⑫,沉忧日盈积。庶几有时衰⑬,庄缶犹可击。

①《悼亡诗》共三首,都是作者为悼念亡妻而作。　②"荏苒"二句:荏(rěn)苒(rǎn):形容时间渐渐消逝。谢:衰,退。流易:流逝变换。　③之子:那人,指亡妻。穷泉:深泉,地下。　④"私怀"二句:私心虽然哀伤,但哪能从己所愿,再留在家里。何况长久滞留在家又有什么益处。私怀:私情哀伤。克:能。从:随,顺从。　⑤"僶俛"二句:僶(mǐn)俛(miǎn):勉力。恭朝命:恭从王命。回心:转过心思,改变心情。反初役:返回原来的任所去。　⑥"望庐"二句:望着住宅就想起亡妻,走进内室就想到她的行迹。　⑦"帏屏"二句:帐子和屏风间再也没有她的形影,唯有她生前的笔墨尚存遗迹。帏:帐。屏:屏风。髣髴:相似的形影。翰墨:笔墨文字。　⑧"流芳"二句:她的遗物还挂在墙上,所散发的芳香犹未消失。　⑨"怅怳"二句:恍惚间似乎觉得她还活着,随即想到伊人已死,不由得心里一阵忧惧惊惶。怅怳(huǎng):神志恍惚。回惶:心情由恍惚急转为惶惶不安。忡(chōng):忧。惊惕:惊惧。　⑩"如彼"四句:翰林鸟:栖于林中之鸟。只:单。比目:鱼名,总是成双而行。析:拆开。　⑪"春风"二句:春风沿着门窗的缝隙吹来,清晨从屋檐下流下了融化的雪水。隙(xì):即"隙"。晨霤(liù):早晨从屋檐下流下的水。承檐滴:被檐沟接住又滴下来。承:承接。　⑫"寝息"二句:即使是安寝休息时也片刻不能忘记,沉重的忧思一天天越积越多。　⑬"庶几"二句:但愿总有一天哀伤能够淡薄,那时我就或许能像庄子那样为妻亡而鼓盆歌唱了。即现在还做不到那样达观。《庄子·至乐》:"庄子妻死,惠子吊之,庄子则方箕踞鼓盆而歌。"缶(fǒu):瓦盆,古代常用作打击乐器。　(这首诗写妻子死后一周年,作者将要离家赴任时流连不舍的哀思。)

左　思

左思(250?—305?),字太冲,临淄(今山东临淄)人。出身寒素。后因妹左芬入宫为妃,移居京都。曾用十年时间写成《三都赋》,使洛阳为之纸贵。晚年退居在家。诗今存十四首。

咏　史①

其　二

郁郁涧底松①,离离山上苗②,以彼径寸茎③,荫此百尺条④。世胄蹑高位⑤,英俊沉下僚⑥。地势使之然⑦,由来非一朝。金张藉旧业⑧,七叶珥汉貂。冯公岂不伟⑨,白首不见招。

①郁郁:茂密葱郁。　②离离:疏落下垂貌。苗:初生的树苗。　③彼:指树苗。径

寸茎:直径一寸粗的树干。 ④荫:遮盖。百尺条:松树百尺高的枝条。 ⑤世胄:世家子弟。胄:后裔。蹑(niè):登。 ⑥英俊:英才贤俊。沉下僚:沉沦在低下的官职上。 ⑦"地势"二句:是地势的高低造成了这种情况,而且由来已久,并非一朝一夕之事。 ⑧"金张"二句:金:汉金日(mì)磾(dī)家,自汉武帝时至汉平帝时,七代为内侍。张:汉张汤家,自宣帝元帝以来,子孙为侍中、中常侍者有十余人。藉:凭借。旧业:祖先的功业。七叶:七世。珥(ěr):插。貂:貂尾,是侍中、中常侍冠上的装饰。 ⑨"冯公"二句:汉文帝时,冯唐为中郎署长,年老而官甚微。伟:奇伟。见招:被招见、重用。 (这首诗以涧底松和山上苗的对照,揭示出士族制度所造成的"上品无寒门、下品无世族"的现象。)

其 六

荆轲饮燕市①,酒酣气益震②。哀歌和渐离③,谓若傍无人④。虽无壮士节⑤,与世亦殊伦⑥。高眄邈四海⑦,豪右何足陈⑧! 贵者虽自贵⑨,视之若埃尘;贱者虽自贱,重之若千钧。

①荆轲:战国时人,为燕太子丹刺秦王嬴政,事败身死。《史记·刺客列传》载,荆轲至燕,"爱燕之狗屠及善击筑者高渐离。荆轲嗜酒,日与狗屠及高渐离饮于燕市。酒酣以往,高渐离击筑,荆轲和而歌于市中,相乐也。已而相泣,旁若无人者"。 ②酣:半醉。震:振奋。 ③"哀歌"句:高渐离击筑以和荆轲之悲歌。 ④谓若:说是好像。 ⑤"虽无"句:荆轲虽然还够不上大有作为的壮士。节:志操,节烈。 ⑥殊伦:不同于一般人。 ⑦高眄:高视不凡。邈:同"藐",小看。 ⑧豪右:古时以右为上,所以称豪门贵族为豪右。陈:陈述。何足陈:哪里值得一提! ⑨"贵者"四句:豪贵虽自以为贵,在我看来轻若尘埃。贱者(荆轲、高渐离等)虽自以为贱,在我看来却重若千钧。钧:三十斤为一钧。 (这首诗借赞扬荆轲慷慨高歌、睥睨四海的气概,表示了对权贵的藐视。)

张 协

张协(?—307),字景阳,安平(今河北安平)人。曾任中书侍郎、河间内史等职。后因世乱弃官退隐,以吟咏自娱。与其兄张载、其弟张亢齐名,世称"三张"。今传《张景阳集》辑本一卷。

杂 诗①

其 一

秋夜凉风起,清气荡喧浊②。蜻蛚吟阶下③,飞蛾拂明烛。君子从远役,佳人守茕独④。离居几何时,钻燧忽改木⑤。房栊无行迹⑥,庭草萋以绿⑦。青苔依空墙,蜘蛛网四屋。感物多所怀,沉忧结心曲⑧。

①《杂诗》共十首。 ②荡:洗涤。喧(xuān):暖。喧浊:闷热浊气。 ③蜻蛚(liè):蟋蟀。 ④茕独:孤独。 ⑤"钻燧"句:古人钻木取火,季节不同,取火之木也不同。李善注引《邹子》:"春取榆柳之火,夏取枣杏之火,季夏取桑柘之火,秋取柞楢之火,冬取槐檀之火。"钻燧:钻木取火。 ⑥房栊(lóng):泛指房室。 ⑦萋:草盛貌。以:而且。 ⑧"沉忧"句:沉重的忧思聚集在心底深处。心曲:心中深隐之处。 (这首诗通过思妇眼中所见景物的变化来写她的感时怀远之情。)

刘 琨

刘琨(271—318),字越石,中山魏昌(今河北无极县东北)人。出身士族,早年是权贵贾谧左右的"二十四友"之一。好老庄清谈。五胡乱起,他毅然悔改。永嘉元年(307)出任并州刺史,招募流亡抗击匈奴刘渊、刘聪。愍帝建兴三年(315)受命都督并、幽、冀三州军事,为石勒所败。投奔幽州刺史段匹䃅,相约共扶晋室。后因其子刘群暗叛段匹䃅,牵连被害。其诗今存三首:《扶风歌》、《答卢谌》、《重赠卢谌》,都是充满爱国激情、悲壮感人的好诗。

扶 风 歌①

朝发广莫门②,暮宿丹水山③。左手弯繁弱④,右手挥龙渊⑤。顾瞻望宫阙⑥,俯仰御飞轩⑦。据鞍长叹息⑧,泪下如流泉。系马长松下,发鞍高岳头⑨。烈烈悲风起⑩,泠泠涧水流。挥手长相谢⑫,哽咽不能言⑬。浮云为我结⑭,归鸟为我旋⑮。去家日已远,安知存与亡?慷慨穷林中⑯,抱膝独摧藏⑰。麋鹿游我前,猿猴戏我侧。资粮既乏尽⑱,薇蕨安可食⑲?揽辔命徒侣⑳,吟啸绝岩中㉑。君子道微矣㉒,夫子故有穷㉓。惟昔李骞期㉔,寄在匈奴庭。忠信反获罪㉕,汉武不见明。我欲竟此曲㉖,此曲悲且长。弃置勿重陈,重陈令心伤。

①本篇收入《乐府诗集》,属《杂歌谣辞》。作于永嘉元年(307)出任并州刺史时。《晋书·刘琨传》:"琨在路上表白:'九月末得发,道险山峻,胡寇塞路。辄以少击众,冒险而进。顿伏艰危,辛苦备尝。即日达壶口关。臣自涉州疆,目睹困乏,流移四散,十不存二。……婴守穷城,不得薪采,耕牛既尽,又乏田器……琨募得千余人,转斗至晋阳(并州州治,今山西太原——引者按)。府寺焚毁,僵尸蔽地,其有存者,饥羸无复人色。荆棘成林,豺狼满道。"这是刘琨自洛阳赴并州途中的实录,可与此诗相参看。 ②广莫门:洛阳城北门。 ③丹水山:即丹朱岭,丹水发源地,在今山西高平市北。 ④弯:拉弓。繁弱:大弓名。 ⑤龙渊:古宝剑名。这两句写自己全副戎装出发。 ⑥顾:回首。瞻:瞻望。 ⑦"俯仰"句:俯仰:形容高低不齐。御:驾,相凌迫。飞轩:指皇宫中四檐飞耸的廊宇。这句说皇宫中廊宇飞檐耸立,高下相迫,如互相凌驾,形容飞轩之多而拥挤。一说,御:驾驭。飞轩:飞驰的车子。 ⑧据:靠着。 ⑨发鞍:取下马鞍。高岳头:指在丹水山夜宿。 ⑩烈烈:形容风声。 ⑪泠泠:形容涧水声。 ⑫相谢:告辞,指与京城遥相辞别。 ⑬哽咽:气结咽塞。 ⑭结:凝止。 ⑮旋:盘旋。 ⑯慷慨:激昂悲歌。 ⑰摧藏:悲痛。 ⑱资粮:财货粮食。 ⑲薇蕨:野菜。 ⑳揽辔:挽住马辔绳。徒侣:随从士卒。 ㉑吟啸:吟歌呼啸。啸:撮口而呼。 ㉒君子道微:君子之道衰微。 ㉓"夫子"句:孔夫子也有穷困之时。《论语·卫灵公》:"夫子在陈绝粮,子路愠,见曰:'君子亦有穷乎?'子曰:'君子固穷,小人穷斯滥矣!'" ㉔"惟昔"二句:指李陵在匈奴被困,救兵不到,遂降匈奴一事。骞(qiān),通"愆",愆期,过期不归。 ㉕"忠信"二句:说李陵本来忠信,却反而得罪,不被汉武帝所见谅。忠信,用司马迁的说法。他认为李陵虽降,"彼观其意,且欲得其当而报于汉"(《报任安书》)。 ㉖竟:结束。 (这首诗写刘琨离洛赴晋途中眷恋京阙的悲慨,转战在穷林之中的艰难情景以及唯恐日久无功、不为朝廷见谅的忧惧。)

郭　璞

郭璞(276—324),字景纯,河东闻喜(今山西闻喜县)人。博学有高才,精于天文、卜筮等术。曾注《尔雅》、《山海经》、《楚辞》等书。东晋初,因反对王敦谋反,被杀。有《郭弘农集》辑本二卷。

游仙诗①

其 一

京华游侠窟②,山林隐遁栖。朱门何足荣③,未若托蓬莱。临源挹清波④,陵冈掇丹荑⑤。灵溪可潜盘⑥,安事登云梯⑦。漆园有傲吏⑧,莱氏有逸妻⑨。进则保龙见⑩,退为触藩羝。高蹈风尘外⑪,长揖谢夷齐。

①《游仙诗》共十四首。 ②京华:京都繁华之地。窟:洞穴,游侠窟:指游侠出没的所在。 ③"朱门"二句:豪门何足为荣耀,不如托身于蓬莱仙境。蓬莱:相传为海中仙山名。一般又用来指隐逸的理想境界。 ④源:水的源头。挹:斟取。 ⑤掇:采拾。丹荑(tí):初生的赤芝草。丹:丹芝,本名赤芝,服之可以延年。荑:植物初生的叶芽。 ⑥灵溪:水名。李善注引庾仲雍《荆州记》:"大城西九里有灵溪水。"潜盘:隐居盘桓。 ⑦登云梯:指"仙人升天因云而上"(李善注)。连上句意谓人间有灵溪这样的地方可以隐居,又何必一定要升天求仙。 ⑧"漆园"句:指庄周曾为漆园吏。《史记·老庄申韩列传》:楚威王闻庄周贤,使使厚币迎之,许以为相。周笑谓楚使者曰:"子亟去,无污我!" ⑨"莱氏"句:《列女传》载老莱子逃世,耕于蒙山之阳,楚王请他出仕,老莱许诺。妻子说:"今先生食人酒肉,受人官禄,为人所制也。能免于患乎?妾不能为人所制。"投其畚而去。老莱乃随而隐。莱氏即老莱子。逸:隐。这两句是赞扬始终不肯出仕的贤者。 ⑩"进则"二句:进:进仕。保:保证。龙见:用《易·乾卦》:"九二,见龙在田,利见大人。"魏王弼注:"出潜离隐故曰见龙,处于地上故曰在地。德施周普,居中不废,虽非君位,君之德也。"这里即用此意,指当为君王所见而得重用。退:退隐。触藩羝:用《易·大壮》:"上六,羝羊触藩,不能退,不能遂,无攸利,艰则吉。"羝即羝羊,壮羊。藩:篱笆。触藩羝:卡在篱笆中的壮羊,进退不能,处于困境。这两句是说像庄子、老莱那样的贤者,如果进仕,自可大用于君王,但如果陷入困境,为人所制,再想退,可就像触藩羝那样进退不得了。这里道出了郭璞所理想的隐逸是始终不入仕途,不为人所制。 ⑪"高蹈"二句:点出自己要高蹈于人间的风尘之外,这种境界更高于伯夷、叔齐那种仅为忠于一姓而不仕的隐居。夷、齐:伯夷、叔齐,都是商代孤竹君之子,二人先是互相推让王位,逃到西伯昌(周文王)那里;后武王伐纣,他们就不食周粟,逃到首阳山,采薇而食,最后饿死。 (这首诗写作者心目中的游仙,其实是超尘绝俗的隐逸理想。)

四、东晋诗文

陶渊明

陶渊明(365—427),字元亮,一说名潜,字渊明。浔阳柴桑(今江西九江西南)人。他的外祖父孟嘉是东晋大司马陶侃的女婿。祖父和父亲都任过太守一类官职。到陶渊明时,家境已很穷困。他早年曾应征任江州祭酒,不久辞职。后又任镇军参军、建威参军、彭泽令等职。最后在四十一岁那年弃官归隐,此后一直过着躬耕隐居的生活。刘裕建立宋朝后曾有诏征他为著作郎,他坚辞不出。死后被尊称为"靖节先生"。

陶渊明是我国文学史上的伟大诗人之一。他坚决不肯与封建统治者同流合污,热情赞美淳朴的田园生活,并在参加劳动的过程中体会了农民的思想感情,提出乌托邦式的"桃花源"理想,反映了小生产者的社会要求。他的诗自然朴素,韵味淳厚,对唐宋诗人产生了深远的影响。

陶渊明的诗文共一百三十余篇。有《靖节先生集》传世。

归园田居①

其 一

少无适俗韵②,性本爱丘山。误落尘网中③,一去三十年④。羁鸟恋旧林⑤,池鱼思故渊⑥。开荒南野际⑦,守拙归园田⑧。方宅十余亩⑨,草屋八九间。榆柳荫后檐,桃李罗堂前⑩。暧暧远人村⑪,依依墟里烟⑫。狗吠深巷中⑬,鸡鸣桑树颠。户庭无尘杂⑭,虚室有余闲⑮。久在樊笼里⑯,复得返自然。

①《归园田居》共五首,成一组。作于从彭泽弃官归隐后的第一年,即晋安帝义熙元年(405),时年四十二岁。　②适俗:适应世俗。韵:气韵。　③尘网:尘世如罗网。　④三十年:当作十三年。作者从太元十八年(393)为江州祭酒,至彭泽弃官,共十二年,次年写此诗,刚好十三年。　⑤羁鸟:羁束在笼中的鸟。　⑥故渊:鱼儿原来生活的水潭。　⑦南野:一作"南亩"。际:间。　⑧守拙:自谦之词,谓依守愚拙的本性,与世俗

的机巧相对。　⑨方宅:住宅四周。方:旁。　⑩罗:列。　⑪暧暧:依稀不明。　⑫依依:形容炊烟上升轻柔的动态。墟里:村落。　⑬"狗吠"两句:用汉乐府《鸡鸣》中"鸡鸣高树颠,狗吠深宫中"句意,稍加变化。　⑭户庭:门庭。尘杂:尘俗杂事。　⑮虚室:虚空闲寂的居室。余闲:闲暇。　⑯樊笼:关鸟兽的笼子,喻仕宦。　(这首诗写作者归田的原因和重返田园的愉快生活。)

其 三

种豆南山下,草盛豆苗稀。晨兴理荒秽①,带月荷锄归②。道狭草木长,夕露沾我衣。衣沾不足惜,但使愿无违③。

①晨兴:早起。荒秽:荒芜。秽:田里的杂草。　②带:一作"戴"。荷:捐。　③愿无违:不要违背归居田园的心愿。　(这首诗写早出晚归的劳动生活和富有诗意的感受。)

饮　酒①

其　五

结庐在人境②,而无车马喧③。问君何能尔④?心远地自偏⑤。采菊东篱下,悠然见南山⑥。山气日夕佳,飞鸟相与还⑦。此中有真意⑧,欲辨已忘言⑨。

①《饮酒》共二十首,成一组。原序说这些诗都是醉后所写,所以总题为《饮酒》,大约作于诗人刚过四十岁不久之时。旧说多以为是义熙十二三年时作,即陶渊明五十二三岁时。　②结庐:建造住宅。人境:人世间。　③车马喧:指世俗往来的喧闹。　④君:作者自称。何能尔:怎么能做到这样。　⑤"心远"句:心既远离尘俗,虽居喧闹之境也自会像偏远之地一样清静。　⑥悠然:形容自得的神态。见:《文选》作"望"。苏轼说:"因采菊而见山,境与意会,此句最有妙处。近岁俗本皆作'望南山',则此一篇神气都索然矣。"(《东坡题跋》)后人大都同意苏说。　⑦相与:结伴。　⑧此:眼前情景。真意:关于生活真正意趣的体会。　⑨"欲辨"句:想要辨析自己的这种领会,却又不知如何用语言来表达。《庄子·外物》:"言者所以在意也,得意而忘言。"　(这首诗写心远世俗、欣赏自然的兴致和领悟。)

读山海经①

其 一

孟夏草木长②,绕屋树扶疏③。众鸟欣有托④,吾亦爱吾庐。既耕亦已种,时还读我书。穷巷隔深辙⑤,颇回故人车。欢言酌春酒⑥,摘我园中蔬。微雨从东来,好风与之俱。汎览周王传⑦,流观山海图⑧。俯仰终宇宙⑨,不乐复何如。

①《读山海经》共十三首,成一组。当是入宋以后的作品。《山海经》,共十八卷,记述古代海内外山川异物和神话传说,鲁迅认为是古代的巫书。这组诗写读《山海经》的感想,大多借古咏今。第一首是序诗。 ②孟夏:初夏。长:生长。 ③扶疏:枝叶繁密四布的样子。 ④欣有托:鸟有树可筑巢,有了依托。 ⑤穷巷:僻巷。隔:隔绝。辙:车轮轧过的痕迹。 ⑥言:语助词。春酒:仲冬时酿、经春始成的酒。 ⑦周王传:指《穆天子传》,据《晋书·束皙传》说是太康二年(281)汲郡古冢所获竹书的一种,共五篇,叙周穆王驾八骏游四海的事,是神话传说,郭璞曾为之作注。 ⑧山海图:《山海经》图,根据《山海经》故事绘制,相传汉以前便有,郭璞曾作图赞。 ⑨"俯仰"句:读此二书,仿佛顷刻之间便游遍宇宙。 (这首诗写躬耕读书的乐趣。)

其 十

精卫衔微木①,将以填沧海。刑天舞干戚②,猛志固常在。同物既无虑③,化去不复悔④。徒设在昔心⑤,良晨讵可待!

①精卫:《山海经·北山经》载,发鸠之山有精卫鸟,是炎帝小女儿女娃溺死于东海所变,因此它总是衔着西山的木石,投到东海里,想把大海填平。 ②刑天:《山海经·海外西经》载,刑天与天帝争斗,被砍去头颅,葬在常羊之山,"乃以乳为目,以脐为口,操干戚以舞"。干:盾。戚:斧。 ③同物:死后变为异物,与物相同,也就是物化。无虑:无所顾虑。 ④化去:化为异物,也是死的意思。 ⑤"徒设"二句:徒有昔日的壮志,而实现愿望的时机又岂能等得到! 徒:白白地。讵:岂。 (这首诗赞美精卫和刑天顽强不息的斗争精神。)

桃花源诗①并记

晋太元中②,武陵人捕鱼为业③。缘溪行,忘路之远近。忽逢桃花林,夹岸数百步,中无杂树,芳草鲜美,落英缤纷。渔人甚异之。复前行,欲穷其林。林尽水源④,便得一山。山有小口,仿佛若有光,便舍船从口入。初极狭,才通人。复行数十步,豁然开朗。土地平旷,屋舍俨然⑤,有良田美池桑竹之属。阡陌交通,鸡犬相闻。其中往来种作,男女衣着,悉如外人⑥;黄发垂髫⑦,并怡然自乐。见渔人,乃大惊,问所从来,具答之⑧。便要还家⑨,设酒杀鸡作食。村中闻有此人,咸来问讯。自云先世避秦时乱,率妻子邑人来此绝境,不复出焉,遂与外人间隔。问今是何世,乃不知有汉,无论魏、晋⑩。此人一一为具言所闻,皆叹惋。余人各复延至其家⑪,皆出酒食。停数日,辞去。此中人语云⑫:"不足为外人道也⑬。"既出,得其船,便扶向路⑭,处处志之⑮。及郡下,诣太守说如此。太守即遣人随其往,寻向所志,遂迷,不复得路。南阳刘子骥⑯,高尚士也,闻之,欣然规往⑰。未果⑱,寻病终。后遂无问津者。

　　嬴氏乱天纪⑲,贤者避其世。黄绮之商山⑳,伊人亦云逝。往迹浸复湮,来径遂芜废。相命肆农耕㉑,日入从所憩。桑竹垂余荫,菽稷随时艺㉒。春蚕收长丝,秋熟靡王税。荒路暧交通㉓,鸡犬互鸣吠。俎豆犹古法㉔,衣裳无新制。童孺纵行歌,斑白欢游诣㉕。草荣识节和,木衰知风厉。虽无纪历志㉖,四时自成岁。怡然有余乐,于何劳智慧。奇踪隐五百㉗,一朝敞神界㉘。淳薄既异源㉙,旋复还幽蔽㉚。借问游方士㉛,焉测尘嚣外。愿言蹑轻风,高举寻吾契㉜。

　　①《桃花源诗》:一般认为作于晚年。桃花源:是诗人虚构的一个没有君权、没有剥削、人人劳动自给、封闭的理想社会。汉末以来,国内战乱不止,人民往往归附于某一有威望的大姓,筑坞壁以自保,这可能是桃花源的现实基础。此外,《老子》、《庄子》、《列子》中也构想过一些没有君主的理想国,如"不君不臣"、"不竞不争"的"终北国"(见《列子·汤问》),"国无帅长"、"民无嗜欲"的"华胥国"(见《列子·黄帝》)等,可能对陶渊明也有启发,但桃花源理想剔除了道家这类理想国中人民"不耕不稼"、水火不伤等荒诞的内容。　②太元:晋孝武帝年号(376—396)。　③武陵:今湖南常德。　④"林尽"句:桃花林尽头便是水源。　⑤俨然:形容屋舍整齐。　⑥"悉如"句:与外边人都一样。　⑦黄发:老人。垂髫(tiáo):儿童。髫:小儿垂发为饰。　⑧具:同"俱",全。　⑨要:邀。这句写桃源中人邀请渔人到自己家作客。　⑩"无论"句:更不用说魏、晋了。　⑪延:邀请,引导。　⑫此中人:指桃源中人。　⑬不足:不必,不可。　⑭扶:沿着。向路:来时的路。　⑮志:作标记。　⑯南阳:今河南南阳。刘子骥:名骥之,字子骥,好游山泽。曾在衡山采药时见到两个石仓,但隔水不能渡。还家时迷路,得人指引方归。后听说石仓里有仙丹,想再去找,已不知所在。这里说他想去桃源,未必实有其事,只是因刘子骥是个好探奇寻胜的人,所以写在文中。　⑰规:计划。　⑱"未果"二句:果:实

现。寻:不久。　⑲天纪:天下的秩序,指人道纲常伦纪。　⑳"黄绮"二句:黄、绮:夏黄公和绮里季,他们与东园公、甪(lù)里先生四人为避秦乱,隐于商山,称"商山四皓"。之:到,去。下句"伊人"谓桃源中人。　㉑肆:努力。　㉒随时艺:按时节种植。　㉓"荒路"句:指荒路上草木茂盛,遮蔽交通。　㉔俎(zǔ)豆:古代祭祀用的礼器。古法:指先秦时礼法。　㉕游诣(yì):来往游玩。诣:往,至。　㉖纪历志:岁历的推算记载。㉗奇踪:指桃源。五百:自秦至晋,约六百年,此举其大概。　㉘敞:显露。神界:称桃源犹如神仙世界。　㉙"淳薄"句:桃源风俗的淳厚与外界俗世的漓薄既然各有其不同的本源。　㉚旋复:随即。还幽蔽:复又深隐不见。　㉛游方士:游于方内之士,指世俗之人。　㉜契:契合,志趣相合者,指桃源中人。

五、南朝乐府民歌

南朝乐府民歌大部分保存在《乐府诗集·清商曲辞》中,主要有《吴声歌曲》三百二十六首,《西曲歌》一百四十二首,《神弦歌》十八首。《吴歌》出于江南建业(今南京市西);《西曲》出于荆、郢、樊、邓(今江汉流域湖北中西部和河南西南部);《神弦歌》是民间祭歌。

南朝乐府民歌产生于晋、宋、齐等朝代,现存歌辞,主要是当时乐府机构为南朝士族的荒淫享乐而采集的,因此大多限于描写相思离情。形式主要采用五言四句的体制,清新活泼,对后来诗歌形式的发展有较大影响。

吴声歌曲

子 夜 歌[①]

始欲识郎时,两心望如一。理丝入残机[②],何悟不成匹[③]!

①《子夜歌》:据《宋书·乐志》载,此歌是名子夜的女子所造,大约产生于晋太元(376—396)年中。　②丝:谐"情思"的"思",残机:残破的织布机。　③悟:意识到。匹:布匹,谐"匹配"的"匹"。以残机织不成布匹双关二人不能婚配。

侬作北辰星[①],千年无转移。欢行白日心[②],朝东暮还西[③]。

①侬:吴人自称,我。北辰星:北极星。　②欢:女子称呼其所爱者。行:施行。③还(xuán):转,旋。

子夜四时歌①

春林花多媚,春鸟意多哀。春风复多情,吹我罗裳开。(春歌)

①《子夜四时歌》:《子夜歌》的变曲,依四时而制。

田蚕事已毕,思妇犹苦身。当暑理絺服①,持寄与行人。(夏歌)

①"当暑"二句:正当炎暑天气,还要料理葛衣,寄给外出的丈夫。絺(chī):细葛布。

秋风入窗里,罗帐起飘飏。仰头看明月,寄情千里光①。(秋歌)

①"寄情"句:托普照千里的月光将相思之情寄给远行之人。

大子夜歌①

歌谣数百种,《子夜》最可怜②。慷慨吐清音,明转出天然③。

①《大子夜歌》:《子夜歌》的变曲。 ②可怜:可爱。 ③明转:音调明亮宛转。

读 曲 歌①

打杀长鸣鸡,弹去乌臼鸟②。愿得连冥不复曙③,一年都一晓④。

①《读曲歌》:产生于刘宋时。 ②弹:用弹弓射击。乌臼:即鹎鸠,又名鸦舅。天明时先啼,比鸡还早。 ③冥:昏暗不明。 ④都:总共。

神 弦 歌

青溪小姑曲①

开门白水,侧近桥梁。小姑所居,独处无郎。

①青溪:水名,在今南京市钟山附近。小姑:据《异苑》说是汉秣陵尉蒋子文的第三妹。干宝《搜神记》说蒋子文追贼至钟山下,受伤而死。孙权封他为中都侯,为之立庙,又转称钟山为蒋山。小姑也被祀为神。

青溪小姑歌①

日暮风吹,叶落依枝。丹心寸意,愁君未知!

①这首诗见于《续齐谐记》,《乐府诗集》失载。其本事大意是说会稽人赵文韶住在青溪中桥,月夜思归,唱歌抒情。歌声感动了青溪小姑,便假托为邻巷王尚书家女子来访,相互应和歌唱。青溪小姑唱歌二支,此即其一。次日赵至青溪庙,见庙中神像,始知夜间来访女子即神女。

西 曲 歌

那 呵 滩①

闻欢下扬州②,相送江津弯③。愿得篙橹折,交郎到头还④。

①《那呵滩》:多叙江陵及扬州事。那呵:滩名。 ②扬州:即今南京市。 ③江津:今湖北省江陵县附近。 ④交:同"教"。到:通"倒"。到头还:调头回来。

篙折当更觅,橹折当更安。各自是官人①,那得到头还!

①官人:公事在身的人。

西 洲 曲①

忆梅下西洲②,折梅寄江北③。单衫杏子红,双鬓鸦雏色④。西洲在何处?两桨桥头渡⑤。日暮伯劳飞⑥,风吹乌臼树⑦。树下即门前,门中露翠钿⑧。开门郎不至,出门采红莲⑨。采莲南塘秋,莲花过人头。低头弄莲子,莲子青如水⑩。置莲怀袖中,莲心彻底红。忆郎郎不至,仰首望飞鸿⑪。鸿飞满西洲,望郎上青楼⑫。楼高望不见,尽日栏杆头。栏杆十二曲,垂手明如玉⑬。卷帘天自高⑭,海水摇空绿。海水梦悠悠,君愁我亦愁。南风知我意⑮,吹梦到西洲。

①《西洲曲》:《杂曲歌辞》名。本篇当是经过文人加工的南朝民歌。诗中所写情节,断断续续,不很明显,因此历来众说纷纭。大意是写一个女子思念江北的情人,通过自春至秋景物的变化表现她的别后相思。 ②梅:在西洲与情人欢晤时所见景物。下西洲:到西洲去。西洲:未详。 ③"折梅"句:因女子当初曾与情人在西洲相会,现在梅花又开,情人已在江北,所以到西洲去折一支梅来寄给远人。 ④鸦雏色:小乌鸦般的黑色。 ⑤"两桨":谓西洲不远,从桥头坐渡船过去,几桨便可划到。 ⑥伯劳:一名鹈(jú),喜单栖,仲夏开始鸣叫。 ⑦乌臼:落叶乔木,高二丈多,叶广卵形而尖,秋变红,夏开小黄花。种子可榨油。 ⑧翠钿(diàn):用翠玉镶嵌的首饰。 ⑨采红莲:以"莲"双关"怜"(爱),同时表明时间已到夏秋之交。 ⑩青如水:谐"清如水",兼喻情人的品

质。 ⑪望飞鸿:古人认为鸿雁能够传递书信,这里有盼望书信之意,同时表明时间又到了深秋。 ⑫青楼:油漆成青色的楼,六朝以前用以指女子居处。 ⑬"垂手"句:谓女子垂于栏杆上的手明洁如玉。 ⑭"卷帘"二句:海水:如海的水,附近大江或大湖均可称海。摇空绿:高高的天空和浩荡的大水连成一色碧绿,在眼前摇晃。 ⑮"南风"二句:南风如果知道我的情意,就将我的梦吹送到西洲去吧!表示梦魂常常萦绕西洲,旧事难忘,与首句"忆梅"相呼应。

六、北朝乐府民歌

北朝乐府民歌大部分收在《乐府诗集·梁鼓角横吹曲》中,是北魏以后用汉语记录的作品。不少产生于五胡十六国和北魏时期。北魏有乐府采诗制度,这些民歌大约是由北朝乐府采集,传入南朝后由梁乐府收集保存的。今存六十多首。

北朝民歌题材范围较宽广,除恋歌外,还有战歌和牧歌,风格刚健朴质,与南朝民歌迥然不同。

企 喻 歌①

男儿可怜虫,出门怀死忧②。尸丧狭谷中,白骨无人收。

①《企喻歌》:是燕、魏之际鲜卑歌。 ②怀死忧:怀着战死的忧虑。

幽州马客吟①

快马常苦瘦,剿儿常苦贫②。黄禾起羸马③,有钱始作人④。

①《幽州马客吟》:属《梁鼓角横吹曲》。 ②剿(chāo):同"勦",袭取他人所有以为己有,叫作"勦"。剿儿:指那些因贫困而劫掠他人者。 ③"黄禾"句:有了好的马料才能使瘦弱的马振作起来。羸(léi):瘦弱。 ④"有钱"句:有了钱才有做人的资格。意为剿儿为人所不齿,其所以沦落至此,乃是由于贫困的缘故。

雀劳利歌[①]

雨雪霏霏雀劳利[②],长嘴饱满短嘴饥[③]。

[①]《雀劳利歌》:《乐府诗集》仅收此一首。 [②]霏霏:雨雪下得紧密的样子。劳利:鸟雀的喧叫声。 [③]长嘴:比喻手伸得长的人生活好。短嘴:比喻贫困老实的人挨饿。

隔谷歌[①]

兄在城中弟在外。弓无弦,箭无栝[②],食粮乏尽若为活[③]?救我来!救我来!

[①]《乐府诗集》收《隔谷歌》二首。 [②]栝(guā):箭的末端。 [③]若为:如何。

折杨柳歌辞[①]

遥看孟津河[①],杨柳郁婆娑[②]。我是虏家儿,不解汉儿歌。

[①]孟津:今河南省孟州南边的河阳渡,在黄河边上。河:黄河。 [②]郁:盛。婆娑:形容柳姿如回旋起舞。

健儿须快马,快马须健儿。跸跸黄尘下[①],然后别雄雌[②]。

[①]跸(bié)跸:马蹄击地的快跑声。 [②]别雄雌:分个高下。

捉搦歌[①]

谁家女子能行步,反著夹禅后裙露[②]。天生男女共一处,愿得两个成翁妪。

[①]《乐府诗集》收《捉搦歌》四首。捉搦(nuò):犹言捉拿,指男女捉搦相戏。 [②]夹:夹衣。禅(dān):单衣。

华阴山头百丈井①,下有流泉彻骨冷。可怜女子能照影,不见其余见斜领②。

①华阴:今陕西省华阴市东南。 ②斜领:斜衣领。意为井口只能照见头部,到衣领为止。

敕勒歌①

敕勒川②,阴山下③。天似穹庐④,笼盖四野。天苍苍⑤,野茫茫,风吹草低见牛羊⑥。

①《敕勒歌》:《杂曲歌辞》名。是北朝敕勒族的民歌。敕(chì)勒:种族名,北朝时聚居于山西北部一带。 ②敕勒川:未详,当时敕勒族聚居地的河流。 ③阴山:山脉名,起于河套西北,穿过内蒙古自治区,和内兴安岭相接。 ④穹庐:游牧民族住宿用的毡制圆顶帐篷。 ⑤苍苍:青色。 ⑥见(xiàn):同"现",显现。

木兰诗①

唧唧复唧唧②,木兰当户织③。不闻机杼声④,唯闻女叹息。问女何所思?问女何所忆?女亦无所思,女亦无所忆。昨夜见军帖⑤,可汗大点兵⑥,军书十二卷,卷卷有爷名。阿爷无大儿,木兰无长兄,愿为市鞍马⑦,从此替爷征。

东市买骏马,西市买鞍鞯⑧,南市买辔头⑨,北市买长鞭。旦辞爷娘去,暮宿黄河边。不闻爷娘唤女声,但闻黄河流水鸣溅溅⑩。旦辞黄河去,暮至黑山头⑪,不闻爷娘唤女声,但闻燕山胡骑鸣啾啾⑫。

万里赴戎机⑬,关山度若飞⑭。朔气传金柝⑮,寒光照铁衣。将军百战死,壮士十年归。

归来见天子,天子坐明堂⑯。策勋十二转⑰,赏赐百千强⑱。可汗问所欲,木兰不用尚书郎⑲,愿借明驼千里足⑳,送儿还故乡。

爷娘闻女来,出郭相扶将㉑。阿姊闻妹来,当户理红妆。小弟闻姊来,磨刀霍霍向猪羊㉒。开我东阁门,坐我西阁床。脱我战时袍,着我旧时裳。当窗理云鬓㉓,对镜帖花黄㉔。出门看火伴㉕,火伴皆惊惶。同行十二年,不知木兰是女郎。

雄兔脚扑朔㉖,雌兔眼迷离㉗。双兔傍地走,安能辨我是雄雌㉘!

①《木兰诗》:产生于北朝后期,最早著录于陈释智匠《古今乐录》。《乐府诗集》收入《梁鼓角横吹曲》。木兰:民间传说中的女子。 ②唧唧:叹息声。 ③当:对着。 ④杼(zhù):织布机上理经线的工具。 ⑤军帖:征兵的文书、名册。即下文中的"军书"。 ⑥可(kè)汗(hán):古代西北少数民族对君主的称呼。 ⑦市:买。 ⑧鞯(jiān):马鞍下的垫子。 ⑨辔(pèi):马嚼子和缰绳。 ⑩溅溅:流水声。 ⑪黑山:今北京市昌平区境的天寿山。 ⑫啾(jiū)啾:马叫声。从"黑山"、"燕山"等地名可看出,木兰所参加的是对库莫奚、契丹的战争。 ⑬戎机:军事行动。 ⑭关:关隘要塞。度:越。 ⑮金柝(tuò):行军用的刁斗,白天做饭,夜里打更。 ⑯明堂:天子临朝的殿堂。 ⑰策勋:记功。转:升迁。十二转:累累记功升级。 ⑱强:同"镪",串钱的绳索。百千强:也可以理解为极言赏赐之多。 ⑲尚书郎:官名。西汉末年以后,尚书令以下分曹理事,各曹官员都可称"尚书郎"。北魏曾设尚书三十六曹,尚书令位同宰相。这里泛指朝官。 ⑳明驼:《酉阳杂俎》:"驼卧,腹不贴地,屈足漏明,则行千里。"旧注多用此说。但近人颇疑,据内蒙古人民传说,古有专用于喜庆佳节的骆驼,躯体精壮,平时善为饲养,用时盛饰珠彩,古时文士称之为"明驼",供参考。 ㉑郭:外城。将:扶。 ㉒霍霍:磨刀声。 ㉓云鬓:鬓发柔美如乌云。 ㉔帖花黄:在额上粘贴花黄作为面饰。六朝以来女子所用,称黄额妆。 ㉕火伴:伙伴。 ㉖扑朔:扑腾。 ㉗迷离:眼神不定。 ㉘"双兔"二句:谓兔虽有雌雄之别,但跑在一起的时候,又怎能分得清楚?

七、南朝诗文

谢灵运

谢灵运(385—433),祖籍陈郡阳夏(今河南太康附近)。出身东晋大士族,是谢玄的孙子,袭爵康乐公,因称谢康乐。刘宋代晋,被降为侯,做过永嘉太守、临川内史等官,后获罪被杀。今传辑本《谢康乐集》。

登池上楼①

潜虬媚幽姿②,飞鸿响远音③。薄霄愧云浮④,栖川怍渊沉⑤。进德智所拙⑥,退耕力不任⑦。徇禄及穷海⑧,卧疴对空林⑨。衾枕昧节候⑩,褰开暂窥临⑪。倾耳聆波澜⑫,举目眺岖嵚⑬。初景革绪风⑭,新阳改故阴⑮。池塘生春草,园柳变鸣禽⑯。祁祁伤豳歌⑰,萋萋感楚吟⑱。索居易永久⑲,离群难处心⑳。持操岂独古㉑,无闷征在今㉒。

①池上楼:在永嘉郡(今浙江温州)。谢灵运于永初三年(422)出任永嘉太守,在郡一年,称病去职,这首诗当作于次年,即景平元年(423)初春。 ②潜虬(qiú):有角的小龙,潜居深渊。媚幽姿:以深潜的姿态自媚。 ③"飞鸿"句:高飞的鸿雁以远扬的声音传响。 ④"薄霄"句:我要像鸿雁那样飞近云霄,又自愧不如。喻自己不能飞黄腾达,参与政治。薄:迫近。云浮:指飞鸿。 ⑤"栖川"句:我若像潜虬那样栖于水底,又自惭于不能。喻自己也做不到真正的退隐潜居。 ⑥"进德"句:点明以上两句的含意,谓进仕立德,愧于才智笨拙。 ⑦"退耕"句:谓退隐躬耕,又非力所能任。 ⑧"徇禄"句:为做官来到这边远的海滨。徇(xún):求,从,及,到。穷海:边海,指永嘉。 ⑨卧痾(ē):卧病。空林:秋冬林叶尽空。 ⑩昧:暗。昧节候:不知道季节气候的变化。 ⑪褰(qiān):揭帘。暂窥临:暂且登楼窥视外景。 ⑫倾耳:侧耳倾听。聆(líng):听。 ⑬岖(qū)嵚(qīn):山高险貌。 ⑭初景:初春的日光。革:改变。绪风:秋冬的余风。 ⑮故阴:冬。 ⑯变鸣禽:树上叫的鸟变换了种类。 ⑰"祁祁"句:《诗经·豳风·七月》:"春日迟迟,采蘩祁祁。女心伤悲,殆及公子同归。"祁祁:众多貌。这句说看到外面的春景,不由想起"采蘩祁祁"这首豳歌,而颇觉感伤。 ⑱"萋萋"句:《楚辞·招隐士》:"王孙游兮不归,春草生兮萋萋。"这句说看到外面青草茂盛的景色,又有感于"春草生兮萋萋"这首楚歌。 ⑲"索居"句:独自闲居觉得岁月长久。 ⑳"离群"句:离开朋友觉得心很难安放。 ㉑持操:坚持节操。岂独古:岂止是古人才能做到。 ㉒"无闷"句:现在我也能做到离世而毫无烦闷。这句用《易经·乾卦》:"龙德而隐者也,不易乎世,不成乎名,遁世无闷。"征:指《乾卦》中这句话也在自己身上得到验证。 (这首诗写作者官场失意的满腹牢骚,以及在边郡久病之后见到满园春色的新鲜感受,最后表达了隐居的愿望。)

石壁精舍还湖中作①

昏旦变气候,山水含清晖。清晖能娱人②,游子憺忘归。出谷日尚早,入舟阳已微③。林壑敛暝色④,云霞收夕霏⑤。芰荷迭映蔚⑥,蒲稗相因依⑦。披拂趋南径⑧,愉悦偃东扉⑨。虑澹物自轻⑩,意惬理无违⑪。寄言摄生客⑫,试用此道推。

①据谢灵运《游名山志》,石壁精舍在巫湖南第一谷。精舍:本是儒者教授生徒之所,后称佛寺为精舍。这首诗是从石壁精舍回巫湖所作。 ②"清晖"二句:用《楚辞·

九歌·东君》:"羌声色兮娱人,观者憺兮忘归。"娱:乐。憺(dàn):安。　③阳已微:日光已经昏暗。　④林壑(hè):丛林山沟。敛:聚集。暝色:暮色。　⑤霏:云飞貌。这句说晚霞凝聚在天边。　⑥芰(jì):菱。迭映蔚:层叠相映,更觉蔚茂。　⑦蒲:香蒲,水草名。稗(bài):形似稻谷的一种杂草。这里指水草。因依:依倚。　⑧披拂:拨开荒草。趋:疾行。　⑨偃:息。扉:门。　⑩"虑澹"句:思虑淡泊,对外物自然就看得轻了。⑪"意惬"句:自觉适意,就不会违背自然常理。　⑫"寄言"二句:摄生客:养生的人。此道:指上文"虑澹"二句所说的道理。推:推求。意谓养生不外乎此道。　(这首诗描绘作者从石壁精舍归湖途中所见晚景之美,以及心情的愉快。)

鲍　照

鲍照(412?—466),字明远,东海(今江苏涟水县北)人,家居建康。出身贫寒。曾为临川王刘义庆征为国侍郎。此后做过秣陵令及中书舍人等官。后为临海王刘子顼前军参军,在乱兵中被害。他的作品里充满了孤寒正直之士对门阀等级社会的愤懑,以及对污浊仕途的不满。诗歌题材范围较广,富有浪漫色彩。对七言古诗的发展作出了不小的贡献。有《鲍参军集》。

拟行路难①

其　三

泻水置平地①,各自东西南北流。人生亦有命,安能行叹复坐愁!酌酒以自宽,举杯断绝歌《路难》②。心非木石岂无感?吞声踯躅不敢言③!

①"泻水"二句:《世说新语·文学》:"殷中军问:'自然无心于禀受,何以正善人少恶人多?'……刘尹答曰:'譬如写水着地,正自纵横流漫,略无正方圆者。'"这里既是用泻水漫流比喻人各有命,又含有世上恶多善少,无人正其是非的意思。　②断绝:一说断绝愁思。一说歌声断绝。　③踯躅:犹豫不前。　(这首诗抒写一种难言的痛苦和愤慨。)

其　四

对案不能食①,拔剑击柱长叹息。丈夫生世会几时②,安能蹀躞垂羽翼③?弃置罢官去,还家自休息。朝出与亲辞,暮还在亲侧。弄儿床前戏,看妇机中织。自古圣贤尽贫贱,何况我辈孤且直④。

①案:放食器的小几。　②会:能。　③蹀(dié)躞(xiè):小步行走。　④孤:族寒势孤。且:而且。直:正直。　(这首诗抒写有志不得施展的感慨,见出一个才高、气盛、敏感、自尊的诗人在社会压抑下无可奈何的神情。)

拟　古①

其　三

幽并重骑射②,少年好驰逐。毡带佩双鞬③,象弧插雕服④。兽肥春草短⑤,飞鞚越平陆。朝游雁门上⑥,暮还楼烦宿⑦。石梁有余劲⑧,惊雀无全目⑨。汉虏方未和⑩,边城屡翻覆⑪。留我一白羽⑫,将以分虎竹⑬。

①拟古:模拟古时的诗文。　②幽:幽州,今河北北部。并:并州,今山西一带。③鞬(jiān):马上盛弓箭的器具。　④象弧:象牙装饰的弓。雕服:彩绘的箭囊。　⑤"兽肥"二句:曹丕《典论》:"弓燥手柔,草浅兽肥。"上句化用其意。鞚(kòng):马勒。飞鞚:跑马如飞。　⑥雁门:山名,秦汉在此置郡。古代边防要塞。　⑦楼烦:汉县名,今山西朔县东,在汉雁门南。　⑧"石梁"句:据说宋景公使工人制弓,九年才成。景公用此弓向东而射,"矢逾于西霜之山,集于彭城之东,其余力益劲,犹饮羽于石梁"(《文选》李善注引《阚子》)。　⑨"惊雀"句:传说后羿与吴贺北游,吴使羿射雀之左目。羿射中右目,十分惭愧。这里用羿之善射形容少年射艺之精。　⑩"汉虏"句:刘宋与北魏当时互相攻伐,宋曾屡次北伐。　⑪翻覆:反复,指和战不定。　⑫白羽:箭名。　⑬虎竹:铜虎符和竹使符,是汉代国家发兵遣使的凭信。符分两半,右符留京师,左符给郡守或主将。虎符大致一样,只是铜制,刻虎形。这两句说愿从军立功,镇守边疆。　(这首诗借歌咏幽并少年游侠寄托作者报国立功的理想。)

谢　朓

谢朓(464—499),字玄晖,陈郡阳夏(今河南太康附近)人。与谢灵运是同族,前后齐名,世称"小谢"。曾任宣城太守等职,所以又称"谢宣城"。后因受诬陷,下狱死,年仅三十六岁。今存诗二百多首,山水诗和新体诗的成就很高。他是李白最倾心的诗人。有《谢宣城集》。

之宣城出新林浦向板桥①

江路西南永②,归流东北骛③。天际识归舟,云中辨江树。旅思倦摇摇④,孤游昔已屡⑤。既欢怀禄情⑥,复协沧洲趣。嚣尘自兹隔⑦,赏心于此遇⑧。虽无玄豹姿⑨,终隐南山雾。

①这首诗是作者三十二岁时出任宣城太守途中所作。宣城:今安徽宣城。新林浦:在南京西南。板桥:在新林浦南。《文选》李善注引《水经注》:"江水经三山,又湘浦出焉。水上南北结浮桥渡水,故曰板桥浦,江又北经新林浦。" ②永:长。 ③归流:江水东流入海为其归宿,所以称"归流"。骛:奔驰。 ④摇摇:心神恍惚。《诗经·王风·黍离》:"行迈靡靡,中心摇摇。" ⑤屡:屡次经历过。 ⑥"既欢"二句:谓此去宣城,既遂了做官的心愿,又合了隐居的情趣。怀禄:为官求禄。沧洲:水滨,隐者所居。此言外任清闲,权当隐居。 ⑦嚣尘:嘈杂的尘世。 ⑧赏心:乐事。 ⑨"虽无"二句:《列女传·贤明传·陶答子妻》:"答子治陶三年,名誉不兴,家富三倍。……居五年,从车百乘归休,宗人击牛而贺之。其妻独抱儿而泣。姑怒曰:'何其不祥也!'妇曰:'妾闻南山有玄豹,雾雨七日而不下食者,何也?欲以泽其毛而成文章也,故藏而远害。……今夫子治陶,家富国贫,君不敬,民不戴,败亡之征见矣!愿与少子俱脱。'……处期年,答子之家果以盗诛。"这两句用此事。大意是说自己虽无玄豹那样的姿质(喻美德),但此去宣城,也能幽栖远害。 (这首诗写作者在赴宣城途中思念故乡的心情,庆幸自己出仕外郡可远离政治祸害。)

晚登三山还望京邑①

灞涘望长安②,河阳视京县。白日丽飞甍③,参差皆可见④。余霞散成绮⑤,澄江静如练⑥。喧鸟覆春洲⑦,杂英满芳甸⑧。去矣方滞淫⑨,怀哉罢欢宴⑩。佳期怅何许⑪,泪下如流霰⑫。有情知望乡,谁能鬒不变⑬!

①这首诗当作于《之宣城出新林浦向板桥》之后,赴宣城太守任中。从板桥再往西,便是三山。三山:在今南京市西南长江南岸,上有三峰。还望:回头眺望。 ②"灞涘"二句:上句用王粲《七哀诗》:"南登霸陵岸,回首望长安。"涘:河岸。下句用潘岳《河阳县》诗:"引领望京室。"京县:指洛阳。灞涘离长安很近,河阳距洛阳也不远,这里比喻三山与建康的距离。潘岳去河阳为令,这里比喻自己出为宣城郡守,正像当初王粲望长安、潘岳望洛阳那样眷恋京邑。 ③丽:附着。飞甍(méng):飞耸的屋檐。 ④参差:高

下不齐貌。　⑤绮：锦缎。　⑥练：白绸。　⑦覆：盖。　⑧英：花。旬：郊野。　⑨方：将。滞淫：淹留。这句说：离开京邑将在外久留。　⑩怀哉：真想念呵。罢欢宴：故乡昔日欢宴的生活。　⑪佳期：还京之期。何许：不知哪天。　⑫霰(xiàn)：小雪子。⑬鬒(zhěn)：黑发。　（这首诗写离京后在三山回望建康所见，描绘大江明丽的暮色，抒发怀乡的惆怅之情。）

玉阶怨①

夕殿下珠帘，流萤飞复息。长夜缝罗衣，思君此何极②？

①《玉阶怨》：《乐府诗集》收入《相和歌·楚调曲》。　②"思君"句：思君之情哪有终极呢？　（这是一首宫怨诗，写失宠宫人独处的哀怨。）

王孙游①

绿草蔓如丝②，杂树红英发。无论君不归③，君归芳已歇。

①《王孙游》：《乐府诗集》收入《杂曲歌辞》。《楚辞·招隐士》："王孙游兮不归，春草生兮萋萋。"为此篇诗意所本。　②蔓如丝：如丝一样蔓延，"丝"双关"思"。　③"无论"二句：无须说君之不归，即使君归，春花也已凋谢。歇：消歇，尽。　（这是一首闺怨诗，抒写青春易逝，红颜难驻的怨嗟。）

吴　均

吴均(469—520)，字叔庠，吴兴故鄣(今浙江安吉县西北)人。梁初为吴兴主簿，后被推荐给武帝，待诏著作，又迁为奉朝请。因私撰《齐春秋》，得罪武帝，被免职。不久又奉诏撰通史，未成而卒。他的诗文在当时较有影响，时人效仿他，称为"吴均体"。今传《吴朝请集》辑本一卷，《续齐谐记》一卷。

与宋元思书①

风烟俱净，天山共色，从流飘荡②，任意东西。自富阳至桐庐③，一百许里,奇山异水,天下独绝。水皆缥碧④,千丈见底;游鱼细石,直视无碍⑤。急湍甚箭⑥,猛浪若奔⑦。夹岸高山,皆生寒树⑧。负势竞上⑨,互相轩邈⑩,争高直指⑪,千百成峰。泉水激石,泠泠作响⑫,好鸟相鸣,嘤嘤成韵⑬。蝉则千转不穷⑭,猿则百叫无绝。鸢飞戾天者⑮,望峰息心⑯;经纶世务者⑰,窥谷忘反⑱。横柯上蔽⑲,在昼犹昏;疏条交映⑳,有时见日。

①宋元思:字玉山。　②从流:任船随水漂流。　③富阳:今浙江富阳,临富春江。桐庐:今浙江桐庐,亦临富春江。　④缥(piǎo)碧:青苍色。　⑤碍:阻碍。直视无碍谓清澈见底。　⑥湍(tuān):急流。甚箭:比箭还快。　⑦奔:奔马。　⑧寒树:耐寒的树。　⑨负势:依恃地势。竞上:竞相升高。这是写山峰情状。　⑩轩:飞举。邈:远。互相争着向高处远处伸展。　⑪直指:笔直向上。　⑫泠(líng)泠:水声。　⑬嘤(yīng)嘤:鸟和鸣声。　⑭转:啭。　⑮鸢(yuān):鹞鹰。戾(lì):至。鸢飞戾天者,比喻飞黄腾达者。　⑯息心:止息竞进之心。　⑰经纶世务:以整治丝缕比喻规划政务。　⑱反:返。　⑲柯:树枝。　⑳条:枝条。　(本篇写自富阳到桐庐富春江两岸奇峻幽美的景色。)

何　逊

何逊(?—518),字仲言,东海郯(今山东郯城县西)人。八岁能诗。后做过尚书水部郎、庐陵王记室等。诗风近似谢朓。今传《何记室集》辑本一卷。

与胡兴安夜别①

居人行转轼②,客子暂维舟③。念此一筵笑④,分为两地愁。露湿寒塘草,月映清淮流⑤。方抱新离恨,独守故园秋。

①胡兴安:未详。作者友人。　②行转轼:将要乘车而去。　③暂维舟:暂时系舟止泊。　④"念此"二句:想到此时两人同筵的欢笑,离别之后就将分成两地的愁思。　⑤淮:淮水。　(这首诗写月夜在淮水边与友人话别的情景。)

相　送①

客心已百念②,孤游重千里③。江暗雨欲来,浪白风初起。

①这首诗是辞别送者,而非送人。 ②客心:异乡作客之心,诗人自谓。百念:思绪百端。 ③重:更。 (这首诗写作者告别友人登舟起程时风雨将至的情景。)

陶弘景

陶弘景(452—536),字通明,丹阳秣陵(今江苏南京)人。好道术,爱山水。梁时隐居句曲山。梁武帝时常向他咨询国家大事,所以时人称他为"山中宰相"。今传《陶隐居集》辑本一卷。

答谢中书书①

山川之美,古来共谈。高峰入云,清流见底。两岸石壁,五色交辉;青林翠竹,四时俱备②。晓雾将歇③,猿鸟乱鸣;夕日欲颓④,沉鳞竞跃⑤。实是欲界之仙都⑥。自康乐以来⑦,未复有能与其奇者⑧。

①谢中书:谢微(或作征),字元度,曾为中书鸿胪。 ②"四时"句:谓此地林竹四季常青。 ③歇:消。 ④颓:斜坠。 ⑤沉鳞:沉在水中的鱼。 ⑥欲界:人间。佛家有所谓三界之说:欲界,色界,无色界。欲界中人皆有情欲。仙都:仙境。 ⑦康乐:指康乐公谢灵运。 ⑧与:参与。此二句谓谢灵运之后就再无人能欣赏这奇妙的山水了。 (这篇书信简练地概括了江南山川的四时美景。)

阴 铿

阴铿(生卒年未详),字子坚,武威姑臧(今甘肃武威县)人。在梁做过法曹参军,入陈做过太守、员外散骑常侍。诗名与何逊并称。今存诗三十余首。

江津送刘光禄不及①

依然临江渚②,长望倚河津③。鼓声随听绝④,帆势与云邻⑤。泊处空余鸟⑥,离亭已散人⑦。林寒正下叶⑧,钓晚欲收纶⑨。如何相背远⑩,江汉与城闉。

①江津:江边渡口。光禄:官名。刘光禄:未详。一说指刘孺,曾为湘东王记室,兼光禄卿。不及:未赶上。　②依然:依恋貌。临江渚:独临江洲。　③长望:远望。倚河津:倚立渡头。　④鼓声:古时开船,打鼓为号。随听绝:越去越远,渐渐听不见了。　⑤"帆势"句:船帆与云相连。　⑥泊处:渡口泊船之处。　⑦离亭:送行的亭子。　⑧下叶:落叶。　⑨"钓晚"句:天色已晚,钓者也收起钓丝要回家了。纶:钓丝。　⑩"如何"二句,感叹友人前去江汉,自己回到城里,两下里相背,越走越远。城闉(yīn):城曲重门。　(这首诗写送友迟到,未及道别的惆怅。)

八、北朝诗文

郦道元

郦道元(？—526),字善长,北魏范阳(今河北涿州)人。曾为东荆州刺史、关右大使等官。他自幼好学,历览奇书,博闻强记,著有《水经注》等。

水经注①

江　水(节录)

自三峡七百里中,两岸连山,略无阙处②。重岩叠嶂,隐天蔽日,自非亭午夜分③,不见曦月④。至于夏水襄陵⑤,沿溯阻绝⑥。或王命急宣⑦,有时朝发白帝⑧,暮到江陵⑨,其间千二百里,虽乘奔御风⑩,不以疾也。春冬之时,则素湍绿潭⑪,回清倒影⑫,绝巘多生怪柏⑬,悬泉瀑布,飞漱其间⑭,清荣峻茂⑮,良多趣味。每至晴初霜旦⑯,林寒涧肃⑰,常有高猿长啸,属引凄异⑱,空谷传响,哀转久绝。故渔者歌曰:巴东三峡巫峡长⑲,猿鸣三声泪沾裳!

①《水经注》:汉魏时原有《水经》三卷,传为桑钦撰,一作郭璞撰。当是三国时人所作。过于简略。郦道元为之作注,繁征博引,使之成为一部科学价值和文学价值都很高的地理著作。"江水"一节摘自《水经注》卷三四《江水注》。　②阙:缺。　③亭午:正午。夜分:夜半。　④曦:日光。　⑤夏水襄陵:夏季江水上涨,溢上丘陵。襄:上。《尚

书·尧典》:"荡荡怀山襄陵,浩浩滔天。" ⑥沿:顺水而下。 溯(sù):逆流而上。阻绝:谓水上交通被阻断。 ⑦王命急宣:皇帝有命令急于宣布。 ⑧白帝:城名,在今四川奉节县东。 ⑨江陵:今湖北江陵县。 ⑩"虽乘"二句:虽乘着奔马,驾着大风都不如船行迅疾。 ⑪素湍:白色的急流。 ⑫回清:回映清光。 ⑬绝巘(yǎn):极其高峻的山峰。 ⑭漱:冲刷。 ⑮清荣峻茂:水清,草荣,山峻,树茂。荣:草类开花。 ⑯晴初:初晴时。霜旦:霜晨。 ⑰林寒涧肃:林涧寒冷肃杀。 ⑱属引:接连不断。 ⑲巴东:今四川开县、万县以东的云阳、奉节、巫溪等地区。 (这一节写三峡江流的峻急和两岸优美的风光。)

庾 信

庾信(513—581),字子山,南阳新野(今河南新野)人。出身贵族,自幼与其父庾肩吾出入梁朝宫廷,与徐摛、徐陵父子写作绮艳的诗赋,时称"徐庾体"。侯景之乱中,他逃往江陵辅佐梁元帝。后出使西魏时梁亡,被强留在长安,历仕西魏、北周,官位清显。但他内心很痛苦,写了不少抒发"乡关之思"的作品。他的诗赋艺术成就很高,可说是集六朝之大成,开唐诗之先声,在文学史上有承先启后的作用。今传《庾子山集》十六卷。

拟咏怀①

其十一

摇落秋为气①,凄凉多怨情。啼枯湘水竹②,哭坏杞梁城③。天亡遭愤战④,日蹙值愁兵⑤。直虹朝映垒⑥,长星夜落营⑦。楚歌饶恨曲⑧,南风多死声⑨。眼前一杯酒⑩,谁论身后名。

①"摇落"二句:宋玉《九辩》:"悲哉秋之为气也,萧瑟兮草木摇落而变衰。"气:节气。 ②"啼枯"句:张华《博物志》:"尧之二女,舜之二妃,曰湘夫人。舜崩,二妃啼,以涕挥竹,竹尽斑。"湘水竹:即斑竹,湘妃竹。这句写江陵失陷,梁元帝败亡,宫中有嫔妃丧君之悲。 ③"哭坏"句:《琴操》载,杞殖战死,妻泣曰:"上则无父,中则无夫,下则无子,人生之苦至矣!"乃放声长号,杞城为之崩。杞殖一名杞梁。杞梁城,即杞城。在今河南杞县。这句写梁亡时臣民被戮,民间有夫妻死别之苦。 ④"天亡"句:谓天意使梁灭亡,遭到了这场令人愤恨的战争。《史记·项羽本纪》:项羽曰:"此天之亡我,非战之罪也。" ⑤"日蹙"句:谓国家日暮途穷,又遇上如此愁惨的兵祸。蹙:迫。《诗经·大

雅·召旻》:"今也日蹙国百里。"谓国土每天缩小百里。 ⑥"直虹"句:《晋书·天文志》:"虹头尾至地,流血之象。"垒:营垒。这句写梁元帝江陵败亡已有天象预示。 ⑦"长星"句:《晋书·天文志》载诸葛亮屯兵渭南,"有长星赤而芒角,自东北西南流,投亮营。……占曰:'两军相当,有大流星来走军上及坠军中者,皆破败之征也。'九月亮卒于军,焚营而退"。这句写梁军破败事先就有征兆。 ⑧"楚歌"句:用"四面楚歌"的典故。元帝都江陵,本楚地。饶:多。 ⑨"南风"句:《左传·襄公十八年》:"晋人闻有楚师。师旷曰:'不害,吾骤歌北风,又歌南风,南风不竞,多死声,楚必无功。'"南风:南方的乐曲。这句和上句都是写梁朝已到穷途末路,四面哀歌,亡国乃其必然。 ⑩"眼前"二句:《世说新语·任诞》:"张季鹰(翰)……曰:'使我有身后名,不如即时一杯酒。'"这两句说自己目前的处境:故国沦亡,身羁敌朝,只能徒然以杯酒浇愁,哪里还说得上身后的名声? (这首诗用大量典故追叙梁元帝江陵败亡的凄惨景象,抒发天意不可挽回的悲慨。)

寄王琳①

玉关道路远②,金陵信使疏③。独下千行泪,开君万里书④。

①王琳:字子珩,平侯景有功。元帝被杀,西魏立梁王萧詧,王琳为元帝举哀,出兵攻詧。陈霸先在建康篡敬帝位,王琳又与陈对抗,军败被杀。 ②玉关:玉门关,在今甘肃敦煌西。 ③金陵:即建康,梁国都。战国时楚在此置金陵邑。 ④"开君"句:君:指王琳。万里书:来自万里以外的信。 (这首诗写收到王琳书信时无比激动和痛苦的心情。)

卢思道

卢思道(529—581),字子行,范阳(今河北涿州)人。仕于北齐。北周灭齐,入长安,迁武阳太守,官至散骑侍郎,隋开皇元年卒,一生的文学活动主要是在北朝。有《卢武阳集》。

从军行①

朔方烽火照甘泉②,长安飞将出祁连③。犀渠玉剑良家子④,白马金羁侠少年。平明偃月屯右地⑤,薄暮鱼丽逐左贤⑥。谷中石虎经衔箭⑦,山上金人曾祭天。天涯一去无穷已,蓟门迢递三千里⑧。朝见马岭黄沙合⑨,夕望龙城阵云起⑩。庭中奇树已堪攀⑪,塞外征人殊未还。白雪初下天山外,浮云直上五原间⑫。关山万里不可越⑬,谁能坐对芳菲月⑭。流水本自断人肠⑮,坚冰旧来伤马骨⑯。边庭节物与华异⑰,冬霞秋霜春不歇。长风萧萧渡水来,归雁连连映天没。从军行,军行万里出龙庭⑱,单于渭桥今已拜⑲,将军何处觅功名?

①从军行:乐府《相和歌·平调曲》名。本篇拟乐府旧题,但变五言为七言歌行。 ②朔方:北方。甘泉:本是秦离宫,筑于甘泉山,武帝增广宫室,在此祭祀和避暑,离长安二百里。汉文帝时,分别派将军驻守北地要塞和长安附近,匈奴来犯,"烽火通于甘泉、长安"(《汉书·匈奴传》)。 ③祁连:山名。汉代又名天山,山分南北祁连,此指南祁连,在今甘肃省西北部。 ④犀渠:犀牛皮制的盾。玉剑:用玉镶柄的剑。良家子:家世清白的子弟。汉代凡医、商贾、百工都不算良家。 ⑤平明:天刚亮。偃月:战阵名,阵势为半月形,主将带军队居中,两边军队张角向前。右地:西部地区。 ⑥鱼丽:战阵名。古代以战车在前,步兵配合其间,鱼贯而进,即为鱼丽阵法。左贤:匈奴官职名。匈奴在行政上划为三部,中部单于直接统治,东西两部设左右贤王分治。所以右地和左贤对仗,亦即右贤和左贤两部对举。 ⑦"谷中"二句:石虎:《史记·李将军列传》载:李广打猎时误以草中石块为虎,一箭射入石中。此用其事,赞美将军神勇过人。金人:汉代霍去病远征匈奴,直捣皋兰山,收取匈奴祭天的金人。按,前121年,霍去病自陇西两次出击,一次逾焉支山,一次逾祁连山,斩获匈奴四万余人,浑邪王率众来降,河西地区匈奴从此绝迹。此即本篇首八句所本。 ⑧"蓟门"句:蓟门在今北京市。按,前119年,霍去病又出代郡塞外二千余里,大败匈奴东部兵,斩获七万余人。代郡在蓟北。因此,这二句说军队再度远征到蓟门以外三千里的天涯,是为了在东部地区开辟新的战场。 ⑨马岭:山名,在今山西太谷县东南七十里,山有要塞马岭关。 ⑩龙城:是匈奴祭祀天地祖先神鬼之处,在今蒙古人民共和国乌兰巴托西南方向。马岭与龙城南北相距几千里,"朝见"、"夕望"是夸张地描绘汉军在北方纵横驰驱所扬起的战争烟尘。 ⑪"庭中"句:《古诗十九首》:"庭中有奇树,绿叶发华滋。攀条折其荣,将以遗所思。"此用其意。奇树:美树。以下写思妇遥念征人的心情。 ⑫五原:汉代长安地区有毕原、白鹿原、少陵原、高阳原、细柳原,称五原。这二句写塞外与内地心意相关,天山外刚下雪,浮云似乎也飘到了故乡的上空,给闺中的亲人带来寒意。一说:五原为郡名,在今内蒙古包头市西北。浮云比游子,亦通。 ⑬"关山"句:指征人难以越过万里关山归家。 ⑭"谁能"句:指思妇不能坐对繁花芳草任青春美景白白消逝。芳菲:花草繁盛芳香。此用庾肩吾《赋得有所思》"佳期竟不归,春日坐芳菲"语意。 ⑮"流水"句:用《陇头歌辞》诗意。 ⑯"坚冰"句:陈琳《饮马长城窟行》:"饮马长城窟,水寒伤马骨。"此用其意。 ⑰边庭:塞外。节物:季节物候。蔡琰《悲愤诗》:"边荒与华异,人俗少义理。处

所多霜雪,胡风春夏起。"此用其意。　⑱龙庭:即龙城。　⑲"单于"句:汉武帝时,卫青、霍去病分道深入漠北,捕捉匈奴主力,使之不敢再在漠南立王廷。汉宣帝时,匈奴统治阶级发生内部纷争,前52年,呼韩邪单于降汉,愿为汉朝防守阴山。宣帝在渭桥接见。前36年,郅支单于被汉军击杀,呼韩邪复得匈奴全部土地,从此匈奴亲汉,六七十年间,北部边境出现了一派和平气象。　(这首诗借用汉武帝时对匈奴战争的故事,描写从西到东千里漠北长年不息的战争气氛,哀愍征人思妇在久别中耗尽的青春,最后对将军的贪图功名微加讽刺。)

九、魏晋南北朝小说

干 宝

干宝(生卒年未详),字令升,新蔡(河南新蔡县)人。晋元帝时召为著作郎。曾领国史,著《晋纪》,当时称为"良史"。又撰有《搜神记》。

搜 神 记①

干将莫邪②

楚干将莫邪为楚王作剑,三年乃成,王怒,欲杀之。剑有雌雄。其妻重身当产③。夫语妻曰:"吾为王作剑,三年乃成,王怒,往必杀我。汝若生子是男,大④,告之曰:'出户望南山,松生石上,剑在其背。'"于是即将雌剑往见楚王。王大怒,使相之⑤:"剑有二,一雄一雌,雌来,雄不来。"王怒,即杀之。

莫邪子名赤,比后壮⑥,乃问其母曰:"吾父所在?"母曰:"汝父为楚王作剑,三年乃成。王怒,杀之。去时嘱我语汝:'出户望南山,松生石上,剑在其背。'"于是子出户南望,不见有山,但睹堂前松柱下石低之上⑦,即以斧破其背,得剑,日夜思欲报楚王。

王梦见一儿,眉间广尺⑧,言欲报仇。王即购之千金⑨。儿闻之,亡去,入山行歌⑩。客有逢者,谓:"子年少,何哭之甚悲耶?"曰:"吾干将莫邪子也,楚王杀吾父,吾欲报之。"客曰:"闻王购子头千金,将子头与剑来⑪,为子报之。"儿曰:"幸甚⑫!"即自刎,两手捧头及剑奉之,立僵⑬。客曰:"不负子也。"于是尸乃仆⑭。

客持头往见楚王,王大喜。客曰:"此乃勇士头也,当于汤镬煮之⑮。"王如其言。煮头三日三夕,不烂。头踔出汤中⑯,瞋目大怒⑰。客曰:"此儿头不烂,愿王自往临视之⑱,是必烂也。"王即临之。客以剑拟王⑲,王头随堕汤中,客亦自拟己头,头复堕汤中。三首俱烂,不可识别,乃分其汤肉葬之,故通名三王墓⑳。今在汝南北宜春县界㉑。

①搜神记:《隋书·经籍志》载:"《搜神记》三十卷,晋干宝撰。"今流传本有二十卷本,有八卷本。　②本篇在《搜神记》以前已见于《列异传》。　③重(chóng)身:怀孕。　④大:长大。　⑤相(xiàng):察看。　⑥比(bì):比及,等到。　⑦石低:当指柱下石,"低"应是"砥"字。此句不可通,或有漏误。　⑧眉间广尺:两眉之间有尺把宽的距离。　⑨购之千金:以千金悬赏捉拿他。　⑩行歌:边走边悲歌。　⑪将:拿。　⑫幸甚:太庆幸了。　⑬立僵:尸体僵立不倒。　⑭仆:向前跌倒。　⑮镬:锅一类的器皿。　⑯踔(zhuó):跳。　⑰瞋(chēn)目:瞪起眼睛。　⑱临视:靠近锅边去看。　⑲以剑拟王:用剑估量准确而砍杀之。　⑳通名:通总命名。　㉑汝南:郡名。汉置。郡治平舆,在今河南汝南县东南。北宜春县:在今河南汝南县西南六十里。西汉时叫宜春,东汉时改为北宜春。　(本篇反映了统治者的暴虐和人民的反抗精神。)

韩凭夫妇①

宋康王舍人韩凭②,娶妻何氏,美。康王夺之。凭怨,王囚之③,论为城旦④。妻密遗凭书⑤,缪其辞曰⑥:"其雨淫淫⑦,河大水深,日出当心⑧。"既而王得其书,以示左右;左右莫解其意。臣苏贺对曰:"其雨淫淫,言愁且思也。河大水深,不得往来也。日出当心,心有死志也⑨。"俄而凭乃自杀⑩。

其妻乃阴腐其衣⑪。王与之登台,妻遂自投台;左右揽之⑫,衣不中手而死⑬。遗书于带曰:"王利其生⑭,妾利其死,愿以尸骨,赐凭合葬!"

王怒,弗听,使里人埋之⑮,冢相望也。王曰:"尔夫妇相爱不已,若能使冢合,则吾弗阻也。"宿昔之间⑯,便有大梓木生于二冢之端⑰,旬日而大盈抱⑱。屈体相就⑲,根交于下,枝错于上。又有鸳鸯⑳,雌雄各一,恒栖树上㉑,晨夕不去,交颈悲鸣,音声感人。宋人哀之,遂号其木曰相思树。相思之名,起于此也。南人谓此禽即韩凭夫妇之精魂。

今睢阳有韩凭城㉒。其歌谣至今犹存㉓。

①本篇选自《搜神记》卷一一。　②宋康王:战国宋国君,名偃。沉溺酒色,射杀谏

臣,诸侯都称之为桀宋。舍人:门客之类。　③囚之:将韩凭囚禁起来。　④论:定罪。城旦:一种刑罚,白天瞭望,晚上筑长城。　⑤遗(wèi):给。　⑥缪(miù)其辞:使辞令能掩饰其本意,瞒过他人。　⑦淫淫:流貌。　⑧当:对。　⑨死志:死的决心。　⑩俄:顷刻,不久。　⑪阴:暗中。腐:腐蚀。　⑫揽:拉扯。　⑬衣不中手:衣服经不起手拉。⑭利其生:认为活着好。　⑮里人:地方上人。　⑯宿昔之间:早晚之间。　⑰梓(zǐ):落叶乔木,花淡黄色。　⑱旬日:十日。盈抱:满抱。　⑲屈体相就:梓木树干弯曲以相靠近。　⑳鸳鸯:鸟名。雄鸟叫鸳,毛色绚丽多彩。雌鸟叫鸯,苍褐色。　㉑恒:常。㉒睢(suī)阳:战国宋地。秦置睢阳县,故城在今河南商丘市南。　㉓歌谣:《彤管集》:"韩凭为宋康王舍人,妻何氏美,王欲之,捕舍人筑青陵之台。何氏作《乌鹊歌》以见志:'南山有鸟,北山张罗;鸟自高飞,罗当奈何!''乌鹊双飞,不乐凤凰;妾是庶人,不乐宋王。'遂自缢。"这里所指的大概是这一类歌谣。　(本篇是一则民间传说,它揭露了宋康王的荒淫残暴,热情歌颂了韩凭夫妇生死不渝的爱情以及何氏不慕富贵、不畏强暴的反抗精神。)

刘义庆

　　刘义庆(403—444),彭城(今江苏徐州)人。是刘宋宗室,袭封临川王。好招揽文士。《世说新语》据说是他所作,也可能是他和手下文人杂采众书编纂而成。

世说新语①

过江诸人②

　　过江诸人③,每至美日④,辄相邀新亭⑤,藉卉饮宴⑥。周侯中坐而叹曰⑦:"风景不殊⑧,正自有山河之异⑨!"皆相视流泪。唯王丞相愀然变色曰⑩:"当共戮力王室⑪,克复神州⑫,何至作楚囚相对⑬!"

　　①《世说新语》共三卷。梁刘孝标作注。唐时叫《新书》,五代、宋改称《新语》。西汉刘向曾有一部名叫《世说》的书,已佚。为了有所区别,后世称刘义庆这部书为《世说新语》。全书共分德行、言语、政事等三十六门。记述东汉至东晋士大夫的轶事琐语。②本篇选自《言语》门。　③过江诸人:指南渡后东晋政权中王导、周颛等高级士族。④美日:风和日丽的日子。　⑤辄:常。新亭:又名劳劳亭,故址在今南京市南,三国吴筑。　⑥藉(jiè):衬、垫。卉:草的总称。藉卉:坐在草地上。　⑦周侯:周颛,字伯仁。

曾任荆州、兖州刺史,"侯"为州牧的美称,故称"周侯"。一说颛父浚以平吴功封成武侯,颛袭爵,世称"周侯"。 ⑧殊:不同。 ⑨正自:只是。山河之异:江山改变。谓只有半壁江山了。 ⑩王丞相:王导,临沂(今山东临沂县)人,字茂弘。晋元帝过江即位后,任命他为丞相。愀(qiǎo)然:形容神色变得严肃或不愉快。 ⑪戮(lù):勉力。 ⑫神州:战国时人邹衍称中国为赤县神州,后借指中国。这里主要称中原一带。 ⑬楚囚:《左传·成公九年》:"晋侯观于军府,用钟仪,问之曰:'南冠而系者谁也?'有司对曰:'郑人所献楚囚也。'""楚囚"后来用以泛指囚房。 (本篇写东晋士族无力收复失地,只能在新亭对泣,唯有王导勉励诸人振作。)

王子猷居山阴①

王子猷居山阴,夜大雪,眠觉,开室,命酌酒,四望皎然。因起仿偟②,咏左思《招隐诗》③。忽忆戴安道④,时戴在剡⑤,即便夜乘小船就之。经宿方至⑥,造门不前而返⑦。人问其故,王曰:"吾本乘兴而行,兴尽而返,何必见戴?"

①本篇选自《任诞》门。王子猷(yóu):名徽之,字子猷。王羲之子。初为桓温参军,后做过黄门侍郎。曾弃官东归,居山阴(今浙江绍兴市)。 ②仿偟:同"彷徨"。 ③左思《招隐诗》:共二首,写入山招寻隐士,见山中景色而起投簪归隐之思。 ④戴安道:戴逵,字安道。博学多能,擅长音乐、书画,精于佛学玄理,终身不仕,不事权贵。 ⑤剡(shàn):县名,秦置,故城在今浙江嵊州西南。有剡溪,为曹娥江上游。自山阴可溯流而上。 ⑥经宿:过了一夜。 ⑦造:到。 (本篇写王徽之的任性放达,这在魏晋时被视为名士风度。)

隋唐五代

一、隋代诗歌

薛道衡

薛道衡(539—609),字玄卿,河东汾阴(今山西万荣县荣河镇)人。历仕北齐、北周,入隋任内史侍郎、司隶大夫等职,后得罪炀帝,被迫自尽。有辑本《薛司隶集》。

人日思归①

入春才七日,离家已二年。人归落雁后②,思发在花前③。

①人日:农历正月初七。古时习俗以为岁首七日依次为一鸡日、二狗日、三猪日、四羊日、五牛日、六马日、七人日。《隋唐嘉话》载:"薛道衡聘陈,为《人日诗》云:'入春才七日,离家已二年。'南人嗤之曰:'是底言?谁谓此虏解作诗?'及云:'人归落雁后,思发在花前。'乃喜曰:'名下固无虚士。'" ②"人归"句:春天大雁北飞,而人尚未归,所以说落在雁后。 ③"思发"句:人日春花尚未开放,而思归之心早已迸发,所以说思发在花发之前。(这首诗写作者客居南朝、遇春萌发的乡思。)

二、初唐诗歌

王绩

王绩(585—644),字无功,号东皋子,绛州龙门(今山西稷山)人。隋末任秘书正字、六合县丞,因嗜酒被劾,还乡隐居,唐初待诏门下省,不得意,弃官归隐。有《东皋子集》。

野 望

东皋薄暮望①,徙倚欲何依②!树树皆秋色,山山唯落晖。牧童驱犊返③,猎马带禽归。相顾无相识,长歌怀采薇④。

①皋:水边地。东皋即今山西河津市东皋村。作者还家后游北山东皋,著书自号"东皋子"。 ②徙倚:徘徊。依:依托,归宿。 ③犊(dú):小牛。 ④"长歌"句:意谓世无相识,孤独无依,唯有怀念古代伯夷、叔齐那样的隐士了。商朝孤竹国君之子伯夷、叔齐不赞成周武王伐纣,遂归隐首阳山,采薇而食,最后饿死。因此,一般以为此用其意,表示自己处于隋唐易代之际的心情。一说,此处"采薇"不是用伯夷、叔齐的典故,而是指《诗经》中有关"采薇"的片断。如《诗经·召南·草虫》末章:"陟彼南山,言采其薇。未见君子,我心伤悲。"《诗经·小雅·采薇》首章:"采薇采薇,薇亦作止。曰归曰归,岁亦莫止。" (这首诗写薄暮观望山野秋色,抒发无所依托的苦闷心情。)

卢照邻

卢照邻(生卒年不详),字昇之,自号幽忧子,范阳(今河北涿州)人。"初唐四杰"之一。曾任邓王府典签、新都尉等职。因病离职隐居。最后不堪病痛,自沉颍水而死。有《卢昇之集》。

长安古意①

长安大道连狭斜②,青牛白马七香车③。玉辇纵横过主第④,金鞭络绎向侯家⑤。龙衔宝盖承朝日⑥,凤吐流苏带晚霞⑦。百尺游丝争绕树⑧,一群娇鸟共啼花⑨。游蜂戏蝶千门侧,碧树银台万种色⑩。复道交窗作合欢⑪,双阙连甍垂凤翼⑫。梁家画阁中天起⑬,汉帝金茎云外直⑭。楼前相望不相知⑮,陌上相逢讵相识?借问吹箫向紫烟⑯,曾经学舞度芳年。得成比目何辞死,愿作鸳鸯不羡仙。比目鸳鸯真可羡,双去双来君不见?生憎帐额绣孤鸾⑰,好取门帘帖双燕。双燕双飞绕画梁,罗帷翠被郁金香⑱。片片行云著蝉鬓⑲,纤纤初月上鸦黄⑳。鸦黄粉白车中出,含娇含态情非一。妖童宝马铁连钱㉑,娟妇盘龙金屈膝㉒。

御史府中乌夜啼㉓,廷尉门前雀欲栖。隐隐朱城临玉道㉔,遥遥翠幰没金堤㉕。挟弹飞鹰杜陵北㉖,探丸借客渭桥西㉗。俱邀侠客芙蓉剑,共宿娟家桃李蹊㉙。娟家日暮紫罗裙,清歌一啭口氛氲㉚。北堂夜夜人如月㉛,南陌朝朝骑似云。南陌北堂连北里㉜,五剧三条控三市㉝。弱柳青槐拂地垂,佳气红尘暗天起㉞。汉代金吾千骑来㉟,翡翠屠苏鹦鹉杯。罗襦宝带为君解㊲,燕歌赵舞为君开㊳。别有豪华称将相,转日回天不相让㊴。意气由来排灌夫㊵,专权判不容萧相㊶。专权意气本豪雄,青虬紫燕坐春风㊷。自言歌舞长千载,自谓骄奢凌五公㊸。节物风光不相待㊹,桑田碧海须臾改㊺。昔时金阶白玉堂,即今惟见青松在。寂寂寥寥扬子居㊻,年年岁岁一床书。独有南山桂花发㊼,飞来飞去袭人裾㊽。

①古意:类似"拟古"一类托古咏今的诗题。这首诗所咏为汉代长安的社会生活,而实际上反映了唐代长安的繁盛景象。 ②狭斜:小巷。汉乐府《长安有狭斜行》:"长安有狭斜,道狭不容车。" ③青牛:唐代嫔妃命妇多乘牛车。七香车:用七种香木制成的车,贵妇人所乘。 ④玉辇(niǎn):帝王乘的车。主第:公主的宅第。 ⑤金鞭:泛指车马。 ⑥"龙衔"句:玉辇上雕成龙形的伞柄衔住华盖,承受着朝日。宝盖:帝王车上伞状篷盖。 ⑦凤吐流苏:车帷上绣着的凤凰下垂着彩缕缭绕,犹如凤口所吐。流苏:用彩色羽毛或丝缕做的饰物。 ⑧游丝:春日虫类所吐出的丝,常飘扬横挂在空中。古诗中借以形容春景。 ⑨千门:许多宫门。 ⑩碧树:碧玉做的树。银台:门名。唐时翰林院学士院,均在右银台门内。仙人所居之处亦可称银台。 ⑪复道:楼阁之间的空中通道,上下层都有,所以称"复"。交窗:花格子窗。作合欢:交窗上雕作合欢花的图案。合欢:即马缨花,又名夜合,合昏,叶子两两成对,夜间相合。 ⑫双阙:汉未央宫有一对望楼,称为东阙、西阙。连甍(méng):宫阙屋脊排比相连。垂凤翼:形容屋脊两檐像下垂的凤翼。 ⑬"梁家"句:东汉顺帝外戚梁冀在洛阳大造宅第,台阁周通,雕梁画栋。中天起:耸立天中。这句借指外戚豪贵之家住宅的富丽。 ⑭汉帝金茎:汉武帝在建章宫立起二十丈高的铜柱,上有仙人掌擎铜盘、玉杯以接仙露。 ⑮"楼前"二句:指豪贵之家的姬妾侍女与外人在楼前相望、陌上相逢,都无法相知相识,禁锢在深宅之中,没有自由的爱情生活。 ⑯"借问"二句:这些女子都曾经学过歌舞,整天娱乐贵人,虚度青春年华,所以若问之以萧史弄玉成为神仙眷属的事,没有不羡慕的。吹箫向紫烟:《列仙传》说秦穆公女弄玉爱上善吹箫的萧史,向他学吹箫作凤鸣。后夫妇成仙随凤飞去。向紫烟:飞升。 ⑰"生憎"二句:最讨厌帐檐上绣着孤单的鸾鸟,而喜欢在门帘上贴一对双飞的燕子。帖:贴剪纸。 ⑱翠被:翠羽织锦被。郁金香:一种出自大秦国的名贵香料,用来薰罗帐翠被。 ⑲"片片"句:形容女子发如轻云,鬓如蝉翼。蝉鬓:崔豹《古今注》说,魏文帝宫女莫琼树"始制蝉鬓,缥缈如蝉"。著:附着。 ⑳"纤纤"句:意为女子额上涂着黄色,缀有一弯细细的新月形图饰。鸦黄:又名额黄。六朝和唐代女子在额上

隋唐五代

涂黄色,点缀花、月、星等作为装饰。 ㉑妖童:歌童。此指端秀年少的随从。铁连钱:有圆斑的青色马。 ㉒娼妇:指豪贵之家的歌儿舞女。盘龙:指金屈膝上盘龙形的雕刻。屈膝:阖叶,用于屏风、柜橱门上的一种金属零件。这里指车门上的屈膝。以上四句写豪贵出门带着随从和乐伎,乘着宝马香车。 ㉓"御史"二句:御史:司弹劾的官。乌夜啼:用《汉书·朱博传》的典故,说御史府中的柏树上,常有野鸦数千栖宿。廷尉:司法官。雀欲栖:《史记·汲郑列传》:"始翟公为廷尉,宾客阗门。及废,门外可设雀罗。"这二句以乌夜啼和雀欲栖的景色表现御史府和廷尉这类司法机构的门庭冷落,同时点出薄暮时分。 ㉔隐隐:夜色中看不分明的样子。朱城:宫城。玉道:京城中的大道。 ㉕翠幰(xiǎn):翠羽为饰的车幕。没:隐没。金堤:坚固的大堤。 ㉖挟弹飞鹰:豪家子弟拿着弹弓出猎。杜陵:汉宣帝陵墓,在长安东南。 ㉗探丸借客:《汉书·尹赏传》说,长安有一些少年专门谋杀官吏,为人报仇。事前设赤、黑、白三种弹丸,使参加行动的人探取,探得赤丸者杀武官,得黑丸者杀文吏,得白丸者负责为死去的同伙料理丧事。借客:替人报仇。渭桥:在长安西北渭水上。 ㉘芙蓉剑:宝剑名,春秋时越国所铸。 ㉙桃李蹊:用"桃李不言,下自成蹊"的古谚,借指娼家居处人来人往,十分热闹。 ㉚啭:宛转的歌唱。口氛氲:口中散发出芳香。 ㉛"北堂"二句:北堂、南陌,指长安娼家居处。孙棨《北里志》载:北堂、南陌,三所相接,统称北里。人如月:形容娼女貌美。骑似云:形容来此游乐的客人之多。 ㉜北里:即长安娼妓聚居的平康里,在长安北门附近。 ㉝五剧:几条路交错的地方,俗称五剧乡(见《尔雅·释宫》郭璞注)。三条:三面通达的道路。控:贯通。三市:每日多次的集市。《左思·魏都赋》:"列三市而开廛。"这里"三"字不是实指。一说,长安有九市,这里指道东的三市。 ㉞佳气:形容北里热闹兴隆的气氛。红尘:车马扬起的尘土。 ㉟金吾:执金吾,汉代统率禁军的官名。唐置左、右金吾卫。 ㊱翡翠:形容酒的颜色。屠苏:美酒名。鹦鹉杯:用鹦鹉螺制成的酒杯。 ㊲罗襦:绸制短衣。 ㊳燕歌赵舞:战国时燕、赵二国歌舞最盛,后来用以指美妙的歌舞。 ㊴"转日"句:形容权贵势大。 ㊵"意气"句:将相们意气骄横,对灌夫这样好使气的将军从不相让。灌夫:汉武帝时将军,任侠负气,因使酒骂座被丞相田蚡杀害。(见《史记·魏其武安侯列传》) ㊶"专权"句:专权的豪贵连对萧何这样的名相都绝不能相容。判:绝对,截然。萧相:刘邦的丞相萧何。汉定天下,萧何功评第一,"赐带剑履上殿,入朝不趋"。 ㊷青虹、紫燕:皆良马名。坐春风:坐在车上驾马疾驰于春风中。 ㊸凌:超过,压倒。五公:汉代张汤、杜周、萧望之、冯奉世、史丹五个著名权贵。 ㊹节物:四季景物。 ㊺"桑田"句:《神仙传》:"麻姑谓王方平曰:接侍以来,见东海三为桑田。" ㊻扬子:指汉扬雄。他因仕途不得意,闭门著《太玄》、《法言》,人罕至其门。这里以扬雄自况。 ㊼南山:长安南边的终南山。 ㊽袭人裾:飞落到人的衣前襟上。

(这首诗根据白天到夜晚的时间顺序,描写帝王公侯、将相以及豪门子弟、任侠少年、娼家乐伎等各类人物的生活,展现了长安繁华兴盛的社会风貌。最后以寂寞著书的扬雄与之对照,点出繁华难久,好景不长,权贵们一时的骄奢,终不如寒士名节的久远。)

骆宾王

骆宾王(生卒年不详),婺州义乌(今浙江义乌)人。"初唐四杰"之一。最初在道王府供职,后任武功、长安二县主簿,升侍御史。不久得罪入狱,贬临海丞。弃官而去。武后光宅元年(684),徐敬业起兵讨伐武则天,骆宾王为其府属,作《讨武氏檄》。同年兵败,不知所终。有《骆临海集》。

在狱咏蝉①

西陆蝉声唱②,南冠客思侵③。那堪玄鬓影④,来对白头吟⑤。露重飞难进⑥,风多响易沉。无人信高洁⑦,谁为表予心?

①这首诗是骆宾王任侍御史时因上书议论政事,得罪武后,入狱所作。诗前有序,其中说:"闻蟪蛄之流声,悟平反之已奏;见螳螂之抱影,怯危机之未安。感而缀诗,贻诸知己。庶情沿物应,哀弱羽之飘零;道寄人知,悯余声之寂寞。非谓文墨,取代幽忧云尔。" ②西陆:秋天。日循黄道而行,行于东陆谓之春,行于南陆谓之夏,行于西陆谓之秋,行于北陆谓之冬。 ③南冠:用钟仪南冠而被囚于晋的故事。 ④玄鬓:谓蝉翼如黑色的云鬓(见卢照邻《长安古意》注⑲)。玄鬓影:指蝉。 ⑤白头:指作者自己头发已白。白头吟:字面上借用汉乐府《白头吟》,以引起读者更多的联想。相传司马相如将聘茂陵人女为妾,卓文君作《白头吟》以示决绝之意。古诗中向来有以男女关系喻君臣关系的传统,这里也可使人联想到臣为君弃的含意。以上二句慨叹盛年已过,将在狱中蹉跎岁月,以至老迈。 ⑥"露重"二句:露水重,蝉难以高飞,风声大,蝉声易被淹没。喻世道险阻,处境孤危,无法将自己的申诉传进帝阍。 ⑦高洁:指蝉,也是自喻。蝉栖于树间,餐风饮露,所以说高洁。 (这首诗写狱中闻蝉而引起的哀怨,以蝉自喻,表达了清白无辜而无人可为申诉冤屈的痛苦心情。)

王 勃

王勃(649—676),字子安,绛州龙门(今山西稷山)人。"初唐四杰"之一。年十四应举及第,授朝散郎。曾为沛王召署府修撰,因故被高宗逐出王府。漫游蜀中,任虢州参军,犯死罪,遇赦革职。父亲王福畤受到牵连,左迁交趾令。王勃渡海省亲,溺水而死。有《王子安集》。

送杜少府之任蜀川①

城阙辅三秦②,风烟望五津③。与君离别意,同是宦游人④。海内存知己,天涯若比邻⑤。无为在歧路⑥,儿女共沾巾。

①少府:县尉的尊称。之:往。之任:赴任。蜀川:泛指蜀地。 ②城阙:指长安。辅三秦:长安以三秦为畿辅。三秦:项羽灭秦后,分为雍、塞、翟三国,称为三秦。 ③"风烟"句:杜少府此去路途遥远,风烟迷茫。五津:长江自湔堰至犍为一段有五个渡口:白华津、万里津、江首津、涉头津、江南津,合称五津,都在蜀中。 ④宦游:离家出游以求仕宦。 ⑤比邻:近邻。化用曹植《赠白马王彪》"丈夫志四海,万里犹比邻"句意。 ⑥"无为"二句:不要在分手的路上,像小儿女那样哭湿了巾帕。 (这首诗送友人入蜀赴任,临歧的劝慰表达了作者惜别的情意和开朗的襟怀。)

杨　炯

杨炯(650—?),华阴(今陕西华阴)人。"初唐四杰"之一。高宗时应制举补校书郎,为崇文馆学士。后贬梓州参军,转盈川令,卒于官。有《盈川集》。

从军行①

烽火照西京②,心中自不平。牙璋辞凤阙③,铁骑绕龙城④。雪暗凋旗画⑤,风多杂鼓声。宁为百夫长⑥,胜作一书生。

①《从军行》:乐府《相和歌·平调曲》旧题。 ②西京:长安。 ③牙璋:古代发兵用的符信,有两块,相合处为牙状。分掌在朝廷和主帅手里。凤阙:汉建章宫东有阙,上饰金凤,故名。这里泛指皇宫。 ④龙城:匈奴祭祀天地祖先之处。 ⑤雪暗:大雪天阴。凋旗画:使军旗上的图案变得黯淡模糊。 ⑥百夫长:一百名士兵的头目,泛指低级军官。 (这首诗表现了渴望保卫边境、建立功勋的雄心壮志。)

苏味道

苏味道(648？—705？),赵州栾城(今属河北石家庄)人。不到二十岁便中进士,武后时官至宰相。中宗时贬郿州刺史,卒于任所。有《苏味道集》。

正月十五夜①

火树银花合②,星桥铁锁开③。暗尘随马去④,明月逐人来。游伎皆秾李⑤,行歌尽《落梅》⑥。金吾不禁夜⑦,玉漏莫相催。

①诗题一作《上元》。正月十五日旧时是上元节。刘肃《大唐新语·文章类》:"神龙(中宗年号)之际,京城正月望日(十五日)盛饰灯影之会,金吾弛禁,特许夜行。贵族戚属及下俚工贾,无不夜游。车马喧阗,人不得顾。王主之家,马上作乐,以相夸竞。文士皆赋诗一章,以纪其事。作者数百人,惟中书侍郎苏味道、吏部员外郭利贞、殿中侍御史崔液三人为绝唱。" ②火树:许多悬着灯火的树。银花:与"火树"都是形容灯彩的繁盛。 ③星桥铁锁:秦代李冰开蜀江,置七座桥,以应天上七星,每座桥装一铁锁。这里借喻长安宵禁。唐代长安里坊有门,入夜各门上锁,禁止通行。宵禁由金吾卫掌管。这句写正月十五京城弛禁,允许夜行。 ④暗尘:夜间走马,暗中带起的尘土。 ⑤游伎:陪同豪贵游赏的乐伎。皆秾李:打扮得像桃李花。《诗经·召南·何彼襛矣》:"何彼襛矣,华如桃李。"秾:当作"襛",衣着丰厚。 ⑥行歌:边走边唱。《落梅》:乐曲名。汉乐府《横吹曲》有《梅花落》曲。 ⑦"金吾"二句:金吾今夜不禁宵行,时间不要催人归去。漏:漏刻,古代计时器,用铜壶滴漏计时。玉:形容漏刻的精美。 (这首诗写正月十五夜长安举行灯会的热闹景象。)

杜审言

杜审言(生卒年不详),字必简,襄阳(今湖北襄阳)人。高宗时进士,曾任洛阳丞,后贬官。武后时为著作佐郎、迁膳部员外郎。中宗初流放峰州,不久起复,为修文馆直学士,病卒。杜审言与苏味道、李峤、崔融合称"文章四友"。《全唐诗》录存其诗一卷。

和晋陵陆丞早春游望①

　　独有宦游人②,偏惊物候新。云霞出海曙,梅柳渡江春③。淑气催黄鸟④,晴光转绿蘋⑤。忽闻歌古调⑥,归思欲沾巾。

　　①晋陵:今江苏武进。陆丞:晋陵县丞。陆丞有《早春游望》,这是一首和作。②"独有"二句:唯有在外仕宦的人,才对景物节候的变化格外惊心。　③"梅柳"句:意为江南已梅开柳绿,江北也到处透出了春意。因江北春晚,江南春早,所以说春天好像是渡江过来的。　④淑气:春日温暖的气候。黄鸟:黄莺。　⑤转绿蘋:使浮萍转绿。江淹有"东风转绿蘋"(《咏美人春游》)句。　⑥古调:指陆丞的诗,赞其格调近古。
(这首诗写大江两岸早春景色,以及由春色触动的归思。)

沈佺期

　　沈佺期(生卒年不详),字云卿,相州内黄(今河南内黄县)人。高宗时进士。曾任给事中、考功员外郎等官。武后时与宋之问等媚附张易之,张被杀,他流放驩州。中宗时召回,拜起居郎、修文馆直学士,官至中书舍人。玄宗开元初去世。他与宋之问齐名,时称"沈宋",对五七言律诗形式的完成有较大贡献。有《沈佺期集》。

杂　诗①
其　三

　　闻道黄龙戍②,频年不解兵③。可怜闺里月④,长在汉家营。少妇今春意⑤,良人昨夜情。谁能将旗鼓⑥,一为取龙城⑦。

　　①本题共三首。　②黄龙戍:在今辽宁省开原北,唐时戍兵于此。　③频年:连年。不解兵:军队集结不解。　④"可怜"二句:闺中思妇寄托愁情的月亮,也长在边营为征人所望。意谓两地望月,两地相思。　⑤"少妇"二句:少妇逢春萌发的情意,也正是良人每夜所怀的离情。良人:古代女子对丈夫的称谓。　⑥将:率领。旗鼓:军队。

⑦龙城:屡见前注。这里泛指边境外族的聚居之地。 (这首诗写征人思妇互相思念,渴望早日结束战争的心情。)

宋之问

宋之问(？—712),一名少连,字延清,汾州(今山西汾阳)人。高宗时进士。武后时官尚监丞、左奉宸内供奉。因诣事张易之贬官泷州,不久逃回,官至修文馆学士。后又因受贿贬越州、配徙钦州。玄宗初赐死。有《宋之问集》。

题大庾岭北驿①

阳月南飞雁②,传闻至此回。我行殊未已③,何日复归来。江静潮初落,林昏瘴不开④。明朝望乡处,应见陇头梅⑤。

①这首诗当是作者流放岭南途经大庾岭所作。大庾岭:五岭之一,自江西大余入广东南雄。北驿:岭北驿站。 ②阳月:农历十月。《尔雅·释天》:"十月为阳。" ③殊未已:还远远没有结束。 ④瘴(zhàng):瘴气。热带或亚热带山林中的湿热空气,古人认为可使人染上瘴疠(恶性疟疾一类传染病)。 ⑤陇头梅:指大庾岭上高处,可见到梅花。 (这首诗写被贬远荒的凄苦。)

陈子昂

陈子昂(661—702),字伯玉,梓州射洪(今四川射洪县)人。出身富豪之家。二十四岁中进士,为武则天所赏识,任麟台正字、右拾遗。曾两次出征边塞。后因政治主张不能实现,壮岁辞官回乡,为县令段简害死,年四十二。陈子昂提倡"汉魏风骨"和"风雅兴寄",反对齐梁"彩丽竞繁,而兴寄都绝"的形式主义诗风,在诗歌理论和创作上都表现出大胆的革新精神。有《陈子昂集》。

感 遇①

其 二

兰若生春夏②,芊蔚何青青③。幽独空林色④,朱蕤冒紫茎⑤。迟迟白日晚⑥,袅袅秋风生⑦。岁华尽摇落⑧,芳意竟何成⑨!

①《感遇》:共三十八首,学习阮籍《咏怀》,内容比较复杂。　②兰若:兰花和杜若,均为香草名。　③芊(qiān)蔚:草木茂盛的样子。　④"幽独"句:兰若幽雅孤独的芳姿使林色为之一空,即其他草木都相形失色。此句化用屈原《九章·悲回风》"兰茝幽而独芳"之意。　⑤"朱蕤"句:兰若的红花在紫茎上盛开。蕤(ruí):花盛开的样子。　⑥迟迟:慢慢地。　⑦"袅袅"句:用屈原《九歌·湘夫人》"袅袅兮秋风,洞庭波兮木叶下"句意。　⑧"岁华"句:一年一度的繁华已到飘摇零落的时候。岁华:兼指人生的少壮年华。　⑨"芳意"句:兰若的芳香又如何能保持呢?双关作者的理想抱负无由实现。竟:终究。　(这首诗借咏空林幽兰抒写孤高的情怀和时不我待的感慨。)

登幽州台歌①

前不见古人,后不见来者。念天地之悠悠,独怆然而涕下②。

①据卢藏用《陈氏别传》说,这首诗是万岁通天元年(696)陈子昂随建安王武攸宜远征契丹时作。武攸宜无将略,军事失利,陈子昂屡谏不用,"因登蓟北楼,感昔乐生、燕昭之事,赋诗数首,乃泫然涕流而歌"此诗。幽州台:即蓟北楼,也就是蓟丘,当时属幽州。在今北京市北郊。　②怆(chuàng)然:悲伤地。　(这首诗抒写了作者纵观古今的慷慨悲凉之情以及在现实社会中的孤独寂寞之感。)

三、盛唐诗歌

张 说

张说(667—730),字道济,或字说之,洛阳人。历仕武后、中宗、玄宗等朝,官至中书令,封燕国公。朝廷大述作多出其手。有《张燕公集》。

邺都引①

君不见魏武草创争天禄②,群雄眦眦相驰逐③。昼携壮士破坚阵,夜接词人赋华屋④。都邑缭绕西山阳⑤,桑榆汗漫漳河曲⑥。城郭为墟人代改⑦,但有西园明月在⑧。邺傍高冢多贵臣,蛾眉曼睩共灰尘⑨。试上铜台歌舞处⑩,唯有秋风愁杀人。

①邺都:曹操建都于邺,在今河南安阳市北,河北磁县东南。引:琴曲。邺都引:属新乐府辞。 ②魏武:魏武帝曹操。草创:初创魏国的基业。天禄:天赐之福禄名位,指帝位。 ③群雄:指汉末各路军阀。眦(yá)眦(zì):瞪目怒视。驰逐:逐鹿中原,争夺帝位。《世说新语·识鉴》:桥玄对曹操说:"天下方乱,群雄虎争,拨而理之,非君乎?"此用其意。 ④赋华屋:在华丽的堂室中赋诗。 ⑤都邑:指邺都。缭绕:指邺都城委曲环绕。西山阳:谓邺都位于山的东南。 ⑥桑榆:泛指邺都城郊的村庄树木。汗漫:漫无边际,布满。漳河:源出山西,流经邺都,折向东北入卫河。曲:河流弯曲之处。 ⑦城郭为墟:城郭已化为废墟。人代改:居人一代代改换。 ⑧西园:铜雀园。曹氏父子常在这里游宴赋诗。 ⑨蛾眉:美好轻扬的眉毛。曼睩(lù):目光明媚。均指宫中美女。《楚辞·招魂》:"蛾眉曼睩,目腾光些。" ⑩铜台:铜雀台。建安十五年(210)曹操所建的歌舞台,在邺都西北隅。 (这首诗感慨曹操草创天下的英雄业绩和文采风流都已成为过去,唯有昔日繁华留下的遗迹在秋风中供人凭吊,抒发了作者对建功立业的景慕和人世沧桑的悲凉之感。)

王 翰

王翰(生卒年不详),字子羽,并州晋阳(今山西太原)人。睿宗景云元年(710)进士,曾任驾部员外郎、仙州别驾,贬道州司马。《全唐诗》录存其诗一卷。

凉 州 词①

葡萄美酒夜光杯②,欲饮琵琶马上催③。醉卧沙场君莫笑,古来征战几人回!

①凉州词:唐代乐府曲名,是歌唱凉州一带边塞生活的歌词。凉州:泛指整个凉州,即河西一带。　②夜光杯:东方朔《十洲记》载:周穆王时,西胡献夜光常满杯。杯用白玉之精制成,光明夜照。　③"欲饮"句:刚要举杯痛饮,却听到马上弹奏琵琶的声音,在催人出发了。一说这句是写军中酒宴,乐队以琵琶助兴,末二句为劝酒之词。　(这首诗以豪放的气度写征人正欲举杯痛饮、却被催上战场的沉痛心情。)

王　湾

王湾(生卒年不详),洛阳人。玄宗时进士。开元初任荥阳主簿,后终于洛阳尉。以诗著称于时。《全唐诗》录存其诗十首。

次北固山下①

客路青山下②,行舟绿水前。潮平两岸阔③,风正一帆悬④。海日生残夜⑤,江春入旧年⑥。乡书何处达?归雁洛阳边。

①次:住宿,这里指泊船。北固山:在今江苏镇江市北,三面临江。　②客路:旅途。③"潮平"句:潮水涨满,与两岸相平,更显得水面宽阔。　④风正:顺风。　⑤残夜:夜将尽未尽之时。　⑥"江春"句:头年立春,所以旧年未过新春已来,仿佛是江上的春天闯入了旧的一年。　(这首诗写新春时节高挂风帆行舟于大江之上的开阔气象。)

张若虚

张若虚(生卒年不详),扬州人。曾任兖州兵曹。中宗神龙年间与贺知章等以吴越文士扬名京都。开元初与贺知章、张旭、包融等号称"吴中四士"。《全唐诗》录存其诗二首。

春江花月夜①

春江潮水连海平,海上明月共潮生。滟滟随波千万里②,何处春江无月明。江流宛转绕芳甸③,月照花林皆似霰④。空里流霜不觉飞⑤,汀上白沙看不见⑥。江天一色无纤尘,皎皎空中孤月轮。江畔何人初见月?江月何年初照人?人生代代无穷已,江月年年只相似。不知江月待何人,但见长江送流水。白云一片去悠悠,青枫浦上不胜愁⑦。谁家今夜扁舟子⑧?何处相思明月楼⑨?可怜楼上月徘徊,应照离人妆镜台。玉户帘中卷不去⑩,捣衣砧上拂还来。此时相望不相闻⑪,愿逐月华流照君⑫。鸿雁长飞光不度⑬,鱼龙潜跃水成文⑭。昨夜闲潭梦落花⑮,可怜春半不还家。江水流春去欲尽,江潭落月复西斜。斜月沉沉藏海雾,碣石潇湘无限路⑯。不知乘月几人归,落月摇情满江树⑰。

①《春江花月夜》:乐府《清商曲·吴声歌》旧题。 ②滟(yàn)滟:水波满溢的样子。何逊有"滟滟逐波轻"句。 ③芳甸:花草遍生的郊野。 ④霰(xiàn):雪珠。 ⑤"空里"句:月色如霜,所以霜飞无从察觉。 ⑥"汀上"句:洲上的白沙与月色融合在一起,看不分明。汀:沙滩。 ⑦青枫:暗用《楚辞·招魂》:"湛湛江水兮上有枫,目极千里兮伤春心。"浦:水口。《九歌·河伯》:"送美人兮南浦。"因而隐含离别之意。 ⑧"谁家"句:今夜谁家有泛舟在外的游子?扁(piān)舟:小舟。 ⑨明月楼:思妇的闺楼。曹植《七哀诗》:"明月照高楼,流光正徘徊。上有愁思妇,悲叹有余哀。" ⑩"玉户"二句:谓月光照进思妇的门帘,照在她的捣衣砧上,卷不走,拂不掉。 ⑪相望不相闻:指游子思妇共望月光,而无法传递音信。 ⑫逐:追随。月华:月光。 ⑬"鸿雁"句:鸿雁不停地飞翔,而不能飞出无边的月光。 ⑭"鱼龙"句:月照江面,鱼龙在水中跳跃,激起阵阵波纹。以上二句写月光之清澈无边,也暗含鱼雁不能传信之意。 ⑮"昨夜"句:写思妇夜中梦见花落闲潭,有美人迟暮之感。 ⑯碣石:山名,在渤海边上。潇湘:潇水和湘水,在湖南永州合流后称潇湘,碣石潇湘泛指天南地北。 ⑰"落月"句:满江树影在落月的余晖下摇曳,牵动着离人的情思。 (这首诗从春江月出写到月落,描绘了月光照耀下江天、芳甸、花林、沙汀融为一色的美景,赞叹青春的美好,感慨宇宙的无穷。并借月光所到之处,照见思妇和游子的相思相望之情,表现人生的离别之感。)

贺知章

贺知章(659—744),字季真,会稽(今浙江绍兴)人。武后证圣年间进士,官至太子宾客、秘书监。自号"四明狂客"。玄宗天宝初还乡。《全唐诗》录存其诗一卷。

咏　柳

碧玉妆成一树高①，万条垂下绿丝绦②。不知细叶谁裁出③，二月春风似剪刀。

①"碧玉"句：柳树碧绿，像用碧玉做成。又"碧玉"，宋汝南王妾名，这里或含有形容柳树袅娜，宛如凝妆的碧玉的意思。　②丝绦(tāo)：丝带。　③"不知"二句：谓柳树的细叶仿佛是二月的春风剪裁而成。宋之问有"今年春色早，应为剪刀催"(《奉和立春日侍宴内出剪彩花应制》)句，此翻用其意。　（这首诗赞美柳树在春天刚长齐新叶时的姿貌。）

回乡偶书①

其　一

少小离家老大回，乡音无改鬓毛衰②。儿童相见不相识，笑问客从何处来。

①贺知章于天宝初请求为道士，辞官还乡，年逾八十，诗当写于此时。本题共二首。②鬓毛衰：鬓毛因衰老变白。衰：一作"催"，白发催人年老之意。　（这首诗从家乡儿童不识归客的细节写出人事沧桑的感慨。）

张九龄

张九龄(673—740)，字子寿，韶州曲江(今广东韶关市)人。中宗景龙初进士，历任中书舍人、集贤院学士等职。开元二十二年(734)官至中书令。为相贤明，正直不阿，被李林甫排挤，后贬荆州长史。有《张曲江集》。

感　遇①

其　七

江南有丹橘，经冬犹绿林。岂伊地气暖②？自有岁寒心。可以荐嘉客③,奈何阻重深!运命唯所遇④,循环不可寻。徒言树桃李⑤,此木岂无阴?

①《感遇》:共十二首,一般认为是张九龄在荆州所作。 ②"岂伊"二句:丹橘经冬犹绿,岂止因为江南地气温暖?它自有耐寒的本性。伊:彼,指江南。 ③"可以"二句:丹橘本可以进献朝廷以待嘉宾,无奈路途遥远,山高水深,阻碍重重。荐:进奉。 ④"运命"句:人的命运只能取决于时遇,祸福的循环往复难以寻究根源。 ⑤"徒言"句:人们只说桃李值得种植,难道丹橘就没有桃李的好处?《韩诗外传》载赵简子语:"大春树桃李,夏得阴其下,秋得食其实。"徒:但只。树:栽种。阴:树荫。 (这首诗取屈原《橘颂》诗意,感慨丹橘既有岁寒之节,又有果实和树荫可用,只因阻隔深重而不能进荐,借以比喻自己品性坚贞、才堪任用而被排挤在外的命运。)

孟浩然

孟浩然(689—740),襄阳(今湖北襄阳)人。早年在家乡隐居读书,后曾入长安求仕,失意而归。漫游过长江南北各地。晚年张九龄镇荆州,辟为从事。开元二十八年病卒。有《孟浩然集》。

秋登万山寄张五①

北山白云里②,隐者自怡悦③。相望始登高④,心随雁飞灭。愁因薄暮起,兴是清秋发⑤。时见归村人,平沙渡头歇。天边树若荠⑥,江畔舟如月。何当载酒来⑦,共醉重阳节⑧。

①万山:在襄阳西北。张五:未详。 ②北山:即万山。 ③隐者:指张五。一说指诗人自己。首二句化用陶弘景《应诏诗》:"山中何所有?岭上多白云。只可自怡悦,不堪持赠君。" ④"相望"句:由于相望远人才登高。始,一作"试"。 ⑤兴:兴致。 ⑥荠:一种野菜,形容远树看去低小。 ⑦何当:何时才能。 ⑧重阳节:农历九月九日,古人有登高、赏菊、亲友聚饮等风习。 (这首诗写清秋薄暮时登高远望友人的心情和山下江村晚归的景色。)

过故人庄

故人具鸡黍①,邀我至田家。绿树村边合,青山郭外斜。开轩面场圃②,

把酒话桑麻③。待到重阳日,还来就菊花④。

①具:备办。黍:黄米,古人认为是上好的粮食。《论语·微子》:荷蓧丈人"止子路宿,杀鸡为黍而食之"。这里用成辞,表示故人准备饭菜盛情款待之意。 ②轩:窗。面:面对着。场:打谷场。圃:菜园。 ③话桑麻:闲谈农务。 ④就菊花:前来赏菊。就:靠近。 (这首诗写作者在故人村庄做客时见到的田园风光和宾主间淳真的友谊。)

临洞庭①

八月湖水平,涵虚混太清②。气蒸云梦泽③,波撼岳阳城④。欲济无舟楫⑤,端居耻圣明⑥。坐观垂钓者⑦,徒有羡鱼情。

①诗题一作《望洞庭湖赠张丞相》,张丞相,即张九龄。 ②涵:包含。虚:空。太清:天。这句说湖水平满,与天浑然一体。 ③"气蒸"句:洞庭湖水汽蒸腾,弥漫在云梦泽上空。云、梦:古代二泽名,云在江北,梦在江南,后来淤成陆地,大约在今洞庭湖北岸地区。 ④撼:摇动。岳阳城:今湖南岳阳市,在洞庭湖东岸。 ⑤"欲济"句:想要渡过湖去,而无船桨可用,双关意欲出仕而无人引荐。唐太宗《春日登陕州城楼》:"巨川何以济,舟楫伫时英。" ⑥"端居"句:闲居在家则有愧于盛明之世。 ⑦"坐观"二句:《淮南子·说林训》:"临河而羡鱼,不如归家织网。"这里用"垂钓者"比喻仕者,用"羡鱼情"比喻自己空有出仕愿望而无法实现。 (这首诗描写洞庭湖的壮美景色,并表示了希望得到汲引的心情。)

宿建德江①

移舟泊烟渚②,日暮客愁新。野旷天低树③,江清月近人④。

①建德江:指新安江流经浙江建德境内的一段。 ②烟渚:暮烟中的洲岛。 ③"野旷"句:原野空旷,天穹低垂在远树上。岑参"过碛觉天低"、杜甫"星垂平野阔"均写这种野旷天低的感受。 ④"江清"句:江中月影近在身旁,似解慰人孤寂。 (这首诗写暮江泊舟闲眺的情致和客游异乡的惆怅。)

王之涣

王之涣(688—742),字季陵,本家晋阳,后徙绛郡(今山西新绛县)。曾任冀州衡水主簿,后去官优游山水。晚年为文安县尉,卒于官舍。《全唐诗》存其绝句六首。

登鹳雀楼①

白日依山尽,黄河入海流。欲穷千里目,更上一层楼。

①鹳(guàn)雀楼:故址在今山西永济西南城上,共三层,前瞻中条山,下瞰黄河。常有鹳雀栖息其上。后此楼被河水冲没。 (这首诗写登鹳雀楼所见日落归山、黄河入海的壮观景象,以及从登高望远的境界中得到的富有哲理的启示。)

凉 州 词①

其 一

黄河远上白云间②,一片孤城万仞山③。羌笛何须怨杨柳④?春风不度玉门关。

①《凉州词》:见前王翰《凉州词》注①,本题共二首,诗题一作《出塞》。 ②黄河:一作"黄沙"。远上:一作"直上"。 ③仞:八尺。 ④"羌笛"二句:谓凉州春意已经很少,玉门关外连春风都吹不过去,那么何须吹笛埋怨杨柳呢?这里是以排遣的语气表现人到凉州,耳听《折杨柳曲》所引起的愁思。杨柳:北朝乐府《折杨柳歌辞》:"上马不捉鞭,反折杨柳枝。蹀座吹长笛,愁杀行客儿。"羌笛:一种乐器,出羌中。羌是我国古代西北少数民族。玉门关:在今甘肃敦煌西,是当时凉州的最西境。 (这首诗写玉门关春意甚少,杨柳无多的荒寒景色。)

崔　颢

崔颢(?—754),汴州(今河南开封)人。开元十一年(723)进士。天宝中任尚书司勋员外郎。《全唐诗》录存其诗一卷。

黄鹤楼①

昔人已乘黄鹤去②,此地空余黄鹤楼。黄鹤一去不复返,白云千载空悠悠③。晴川历历汉阳树④,芳草萋萋鹦鹉洲⑤。日暮乡关何处是⑥?烟波江上使人愁。

①黄鹤楼:旧址在今湖北武汉蛇山黄鹄矶上,下临长江。　②昔人:传说中的仙人。一说三国蜀费文祎曾在此楼乘鹤登仙。一说仙人王子安曾乘黄鹤经过这里。　③悠悠:白云浮荡的样子。　④历历:分明。汉阳:在武昌西,与黄鹤楼隔江相望。　⑤萋萋:茂密的样子。鹦鹉洲:在武昌北长江中。　⑥乡关:乡城、故乡。　(这首诗写登上黄鹤楼所联想到的有关传说,以及眺望江景所勾起的思乡之愁。)

长干曲①

其 一

君家何处住?妾住在横塘②。停船暂借问,或恐是同乡。

①长干:地名。在今南京市南。《长干曲》:乐府《杂曲歌辞》旧题。　②横塘:在今南京市西南。　(这首诗是船上女子的问话。)

其 二

家临九江水①,来去九江侧。同是长干人,生小不相识②。

①九江:旧说有九条支流在今江西九江附近流入长江。　②生小:自小。　(这首诗是男子的答话。)

王昌龄

王昌龄(698?—757?),字少伯,江宁(今南京)人。一说太原(今山西太原)人,一说京兆(今陕西西安)人。开元十五年(727)进士,补秘书郎,调汜水尉、江宁丞,贬龙标尉。安史乱起,为刺史闾丘晓所杀。擅长七言绝句。《全唐诗》录存其诗四卷。

从军行①

其 四

青海长云暗雪山②,孤城遥望玉门关。黄沙百战穿金甲③,不破楼兰终不还④。

①《从军行》:乐府《相和歌·平调曲》旧题。这组诗共七首。 ②青海:今青海湖。雪山:今甘肃省祁连山。 ③穿:磨穿。 ④楼兰:汉时西域国名。这里借指外族入侵敌人。 (这首诗写西北边塞自青海、祁连山到玉门关一带防线上,战士们艰苦奋战的高昂斗志。)

其 五

大漠风尘日色昏,红旗半卷出辕门。前军夜战洮河北①,已报生擒吐谷浑②。

①洮(táo)河:在甘肃省西南部。开元二年(714),"吐蕃兵十万屯大来谷,(王)晙选勇士七百,衣胡服,夜袭之,多置鼓角于其后五里,前军遇敌大呼,后人鸣鼓角以应之。虏以为大军至,惊惧,自相杀伤,死者万计。(薛)讷时在武街,去大来谷二十里,虏军塞其中间。晙复夜出袭之,虏大溃,始得与讷军合。追奔至洮水,复战于长城堡,又败之,前后杀获数万人"(《资治通鉴》卷二一一)。这一背景当是此诗创作的依据。 ②吐(tū)谷(yù)浑:西域国名,唐初常侵扰边境,为李靖所平。后来一部分归附唐朝,一部分归附吐蕃。这里指吐蕃。 (这首诗写唐军将士在大漠夜战获胜的情景。)

出 塞①

其 一

秦时明月汉时关②,万里长征人未还。但使龙城飞将在③,不教胡马度阴山④。

①《出塞》:乐府《相和歌辞·鼓吹曲》旧题。 ②"秦时"二句:中国自秦汉以来就

设关备边,所以看到明月临关,自然联想到秦汉以来无数征人战死边疆的历史事实。③龙城飞将:汉李广善战,匈奴称为飞将军。龙城,一作"卢城",指卢龙,即汉右北平治,李广为右北平太守。一说:龙城指匈奴祭天处,龙城飞将即威震匈奴的飞将军。一说龙城即陇城,不少地志图书将"陇"写作"龙"。李广乡贯是陇西成纪(今秦州陇城县)。所以龙城指李广籍贯。　④阴山:起河套西北,绵亘于内蒙古,与内兴安岭相接,是中国古代抵御北方外族来犯的屏障。　(这首诗总结了秦汉以来边患不已的历史问题,表达了世世代代人民盼望起用良将保卫和平的心愿。)

长信秋词①

其　三

奉帚平明金殿开②,且将团扇共徘徊③。玉颜不及寒鸦色④,犹带昭阳日影来。

①《长信秋词》:《乐府诗集》作《长信怨》,属《相和歌·楚调曲》。汉成帝的嫔妃班婕妤本来得宠,后因成帝新宠赵飞燕姐妹,便到长信宫去侍奉太后。此诗即借班婕妤事写宫怨。　②奉帚:恭敬地拿着扫帚,指打扫长信宫。平明:黎明。　③"且将"句:姑且拿起团扇来与之一同徘徊。相传班婕妤曾作《团扇诗》,以团扇秋天见弃比喻自己失宠的命运。这句暗点《团扇》诗意。　④"玉颜"二句:自己的玉颜还不如寒鸦之色,寒鸦尚能带着昭阳殿的日光飞来,自己却永远不能再见君王一面。昭阳:汉宫名。赵飞燕立为皇后,宠少衰。成帝又宠其妹赵合德,封为昭仪,居昭阳舍,以金玉珠翠装饰其居处,当时贵幸无比。日:喻君。　(这首诗写后宫失宠嫔妃的哀怨和绝望。)

李　颀

李颀(qí)(生卒年不详),东川(今四川雅安一带)人。寄居颍阳(今河南许昌附近)。开元二十三年(735)进士,任新乡县尉,久未升迁,辞官归隐,来往于长安、洛阳之间,交游甚广。《全唐诗》录其诗三卷。

古从军行①

白日登山望烽火,黄昏饮马傍交河②。行人刁斗风沙暗③,公主琵琶幽怨多④。野云万里无城郭⑤,雨雪纷纷连大漠。胡雁哀鸣夜夜飞,胡儿眼泪双双落。闻道玉门犹被遮⑥,应将性命逐轻车⑦。年年战骨埋荒外⑧,空见蒲桃入汉家。

①《从军行》:乐府曲名,此诗是拟古题,所以称《古从军行》。 ②交河:在今新疆吐鲁番西北,是安西都护府治所。 ③刁斗:军用铜器,白天用以煮饭,夜里用以打更。 ④公主琵琶:相传汉武帝与乌孙国和亲,以江都王刘建之女细君为公主,嫁乌孙王。令人在马上弹琵琶解除她旅途中的思乡之情。这里写西域军中经常听到的是刁斗声和哀怨的琵琶声。 ⑤野云:一作"野营"。 ⑥"闻道"句:《史记·大宛列传》载:汉贰师将军李广利伐大宛不利,上书请求罢兵。汉武帝大怒,"使使遮玉门(派使者在玉门关拦道)",曰:"军有敢入者辄斩之。"此用其事,谓出师不利,朝廷仍不许罢兵。 ⑦"应将"句:还要拼着性命跟随将帅继续作战。逐:跟随。轻车:汉时有轻车将军及轻车都尉,唐有轻车都尉。 ⑧"年年"二句:连年征战,无数战士埋骨边荒,换来的只是供统治者享用的葡萄而已。蒲桃:即葡萄。《汉书·西域传》:"宛王蝉封与汉约,岁献天马二匹,汉使采蒲陶、苜蓿种归。" (这首诗借咏汉代故事,描写从军西域的荒凉凄苦,控诉了统治者所发动的不正义战争给胡汉人民所带来的痛苦。)

王 维

王维(701—761),字摩诘,祖籍太原祁州(今山西祁县),从他父亲开始,迁居于蒲(今山西永济)。少有才名,开元九年(721)进士,任大乐丞,后谪官济州。曾在淇上、嵩山一带隐居,开元二十三年(735)被宰相张九龄提拔为右拾遗。后迁监察御史,奉使出塞,在凉州河西节度幕兼为判官。天宝年间先后在终南山和辋川隐居,过着亦官亦隐的生活。安史之乱时,他被安禄山强迫做官。乱平后降为太子中允,笃志奉佛,唯以禅诵为事。后官至尚书右丞。六十一岁时卒。他在绘画、音乐、书法、诗歌等方面都有很深的造诣,山水田园诗的成就尤其突出。有《王右丞集》。

山居秋暝①

空山新雨后,天气晚来秋。明月松间照,清泉石上流。竹喧归浣女②,莲动下渔舟。随意春芳歇③,王孙自可留。

①暝(míng):晚。　②"竹喧"二句:竹林里一阵喧闹声,那是洗衣的女子回来了;水面上莲花摇动,那是渔舟从上流下来了。　③"随意"二句:《楚辞·招隐士》:"王孙游兮不归,春草生兮萋萋。""王孙兮归来,山中兮不可以久留。"此反用其意,说任凭春芳凋谢,秋色仍然很美,王孙自可留在山中。　(这首诗写山村傍晚雨后的优美景色。)

终 南 山①

太乙近天都②,连山到海隅③。白云回望合④,青霭入看无。分野中峰变⑤,阴晴众壑殊。欲投人处宿,隔水问樵夫。

①终南山:在陕西省西安市长安区南五十里,绵延八百里,为渭水和汉水的分水界。②太乙:即终南山。天都:指长安。　③海隅:海角。这句说终南山山峰相连直达海边,只是夸张其占地广大,终南山并不到海。　④"白云"二句:回首遥望,白云便合拢在一处;青霭微茫,进入其中反又看不见。青霭:青色的雾气。　⑤"分野"二句:古代中华九州诸国的划分,和天上星座的方位是相对应的,这叫作"分野"。这句说终南山占地很广,不止一州,在中峰两侧,分野就变了。各条山谷的天气也阴晴不同。　(这首诗描写终南山雄伟壮观的景色。)

使至塞上①

单车欲问边②,属国过居延③。征蓬出汉塞④,归雁入胡天。大漠孤烟直,长河落日圆⑤。萧关逢候骑⑥,都护在燕然⑦。

①这是王维开元二十五年(737)任监察御史时,赴河西节度府凉州时途中所作。使:出使。　②问:聘问。边:边塞。　③"属国"句:属国:附属国。居延:泽名,在凉州以北,今内蒙古境内。东汉凉州有张掖居延属国,唐河西都护府有羁縻州居延州。这里是借用汉时"属国"之称,写自己经过居延州。　④征蓬:用远飞的蓬草比喻征人,此指作者自己。　⑤长河:黄河。　⑥萧关:在今甘肃环县北。候骑:骑马的侦察兵。⑦都护:各处边防所设的最高武官。燕然:山名。东汉车骑将军窦宪大破北单于,登燕然山刻石记功而还。这里说从萧关候骑处得知都护还在更远的地方,也表示称誉河西节度使崔希逸大捷的意思。开元二十五年春,崔希逸袭吐蕃,破之于青海西。　(这首诗写作者出使凉州途中所见边塞辽阔壮丽的景色。)

渭川田家①

　　斜光照墟落②,穷巷牛羊归。野老念牧童,倚杖候荆扉③。雉雊麦苗秀④,蚕眠桑叶稀⑤。田夫荷锄至,相见语依依。即此羡闲逸,怅然吟式微⑥。

　　①渭川:渭水。　②斜光:斜阳。墟落:村落。　③荆扉:柴门。　④雉雊(gòu):野鸡叫。秀:麦子吐花。　⑤蚕眠:蚕蜕皮时,不吃不动,像睡眠一样。这二句写初夏景象。　⑥式微:《诗经·邶风·式微》:"式微,式微,胡不归。"式:发语辞。微:衰。旧说以为诗意指黎侯失国,而寓于卫,其臣劝之曰:"衰微甚矣,何不归哉?"这里仅用"胡不归"之意,表示作者欲归隐田园的心情。　(这首诗写渭川田家初夏晚归的情景以及作者对农村闲逸生活的赞美。)

鸟鸣涧①

　　人闲桂花落②,夜静春山空。月出惊山鸟,时鸣春涧中。

　　①这是《皇甫岳云谿杂题五首》其一。皇甫岳:未详。云谿:皇甫岳别墅所在地。涧:同"涧"。　②桂花落:桂花亦称木樨,有春桂、秋桂、四季桂等不同种类,这里所写的当是春日发花的一种,或冬天开花春深花落的一种。　(这首诗写山涧春天月夜的幽美境界。)

鹿　柴①

　　空山不见人,但闻人语响。返景入深林②,复照青苔上。

　　①王维后期住在辋川别墅,将他和裴迪唱和、吟咏辋川景物的五绝各二十首结成《辋川集》。这是其中第五首。柴(zhài):同"寨",木栅栏。鹿柴:辋川地名之一。　②景:阳光。返景:落日的返照。　(这首诗写鹿柴深林中空静的境界。)

送元二使安西①

　　渭城朝雨裛轻尘②,客舍青青柳色新。劝君更尽一杯酒,西出阳关无故人③。

①元二:未详。安西:唐代安西都护府治所,在今新疆库车附近。这首诗曾被唐人谱成歌曲,反复歌唱末句,谓之《阳关三叠》,又叫《渭城曲》。　②裛(yì):沾湿。　③阳关:在今甘肃敦煌西南,为出塞要道。　(这首诗写送友人西行时殷勤劝酒的深情。)

李　白

　　李白(701—762),字太白,祖籍陇西成纪(今甘肃天水附近)。其先代隋末流徙到西域。李白诞生于唐安西都护府巴尔喀什湖南的碎叶(今苏联哈萨克境内巴尔喀什湖南)。五岁时随其父到绵州彰明县(今四川江油)。早年在蜀中读书漫游。二十五岁出蜀,任侠访道、交游干谒,漫游洞庭、金陵、扬州、襄阳、洛阳、太原等地,又曾隐居东鲁。天宝初,经道士吴筠推荐,应诏赴长安,供奉翰林。但为权贵不容,又受到谗言中伤,三年后被玄宗"赐金放还"。离开长安后,曾在梁宋客居十年之久,其间也曾北抵燕赵、西涉邠岐,往来于洛阳、齐鲁之间。天宝十三载移居吴越。安史之乱起,李白隐居庐山,为永王璘征入军幕,希望能报国平乱。但不久永王璘被其兄唐肃宗消灭,李白被系浔阳狱中,次年长流夜郎,途中遇赦。还想再参加李光弼的军队去征讨史朝义,路上因病折回。六十二岁时病死在他的族叔当涂(今安徽当涂县)令李阳冰处。有《李太白全集》。

　　李白生活在中国封建社会的极盛时期,他的诗歌反映了盛唐时代乐观向上的进取精神。同时他又接触了朝廷政治由开明转向腐朽的内幕,对政治变乱具有敏锐的观察,因而能写出许多有力抨击现实的优秀篇章。他以强烈的激情和豪迈的气魄歌唱自己远大的理想,蔑视礼教和权贵,憎恨和反抗封建社会中的不合理现象,追求独立的人格和自由的精神世界。同时,他继承了前代诗歌创作的全部艺术成就,继陈子昂之后完成了盛唐诗歌的全面革新。丰富的想象,大胆的夸张,天然清新的语言,壮浪纵恣的风格,使他成为屈原之后最伟大的浪漫主义诗人,代表着我国古典诗歌发展的最高峰。

古 风①

其 十 九

西上莲花山①,迢迢见明星②。素手把芙蓉③,虚步蹑太清④。霓裳曳广带⑤,飘拂升天行。邀我登云台⑥,高揖卫叔卿⑦。恍恍与之去,驾鸿凌紫冥⑧。俯视洛阳川⑨,茫茫走胡兵。流血涂野草,豺狼尽冠缨⑩。

①莲花山:华山最高峰,上有池,生千叶莲花。华山在今陕西华阴境内。 ②迢迢:远远地。明星:神话中的华山仙女名。 ③芙蓉:莲花。 ④虚步:凌空而行。蹑(niè):踏。太清:天空。 ⑤霓裳:彩虹做的衣裳。曳(yè):拖曳。 ⑥云台:为华山东北部的高峰。 ⑦卫叔卿:仙人名。《神仙传》载:卫叔卿曾乘云车、驾白鹿去见汉武帝,以为皇帝好神仙,必加优礼。但武帝只以臣下相待,于是大失所望,飘然离去。 ⑧紫冥:青空。 ⑨"俯视"句:此诗大约是安禄山在洛阳称帝后所作。所以说洛阳平川上已经布满叛军。 ⑩豺狼:安禄山及其伪官。冠缨:官服。缨:系帽的带子。 (这首诗借游仙表现了诗人独善兼济的思想矛盾和忧国忧民的沉痛感情。)

蜀 道 难①

噫吁嚱②!危乎高哉!蜀道之难,难于上青天。蚕丛及鱼凫③,开国何茫然④。尔来四万八千岁⑤,不与秦塞通人烟⑥。西当太白有鸟道⑦,可以横绝峨眉巅⑧。地崩山摧壮士死⑨,然后天梯石栈相钩连⑩。上有六龙回日之高标⑪,下有冲波逆折之回川⑫。黄鹤之飞尚不得过,猿猱欲度愁攀援⑬。青泥何盘盘⑭,百步九折萦岩峦⑮。扪参历井仰胁息⑯,以手抚膺坐长叹⑰。问君西游何时还⑱,畏途巉岩不可攀⑲。但见悲鸟号古木⑳,雄飞雌从绕林间。又闻子规啼㉑,夜月愁空山。蜀道之难,难于上青天,使人听此凋朱颜㉒。连峰去天不盈尺,枯松倒挂倚绝壁。飞湍瀑流争喧豗㉓,砯崖转石万壑雷㉔。其险也如此,嗟尔远道之人胡为乎来哉㉕!剑阁峥嵘而崔嵬㉖,一夫当关,万夫莫开。所守或匪亲,化为狼与豺㉗。朝避猛虎㉘,夕避长蛇。磨牙吮血,杀人如麻。锦城虽云乐㉙,不如早还家。蜀道之难,难于上青天,侧身西望长咨嗟㉚!

①《蜀道难》:古乐府《相和歌·瑟调曲》名。胡震亨《唐音癸签》说:"《蜀道难》自

是古曲,梁、陈作者,止言其险,而不及其他。白则兼采张载《剑阁铭》'一人荷戟,万夫趑趄,形胜之地,匪亲弗居'等语用之。" ②噫吁(xū)嚱(xī):惊叹声。 ③蚕丛、鱼凫:都是蜀国开国的先王。 ④茫然:渺茫难详。 ⑤尔来:此来,从开国以来。 ⑥秦塞:秦的关塞,指秦地。 ⑦"西当"句:秦之西南有太白山阻挡,唯有飞鸟可以通过。太白:山名,在秦都咸阳西南。 ⑧横绝:指鸟可横度。峨眉:山名,在今四川峨眉县。 ⑨"地崩"句:《华阳国志·蜀志》:"秦惠王知蜀王好色,许嫁五女于蜀。蜀遣五丁迎之。还到梓潼,见一大蛇入穴中。一人揽其尾掣之,不禁。至五人相助,大呼拽蛇。山崩时压杀五人及秦五女并将从,而山分为五岭。" ⑩天梯:高陡的山路。石栈:山间绝险处架木筑成的栈道。 ⑪六龙:传说中驾日车的六条龙。回日:使太阳到此要迂回而过。标:原意是竖木为表记,最高部分称"标",这里指峰巅。 ⑫逆折:逆转折回。回川:旋涡。 ⑬猱(náo):一种猴子,体小而轻捷。 ⑭青泥:岭名。在今陕西略阳县西北。 ⑮萦岩峦:绕着山峰转。 ⑯参、井:二星宿名。参为蜀的分野,井为秦的分野。这句说自秦入蜀山路高峻,好像能摸到参星,擦过井宿。使人仰望要屏住呼吸。胁气:屏住气。 ⑰膺:胸。 ⑱问君西游:问友人西去游蜀。 ⑲巉岩:高峻的山岩。 ⑳号:哀叫。 ㉑子规:杜鹃鸟,蜀地最多,相传蜀帝杜宇,号望帝,死后其魂化为杜鹃。 ㉒凋朱颜:容颜失色。 ㉓湍:急流。喧豗(huī):喧闹声。 ㉔砯(pìng):水击岩石声。 ㉕胡为乎:为什么。 ㉖剑阁:大剑山与小剑山之间,一条三十里长的奇险栈道。遗迹在今四川剑阁县北。峥嵘:挺拔高峻。崔嵬:高险陡峭。 ㉗"化为"句:谓险要之地,如非朝廷亲信把守,便将变成豺狼,在此割据。以上四句化用张载《剑阁铭》中的话形容剑阁地势之险。 ㉘"朝避"四句:写蜀道行路之难,有猛虎长蛇出没。吮(shǔn):吸。 ㉙锦城:成都。 ㉚咨嗟:感叹声。 (这首诗运用神话传说和夸张的手法,描写自秦入蜀一路上壮丽奇险的山川。)

将 进 酒[①]

　　君不见黄河之水天上来,奔流到海不复回。君不见高堂明镜悲白发,朝如青丝暮成雪。人生得意须尽欢,莫使金樽空对月。天生我材必有用,千金散尽还复来。烹羊宰牛且为乐,会须一饮三百杯[②]。岑夫子,丹邱生[③],将进酒,杯莫停。与君歌一曲,请君为我侧耳听。钟鼓馔玉不足贵[④],但愿长醉不愿醒。古来圣贤皆寂寞[⑤],惟有饮者留其名。陈王昔时宴平乐[⑥],斗酒十千恣欢谑[⑦]。主人何为言少钱,径须沽取对君酌[⑧]。五花马[⑨],千金裘,呼儿将出换美酒[⑩],与尔同销万古愁。

①《将进酒》:汉《鼓吹曲·铙歌》十八曲之一。将(qiāng):请。 ②会:当。 ③岑夫子:岑勋。丹邱生:元丹邱,隐者。 ④钟鼓:富贵人家的音乐。馔(zhuàn)玉:珍

美如玉的饮食。　⑤寂寞:默默无闻。　⑥陈王:即陈思王曹植。平乐:观名。曹植《名都篇》:"归来宴平乐,美酒斗十千"。　⑦恣:纵情、欢谑:嬉戏。　⑧径须:直须,毫不犹豫。　⑨五花马:名马。一说毛色作五花纹,一说马鬃剪修为五瓣。　⑩将:拿。(这首诗以豪放的气概抒写人生短促、及时行乐的传统主题,强烈的自信中深含着怀才不遇的愁闷和政治失意的牢骚。)

行路难①

其 一

金樽清酒斗十千②,玉盘珍羞直万钱③。停杯投箸不能食④,拔剑四顾心茫然。欲渡黄河冰塞川,将登太行雪满山。闲来垂钓碧溪上⑤,忽复乘舟梦日边。行路难,行路难,多歧路,今安在?长风破浪会有时⑥,直挂云帆济沧海。

①《行路难》:乐府《杂曲歌辞》旧题。本题共三首。　②斗十千:斗酒值万钱。③珍羞:珍贵的菜肴。直:值。　④箸:筷子。　⑤"闲来"二句:谓目前归隐闲居,忽然又梦见到了皇帝身边。垂钓碧溪:传说姜太公吕尚未遇周文王时,曾在磻溪(今陕西宝鸡市东南)钓鱼。梦日边:传说伊挚将受汤命,梦见自己乘船在日月旁经过。　⑥"长风"二句:自信总有一天能乘长风破万里浪,直达沧海,实现理想。《宋书·宗悫(què)传》载,宗悫的叔叔问宗悫的志向,宗悫答道:"愿乘长风破万里浪。"　(这首诗表现前途茫然、障碍重重的苦闷,以及冲破险阻、实现理想的信心。)

长干行①

妾发初覆额②,折花门前剧③。郎骑竹马来④,绕床弄青梅。同居长干里,两小无嫌猜。十四为君妇,羞颜未尝开。低头向暗壁,千唤不一回。十五始展眉,愿同尘与灰⑤。常存抱柱信⑥,岂上望夫台。十六君远行,瞿塘滟滪堆⑦。五月不可触⑧,猿声天上哀⑨。门前迟行迹⑩,一一生绿苔。苔深不能扫,落叶秋风早。八月胡蝶黄,双飞西园草。感此伤妾心,坐愁红颜老⑪。早晚下三巴⑫,预将书报家。相迎不道远⑬,直至长风沙⑭。

①《长干行》:乐府《杂曲歌辞》旧题。长干:古金陵里巷名,在今南京市南。　②妾:女子称自己的谦辞。　③剧:游戏。　④"郎骑"二句:竹马:拿竹竿当马骑。弄青梅:古

代有用双手快速连续抛接圆球的杂耍,叫跳丸,这里可能是儿童把青梅抛来抛去做游戏。　　⑤"愿同"句:愿与丈夫同生共死,死后如尘灰一样不分离。　　⑥"常存"二句:抱柱信:《庄子·盗跖篇》说:尾生与女子约好在桥下相会,女子未来,忽涨大水,尾生怕失信,抱柱不走,被水淹死。望夫台:在忠州(四川忠县南)。传说古代有人久出不归,其妻天天在此眺望,故名。　　⑦瞿塘:长江三峡之一,在四川奉节县东。滟(yàn)滪(yù)堆:瞿塘峡口的巨大礁石。　　⑧"五月"句:阴历五月,江水暴涨,滟滪堆淹没水中,仅露小块,行船最易触礁。民谚云:"滟滪大如襆,瞿塘不可触。"　　⑨"猿声"句:南朝民歌《巴东三峡歌》:"巴东三峡巫峡长,猿鸣三声泪沾裳!"　　⑩迟行迹:指丈夫当年离家迟迟不行的足迹。　　⑪坐愁:老在忧愁。　　⑫三巴:巴郡、巴东、巴西三地。都在今四川东部。巴江流经其间,入于长江。下三巴:从三巴顺流而下,返回家园。　　⑬不道远:不说远。　　⑭长风沙:在今安徽安庆市东长江边。旧说长风沙离金陵七百里。　　(这首诗写一位少妇与她的丈夫从两小无猜到愿同生死的感情发展过程,并细腻刻画了婚后丈夫远行经商所给她带来的离别之苦。)

丁都护歌①

　　云阳上征去②,两岸饶商贾③。吴牛喘月时④,拖船一何苦。水浊不可饮,壶浆半成土。一唱《都护歌》,心摧泪如雨。万人凿盘石⑤,无由达江浒⑥。君看石芒砀⑦,掩泪悲千古⑧。

　　①《丁都护歌》:乐府《清商曲·吴声歌曲》旧题。《宋书·乐志》说:彭城内史徐逵之为鲁轨所杀,宋高祖使府内直督护丁旿收敛殡葬。逵之妻为高祖长女,呼旿至阁下,自问敛送之事。每问辄叹息说:"丁督护!"其声哀切,后人因其声制成此曲。　　②云阳:今江苏丹阳县,唐代属润州。上征:逆水上行。　　③饶:多。　　④吴牛喘月:据说吴地水牛怕热,天热时看见月亮以为是太阳,也会气喘。(见《世说新语·言语》刘孝标注)这里写天气极热的季节。　　⑤"万人"句:调动成万民工来开凿大石。盘:同"磐"。　　⑥"无由"句:无法将磐石拖到江边装船。江浒:长江边。开元中,润州刺史齐澣开凿伊娄渠,自润州直通长江。是南运河的一部分。这句所写的就是在这条运河上拖船运石的场面。　　⑦芒砀(dàng):叠韵连词,即茫荡,形容石头又大又多。一说,芒为石棱,砀为石纹。　　⑧掩泪:掩面而泣。悲千古:感叹自古以来人们战胜自然的艰难困苦。(这首诗描写南运河上纤夫们拖船运石的惨重劳役,表达了对劳动人民的深切同情。)

子夜吴歌①

其　三

　　长安一片月,万户捣衣声。秋风吹不尽,总是玉关情②。何日平胡虏,良人罢远征③?

①《子夜吴歌》:即子夜歌,属南朝乐府《吴声歌》。　②玉关情:思念征人远戍之情。　③良人:丈夫。　(这首诗表达了长安月下千家万户捣衣的妇女思念征人、渴望和平的心情。)

梦游天姥吟留别①

海客谈瀛洲②,烟涛微茫信难求③。越人语天姥,云霞明灭或可睹。天姥连天向天横,势拔五岳掩赤城④。天台四万八千丈⑤,对此欲倒东南倾⑥。我欲因之梦吴越⑦,一夜飞度镜湖月⑧。湖月照我影,送我至剡溪⑨。谢公宿处今尚在⑩,渌水荡漾清猿啼⑪。脚著谢公屐⑫,身登青云梯⑬。半壁见海日⑭,空中闻天鸡⑮。千岩万转路不定,迷花倚石忽已暝⑯。熊咆龙吟殷岩泉⑰,栗深林兮惊层巅。云青青兮欲雨,水澹澹兮生烟⑱。列缺霹雳⑲,丘峦崩摧。洞天石扉⑳,訇然中开㉑。青冥浩荡不见底㉒,日月照耀金银台㉓。霓为衣兮风为马,云之君兮纷纷而来下㉔。虎鼓瑟兮鸾回车㉕,仙之人兮列如麻。忽魂悸以魄动㉖,恍惊起而长嗟㉗。惟觉时之枕席㉘,失向来之烟霞㉙。世间行乐亦如此㉚,古来万事东流水。别君去兮何时还,且放白鹿青崖间㉛,须行即骑访名山。安能摧眉折腰事㉜权贵,使我不得开心颜。

①题一作《梦游天姥山别东鲁诸公》。天姥:山名,在今浙江嵊(shèng)州东。②海客:海上来客。瀛洲:东海中神山名。　③信:实在。求:访求。　④拔:超出。赤城:山名,在今浙江天台县北。　⑤天台:山名。在今浙江天台县北,天姥山东南。⑥"对此"句:天台山虽高,但与天姥山相对,仍显得低倾,仿佛气势被压倒了一般。⑦因之:依据越人的话。　⑧镜湖:在今浙江绍兴南。　⑨剡(shàn)溪:水名,在今浙江嵊州南。　⑩谢公宿处:谢灵运曾在这一带游历,有"暝投剡中宿,明登天姥岭"(《登临海峤初发疆中作》)的诗句。　⑪渌(lù)水:清水。　⑫谢公屐(jī):谢灵运游山时特制的一种木屐,上山时去前齿,下山时去后齿。　⑬青云梯:高入云霄的山路。谢灵运《登石门最高顶》:"惜无同怀客,共登青云梯。"　⑭半壁:半山腰。　⑮"空中"句:谓天色已明。据《述异记》说,地之东南有桃都山,上有大树名桃都,树枝之间相隔三千里,上有天鸡。日初出照到树间,天鸡先鸣,天下之鸡随之而鸣。　⑯暝:天色昏暗。⑰"熊咆"二句:熊咆龙吟之声充满层岩深林,使人惊恐战栗。殷:盛,古人常用以形容雷声,这里有震荡之意。　⑱澹澹:水波摇动貌。　⑲列缺:闪电。　⑳洞天:神仙所居洞府。扉:门扇。　㉑訇(hōng)然:大声。　㉒青冥:远空。　㉓"日月"句:洞中别有天地胜景,日月照耀着金银装饰的台阁。　㉔云之君:云神。　㉕回:回转。回车:指拉车。

㉖魂悸:梦魂惊悸。 ㉗恍:恍惚。嗟:叹息。 ㉘觉时:睡醒之时。 ㉙向来:指刚才梦中。 ㉚"世间"句:人世间的行乐也像这样一场梦。 ㉛白鹿:神仙传说中的仙人坐骑。 ㉜摧眉:低眉,低颜。事:奉事。 (这首诗在梦游天姥的奇丽仙境中,隐约寄托了诗人政治失意的苦闷,表现出不肯俯首权贵的傲骨,但也流露了人生如梦的消极情绪。)

望天门山①

天门中断楚江开②,碧水东流直北回③。两岸青山相对出④,孤帆一片日边来。

①天门山:在安徽当涂县西南,又叫梁山。西梁山与东梁山(又叫博望山)夹江对峙。 ②天门中断:天门山从中切断,分为两山,像是为江水打开大门。楚江:长江流经楚地的一段。安徽为古楚国地。 ③直北回:转向正北流去。直北:一作"至此","至北"。 ④两岸青山:指天门山。 (这首诗写天门山夹峙长江的壮美景色。)

黄鹤楼送孟浩然之广陵①

故人西辞黄鹤楼②,烟花三月下扬州③。孤帆远影碧空尽,唯见长江天际流。

①之:往。广陵:扬州。 ②西辞:下扬州是往东走,所以说西向辞别黄鹤楼。 ③烟花:形容花柳明媚,春气氤氲的佳景。 (这首诗写目送友人挂帆远去的惆怅。)

高 适

高适(700?—765),字达夫,一字仲武。渤海蓨(今河北景县)人。少时贫困,二十岁后到长安求仕不遇,浪游燕、赵、梁、宋一带。四十岁后举有道科,授封丘尉,不久辞去,在河西节度使哥舒翰幕中掌书记。安史之乱后任西川节度使等官,最后任散骑常侍。有《高常侍集》。

燕歌行①

汉家烟尘在东北②,汉将辞家破残贼。男儿本自重横行③,天子非常赐颜色④。摐金伐鼓下榆关⑤,旌旆逶迤碣石间⑥。校尉羽书飞瀚海⑦,单于猎火照狼山⑧。山川萧条极边土⑨,胡骑凭陵杂风雨⑩。战士军前半死生⑪,美人帐下犹歌舞⑫。大漠穷秋塞草衰,孤城落日斗兵稀。身当恩遇恒轻敌⑬,力尽关山未解围。铁衣远戍辛勤久,玉箸应啼别离后⑭。少妇城南欲断肠⑮,征人蓟北空回首⑯。边庭飘飖那可度⑰,绝域苍茫更何有⑱。杀气三时作阵云⑲,寒声一夜传刁斗⑳。相看白刃血纷纷,死节从来岂顾勋㉑?君不见沙场征战苦,至今犹忆李将军㉒。

①《燕歌行》:乐府《相和歌·平调曲》名。原序说:"开元二十六年,客有从御史大夫张公出塞而还者,作《燕歌行》以示适。感征戍之事,因而和焉。"张公指幽州节度使张守珪,开元二十三年(735)拜为辅国大将军、右羽林大将军,兼御史大夫。开元二十五年(737)曾破奚与契丹。二十六年(738)其部将击叛奚,先胜后败,张隐瞒败状,虚报战功。事泄后,贬括州刺史。但这首诗并不局限于写张守珪军中之事,而是概括一般的边塞战争。 ②汉家:汉朝,这里借指唐。烟尘:战争。东北:开元十年(722)至天宝初,唐与东北奚、契丹的战争持续不断。 ③横行:纵横驰骋,无所阻拦。 ④非常:特别。赐颜色:赏面子。赐予荣光。 ⑤摐(chuāng):击打。金:行军时用来节制步伐的钲。伐鼓:打鼓。榆关:即山海关。 ⑥旌旆(pèi):军中各色旗帜。旌:用羽毛装饰的旗。旆:边上镶杂色的旗。逶迤:蜿蜒不绝的样子。碣石:山名,在今河北昌黎县东北。 ⑦校尉:武官名,仅次于将军。羽书:即羽檄,紧急文书。瀚海:沙漠。这里指内蒙古东北西拉木伦河上游一带的沙漠,当时为奚族所占据。 ⑧猎火:打猎时燃起的火光。古代游牧民族在出征前常举行大规模的狩猎活动,作为军事演习。狼山:即狼居胥山,在今内蒙古克什克腾旗西北一带。 ⑨极:穷尽。 ⑩凭陵:恃势欺凌。杂风雨:形容敌人来势很猛,如风雨交加。一说:敌骑乘风雨交加时冲过来。 ⑪半死生:生者死者各半,表示伤亡惨重。 ⑫"美人"句:将帅还在军帐中观看美人歌舞,不能身先士卒。 ⑬身当恩遇:身受皇帝的恩德礼遇。恒轻敌:常常藐视敌人。 ⑭玉箸(zhù):比喻思妇的眼泪。 ⑮城南:长安城住宅区都在城南。 ⑯蓟北:泛指今河北东北部边地。 ⑰边庭:边疆。飘飖:形容长风万里。 ⑱绝域:极远之地。苍茫:迷茫空远。 ⑲三时:春、夏、秋三季。阵云:形容如墙立的阴云。 ⑳一夜:整夜。刁斗:军中巡更用的器物,屡见前注。 ㉑死节:为国捐躯的志节。勋:功勋。 ㉒李将军:指李广。据《史记·李将军列传》:李广打仗时身先士卒,平时又能和士兵同甘共苦,士兵因此乐意为他使用。(这首诗描写边塞战争紧张激烈的场面,漠北荒凉萧条的景色,揭露了军中苦乐不均,将帅骄纵荒

淫的现实,歌颂了战士们在这种艰苦的条件下依然奋勇杀敌、不图功名的高尚精神,同时对征人思妇的久别之苦深表同情,最后讽刺朝廷任用边将不得其人。)

别董大[1]

其一

千里黄云白日曛[2],北风吹雁雪纷纷。莫愁前路无知己,天下谁人不识君。

[1]董大:可能是当时著名音乐家董庭兰,他的结识颇广,行大。 [2]曛(xūn):日色昏黄。

岑参

岑参(715—770),荆州江陵(今湖北江陵)人,祖籍南阳(今河南南阳)。少时隐居嵩阳,二十岁至长安献书阙下,以后十年屡次往返于京洛间。天宝三载(744)中进士。天宝八载(749)在安西节度使高仙芝幕中掌书记,十载(751)归长安。十三载(754),又随封常清出任安西北庭节度判官。至德二载(757)入朝任右补阙。后为嘉州刺史,卒于成都。有《岑嘉州诗集》。

走马川行奉送出师西征[1]

君不见走马川行雪海边[2],平沙莽莽黄入天。轮台九月风夜吼,一川碎石大如斗,随风满地石乱走。匈奴草黄马正肥,金山西见烟尘飞[3],汉家大将西出师。将军金甲夜不脱,半夜行军戈相拨,风头如刀面如割。马毛带雪汗气蒸,五花连钱旋作冰[4],幕中草檄砚水凝[5]。虏骑闻之应胆慑[6],料知短兵不敢接[7],车师西门伫献捷[8]。

[1]天宝十三载(754),岑参任安西北庭节度判官,军府驻轮台(今新疆乌鲁木齐西北)。冬,北庭都护封常清西征播仙,岑参作此诗送行。走马川:不详。或说即左末河,距播仙城(左末城)五百里。 [2]雪海:据《新唐书·地理志》:"雪海,又三十里至碎卜戍。傍碎卜水五十里至热海。"其地在天山主峰与伊塞克湖之间。 [3]金山:即阿尔泰

山,在新疆西南部。 ④五花:五花马。详前李白《将进酒》注。连钱:良马名,色有深浅,斑驳隐约如波纹。旋作冰:马身上的汗和雪随即就结成了冰。 ⑤草檄:起草檄文。 ⑥虏骑:敌军。慑(shè):害怕。 ⑦车师:安西都护府所在地。今新疆吐鲁番附近。 ⑧伫:等候。献捷:报捷。 (这首诗写唐军在狂风呼啸的寒夜急行军的情景,歌颂了军队严明的纪律和高昂的斗志,表达了必胜的信心。)

白雪歌送武判官归京①

北风卷地白草折②,胡天八月即飞雪。忽如一夜春风来,千树万树梨花开。散入珠帘湿罗幕,狐裘不暖锦衾薄③。将军角弓不得控④,都护铁衣冷难着⑤。瀚海阑干百丈冰⑥,愁云惨淡万里凝。中军置酒饮归客⑦,胡琴琵琶与羌笛。纷纷暮雪下辕门⑧,风掣红旗冻不翻⑨。轮台东门送君去,去时雪满天山路。山回路转不见君,雪上空留马行处。

①这首诗是天宝十三载到至德元载,岑参在轮台时所作。判官:官职名。唐代节度使手下协助判处公事的幕僚。武判官:未详。 ②白草:西域草名,秋天变白。 ③锦衾(qīn):锦缎被子。 ④控:引,拉开。 ⑤都护:镇守边疆的长官,唐时设六都护府,各设大都护一人。但唐代往往尊称节度使为"都护"、"都使"。着:穿。 ⑥阑干:纵横。百丈冰:形容大沙漠上冰层之厚。 ⑦中军:主帅亲自率领的军队,这里借指主帅营帐。 ⑧辕门:军营门。古时驻军,用两车的辕木相向,交叉作为营门。 ⑨掣(chè):牵。翻:飘动。这句写军旗凝雪结冰,风吹不动。 (这首诗描写西域八月飞雪的壮丽风光,表现军中送别同僚的离愁和乡思。)

杜 甫

杜甫(712—770),字子美。祖籍襄阳,后迁居巩县(今河南巩义)。青年时代曾漫游吴越齐鲁。三十五岁到长安求仕,很不得志。此后在长安困守十年。安史之乱中,他与人民一起流亡,曾被安禄山军俘至长安,后逃出,任肃宗朝左拾遗。不久贬华州司功参军。乾元二年(759)弃官,经秦州、同谷入蜀,在成都营建草堂。两年半后因蜀中军阀混战,流亡梓州、阆州。回到成都后,被严武表为节度参谋、检校工部员外郎。严武卒后,杜甫离成都南下,次年至夔州,旅居二年。五十七岁时出川,在岳州、潭州、衡州一带漂泊。大历五年病死在湘水上,享年五十九岁。有《杜少陵集》。

杜甫一生将自己与国家的命运紧紧联系在一起,深切同情人民的苦难,执着地关怀现实政治,写下了大量忧国忧民、抨击时弊的优秀篇章,深刻反映了唐王朝由盛而衰的急剧转变,尤其是安史之乱前后广阔的社会现实,因而被称为"诗史"。他的诗歌集前代诗歌艺术之大成,形成了博大精深、沉郁顿挫的独特风格,同时又擅长各种诗体,表现变化多端。他与李白是在盛唐诗国高潮中出现的两座并峙的高峰,代表着我国古典诗歌的最高成就。

望 岳①

岱宗夫如何②?齐鲁青未了③。造化钟神秀④,阴阳割昏晓⑤。荡胸生曾云⑥,决眦入归鸟⑦。会当凌绝顶⑧,一览众山小。

①岳:东岳泰山。开元二十三年(735),杜甫到洛阳应进士试,失败后漫游齐赵(今山东、河北)一带。 ②岱宗:泰山的尊称。夫:语助词。 ③"齐鲁"句:泰山跨越齐鲁,望不尽它那青青的山色。齐:在泰山北。鲁:在泰山南。都在今山东省。 ④"造化"句:大自然在泰山聚集了所有的神奇和灵秀。钟:聚集。 ⑤"阴阳"句:山南山北明暗差别之大,有如早晨和黄昏一样判然分明,似乎是泰山将晨昏分割开来。阴:山的北面。阳:山的南面。 ⑥"荡胸"句:山中迭出的层云,激荡着心胸。 ⑦"决眦"句:目送归鸟入山,几乎睁裂了眼眶。眦(zì):眼角。决:裂开。 ⑧会当:合当,将要。凌:登上。
(这首诗写远望泰山雄伟壮丽的景色,在心中激起的凌云壮志。)

兵车行①

车辚辚②,马萧萧③,行人弓箭各在腰④。耶娘妻子走相送⑤,尘埃不见咸阳桥⑥。牵衣顿足拦道哭,哭声直上干云霄⑦。道傍过者问行人,行人但云点行频⑧。或从十五北防河⑨,便至四十西营田。去时里正与裹头⑩,归来头白还戍边。边庭流血成海水,武皇开边意未已⑪。君不闻汉家山东二百州⑫,千村万落生荆杞⑬。纵有健妇把锄犁,禾生陇亩无东西⑭。况复秦兵耐苦战⑮,被驱不异犬与鸡。长者虽有问,役夫敢伸恨?且如今年冬,未休关西卒⑯。县官急索租,租税从何出?信知生男恶⑰,反是生女好。生女犹得嫁比邻,生男埋没随百草。君不见青海头⑱,古来白骨无人收。新鬼烦冤旧鬼哭,天阴雨湿声啾啾⑲!

①这首诗的背景,一说为唐朝频频进攻吐蕃而发,一说为杨国忠天宝十载令鲜于仲通征南诏而发。从诗歌内容来看,并未局限于某一件具体史实,而是具有更高的概括性和典型意义的。　②辚(lín)辚:车声。　③萧萧:马嘶鸣声。　④行人:从军出发的人。　⑤耶娘:同"爷娘"。妻子:妻和儿女。　⑥咸阳桥:即中渭桥。故址在今陕西咸阳西南十里渭水上。　⑦干:冲。　⑧点行频:按户籍点招壮丁,征调频繁。　⑨北防河:唐朝为防吐蕃入侵,常征兵至黄河以西一带屯驻,有事作战,无事撤回。下句"西营田"意思相近。西:黄河以西。营田:屯田。　⑩里正:唐制,百户为一里,设里正即里长。裹头:古代男子用头巾束发。这句说壮丁入伍时年纪还小,还须里正给他裹头。　⑪武皇:汉武帝,借指唐玄宗。开边:以武力扩张疆土。　⑫山东:华山以东。二百州:史载华山以东州郡为二百一十七州,此举整数。　⑬荆杞(qǐ):荆棘和杞柳,杞柳是一种落叶灌木,枝条可编器物。　⑭"禾生"句:田里的庄稼长得不成行列。　⑮"况复"二句:何况秦地的兵士素来吃苦耐战,所以征调更多,像鸡犬一样被任意驱遣。　⑯关西卒:即秦兵。关西:函谷关以西。　⑰信知:确知。　⑱青海头:青海湖边,在今青海东部,唐与吐蕃经常交战的地方。　⑲啾(jiū)啾:鬼哭声。　(这首诗反映了唐王朝在天宝年间穷兵黩武、征调不止所引起的田园荒芜、赋税繁重等严重的社会问题以及人民遭受的深重苦难。)

丽人行①

三月三日天气新②,长安水边多丽人③。态浓意远淑且真④,肌理细腻骨肉匀⑤。绣罗衣裳照暮春,蹙金孔雀银麒麟⑥。头上何所有?翠为匌叶垂鬓唇⑦。背后何所见?珠压腰衱稳称身⑧。就中云幕椒房亲⑨,赐名大国虢与秦⑩。紫驼之峰出翠釜⑪,水精之盘行素鳞⑫。犀箸厌饫久未下⑬,鸾刀缕切空纷纶⑭。黄门飞鞚不动尘⑮,御厨络绎送八珍。箫鼓哀吟感鬼神,宾从杂遝实要津⑯。后来鞍马何逡巡⑰,当轩下马入锦茵⑱。杨花雪落覆白蘋⑲,青鸟飞去衔红巾。炙手可热势绝伦⑳,慎莫近前丞相嗔㉑!

①天宝十一载(752)十一月,杨国忠任右丞相兼文部尚书。这首诗大约写于次年春,当时杜甫在长安。丽人:曲江春游的贵妇人,主要指杨氏姐妹。唐玄宗宠爱杨贵妃。杨妃有姐三人,都封国夫人。　②三月三日:农历三月三,是上巳节,古代有到水边祓除不祥的风俗。开元时,长安士女多在这一天到长安城南的曲江去游赏。　③水边:指曲江和芙蓉苑一带。　④态浓:姿质艳丽。意远:神情高远不俗。淑:娴美。真:大方不做作。　⑤理:纹理。骨肉匀:胖瘦匀称。　⑥蹙(cù)金:用金线绣成花纹绉缩。蹙:嵌绣的手法。金孔雀、银麒麟:用金、银线绣在衣上的图案。　⑦翠:翡翠。匌(è)叶:鬓上的花饰。鬓唇:鬓边。　⑧衱(jié):衣后襟。这句写腰后衣襟上缀着珠宝,压在腰身上,使

衣服显得很贴身合体。 ⑨就中:其中。云幕:如云的帐幕。椒房亲:后妃亲戚。椒房:汉未央宫有椒房殿,以椒(香料)和泥涂壁,是皇后居处。可代称后妃。 ⑩"赐名"句:据《旧唐书·贵妃传》载,玄宗赐封杨贵妃大姐为韩国夫人、三姐封虢(guó)国夫人,八姐封秦国夫人。 ⑪紫驼之峰:唐代贵族所用的精美食品,有所谓"驼峰炙"。釜(fǔ):锅。 ⑫水精:水晶。素鳞:白色的鱼。 ⑬犀箸:犀牛角做的筷子。厌饫(yù):吃腻了。下:下筷子。 ⑭鸾刀:配有鸾铃的刀。缕切:切丝。空纷纶:厨师白切了这些细丝。纷:乱。纶:粗于丝者。 ⑮"黄门"二句:黄门:宦官,因供事在黄门内,所以又称黄门。鞚(kòng):马笼头。不动尘:马行既快又稳,没有扬起尘土。八珍:八种珍贵的食品。 ⑯宾从:宾客随从。杂遝(tà):众多。实要津:堵塞了交通要道。 ⑰逡巡:徘徊。这里写杨国忠大模大样地最后骑马来到。 ⑱轩:小室。锦茵:锦绣的地毯。 ⑲"杨花"二句:杨花如雪花般飘落,覆盖在水面的浮萍上。上句描写暮春景物,又暗含典故,讽刺杨国忠与虢国夫人的暧昧关系。杨花:谐杨姓。《广雅》:杨花入水化为萍。萍之大者为蘋。古人认为杨花、萍、蘋虽为三物,实为一体,这里暗喻杨国忠与虢国夫人等原是本家兄妹。又:北魏胡太后曾威逼杨白花私通,白花惧祸,降梁,改名杨华。后胡太后思念他,作《杨白华歌》,有"秋去春还双燕子,愿衔杨花入窝里"之句。这里暗刺杨氏兄妹的淫乱。下句,青鸟:西王母的使者,因西王母和汉武帝之间有交往,所以"青鸟"后来被用作男女之间的信使。红巾:妇女所用红手帕。这句写青鸟为杨氏暗通消息。 ⑳炙手可热:热得烫手。绝伦:无可伦比。这句写杨国忠权势气焰之盛。 ㉑嗔(chēn):怒视、责怪。
(这首诗写杨国忠兄妹曲江游宴的情景,讽刺他们荒淫骄纵的生活。)

自京赴奉先县咏怀五百字①

　　杜陵有布衣②,老大意转拙③。许身一何愚④,窃比稷与契⑤。居然成濩落⑥,白首甘契阔⑦。盖棺事则已⑧,此志常觊豁⑨。穷年忧黎元⑩,叹息肠内热。取笑同学翁⑪,浩歌弥激烈⑫。非无江海志⑬,潇洒送日月⑭。生逢尧舜君⑮,不忍便永诀⑯。当今廊庙具⑰,构厦岂云缺⑱。葵藿倾太阳⑲,物性固难夺⑳。顾惟蝼蚁辈㉑,但自求其穴。胡为慕大鲸㉒,辄拟偃溟渤㉓。以兹悟生理㉔,独耻事干谒㉕。兀兀遂至今㉖,忍为尘埃没㉗。终愧巢与由㉘,未能易其节㉙。沉饮聊自适,放歌破愁绝㉛。
　　岁暮百草零,疾风高冈裂。天衢阴峥嵘㉜,客子中夜发㉝。霜严衣带断,指直不能结。凌晨过骊山㉞,御榻在嵽嵲㉟。蚩尤塞寒空㊱,蹴踏崖谷滑㊲。瑶池气郁律㊳,羽林相摩戛㊴。君臣留欢娱,乐动殷胶葛㊵。赐浴皆长缨㊶,与宴非短褐㊷。彤庭所分帛㊸,本自寒女出。鞭挞其夫家,聚敛贡城阙㊹。圣人筐篚恩㊺,实欲邦国活㊻。臣如忽至理㊼,君岂弃此物?多士盈朝廷㊽,仁者宜战栗(49)。况闻内金盘(50),尽在卫霍室(51)。中堂有神仙(52),烟雾蒙玉质。煖客貂鼠裘,悲管逐清瑟(53)。劝客驼蹄羹,霜橙压香橘。朱门酒肉臭,路有冻死骨。荣枯咫尺异(54),惆怅难再述。

北辕就泾渭(55),官渡又改辙(56)。群冰从西下(57),极目高崒兀。疑是崆峒来(58),恐触天柱折。河梁幸未坼(59),枝撑声窸窣(60)。行旅相攀援(61),川广不可越。老妻寄异县(62),十口隔风雪。谁能久不顾,庶往共饥渴(63)。入门闻号咷,幼子饿已卒。吾宁舍一哀(64),里巷亦呜咽。所愧为人父,无食致夭折。岂知秋禾登,贫窭有仓卒(65)。生常免租税,名不隶征伐(66)。抚迹犹酸辛(67),平人固骚屑(68)。默思失业徒(69),因念远戍卒。忧端齐终南(70),澒洞不可掇(71)。

①这首诗作于天宝十四载(755)十一月,杜甫由长安往奉先(今陕西蒲城县)探家时。这年十月,杜甫得了右卫率府兵曹参军的官职,十一月离京探亲。恰值安禄山在此时反叛,但长安尚未证实反讯,唐玄宗和杨贵妃还在骊山华清宫避寒享乐。杜甫途经山下,忧愤交集,到家后便写成了这首长诗。 ②杜陵:汉宣帝的陵墓,在长安东南。杜甫远祖杜预是京兆杜陵人,所以常自称“京兆杜甫”、“杜陵野老”。布衣:平民百姓,没有做官的人。 ③“老大”句:自嘲年纪老大,反倒愈加变得愚拙了。拙:实为正直、诚实,相对“机巧”而言。 ④许身:自许,期望自己。 ⑤窃:私自,谦辞。稷:舜时农官。契(xiè):舜时司徒。都是贤臣。 ⑥居然:果然。濩(hù)落:大而无当。 ⑦契阔:这里指辛勤劳苦。 ⑧盖棺:身死。事:自比稷契的志向。 ⑨觊(jì)豁:希望施展。 ⑩穷年:一年到头。黎元:百姓。 ⑪取笑:招人耻笑。 ⑫弥:更。 ⑬江海志:隐遁江海的愿望。 ⑭潇洒:自由闲散。送日月:打发日子。 ⑮尧舜君:指唐玄宗。 ⑯诀:辞别。 ⑰廊庙具:朝廷的栋梁之材。廊庙:庙堂,指朝廷。具:材具。 ⑱“构厦”句:建筑大厦哪里还缺材料呢?意为满朝人才,不缺自己这样的人。厦:大房子。 ⑲葵:胡葵,亦名戎葵、卫足葵、吴葵、一丈红,系锦葵科的宿根草本。《花镜》云:“葵,阳草也,一名卫足葵,言其倾叶向阳,不令照其根也。”藿:豆叶。曹植《求通亲亲表》:“若葵藿之倾叶,太阳虽不为之回光,然终向之者,诚也。”此用其意。 ⑳物性:指葵藿倾叶向阳的天性,用以自比忠君的本性。夺:强行改变。 ㉑惟:思,或语助词。蝼蚁辈:喻目光狭小,只顾自己苟安的人们。 ㉒胡为:为什么。大鲸:喻有作为的人。 ㉓辄:每每,则。偃溟渤:在海中游息。 ㉔以兹:由此。悟生理:明白人的谋生之道。 ㉕事干谒:从事求官请谒。干:干求禄位。谒:求见显贵。干谒,即请求引荐的一种谋官途径,在唐代很盛行。 ㉖兀兀:勤苦的样子。 ㉗忍:强忍,或岂忍。 ㉘“终愧”句:谓自己不肯隐遁,愧对巢父、许由这样的古代隐者。 ㉙易:改变。其节:指自己从政的初志。 ㉚沉饮:喝醉酒。聊:姑且。自适:自我安慰。 ㉛愁绝:极愁。 ㉜天衢:天空。一说:天街,指长安。峥嵘:高峻,形容云层叠起。 ㉝客子:杜甫自指。中夜:半夜。 ㉞骊山:在今陕西临潼,距长安六十里。 ㉟御榻:皇帝的坐榻。 嵽(diè)嵲(niè):形容山高,这里指骊山。 ㊱蚩尤:古代神话传说蚩尤和黄帝交战,作大雾,这里代指雾。㊲蹴(cù):

踩。 ㊳瑶池:传说西王母宴会的地方。这里指骊山华清宫内的温泉浴池。气郁律:形容热气蒸腾。 ㊴羽林:皇帝的卫队。摩戛(jiá):武器挨挤相触。 ㊵殷:震动。胶葛:广大深远貌。司马相如《上林赋》:“张乐乎胶葛之寓。”此用其词,指乐声之响,从华清宫传出来,远近播扬。又,胶葛:亦可释为上清之气。这里指乐声在空中回响。 ㊶赐浴:皇帝赏赐在温泉洗浴。长缨:高官显贵。 ㊷与宴:参加宴会。短褐:粗布短衣。指平民。 ㊸彤庭:朝廷。彤:红色。宫殿多用朱红涂饰。 ㊹城阙:京城。 ㊺圣人:唐代官僚对皇帝的称呼。筐篚(fěi):竹器。古礼:皇帝宴会,用筐篚盛币帛赏赐群臣。《诗经·小雅·鹿鸣》序:“既饮食之,又实币帛筐篚,以将其厚意。”筐篚恩:皇帝赏赐大臣的恩德。 ㊻邦国活:安邦治国,使国家生存发展。 ㊼忽:忽视。至理:深远道理,即上文所说“实欲邦国活”。 ㊽多士:朝中许多大臣。 ㊾“仁者”句:仁者之心当为国事警惕恐惧。 ㊿内:宫中。金盘:指珍贵器皿等物。 (51)卫、霍室:汉代卫青、霍去病都是汉武帝的外戚,这里借指杨氏家族。 (52)“中堂”二句:神仙:指杨家姐妹。烟雾:形容纱罗衣裳的轻薄飘逸。玉质:洁白的身体。 (53)逐:伴随,这里指管弦乐相互伴奏。 (54)荣:指朱门的豪华。枯:指冻死骨。 (55)北辕:车向北行。就:近。泾渭:二水名,汇合于昭应县(今临潼)。 (56)官渡:公家设立的渡口。改辙:渡口改到另一条路上。 (57)“群冰”二句:群冰:一作“群水”,应以“冰”为是。黄河每年封冻前有凌汛,大量冰凌随河水流下。这两句写的就是这种景象。高崒(cù)兀:危峻的样子,形容群冰。 (58)“疑是”二句:形容群冰来自崆(kōng)峒(tóng)山(今甘肃省岷县),竟使人产生恐触天柱折的惊悸之感。天柱折:古代神话传说共工氏触不周山,天柱折,地维绝。 (59)河梁:河桥。坼(chè):裂开。 (60)窸(xī)窣(sù):桥柱摇动声。 (61)攀援:牵引、援助。 (62)异县:别县,这里指奉先。 (63)庶:希望。 (64)“吾宁”句:宁:宁可,或怎能,二解皆可通。舍一哀:抛舍一哀之礼。古代士大夫的丧礼规定,主家守灵时,每有人来祭奠,必须先哭一场,然后行礼,叫作一哀。唐代有遵《礼经》不哭丧婴的习俗,所以说舍一哀,不必见人便哭。 (65)窭(jù):贫。仓卒(cù):突然,意外,指幼子之死。 (66)隶:属。唐时官僚之家享有不纳租税、不服兵役的特权。 (67)抚迹:追抚往事。 (68)骚屑:不安。 (69)失业徒:失去产业的人。 (70)忧端:愁绪。终南:山名,在长安南。 (71)澒(hòng)洞(tóng):浩大无边。掇:收拾。 (这首诗结合杜甫个人的遭遇、感受和对人民生活的了解,表白了忧世济民的执着意愿。并通过高度的艺术概括,反映了封建社会贫富悬殊的矛盾,一针见血地指出统治阶级骄奢荒淫的生活正建立在剥削掠夺劳动人民的基础之上。同时联系他在骊山的所见所感,预示了一触即发的政治危机,倾泻出诗人无比深广的忧愤。)

春 望①

国破山河在,城春草木深。感时花溅泪②,恨别鸟惊心。烽火连三月③,家书抵万金④。白头搔更短⑤,浑欲不胜簪。

①这首诗当作于至德二载(757)春,陷居长安时。 ②"感时"二句:因感伤时事,怅恨家人离散,见春花而泪落,听鸟鸣而惊心,以致觉得花也在溅泪,鸟也在心惊。 ③连三月:接连三个月。 ④抵:值。 ⑤"白头"二句:白头越搔越短,快要连簪子都插不住了。簪(zān):用以束发连冠。 (这首诗抒写家国破亡而山河春色依旧的感叹以及在乱离中盼望家书的心情。)

石壕吏

暮投石壕村①,有吏夜捉人。老翁逾墙走②,老妇出门看。吏呼一何怒,妇啼一何苦。听妇前致辞:"三男邺城戍③。一男附书至④,二男新战死。存者且偷生,死者长已矣⑤!室中更无人,惟有乳下孙。有孙母未去,出入无完裙。老妪力虽衰,请从吏夜归。急应河阳役⑥,犹得备晨炊⑦。"夜久语声绝,如闻泣幽咽⑧。天明登前途,独与老翁别。

①石壕村:在今河南陕县东。投:投宿。 ②逾:越。 ③三男:三个儿子。 ④附书:带信。 ⑤长已矣:永远完了。 ⑥"急应"句:急去河阳的兵营服役。河阳:今河南孟州。 ⑦"犹得":还能做早饭。备:供。 ⑧泣幽咽:吞声而哭。 (这首诗写杜甫夜宿石壕村所听到的官吏半夜抓丁的情形。通过老妇被抓,反映当时民间已经无丁可征的悲惨现实。)

蜀 相①

丞相祠堂何处寻?锦官城外柏森森②。映阶碧草自春色,隔叶黄鹂空好音。三顾频烦天下计③,两朝开济老臣心④。出师未捷身先死⑤,长使英雄泪满襟!

①这首诗是上元元年(760)春杜甫游成都诸葛武侯祠时所作。蜀相:诸葛亮。这座武侯祠是五代晋李雄在成都称王时所建。 ②锦官城:成都的别称。 ③"三顾"句:诸葛亮隐居隆中(今湖北襄阳西)时,刘备曾三次访问他,商量天下大计。 ④"两朝"句:赞美诸葛亮辅佐刘备和刘禅父子两朝的忠心。开:开创大业。济:匡济国家。 ⑤"出师"句:234年诸葛亮伐魏,病死在五丈原(在今陕西宝鸡)军中。 (这首诗写武侯祠堂春色虽好、往事成空的感慨,追怀诸葛亮一生功业,为他未能实现平定中原的大志而感到无限怅恨。)

秋兴八首①

其 一

　　玉露凋伤枫树林②,巫山巫峡气萧森③。江间波浪兼天涌④,塞上风云接地阴⑤。丛菊两开他日泪⑥,孤舟一系故园心⑦。寒衣处处催刀尺⑧,白帝城高急暮砧⑨。

　　①《秋兴八首》,杜甫晚年作于夔州(今属重庆)。兴(xìng):感兴。　②玉露:白露。③巫山:在今四川巫山县东南,长江流经其中,形成巫峡,两岸绝壁,江水急湍。气萧森:气象萧瑟阴森。　④兼天涌:波浪滔天。兼:连,并。　⑤塞上:指西部边塞。　⑥"丛菊"句:菊已开过两次,泪已屡次迸落。杜甫离成都后,漂泊不定,第一年秋在云安(今四川云阳县),第二年秋在夔州。丛菊两开:指自己在漂泊中过了两个秋天。他日泪:前日泪。谓见丛菊又开,感慨如同往年,他日流过的泪禁不住又流了下来。　⑦"孤舟"句:孤舟一系在夔州,便系住了自己急于出峡归乡的心。杜甫本想早日东归,但在夔州耽搁下来,久久不能出发。系:羁留。　⑧催刀尺:催人裁剪寒衣。刀:剪刀。　⑨急暮砧(zhēn):黄昏时捣衣声更加急促。砧:捣衣石。　(这首诗写长江秋色和作者对故园的怀念,抒发了忧念国事、抑郁不安的心情。)

登　高①

　　风急天高猿啸哀,渚清沙白鸟飞回②。无边落木萧萧下③,不尽长江滚滚来。万里悲秋长作客,百年多病独登台。艰难苦恨繁霜鬓④,潦倒新停浊酒杯⑤。

　　①这首诗大约写于大历二年(767)秋,杜甫当时卧病夔州。　②渚(zhǔ):水中小洲。回:回旋。　③落木:落叶。　④"艰难"句:生活艰难,穷途抱恨,白发日见增多。⑤"潦倒"句:本来穷愁潦倒,尚可借酒排遣,偏偏最近连酒也只能停杯不饮了。杜甫晚年因肺病戒酒,所以说"新停"。　(这首诗写登高所见长江秋景,抒发诗人晚年病中悲愤凄凉的心情。)

登岳阳楼①

　　昔闻洞庭水,今上岳阳楼。吴楚东南坼②,乾坤日夜浮③。亲朋无一字,老病有孤舟。戎马关山北④,凭轩涕泗流。

①这首诗作于大历三年(768)冬。岳阳楼:湖南岳阳城西门楼,下临洞庭湖。②坼(chè):分裂。这句说吴楚二地被洞庭分开,楚在南,吴在东。 ③乾坤:天地日月。④"戎马"句:北方战事未息。这年吐蕃入侵,郭子仪带兵五万屯奉天防备。 (这首诗写登岳阳楼所见洞庭湖景象,抒发了老病漂泊、亲朋离散、战乱不止的痛苦心情。)

四、中唐诗文

元 结

元结(719—772),字次山,河南(今河南洛阳)人。天宝十二载(753)进士。安史乱起,曾以右金吾兵曹参军摄监察御史,充山南西道节度参谋,平乱有功。后任道州刺史,官至容管经略使。曾选编《箧中集》。有《元次山集》。

贼退示官吏①

昔岁逢太平,山林二十年。泉源在庭户,洞壑当门前。井税有常期②,日晏犹得眠。忽然遭世变③,数岁亲戎旃④。今来典斯郡⑤,山夷又纷然。城小贼不屠,人贫伤可怜。是以陷邻境,此州独见全。使臣将王命⑥,岂不如贼焉?今彼征敛者,迫之如火煎。谁能绝人命,以作时世贤⑦?思欲委符节⑧,引竿自刺船⑨。将家就鱼麦⑩,归老江湖边。

①诗前有序说:"癸卯岁(763),西原贼入道州,焚烧杀掠,几尽而去。明年,贼又攻永破邵,不犯此州边鄙而退。岂力能制敌欤?盖蒙其伤怜而已。诸使何为忍苦征敛?故作诗一篇以示官吏。"永州治今湖南永州。邵州治今湖南邵阳。都和道州邻近。②井税:周朝采用井田制,以共耕公田作为赋税。这里借"井税"来指赋税。 ③世变:指安史之乱以来的战乱。 ④戎旃(zhān):军帐。旃:通"毡"。 ⑤典:治理。 ⑥使臣:朝廷派来催征租庸的使臣。将:奉。 ⑦时世贤:当时世俗所谓的贤才。 ⑧委符节:弃官。 ⑨刺船:撑船。 ⑩将家:携带家眷。 (这首诗写官吏征敛急如火煎,不恤人命,连盗贼都不如。同时表白了不愿逼迫百姓,宁可罢官归隐的心情。)

刘长卿

刘长卿(709—780?),字文房,河间(今河北河间)人。开元二十一年(733)进士。曾两次下狱遭贬。官终随州刺史。有《刘随州集》。

逢雪宿芙蓉山主人①

日暮苍山远,天寒白屋贫②。柴门闻犬吠,风雪夜归人。

①芙蓉山:各地都有芙蓉山,不详所指。 ②白屋:茅屋。或说指没有任何漆饰的平民住屋。 (这首诗写风雪之夜在山中人家投宿的情景。)

钱 起

钱起(722—780),字仲文,吴兴(今浙江湖州)人。天宝进士,曾任考功郎中、翰林学士等。"大历十才子"之一。今传《钱考功集》。

省试湘灵鼓瑟①

善鼓云和瑟②,常闻帝子灵③。冯夷空自舞④,楚客不堪听⑤。苦调凄金石⑥,清音入杳冥⑦。苍梧来怨慕⑧,白芷动芳馨⑨。流水传潇浦⑩,悲风过洞庭⑪。曲终人不见,江上数峰青。

①省试:唐代科举制度,各州县选拔士子进贡京师,在尚书省考试,由礼部主持。《湘灵鼓瑟》:是作者天宝十载(751)登进士第的试题。出自《楚辞·远游》:"使湘灵鼓瑟兮"。湘灵:湘水女神,一说即舜之二妃,因舜死于苍梧而投湘水自尽,成为水神。 ②鼓:弹奏。云和:山名。《周礼》"春官大司乐":"云和之琴瑟。" ③帝子:指湘灵。 ④冯夷:水神,即河伯。《远游》:"令海若舞冯夷。" ⑤楚客:迁徙至楚地的人。不堪听:因调子悲苦而不能卒听。 ⑥"苦调"句:指瑟弹出的曲调比钟、磬一类乐器声更凄苦。金石:钟、磬等乐器。 ⑦杳冥:高远深冥之处。 ⑧苍梧:山名,又名九嶷,在湖南

宁远县,舜死于此。这句说瑟声传来怨慕苍梧的深情。　⑨白芷:一种香草。馨(xīn):散布很远的香气。这句形容音乐的意境和效果。　⑩潇浦:潇水的水口。潇水源于苍梧,这句暗示离别情调。《九歌·河伯》:"送美人兮南浦。"　⑪洞庭:湘水注入洞庭湖。这句形容湘瑟悲哀的曲调在洞庭湖上飘过。　(这首诗描写湘灵鼓瑟的哀怨情调和动人意境。)

张　继

张继(生卒年不详),字懿孙,襄州(今湖北襄阳)人。天宝十二载(753)进士。做过盐铁判官、检校祠部员外郎等。《全唐诗》编诗一卷。

枫桥夜泊①

月落乌啼霜满天,江枫渔火对愁眠②。姑苏城外寒山寺③,夜半钟声到客船④。

①枫桥:在苏州城西。　②江枫:《楚辞·招魂》:"湛湛江水兮上有枫。"渔火:夜晚捕鱼时照明的火。　③姑苏:苏州的别称,因其地有姑苏山。寒山寺:枫桥附近的一个寺院。　④夜半钟声:当时寺院有半夜敲钟的习惯。　(这首诗写夜半泊舟姑苏城外所见江景,以及遥闻钟声所引起的客愁。)

韩　翃

韩翃(hóng)(生卒年不详),字君平,南阳(今河南邓州)人。天宝十三载(754)进士。安史乱后流浪江湖,当过节度使的幕僚。德宗时任驾部郎中,知制诰,官至中书舍人。"大历十才子"之一。《全唐诗》编诗三卷。

寒　食①

春城无处不飞花,寒食东风御柳斜②。日暮汉宫传蜡烛③,轻烟散入五侯家。

①寒食:节名,在清明前两日。《荆楚岁时记》:"冬至后一百五日,谓之寒食,禁火三日。" ②御柳:御苑中的杨柳。 ③"日暮"二句:据说汉时寒食禁火,朝廷特赐王侯家蜡烛。传:传赐。五侯:汉成帝河平二年(前27),元后的五个兄弟王谭、王商、王立、王根、王逢时同一天被封为侯爵,世称五侯。后来东汉顺帝梁皇后兄梁冀为大将军,其子梁胤、叔梁让、梁淑、梁忠、梁戟皆封侯,世称梁氏五侯。这里指外戚显贵。 (这首诗写寒食节的大好春光和皇家气象。)

顾 况

顾况(727—815),字逋翁,苏州人。至德年间进士。曾任著作郎。后因作诗调谑得罪,贬饶州司户参军。后隐居茅山,号"华阳真逸"。有《华阳集》。

囝①

囝生闽方,闽吏得之,乃绝其阳②。为臧为获③,致金满屋。为髡为钳④,如视草木。天道无知,我罹其毒⑤;神道无知,彼受其福⑥。郎罢别囝:"吾悔生汝!及汝既生,人劝不举⑦。不从人言,果获是苦。"囝别郎罢,心摧血下⑧。隔地绝天,及至黄泉⑨,不得在郎罢前!

①顾况作有《上古之什补亡训传十三章》,这是第十一章。原序:"囝,哀闽也。"自注:"囝,音蹇(jiǎn)。闽俗呼子为囝,父为郎罢。"闽:今福建。 ②绝:割断。阳:男性生殖器。 ③臧、获:都是奴隶的别称。 ④髡(kūn):剃掉头发。钳:铁圈套颈。都是古代刑法,奴隶身份的标志。 ⑤我:囝自指。罹(lí):遭受。毒:毒害。 ⑥彼:指闽吏。 ⑦举:养育。 ⑧血:血泪。 ⑨"及至"句:谓一直到死。黄泉:深到见泉的黄土中,指人埋葬地下。 (这首诗揭露了当时闽中掠夺贩卖奴隶的严重社会问题。)

韦应物

韦应物(737—790?),京兆长安(今陕西西安)人。少年时做过玄宗的三卫郎。后中进士,历任滁州、江州、苏州刺史,世称"韦苏州"。有《韦苏州集》。

寄李儋、元锡①

去年花里逢君别,今日花开又一年。世事茫茫难自料,春愁黯黯独成眠。身多疾病思田里②,邑有流亡愧俸钱③。闻道欲来相问讯④,西楼望月几回圆⑤。

①这首诗大约作于苏州刺史任上。李儋(dān)、元锡:不详。作者集中赠此二人的诗不少。 ②思田里:想归乡隐逸。田里:田园乡里。 ③邑:自己管辖的地区。流亡:百姓因生活困难而离乡流亡。愧俸钱:拿了官俸,而未能使百姓安居乐业,于心有愧。④问讯:指李儋、元锡要来探望自己。 ⑤"西楼"句:意谓自己盼望了好几个月,已见西楼的月圆过好几回了。 西楼:唐代苏州有名的登临观览的楼,当时在苏州治所西南的长洲县,后改名"观风楼"。 (这首诗写自己无力使地方大治的愁闷和愧意,以及盼望友人前来探问的心情。)

滁州西涧①

独怜幽草涧边生,上有黄鹂深树鸣。春潮带雨晚来急,野渡无人舟自横②。

①德宗建中二年(781),作者出任滁州刺史。西涧:在滁州城外,俗名上马河。②野渡:荒僻的渡口。 (这首诗写滁州西涧幽冷荒野的意趣。)

卢 纶

卢纶(748—800?),字允言,河中蒲(今山西永济)人。屡举进士不第,后补阌乡尉,官至检校户部郎中。有《卢户部诗集》。

塞下曲①

其 二

林暗草惊风,将军夜引弓②。平明寻白羽③,没在石棱中④。

①题一作《和张仆射塞下曲》。 ②引弓:拉弓。 ③平明:清早。白羽:箭。 ④没:箭镞射入很深。 棱(léng):棱角,石最坚硬处。 (这首诗借李广事写将军的英武。)

其 三

月黑雁飞高①,单于夜遁逃②。欲将轻骑逐③,大雪满弓刀。

①月黑:没有月亮的夜晚,写天色阴黑,大雪将至。 ②单(chán)于(yú):匈奴君主。 ③轻骑:轻装迅疾的骑兵。 (这首诗写雪夜骑兵将要出发追击敌人的情景。)

李 益

李益(748—827),字君虞,陇西姑臧(今甘肃武威)人。大历时进士。曾任郑县尉。后弃官游燕、赵间,参佐军幕。最后官至礼部尚书。《全唐诗》编诗二卷。

夜上受降城闻笛①

回乐峰前沙似雪②,受降城外月如霜。不知何处吹芦管③,一夜征人尽望乡。

①唐代有中、东、西三个受降城。这里指灵州(今甘肃灵武县)的西受降城。 ②回乐峰:回乐县附近的山峰。回乐故城在今甘肃灵武县西南。 ③芦管:笛。 (这首诗写边塞征人月夜闻笛所引起的乡思。)

宫 怨

露湿晴花春殿香①,月明歌吹在昭阳。似将海水添宫漏②,共滴长门一夜长。

①"露湿"二句:写受宠的后妃宫中日夜欢娱的情景。昭阳:汉成帝宠妃赵昭仪所居宫殿,这里是泛指。 ②"似将"二句:失宠的后妃夜长难寐,好像宫漏中有滴不尽的海水。长门:汉宫名。汉武帝陈皇后失宠居此。泛指冷宫。宫漏:宫中滴漏计时的铜壶。(这首诗写冷宫长夜难熬的情景。)

孟 郊

孟郊(751—814),字东野,湖州武康(今浙江德清)人。四十六岁中进士,曾任溧阳尉等职,一生困顿。有《孟东野集》。

游子吟①

慈母手中线,游子身上衣。临行密密缝,意恐迟迟归。谁言寸草心②,报得三春晖③?

①自注:"迎母溧上作。"这时作者五十岁,任溧阳尉。 ②寸草心:小草嫩心,双关游子之心。 ③三春:春季三个月。晖:阳光。喻母亲的慈爱和养育之恩。 (这首诗写游子所无法报答的慈母之爱。)

洛桥晚望①

天津桥下冰初结,洛阳陌上人行绝。榆柳萧疏楼阁闲,月明直见嵩山雪②。

①洛桥:即天津桥,洛水上的一座浮桥。在今河南洛阳西南。 ②嵩山:在洛阳东南,五岳中的中岳。 (这首诗写洛桥一带冬初萧疏清冷的景致。)

韩 愈

韩愈(768—824),字退之,河内河阳(今河南孟州)人。贞元八年(792)进士。曾任监察御史,因上疏论宫市之弊并请缓征京畿灾民租税,被贬阳山(今广东阳山)令。宪宗时随宰相裴度平定淮西,迁刑部侍郎。因上表谏阻迎佛骨,贬为潮州刺史。穆宗时召为国子监祭酒,官至吏部侍郎。他主张尊儒排佛、维护国家统一,反对藩镇割据。并倡导古文运动,抵制骈俪文风,散文成就很高。有《昌黎先生集》。

山 石①

山石荦确行径微②,黄昏到寺蝙蝠飞。升堂坐阶新雨足③,芭蕉叶大支子肥④。僧言古壁佛画好,以火来照所见稀⑤。铺床拂席置羹饭,疏粝亦足饱我饥⑥。夜深静卧百虫绝⑦,清月出岭光入扉⑧。天明独去无道路⑨,出入高下穷烟霏⑩。山红涧碧纷烂漫⑪,时见松枥皆十围⑫。当流赤足蹋涧石⑬,水声激激风吹衣⑭。人生如此自可乐,岂必局束为人鞿⑮?嗟哉吾党二三子⑯,安得至老不更归⑰!

①这首诗大约作于贞元十七年(801)夏秋间,诗人游洛阳惠林寺时。 ②荦(luò)确(què):险峻不平。微:狭小。 ③升堂坐阶:先上庙中殿堂,再出来坐在台阶前看风景。新雨足:刚下透了雨。 ④支子:即栀子,常绿灌木,夏开白花,很香。 ⑤所见稀:依稀,看不清,因光线暗,只能看到局部。也可解释为稀罕、以前少见。 ⑥疏粝(lì):粗糙的饭食。 ⑦百虫绝:各种昆虫都停止了鸣叫。 ⑧扉(fēi):门。 ⑨无道路:晨雾迷茫,道路不辨。 ⑩出入高下:在山谷中出入,上上下下。穷烟霏:在烟雾中走遍了。 ⑪纷烂漫:色彩缤纷、互相辉耀。 ⑫枥(lì):同"栎",俗名柞树或麻栎,一种高大的落叶乔木。围:两手合抱为一围。 ⑬蹋:同"踏"。 ⑭激激:流水冲击涧石的声音。 ⑮局束:局促,拘束。鞿(jī):牲口笼头上的嚼子。为人鞿:为别人所控制。 ⑯吾党二三子:这是《论语》中孔子常用来称呼他门徒的话。这里指追随自己的几个朋友。 ⑰"安得"句:怎样才能到老也不用再回去。意谓愿久住这样的山林,过自由自在的生活。 (这首诗写游览惠林寺的所见所感,描绘了黄昏到入夜至黎明的清幽景色,抒写不愿在尘俗中为人羁束的心情。)

左迁蓝关示侄孙湘①

一封朝奏九重天②,夕贬潮阳路八千③。欲为圣朝除弊事,肯将衰朽惜残年④?云横秦岭家何在⑤?雪拥蓝关马不前。知汝远来应有意,好收吾骨瘴江边⑥。

①元和十四年(819),正月,宪宗命人从凤翔法门寺迎佛骨入宫供养。韩愈当时为刑部侍郎,上疏极谏其弊,触怒宪宗,被贬为潮州刺史。此诗作于赴潮州途中。左迁:贬官,古时尊右卑左。蓝关:在今陕西蓝田县东南。湘:韩愈侄老成之子,长庆进士。 ②封:谏书。九重天:宫阙。 ③潮阳:今广东潮阳,唐潮州州治所在。八千:长安到潮州的路程。 ④肯:岂肯。 ⑤秦岭:终南山。 ⑥瘴江边:潮州。当时岭南一带多瘴气。 (这首诗表现了为除时弊不惜以残年相拼的决心和勇气,同时也流露出可能老死岭南难归故乡的深切悲哀。)

早春呈水部张十八员外郎①

天街小雨润如酥②,草色遥看近却无。最是一年春好处,绝胜烟柳满皇都③。

①本题共二首,这是第一首,写于长庆三年(823)。张十八:张籍,曾任水部员外郎。 ②天街:京城中的街道。酥:酥油,从牛奶或羊奶中提取的脂肪。 ③绝胜:极佳。 (这首诗写长安早春若有若无的草色和满城烟柳的胜景。)

进 学 解①

国子先生晨入太学②,招诸生立馆下,诲之曰:"业精于勤,荒于嬉;行成于思③,毁于随。"方今圣贤相逢④,治具毕张⑤。拔去凶邪,登崇俊良⑥。占小善者率以录⑦,名一艺者无不庸⑧。爬罗剔抉⑨,刮垢磨光⑩。盖有幸而获选⑪,孰云多而不扬⑫?诸生业患不能精,无患有司之不明⑬,行患不能成,无患有司之不公。

①本文当作于元和八年(813)。《旧唐书·韩愈传》:"(愈)复为国子博士,愈自以

才高,累被摈黜,作《进学解》以自喻。执政览其文……以其有史才,改比部郎中,史馆修撰。"进学:增进学问品行。解:辨析、解释。 ②国子先生:对国子监博士(也称国子博士)的尊称,这里是韩愈自称。唐国子监(主管国家教育政令的官署)下设国子学、太学、广文馆、四门学、律学、书学、算学等七个学,各设博士。国子学的博士称国子博士。太学:这里应指国子学,因唐朝国子学和太学是分开的,而韩愈是国子学的博士。唐代国子监相当于古代的太学,所以此处是借用"太学"古称,而不是实指国子监下设的太学。 ③"行成"二句:行:品德、志行。思:思考。随:因循随俗。 ④圣贤相逢:圣君得贤臣辅佐。 ⑤治具:法令。《史记·酷吏列传》:"法令者,治之具。"毕张:尽举。完全行得通。 ⑥登崇:提拔进用。 ⑦占(zhàn)小善者:稍有一点善处的人。率以录:都得到录用。 ⑧名一艺者:能够精通一种经书,或有一技之长的人。庸:同"用"。 ⑨爬梳。罗:搜罗。剔:剔除。抉(jué)选择。均指多方搜求人才。 ⑩刮垢:刮去污垢。磨光:打磨光洁。均喻精心磨砺人才。 ⑪"盖有"句:有因侥幸而获得选拔的人。 ⑫"孰云"句:谁说有学问渊博反而不蒙提举的呢? ⑬患:忧虑,担心。有司:古代设官分职,各有专司,主管部门的官吏或官署便称为有司。明:明察。

言未既①,有笑于列者曰:"先生欺余哉②!弟子事先生③,于兹有年矣④。先生口不绝吟于六艺之文⑤,手不停披于百家之编⑥;记事者必提其要⑦,纂言者必钩其玄⑧,贪多务得⑨,细大不捐⑩。焚膏油以继晷⑪,恒兀兀以穷年⑫。先生之业,可谓勤矣。觝排异端⑬,攘斥佛老⑭;补苴罅漏⑮,张皇幽眇⑯;寻坠绪之茫茫⑰,独旁搜而远绍⑱;障百川而东之⑲,回狂澜于既倒。先生之于儒,可谓有劳矣。沉浸醲郁⑳,含英咀华㉑,作为文章,其书满家。上规姚姒㉒,浑浑无涯;周诰殷盘㉓,佶屈聱牙㉔;春秋谨严㉕,左氏浮夸㉖,易奇而法㉗,诗正而葩㉘;下逮庄骚㉙,太史所录㉚;子云相如㉛,同工异曲。先生之于文,可谓闳其中而肆其外矣㉜。少始知学,勇于敢为;长通于方㉝,左右俱宜。先生之于为人,可谓成矣㉞。然而公不见信于人,私不见助于友。跋前疐后㉟,动辄得咎㊱。暂为御史,遂窜南夷㊲。三年博士,冗不见治㊳。命与仇谋㊴,取败几时。冬暖而儿号寒,年丰而妻啼饥。头童齿豁㊵,竟死何裨㊶?不知虑此,而反教人为?"

①既:完毕。 ②欺:骗。 ③事:侍奉。 ④于兹:至今。有年:有几年了。 ⑤六艺:六经,即《诗》、《书》、《礼》、《乐》、《易》、《春秋》。 ⑥披:翻阅。百家之编:诸子百家的著作。 ⑦记事:记事的著作。要:要领。 ⑧纂言:立论的著作。钩其玄:探求深奥的道理。 ⑨贪多务得:贪图多学,务求获益。 ⑩细大不捐:无论大小都不放弃。 ⑪焚膏油:点灯燃烛。继晷(guǐ):继日。晷:日影。 ⑫恒:常常。兀(wù)兀:辛勤劳苦貌。穷年:一年到头。 ⑬觝(dǐ)排:抵制排斥。异端:相对儒家正统学说而言。 ⑭攘斥:排斥。佛老:佛家和老庄学说。 ⑮补苴(jū):填补。罅(xià)漏:裂缝。

⑯张皇:张大,引申为阐明。幽眇:深奥隐微之处。　⑰坠绪:衰落失传的儒学端绪。茫茫:远貌。这句说从遥远的历史中去寻找儒学正统的头绪。　⑱旁搜:广为搜求。远绍:远远地继承。这句与上句都是就韩愈建立道统说而言。韩愈认为儒家道统从尧、舜、禹、汤、文、武、周公、孔子传到孟子,以后就"不得其传"了。　⑲"障百川"句:堵住泛滥的百川而使之向东流。比喻长期以来佛老和各家学派流行,而韩愈要使之都归于儒。　⑳酣郁:浓厚馥郁,喻古籍中醇正的道理。　㉑含英咀华:仔细咀嚼体味文章的精华。　㉒"上规"二句:上以《虞书》、《夏书》为规范。姚:虞舜之姓。姒:夏禹之姓,这里指韩愈古文取法于《尚书》中的《虞书》和《夏书》。浑浑:深远。无涯:广大无边。　㉓周诰:《尚书·周书》中有《大诰》等篇,这里指《周书》。殷盘:《尚书》中的《盘庚》篇。　㉔佶(jí)屈聱(áo)牙:文辞艰涩难读。　㉕"春秋"句:指《春秋》笔法的谨严。　㉖"左氏"句:指《左传》铺张华美的文辞。　㉗"易奇"句:指《周易》富于变化的爻卦以及有规则的事理。　㉘"诗正"句:指《诗经》纯正的内容和华美的文采。 葩(pā):华美。　㉙下逮:下至。庄骚:《庄子》和《离骚》。　㉚"太史"句:指太史公司马迁所著《史记》。　㉛子云:扬雄。相如:司马相如。指两汉辞赋。以上十二句写韩愈作文从上古的《尚书》到六经、诸子、史传乃至西汉大赋,都能取法借鉴。　㉜闳其中:内容精深广博。肆其外:文辞波澜壮阔。　㉝长:成年。方:指为人处世之道。　㉞成:完备。　㉟跋:踏。踬(zhì):跌倒。一作"疐"。《诗经·豳风·狼跋》:"狼跋其胡,载疐其尾。"意谓进退不得。　㊱动辄得咎:动不动就得罪。　㊲遂窜南夷:指被贬阳山令。　㊳冗不见治:闲散而不见成绩和治才。见(xiàn):表现。　㊴"命与"二句:命与仇敌相合,所以屡屡自取其败。谋:合。　㊵头童:头秃。《释名·释长幼》:"山无草木者曰童。"齿豁:齿落。　㊶"竟死"句:就是到死又有什么益处? 裨(bì):补益。

　　先生曰:"吁! 子来前。夫大木为杗①,细木为桷②。欂栌侏儒③,椳阘扂楔④,各得其宜,施以成室者,匠氏之工也。玉札丹砂⑤,赤箭青芝⑥,牛溲马勃⑦,败鼓之皮⑧,俱收并蓄,待用无遗者,医师之良也。登明选公⑨,杂进巧拙⑩,纡余为妍⑪,卓荦为杰⑫,校短量长,惟器是适者⑬,宰相之方也⑭。昔者孟轲好辩⑮,孔道以明⑯。辙环天下⑰,卒老于行⑱。荀卿守正⑲,大论是弘⑳。逃谗于楚㉑,废死兰陵。是二儒者,吐辞为经㉒,举足为法,绝类离伦㉓,优入圣域㉔,其遇于世何如也! 今先生学虽勤而不繇其统㉕,言虽多而不要其中㉖,文虽奇而不济于用,行虽修而不显于众,犹且月费俸钱,岁靡廪粟㉗。子不知耕,妇不知织。乘马从徒,安坐而食。踵常途之役役㉘,窥陈编以盗窃㉙。然而圣主不加诛,宰臣不见斥,兹非其幸欤! 动而得谤,名亦随之。投闲置散,乃分之宜㉚。若夫商财贿之有亡㉛,计班资之崇庳㉜,忘己量之所称㉝,指前人之瑕疵㉞,是所谓诘匠氏之不以杙为楹㉟,而訾医师以昌阳引年㊱,欲进其豨苓也。"

①㝵(máng):栋梁。　②桷(jué):椽。　③欂(bó):壁柱。栌(lú):斗拱。《说文通训定声·豫部》:"单言曰栌,累言曰欂栌……方木,似斗形,在短柱上,供承屋栋。"侏儒:梁上短椽。　④楲(wēi):承门枢的门臼。闑(niè):门扇中间所竖的短木。扂(diàn):门闩。楔(xiè):门框两侧长木。　⑤玉札:药名,即地榆。丹砂:朱砂。　⑥赤箭:药名,即天麻。青芝:药名,又名龙芝。以上为贵药。　⑦牛溲:牛尿,一说为车前草。马勃:药名,马屁菌。可治疮。　⑧败鼓之皮:年久败坏的鼓皮,可治虫毒。以上为贱药。　⑨登明选公:提拔选用人才明察而公正。　⑩杂进巧拙:聪明、笨拙的人都得到进用。　⑪纡余为妍:指从容委折的人。妍:美。　⑫卓荦为杰:正直超拔的人。杰:杰出。　⑬"惟器"句:根据各人不同的才能给予适合的地位。　⑭"宰相"句:上述用人的种种情况,是宰相治人的术略。　⑮"昔者"句:孟轲善于辩论。《孟子·滕文公下》:"公都子曰:'外人皆称夫子好辩,敢问何也?'孟子曰:'予岂好辩哉!予不得已也。……圣王不作,诸侯放恣,处士横议,杨朱、墨翟之言盈天下。……杨、墨之道不息,孔子之道不著。……吾为此惧,闲先圣之道,距杨、墨,放淫辞,邪说者不得作。""孟轲好辩,孔道以明"二句本于此。　⑯孔道:孔子之道。以明:得以彰明。　⑰"辙环"句:孟子的车辙遍于天下。　⑱"卒老"句:最后老死在游说的道路上。行:道路。　⑲荀卿:荀子。守正:遵守正道。　⑳大论:博大的理论。弘:展开。　㉑"逃谗"二句:荀卿原在齐国当祭酒,为人谗害,遂到楚国,春申君任命他为兰陵令。春申君死,荀卿被废,住在兰陵,著数万言而卒,葬于兰陵。　㉒"吐辞"二句:出口发言便可为经典,一举一动便可为法则。　㉓"绝类"句:超出同类,无与伦比。　㉔"优入"句:学行优秀已达到圣人的境界。　㉕繇(yóu):通"由"。其统:儒家的系统。　㉖要(yāo)其中(zhòng):求中其要害。　㉗靡:耗费。廪粟:仓库里的粮食。　㉘"踵常"句:踏在别人常走的路上,劳累不休。意谓随俗行事而无特殊才能表现出来。役役:一作"促促",拘谨貌。　㉙"窥陈"句:在前人著作中窃取陈言而无创新。　㉚乃分之宜:乃是本分应当的。　㉛"若夫"句:如果谋算财货的有无。财贿:指俸禄收入。亡:通"无"。　㉜"计班"句:计较品秩的高低。计:较量。班资:品级。庳:低下。　㉝"忘已"句:忘记与自己相称的分量。㉞前人:指执政。瑕(xiá)疵(cī):指不公不明的地方。　㉟诘(jié):诘难,责问。杙(yì):小木桩。楹:柱子。　㊱"而訾"二句:訾(zī):说人坏话。昌阳:即菖蒲,久服可延年益心智。引年:延年。豨(xī)苓:即猪苓,一名狶猪屎,可利尿消肿。　(本文设为国子先生与生徒的对话,为韩愈排佛尊儒、创作古文的业绩作了形象而全面的总结,抒发了作者遭谗被贬、不受重用的牢骚,也暗寓着对执政者用人不公不明的讽刺。)

柳宗元

柳宗元(773—819),字子厚,河东(今山西运城)人。贞元九年(793)进士。又中博学宏词科,授集贤殿正字,调蓝田尉,拜监察御史。顺宗永贞年间,参加王叔文集团改革政治的活动,官礼部员外郎。宪宗即位,王叔文被贬。柳宗元也因此被贬为永州司马,十年后调柳州刺史,死于柳州,也称柳河东或柳柳州。他也是唐代古文运动的倡导者。有《柳河东集》。

登柳州城楼寄漳、汀、封、连四州刺史①

城上高楼接大荒②,海天愁思正茫茫。惊风乱飐芙蓉水③,密雨斜侵薜荔墙④。岭树重遮千里目,江流曲似九回肠。共来百越文身地⑤,犹自音书滞一乡⑥。

①这首诗作于宪宗元和十年(815),柳宗元初任柳州刺史时。漳州刺史韩泰、汀州刺史韩晔、封州刺史陈谏、连州刺史刘禹锡,因同属王叔文集团遭贬。元和十年,五人同奉诏进京,执政中有人想留用他们,由于朝中阻力太大,又被分到边远州郡当刺史。漳州:州治在今福建龙溪县。汀州:州治在今福建长汀县。封州:州治在今广东封川县。连州:州治在今广东连州。 ②大荒:海外边荒。 ③飐(zhǎn):吹动。芙蓉:荷。 ④薜(bì)荔(lì):一种蔓生灌木。这两句写夏天暴雨景象,同时暗喻政治斗争中惊风暴雨的险恶。 ⑤百越:一作"百粤",古代种族名,居住今广东一带。后泛指南方少数民族。文身:身上刺花纹,如蛟龙之形。是南方少数民族的习俗。 ⑥"犹自"句:指五人虽然都来到南方,却互相不能通音讯。 (这首诗写重贬边州的愁思,借登楼所见风狂雨暴的景象寄寓政治改革失败的感慨,抒发对故乡和刘禹锡等人的怀念之情。)

田 家①

其 二

篱落隔烟火②,农谈四邻夕③。庭际秋虫鸣,疏麻方寂历④。蚕丝尽输税,机杼空倚壁⑤。里胥夜经过⑥,鸡黍事筵席⑦。各言"官长峻⑧,文字多督责⑨。东乡后租期⑩,车毂陷泥泽⑪。公门少推恕⑫,鞭扑恣狼藉⑬。努力慎经营⑭,肌肤真可惜。"迎新在此岁⑮,惟恐踵前迹。

①本题共三首。 ②篱落:篱笆。烟火:炊烟。隔:篱笆隔开一户户人家,或隔篱可见烟火。 ③"农谈"句:农村中四邻晚上在一起聚谈。 ④疏麻:地里的麻稀疏零落。寂历:寂静冷落。 ⑤机杼:织布机。 ⑥里胥:古时乡里的职务,里正、地保之类。 ⑦"鸡黍"句:农民们杀鸡煮饭招待里胥。事:备办。 ⑧各言:里胥们各自说。峻:严

峻。　⑨文字:催租文书。督责:督促责成。　⑩后租期:延误了交租的期限。唐两税法规定,夏输不过六月,秋输不过十一月。　⑪"车毂"句:指东乡误期的原因是车子陷在泥里,路不好走。　⑫推恕:体谅宽恕。　⑬恣:任意。狼藉:散乱的样子,这里指被打得很惨。　⑭慎经营:小心筹办应交的租税。　⑮"迎新"句:指今年还要准备交纳秋季的租子。　(这首诗描写夏输刚刚结束时,里胥与农民的一场对话,揭露了官府逼租的凶残面目,以及农民们穷于应付租税的悲惨处境。)

渔　翁①

渔翁夜傍西岩宿,晓汲清湘燃楚竹②。烟消日出不见人,欸乃一声山水绿③。回看天际下中流④,岩上无心云相逐。

①这首诗当作于谪居永州(今湖南永州)时。　②湘:湘水,源于广西,流经永州。汲(jí):打水。楚:指湖南一带,古属楚地。　③欸(ǎi)乃:象声词,摇橹声。一说指唐民间渔歌《欸乃曲》,作"一声渔歌"讲,亦通。　④"回看"句:回看天边宿处,乘流直下。(这首诗写湘江渔翁依山傍水、夜宿晨行的生活情趣。)

江　雪

千山鸟飞绝,万径人踪灭。孤舟蓑笠翁①,独钓寒江雪。

①蓑笠翁:穿蓑衣戴斗笠的渔翁。　(这首诗写大雪茫茫之中渔翁独钓江心的景象。)

段太尉逸事状①(节选)

太尉始为泾州刺史时②,汾阳王以副元帅居蒲③,王子晞为尚书④,领行营节度使⑤,寓军邠州⑥,纵士卒无赖⑦。邠人偷嗜暴恶者卒以货窜名军伍中⑧,则肆志⑨,吏不得问。日群行丐取于市⑩,不嗛⑪,辄奋击折人手足,椎釜鬲瓮盎盈道上⑫,把臂徐去⑬,至撞杀孕妇人。邠宁节度使白孝德以王故⑭,戚不敢言。

太尉自州以状白府⑮,愿计事。至则曰:"天子以生人分公理⑯,公见人被暴害,因恬然,且大乱,若何?"孝德曰:"愿奉教⑰。"太尉曰:"某为泾州,甚适,少事;今不忍人无寇暴死⑱,以乱天子边事。公诚以都虞侯命某者⑲,能为公已乱⑳,使公之人不得害㉑。"孝德曰:"幸甚!"如太尉请。

既署一月㉒,晞军士十七人入市取酒,又以刃刺酒翁㉓,坏酿器,酒流沟中。太尉列卒取十七人㉔,皆断头注槊上,植市门外。晞一营大譟,尽甲㉕。孝德震恐,召太尉曰:"将奈何?"太尉曰:"无伤也,请辞于军㉖。"孝德使数十人从太尉,太尉尽辞去,解佩刀,选老躄者一人持马㉗,至晞门下。甲者出,太尉笑且入,曰:"杀一老卒,何甲也?吾戴吾头来矣!"甲者愕。因谕曰㉘:"尚书固负若属耶㉙?副元帅固负若属耶?奈何欲以乱败郭氏!为白尚书,出听我言。"晞出见太尉。太尉曰:"副元帅勋塞天地㉚,当务始终;今尚书恣卒为暴,暴且乱,乱天子边,欲谁归罪?罪且及副元帅。今邠人恶子弟以货窜名军籍中,杀害人,如不止,几日不大乱?大乱由尚书出,人皆曰尚书倚副元帅,不戢士㉛,然则郭氏功名其与存者几何㉜?"言未毕,晞再拜曰:"公幸教晞以道,恩甚大,愿奉军以从㉝。"顾叱左右曰:"皆解甲,散还火伍中㉞。敢哗者死!"太尉曰:"吾未晡食㉟,请假设草具㊱。"既食,曰:"吾疾作㊲,愿留宿门下。"命持马者去,旦日来。还卧军中。晞不解衣,戒候卒击柝卫太尉㊳。旦俱至孝德所,谢不能㊴,请改过。邠州由是无祸。

①段太尉:名秀实,字成公。汧(qiān)阳(今陕西千阳县)人。代宗大历十二年(777),积功至泾州刺史、泾原郑颖节度使。德宗建中元年(780),召为司农卿。四年,朱泚反,据长安,强迫段秀实出来做官,段痛骂朱泚,并猛然用笏击中朱泚额部,流血污面。段秀实因此被害。德宗兴元元年(784)追赠太尉。逸事状:记录散佚事迹的行状。旧时称"具死者世系、名字、爵里、行治、寿年之详"的一种文体为"状",也称"行状"。柳宗元这篇文章是送给当时在史馆任职的韩愈,供史官为段秀实立传采录的。 ②"太尉"句:段秀实始为泾州刺史,在大历十二年。泾州:治所在今甘肃省泾川县北。 ③汾阳王:指郭子仪。因平安史之乱有功,肃宗宝应元年(762),封汾阳郡王。大历十二年,兼关内、河东副元帅,河中、朔方节度使,兼领北道邠、宁、泾、原、河西通和吐蕃及朔方招抚观察使,镇河中。蒲:蒲州,河中府治,今山西永济。 ④王子晞(xī):汾阳王第三子郭晞。善骑射,从父征伐有战功。广德二年(764),吐蕃入寇,郭晞奉命率朔方军援邠州。大历中加检校工部尚书。 ⑤"领行"句:兼任郭子仪行营节度使。 ⑥邠(bīn)州:今陕西省彬州。 ⑦"纵士"句:放纵士卒横行不法。 ⑧"邠人"句:邠州人中狡猾贪婪凶恶的坏人,都使用贿赂,在军队中列上自己的名字。卒:骤然,卒然。一本作"率",大抵。货:财物。窜:掺入,混进。 ⑨"则肆"二句:就肆意为所欲为,地方官吏不敢过问。 ⑩"日群"句:每天成群结伙在街上强索财物。丐:这里是强行索讨的意思。 ⑪嗛(qiǎn):餍,满足。 ⑫椎:砸碎。釜:锅。鬲(hì):三足的烹饪器具。盎(àng):大腹敛

口的盆。⑬把臂:一本作"祖臂"。 ⑭白孝德:原为李光弼部将,广德二年为邠宁节度使。以王故:因汾阳王的缘故。 ⑮状:陈述事实的一种文书。白:禀告。府:指节度使府。 ⑯生人:生民,百姓。分公理:分给您治理。⑰愿奉教:愿听指教。 ⑱无寇暴死:没有寇暴而死。寇暴:贼寇或乱兵的残杀。 ⑲都虞侯:唐中叶后,各镇设有都虞侯,以约束军队。 ⑳已乱:止息乱子。 ㉑不得害:不受害。 ㉒署:署理,暂时担任某职。 ㉓酒翁:酿酒的技工。《资治通鉴》胡三省注:"酒翁,酿酒者也,今人呼为'酒大工'。" ㉔"太尉"三句:列卒:布置士卒。注:附着,这儿指插在槊上。槊(shuò):长矛。植:竖立。 ㉕尽甲:全都披上铠甲。 ㉖辞于军:到军中去说话。 ㉗蹩(bì):脚有病。 ㉘因谕曰:段太尉于是晓谕士兵们说。 ㉙固:有"岂"、"难道"的意思。负:对不起。若属:你们。 ㉚勋塞天地:功满天地之间。 ㉛戢(jí):约束。㉜其与存者几何:还能保存多少? 其与:虚词,"与"没有实在意义。 ㉝奉军以从:带领军队听从您的命令。 ㉞火伍:唐兵制:十人为火,五人为伍。 ㉟晡(bū)食:吃晚饭。晡:申时,下午三时至五时。 ㊱假设:代为置办。草具:粗饭。 ㊲疾作:发病。 ㊳候卒:警卫兵。击柝(tuò):打更。 ㊴谢不能:道歉说他没有治军才能。 (这篇文章记叙段秀实的三件逸事,表现了段秀实坚持正义、不畏强暴、勇于任事、志在救民的高尚精神以及刚正、慈惠、廉洁的品格,说明他最终死节是由其一生品行所决定的。这里节选的是第一件逸事。)

张　籍

张籍(768—830?),字文昌,原籍吴郡(今江苏苏州)。贞元进士。曾任太常寺太祝、水部员外郎、国子司业等。有《张司业集》。

秋　思

洛阳城里见秋风,欲作家书意万重。复恐匆匆说不尽,行人临发又开封①。

①行人:托捎家信的人。临发:临出发时。开封:又把信封打开,看有无遗漏。(这首诗借托捎家信前复又开封的一个细节写出秋天乡思之深。)

王　建

王建(生卒年不详),字仲初,颍川(今河南许昌)人。大历十年(775)进士。曾任侍御史等官职，还曾从军到边塞。晚年困苦，约卒于文宗太和末年，享年八十多岁。他的乐府诗与张籍齐名，世称"张王乐府"。有《王建诗集》。

水夫谣

苦哉生长当驿边①，官家使我牵驿船。辛苦日多乐时少，水宿沙行如海鸟②。逆风上水万斛重③，前驿迢迢波淼淼④。半夜缘堤雪和雨⑤，受他驱遣还复去。夜寒衣湿披短蓑，臆穿足裂忍痛何⑥？到明辛苦何处说，齐声腾踏牵船歌。一间茅屋何所值，父母之乡去不得。我愿此水作平田，长使水夫不怨天。

①"苦哉"句：古代水陆驿站，都强迫附近人民为驿站赶车、驾船、拉纤。所以说生长在驿边很苦。　②水宿沙行：白天在沙滩上拉纤行走，晚上在船上住宿。　③斛（hú）：古时先以十斗为斛，后又以五斗为斛。　④淼（miǎo）淼：大水渺茫无边。　⑤缘：沿。⑥臆穿：胸口给纤索磨破。　（这首诗写驿站纤夫长年在外牵船的痛苦生活。）

十五日夜望月寄杜郎中①

中庭地白树栖鸦，冷露无声湿桂花。今夜月明人尽望，不知秋思落谁家。

①十五日夜：中秋之夜。杜郎中：未详。郎中：官名，唐中央各部皆置郎中。　（这首诗写中秋夜半望月的幽静境界和动人情思。）

刘禹锡

刘禹锡(772—842)，字梦得，彭城（今江苏徐州）人。贞元进士，授监察御史。参加王叔文政治改革活动，失败后贬为朗州司马。后来做过许多任地方刺史。官终检校礼部尚书。有《刘梦得文集》。

西塞山怀古①

王濬楼船下益州②,金陵王气黯然收③。千寻铁锁沉江底④,一片降幡出石头。人世几回伤往事,山形依旧枕寒流。从今四海为家日⑤,故垒萧萧芦荻秋⑥。

①西塞山:在今湖北大冶东,是长江中游险要处,为孙吴的江防前线。怀古:凭吊古迹,追怀往事。 ②王濬(jùn):晋武帝时益州(今四川成都)刺史。受命伐吴,造楼船(战舰),从成都出发,沿江东下。 ③金陵王气:秦始皇时,相传金陵(今南京)有天子气。黯然:暗淡无光彩。收:收敛。 ④"千寻"二句:吴人为抵挡晋水军,在长江险要处装上铁锁阻挡船舰。王濬做大火炬,灌以麻油,在船前,遇锁则燃炬烧之,铁锁断绝。战舰直抵石头城(今南京)下。吴主孙皓出降,吴灭。寻:周尺,一寻为八尺。降幡(fān):投降的旗子。 ⑤"从今"句:今天已四海一家,南北统一。 ⑥"故垒"句:只有西塞山上历代割据者所修的工事旁,秋风萧瑟,芦荻丛生,显得无限凄凉。(这首诗追怀六朝第一朝孙吴灭亡的史事,感慨昔日江南割据已成历史遗迹,表达了主张统一的思想。)

石 头 城①

山围故国周遭在②,潮打空城寂寞回③。淮水东边旧时月④,夜深还过女墙来⑤。

①这是《金陵五题》的第一首。石头城:在今南京市。 ②"山围"句:六朝故都周围的青山依然存在。 ③潮:长江的潮水。 ④淮水:指秦淮河。 ⑤女墙:城上矮墙。(这首诗描写石头城夜深月照女墙的寂寞景象,抒发了六朝繁华已空的深沉感慨。)

乌 衣 巷①

朱雀桥边野草花②,乌衣巷口夕阳斜。旧时王谢堂前燕③,飞入寻常百姓家。

①乌衣巷:在金陵秦淮河南面,离朱雀桥不远。三国时,这里是孙吴守军的驻扎营地,士兵都穿乌衣,因而得名。东晋时宰相王导、谢安都曾住在这里,后来成为南朝大世

族王、谢两家的住宅区。本诗为《金陵五题》的第二首。　②朱雀桥:秦淮河上一座浮桥,东晋时叫朱雀航,面对金陵城的朱雀门。　③"旧时"二句:意谓昔日王谢大族的高堂,如今已变成了普通百姓人家。　(这首诗描写乌衣巷斜阳下燕子飞入人家栖息的情景,感叹六朝门阀贵族都已成为过去。)

白 居 易

　　白居易(772—846),字乐天,下邽(今陕西渭南)人。青年时因家贫战乱,长期在外流浪,对民间疾苦有较深的了解。贞元中进士,授秘书省校书郎,补盩厔尉。元和时曾任翰林学士、左拾遗及左赞善大夫。元和十年(815)得罪权贵,贬为江州司马,移忠州刺史。穆宗长庆间任杭州、苏州刺史等职,官至刑部尚书。晚年住在洛阳,号香山居士。

　　白居易主张发挥诗歌为政治服务的作用,批评社会现实,反映民生疾苦,反对六朝以来"嘲风雪、弄花草"的倾向。他早期所作一百多篇讽谕诗,以《秦中吟》、《新乐府》为代表,实践了他的文学理论,对中唐新乐府运动的开展和深入作出了很大的贡献。但他贬官后逐渐消沉,写了大量闲适诗。他的诗歌通俗流畅,明白易懂,在社会上流传极广,对后世的影响很大。有《白氏长庆集》。

宿紫阁山北村①

　　晨游紫阁峰,暮宿山下村。村老见余喜,为余开一樽②。举杯未及饮,暴卒来入门③。紫衣挟刀斧④,草草十余人⑤。夺我席上酒,掣我盘中飧⑥。主人退后立,敛手反如宾⑦。中庭有奇树,种来三十春。主人惜不得,持斧断其根⑧。口称采造家⑨,身属神策军⑩。主人慎勿语,中尉正承恩。

　　①这首诗是作者元和元年(806)任盩厔尉时作。紫阁山:终南山的一座山峰,在陕西周至县附近。　②樽:古代盛酒器具。　③暴卒:凶暴的神策军士兵。　④紫衣:神策军的军服。　⑤草草:乱七八糟。　⑥掣(chè):夺取。飧(sūn):晚饭。　⑦敛手:缩着手不敢动。　⑧持斧:指暴卒们。　⑨采造家:替皇帝采集木材营造宫室的人。　⑩神策军:当时的禁卫军。德宗时置左右神策军"中尉",以宦官充当。此后宦官掌握禁军,军纪极坏,作恶多端。　(这首诗大胆揭露了当时宦官纵容禁军肆意抢劫民财的罪恶。)

上阳白发人（愍怨旷也）①

上阳人，上阳人，红颜暗老白发新②。绿衣监使守宫门③，一闭上阳多少春！玄宗末岁初选入，入时十六今六十。同时采择百余人，零落年深残此身④。忆昔吞悲别亲族，扶入车中不教哭。皆云入内便承恩，脸似芙蓉胸似玉。未容君王得见面，已被杨妃遥侧目⑤。妒令潜配上阳宫⑥，一生遂向空房宿。宿空房，秋夜长。夜长无寐天不明：耿耿残灯背壁影，萧萧暗雨打窗声。春日迟⑦，日迟独坐天难暮；宫莺百啭愁厌闻，梁燕双栖老休妒⑧。莺归燕去长悄然⑨，春往秋来不记年。唯向深宫望明月，东西四五百回圆⑩。今日宫中年最老，大家遥赐尚书号⑪。小头鞋履窄衣裳⑫，青黛点眉眉细长；外人不见见应笑，天宝末年时世妆⑬。上阳人，苦最多。少亦苦，老亦苦。少苦老苦两如何？君不见昔时吕向《美人赋》⑭，又不见今日上阳宫人白发歌！

①本诗原列《新乐府》第七。此诗自注："天宝五载(746)以后，杨贵妃专宠，后宫人无复进幸矣。六宫有美色者，辄置别所，上阳是其一也。贞元中尚存焉。"上阳：东都洛阳宫名。愍：同"悯"。怨旷：指男女不能及时婚配。语出《孟子·梁惠王上》："内无怨女，外无旷夫。"白居易元和四年(809)三月有《请拣放后宫内人奏》，诗也可能作于此时。 ②红颜暗老：青春默默消逝。新：白发不断增添。 ③监使：太监，洛阳皇宫里主管宫苑的宦官。唐代内侍省下有宫闱局，设令二人，主管宫中门禁，官阶从七品，穿浅绿色官服。 ④零落：形容人陆续死亡。年深：年久。残：剩。 ⑤侧目：侧目而视，形容杨妃对她的敌意。 ⑥"妒令"句：杨妃妒其美貌，下令偷偷将她发配到洛阳上阳宫去。 ⑦春日迟：春天日长。 ⑧"梁燕"句：谓宫人到老也不要妒忌双栖的燕子，因为已没有希望婚配。 ⑨长悄然：老是悄然无声，孤单寂寞。 ⑩四五百回圆：宫人入宫已四十五年，五百多月。 ⑪大家：汉唐宫中习称皇帝为大家。遥：因皇帝远在长安。尚书号：宫中女尚书的称号。唐代宫中女官有"六尚"之职，职掌如六尚书，都是正五品官阶。 ⑫"小头"句：天宝末年，士女爱好胡人衣着，衿袖窄小。到贞元、元和年间，又流行平头小履和高头履，妇女穿宽袖长裙，画粗八字眉。 ⑬时世妆：时髦流行的装扮。 ⑭吕向《美人赋》：作者自注："天宝末有密采艳色者，当时号'花鸟使'，吕向献《美人赋》以讽之。"吕向：善书法，以献《美人赋》得官左拾遗，后与吕延济等五人注《文选》(即今传《文选》五臣注)。 （这首诗咏叹上阳白发宫人一世幽禁在冷宫中的凄苦遭遇，反映了无数宫女青春被葬送的共同命运。）

长恨歌①

汉皇重色思倾国②,御宇③多年求不得。杨家有女初长成④,养在深闺人未识。天生丽质难自弃,一朝选在君王侧。回眸一笑百媚⑤生,六宫粉黛无颜色⑥。春寒赐浴华清池⑦,温泉水滑洗凝脂⑧。侍儿⑨扶起娇无力,始是新承恩泽⑩时。云鬓花颜金步摇⑪,芙蓉帐暖度春宵。春宵苦短日高起,从此君王不早朝。承欢侍宴无闲暇,春从春游夜专夜⑫。后宫佳丽三千人,三千宠爱在一身。金屋妆成娇侍夜⑬,玉楼宴罢醉和春⑭。姊妹兄弟皆列土⑮,可怜⑯光彩生门户。遂令天下父母心,不重生男重生女。骊宫高处入青云⑰,仙乐风飘处处闻。缓歌慢舞凝丝竹⑱,尽日君王看不足。渔阳鼙鼓动地来⑲,惊破《霓裳羽衣曲》⑳。九重城阙烟尘生㉑,千乘万骑西南行㉒。翠华摇摇行复止㉓,西出都门百余里㉔。六军不发无奈何㉕,宛转蛾眉马前死㉖。花钿委地无人收㉗,翠翘金雀玉搔头㉘。君王掩面救不得,回看血泪相和流。黄埃散漫风萧索,云栈萦纡登剑阁㉙。峨嵋山下少人行㉚,旌旗无光日色薄。蜀江水碧蜀山青,圣主朝朝暮暮情。行宫见月伤心色㉛,夜雨闻铃肠断声㉜。天旋日转回龙驭㉝,到此踌躇不能去㉞。马嵬坡下泥土中,不见玉颜空死处。君臣相顾尽沾衣,东望都门信马归㉟。归来池苑皆依旧,太液芙蓉未央柳㊱。芙蓉如面柳如眉,对此如何不泪垂?春风桃李花开日,秋雨梧桐叶落时。西宫南内多秋草㊲,落叶满阶红不扫。梨园弟子白发新㊳,椒房阿监青娥老㊴。夕殿萤飞思悄然㊵,孤灯挑尽未成眠㊶。迟迟钟鼓初长夜㊷,耿耿星河欲曙天㊸。鸳鸯瓦冷霜华重㊹,翡翠衾寒谁与共㊺?悠悠生死别经年,魂魄不曾来入梦。

临邛道士鸿都客㊻,能以精诚致魂魄㊼。为感君王展转思㊽,遂教方士殷勤觅㊾。排云驭气奔如电,升天入地求之遍。上穷碧落下黄泉㊿,两处茫茫皆不见。忽闻海上有仙山,山在虚无缥缈间。楼阁玲珑五云起㊿,其中绰约多仙子㊿。中有一人字太真㊿,雪肤花貌参差是㊿。金阙西厢叩玉扃㊿,转教小玉报双成㊿。闻道汉家天子使,九华帐里梦魂惊㊿。揽衣推枕起徘徊,珠箔银屏迤逦开㊿。云鬓半偏新睡觉,花冠不整下堂来。风吹仙袂飘飘举㊿,犹似霓裳羽衣舞。玉容寂寞泪阑干㊿,梨花一枝春带雨㊿。含情凝睇谢君王㊿:"一别音容两渺茫。昭阳殿里恩爱绝㊿,蓬莱宫中日月长㊿。回头下望人寰处㊿,不见长安见烟雾。唯将旧物表深情㊿,钿合金钗寄将去㊿。钗留一股合一扇⑱,钗擘黄金合分钿。但令心似金钿坚⑲,天上人间会相见。"临别殷勤重寄词⑳,词中有誓两心知㉑:"七月七日长生殿㉒,夜半无人私语时。在天愿作比翼鸟㉓,在地愿为连理枝㉔。"天长地久有时尽㉕,此恨绵绵无绝期!

　　①这首长篇叙事诗写于元和元年十二月(807年1月)。当时白居易任盩厔尉。同时陈鸿作有《长恨歌传》,可参看。　　②汉皇:借指玄宗。倾国:美色。汉武帝乐人李延年曾在武帝前起舞唱歌,赞叹其妹的美色道:"北方有佳人,绝世而独立。一顾倾人城,再顾倾人国。……"武帝便将他妹妹召入宫中,这就是宠妃李夫人。　　③御宇:统治宇内。　　④"杨家"四句:杨玉环本是玄宗子寿王李瑁的王妃,后被玄宗看中,度为女道士,号太真,召入宫中。这里掩饰了这一事实。难自弃:难于自我埋没。　　⑤眸(móu):眼中瞳仁。　　⑥无颜色:黯然失色。　　⑦华清池:唐华清宫的温泉浴池,在骊山上。⑧凝脂:形容肌肤洁白滑润。《诗经·卫风·硕人》:"肤如凝脂。"　　⑨侍儿:侍候杨玉环沐浴的宫女。　　⑩新承恩泽:杨妃初次受到玄宗恩宠。　　⑪步摇:一种首饰,上有垂珠,行步则摇。　　⑫专夜:专宠。　　⑬金屋:《汉武故事》载:武帝幼时,他姑母将他抱在膝上,问他要不要她的女儿阿娇做妻子。他笑着答道:"若得阿娇,当以金屋贮之。"⑭醉和春:玄宗带醉入寝。　　⑮列土:封爵赐邑。　　⑯可怜:可爱,可羡。　　⑰骊宫:骊山华清宫。　　⑱凝丝竹:管弦之声聚而不散。　　⑲渔阳鼙鼓:指安禄山叛乱。渔阳:郡名,属范阳节度使管辖,在今河北蓟县一带,是安禄山叛军的出发地。　　⑳《霓裳羽衣曲》:舞曲名。传说是玄宗游月宫,暗中记住此曲,回来谱出流传的。其实是河西节度使杨敬述所献,可能经过玄宗改编。　　㉑九重:古制,皇宫有九道门。　　㉒西南行:指玄宗入蜀避难。　　㉓翠华:皇帝的旌旗仪仗,上饰翠羽。摇摇:摇摇飘扬。　　㉔"西出"句:指到了马嵬驿。　　㉕六军:古代天子六军,这里指皇帝的护从军队。　　㉖"宛转"句:陈玄礼代表将士要求玄宗诛杀贵妃,玄宗无奈,只得命高力士为她缢死。　　㉗钿(diàn):一种嵌金花的首饰。　　㉘翠翘金雀:饰翠羽的金雀钗。玉搔头:玉簪。　　㉙云栈:高入云端的栈道。萦纡:曲折环绕。剑阁:大小剑山之间的栈道名,又名剑门关。在今四川剑阁县北。　　㉚峨嵋山:在今四川峨眉山南。玄宗并未经过这里,此处泛指蜀山,渲染玄宗入蜀时的凄凉情景。　　㉛行宫:皇帝在蜀中的临时住处。　　㉜"夜雨"句:郑处诲《明皇杂录补编》:"明皇既幸蜀,西南行。初入斜谷,属霖雨涉旬,于栈道中闻铃音与山相应。上既悼念贵妃,采其声为《雨霖铃》曲,以寄恨焉。"　　㉝天旋日转:指局势转变,两京收复。回龙驭:龙驾回京。　　㉞到此:到马嵬驿。　　㉟信马:听任马自己走去。　　㊱太液:汉代宫池名。在汉代大明宫内,今长安故城西。未央:汉宫名,在今长安故城西南隅。这里泛指宫中风景依旧。　　㊲西宫:西内,即太极宫。南内:指兴庆宫。玄宗还京后先住在南内,后迁西宫。　　㊳梨园弟子:当年玄宗在梨园教练出来的乐工。　　㊴椒房:后妃居住的宫殿。阿监:宫中太监。青娥:宫女。　　㊵思悄然:忧思不语。　　㊶孤灯挑尽:挑灯无数次,灯芯燃尽。　　㊷钟鼓:报更的钟鼓声。　　㊸耿耿:明亮。　　㊹鸳鸯

瓦:成对的瓦,正反嵌合。霜华:霜花。 ㊺翡翠衾:饰以翡翠羽毛绣成的被子。 ㊻临邛(qióng):今四川邛崃市。鸿都:东汉时洛阳宫门名,借喻长安。 ㊼“能以”句:能以诚心将死者魂魄召来。 ㊽展转思:辗转反侧的思念。 ㊾方士:有法术的人。 ㊿碧落:道家对天空的称呼。 (51)五云:五色祥云。 (52)绰约:柔婉优美。 (53)太真:杨妃做女道士时的号。 (54)参差:差不多。 (55)扃(jiǒng):门户。 (56)小玉:传说是吴王夫差的小女,殉情而死。双成:董双成,传说中西王母的侍女。这里都借指太真的侍女。 (57)九华帐:花饰繁丽的帐子。《西京杂记》载汉宫后妃用具中有“九华帐”。 (58)珠箔:珠帘。屏:屏风,一作“钩”,则指帘钩。迤(yǐ)逦(lǐ):曲折连延。 (59)袂(mèi):袖。 (60)阑干:纵横。 (61)“梨花”句:形容贵妃哭时如一枝带雨的梨花。 (62)睇(dì):微看。 (63)昭阳殿:汉成帝宠妃赵昭仪住处。此处借指杨妃生前居住的宫殿。 (64)蓬莱宫:蓬莱山的仙宫,杨妃成仙后的居处。 (65)人寰处:人世。 (66)旧物:即下句所说“钿合金钗”。 (67)钿合:镶金花的盒子。 (68)“钗留”二句:将金钗和钿合分开各持一半,将来作为重见的信物。擘(bāi):通“掰”,用手分开。合分钿:将钿盒分成两半。 (69)但令:只要使。 (70)重寄词:贵妃在方士告别时重又托他捎话。 (71)两心知:只有玄宗、贵妃二人心里明白。 (72)长生殿:天宝元年(742)造,又名集灵台,是祭神的宫殿,在华清宫。 (73)比翼鸟:据说产于南方,雌雄并飞。 (74)连理枝:两株树木树干相抱,枝叶相连。 (75)有时尽:有穷尽的时候。 (这首诗根据民间传说写唐玄宗李隆基和贵妃杨玉环的恋爱悲剧,既讽刺了封建帝王的荒淫误国,又对李杨爱情的结局深表同情,这种矛盾的思想倾向引起历代学者的不同评论,对后世以李杨故事为题材的文学作品也有很大的影响。)

赋得古原草送别①

离离原上草②,一岁一枯荣。野火烧不尽,春风吹又生。远芳侵古道③,晴翠接荒城④。又送王孙去⑤,萋萋满别情。

①作者约于贞元二三年从江南来到长安。据《幽闲鼓吹》说,他当时曾以诗文谒见顾况,顾很称赞这首诗,可见是早期的作品。 ②离离:分披繁盛的样子。 ③远芳:远处的芳草。 ④晴翠:晴天翠绿的草色。 ⑤“又送”二句:语出《楚辞·招隐士》:“王孙游兮不归,春草生兮萋萋。”王孙:泛指游子。萋萋:草盛的样子。 (这首诗借赋春草表现离别之情,写出了古原草生命力顽强的性格。)

元　稹

元稹(779—831),字微之,河南(今河南洛阳)人。幼年家贫。贞元进士。早期和白居易共同提倡"新乐府"。后期热衷仕进,结交宦官,官至宰相,为时论所不满。有《元氏长庆集》。

闻乐天授江州司马①

残灯无焰影幢幢②,此夕闻君谪九江③。垂死病中惊坐起④,暗风吹雨入寒窗。

①元和十年(815),白居易因直言进谏而被贬为江州(今江西九江)司马。当时元稹为通州(今四川达县)司马,闻讯后作此诗。 ②幢(chuáng)幢:昏暗不明的样子。③九江:唐江州,隋时为九江郡。 ④"垂死"句:形容自己重病卧床,闻讯后极其震惊的情状。 (这首诗写听到白居易被贬的消息时激动悲愤的心情。)

李　绅

李绅(?—846),字公垂,润州无锡(今江苏无锡)人。元和元年(806)进士,官翰林学士,后来做过宰相。曾首创《新题乐府》二十首,惜未传。《全唐诗》录其诗四卷。

悯农二首

其　一

春种一粒粟,秋成万颗子①。四海无闲田,农夫犹饿死!

①成:一作"收"。 (这首诗写农夫终年辛劳,却不能用自己的劳动成果养活自己。)

其　二

锄禾日当午,汗滴禾下土。谁知盘中飧①,粒粒皆辛苦?

①飧(sūn):熟食。 (这首诗写盘中之食粒粒都是农民的血汗凝成。)

贾 岛

贾岛(779—843),字阆仙,范阳(今河北涿州)人。初出家为僧,名无本。后还俗,屡举进士不第,曾做过长江主簿。有《长江集》。

题李凝幽居①

闲居少邻并②,草径入荒园。鸟宿池边树,僧敲月下门。过桥分野色③,移石动云根④。暂去还来此,幽期不负言⑤。

①李凝:不详。 ②邻并:比邻,近邻。并:并排。 ③"过桥"句:一片野色为桥分开。 ④"移石"句:云生石上,石为云根,所以说移动石块,即动了云的根子。 ⑤幽期:与李凝预定聚会的期约。不负言:决不食言。 (这首诗写李凝隐居之处幽深荒寂的意趣。)

李 贺

李贺(791—817),字长吉,陇西成纪(今甘肃秦安)人,出身没落的王室贵族。终身抑郁不得志,仅做过奉礼郎,终年二十七岁。他的诗歌主要抒写不能实现理想抱负的内心苦闷,也有一些反映人民疾苦的作品。想象奇特,色彩浓烈,具有独特的艺术风格。有《李长吉歌诗》。

李凭箜篌引①

吴丝蜀桐张高秋②,空山凝云颓不流③。湘娥啼竹素女愁④,李凭中国弹箜篌⑤。昆山玉碎凤凰叫⑥,芙蓉泣露香兰笑⑦。十二门前融冷光⑧,二十三弦动紫皇⑨。女娲炼石补天处⑩,石破天惊逗秋雨。梦入神山教神妪⑪,老鱼跳波瘦蛟舞。吴质不眠倚桂树⑫,露脚斜飞湿寒兔。

①李凭:当时著名的宫廷乐师,善弹箜(kōng)篌(hóu)。箜篌:古代的一种弦乐器,

弦数因乐器大小而异,最少五弦,最多二十五弦,有竖式、卧式两类。 ②吴丝:吴地优质蚕丝作琴弦最好。蜀桐:蜀地桐木最宜制琴瑟。张:开,指弹奏。 ③"空山"句:写空山浮云为箜篌声所遏,颓然凝止不动。 ④湘娥:即湘水之神。指舜之二妃,屡见前注。素女:神女名。《史记·封禅书》:"太帝使素女鼓五十弦瑟,悲,帝禁不止,故破其瑟为二十五弦。"这句写箜篌声音调之悲哀。 ⑤中国:国中,指长安。 ⑥昆山:昆仑山,盛产玉石。玉碎,形容乐声清脆。凤叫:形容乐声如凤鸣。 ⑦芙蓉:荷花。泣露:形容乐声幽咽。兰笑:形容乐声的明丽。 ⑧十二门:长安有十二座城门。形容乐声的清冷,使人觉得长安城仿佛融在一片寒光之中。 ⑨二十三弦:《通典》:"竖箜篌,胡乐也,汉灵帝好之,体曲而长,二十有三弦,竖抱于怀中,用两手齐奏,俗谓之擘箜篌。"这句写李凭弹竖箜篌的乐声感动了天神。紫皇:天神名。 ⑩"女娲"二句:古代神话,共工氏怒触不周山,天柱折,地维缺,女娲便炼五色石补天。这句写乐声激越,震破了女娲补好的那处天空,引起一场秋雨。 ⑪"梦入"二句:《搜神记》载:晋永嘉年间,兖州出了个神妪(yù),名叫成夫人,能弹箜篌,"闻人弦歌,辄便起舞"。这里可能用此事,写李凭的箜篌将听众引入幻境,仿佛是他在神山上将这绝艺传给神妪,使鱼龙都为之感动起舞。 ⑫"吴质"二句:吴质:即吴刚,字质。传说他被罚在月中伐桂树,树创随砍随合,所以永远砍个不停。露脚:露珠滴下,像伸下脚来一样,与"雨脚"、"日脚"的说法类似。寒兔:传说月宫中有兔和蟾蜍。这二句写乐声感动得吴质倚树不眠,寒兔也听得入神,被露水浸湿。 (这首诗运用奇妙美丽的想象,描写李凭弹奏箜篌的艺术魅力。)

雁门太守行①

　　黑云压城城欲摧②,甲光向日金鳞③开。角声满天秋色里,塞上燕脂凝夜紫④。半卷红旗临易水⑤,霜重鼓寒声不起⑥。报君黄金台上意⑦,提携玉龙为君死⑧。

　　①《雁门太守行》:乐府《相和歌·瑟调曲》名。后人多用题面意思,写边塞征战之事。雁门:郡名,在今山西省大同市东北一带。 ②摧:毁。 ③甲光:铠甲迎着太阳闪出的光。日:当是指黑云裂罅中显露的日光。金鳞:铠甲闪光如金色鱼鳞。 ④"塞上"句:长城附近多紫色泥土,故曰紫塞。燕脂:胭脂,深红色。凝夜紫:在暮色中紫色更浓。燕脂、夜紫,也暗指战场凝结的血迹。 ⑤易水:在今河北易县境。 ⑥声不起:形容鼓声低沉。 ⑦黄金台:相传战国时燕昭王在易水东南筑台,上置千金,招揽人才。 ⑧玉龙:指剑。 (这首诗描写危城将破时沉重的气氛以及两军激战的惨烈景象,讴歌守将誓死报国的决心。)

金铜仙人辞汉歌①

茂陵刘郎秋风客②,夜闻马嘶晓无迹。画栏桂树悬秋香,三十六宫土花碧③。魏官牵车指千里④,东关酸风射眸子⑤。空将汉月出宫门⑥,忆君清泪如铅水⑦。衰兰送客咸阳道⑧,天若有情天亦老。携盘独出月荒凉,渭城已远波声小⑨。

①诗前原序说:"魏明帝青龙九年八月,诏宫官牵车西取汉孝武捧露盘仙人,欲立置前殿。宫官既拆盘,仙人临载,乃潸然泪下。唐诸王孙李长吉遂作《金铜仙人辞汉歌》。"按,青龙五年三月即改元景初,"九"是作者误记。捧露盘仙人:汉武帝在长安建章宫造神明台,上铸铜仙人,以掌托盘盛露水,和玉屑而饮,以求成仙。魏明帝景初元年(237)曾命人从长安拆移铜人,迁置洛阳前殿,传说铜人下泪。后因铜人太重,留在灞垒。诸王孙:李贺是唐宗室郑王的子孙。"诸王孙"与"诸侯""诸生",虽一人也可称"诸"。 ②"茂陵"二句:茂陵:汉武帝刘彻的陵墓,在陕西兴平市。秋风客:汉武帝曾作《秋风辞》,同时也含有他空求长生,终成秋风中过客的意思。夜闻马嘶:想象武帝因知铜人将被拆迁而极其不安,头天晚上显灵的情景。 ③三十六宫:汉长安有离宫别馆三十六所。土花:青苔。 ④指千里:前往千里之遥的洛阳。 ⑤东关:东边城门。酸风:催人酸鼻的风。眸子:瞳仁。 ⑥空将汉月:只有汉月相随。将:与,和。 ⑦"忆君"句:铜人忆念汉武帝的清泪像铅水般落下来。君:指汉武帝刘彻。 ⑧衰兰:衰谢的兰草。客:指铜人。咸阳:秦都城,借指长安。 ⑨渭城:咸阳附近有渭水,汉改咸阳为渭城。故址在今陕西咸阳东的渭城故城。这里借指长安。 (这首诗根据史事想象铜人被拆时辞别汉宫的悲伤情景,抒写盛衰之感,也隐约讽刺了中唐几朝皇帝迷信神仙、追求长生不老的愚妄。)

五、晚唐诗词散文

杜 牧

杜牧(803—853),字牧之,京兆万年(今陕西长安)人。宰相杜佑之孙,二十六岁中进士,做过黄州、池州、睦州刺史和司勋员外郎等,官中书舍人。是晚唐著名诗人和古文家,七绝尤为人所传诵。有《樊川文集》、冯集梧注

《樊川诗集》。

早 雁[1]

金河秋半房弦开[2],云外惊飞四散哀。仙掌月明孤影过[3],长门灯暗数声来[4]。须知胡骑纷纷在,岂逐春风一一回?莫厌潇湘少人处[5],水多菰米岸莓苔[6]。

[1]武宗会昌二年(842)八月,回纥统治者南侵,大肆掳掠,这时正是北雁即将南飞的时节。此诗以雁比北地难民,写它们受胡人惊扰南飞的凄惶情景。 [2]金河:在今内蒙古呼和浩特市南。秋半:阴历八月,秋季三个月中的第二个月。房弦开:胡人开弓射雁。 [3]仙掌:西汉长安建章宫有铜仙人,掌托承露盘。 [4]长门:西汉长安宫名。汉武帝陈皇后失宠后的居处,后泛指冷宫。孤影、数声:因是早雁,又被惊散,故云。 [5]潇湘:泛指湖南一带。相传雁飞不过湖南衡山回雁峰,春天北返。但因北地胡骑犹在,不能随春风回去,所以说莫厌潇湘人少荒凉。 [6]菰(gū):生浅水中的草本植物,果实叫菰米,嫩茎叫茭白。莓:即苔。均指雁的食物。 (这首诗写北地难民南逃、又不为朝廷所恤的悲惨处境。)

过华清宫[1]

其 一

长安回望绣成堆[2],山顶千门次第开[3]。一骑红尘妃子笑[4],无人知是荔枝来[5]。

[1]本题共三首。华清宫:见《长恨歌》注。 [2]回望:从长安回望骊山。绣成堆:形容骊山如一堆锦绣。骊山两旁有东绣岭、西绣岭。 [3]千门:骊山上宫门。次第:一个接一个。 [4]一骑(jì)红尘:一人骑着快马飞驰而来,扬起一溜尘土。妃子:指杨妃。 [5]"无人"句:据说杨妃喜欢吃荔枝,玄宗命人从四川广东乘驿马兼程运送鲜荔枝到长安,为此跑死了许多人和马,踏坏了很多庄稼。 (这首诗写唐玄宗杨贵妃在骊山骄奢靡费的生活。)

江南春绝句

千里莺啼绿映红,水村山郭酒旗风。南朝四百八十寺[1],多少楼台烟雨中。

①"南朝"句：南朝帝王贵族好佛，修建了许多寺院，建康（今南京市）尤多，据说有五百余所。这里大概指当时存留下来的数字。（这首诗写江南春雨的优美景色，隐含着追想南朝昔日繁华所引起的兴亡之感。）

泊秦淮①

烟笼寒水月笼沙②，夜泊秦淮近酒家③。商女不知亡国恨④，隔江犹唱《后庭花》⑤。

①秦淮：秦淮河，源出江苏溧水县，流经南京入长江。　②笼：笼罩。　③近酒家：秦淮河两岸多酒店，这里指泊船之处靠近酒家。　④商女：歌女。　⑤《后庭花》：《玉树后庭花》的简称。南朝陈后主所作，历来被视为亡国之音。（这首诗写夜泊秦淮听到酒家歌女唱《后庭花》的情景，反映出当时社会风气的颓荡，表现了诗人对唐王朝走向衰亡的深沉忧虑。）

李商隐

李商隐（812—858），字义山，号玉谿生，怀州河内（今河南沁阳）人。少时为令狐楚所赏识。开成二年（837）中进士。后入泾原节度使王茂元幕，并做了他的女婿。此后终身不得志，多在各地节度使幕中当书记。他的诗歌大多抒发仕途潦倒的苦闷，但也有不少作品反映当时政治的黑暗。他的爱情诗写得缠绵悱恻，历来为人所喜爱。他在诗中善用典故，构思精巧，色彩浓丽，但有时伤于隐晦难解。有《李义山诗文集》和《樊南文集补编》。

隋　宫

紫泉宫殿锁烟霞①，欲取芜城作帝家。玉玺不缘归日角②，锦帆应是到天涯。于今腐草无萤火③，终古垂杨有暮鸦④。地下若逢陈后主⑤，岂宜重问《后庭花》？

①"紫泉"二句：长安宫殿锁闭于烟霞之中，隋炀帝已打算在扬州安家了。紫泉：水

名,在长安附近,这里用来指长安。芜城:指扬州。鲍照有《芜城赋》。隋都长安,但炀帝南游扬州,大造宫殿,流连不归。　②"玉玺"二句:要不是天下归了唐高祖李渊,隋炀帝可能会乘龙舟游到天涯海角。玺(xǐ):天子的印,用玉制作。缘:因。日角:额角隆起如日,古代认为是帝王之相。这里指唐高祖。　③"于今"句:史载隋炀帝曾征集了几斛萤火虫,夜里游山时放出照明。这句说隋宫腐草中的萤火虫竟因此绝了种。　④"终古"句:炀帝开运河通扬州,沿河筑堤,堤上种植杨柳,后人称为隋堤。这句说惟有乌鸦日暮时总到隋堤杨柳中来栖宿。形容隋炀帝国破身亡后,往日的繁华已变成一片荒凉。　⑤"地下"二句:传说隋炀帝在扬州时曾梦见陈后主和他的宠妃张丽华,炀帝请张丽华舞《玉树后庭花》,舞毕,遭到陈后主的讽刺。这句说隋炀帝如果在阴间重新遇到陈后主,看他还好意思再问《后庭花》吗?意为陈后主因荒淫亡于隋,隋炀帝重蹈其覆辙,地下相逢,当无言以对。　(这首诗写隋宫的荒凉景象,讽刺炀帝因荒淫游乐而导致亡国。)

贾　生①

宣室求贤访逐臣②,贾生才调更无伦③。可怜夜半虚前席④,不问苍生问鬼神⑤。

①贾生:指贾谊。他被贬为长沙王太傅后,汉文帝曾将他召回长安,在祭祀完毕后接见他,谈论鬼神之事,一直到夜半,文帝不觉促近前席。谈完后,文帝很赞赏贾谊的才华。　②宣室:汉未央宫前正室。逐臣:被贬在外的官吏。　③才调:才情。无伦:无比。　④虚前席:徒有促近前席的这种爱贤之举。古人席地而坐,谈得投机了,不觉往前靠近,所以说"前席"。　⑤苍生:百姓。　(这首诗感慨连文帝那样的明君求贤,所关心的也只是鬼神而不是百姓,贤者的才能当然无法用于经邦治国,救济苍生。)

无　题①

相见时难别亦难,东风无力百花残。春蚕到死丝方尽②,蜡炬成灰泪始干。晓镜但愁云鬓改③,夜吟应觉月光寒④。蓬山此去无多路⑤,青鸟殷勤为探看⑥。

①李商隐《无题》诗共十六首(一说十七首),不是一时之作,多写爱情,有的可能有寄托。　②"春蚕"二句:用春蚕吐丝、蜡烛燃烧来形容自己至死不能断绝的思恋和爱情煎熬的痛苦。丝:双关语,隐"相思"的"思"。　③"晓镜"句:晨起对镜,但愁鬓发变白,

青春虚度。云鬟:形容鬟发浓软如云。 ④"夜吟"句:形容月夜独自沉吟的清冷光景。 ⑤蓬山:蓬莱山,道教传说中神仙居住的地方,喻对方所在。 ⑥青鸟:神话中西王母派去探望汉武帝的信使,后因借称爱情信使为青鸟。 (这首诗写热恋之人离别的痛苦。)

锦 瑟①

锦瑟无端五十弦②,一弦一柱思华年③。庄生晓梦迷蝴蝶④,望帝春心托杜鹃⑤。沧海月明珠有泪⑥,蓝田日暖玉生烟⑦。此情可待成追忆⑧,只是当时已惘然。

①这首诗历来众说纷纭,难以确解。有的认为是诗人晚年对自己一生的总结;有的认为是悼亡诗,怀念其亡妻王氏;或是怀念其青年时所爱恋的一位女道士。有的认为是追悼已故宰相李德裕。锦瑟:形容瑟的精美。瑟:古代的一种乐器。 ②无端:无缘无故。五十弦:古瑟有五十弦。这句是责怪锦瑟弦多调悲的痴语。 ③华年:年华。
④"庄生"句:《庄子·齐物论》说,一次庄子梦见自己化为蝴蝶,觉得自己真就是蝴蝶了。不久醒来,又觉得自己真是庄子,说这就叫"物化"。这句形容自己经过重大的人生变故,犹如庄生梦蝶一样,令人迷惘。 ⑤"望帝"句:周末蜀王杜宇,号望帝,相传他死后魂魄化为啼血的杜鹃鸟。这句写死生变化所引起的怨恨和悲痛。 ⑥"沧海"句:相传南海中有鲛人,住在水中,不废机织,哭泣出珠。 ⑦"蓝田"句:蓝田:山名,在今陕西蓝田县东南,出美玉,又名玉山。玉生烟:《搜神记》载,吴王夫差小女紫玉和童子韩重相爱,未能结合,紫玉气结而死。后来韩重到她墓前祭吊,紫玉显形,韩重想拥抱她,她却像烟一样地消失了。一说,蓝田日暖,良玉生烟,都是写一种可望而不可即的景象,形容追忆往事的迷惘之感。 ⑧"此情"二句:此情哪堪再去追忆?就是在当时便已感到惘然了。

皮 日 休

皮日休(生卒年未详),字袭美,一字逸少,竟陵(今湖北天门)人。咸通八年(867)进士,做过著作郎、太常博士等。后曾参加黄巢起义。有《皮子文薮》。《全唐诗》录其诗九卷。

读"司马法"①

古之取天下也以民心,今之取天下也以民命。

唐虞尚仁,天下之民,从而帝之②。不曰取天下以民心者乎?汉魏尚权③,驱赤子于利刃之下④,争寸土于百战之内。由士为诸侯,由诸侯为天子,非兵不能威,非战不能服。不曰取天下以民命者乎?

由是编之为术⑤。术愈精而杀人愈多,法益切而害物益甚⑥。呜呼,其亦不仁矣!

蚩蚩之类⑦,不敢惜死者,上惧乎刑,次贪乎赏。民之于君,由子也⑧。何异乎父欲杀其子,先给以威,后啖以利哉⑨?

孟子曰:"'我善为阵⑩,我善为战',大罪也!"使后之士于民有是者⑪,虽不得土⑫,吾以为犹土焉。

①司马法:即《司马穰苴兵法》。《史记·司马穰苴列传》:"齐威王使大夫追论古者司马兵法,而附穰苴于其中,因号曰《司马穰苴兵法》。"后世简称为《司马法》。 ②帝之:尊之为帝。 ③权:权力。 ④赤子:婴儿,喻人民。 ⑤编之为术:把用兵作战的经验编为兵法。 ⑥切:切于实用。 ⑦蚩蚩之类:忠厚的士兵们。蚩蚩:忠实貌。 ⑧由:通"犹",犹同。 ⑨啖(dàn):引诱。 ⑩"我善为阵"三句:见《孟子·尽心下》。 ⑪"使后"句:如果后世之士对待人民有像孟子这样的想法。 ⑫"虽不"二句:即使他没有得到土地,我认为和获得土地是一样的。 (这篇文章主张取天下以民心,而不是靠牺牲百姓的生命来夺取统治地位,反映了作者的民本思想和实行仁政的主张。在动乱的晚唐时代有其现实意义。)

陆龟蒙

陆龟蒙(?—881?),字鲁望,吴郡(今江苏苏州)人。举进士不第,长期隐居甫里,自号江湖散人、甫里先生。诗文与皮日休齐名,并称"皮陆"。有《笠泽丛书》、《甫里先生集》。

野庙碑①(并诗)

碑者,悲也。古者悬而窆②,用木,后人书之,以表其功德,因留之不忍去,碑之名由是而得。自秦汉以降,生而有功德政事者,亦碑之;而又易之以石,失其称矣③。余之碑野庙也,非有政事功德可纪,直悲夫氓竭其力④,以奉无名之土木而已矣⑤!

瓯越间好事鬼⑥,山椒水滨多淫祀⑦,其庙貌有雄而毅、黝而硕者⑧,则曰将军;有温而愿、晳而少者⑨,则曰某郎;有媪而尊严者,则曰姥;有妇容而艳者⑩,则曰姑。其居处,则敞之以庭堂,峻之以阶级⑪;左右老木,攒植森拱⑫;萝茑翳于上⑬,枭鸮室其间,车马徒隶⑭,丛杂怪状;氓作之⑮,氓怖之,走畏恐后。大者椎牛⑯,次者击豕,小不下犬鸡。鱼菽之荐⑰,牲酒之奠,缺于家可也,缺于神不可。一日懈怠,祸亦随作。耄孺畜牧栗栗然⑱。疾病死丧,氓不曰适丁其时耶⑲,而自惑其生⑳,悉归之于神。

虽然,若以古言之,则戾㉑;以今言之,则庶乎神之不足过也㉒。何者?岂不以生能御大灾㉓,捍大患;其死也㉔,则血食于生人。无名之土木,不当与御灾捍患者为比。是戾于古也,明矣!今之雄毅而硕者有之,温愿而少者有之。升阶级,坐堂筵,耳弦匏㉕,口梁肉,载车马,拥徒隶者,皆是也。解民之悬㉖,清民之喝,未尝忾于胸中。民之当奉者,一日懈怠,则发悍吏,肆淫刑,欧之以就事㉗。较神之祸福,孰为轻重哉?平居无事,指为贤良,一旦有大夫之忧㉘,当报国之日,则佪挠脆怯㉙,颠踬窜踣㉚,乞为囚虏之不暇。此乃缨弁言语之土木㉛,又何责其真土木邪?故曰:以今言之,则庶乎神之不足过也。

既而为诗,以纪其末㉜:

土木其形,窃吾民之酒牲,固无以名;土木其智,窃吾君之禄位,如何可仪㉝!禄位顾顾㉞,酒牲甚微,神之飨也,孰云其非?视吾之碑,知斯文之孔悲㉟!

①碑:刻石的文字,称为碑文,文体中的一种。野庙:不知名的神庙。 ②悬而窆(biǎn):古时下葬,凿大木为丰碑,形如石碑,树在外棺前后四角上,中间设以辘轳,用绳子绕在上面,用来引棺下穴。窆:落葬下棺。臣子追述君父功德,就写在木碑上。后人沿袭这种做法,将碑建在道路口或显眼之处,将上面的文字称为碑。 ③失其称矣:秦汉以来在山上刻石纪念功德,就与原来的本义不相称了。 ④氓(máng):农民。 ⑤土木:土木雕塑的偶像。 ⑥瓯(ōu)越:今浙江东南地带。汉初东越王摇以瓯(今浙江永嘉县)为都,地濒瓯江,世称瓯越。 ⑦山椒:山顶。淫祀:滥祀,指不载在祀典的祭祀。 ⑧黝(yǒu):黑。硕:大。 ⑨温而愿(yuàn):温和谨善。晳(xī)而少:洁白年少。 ⑩"有妇"句:一作"有妇而容艳者"。 ⑪"峻之"句:将升入神殿的阶级造得很高。 ⑫攒植:簇聚竖立。森拱:森立拱卫。 ⑬"萝茑"二句:萝茑,泛指能爬蔓的植物。茑:落叶小乔木,茎能爬蔓。枭鸮(xiāo):即鸱鸮,猫头鹰类鸟。室其间:在树上作窠。 ⑭"车马"二句:神庙两廊还陈列着神用的车马和供神役使的鬼卒。杂七杂八,奇形怪状。 ⑮"氓作之"三句:农民造了这些神庙,又害怕它们,奔走唯恐落后。 ⑯"大者"二句:大的杀牛以祭,其次杀猪。豕(shǐ):猪。 ⑰"鱼菽"二句:平时鱼和豆类的进奉,

牲口酒食的祭祀。菽:豆的总称。荐:进奉。奠:以酒食祀神。 ⑱耄(mào):老人。《礼记·曲礼上》:"八十、九十曰耄。"孺:孩童。畜牧:饲养牛羊鸡豕以供祭祀。栗栗然:恐惧的样子。 ⑲适丁其时:恰巧碰到那个时候。 ⑳自惑其生:不明白人生疾病丧亡的道理。 ㉑戾(lì):乖戾,不合事理。 ㉒庶乎:庶几乎,近似,大概。神之不足过:不足以对神加以责怪。 ㉓"岂不"二句:谓古时候被祭的神活着能替人解除灾难。㉔"其死"二句:他们死了后,自然被人民所奉祀。血食:以牲祭神。 ㉕弦:弦乐器。匏(páo):笙竽一类乐器。 ㉖"解民"三句:指这些官吏胸中从来没有产生过为人民解除痛苦的念头。解悬:《孟子·公孙丑上》:"当今之时,万乘之国行仁政,民之悦之,犹解倒悬也。"暍(yè):中暑。怵:怵惕。一作"贮"。 ㉗敺:"驱"的异体字。就事:指奉事官府。 ㉘大夫之忧:国家发生危难。大夫:人臣。忧念国事是人臣的职责。 ㉙徇挠:懦弱屈服。脆怯:脆弱胆怯。 ㉚颠踬(zhì):倾仆。窜踣(bó):狼狈逃窜。 ㉛"此乃"句:这是戴着冠带会说话的土人木偶。缨:冠带。弁:冠。缨弁:官吏的服饰。 ㉜以纪其末:将诗记于碑文末尾。 ㉝可仪:作为仪法。 ㉞颀(qí)颀:佳。《玉篇》:"颀颀然,佳也。" ㉟孔悲:甚悲。这节诗的意思是说:那些外形为土人木偶的野庙之神,窃取百姓的酒牲,固然无法给他们正名。那些才智和土人木偶一样的官吏,窃取皇帝给予的禄位,又怎能为人所取法?禄位是何等美好,而酒牲则微不足道。那么让野庙之神享用一点酒牲,谁还能说不对? (这篇文章批评瓯越百姓供奉野庙无名之神的愚昧。同时又指出,这种愚昧比起供奉各级官吏来又算不了什么。进而把各级官吏比作窃取百姓酒牲和朝廷禄位的土人木偶,辛辣地讽刺了那些只会祸国殃民的贪官污吏。)

杜荀鹤

杜荀鹤(846—907),字彦之,池州石埭(今安徽石台县)人。昭宗大顺二年(891)进士。入梁,为翰林学士。有《唐风集》。

山中寡妇

夫因兵死守蓬茅①,麻苎衣衫鬓发焦②。桑柘废来犹纳税③,田园荒后尚征苗。时挑野菜和根煮,旋斫生柴带叶烧④。任是深山更深处,也应无计避征徭⑤。

①蓬茅:茅屋。 ②麻苎(zhù):苎麻,多年生草,皮之纤维可劈作丝制线和布。 ③柘(zhè):常绿灌木,叶圆而尖,可喂蚕。 ④斫(zhuó):砍。旋(xuàn)斫:即旋(现)

烧旋(现)砍。旋:副词,临时(去砍柴)。　⑤征徭:赋税徭役。　(这首诗写逃入深山仍无计可避征徭的寡妇所过的艰难生活。)

罗　隐

　　罗隐(833—909),字昭谏,新登(今浙江富阳)人,一说余杭(今浙江杭州)人。原名横,因写作《谗书》讥讽时事,触犯权贵,十次应进士不第,遂改名为隐。晚年投奔吴越王钱镠,官至谏议大夫。有《罗昭谏集》,《全唐诗》编诗十一卷。

英雄之言①

　　物之所以有韬晦者②,防乎盗也。故人亦然。
　　夫盗亦人也,冠履焉,衣服焉;其所以异者,退逊之心,正廉之节③,不常其性耳。
　　视玉帛而取之者,则曰,牵于寒饿;视家国而取之者,则曰,救彼涂炭④。牵于寒饿者,无得而言矣⑤;救彼涂炭者,则宜以百姓心为心。而西刘则曰⑥:"居宜如是!"楚籍则曰⑦:"可取而代!"意彼未必无退逊之心,正廉之节,盖以视其靡曼骄崇⑧,然后生其谋耳。
　　为英雄者犹若是,况常人乎?是以峻宇逸游⑨,不为人所窥者,鲜也。

①本文见于《谗书》。《谗书》是罗隐抒写杂感的一部小品文集,编成于唐懿宗咸通八年(867)正月。鲁迅曾说:"罗隐的《谗书》,几乎全部是抗争和愤激之谈。"(《南腔北调集·小品文的危机》)　②韬晦:隐蔽。　③正廉之节:端正廉洁的操守。　④救彼涂炭:救人民于涂炭之中。涂:污泥。炭:炭火,比喻困苦的境地。　⑤无得而言矣:没什么可说的了。　⑥"而西刘"句:《史记·高祖本纪》:"高祖常由咸阳,纵观,观秦皇帝,喟然太息曰:'嗟乎!大丈夫当如此也!'"西刘:秦末楚汉相争,楚在东,汉在西,所以称刘邦为西刘。　⑦"楚籍"句:《史记·项羽本纪》:"秦始皇帝游会稽,渡浙江,(项)梁与(项)籍俱观,籍曰:'彼可取而代也!'"项羽名籍,称西楚霸王,所以称"楚籍"。　⑧靡曼:细理弱肌,美色。骄崇:骄矜,高贵。　⑨峻宇:高大的屋宇。逸游:放纵的游乐。(这篇文章以刘邦、项羽这两个英雄的话作为例证,揭穿了历史上以"救民涂炭"为号召的窃国大盗的真面目。)

温庭筠

温庭筠(812—870?),原名岐,字飞卿,太原(今山西太原)人。一生不得志,生活放荡不羁。晚年任方城尉和国子助教。诗与李商隐齐名,但成就不如李。有《温庭筠诗集》,又名《金荃集》。

商山早行①

晨起动征铎②,客行悲故乡。鸡声茅店月,人迹板桥霜。槲叶落山路③,枳花明驿墙④。因思杜陵梦⑤,凫雁满回塘⑥。

①商山:在今陕西商县东南。 ②动征铎:运行车马的铃铎响了。 ③槲(xiè):松櫧,松心木。 ④枳(zhǐ):枳树,似橘而小,春天开白花,果实叫枳实。明驿墙:鲜艳地开在驿站墙边。 ⑤杜陵:汉宣帝陵墓,在今西安东南,其地秦时为杜县,故称杜陵。这里写回忆长安,恍如梦中。 ⑥凫(fú):野鸭。回塘:曲折的湖塘,这句写眼前所见。(这首诗写清晨从商山客店出发的情景。)

菩萨蛮①

小山重叠金明灭②,鬓云欲度香腮雪③。懒起画蛾眉,弄妆梳洗迟。照花前后镜,花面交相映④。新帖绣罗襦⑤,双双金鹧鸪。

①菩萨蛮:唐教坊曲名。《杜阳杂编》:"大中初,女蛮国入贡,危髻金冠,璎珞被体,号为菩萨蛮,当时倡优遂制《菩萨蛮曲》,文士亦往往声其词。" ②小山:指屏风上画的小山。金明灭:指初日光辉映着金色画屏,光彩明暗不定。 ③"鬓云"句:写鬓发缭乱,欲覆腮上。 ④"花面"句:指前后镜子相照,看正面和脑后的花饰。 ⑤帖:通"贴"。这两句写绣罗短衣上用金箔贴成鹧鸪的图案。 (这首词写女子早晨梳妆的情态。)

更漏子①

玉炉香,红蜡泪,偏照画堂秋思。翠眉薄②,鬓云残,夜长衾枕寒。 梧桐树,三更雨,不道离情正苦③,一叶叶,一声声,空阶滴到明④。

①更漏子:词牌名。更漏:古时用铜壶滴漏的办法计时,夜间按时打更。 ②眉翠:眉上所画黛色。 ③不道:不理会。这句说风雨不管人正因离情而苦,更助凄凉。 ④"空阶"句:暗示一夜无眠。 (这首词写女子在秋雨之夜因离情煎熬而不能入寐。)

韦 庄

韦庄(836—910),字端己。长安杜陵(今陕西西安)人。韦应物四世孙。唐末进士。后入蜀为王建掌书记,在前蜀官至宰相。有《浣花集》。

菩萨蛮

人人尽说江南好,游人只合江南老①。春水碧于天,画船听雨眠。 垆边人似月②,皓腕凝霜雪。未老莫还乡③,还乡须断肠。

①合:应。 ②垆:古代用土筑成的酒瓮座子,形如锻炉。 ③"未老"二句:年尚未老,且在江南行乐。如还乡离开江南,当使人悲痛不已。 (这首词写江南山水人物之美,使游人乐不思乡。)

无名氏

菩萨蛮①

平林漠漠烟如织②,寒山一带伤心碧③。暝色入高楼④,有人楼上愁。 玉阶空伫立⑤,宿鸟归飞急。何处是归程?长亭更短亭⑥。

①这首词一说是李白作。 ②漠漠:平远貌。 ③伤心碧:形容寒山碧色使人愁惨。 ④暝色:暮色。 ⑤伫(zhù)立:长久地站着。 ⑥长亭短亭:过去设在大路上供人休息的地方,有所谓"十里一长亭,五里一短亭"之说。 (这首词写游人在暮色中登楼远眺的愁绪和归思。)

忆秦娥①

箫声咽②,秦娥梦断秦楼月③。秦楼月,年年柳色,灞陵伤别④。 乐游原上清秋节⑤,咸阳古道音尘绝⑥。音尘绝,西风残照,汉家陵阙⑦。

①《忆秦娥》:又名《秦楼月》,一说是李白所作。 ②咽:幽咽。 ③秦娥:《列仙传》说:萧史善吹箫,秦穆公将女儿弄玉嫁给他,他天天教她吹箫作凤鸣声。一天夫妇同随凤凰飞升成仙。这里借秦娥指秦地的思妇。 ④灞陵:汉文帝陵,在长安东二十里,附近有灞桥,是东出长安的必经之地,汉代有在此折柳送别的风俗,一直延续到唐代。⑤清秋节:指九月九日重阳节。 ⑥音尘绝:游人不归,往事一去不复返。⑦陵阙:陵墓宫阙。汉代宫殿唐时犹有存者。这里有凭吊汉代盛世之意。 (这首词写年年如故的灞陵柳色、古道西风,概括了自秦汉以来代代无有穷已的人生伤别的感慨。)

六、唐传奇

传奇是唐代兴起的用文言写作的短篇小说。晚唐裴铏有《传奇》一书,宋以后便用它概称唐人小说。今存唐传奇,大都收在宋初李昉等编集的《太平广记》里。《文苑英华》《太平御览》《全唐文》等总集类书中也收录了一部分。鲁迅集录唐宋两代单篇传奇小说,结成《唐宋传奇集》,考订审慎,是较为可靠的选本。

李朝威

李朝威,生平不详。

柳毅传(节录)

仪凤中①,有儒生柳毅者,应举下第②,将还湘滨。念乡人有客于泾阳者③,遂往告别。至六七里,鸟起马惊,疾逸道左④。又六七里,乃止。

见有妇人,牧羊于道畔。毅怪视之,乃殊色也。然而蛾脸不舒⑤,巾袖无光⑥,凝听翔立⑦,若有所伺。毅诘之曰:"子何苦而自辱如是⑧?"妇始楚而谢⑨,终泣而对曰:"贱妾不幸,今日见辱问于长者⑩。然而恨贯肌骨,亦何能愧避,幸一闻焉。妾,洞庭龙君小女也。父母配嫁泾川次子⑪,而夫婿乐逸⑫,为婢仆所惑,日以厌薄⑬。既而将诉于舅姑⑭,舅姑爱其子,不能御⑮。迨诉频切⑯,又得罪舅姑。舅姑毁黜以至于此⑰。"言讫,歔欷流涕,悲不自胜。又曰:"洞庭于兹,相远不知其几多也。长天茫茫,信耗莫通⑱。心目断尽⑲,无所知哀。闻君将还吴⑳,密通洞庭。或以尺书寄托侍者㉑,未卜将以为可乎?"毅曰:"吾义夫也。闻子之说,气血俱动,恨无毛羽,不能奋飞。是何可否之谓乎㉒!然而洞庭,深水也。吾行尘间,宁可致意邪?唯恐道途显晦㉓,不相通达,致负诚托,又乖恳愿㉔。子有何术,可导我邪?"女悲泣且谢,曰:"负载珍重㉕,不复言矣。脱获回耗㉖,虽死必谢。君不许,何敢言?既许而问,则洞庭之与京邑㉗,不足为异也。"

毅请闻之。女曰:"洞庭之阴,有大橘树焉,乡人谓之社橘。君当解去兹带,束以他物。然后叩树三发,当有应者。因而随之,无有碍矣。幸君子书叙之外,悉以心诚之话倚托㉘,千万无渝㉙!"毅曰:"敬闻命矣。"女遂于襦间解书,再拜以进,东望愁泣,若不自胜。毅深为之戚。乃置书囊中,因复问曰:"吾不知子之牧羊,何所用哉?神祇岂宰杀乎?"女曰:"非羊也,雨工也㉚。""何为雨工?"曰:"雷霆之类也。"毅顾视之,则皆矫顾怒步㉛,饮龁甚异。而大小毛角,则无别羊焉。毅又曰:"吾为使者,他日归洞庭,幸勿相避。"女曰:"宁止不避㉜,当如亲戚耳。"语竟,引别东去。不数十步,回望女与羊,俱亡所见矣。

①仪凤:唐高宗李治年号(676—679)。　②应举下第:至京应进士试,没有考取。　③泾阳:今陕西三原县。在泾河北岸。　④疾逸道左:马飞快地奔到路旁。　⑤蛾:蛾眉,喻眉之美。不舒:愁眉不展。　⑥巾袖:指女人服饰。　⑦凝听:凝神倾听动静。翔立:伫立而有飘举之状。　⑧辱:委屈。　⑨楚:苦楚。　⑩见辱问于长者:委屈您来下问。　⑪泾川:指泾河龙君。　⑫乐逸:专好游乐放纵。　⑬厌薄:厌恶、薄待。　⑭舅姑:公婆。　⑮御:驾驭、管束。　⑯迨诉频切:等到诉说次数多,说话急了。　⑰毁黜:糟践、摈斥。　⑱信耗:音信消息。　⑲心目断尽:望穿双眼,心碎肠断。　⑳"闻君"二句:听说你南还,邻近洞庭。吴楚毗邻,都在南方,还吴,指回南。密通:接近相通。　㉑寄托侍者:托您的仆役带去,不直说托寄之意,是客气话。　㉒"是何"句:谈得上什么可不可以的问题吗?表示当然可以。　㉓显晦:指人世和湖水幽深之处的差异。

㉔乖：违背。恳愿：自己诚恳的愿望。　㉕负载：指担负龙女所托之事。　㉖脱：倘或。回耗：回音。　㉗"则洞庭"二句：去洞庭和上京邑，没什么不同之处。　㉘"悉以"句：指她在请求柳毅带书之时，将自己的心里话也都托付给他了。　㉙渝：改变。　㉚雨工：雨神。　㉛"矫顾"二句：视物走步及饮食姿态皆矫健奋厉，与羊不同。齕(hé)：咬。㉜宁止：岂止。

　　其夕，至邑而别其友。月余到乡，还家，乃访于洞庭。洞庭之阴，果有社橘。遂易带向树，三击而止。俄有武夫出于波间，再拜请曰："贵客将自何所至也？"毅不告其实，曰："走谒大王耳。"武夫揭水指路，引毅以进。谓毅曰："当闭目，数息可达矣①。"毅如其言，遂至其宫。始见台阁相向，门户千万，奇草珍木，无所不有。夫乃止毅，停于大室之隅，曰："客当居此以伺焉。"毅曰："此何所也？"夫曰："此灵虚殿也。"谛视之②，则人间珍宝，毕尽于此。柱以白璧，砌以青玉，床以珊瑚，帘以水精，雕琉璃于翠楣③，饰琥珀于虹栋④。奇秀深杳，不可殚言。

　　然而王久不至。毅谓夫曰："洞庭君安在哉？"曰："吾君方幸玄珠阁，与太阳道士讲《火经》，少选当毕⑤。"毅曰："何谓《火经》？"夫曰："吾君，龙也。龙以水为神，举一滴可包陵谷。道士，乃人也。人以火为神圣，发一灯可燎阿房⑥。然而灵用不同⑦，玄化各异。太阳道士精于人理⑧，吾君邀以听焉。"语毕而宫门辟。景从云合⑨，而见一人，披紫衣，执青玉。夫跃曰："此吾君也！"乃至前以告之。君望毅而问曰："岂非人间之人乎？"毅对曰："然。"毅遂设拜⑩，君亦拜，命坐于灵虚之下。谓毅曰："水府幽深，寡人暗昧⑪，夫子不远千里，将有为乎？"毅曰："毅，大王之乡人也。长于楚，游学于秦⑫。昨下第，闲驱泾水之涘⑬，见大王爱女牧羊于野，风鬟雨鬓⑭，所不忍视。毅因诘之。谓毅曰：'为夫婿所薄，舅姑不念，以至于此。'悲泗淋漓，诚怛人心⑮。遂托书于毅。毅许之，今以至此。"因取书进之。洞庭君览毕，以袖掩面而泣曰："老父之罪，不谂坚听⑯，坐贻聋瞽，使闺窗孺弱，远罹构害⑰。公，乃陌上人也⑱，而能急之。幸被齿发⑲，何敢负德！"词毕，又哀咤良久。左右皆流涕。时有宦人密侍君者⑳，君以书授之，令达宫中。须臾，宫中皆恸哭。君惊谓左右曰："疾告宫中，无使有声。恐钱塘所知。"毅曰："钱塘，何人也？"曰："寡人之爱弟。昔为钱塘长㉑，今则致政矣㉒。"毅曰："何故不使知？"曰："以其勇过人耳。昔尧遭洪水九年者㉓，乃此子一怒也。近与天将失意㉔，塞其五山㉕。上帝以寡人有薄德于古今，遂宽其同气之罪㉖。然犹縻系于此，故钱塘之人，日日候焉。"

　　语未毕，而大声忽发，天拆地裂，宫殿摆簸，云烟沸涌。俄有赤龙长千余尺,电目血舌,朱鳞火鬣㉗,项掣金锁㉘,锁牵玉柱,千雷万霆,激绕其身,霰雪雨雹,一时皆下。乃擘青天而飞去㉙。毅恐蹶仆地。君亲起持之曰:"无惧,固无害。"毅良久稍安,乃获自定。因告辞曰:"愿得生归,以避复来。"君曰:"必不如此。其去则然,其来则不然。幸为少尽缱绻㉚。"因命酌互举,以款人事㉛。

俄而祥风庆云,融融怡怡,幢节玲珑㉜,箫韶以随㉝。红妆千万,笑语熙熙。后有一人,自然蛾眉,明珰满身㉞,绡縠参差㉟。迫而视之,乃前寄辞者。然若喜若悲,零泪如丝。须臾,红烟蔽其左,紫气舒其右,香气环旋,入于宫中。君笑谓毅曰:"泾水之囚人至矣。"君乃辞归宫中。须臾,又闻怨苦㊱,久而不已。

有顷,君复出,与毅饮食。又有一人,披紫裳,执青玉,貌耸神溢㊲,立于君左。君谓毅曰:"此钱塘也。"毅起,趋拜之。钱塘亦尽礼相接,谓毅曰:"女侄不幸,为顽童所辱。赖明君子信义昭彰,致达远冤。不然者,是为泾陵之土矣㊳。飨德怀恩㊴,词不悉心㊵。"毅撝退辞谢㊶,俯仰唯唯㊷。然后回告兄曰:"向者辰发灵虚㊸,已至泾阳,午战于彼,未还于此。中间驰至九天,以告上帝。帝知其冤,而宥其失。前所遣责,因而获免。然而刚肠激发㊹,不遑辞候。惊扰宫中,复忤宾客。愧惕惭惧,不知所失㊺。"因退而再拜。君曰:"所杀几何?"曰:"六十万。""伤稼乎?"曰:"八百里。""无情郎安在?"曰:"食之矣。"君怃然曰:"顽童之为是心也,诚不可忍。然汝亦太草草。赖上帝显圣,谅其至冤。不然者,吾何辞焉㊻。从此已去㊼,勿复如是。"钱塘复再拜。是夕,遂宿毅于凝光殿。

①数息:呼吸几次。 ②谛视:审视。 ③楣:门上横木。 ④虹栋:彩色屋梁。 ⑤少选:少顷,一会儿。 ⑥阿房:秦始皇所建阿房宫,故址在今陕西省西安市西南阿房村。 ⑦"灵用"二句:水火各有神异的作用和玄妙的变化。 ⑧人理:指人类用火的道理。 ⑨景从云合:如影从形,如云之合。景:古通"影"。 ⑩遂:一作"既",一作"而"。设拜:行拜见之礼。 ⑪暗昧:愚昧不明。 ⑫游学于秦:指去长安应举。 ⑬涘(sì):水边。 ⑭风鬟雨鬓:因风吹雨打而容貌憔悴。 ⑮诚:实在。怛(dá):悲苦。 ⑯"不诊坚听"二句:不加考察,听信人言,以致像聋子瞎子一样。诊:察。坚听:听信不疑。 ⑰罹:遭。搆害:同"构害"。 ⑱陌上人:不相识的路人。 ⑲幸被齿发:齿发尚存,有生之年。 ⑳密侍:在身边伺候。 ㉑钱塘长:掌管钱塘江的水神。 ㉒致政:退职免官。 ㉓尧遭洪水:《史记·夏本纪》:"当帝尧之时,鸿水滔天。……用鲧治水,九年而水不息。" ㉔失意:不和。 ㉕塞其五山:发大水淹掉五座山。 ㉖同气:同胞兄弟。 ㉗火鬣(liè):颈上火红色的长毛。 ㉘掣(chè):拽,拉。 ㉙擘(bāi):分裂。擘青天:破空而去。 ㉚缱(qiǎn)绻(quǎn):深厚缠绵的情意。 ㉛以款

人事:以尽款待之礼。　㉜幢(chuáng)节:旗帜仪仗之类。　㉝箫韶:相传为虞舜时的乐曲,这里指有乐队伴随。　㉞明珰:珍珠饰物。　㉟绡縠(hú):指纱罗做的衣服。縠:绉纱。　㊱怨苦:指龙女在宫中悲诉的声音。　㊲貌耸神溢:容貌出众,神采飞扬。㊳泾陵之土:成为泾阳山陵里的泥土。　㊴飨:同"享"。　㊵词不悉心:言辞不能完全表达心意。　㊶㧑(huī)退:谦逊。　㊷俯仰唯唯:举止谦逊地应答。　㊸"辰发灵虚"四句:辰、巳、午、未,均指时辰。　㊹刚肠:性情刚烈。　㊺不知所失:不知犯了多大的过失。　㊻何辞:以何言辞卸责。　㊼已去:以后。

　　明日,又宴毅于凝碧宫。会友戚,张广乐①,具以醪醴②,罗以甘洁。初,箫角鼙鼓③,旌旗剑戟,舞万夫于其右。中有一夫前曰:"此《钱塘破阵乐》④。"旌铫杰气⑤,顾骤悍栗⑥,坐客视之,毛发皆竖。复有金石丝竹,罗绮珠翠,舞千女于其左。中有一女前进曰:"此《贵主还宫乐》⑦。"清音宛转,如诉如慕,坐客听之,不觉泪下。二舞既毕,龙君大悦,锡以纨绮⑧,颁于舞人。然后密席贯坐⑨,纵酒极娱。酒酣,洞庭君乃击席而歌曰:"大天苍苍兮,大地茫茫。人各有志兮,何可思量。狐神鼠圣兮,薄社依墙⑩。雷霆一发兮,其孰敢当。荷贞人兮信义长⑪,令骨肉兮还故乡。齐言惭愧兮何时忘!"洞庭君歌罢,钱塘君再拜而歌曰:"上天配合兮,生死有途。此不当妇兮,彼不当夫。腹心辛苦兮,泾水之隅。风霜满鬓兮,雨雪罗襦。赖明公兮引素书,令骨肉兮家如初。永言珍重兮无时无。"钱塘君歌阕⑫,洞庭君俱起,奉觞于毅。毅踧踖而受爵⑬,饮讫,复以二觞奉二君。乃歌曰:"碧云悠悠兮,泾水东流。伤美人兮,雨泣花愁。尺书远达兮,以解君忧。哀冤果雪兮,还处其休⑭。荷和雅兮感甘羞⑮。山家寂寞兮难久留⑯。欲将辞去兮悲绸缪⑰。"歌罢,皆呼万岁。洞庭君因出碧玉箱,贮以开水犀⑱。钱塘君复出红珀盘,贮以照夜玑⑲,皆起进毅。毅辞谢而受。然后宫中之人,咸以绡綵珠璧,投于毅侧。重叠焕赫⑳,须臾埋没前后。毅笑语四顾,愧揖不暇。洎酒阑欢极,毅辞起,复宿于凝光殿。

　　翌日,又宴毅于清光阁。钱塘因酒,作色,踞谓毅曰:"不闻猛石可裂不可卷㉑,义士可杀不可羞邪㉒?愚有衷曲,欲一陈于公。如可,则俱在云霄㉓;如不可,则皆夷粪壤㉔。足下以为何如哉?"毅曰:"请闻之。"钱塘曰:"泾阳之妻,则洞庭君之爱女也。淑性茂质㉕,为九姻所重㉖。不幸见辱于匪人㉗。今则绝矣。将欲求托高义㉘,世为亲戚。使受恩者知其所归㉙,怀爱者知其所付㉚,岂不为君子始终之道者㉛?"毅肃然而作,欻然而笑㉜曰:"诚不知钱塘君孱困如是㉝!毅始闻跨九州㉞,怀五岳,洩其愤怒;复见断金锁㉟,擎玉柱,赴其急难。毅以为刚决明直,无如君者。盖犯之者不避其死㊱,感之者不爱其生,此真丈夫之志。奈何箫管方洽,亲宾正和,不顾其道,以威加人?岂仆之素望哉!若遇公于洪波之中,玄山之间㊲,鼓以鳞须,被以云雨,将迫毅以死,毅则以禽兽视之,亦何恨哉!今体被衣冠,坐谈礼义,尽五常之志性㊳,负百行之微旨㊴,虽人世贤杰,有不如者,况江河灵类乎?而欲以蠢然之躯,悍然之性,乘酒假气,将迫于人,岂近直哉㊵!且毅之质,不足以藏王一甲之间㊶。然而敢以不伏之心㊷,胜王不道之气㊸。惟王筹之!"钱塘乃逡巡致谢曰㊹:"寡人生长宫房,不闻正论。向者词述疏狂,妄突高明㊺。退自循顾,戾不容责㊻。幸君子不为此乖间可也㊼。"其夕,复欢宴,其乐如旧。毅与钱塘,遂为知心友。

明日,毅辞归。洞庭君夫人别宴毅于潜景殿。男女仆妾等,悉出预会。夫人泣谓毅曰:"骨肉受君子深恩,恨不得展愧戴㊽,遂至睽别㊾。"使前泾阳女当席拜毅以致谢。夫人又曰:"此别岂有复相遇之日乎?"毅其始虽不诺钱塘之请,然当此席,殊有叹恨之色。宴罢辞别,满宫凄然。赠遗珍宝,怪不可述。毅于是复循途出江岸,见从者十余人,担囊以随,至其家而辞去。

①张广乐:盛设乐舞。 ②"具以"二句:醪(láo)醴(lǐ):醇厚的美酒。甘洁:甘旨美味。 ③箫:胡箫。角:画角。鼙(pí):小鼓。 ④《钱塘破阵乐》:为钱塘君战胜所造的舞乐。《乐府诗集》卷八〇《近代曲辞》:"《破阵乐》本舞曲,唐太宗所造。" ⑤旌:旌旗。铫(tiáo):矛。杰气:指乐舞挥动旌旗矛戈所显示的雄杰气概。 ⑥顾:顾盼。骤:动作步伐。悍栗:形容其舞蹈者的表情动作勇猛强悍使人战栗。 ⑦《贵主还宫乐》:为龙女还宫所制的舞乐。贵主:公主。高丽所传唐曲子有《还宫乐》。 ⑧锡:赏赐。 ⑨密席贯坐:座席相连而坐。 ⑩薄社:依附庙社,指老鼠。依墙:依靠城墙,指狐狸。城狐社鼠冒充神圣,故云"狐神鼠圣"。 ⑪荷:感戴。贞人:正人君子。 ⑫阕(què):曲终。 ⑬跼(cù)踖(jí):恭敬而又不安的样子。爵:酒器。 ⑭还处其休:还家享受幸福生活。休:美善、庆。 ⑮和雅:温情雅意。甘羞:珍馐美味。 ⑯山家:柳毅称自己的家。 ⑰悲绸缪(móu):悲思缠绵。 ⑱开水犀:犀牛有水犀和山犀两种。传说水犀能用角分水,不沉。这里指水犀的角。 ⑲照夜玑:夜明珠。 ⑳焕赫:光彩耀眼。 ㉑"猛石"句:语出《诗经·邶风·柏舟》:"我心匪石,不可转也。我心匪席,不可卷也。"这里比喻自己的性格像大石一样坚定。 ㉒"义士"句:语出《礼记·儒行》:"儒有可亲而不可劫也,可近而不可迫也,可杀而不可辱也。" ㉓在云霄:在天上。 ㉔夷粪壤:夷为粪土。意谓将使柳毅遭到不幸。 ㉕淑性:性情贤淑。茂质:品质美好。 ㉖九姻:所有的亲戚。 ㉗匪人:品行不正的人。 ㉘求托:请求托身。 ㉙受恩者:指龙女。归:归附。 ㉚怀爱者:指柳毅。所付:使爱有所施与。 ㉛君子始终之道:君子之道有始有终。 ㉜欻(xū)然:忽然。 ㉝孱(chán)困:羸弱无用。 ㉞"跨九州"二句:形容钱塘君横跨天下,包举山河的神威。怀:《尚书·虞书·尧典》:"怀山襄陵。"孔安国传:

"怀:包。裹:上。" ㉟镳:同"锁"。 ㊱"盖犯"二句:敢于触犯就要不避死亡,感恩报德可以不惜生命。 ㊲玄山:形容波浪如苍色的山峰。 ㊳五常:仁义礼智信。志性:意志品性。 ㊴负:掌握。百行:指士有百行,以德为首。微旨:精义。 ㊵近直:接近正理。 ㊶"不足"句:谓柳毅身体极小,还不足于藏在龙君的一片鳞甲之间。 ㊷不伏之心:不能被制伏的意思。 ㊸不道:不合正道。 ㊹逡(qūn)巡:后退。 ㊺突:唐突,冒犯。 ㊻戾:罪戾。不容戾:非责罚所能了事。 ㊼乖间:背离、间隔。 ㊽展愧戴:表白惭愧和感戴的心情。 ㊾睽(kuí):分离。 (这篇小说虚构了柳毅为龙女传书的神话故事,生动地刻画出柳毅见义勇为、正直诚信的品格,并以丰富的想象力描绘了龙宫瑰奇的神仙世界。)

蒋 防

蒋防(生卒年不详),字子微(一作子徵),义兴(今江苏宜兴)人。元和中,官翰林学士。长庆末,贬汀州、连州刺史。《全唐文》录其赋及杂文一卷。

霍小玉传

大历①中,陇西李生名益②,年二十,以进士擢第。其明年,拔萃③,俟试于天官④。夏六月,至长安,舍于新昌里。生门族清华⑤,少有才思,丽词佳句,时谓无双;先达丈人⑥,翕然推伏⑦。每自矜风调⑧,思得佳偶,博求名妓,久而未谐。

长安有媒鲍十一娘者,故薛驸马家青衣也;折券从良⑨,十余年矣。性便辟⑩,巧言语,豪家戚里,无不经过,追风挟策⑪,推为渠帅⑫。常受生诚托厚赂,意颇德之⑬。

经数月,李方闲居舍之南亭。申未间⑭,忽闻扣门甚急,云是鲍十一娘至。摄衣从之⑮,迎问曰:"鲍卿,今日何故忽然而来?"鲍笑曰:"苏姑子作好梦也未⑯?有一仙人,谪在下界,不邀财货,但慕风流。如此色目⑰,共十郎相当矣⑱。"生闻之惊跃,神飞体轻,引鲍手且拜且谢曰:"一生作奴,死亦不惮。"因问其名居。鲍具说曰:"故霍王小女⑲,字小玉,王甚爱之。母曰净持——净持,即王之宠婢也。王之初薨,诸弟兄以其出自贱庶,不甚收录。因分与资财,遣居于外,易姓为郑氏,人亦不知其王女。姿质秾艳,一生未见;高情逸态,事事过人;音乐诗书,无不通解。昨遣某求一好儿郎格调相称者。某具说十郎。他亦知有李十郎名字，非常欢惬。住在胜业坊古寺曲[21]，甫上车门宅是也[22]。已与他作期约。明日午时，但至曲头觅桂子[23]，即得矣。"

鲍既去，生便备行计。遂令家僮秋鸿，于从兄京兆参军尚公处假青骊驹[23]、黄金勒[24]。其夕，生浣衣沐浴，修饰容仪。喜跃交并，通夕不寐。迟明[25]，巾帻[26]，引镜自照，惟惧不谐也。

徘徊之间，至于亭午。遂命驾疾驱，直抵胜业。至约之所，果见青衣立候，迎问曰："莫是李十郎否？"即下马，令牵入屋底，急急锁门，见鲍果从内出来，遥笑曰："何等儿郎，造次入此[27]？"生调诮未毕[28]，引入中门。庭间有四樱桃树；西北悬一鹦鹉笼，见生入来，即语曰："有人入来，急下帘者！"生本性雅淡，心犹疑惧，忽见鸟语，愕然不敢进。逡巡[29]，鲍引净持下阶相迎，延入对坐。年可四十余，绰约多姿，谈笑甚媚。因谓生曰："素闻十郎才调风流，今又见容仪雅秀，名下固无虚士。某有一女子，虽拙教训，颜色不至丑陋，得配君子，颇为相宜。频见鲍十一娘说意旨，今亦便令永奉箕帚[30]。"生谢曰："鄙拙庸愚，不意顾盼，倘垂采录，生死为荣。"

遂命酒馔，即令小玉自堂东阁子中而出[31]。生即拜迎。但觉一室之中，若琼林玉树，互相照曜，转盼精采射人，既而遂坐母侧。母谓曰："汝尝爱念'开帘风动竹，疑是故人来[32]。'即此十郎诗也。尔终日吟想，何如一见。"玉乃低鬟微笑，细语曰："见面不如闻名。才子岂能无貌？"生遂连起拜曰："小娘子爱才，鄙夫重色。两好相映，才貌相兼。"母女相顾而笑，遂举酒数巡。生起，请玉唱歌。初不肯，母固强之。发声清亮，曲度精奇。

酒阑，及暝，鲍引生就西院憩息，闲庭邃宇，帘幕甚华。鲍令侍儿桂子、浣沙与生脱靴解带。须臾，玉至，言叙温和，辞气宛媚。解罗衣之际，态有余妍，低帏昵枕，极其欢爱。生自以为巫山、洛浦不过也[33]。中宵之夜，玉忽流涕观生曰："妾本倡家，自知非匹。今以色爱，托其仁贤。但虑一旦色衰，恩移情替，使女萝无托[34]，秋扇见捐[35]。极欢之际，不觉悲至。"生闻之，不胜感叹，乃引臂替枕，徐谓玉曰："平生志愿，今日获从，粉骨碎身，誓不相舍。夫人何发此言！请在素缣，著之盟约。"玉因收泪，命侍儿樱桃褰幄执烛[36]，授生笔研[37]。玉管弦之暇，雅好诗书，筐箱笔研，皆王家之旧物。遂取绣囊，出越姬乌丝栏素缣三尺以授生[38]。生素多才思，援笔成章，引谕山河，指诚日月，句句恳切，闻之动人。染毕[39]，命藏于宝箧之内。自尔婉娈相得[40]，若翡翠之在云路[41]也。如此二岁，日夜相从。

其后年春，生以书判拔萃登科[42]，授郑县主簿[43]。至四月，将之官，便拜庆于东洛㊹。长安亲戚，多就筵饯，时春物尚余，夏景初丽，酒阑宾散，离思萦怀。玉谓生曰："以君才地名声，人多景慕，愿结婚媾，固亦众矣。况堂有严亲，室无冢妇㊺，君之此去，必就佳姻。盟约之言，徒虚语耳。然妾有短愿，欲辄指陈㊻。永委君心，复能听否？"生惊怪曰："有何罪过，忽发此辞？试说所言，必当敬奉。"玉曰："妾年始十八，君才二十有二，迨君壮室之秋㊼，犹有八岁。一生欢爱，愿毕此期，然后妙选高门，以谐秦晋，亦未为晚。妾便舍弃人事，剪发披缁㊽，夙昔之愿，于此足矣。"生且愧且感，不觉涕流。因谓玉曰："皎日之誓，死生以之，与卿偕老，犹恐未惬素志，岂敢辄有二三㊾。固请不疑，但端居相待。至八月，必当却到华州㊿，寻使奉迎，相见非远。"更数日，生遂诀别东去。

①大历：唐代宗李豫年号(766—779)。　②陇西：郡名，在今甘肃省境内。李生名益：指唐代诗人李益，字君虞，陇西姑臧(今甘肃武威县)人，官至右散骑常侍，礼部尚书。传说他有痴病，多猜忌，防闲妻妾苛严，小说情节多因此附会而生。　③拔萃：进士及第后复试判词三条，称为"拔萃"。　④天官：吏部，中央主管人事的官署。主持进士复试，合格方能正式授官。　⑤门族清华：门第清显华贵。　⑥先达丈人：有声望的显达的老前辈。　⑦翕(xī)然：一致地。　⑧风调：风度才情。　⑨折券从良：用钱赎身，卖身券作废，叫折券。正式成家，叫从良。　⑩便(pián)辟：口才流利，善于奉迎。　⑪追风挟策：指四出拉纤、出谋划策撮合男女婚事的本领。　⑫渠帅：头领。　⑬德：感激他。　⑭申未间：下午三时前后。申：下午一时至三时。未：下午三时至五时。　⑮摄衣：提起衣襟。　⑯苏姑子：未详。　⑰色目：唐宋公文里常用词，指身份面貌等。　⑱十郎：指李益。　⑲霍王：名李元轨，太宗之弟，武后垂拱四年(688)因反武后被杀。距大历中有八九十年，这里是假托。　⑳胜业坊：长安坊名，在兴庆宫西。㉑甫上车门：刚进巷口的第一个院门。　㉒曲头：小巷口。　㉓从(cóng)兄：堂兄。京兆参军：京兆府管军事的佐吏。假：借。青骊驹：黑色的名马。　㉔黄金勒：饰以黄金的马络头。　㉕迟明：天将明。　㉖巾帻(zé)：戴上头巾，指梳洗打扮。　㉗造次：冒失。　㉘调诮(qiào)：开玩笑。　㉙逡(qūn)巡：迟疑不进。　㉚永奉箕帚：永远伺奉，谓出嫁为妻。　㉛阁(gé)子：小闺。　㉜"开帘"二句：见于李益《竹窗闻风寄苗发司空曙》诗。　㉝巫山：宋玉《高唐赋》叙楚怀王游高唐，曾在梦中与巫山神女欢会。洛浦：曹植《洛神赋》写他在洛水边遇见洛神的故事。这里喻男女欢爱。　㉞女萝：松萝，多攀绕其他树木枝干生长。《古诗》："与君为新婚，兔丝附女萝。"　㉟秋扇：班婕妤曾受汉成帝宠爱，据说失宠后作《怨歌行》，以团扇被弃比喻自己的遭遇。捐：弃。　㊱搴(qiān)幄(wò)：揭起帐幔。　㊲研：砚。　㊳越姬乌丝栏素缣：白底黑线格的绸子，是当时浙东的名产。　㊴染毕：写完。　㊵婉娈相得：相亲相爱。　㊶翡翠：珍异的鸟，雄的叫"翡"，雌的叫"翠"。云路：云间。　㊷书判拔萃：唐代取士科目之一，以书法和文章来选拔人才。　㊸郑县：在今河南郑州市。主簿：县署内领录事司的官吏。　㊹拜庆：给父母请安道喜。　㊺冢妇：正妻。

㊻指陈:表白,诉说。　㊼壮室之秋:三十岁。古人有"三十而娶"的说法。　㊽剪发披缁(zī):指出家当尼姑。缁:指黑衣。　㊾辄有二三:就有三心二意。　㊿却到:还到。

到任旬日,求假往东都觐亲,未至家日,太夫人已与商量表妹卢氏,言约已定。太夫人素严毅,生逡巡不敢辞让,遂就礼谢,便有近期。卢亦甲族也①,嫁女于他门,聘财必以百万为约,不满此数,义在不行。生家素贫,事须求贷,便托假故,远投亲知,涉历江、淮,自秋及夏。生自以孤负盟约,大愆回期②。寂不知闻,欲断其望。遥托亲故,不遣漏言。

玉自生逾期,数访音信。虚词诡说,日日不同。博求师巫,遍询卜筮,怀忧抱恨,周岁有余,羸卧空闺③,遂成沉疾。虽生之书题竟绝④,而玉之想望不移,赂遗亲知,使通消息。寻求既切,资用屡空,往往私令侍婢潜卖箧中服玩之物,多托于西市寄附铺侯景先家货卖。曾令侍婢浣沙将紫玉钗一只,诣景先家货之。路逢内作老玉工⑤,见浣沙所执,前来认之曰:"此钗,吾所作也。昔岁霍王小女,欲将上鬟⑥,令我作此,酬我万钱,我尝不忘。汝是何人,从何而得?"浣沙曰:"我小娘子,即霍王女也。家事破散,失身于人。夫婿昨向东都,更无消息。悒怏成疾,今欲二年。令我卖此,赂遗于人,使求音信。"玉工凄然下泣曰:"贵人男女,失机落节⑦,一至于此。我残年向尽,见此盛衰,不胜伤感。"遂引至延先公主宅⑧,具言前事。公主亦为之悲叹良久,给钱十二万焉。

时生所定卢氏女在长安,生既毕于聘财,还归郑县。其年腊月,又请假入城就亲,潜卜静居,不令人知。有明经崔允明者⑨,生之中表弟也,性甚长厚,昔岁常与生同欢于郑氏之室,杯盘笑语,曾不相间。每得生信,必诚告于玉。玉常以薪刍衣服⑩,资给于崔,崔颇感之。生既至,崔具以诚告玉,玉恨叹曰:"天下岂有是事乎!"遍请亲朋,多方召致。生自以愆期负约,又知玉疾候沉绵,惭耻忍割⑪,终不肯往,晨出暮归,欲以回避。玉日夜涕泣,都忘寝食,期一相见,竟无因由。冤愤益深,委顿床枕⑫。自是长安中稍有知者。风流之士,共感玉之多情,豪侠之伦,皆怒生之薄行。

时已三月,人多春游。生与同辈五六人诣崇敬寺玩牡丹花⑬,步于西廊,递吟诗句。有京兆韦夏卿者⑭,生之密友,时亦同行。谓生曰:"风光甚丽,草木荣华,伤哉郑卿,衔冤空室!足下终能弃置,实是忍人。丈夫之心,不宜如此,足下宜为思之!"叹让之际⑮,忽有一豪士,衣轻黄纻衫⑯,挟弓弹,丰神隽美,衣服轻华,唯有一剪头胡雏从后⑰,潜行而听之。俄而前揖生曰:"公非李十郎者乎?某族本山东,姻连外戚。虽乏文藻,心尝乐贤。仰公声华,常思觏止⑱。今日幸会,得睹清扬⑲,某之敝居,去此不远,亦有声乐,足以娱情。妖姬八九人,骏马十数匹,唯公所欲。但愿一过㉑。"生之侪辈,共聆斯语,更相叹美。因与豪士策马同行,疾转数坊,遂至胜业。生以近郑之所止,意不欲过,便托事故,欲回马首。豪士曰:"敝居咫尺,忍相弃乎?"乃辂挟其马㉒,牵引而行。迁延之间㉓,已及郑曲。生神情恍惚,鞭马欲回。豪士遽命奴仆数人,抱持而进,疾走推入车门,便令锁却,报云:"李十郎至矣!"一家惊喜,声闻于外。

先此一夕,玉梦黄衫丈夫抱生来,至席,使玉脱鞋。惊寤而告母。因自解曰:"'鞋'者,'谐'也。夫妇再合。'脱'者,'解'也。既合而解,亦当永诀。由此征之㉔,必遂相见,相见之后,当死矣。"凌晨,请母妆梳。母以其久病,心意惑乱,不甚信之。俛勉之间㉕,强为妆梳。妆梳才毕,而生果至。玉沉绵日久,转侧须人;忽闻生来,歘然自起㉖,更衣而出,恍若有神。遂与生相见,含怒凝视,不复有言。羸质娇姿,如不胜致㉗,时复掩袂,返顾李生。感物伤人,坐皆欷歔㉘。

顷之,有酒肴数十盘,自外而来,一坐惊视,遽问其故,悉是豪士之所致也。因遂陈设,相就而坐㉙。玉乃侧身转面,斜视生良久,遂举杯酒,酬地曰㉚:"我为女子,薄命如斯!君是丈夫,负心若此!韶颜稚齿㉛,饮恨而终。慈母在堂,不能供养。绮罗弦管,从此永休。征痛黄泉㉜,皆君所致。李君李君,今当永诀!我死之后,必为厉鬼,使君妻妾,终日不安!"乃引左手握生臂,掷杯于地,长恸号哭数声而绝。母乃举尸,置于生怀,令唤之,遂不复苏矣。

生为之缟素,旦夕哭泣甚哀。将葬之夕,生忽见玉缌帷之中㉝,容貌妍丽,宛若平生。着石榴裙㉞,紫裆襠㉟,红绿帔子㊱。斜身倚帷,手引绣带,顾谓生曰:"愧君相送,尚有余情。幽冥之中,能不感叹。"言毕,遂不复见。明日,葬于长安御宿原㊲。生至墓所,尽哀而返。

后月余,就礼于卢氏㊳。伤情感物,郁郁不乐。夏五月,与卢氏偕行,归于郑县。至县旬日,生方与卢氏寝,忽帐外叱叱作声。生惊视之,则见一男子,年可二十余,姿状温美,藏身映幔㊴,连招卢氏。生惶遽走起,绕幔数匝,倏然不见。生自此心怀疑恶,猜忌万端,夫妻之间,无聊生矣㊵。或有亲情㊶,曲相劝喻。生意稍解。后旬日,生复自外归,卢氏方鼓琴于床,忽见自门抛一斑犀钿花合子㊷,方圆一寸余,中有轻绢,作同心结㊸,坠于卢氏怀中。生开而视之,见相思子二㊹、叩头虫一、发杀觜㊺、驴驹媚少许㊻。生当时愤怒叫吼,声如豺虎,引琴撞击其妻,诘令实告。卢氏亦终不自明。尔后往往暴加捶楚,备诸毒虐,竟讼于公庭而遣之㊼。

卢氏既出，生或侍婢媵妾之属㊼，蹔同枕席㊽，便加妒忌。或有因而杀之者。生尝游广陵，得名姬曰营十一娘者，容态润媚，生甚悦之。每相对坐，尝谓营曰："我尝于某处得某姬，犯某事，我以某法杀之。"日日陈说，欲令惧己，以肃清闺门。出则以浴斛覆营于床㊾，周回封署㊿，归必详视，然后乃开。又畜一短剑(51)，甚利，顾谓侍婢曰："此信州葛溪铁(52)，唯断作罪过头！"大凡生所见妇人，辄加猜忌，至于三娶，率皆如初焉(53)。

①甲族：高门望族。 ②大愆（qiān）回期：大大延误了约定回霍家的日期。 ③羸（léi）卧：病卧。羸：瘦弱。 ④书题：书信。 ⑤内作：皇宫内的手工作坊。 ⑥上鬟：古代女子十五岁即到成人待嫁的年龄，将披着的头发梳成髻插上簪子，称为"上鬟"。 ⑦失机落节：落难失节。 ⑧延先公主：一作"延光公主"，即郜（gào）国公主，唐肃宗之女。 ⑨明经：唐代科举名目之一，以儒家经义录取的叫"明经"。 ⑩薪刍（chú）：柴米之类。 ⑪惭耻忍割：为忍心割舍感到羞惭。 ⑫委顿：精神萎靡，病重不起。 ⑬崇敬寺：长安中区靖安坊的一座庙宇。 ⑭韦夏卿：字云客，京兆万年人。 ⑮叹让：叹息责备。 ⑯轻黄纻（zhù）：淡黄色麻布。 ⑰胡雏：胡人的孩子，为人做奴仆者。 ⑱覯（gòu）：会见。止：语气词。 ⑲清扬：清秀的尊容。 ⑳一过：走访一趟。 ㉑锐挟：锐，同"挽"。挟：挟持。 ㉒迁延：拖拖拉拉。 ㉓征：预测。 ㉔僶（mǐn）勉之间：勉强的情况下。 ㉕欻（xū）然：忽然。 ㉖如不胜致：承受不了的样子。 ㉗坐：座中人。 ㉘相就：靠近。 ㉙酬地：以酒洒地。 ㉚韶颜稚齿：青春少年。 ㉛征痛黄泉：含恨而死。 ㉜繐帷：停放棺材的灵帐。 ㉝石榴裙：石榴红的裙子。 ㉞紫榼（kè）裆：紫色长衣。榼裆：又作㯓裆，即裲裆，类似长背心。 ㉟帔（pèi）子：斗篷。 ㊱御宿原：在长安城南，是当时埋葬死人的地方。 ㊲就礼：举行婚礼。 ㊳藏身映幔：躲藏的身影映在帐幔上。 ㊴无聊：愁闷。 ㊵亲情：亲戚。 ㊶斑犀钿花合子：杂色犀牛角雕成嵌金花的盒子。 ㊷同心结：表示二人同心的结子。 ㊸相思子：红豆。 ㊹发杀觜（zī）：未详何物。一说为媚药。 ㊺驴驹媚：僧赞宁《物类相感志》："凡驴驹初生，未堕地，口中有一物，如肉，名'媚'，妇人带之能媚。" ㊻遣之：休掉其妻。 ㊼媵（yìng）：妾。 ㊽蹔：同"暂"。 ㊾浴斛（hú）：澡盆之类。 ㊿周回封署：在周围贴上封条。 (51)畜：同"蓄"。 (52)信州：唐州名，旧治在今江西上饶市。信州葛溪当时产铁很有名。 (53)率皆如初：大抵都像当初对待卢氏那样。（这篇小说描写霍小玉被李益抛弃的爱情悲剧，揭露了门阀制度的罪恶。但结尾夸张李益对妻妾的猜忌酷虐，强调霍小玉的冥报和个人恩怨，便冲淡了社会批判的意义。）

七、敦煌曲子词

1900年，敦煌鸣沙山藏经洞被打开，发现了一大批珍贵文献。其中有数百首词曲。从敦煌卷子中清理出来的唐五代词曲,就称为敦煌曲子词,或称为敦煌歌辞。目前整理成集的有王重民辑《敦煌曲子词集》,饶宗颐辑《敦煌曲》,任二北《敦煌曲初探》等。

菩萨蛮

枕前发尽千般愿,要休且待青山烂。水面上秤锤浮,直待黄河彻底枯。白日参辰现①,北斗回南面。休即未能休,且待三更见日头。

①参、辰:二星名,即参商。参宿在西方,商星在东方,本来不能同时出现,更不用说白天了。　（这首词用一系列不可能出现的自然现象作为山盟海誓,表示永不变心。）

鹊踏枝①

叵耐灵鹊多瞒语②,送喜何曾有凭据。几度飞来活提取,锁上金笼休共语。　比拟好心来送喜③,谁知锁我在金笼里。欲他征夫早归来,腾身却放我向青云里。

①鹊踏枝:词牌名,又名"蝶恋花"。但不同于后来的"蝶恋花"的句法。　②叵（pǒ）耐:不可耐。瞒语:欺瞒之语。　③比拟:准备。　（这首词写少妇将久候征夫不归的怨恨都发泄在报喜不灵的喜鹊身上。）

八、五代词

牛希济

牛希济,陇西(今属甘肃)人。前蜀翰林学士,御史中丞。后唐时为雍州节度副使。

生查子

春山烟欲收,天淡稀星小。残月脸边明①,别泪临清晓。　语已多,情未了,回首犹重道。记得绿罗裙,处处怜芳草。

①"残月"句:写人立庭院、缺月西下、天已破晓的光景。　(这首词写情人在凌晨话别的情景。)

冯延巳

冯延巳(903—960),字正中,广陵(今江苏扬州)人。事南唐中主李璟,官至中书侍郎左仆射同平章事,是当时词坛的大家,有《阳春集》。

蝶恋花

谁道闲情抛弃久,每到春来,惆怅还依旧。日日花前常病酒,不辞镜里朱颜瘦。　河畔青芜堤上柳①,为问新愁,何事年年有。独立小桥风满袖,平林新月人归后。

①青芜:青草茂生之处。　(这首词写春来见新绿而触发的闲愁。)

谒金门

风乍起,吹皱一池春水①。闲引鸳鸯香径里,手挼红杏蕊②。斗鸭栏干独倚③,碧玉搔头斜坠④。终日望君君不至,举头闻鹊喜。

①"吹皱"句:这是当时的名句。李璟曾戏延巳说:"吹皱一池春水,干卿何事?"②挼(nuó):揉搓。　③斗鸭栏干:用栏杆圈养着一些鸭,使之相斗。三国时已有此风尚。宋时此风已稀。　④玉搔头:玉簪。斜坠:仿佛欲落的样子。　(这首词写贵族少妇春日独居百无聊赖的情态。)

李 璟

李璟(916—961),字伯玉,南唐烈祖李昇的长子,称中主。词仅存四首。

摊破浣溪沙①

菡萏香消翠叶残②,西风愁起绿波间,还与韶光共憔悴③,不堪看。 细雨梦回鸡塞远④,小楼吹彻⑤玉笙寒。多少泪珠何限恨,倚栏干。

①摊破浣溪沙:把"浣溪沙"这一词牌前后阕中的七字句破为十字,并分为两句,因而得名,又名"山花子"。 ②菡(hàn)萏(dàn):荷花。 ③韶光:春光。一作"容光"。 ④鸡塞:鸡鹿塞。《汉书·匈奴传》:"送单于出朔方鸡鹿塞。"颜师古注:"在朔方窳浑县西北。"(今陕西横山县西) ⑤彻:大曲中的最后一遍。吹彻:吹到最后一曲。 (这首词写春光憔悴、愁人不寐的凄凉情怀。)

李 煜

李煜(937—978),南唐后主。初名从嘉,字重光,中主李璟之子。975年,宋灭南唐,肉袒出降,受封为"违命侯",三年后被害。今传词三十多首,艺术成就很高。

清 平 乐

别来春半,触目愁肠断。砌下落梅如雪乱①,拂了一身还满②。 雁来音信无凭,路遥归梦难成。离恨恰如春草,更行更远还生。

①砌:石阶。 ②还(xuàn):同"旋",随即。 (这首词写春天远行在外之人缭乱而绵长的离恨。)

相见欢①

其 一

林花谢了春红,太匆匆!无奈朝来寒雨晚来风。 胭脂泪②,相留醉,几时重③?自是人生长恨水长东。

①相见欢:又名"乌夜啼"。 ②胭脂泪:美人所流之泪。 ③重:重逢。 (这首词写风雨送春、离人伤别的无奈和长恨。)

其 二

无言独上西楼,月如钩,寂寞梧桐深院锁清秋①。 剪不断,理还乱,是离愁,别是一般滋味在心头。

①锁清秋:作者被囚深院,寂寞悲愁,只有与清秋相对。 (这首词写莫可名状、难以言说的寂寞和凄凉。)

浪淘沙①

帘外雨潺潺②,春意阑珊③,罗衾不耐五更寒。梦里不知身是客,一晌贪欢④。 独自莫凭栏,无限江山,别时容易见时难。流水落花春去也,天上人间!

①浪淘沙:本唐教坊曲名,原为七言绝句,从李煜开始才改为两段令词。 ②潺(chán)潺:雨水声。 ③阑珊:残尽。 ④晌(shǎng):一会儿。 (这首词哀悼自己永别故国江山,往事如流水落花随春而去,天上人间无处寻觅。)

虞美人①

春花秋月何时了,往事知多少?小楼昨夜又东风,故国不堪回首月明中! 雕栏玉砌应犹在②,只是朱颜改。问君能有几多愁③?恰似一江春水向东流。

①虞美人:唐教坊曲名,又名"玉壶冰"、"一江春水"等。 ②雕栏玉砌(qì):指南唐故国的宫苑。 ③能:一作"还",一作"都"。 (这首词写月明之夜遥想故国宫苑的情景,抒发了如一江春水般浩荡无尽的亡国之恨。)

宋　元

一、北宋诗词散文

范仲淹

范仲淹(989—1052),字希文,苏州吴县(今江苏苏州)人。宋真宗大中祥符八年(1015)进士。历任参军、知州、司谏、吏部员外郎等官,至参知政事,是一位以天下国家为己任、富于理想的政治革新家;又曾任陕西经略安抚副使,是一位戍边有功的军事家。同时又富有文学才能,诗词散文均有创作,并有名篇传世。著有《范文正公集》。

渔家傲[①]

塞下秋来风景异[②],衡阳雁去[③]无留意。四面边声连角起[④]。千嶂[⑤]里,长烟落日孤城闭[⑥]。　　浊酒[⑦]一杯家万里,燕然未勒归无计[⑧]。羌管[⑨]悠悠霜满地。人不寐[⑩],将军白发征夫泪。

①据魏泰《东轩笔录》:"范文正公守边日,作《渔家傲》乐歌数阕,皆以'塞下秋来'为首句,颇述边镇之劳苦。"今仅存此首。这首词大约作于仁宗康定元年(1040)至庆历三年(1043)之间。　②塞下:指西北边境地区。异:与内地不同。　③衡阳雁去:指秋日大雁南飞。衡阳,今湖南衡阳。衡山有回雁峰,相传大雁到此不再南飞。　④边声:边塞上的声音,包括胡笳、羌笛、战马的嘶鸣、秋风的呼号等。连角起:各种声音和号角声响成一片。角,号角,这里指角声。　⑤嶂(zhàng):高的山峰如屏障者。　⑥长烟:远见荒漠上腾直升起的烟。落日孤城闭:日西落即闭城门,以见出边城的孤寂悲凉气氛。王维《使至塞上》诗:"大漠孤烟直,长河落日圆。"王之涣《凉州词》"一片孤城万仞山"与此二句意境略近。　⑦浊酒:质地低劣的酒,边地无好酒,故云。　⑧燕然未勒:还没有为国建立功勋。《后汉书·窦宪传》:窦宪大败匈奴,北追至燕然山(在今蒙古人民共和国境内,即杭爱山),刻石纪功而还。勒,刻。归无计:因出塞不安,戍边的将士无法归家。　⑨羌管:即羌笛。笛出于羌人,故称羌笛。　⑩不寐:不能入睡。　(这首词通过描写边塞秋日的风光景色,抒发了词人抗击西夏、为国立功的雄心壮志,同时也流

露了壮志未酬,久戍不归的苦闷心情,风格苍凉悲壮。)

岳阳楼记①

　　庆历四年②春,滕子京谪守巴陵郡③。越明年④,政通人和⑤,百废具兴⑥。乃重修岳阳楼,增其旧制⑦,刻唐贤、今人诗赋于其上⑧,属予⑨作文以记之。

　　予观夫巴陵胜状⑩,在洞庭一湖⑪。衔远山⑫,吞长江⑬,浩浩汤汤⑭,横无际涯⑮;朝晖夕阴⑯,气象万千。此则岳阳楼之大观⑰也,前人之述备⑱矣。然则北通巫峡⑲,南极潇湘⑳,迁客骚人㉑,多会于此,览物之情㉒,得无异乎㉓?

　　若夫霪雨霏霏㉔,连月不开㉕,阴风怒号,浊浪排空;日星隐曜㉖,山岳潜形㉗;商旅㉘不行,樯倾楫摧㉙;薄暮冥冥㉚,虎啸猿啼。登斯楼也,则有去国㉛怀乡,忧谗畏讥㉜,满目萧然㉝,感极而悲者矣。

　　至若春和景明㉞,波澜不惊㉟,上下天光㊱,一碧万顷㊲;沙鸥翔集㊳,锦鳞游泳㊴;岸芷汀兰㊵,郁郁青青㊶。而或长烟一空㊷,皓月千里,浮光耀金㊸,静影沉璧㊹,渔歌互答㊺,此乐何极㊻!登斯楼也,则有心旷神怡,宠辱偕忘㊼,把酒㊽临风,其喜洋洋者矣㊾。

　　嗟夫,予尝求古仁人㊿之心,或异二者之为㉛。何哉?不以物喜㉜,不以己悲。居庙堂之高㉝,则忧其民;处江湖之远㉞,则忧其君;是进㉟亦忧,退㊱亦忧。然则㊲何时而乐耶?其必曰:先天下之忧而忧,后天下之乐而乐欤㊳!噫㊴!微斯人㊵,吾谁与归㊶!

　　时六年㊷九月十五日。

①这篇文章作于庆历六年(1046)。岳阳楼:在今湖南岳阳市,面对洞庭湖,自唐以来即负盛名,为历代文人才士登临赋咏之所。　②庆历四年:即公元1044年。庆历(1041—1048)为宋仁宗年号。　③滕子京:名宗谅,河南人,与范仲淹同年进士。仁宗时又曾共同防御边郡,抗击西夏的入侵。在守庆州(治所在今甘肃省庆阳)时,被人诬告私用官钱十六万获罪,时范仲淹任参知政事,竭力申奏救援,初贬知虢州,复徙岳州。谪守巴陵郡:贬官到巴陵郡。巴陵郡,即岳州。宋代的岳州即古巴陵郡地,在今湖南省岳阳市一带。　④越明年:过了一年之后。越,逾。　⑤政通人和:政治清明,人民安居乐业。　⑥百废具兴:一切废弛了的事情都兴办起来。　⑦增其旧制:扩大岳阳楼旧时的规模。　⑧"刻唐贤"句:唐贤,指唐代有道德学问的人;今人,指当代文士。滕子京在给

中国古代文学作品选注　198

范仲淹的求记信中,说他曾"命僚属于韩(愈)、柳(宗元)、刘(禹锡)、白(居易)、二张(张说、张九龄)、二杜(杜甫、杜牧),逮诸大人集中摘出登临寄咏,或古(诗)或律(诗)歌咏并赋七十八首,暨本朝大笔如太师吕公(端)、侍郎丁公(谓)、尚书夏公(竦)之众作,榜于梁栋间。" ⑨属:同"嘱",嘱托。 ⑩夫(fú):语助词,无义。胜状:美景。 ⑪洞庭:长江流域的著名大湖,在湖南省,长二百里,宽百里,湖中有君山等岛屿,气势宏伟,十分壮观。 ⑫衔:包含。这里通过山影倒映水中以形容洞庭湖之大。 ⑬吞:容纳,形容长江水注入湖中。 ⑭浩浩汤(shāng)汤:形容水势辽阔盛大。 ⑮横无际涯:指湖面广阔浩渺,无边无际。际涯,边际。 ⑯朝晖夕阴:指早晚天色的明暗变化。晖,日色明亮;阴,光线晦暗。 ⑰大观:宏伟壮阔的景象。 ⑱前人之述:指前面所说的"唐贤、今人诗赋"。备:详尽。 ⑲巫峡:长江三峡之一,在四川巫山县和湖北巴东县境内,因巫山而得名,全长一百六十里,上下与瞿塘峡、西陵峡相接。 ⑳极:尽,直到。潇湘:湘江发源于广西境内,流至湖南永州境与潇水会合,称潇湘。 ㉑迁客:被贬官到偏远地区的人。骚人:诗人。诗人屈原被放逐后曾作《离骚》以言志,后世因称诗人为骚人。 ㉒览物之情:这里指因观赏洞庭湖的景色而产生的感情。 ㉓得无异乎:能不因景物的变化而不同吗? ㉔霪(yín)雨:久下不停的雨。霏霏:细雨飘落的样子。 ㉕开:指云散天晴。 ㉖日星隐曜(yào):太阳和星星都隐没了光辉。曜:光亮。 ㉗山岳潜形:山岳的形象也潜伏不见。 ㉘商旅:商人旅客。 ㉙樯(qiáng):船上桅杆。楫(jí):划船用的浆。 ㉚冥冥:昏暗貌。 ㉛去国:离开京城。 ㉜忧谗畏讥:对小人的诽谤嘲讽感到担忧害怕。 ㉝萧然:萧条冷落的样子。 ㉞春和景明:春气融和,阳光灿烂。景,日光。 ㉟不惊:不起。 ㊱上下天光:形容湖水与日光相映融成一色。 ㊲顷:百亩为一顷。万顷,极言其大。 ㊳翔:飞翔;集:栖止。 ㊴锦鳞:对鱼的美称。 ㊵芷(zhǐ):香草名。汀(tīng):水中沙洲。 ㊶郁郁:香气浓郁。青青(jīng):同"菁菁",花叶茂盛的样子。 ㊷而或:或者,这里表示另写一种景象。长烟一空:空中的烟霭全都消散。 ㊸浮光耀金:月光照在湖水上,随波闪耀着金色的光彩。 ㊹静影沉璧:月亮映入平静的水中,犹如一块圆圆的璧玉沉入水底。璧:圆形白玉。 ㊺互答:互相唱和,此起彼落。 ㊻何极:哪有穷尽。 ㊼宠辱:显耀和屈辱。偕:都。 ㊽把酒:端酒,举酒。把,拿。 ㊾洋洋:兴高采烈的样子。 ㊿尝:曾经。仁人:品德高尚的人。这里指作者心目中的理想人物。 ○51二者:指上文所说:"感极而悲"和"其喜洋洋"两种思想感情。 ○52"不以"二句:是说古仁人不因境遇的好坏和个人的得失而悲喜。 ○53居庙堂之高:在朝廷里做高官。庙堂,指朝廷。 ○54处江湖之远:远离朝廷贬谪到外地做官或隐居江湖。 ○55进:指做官。 ○56退:指退隐。 ○57然则:那么。 ○58"先天下"二句:意思是,先于天下的人为国家的前途命运而忧虑,国家安定,天下的人都能安居乐业了,自己才跟天下的人同享安乐。这表现了范仲淹高洁的人生理想和远大的政治抱负。 ○59噫(yī):叹词。 ○60微斯人:没有这样的人(作者赞颂向往的古仁人)。微:无。 ○61吾谁与归:我归向谁呢?与,助词,无义。归,归心于,有宗仰,效法的意思。 ○62时:指写作这篇文章的时间。六年:仁宗庆历六年。　　(这篇文章将叙述、描写、议论、抒情结合在一起,通过岳阳楼上所见洞庭湖的景色及其变化,抒发了他"先天下之忧而忧,后天下之乐而乐"的崇高理想和伟大政治抱负。)

晏　殊

　　晏殊(991—1055),字同叔,临川(今江西临川)人。真宗景德二年(1005)以神童召试,赐同进士出身。仁宗时,官至集贤殿学士,同平章事兼枢密使,卒谥元献。他是达官贵人而兼诗人。诗词多写宴游及闲情逸致。著有《珠玉词》。

浣　溪　沙

　　一曲新词酒一杯①,去年天气旧亭台②,夕阳西下几时回③?　无可奈何花落去,似曾相识燕归来④,小园香径独徘徊⑤。

　　①"一曲"句:写以诗酒作排遣。　②"去年"句:是说园中亭台和天气都跟去年一样。这是以不变引起下文写变。　③"夕阳"句:这是从变的一面,以夕阳西下写时光流逝,难于挽回。　④"无可"二句:慨叹花落春归。作者另有《示张寺丞王校勘》诗,五六两句亦用此联,唯"香径"作"幽径"。这两句因情景交融、属对工巧成为名句。　⑤香径:园中落花满地的小路。　(这首词抒写了时光流逝、春意难留引起的内心惆怅。)

欧阳修

　　欧阳修(1007—1072),字永叔,号六一居士,庐陵(今江西吉安市)人。宋仁宗天圣八年(1030)进士。累官至翰林学士、枢密副使、参知政事。曾以翰林学士修《新唐书》。为官直言敢谏,关心民生疾苦。积极支持范仲淹的庆历新政,又是北宋诗文革新运动的领袖人物,大胆提携后进,积极提倡健康的文风。诗、词、散文都有创作,散文成就更为突出。死后谥号文忠。著有《欧阳文忠公集》、《六一词》。

晚泊岳阳①

卧闻岳阳城里钟,系舟岳阳城下树。正见空江明月来,云水苍茫失江路②。夜深江月弄清辉③,水上人歌月下归。一阕声长听不尽④,轻舟短楫去如飞⑤。

①这首诗作于仁宗景祐三年(1036)。岳阳:今湖南省岳阳市,宋代为岳州治所。欧阳修因支持范仲淹,作《与高司谏书》获罪,被贬为峡州夷陵(今湖北宜昌附近)令,赴贬所途中,于景祐三年九月初四日至岳州,夷陵县吏来接,泊船城外。 ②苍茫:旷远迷茫的样子。 ③弄:戏弄、摆弄。这是用拟人的手法,更加显示出月光泻在江面上那素洁清幽的光辉。 ④一阕(què):歌曲一首叫一阕。 ⑤楫(jí):船桨。 (这首诗在清幽静谧的境界中传达出一种盎然生意。)

戏答元珍①

春风疑不到天涯②,二月山城未见花③。残雪压枝犹有橘,冻雷惊笋欲抽芽④。夜闻归雁生乡思⑤,病入新年感物华。曾是洛阳花下客⑥,野芳虽晚不须嗟⑦。

①这首诗作于仁宗景祐四年(1037),时作者为夷陵令。元珍:丁宝臣的字,丁宝臣当时任峡州判官。题下原注:"一本下云'花时久雨之什'。" ②天涯:指当时作者所在的贬所夷陵。 ③山城:亦指夷陵,其地多山。欧阳修对此诗极为自负,尤其对首二句颇为自得,曾语人曰:"修在三峡赋诗云:'春风疑不到天涯,二月山城未见花。'若无下句,则上句不见佳处,并读之,便觉精神顿出。文章难评如此,要当着意详味之耳。"(见蔡绦《西清诗话》) ④"残雪"二句:橘和笋都是夷陵的土产美味。欧阳修《夷陵县至喜堂记》云:"夷陵风俗朴野,少盗争,而令之日食有稻与鱼,又有橘柚茶笋四时之味,江山秀美,而邑居缮完,无不可爱。" ⑤"夜闻"二句:一作"鸟声渐变知芳节,人意无聊感物华。"春来天暖,大雁北飞,称归雁。物华:美好的景物。隋薛道衡《人日思归》诗:"人归落雁后,思发在花前。" ⑥"曾是"句:欧阳修曾任洛阳留守推官,洛阳盛产牡丹,故自称"花下客"。欧阳修还写过《洛阳牡丹记》和《洛阳牡丹图》诗。 ⑦"野芳"句:是说这里的野芳不如洛阳牡丹,而且开放较晚,但用不着嗟叹。王禹偁诗:"忆昔西都看牡丹,稍无颜色便心阑;而今寂寞山城里,鼓子花开亦善欢。"(见吴曾《能改斋漫录》卷一一)这是一种自慰语,含蓄地表现出不满情绪。 (这首诗通过对夷陵初春景象及自身感受的

描写,抒发了他被贬官僻地的复杂心情。)

食糟民①

田家种糯官酿酒,榷利秋毫升与斗②。酒沽得钱糟弃物③,大屋经年堆欲朽④。酒醅瀺灂如沸汤⑤,东风来吹酒瓮⑥香。累累罂⑦与瓶,惟恐不得尝。官沽味酸村酒薄,日饮官酒诚可乐。不见田中种糯人,釜无糜粥⑧度冬春,还来就官⑨买糟食,官吏散糟以为德⑩!嗟彼官吏者,其职称长民⑪。衣食不蚕耕⑫,所学义与仁。仁当养人义适宜⑬,言可闻达力可施⑭。上不能宽⑮国之利,下不能饱尔⑯之饥。我饮酒,尔食糟,尔虽不我责⑰,我责⑱何由逃!

①这首诗作于仁宗皇祐二年(1050)。糟:酒渣。 ②榷(què)利:政府以专卖获利。榷,专卖。据《宋史·食货志》,北宋时实行酒的专卖,各州城内均设酒务负责酿酒,县镇乡间准许百姓酿酒,但须交纳高额税金。秋毫升与斗:是说政府以酒取利,细小到一升一斗也不放过。 ③沽:卖酒。 ④"大屋"句:酒糟长期堆放大屋里快腐烂变质了。 ⑤酒醅(pēi):未经过滤的酒。瀺灂(chán zhuó):酒醅因发酵冒泡而发出的声音。沸汤:开水。 ⑥瓮:盛酒的陶制坛子。 ⑦累累:众多貌。罂(yīng):盛酒的瓶子,大腹小口。 ⑧釜(fǔ):锅。糜粥:稀饭。 ⑨就官:到官府所设酿酒的地方。 ⑩德:仁德,对老百姓做了好事。 ⑪长(zhǎng)民:做人民的长官。 ⑫"衣食"句:是说有衣穿有饭吃却不从事养蚕和耕作。 ⑬"仁当"句:意思是,讲仁就应当养育人民,使他们过安定的生活;讲义,对人民征利就应该适可而止,不能太过分。 ⑭"言可"句:是说做官吏的应尽到的职责:一方面是向上反映人民的疾苦和要求,使统治者了解下情;另一方面是要尽力做一些对人民有利的事情。 ⑮宽:扩大。 ⑯尔:你们,指食糟民。原注:"一作'民'"。 ⑰不我责:即"不责我"。 ⑱责:罪责。 (这首诗通过酒的专卖政策给农民带来的苦难,对官饮酒、民食糟的不合理现象进行了抨击,对被压迫剥削的劳动人民寄予了深切的同情,对假仁假义的官吏进行了尖刻的讽刺和揭露,同时也表达了自己因不能富国裕民而自疚的心情。)

踏 莎 行

候馆①梅残,溪桥柳细,草薰风暖摇征辔②。离愁渐远渐无穷,迢迢不断如春水③。　　寸寸柔肠④,盈盈粉泪⑤,楼高莫近危阑倚⑥。平芜⑦尽处是春山,行人⑧更在春山外。

①候馆:旅舍。　②草薰:花草的香气。草薰风暖,用梁江淹《别赋》"闺中风暖,陌上草薰"意。摇征辔(pèi):指策马远行。辔,马缰绳。　③迢迢:形容遥远。　④"寸寸"句:柔肠寸断,形容十分悲伤。　⑤"盈盈"句:泪流满面的样子。盈,水满。　⑥危阑:高楼的栏杆。　⑦平芜:长满草的原野。　⑧行人:游子。　(这首词结合春景,从游子和思妇两个方面抒写了离愁别绪。)

蝶 恋 花

庭院深深深几许①?杨柳堆烟②,帘幕无重数③。玉勒雕鞍游冶处④,楼高不见章台路⑤。　雨横风狂三月暮⑥,门掩黄昏,无计留春住。泪眼问花花不语⑦,乱红飞过秋千去。

①深深:是言其深;深几许:是问深多少。　②堆烟:烟雾笼罩。　③"帘幕"句:帘幕很多,层层阻隔。与首句"庭院深深"相呼应。　④玉勒雕鞍:华丽的车马。勒,马笼头。游冶处:指歌楼妓馆。　⑤章台:长安街名,这里指繁华游乐之地,即上句所说的"游冶处"。　⑥"雨横(hèng)"句:暮春三月,风雨猖狂。此句说到季节(三月暮)和气候(风雨),与下句时刻(黄昏)相配合,点染出美好的春天已无情地逝去。横,凶横,狂暴。　⑦"泪眼"二句:《词林纪事》卷四:"《南部新书》记严恽诗(按即《落花》):'尽日问花花不语,为谁零落为谁开?'此阕结二句似本此。"乱红:零乱飘落的花瓣。　(这首词抒写了一个贵族妇女内心的怨恨和悲愁。)

五代史伶官传序①

呜呼!盛衰之理②,虽曰天命③,岂非人事④哉!原⑤庄宗之所以得天下,与其所以失之者,可以知之矣。

世言晋王之将终⑥也,以三矢⑦赐庄宗而告之曰:"梁⑧,吾仇也⑨;燕王⑩,吾所立⑪;契丹与吾约为兄弟⑫,而皆背晋以归梁。此三者,吾遗恨也。与尔三矢,尔其无忘乃父之志⑬!"庄宗受而藏之于庙⑭。其后用兵,则遣从事以一少牢告庙⑮,请其矢⑯,盛以锦囊⑰,负而前驱⑱,及凯旋而纳⑲之。

方其系燕父子以组⑳,函梁君臣之首㉑,入于太庙,还矢先王㉒,而告以成功。其意气之盛,可谓壮哉!及仇雠㉓已灭,天下已定,一夫夜呼㉔,乱者四应,仓皇东出㉕,未及见贼㉖,而士卒离散,君臣相顾,不知所归;至于誓天断发㉗,泣下沾襟,何其衰也!岂得之难而失之易欤?抑本其成败之迹㉘,而皆自于人㉙欤?

《书》㉚曰:"满招损㉛,谦得益。"忧劳可以兴国,逸豫㉜可以亡身,自然之理也。故方其盛也,举㉝天下豪杰莫能与之争;及其衰也,数十伶人困之㉞,而身死国灭,为天下笑。夫祸患常积于忽微㉟,而智勇多困于所溺㊱,岂独伶人也哉!作《伶官传》。

①这篇文章是欧阳修为《五代史·伶官传》写的一篇序文。欧阳修撰《五代史记》,为与宋初薛居正所撰《五代史》相区别,改称《新五代史》(薛著后称《旧五代史》)。伶官是宫廷中的乐工和艺人。后唐庄宗李存勖(xù)好俳优,宠幸伶人,以致乱政败国。《伶官传》是欧阳修为庄宗宠幸的伶人敬新磨、景进、史彦琼、郭从谦所写的合传。　②盛衰之理:国家治乱、兴衰的道理。　③天命:上天安排的命运。封建时代统治阶级宣扬皇帝都是"受命于天"的,以此来麻痹人民群众。欧阳修在本文中立论以人事为主。④人事:人的作为,即人为的因素。　⑤原:推原,探究。　⑥世言:世人说。晋王:庄宗的父亲李克用。李存勖的祖上本为西域突厥族,世为沙陀部酋长,其祖父朱邪赤心归顺唐王朝,被赐姓李。其父李克用因镇压黄巢起义有功,被唐昭宗封为晋王,死于后梁开平二年(908)。　⑦矢:箭。　⑧梁:朱温(全忠)于天祐四年(907)篡唐后所建,史称后梁。这里即指朱温。　⑨吾仇也:李克用和朱温是唐昭宗时势力很大的两个军阀,朱温被黄巢起义军围困时,曾求救于李克用,黄巢败退后,朱温曾诱杀李克用,不遂;为争河北地,两家曾连年争战,梁军一度进攻太原,严重威胁李克用。因此二人结成深仇。⑩燕王:这里指刘仁恭。　⑪吾所立:这是一种夸大之辞。刘仁恭因李克用保荐任幽州卢龙军节度使,但后来不听李克用调遣,并与之对抗,李克用亲往讨伐,反为所败,自是刘背晋归梁(朱温)。刘子守光因父杀兄,篡位自立,始称燕王,这时李克用已死。⑫"契丹"句:契丹,当时北方的少数民族。天祐二年(905)五月朱温将篡唐,李克用与契丹主耶律阿保机握手定盟,结为兄弟,相约共同举兵讨伐朱温。但不久阿保机背约与朱温通好,并相约举兵攻晋,因此激怒李克用。　⑬乃父:你的父亲。志:报仇雪恨的遗愿。　⑭庙:太庙,古代帝王供奉和祭祀祖先的地方。　⑮从事:官名,官府里的办事人员,这里泛指侍从属官。少牢:古代祭祀时祭品的名称。祭祀用的牲畜叫牢,用一牛、一羊、一猪的称为太牢,用一羊、一猪的称为少牢。告庙:到庙里告告祖宗。这里指到李克用庙中举行仪式,表示继承遗志,杀敌报仇。　⑯请其矢:谓恭敬地取出李克用遗赐的三支箭。　⑰锦囊:锦缎做的箭袋。　⑱前驱:走在队伍的前面,表示决心很大。⑲纳:放回。　⑳方:当。系:捆绑。燕父子:指刘仁恭、刘守光父子。组:绳子。这句所说的事实是:天祐八年(911),刘守光自称大燕皇帝;次年,晋王李存勖派周德威攻破幽州,生俘当时被刘守光囚禁的刘仁恭;刘守光逃往沧州(今河北沧州市),后被逮捕送往幽州。天祐十一年,李存勖将刘仁恭父子用绳子捆着送往太庙奉献于李克用位前。

㉑函：作动词用，装到木匣子里。梁君臣：指朱全忠之子梁末帝朱友贞及其侍卫官皇甫麟等。首：首级。这句所说的事实是：同光（庄宗李存勖年号）元年（923），李存勖攻破后梁首都大梁（今河南开封市），朱友贞知死不可免，为使自己不落入李存勖之手，便命部将皇甫麟将他杀死，后皇甫麟亦自杀。李存勖命人割下二人首级，用木匣装着献于李克用之庙。　㉒还矢先王：指完成父命后将箭送回庙里。　㉓仇雠(chóu)：仇敌。　㉔"一夫"句：一夫，指皇甫晖。同光四年（926）正月，因李存勖连杀功臣大将，人心震恐，又加军民缺粮，当时驻贝州（今河北清河县西）军士皇甫晖乘机于夜间杀帅起事，进攻邺都（今河北大名县东北），守城伶官史彦琼弃城逃跑。　㉕"仓皇"句：指同光四年三月李存勖在听到贝、邺兵变后，由洛阳发兵东趋汴州（今河南开封市）事。　㉖"未及"四句：当李存勖东趋汴州时，汴州已为叛变的成德节度使李嗣源所占领。李存勖见诸军离散，精神沮丧，登路旁荒冢，视诸将流涕。　㉗"至于"二句：李存勖率军出发时有兵士二万五千人，及还过汜水时，已损失一万多人，回兵洛阳行至石桥（在洛阳城东）时，置酒野外，哭问诸将："卿辈事吾以来，急难富贵靡不同之，今致吾至此，皆无一策以相救乎？"时诸将百余人，皆截发置地，誓以相报，因相与号泣。（见《资治通鉴》后唐纪三）　㉘抑：或。本：推原，探究。迹：事迹。　㉙自于人：由人事而来。自，由。　㉚《书》：指《尚书》，下面的两句话，见该书《虞书·大禹谟》。　㉛"满招"二句：骄傲自满会招来损害，谦虚谨慎会得到好处。"得"字《尚书》原文作"受"。　㉜逸豫：安乐。指李存勖宠幸伶人，贪图安乐。　㉝举：全部，所有的。　㉞"数十"句：李存勖爱好音律，宠幸伶官，致使伶人得以出入宫禁，擅作威福。同光四年，从马直（皇帝的近卫军）指挥使伶人郭从谦（艺名郭门高）乘乱进攻宫城，李存勖于乱中中流矢而死。　㉟忽微：细小之意。忽，本是极小的度量单位。欧阳修这里用以强调大祸是由小事积累发展所致。　㊱溺：贪爱，迷恋。　（这篇文章通过后唐庄宗宠幸伶人而招致灭国亡身的事实，总结了"忧劳可以兴国，逸豫可以亡身"以及"祸患常积于忽微，而智勇多困于所溺"的历史经验，并强调了盛衰之理主要在于人事，表现了作者作为历史家兼政治家的卓特识见。）

醉翁亭记①

　　环滁皆山也②。其西南诸峰，林壑③尤美。望之蔚然而深秀④者，琅琊⑤也。山行六七里，渐闻水声潺潺⑥，而泻出于两峰之间者，酿泉也。峰回路转，有亭翼然⑦临于泉上者，醉翁亭也。作亭者谁？山之僧智仙也。名之者⑧谁？太守自谓也⑨。太守与客来饮于此，饮少辄⑩醉，而年又最高，故自号曰醉翁也。醉翁之意不在酒，在乎山水之间也。山水之乐，得之心而寓之酒也⑪。

　　若夫日出而林霏开⑫，云归而岩穴暝⑬，晦明变化者，山间之朝暮也。野芳⑭发而幽香,佳木秀而繁阴⑮,风霜高洁⑯,水落而石出者⑰,山间之四时⑱也。朝而往,暮而归,四时之景不同,而乐亦无穷也。

至于负者⑲歌于途,行者休于树,前者呼,后者应,伛偻提携⑳,往来而不绝者,滁人游也。临溪而渔,溪深而鱼肥,酿泉为酒,泉香而酒洌㉑;山肴野蔌㉒,杂然而前陈者,太守宴也。宴酣之乐,非丝非竹㉓;射者㉔中,弈㉕者胜,觥㉖筹交错,起坐而喧哗者,众宾欢也。苍颜白发,颓然㉗乎其间者,太守醉也。

已而㉘夕阳在山,人影散乱,太守归而宾客从也。树林阴翳㉙,鸣声上下,游人去而禽鸟乐也。然而禽鸟知山林之乐,而不知人之乐;人知从太守游而乐,而不知太守之乐其乐㉚也。醉能同其乐,醒能述以文㉛者,太守也。太守谓谁?庐陵欧阳修也。

①这篇文章作于仁宗庆历六年(1046),时作者贬官滁州。滁州即今安徽省滁县。醉翁亭在滁县西南七里。作者《题滁州醉翁亭》诗云:"四十未为老,醉翁偶题篇,醉中遗万物,岂复记吾言。" ②环滁皆山:滁州的四面都是山。这是一种夸张的写法,实际滁州只西南面有琅邪山。《朱子语类》卷一三九:"欧公文,亦多是修改到妙处。顷有人买得他《醉翁亭记》稿,初说滁州四面有山,凡数十字,末后改定,只目'环滁皆山也'五字而已。" ③壑(hè):山谷。 ④蔚然:草木茂盛的样子。深秀:幽深秀美。 ⑤琅邪:又写作琅琊,山名,在滁州西南十里。东晋元帝以琅邪王渡江,常驻滁州,故滁州溪、山皆有琅邪之号。(见王禹偁《小畜集》卷一〇《琅邪山》注) ⑥潺(chán)潺:溪水声。 ⑦翼然:形容亭的飞檐如鸟展翅。 ⑧名之者:给亭子起名字的人。 ⑨太守:汉代一郡的行政长官称太守,宋人承袭用来称州、军的行政长官。时作者知滁州,故自称太守。自谓:以自己的号来为亭子命名。欧阳修《赠沈遵》诗:"我时四十犹强力,自号醉翁聊戏客。" ⑩辄:就。 ⑪"得之"句:心里有所感受而寄托于酒中。 ⑫林霏(fēi)开:树林里的雾气散开。 ⑬"云归"句:傍晚时云烟聚拢来,像是回到山里。岩穴暝:山谷变得晦暗起来。暝,阴暗。 ⑭野芳:野花。 ⑮秀:繁茂。繁阴:树叶浓密。 ⑯风霜高洁:秋高气爽,霜露洁白。 ⑰"水落"句:写水枯时节情景。以上四句分写春夏秋冬四时景象。 ⑱四时:春夏秋冬四季。 ⑲负者:担负行李物品的商旅行人。 ⑳伛偻(yǔ lǚ):弯腰曲背的老人。提携:指孩子。 ㉑洌(liè):清澈。 ㉒山肴(yáo)野蔌(sù):山中的野味和野菜。蔌,菜。 ㉓丝、竹:指弦管乐器。 ㉔射者中:指古时宴饮所进行的投壶游戏,将箭投入壶中,投中者为胜。 ㉕弈(yì):下棋。 ㉖觥(gōng):酒杯。筹:行酒令时用来计数的酒筹。 ㉗颓然:形容酒醉的样子。 ㉘已而:不久。 ㉙阴翳(yì):树荫遮蔽。 ㉚乐其乐:前一"乐",指太守乐,作动词用;后一"乐",指从游者之乐。 ㉛述以文:用文章记述下来。 (这篇文章通过醉翁亭及周围景色的描写,抒发了作者在贬官后旷达自放、寄情山水和与民同乐的感情。)

柳　永

柳永(987? —1053?),原名三变,字耆卿,崇安(今福建崇安县)人。他原本热衷功名富贵,但屡试不中,转而奋力填词。他满腹牢骚,十分自负,长期与下层的乐工歌女交往,过一种"偎红倚翠"的风流浪漫生活,以词抒写他的"狂情怪胆"。近五十岁时改名柳永,才考中进士,官至屯田员外郎,故世称柳屯田。他扩大了词的题材,多写都市的繁华、羁旅行役之苦和下层歌妓们的悲欢。又多写慢词,并运用通俗的口语入词,长于铺叙。他的词在当时被广泛传唱,据传"凡有井水处,皆能歌柳词"。著有词集《乐章集》。

雨霖铃①

　　寒蝉②凄切,对长亭③晚,骤雨初歇。都门帐饮无绪④,留恋处⑤,兰舟催发⑥。执手相看泪眼,竟无语凝噎⑦。念去去千里烟波⑧,暮霭沉沉楚天阔⑨。　　多情自古伤离别,更那堪、冷落清秋节⑩!今宵酒醒何处?杨柳岸、晓风残月⑪。此去经年⑫,应是良辰好景虚设⑬。便纵有千种风情⑭,更与何人说?

①雨霖铃:据《太真外传》:"上(唐玄宗)至斜谷口,属霖雨弥旬,于栈道中闻铃声,隔山相应。上既悼念贵妃,因采其声为《雨霖铃曲》,以寄恨焉。"宋词双调《雨霖铃慢》即倚旧曲为新声,由此演化而来。　②寒蝉:蝉的一种,一名寒蜩、寒螀。《礼记·月令》:"孟秋之月,寒蝉鸣。"　③长亭:古时在路上修建的馆驿,供行人歇息。十里一长亭,五里一短亭。长亭又是古人送别的地方。　④都门帐饮:在汴京的郊外设帐宴饮以送行。绪:心绪,兴致。　⑤留恋处:一作"方留恋处"。　⑥兰舟:木兰树质坚硬,常用来做舟楫。这里借以形容船的华美。　⑦凝噎(yè):因悲伤而气结声塞,说不出话来。"噎"同"咽",哽咽。　⑧念:想到。去去:一程一程地远去。烟波:形容雾气笼罩着水面。　⑨暮霭:黄昏时的云气。楚天:泛指江南一带的天空。沉沉:浓重貌。刘长卿《石梁湖有寄》:"相思楚天阔。"阔,辽远。　⑩清秋节:秋季树木凋零,凄清冷寂,故称清秋节。　⑪"今宵"二句:是设想旅途上次日清晨所见的情景。　⑫经年:年复一年。　⑬"应是"句:系推想之辞,语意却十分肯定。　⑭纵:纵然,即使。风情:爱情。　(这是一首描写离愁别绪的送别词,大约是词人离汴京南去,与恋人话别时所写。这首词以秋景渲染和衬托别情,并设想别后的种种孤寂情景,生动地展示了离人的内心活动。全词

情景交融,感情真挚,情调哀怨凄清。)

望 海 潮①

　　东南形胜②,三吴都会③,钱塘④自古繁华。烟柳画桥⑤,风帘翠幕⑥,参差⑦十万人家。云树⑧绕堤沙,怒涛卷霜雪⑨,天堑⑩无涯。市列珠玑⑪,户盈罗绮⑫,竞豪奢。　　重湖叠巘清嘉⑬,有三秋桂子⑭,十里荷花。羌管弄晴⑮,菱歌泛夜,嬉嬉钓叟莲娃⑯。千骑拥高牙⑰,乘醉听箫鼓,吟赏烟霞⑱。异日图将好景⑲,归去凤池⑳夸。

　　①《望海潮》:此调为柳永所创,大概取意于钱塘可观望海潮。《钱塘遗事》载:"孙何帅钱塘,柳耆卿作《望海潮》词赠之,有'三秋桂子,十里荷花'之句。此词流播,金主亮闻之,欣然起投鞭渡江之志。"虽为夸大之词,亦可见出当时影响之大。　②形胜:地理形势优越。《荀子·强国》:"其固塞险,形势便,山川林谷美,天材之利多,是形胜也。"　③三吴:郦道元《水经注·浙江水》谓:吴兴郡、吴郡(今江苏苏州)、会稽郡(今浙江绍兴)"世号三吴"。这里泛指江浙一带。一作"江吴"。都会:人口集中的大城市。　④钱塘:今浙江省杭州市。　⑤烟柳:烟雾笼罩的柳。画桥:有雕栏彩绘的桥。　⑥翠幕:翠绿色的帷幕。　⑦参差(cēn cī):这里形容城市建筑物高低错落。　⑧云树:形容枝叶茂密的大树。　⑨霜雪:形容浪花色白如霜雪。　⑩天堑(qiàn):天然的险阻,多用以指长江,这里指钱塘江。　⑪珠玑(jī):泛指各种珍贵的珠玉。玑,不圆的珠子。　⑫罗绮(qǐ):泛指绫罗绸缎。绮,有花纹的丝织品。　⑬重(chóng)湖:西湖分为外湖、里湖,故称。叠巘(yǎn):重叠的山峰。清嘉:清秀美丽。　⑭三秋:桂花开在八月,这里"三秋"当概言秋日。桂子:桂花。　⑮《羌管》句:笛声在晴空中飘荡。与下句"泛夜"相对,"弄晴"当指白天。因笛子相传为羌人所制,故称羌管。　⑯嬉嬉:嬉笑欢乐。莲娃:采莲的姑娘。　⑰千骑(jì):一人一马为一骑,千骑形容随从很多。拥:簇拥。牙:牙旗,军中大旗。这首词是赠给孙何的,孙当时任两浙转运使,驻节杭州。"千骑"以下三句既描了一般达官贵人出游的情景,也含有颂扬孙何地位显赫的意思。　⑱吟赏:吟诗欣赏。烟霞:烟水云霞。　⑲"异日"句:将来把美好的风景描画出来。异日,他日。图,画。将,语助词,无义。　⑳凤池:指凤凰池,指最高行政机关中书省的所在地,这里代指朝廷。夸:夸耀杭州美丽的景色。　(这首词出色地描写了西湖景色的秀美和杭州都市的繁华,铺张中流露了作者对统治者奢侈享乐生活的赞美和艳羡之情。)

王 安 石

　　王安石(1021—1086),字介甫,号半山,临川(今江西抚州)人。仁宗庆历二年(1042)中进士,做过几任地方官,神宗时为宰相,改革弊政,推行新法,由于遭到保守派的激烈反对,辞官后退居江宁(今江苏南京市)。他是北宋时期杰出的政治家和思想家,也是诗文革新运动的有力推动者。诗、文、词均有创作,诗名尤显。诗文具有浓厚的政治色彩。诗歌多议论,有散文化的倾向。晚年小诗风格深婉,意境新颖。词作不多,却写得清健高俊。著有《临川先生文集》。

河 北 民[①]

河北民,生近二边[②]长苦辛!家家养子学耕织,输与官家事夷狄[③]。今年大旱千里赤[④],州县仍催给河役[⑤]。老少相携来就南[⑥],南人丰年自无食[⑦]。悲愁白日天地昏,路旁过者无颜色[⑧]。汝生不及贞观中[⑨],斗粟数钱无兵戎[⑩]。

[①]这首诗作于仁宗庆历六年(1046)。河北:宋代设河北路,辖境包括河北省霸州以南地区以及今山东、河南二省黄河以北地区。这里泛指黄河以北地区。　[②]二边:指跟辽和西夏接壤的边境地区。　[③]输:交纳。官家:朝廷。事:侍奉,奉给。夷狄:指辽和西夏。　[④]赤:庄稼枯死,大地空无所有。　[⑤]给河役:出河工(为治理黄河服劳役)。　[⑥]就南:逃到黄河以南谋生。　[⑦]"南人"句:意谓黄河以南的人民即使在丰年由于受剥削阶级的掠夺也缺食挨饿。自,尚且。　[⑧]无颜色:面色惨白。　[⑨]不及:没有赶上。贞观:唐太宗年号(627—649)。贞观年间,天下安定无事,物阜民丰,人民安居乐业,历史上称为"贞观之治"。　[⑩]"斗粟"句:史载贞观时农业丰收,长安米贱,每斗仅值三四钱。无兵戎:没有战争。　(这首诗对在外族入侵和统治阶级残酷掠夺下劳动人民的悲惨生活寄予了深切的同情,并对唐代贞观时期的清明政治表现出热切的向往。)

书湖阴先生壁[①](二首选一)

其 一

茅檐长扫静[②]无苔,花木成畦[③]手自栽。一水护田将绿绕[④],两山排闼送青来。

[①]湖阴先生:作者住金陵(今南京市)时的邻居杨德逢的别号。　[②]静:同"净",由于长扫而显得十分干净。　[③]畦(qí):种菜或种花时拨土划出的小区。　[④]"一水"二

句:上句写水,下句写山,从颜色("绿"和"青")写出山水对人的感情,实际是表现人对山水景色的喜爱。护田:典出《汉书·西域传序》:"自敦煌西至盐泽,往往起亭,而轮台、渠犁,皆有田卒数百人,置使者校尉领护。"排闼(tà):推开门。典出《汉书·樊哙传》,大意是:高帝病,不喜见人,卧禁中,诏户者不得让群臣入,哙乃排闼直入。这里用典而不露痕迹。闼:宫中小门。　(这首诗以自然轻灵的笔墨写出了湖阴先生家宅内外的优美景色。)

泊船瓜洲①

京口②瓜洲一水间,钟山只隔数重山③。春风自绿④江南岸,明月何时照我还。

①这首诗是诗人离金陵外出,泊船于瓜洲时想念金陵而作。瓜洲:一名瓜步洲,在今江苏扬州市南。　②京口:即今江苏省镇江市,与长江北岸的瓜洲相对。　③钟山:即南京紫金山,是当时王安石的住处。　④自绿:通行选本作"又绿",此据《王文公文集》、《临川集》、李壁《王荆公诗注》。这里的"绿"字是形容词作动词用。全句意思是春风一起,江南岸的春草不待人力而自然成绿。据洪迈《容斋续笔》卷八,这个字作者改了十几次,初用"到",后改"过"、"入"、"满"等等,最后才选定这个"绿"字。　(这首诗将思家而不能归的普通感情写得极富于艺术感染力。)

桂 枝 香①

金陵怀古②

登临送目③,正故国④晚秋,天气初肃⑤。千里澄江似练⑥,翠峰如簇⑦。征帆去棹⑧残阳里,背西风、酒旗斜矗⑨。彩舟云淡,星河鹭起⑩,画图难足⑪。　念往昔、繁华竞逐⑫,叹门外楼头⑬,悲恨相续⑭。千古凭高⑮对此,漫嗟荣辱⑯。六朝旧事随流水,但寒烟衰草凝绿⑰。至今商女⑱,时时犹唱,《后庭》遗曲⑲。

①这首词大约作于作者罢相后居金陵时期。《桂枝香》这一词调首见于王安石此词。　②金陵:今江苏南京市,为六朝(吴、东晋、宋、齐、梁、陈)故都,因此作者登临时不禁怀想前代兴亡之事。　③登临:登山临水。送目:放眼远望。　④故国:旧都,即指金陵。　⑤肃:肃杀,秋天草木凋零的景象。　⑥澄江:清澈的江水。练:白色的绢绸。谢朓《晚登三山还望京邑》:"余霞散成绮,澄江静如练。"这里化用其句。　⑦簇(cù):通

"镞",箭头,形容山峰的挺直峭拔。 ⑧征帆去棹(zhào):指江上来来往往的船。征:远行。棹:船桨,这里指代船。 ⑨矗(chù):竖起。 ⑩星河:银河,这里借指长江。鹭(lù):鹭鸶,一种白色的水鸟。南京西南长江中有白鹭洲,这里是景物与地名双关。 ⑪难足:难于充分表现。 ⑫繁华竞逐:指南朝时的贵族统治阶级互相比赛着追求奢侈豪华的生活。 ⑬门外楼头:这里指隋灭陈的故事。隋朝大将韩擒虎已带兵打到金陵的朱雀门外,而陈后主叔宝却还在跟宠妃张丽华在结绮阁寻欢作乐,后城破被俘。杜牧《台城曲》:"门外韩擒虎,楼头张丽华。" ⑭悲恨相续:陈代亡国的悲恨是以前南朝各代相继亡国的延续。 ⑮千古:古往今来。凭高:登高。 ⑯漫嗟荣辱:空叹兴衰荣辱。漫:徒然。 ⑰但:只有。寒烟衰草:凄冷的烟雾和衰残的野草。凝绿:暗绿,缺乏光泽和生意的绿色。 ⑱商女:以卖唱为业的歌女。 ⑲《后庭》遗曲:指陈后主所作的《玉树后庭花》,其中有句云:"玉树后庭花,花开不复久",后世人们将它看作亡国之音。以上三句,用杜牧《夜泊秦淮》"商女不知亡国恨,隔江犹唱《后庭花》"句意。 (这首词描写金陵的壮丽景色,抒发怀古之情,对南朝贵族统治阶级竞逐繁华的腐朽生活进行了揭露和嘲讽。笔力俊健,一洗五代绮靡柔弱之风。)

答司马谏议书①

某启②:昨日蒙教③,窃以为与君实游处相好之日久④,而议事⑤每不合,所操之术⑥多异故也。虽欲强聒⑦,终必不蒙见察⑧,故略上报⑨,不复一一自辩⑩。重念蒙君实视遇厚⑪,于反复不宜卤莽⑫,故今具道所以⑬,冀君实或见恕也⑭。

盖儒者所争⑮,尤在于名实⑯,名实已明,而天下之理得⑰矣。今君实所以见教者,以为侵官、生事、征利、拒谏⑱,以致天下怨谤也⑲。某则以谓⑳:受命于人主㉑,议法度而修㉒之于朝廷,以授㉓之于有司,不为㉔侵官;举㉕先王之政,以兴利除弊,不为生事;为天下理财,不为征利;辟邪说㉖,难壬人㉗,不为拒谏。至于怨诽之多,则固前知㉘其如此也。人习于苟且㉙非一日,士大夫多以不恤国事㉚、同俗自媚于众㉛为善。上㉜乃欲变此,而某不量敌之众寡,欲出力助上以抗之,则众何为而不汹汹然㉝!盘庚之迁㉞,胥㉟怨者民也,非特㊱朝廷士大夫而已。盘庚不为怨者故改其度㊲;度义而后动㊳,是而不见可悔故也㊴。如君实责我以在位㊵久,未能助上大有为㊶,以膏泽斯民㊷,则某知罪矣;如曰今日当一切不事事㊸,守前所为㊹而已,则非某之所敢知㊺。

无由㊻会晤,不任区区向往之至㊼。

①这篇文章写于神宗熙宁三年(1070),是答复司马光攻击新法而写给他的一封信。

熙宁二年(1069)王安石任参知政事,推行新法。司马光强烈反对,于熙宁三年一月十七日写了一封长达三千多字的信给王安石,全面攻击新法,并指责王安石"侵官、生事、征利、拒谏",王安石写这封信一一加以驳斥。谏议:当时司马光任右谏议大夫。　②某启:等于说某某人陈述,是旧时书信中的习惯用语。"某"是在书信的草稿上用来指自己姓名的代字,正式发出的信件中则须写上自己的名字。　③蒙教:承蒙您的指教。这是接到对方来信的一种客气说法。　④窃:谦辞,私自。君实:司马光的字。游处:交往相处。　⑤议事:议论政事。　⑥操:持,抱。术:这里指政治主张。　⑦强聒(guō):强作解释。聒,声音嘈杂。《庄子·天下》:"虽天下不取,强聒而不舍也。"　⑧不蒙见察:不会被您理解。　⑨略:省略,免去。上报:指复信。　⑩自辩:为自己辩解。　⑪重(chóng)念:再想到。视遇:看待。　⑫反复:书信往来。卤(lǔ)莽:同"鲁莽",草率,不严肃。　⑬具道所以:详细地说明事情的缘由。　⑭冀:希望。见恕:原谅。　⑮儒者:信奉儒家思想的知识分子,这里泛指封建士大夫。争:争论。南宋龙舒本"争"作"重","重"即看重之意。　⑯名:观念、名义。实:客观事物的实际内容。　⑰得:得到,掌握。　⑱侵官:指因推行新法,新增设一些机构和官吏,因而侵犯了原有官吏的权力。生事:滋生事端,扰害百姓。征利:搜刮百姓的钱财。司马光攻击王安石变法中的经济措施是与民争利。拒谏:一意孤行,不听从劝告。　⑲致:招致。怨谤:怨恨和诽谤。　⑳以谓:以为。　㉑受命于人主:接受皇帝的命令(推行新法)。人主:皇帝,这里指宋神宗。　㉒修:制订。　㉓授:交付给。　㉔不为:不是,算不得。　㉕举:称举,宣扬。　㉖辟:抨击,驳斥。邪说:错误言论。　㉗难(nàn)壬(rén)人:斥责奸伪巧辩的小人。难,责难。壬人,同"任人",花言巧语而不行正道的人。《尚书·舜典》:"而难任人。"　㉘固:本来。前知:早就预料到。　㉙苟且:因循守旧,得过且过。　㉚恤(xù):关心,忧虑。　㉛同俗:附和流俗。自媚于众:讨好众人。　㉜上:皇帝,这里指宋神宗。　㉝汹汹然:大吵大闹的样子。　㉞盘庚之迁:《尚书·盘庚·序》:"盘庚五迁,将治亳殷,民咨胥怨。"从商汤到盘庚已有五次迁都。盘庚即位后,为了避免自然灾害和摆脱政治上的困境,决定将国都从奄(yān,今山东曲阜)迁到殷(今河南安阳),遭到了贵族和被贵族鼓动的人们的反对。　㉟胥:与,相与。　㊱非特:不只是。　㊲"盘庚"句:盘庚并没有因为遭到人们的怨恨就改变他的计划。度:计划,作名词用。南宋龙舒本此句作"盘庚不罪怨者,亦不改其度"。　㊳度(duó)义而后动:考虑到这是合理的才付诸实施。度:考虑,斟酌,作动词用。义:这里是合理、正确、符合原则一类意思。　㊴是:认为做得对。不见可悔:看不出有什么可后悔的。　㊵在位:指居宰相之位。　㊶大有为:指贤明的君主有所建树。《孟子·公孙丑下》:"故将大有为之君。"赵岐注:"言古之大圣大贤有所兴为之君。"　㊷膏泽:作动词用,给予恩惠。斯民:这些老百姓。意即使普通百姓得到好处。　㊸一切不事事:什么事情都不做。前一个"事"字是动词,后一个"事"字是名词。　㊹守前所为:固守祖宗留下的陈规旧法。前,前辈,祖先。　㊺非某之所敢知:不是我所敢领教的,是"我坚决不能同意"的一种客气说法。　㊻由:机会。　㊼不任:不胜,不尽。区区:衷心,诚心。向往之至:仰慕到了极点。这句是旧时书信结尾表示恭敬的客套话。（这篇文章有理有据地驳斥了反对派对变法的攻击和诽谤，表现了作者坚持真理、坚持改革的决心和无所畏惧的精神。文章旗帜鲜明，理直气壮，悍厉雄健，体现出论辩文章的战斗风格。）

游褒禅山记①

褒禅山亦谓之华山。唐浮图慧褒始舍②于其址，而卒③葬之；以故，其后名之曰褒禅④。今所谓慧空禅院者，褒之庐冢⑤也。距其院东五里，所谓华山洞者，以其乃华山之阳⑥名之也。距洞百余步，有碑仆道⑦，其文漫灭⑧，独其为文犹可识曰"花山"⑨。今言"华"如"华实"之"华"者，盖音谬⑩也。

其下平旷，有泉侧出，而记游⑪者甚众，所谓"前洞"也。由山以上五六里，有穴窈然⑫，入之甚寒，问其深，则虽好游者不能穷⑬也，谓之"后洞"。余与四人，拥火⑭以入；入之愈深，其进愈难，而其见愈奇。有怠⑮而欲出者，曰："不出，火且⑯尽。"遂与之俱出。盖予所至，比好游者尚不能十一⑰，然视其左右，来而记之者已少。盖其又深，则其至又加少⑱矣。方是时⑲，予之力尚足以入，火尚足以明⑳也。既其出㉑，则或咎㉒其欲出者，而予亦悔其随之而不得极夫㉓游之乐也。

于是予有叹焉。古人之观于天地、山川、草木、虫鱼、鸟兽，往往有得㉔，以其求思之深而无不在㉕也。夫夷以近㉖，则游者众；险以远，则至者少。而世之奇伟、瑰怪、非常之观㉗，常在于险远，而人之所罕至焉，故非有志者不能至也。有志矣，不随以止㉘也；然力不足者，亦不能至也。有志与力，而又不随以怠，至于幽暗昏惑而无物以相之㉙，亦不能至也。然力足以至焉，于人为可讥㉚，而在己为有悔㉛；尽吾志㉜也而不能至者，可以无悔矣，其孰㉝能讥之乎？此予之所得也。

余于仆碑，又以悲㉞夫古书之不存，后世之谬其传而莫能名者㉟，何可胜道也哉㊱！此所以学者不可以不深思而慎取㊲之也。

四人者：庐陵萧君圭君玉、长乐王回深父、余弟安国平父、安上纯父㊳。至和元年㊴七月某日，临川王某记。

①这篇文章作于仁宗至和元年（1054）。褒禅山：在今安徽含山县北。　②浮图：梵语译音，意思是佛、塔或和尚，这里指和尚。慧褒：僧名。舍：居住。　③卒：最后，作"死去"解亦通。　④禅：梵语"禅那"的省称，也叫"坐禅"、"禅定"，"安静而止息杂虑"，是佛教徒一种修炼养气的方式。　⑤庐冢（zhǒng）：房屋和坟墓，指慧褒生前居住和死后

埋葬的地方。 ⑥阳:山的南面。 ⑦仆道:倒在路上。 ⑧漫灭:腐蚀剥落,模糊不清。 ⑨文:这里指字迹。全句说只"花山"这样残存的字还可以认清。 ⑩音谬:读错音。盖:大概,表示推测性的判断。 ⑪记游:在游览的地方题字留念。 ⑫窈(yǎo)然:深远幽暗的样子。 ⑬穷:指走到尽头。 ⑭拥火:举着照明的火把。 ⑮怠:懈怠,不能坚持。 ⑯且:将要。 ⑰不能十一:还未能达到他们所走到的十分之一。 ⑱加少:更少。 ⑲方是时:当这个时候(指开始往回走的时候)。 ⑳足以明:没有燃尽,足以照明。 ㉑既其出:出来以后。既,已经,事后。 ㉒咎(jiù):责怪。 ㉓极:穷尽。夫:指示代词,彼,可译为"那次"或"这次"。 ㉔有得:有体会,有心得。 ㉕求思:探索思考。无不在:无所不在,周到,全面。 ㉖夷:平坦。以:而,且。 ㉗瑰(guī)怪:美丽而奇特。观:景观,这里指风景、名胜。 ㉘随以止:跟随别人停下来。 ㉙"至于"二句:到了深远幽暗而令人神昏目迷的地方,又没有东西(如火把之类)帮助,也是走不到的。相(xiàng):辅助。 ㉚"于人"句:讥,在这里是非议、批评的意思。在"力足以至焉"之后省略了"而不能至"一类的意思。 ㉛在己为有悔:对自己来说是应该感到后悔的。 ㉜尽吾志:尽到自己的努力。志,在这里包括前文所说的"有志"、"有力",又不"随以止"、"随以怠"。 ㉝孰:谁。 ㉞以:因。悲:感叹。 ㉟谬其传:以讹传讹。莫能名:不能正确地叫出它的名称。 ㊱何可胜(shēng)道:哪里能说得完。胜,尽。 ㊲慎取:慎重吸取。 ㊳庐陵:今江西吉安县。萧君圭:事迹不详,君玉是他的字。长乐:今福建长乐。王回:字深父(fǔ),宋代理学家,《宋史》有传,称他"敦行孝友,质直方恕","学问文章为人们所称道。安国:王安石之弟,字平父。安上:王安石之弟,字纯父。 ㊴至和:宋仁宗年号(1054—1056)。 (这篇文章触景抒怀,将记叙和议论相结合,从游山观景悟出探求真理和学习应取的态度,提倡有志、有力而又不随以止,坚持努力才能达到目的。)

苏 轼

苏轼(1037—1101),字子瞻,号东坡居士,眉州(今四川眉山)人。父苏洵、弟苏辙在当时都极负文名,文学史上合称"三苏"。他自少年起即刻苦读书,涉猎极广。仁宗嘉祐二年(1057)进士及第,得到主考官欧阳修的热情赞扬。官至翰林学士、知制诰、礼部尚书。一生经历仁宗、英宗、神宗、哲宗、徽宗五朝,几经贬谪,仕途坎坷不平。年轻时政治上即富于革新思想,但在革新内容及革新方法上与王安石政见不合。因反对新法,后来司马光执政时又反对尽废新法,在新旧两党斗争中屡遭排挤打击。曾因作诗讽刺新法,被人构陷下狱,后贬官黄州,晚年又远贬惠州、儋州。做地方官时勤政爱民,兴利除弊,深得人民的拥戴。

他在政治上主要受传统儒家思想的影响,坚持德治仁政的理想,并表现出浓厚的忠君观念;但他又同时接受佛道思想的影响,特别在人生态度上,表现出一种任乎自然、随缘自适、安时处顺、旷达恬淡的思想倾向。

苏轼是艺术上的全才,除文学外,书法和绘画都取得了很高的成就。在文学创作上,无论诗、词、散文都堪称大家,对后世有深远的影响。著有《东坡全集》、《东坡乐府》。

和子由渑池怀旧①

人生到处知何似②?应似飞鸿踏雪泥。泥上偶然留指爪,鸿飞那复计东西。老僧已死成新塔③,坏壁无由见旧题。往日崎岖还记否④?路长人困蹇驴嘶。

①这首诗作于仁宗嘉祐六年(1061)十一月。子由:作者的弟弟苏辙字子由。渑(miǎn)池:在今河南渑池县西。仁宗嘉祐元年(1056)三月,作者与其弟辙同赴汴京应试时路经渑池,时隔五年后的嘉祐六年冬,苏轼赴凤翔府签判任,与子由在郑州分手后再过渑池。苏辙有《怀渑池寄子瞻兄》诗,因有此和作。 ②"人生"四句:以飞鸿在雪泥上留下爪印比喻人生漂泊无定在各处留下的痕迹,成语"雪泥鸿爪"出此。苏辙原诗开头两句是:"相携话别郑原上,共道长途怕雪泥。"和诗就此发挥。 ③"老僧"二句:苏辙原诗有句"旧宿僧房壁共题",自注云:"辙昔与子瞻应举,过宿县中寺舍,题其老僧奉闲之壁。"苏轼再过时奉闲已死。新塔:僧人死后火葬,建塔以藏骨灰。 ④"往日"二句:句下苏轼有自注:"往岁马死于二陵,骑驴至渑池。"往岁:指嘉祐元年春兄弟二人相携过渑池时。二陵:指东崤和西崤二山,在渑池县西。蹇(jiǎn):跛脚,蹇驴:指驽劣的驴子。 (这首诗抒发了人生漂泊无定和岁月易逝的感慨以及对弟弟的怀念之情。)

游金山寺①

我家江水初发源②,宦游直送江入海③;闻道潮头一丈高④,天寒尚有沙痕在。中泠南畔石盘陀⑤,古来出没随涛波⑥。试登绝顶望乡国⑦,江南江北青山多⑧。羁愁畏晚寻归楫⑨,山僧苦留看落日;微风万顷靴文细⑩,断霞半空鱼尾赤⑪。是时江月初生魄⑫,二更月落天深黑。江心似有炬火⑬明,飞焰照山栖鸟惊。怅然归卧心莫识,非鬼非人竟何物⑭?江山如此不归山⑮,江神见怪惊我顽⑯。我谢江神岂得已⑰,有田不归如江水!

①这首诗作于神宗熙宁四年(1071)十一月,时作者赴杭州任通判,途经金山寺游览。金山寺:旧名泽心寺,又名龙游寺、江天寺。在今江苏镇江市西北金山上。 ②"我家"句:古人认为长江发源于四川的岷山,苏轼为四川眉州人,家在长江上游,故云。 ③"宦游"句:因做官而离家远游,由西向东,循江而下,好似将长江水送入大海。 ④"闻道"二句:苏轼游金山时是冬日,水潮已退,但从所见沙上的水痕可证实夏日潮头高达一丈的传闻。 ⑤中泠(líng):泉名,在金山西北。盘陀:山石高大不平的样子。 ⑥"古来"句:自古以来石头都是随水的涨退而出没。 ⑦乡国:家乡。 ⑧"江南"句:言外之意是不见家乡。 ⑨羁愁:出游在外不能归乡而产生的愁绪。归楫:归去的船。这里指回到镇江。 ⑩靴文细:形容微风吹水,江面万顷水波如靴面上的皱纹。文同"纹"。 ⑪断霞:傍晚天边留下的残霞。鱼尾赤:形容晚霞呈红色。 ⑫初生魄:《礼记·乡饮酒义》:"月之三日而成魄。"旧历月初三日,月亮残缺的部分开始转明,谓之成魄或生魄。作者十一月初三日游金山寺,故云"初生魄"。 ⑬炬火:火把。 ⑭"非鬼"句:句下作者自注:"是夜所见如此。"《岭表异物志》载:"海中遇阴晦,波如燃火满海。"苏轼是夜所见,或即此种奇异的自然现象。 ⑮归山:指辞官归隐。 ⑯顽:顽固,指恋官而不肯归隐。以上两句是写作者在看见水中炬火时的心理,以为是江神惊怪他贪恋做官不愿归山才显现出那种景象的。 ⑰"我谢"二句:这是作者面对江神,指水发誓:我在外做官是出于不得已,如有田可耕即归乡隐居,此心江水可以明见。《左传·僖公二十四年》:"所不与舅氏(指子犯)同心者,有如白水。"有如白水,即以白水(指黄河)为证。 (这首诗描写了游金山寺所见景色,抒写了思乡之情,并透露出因政治上的苦闷而产生的出仕与归隐的矛盾心情。)

六月二十七日望湖楼醉书①(五首选一)

其 一

黑云翻墨②未遮山,白雨跳珠乱入船③。卷地风来忽吹散,望湖楼下水如天。

①这首诗作于神宗熙宁五年(1072)。望湖楼:在西湖边昭庆寺前。 ②黑云翻墨:写夏日黑云涌起情状。 ③白雨跳珠:雨点如珍珠跳动,写急雨入船情状。 (这首诗生动地描写了夏天阵雨前后的西湖景象。)

吴中田妇叹①和贾收②韵

今年粳稻③熟苦迟,庶见霜风来几时④。霜风来时雨如泻,杷头出菌镰生衣⑤。眼枯泪尽雨不尽,忍见黄穗卧青泥!茆苫一月垄上宿⑥,天晴获稻随车归。汗流肩赪⑦载入市,价贱乞与如糠秕⑧。卖牛纳税拆屋炊⑨,虑浅不及明年饥⑩。官今要钱不要米⑪,西北万里招羌儿⑫。龚黄⑬满朝人更苦,不如却作河伯妇⑭!

①这首诗作于神宗熙宁五年(1072)。吴中:指江浙一带。时作者在杭州任通判,当时亲见亲闻有所感而作。 ②贾收:苏轼的朋友,字耘老,乌程(今浙江吴兴县)人。对苏轼极敬佩,曾建"怀苏亭",所作诗集名《怀苏集》。 ③粳(jīng)稻:稻子中的一种,米粒短而粗。 ④"庶见"句:幸好不多久霜风一起就入秋了。庶:庶几,将近。几时,不多时。 ⑤杷:同"耙",整地的工具。生衣:指生锈。 ⑥茆苫(shān):用茅草搭的棚子。茆,同"茅"。苫,草帘子。这句写农民看守和抢收稻子时紧张劳动的情景。 ⑦赪(chēng):红色。 ⑧乞与:乞求卖出。秕(bǐ):没有长饱或全是空的稻粒。秕,一作"粞",碎米。 ⑨"卖牛"句:是说为了解救眼前的急难而不顾将来。 ⑩"虑浅"句:考虑不到明年饿肚子的问题。 ⑪"官今"句:王安石施行新法以后,规定国家收税要钱不要米,造成钱荒米贱的现象,给农民生活带来极大的困难。 ⑫"西北"句:宋神宗为了灭西夏,采用王韶的建议,花大量的钱财去"招抚"边境上的羌人部落。 ⑬龚黄:龚指龚遂,渤海太守;黄指黄霸,颍川太守。都是汉代著名的清官。这里用来代指当朝的变法派,是讽刺性的反语。 ⑭"不如"句:意思是无法生活,不如投河自尽。褚少孙补《史记·西门豹传》载,巫婆借口说水神要娶妇,以此来向人民敲诈勒索,残害民女。后西门豹做邺县令,将巫婆投入河中,为民除害。河伯妇:河神的妻子,意即投河自尽。 (这首诗反映了人民在天灾下的苦难生活,同时揭露了新法实施中的弊端,表现了诗人对人民生活的关怀与同情。)

饮湖上初晴后雨①(二首选一)

其 二

水光潋滟②晴方好,山色空蒙③雨亦奇。欲把西湖比西子④,淡妆浓抹总相宜⑤。

①这首诗作于神宗熙宁六年(1073)。 ②潋滟(liàn yàn):水波荡漾的样子。 ③空蒙:迷茫不清的样子。 ④西子:春秋时越国的美女西施。 ⑤"淡妆"句:是说西施无论是素淡的打扮或是浓艳的修饰都是很美的,用以比喻西湖景色无论晴雨都极迷人。 (这首诗写西湖晴雨景色的变幻及其特点,巧于取譬,将情、景、理三者融为一体。)

题西林壁①

横看成岭侧成峰,远近高低各不同。不识庐山真面目,只缘②身在此山中。

①这首诗作于神宗元丰七年(1084)。西林:寺名,在庐山,又名乾明寺。　②缘:因为。　(这首诗写出了庐山侧峰横岭、参差交错、气象万千的景象,并由此揭示出一条带哲学意味的真理:身在其中,不能统观全局,反而不能认识事物的真实面貌。)

荔支叹①

十里一置②飞尘灰,五里一堠兵火催③;颠阮仆谷相枕藉④,知是荔支龙眼⑤来。飞车跨山鹘横海⑥,风枝露叶⑦如新采;宫中美人一破颜⑧,惊尘溅血流千载⑨。永元荔支来交州⑩,天宝岁贡取之涪;至今欲食林甫肉,无人举觞酹伯游。我愿天公怜赤子⑪,莫生尤物为疮痏⑫;雨顺风调百谷登⑬,民不饥寒为上瑞⑭。君不见武夷溪边粟粒芽⑮,前丁后蔡相笼加,争新买宠各出意,今年斗品充官茶⑯。吾君所乏岂此物,致养口体何陋耶⑰!洛阳相君忠孝家⑱,可怜亦进姚黄花!

①这首诗作于哲宗绍圣二年(1095),时作者贬居惠州(今广东惠州)。　②置:古时的驿站。　③堠(hòu):路旁计里程的土堡,这里也指驿站。这两句说向朝廷进贡荔枝的车马飞快赶路,尘土飞扬,有如紧急的战事催迫一样。　④"颠阮"句:是说用车马赶送荔枝死伤很多人,倒在坑谷里相互枕垫着。阮,同"坑"。颠,倒。仆,向前倒。枕藉:纵横相枕。　⑤龙眼:即桂圆,圆形,比荔枝略小。　⑥"飞车"句:是说车船运送荔枝,跨山横海,飞驰疾驶。鹘(hú),海鹘,鸟名。古代船上常刻上鹘,因又以鹘称船。⑦风枝露叶:形容荔枝的新鲜,以此映衬出运送的飞速。　⑧宫中美人:指杨贵妃。破颜:笑。　⑨惊尘溅血:与上文"颠阮仆谷"相照应,指因运送荔枝而死伤很多人。流:流传。　⑩"永元"四句:苏轼自注:"汉永元中,交州进荔支、龙眼。十里一置,五里一堠,奔腾死亡,罹猛兽毒虫之害者无数。唐羌字伯游,为临武长,上书言状,和帝罢之。唐天宝中,盖取涪州荔支,自子午谷路进入。"永元:汉和帝年号(89—105)。交州:汉代地名,今广东广西等地。天宝:唐玄宗年号(742—756)。岁贡:由地方每年按时向皇帝进贡物品。涪(fú):涪州,今重庆涪陵区,盛产荔枝、龙眼。林甫:李林甫,唐玄宗时的权相,以"口蜜腹剑"著称。因他向唐玄宗、杨贵妃献媚求宠,故人民极为痛恨。举觞(shāng):举

杯。酹(lèi):洒酒在地上表示祭奠。"无人"句是诗人慨叹当今没有人能像汉代的唐羌那样敢于出面阻止进献荔枝等贡品。　⑪赤子:指老百姓。　⑫尤物:珍异的东西。这里指荔枝、茶、牡丹等给皇帝的贡品。疮痏(wěi):这里喻指灾祸。痏,有瘢痕的疮。⑬登:成熟,这里指丰收。　⑭上瑞:最好的祥瑞。　⑮"君不见"二句:苏轼自注:"大小龙茶,始于丁晋公而成于蔡君谟。欧阳永叔闻君谟进小龙团,惊叹曰:'君谟士人也,何至作此事耶?'"丁指丁谓,字公言,真宗朝官参知政事,封晋国公。蔡指蔡襄,字君谟,宋代著名书法家,官至知制诰,又在开封、杭州等地任过地方官。精于茶事,著有《茶录》。武夷:山名,在福建,盛产茶叶。庆历年间蔡襄任福建转运使,开始制作小片龙茶(又称为小团,茶品极精)进贡皇帝。粟粒芽:开春时初长出的细芽,为茶中极品。笼:收罗。因为采茶时用竹笼,保藏茶叶用箬笼。加:抢先压倒。　⑯"今年"句:苏轼自注:"今年闽中监司乞进斗茶,许之。"今年,指绍圣二年(1095)。斗品:宋代有品评茶叶以比赛优劣的风气,斗品即参加比赛的上品茶。官茶:向皇帝进贡的茶。　⑰"致养"句:《孟子·离娄》载,孟子认为事养父母应该重"养志"(精神上得到满足和安慰)而轻"养口体"(只是在物质上得到照顾)。这句说,向皇帝贡茶,如事父母之"养口体",是十分鄙陋的。致:送给。　⑱"洛阳"二句:苏轼自注:"洛阳贡花,自钱惟演始。"钱惟演,字希圣,吴越王钱俶之子,随父降宋,晚年以使相留守西京(洛阳)。宋太宗曾称赞降宋的钱俶"以忠孝而保社稷",死后谥号"忠懿",所以这里称钱惟演为"相君",又称"忠孝家"。可怜:可惜,带轻蔑意。姚黄花:牡丹中的佳品。欧阳修《洛阳牡丹记·花释名第二》:"姚黄者,千叶黄花,出于民姚氏家。"钱惟演曾说牡丹是"花王",而姚黄则为"牡丹之王"。　(这首诗从历史上的汉唐一直写到宋代,对一些向皇帝进献贡品以献媚邀宠的官吏进行了尖锐的揭露和谴责,诗意大胆直露,极富讽刺锋芒。)

惠崇春江晓景①(二首选一)

其 一

竹外桃花三两枝,春江水暖鸭先知。蒌蒿②满地芦芽短,正是河豚③欲上时。

①这首诗神宗元丰八年(1085)作于汴京。诗题诸本多作《惠崇春江晚景》,《东坡七集·前集》卷一五"晚景"作"晓景",似更切合诗境。本题共二首,这是其中的第一首。惠崇:淮南人,宋初"九僧"之一,能诗善画。这首诗是题惠崇所作鸭戏图的。②蒌(lóu)蒿:多年生草本植物,花淡黄色,茎可食。河豚食蒌蒿则肥。　③河豚:一种有毒的鱼,产于海,春江水发时沿江上行,故有"欲上"之说。　(这是一首题画诗,在原画的基础上,诗人融进了他对生活的热爱之情和对绘画艺术的审美体验,通过桃花、春水、戏鸭等意象,创造出一种充满生机和欣喜之情的诗的意境。)

江 城 子

乙卯正月二十日夜记梦①

十年生死两茫茫②,不思量③,自难忘。千里孤坟④,无处话凄凉⑤。纵使相逢应不识⑥,尘满面,鬓如霜。　夜来幽梦⑦忽还乡,小轩窗⑧,正梳妆。相顾无言,惟有泪千行。料得年年肠断处,明月夜,短松冈⑨。

①乙卯:神宗熙宁八年(1075)。　②"十年"句:这首词是为悼念作者的亡妻王弗而作。王弗死于英宗治平二年(1065),至作此词时正好是十年。两茫茫:是从生者和死者两方面说的,生死幽隔,渺茫不见。　③思量(liáng):思念。　④千里孤坟:王弗葬于眉州东北彭山县安镇乡可龙里,时作者知密州(今山东诸城),远隔千里。　⑤无处话凄凉:这句也是就生者和死者两方面说的,一生一死,又相隔千里,彼此都不能诉说内心的悲伤。　⑥"纵使"三句:伤叹别后自己生活蹭蹬,人已衰老。　⑦幽梦:迷离飘忽的梦。⑧轩:有窗槛的小室。　⑨短松冈:种着松树的山冈,承前"千里孤坟"句意,指亡妻坟墓所在之地。孟棨《本事诗·征异》:"开元中,有幽州衙将姓张者,妻孔氏,生五子,不幸去世。"后妻虐待五子,孔氏忽从冢中出,题诗赠张,有两句是:"欲知断肠处,明月照孤坟。"这三句写从梦境回到现实,又是冷月清光,洒满亡人长眠的松冈,重又陷入了"千里孤坟,无处话凄凉"的悲哀。　(这是一首悼亡词,写出了死别之痛,相思之苦,写出了对亡妻的一片真挚深沉的感情。)

江 城 子①

密州出猎

老夫聊发少年狂②。左牵黄③,右擎苍。锦帽貂裘④,千骑卷平冈⑤。为报倾城随太守⑥,亲射虎⑦,看孙郎。　酒酣胸胆尚开张⑧。鬓微霜,又何妨!持节云中⑨,何日遣冯唐?会挽雕弓如满月⑩,西北望,射天狼⑪。

①这首词作于神宗熙宁八年(1075)冬。时作者在密州任知州,因天旱去常山祈雨,得雨后复往常山祭谢,归途中与同官梅户曹会猎于铁沟,因作此词。同时有《祭常山回小猎》诗。题一作《猎词》。　②老夫:苏轼自称,其实当时年仅四十。聊:聊且。少年狂:年少气盛、狂放不羁的感情。　③"左牵"二句:左牵黄狗,右擎苍鹰。这是打猎时的实际情景,也借以写出打猎时的豪壮气胆。　④锦帽:锦制的帽子。貂裘:貂鼠皮袍。

⑤"千骑(jì)"句:形容随猎的人马很多。《祭常山回小猎》诗有"青盖前头点皂旗,黄茅冈下出长围"之句,可证实当时打猎场面确很壮观。 ⑥"为报"句:是说为了报答全城的人都来观看太守打猎的盛情。报:报答,答谢。另有解作传言、报说的,亦通。倾城:尽全城所有的人,这是夸张地形容随观者之多。 ⑦"亲射虎"二句:孙郎指孙权,《三国志·吴主传》载孙权曾"亲乘马射虎于庱亭(今江苏丹阳县东)"。 ⑧"酒酣"句:饮酒之后豪情胆气更加张扬。尚:更加。 ⑨"持节"二句:《史记·冯唐列传》载:汉文帝时魏尚为云中太守,抵御匈奴有功,却错误地被免官。冯唐认为魏尚有功,处罚不当,向汉文帝劝谏,文帝听从了冯唐的意见,便令冯唐持节赦免魏尚,恢复他的云中太守职位。节:符节,古代使者所持,以作凭信。云中,汉代郡名,在今内蒙古自治区托克托一带。这里作者以魏尚自比,希望能得到朝廷信用,效力边防。 ⑩会:将要。雕弓:有彩绘的弓。满月:弓拉满的形状。 ⑪天狼:星名,古人以为主侵掠。这里指当时侵扰宋朝的西夏,也兼指辽。 (这首词记述了密州出猎的盛况,并抒发了戍边卫国、报效祖国的豪情壮志,风格豪放。)

水调歌头

丙辰①中秋,欢饮达旦,大醉,作此篇兼怀子由②。

明月几时有③?把酒问青天。不知天上宫阙④,今夕是何年?我欲乘风归去,又恐琼楼玉宇⑤,高处不胜寒⑥。起舞弄清影⑦,何似⑧在人间!转朱阁⑨,低绮户,照无眠。不应有恨⑩,何事长向别时圆?人有悲欢离合,月有阴晴圆缺,此事古难全。但愿人长久⑪,千里共婵娟。

①丙辰:神宗熙宁九年(1076)。 ②子由:苏轼的弟弟苏辙的字。苏轼当时在密州,苏辙在齐州(今山东济南市),虽然相距不远,却已有七年没有见面。 ③"明月"二句:屈原《天问》:"日月安属?列星安陈?"李白《把酒问月》:"青天有月来几时?我今停杯一问之。" ④"不知"二句:托名牛僧孺所作的唐人传奇《周秦行纪》中有诗云:"香风引到大罗天,月地云阶拜洞仙。共道人间惆怅事,不知今夕是何年。"宫阙(què):宫殿。阙指皇宫门前两边的望楼。 ⑤琼楼玉宇:指月宫。《酉阳杂俎·前集》卷二:"翟天师名乾祐,峡中人。……曾于江岸与弟子数十玩月。或曰:'此中竟有何?'翟笑曰:'可随吾指观。'弟子中两人见月规半天,琼楼金阙满焉。数息间,不复见。" ⑥不胜寒:禁受不住寒冷。《明皇杂录》载,八月十五日夜,叶静能邀唐明皇游月宫,叶叫明皇着皮衣,到月宫后果然寒冷难禁。 ⑦起舞弄清影:李白《月下独酌》:"我歌月徘徊,我舞影零乱。"弄:戏弄,嬉戏。谓月下起舞,清影随人,相戏不离。 ⑧何似:那如,何如。 ⑨"转朱阁"三句:写月光的转移。朱阁:华美的楼阁。绮户:雕花的窗户。无眠:不能入睡的

人。 ⑩"不应"二句：诗人设问，月亮对人不该有什么怨恨，它为什么老是在人们离别的时候圆呢？ ⑪"但愿"二句：因不能解决人间悲欢离合的矛盾，便提出一种美好的愿望：彼此健康长在，共享一轮明月，以寄托相思。谢庄《月赋》："美人迈兮音尘阙，隔千里兮共明月。"婵娟：美人，这里指嫦娥，又借指月亮。 （这首词由中秋赏月，抒写人生感慨，表现了词人因政治上的失意而引起的出世与入世的思想矛盾，在矛盾中又透露出他对人生的执着热爱。）

念 奴 娇①

赤壁②怀古

　　大江③东去，浪淘④尽、千古风流人物⑤。故垒⑥西边，人道是、三国周郎⑦赤壁。乱石穿空⑧，惊涛拍岸，卷起千堆雪⑨。江山如画，一时多少豪杰。
　　遥想公瑾当年，小乔⑩初嫁了，雄姿英发⑪。羽扇纶巾⑫，谈笑间、樯橹⑬灰飞烟灭。故国神游⑭，多情应笑我⑮，早生华发⑯。人生如梦⑰，一樽还酹江月。

　　①这首词作于神宗元丰五年（1082），时作者贬官黄州（今湖北黄冈）。 ②赤壁：长江两岸名为赤壁的地方有四处，据史学界考证，三国时赤壁之战的赤壁在今湖北省赤壁市长江南岸。苏轼所游乃黄州赤壁，在今湖北省黄冈市城外，作者据传闻作为赤壁之战的赤壁，借以抒写怀抱。 ③大江：长江。 ④淘：冲洗。 ⑤风流人物：指才能出众、名著一时的杰出人物。 ⑥故垒：旧时代留下的营垒。 ⑦周郎：指赤壁之战时东吴年轻的统帅周瑜，字公瑾，因他年轻而有将才，时人称为周郎。 ⑧乱石穿空：赤鼻矶陡峭高耸的石壁像是要将天刺破一样。"穿空"一作"崩云"，亦言其高，势如使云崩裂。 ⑨千堆雪：指无数的浪花。 ⑩小乔：指周瑜之妻，乔玄之次女。乔玄二女皆有美色，时称大乔、小乔。 ⑪英发：英气勃发。 ⑫羽扇纶(guān)巾：这是描写周瑜儒将的装束，显示其从容闲雅的风采。纶巾，有青丝带的头巾。 ⑬樯橹(qiáng lǔ)：代指曹军的战船。一作"强虏"，指当时声势浩大、不可一世的曹军。 ⑭故国：这里指赤壁古战场。神游：历史已经逝去，凭吊史迹，追念往古，身不可到而心可到，故曰"神游"。 ⑮"多情"句：即"应笑我多情"的倒装。"多情"这里应理解为仰慕历史上有成就的英雄人物，自己也想干一番事业的雄心壮志，因此下句才感叹"早生华发"。 ⑯华发：斑白的头发。当时苏轼年仅四十七岁，故叹"早生"。 ⑰"人生"二句：是说人生一世像做梦那样匆促而又难以依凭，追念古代的英雄人物，联想到自己头发已经花白却仍然事功未成，因而只好举起酒杯，面对月光，将酒洒在江上，以表示对古人的凭吊，对自己怀抱不得伸展的悲叹。樽：酒器。酹(lèi)：将酒洒在地上表示祭奠。"人生"一作"人间"，"如梦"一作"如寄"。 （这首词借怀古以抒怀抱，通过对祖国壮丽山川的出色描绘，传达出对

古代英雄人物的无限倾慕与向往;而联想到自己现实的政治处境,吊古伤今,又流露出一种远大的抱负不得实现的深沉苦闷。全词意境恢宏,气势雄迈,是苏轼豪放词的代表作。)

水龙吟①

次韵章质夫杨花词②

似花还似非花,也无人惜从教③坠。抛家傍路,思量却是,无情有思④。萦⑤损柔肠,困酣娇眼⑥,欲开还闭。梦随风万里⑦,寻郎去处,又还被、莺呼起。　不恨此花飞尽,恨西园、落红难缀⑧。晓来雨过,遗踪何在? 一池萍碎⑨。春色三分,二分尘土,一分流水。细看来、不是杨花,点点是离人泪。

①这首词约作于宋神宗元丰四年(1081)春夏,时作者谪居黄州。　②章质夫:章楶(jié),字质夫,浦城(今福建蒲城县)人。时任荆湖北路提点刑狱,与苏轼颇多书信往还和唱酬。章质夫原作如下:"燕忙莺懒芳残,正堤上柳花飘坠。轻飞乱舞,点画青林,全无才思。闲趁游丝,静临深院,日长门闭。傍珠帘散漫,垂垂欲下,依前被、风扶起。　兰帐玉人睡觉,怪春衣、雪沾琼缀。绣床渐满,香毬无数,才圆却碎。时见蜂儿,仰粘轻粉,鱼吞池水。望章台路杳,金鞍游荡,有盈盈泪。"　③从教:任使。　④有思(sì):有情思。"思"在这里作名词用。韩愈《晚春》诗:"杨花榆荚无才思,唯解漫天作雪飞。"苏轼反用其意。　⑤萦:萦绕,牵挂。　⑥娇眼:指柳眼,古人将初生柳叶称为柳眼。这里以柳叶比喻美人娇媚的睡眼。　⑦"梦随风"三句:唐金昌绪《春怨》诗:"打起黄莺儿,莫教枝上啼。啼时惊妾梦,不得到辽西。"这里化用其意。　⑧缀:联结。落红难缀,谓落花难以重上枝头。　⑨萍碎:作者自注:"杨花落水为浮萍,验之信然。"苏轼另有《再次韵曾仲锡荔支》诗云:"柳花着水万浮萍。"自注云:"柳至易成,飞絮落水中经宿即为浮萍。"按苏轼自注不可信。作者所据为三国・魏・张揖《广雅》"杨花落水化萍"之说。此处用典,意在表现柳花的多情,也表现出杨花的生命力,不可坐实。　(这首咏物词不黏滞于物,而是写出了深婉缠绵的感情内涵,将杨花当作有生命、有感情的东西来写,把杨花和思妇融合为一体,构思巧妙,想象丰富,深婉含蓄,极富情致。)

前赤壁赋①

壬戌②之秋,七月既望③,苏子与客泛舟④游于赤壁之下。清风徐来,水波不兴。举酒属⑤客,诵明月之诗⑥,歌窈窕之章。少焉⑦,月出于东山之上,徘徊于斗牛⑧之间。白露横江⑨,水光接天。纵一苇之所如⑩,凌万顷之茫然⑪。浩浩乎如冯虚御风⑫,而不知其所止;飘飘乎如遗世独立⑬,羽化而登仙⑭。

于是饮酒乐甚,扣舷⑮而歌之。歌曰:"桂棹兮兰桨⑯,击空明兮溯流光⑰。渺渺兮余怀⑱,望美人兮天一方⑲。"客⑳有吹洞箫者,倚歌而和之㉑。其声呜呜然,如怨如慕,如泣如诉,余音袅袅㉒,不绝如缕㉓。舞幽壑之潜蛟㉔,泣孤舟之嫠妇㉕。

苏子愀然㉖,正襟危坐㉗,而问客曰:"何为其然也㉘?"客曰:"'月明星稀,乌鹊南飞'㉙,此非曹孟德㉚之诗乎?西望夏口㉛,东望武昌㉜,山川相缪㉝,郁乎苍苍㉞,此非孟德之困于周郎者乎?方其破荆州㉟,下江陵,顺流而东也,舳舻千里㊱,旌旗蔽空,酾酒㊲临江,横槊㊳赋诗,固一世之雄㊴也,而今安在哉!况吾与子渔樵于江渚之上㊵,侣鱼虾而友麋鹿㊶,驾一叶之扁舟,举匏尊㊷以相属。寄蜉蝣于天地㊸,渺沧海之一粟㊹。哀吾生之须臾㊺,羡长江之无穷。挟飞仙以遨游㊻,抱明月而长终㊼。知不可乎骤得㊽,托遗响于悲风。"

苏子曰:"客亦知夫水与月乎?逝者如斯㊾,而未尝往也㊿;盈虚者如彼(51),而卒莫消长也(52)。盖将自其变者而观之(53),则天地曾不能以一瞬(54);自其不变者而观之(55),则物与我皆无尽也。而又何羡乎?且夫天地之间,物各有主,苟非吾之所有,虽一毫(56)而莫取。惟江上之清风,与山间之明月,耳得之而为声,目遇之而成色,取之无禁,用之不竭,是造物者之无尽藏(57)也,而吾与子之所共适。"

客喜而笑,洗盏更酌(58)。肴核(59)既尽,杯盘狼藉(60)。相与枕藉乎舟中(61),不知东方之既白(62)。

①这篇文章作于神宗元丰五年(1082)七月,时作者谪居黄州。原题《赤壁赋》,因作者于同年十月再游赤壁,有《后赤壁赋》之作,后来的选本为了区别便改题为《前赤壁赋》。这里的赤壁同《念奴娇·赤壁怀古》中的赤壁,指黄州的赤鼻矶。 ②壬戌:即神宗元丰五年。 ③既望:阴历每月十五日称为望,既望即十六日。 ④泛舟:乘船。"泛"字有任小船自由漂流的意思。 ⑤属(zhǔ):劝请。 ⑥明月之诗:指《诗经·陈风》中《月出》篇,其第一章云:"月出皎兮,佼人僚兮。舒窈纠(jiǎo)兮,劳心悄兮。"因"窈纠"与"窈窕"(tiǎo)音相近,故下句说"歌窈窕之章"。一说"明月之诗"指曹操《短歌行》,因其中有"明明如月,何时可掇","月明星稀,乌鹊南飞"之句;"窈窕之章"指《诗经·周南》中的《关雎》篇,因其中有"窈窕淑女,君子好逑"之句。 ⑦少焉:不一会儿。

⑧斗牛:星宿名,指斗宿和牛宿。　⑨白露横江:指白茫茫的水汽横在江面上。　⑩纵:任随。一苇:喻指小船。如:往,去。　⑪凌:凌驾,越过。万顷:形容宽阔的水面。茫然:无边无际的样子。　⑫浩浩乎:空阔广大的样子。冯虚御风:凌空驾风。冯,同"凭"。虚,指天空。　⑬遗世独立:遗弃人世,无牵无挂,形容飞升成仙者的精神境界。　⑭羽化:道教传说人成仙后可以飞升上天,像长了羽翼一样,故称成仙为羽化。登仙:升入仙境。　⑮舷(xián):船边。　⑯桂棹(zhào):用桂树做的棹。棹是一种划船的工具,近似桨,长的叫棹,短的叫楫。兰桨:用木兰树做的桨。　⑰空明:形容月光下水色澄明。溯:逆流而行。流光:形容月光下的流水闪耀着光亮。　⑱渺渺:心绪邈远的样子。　⑲美人:内心向往思慕的贤人。这里是继承楚辞以来用香草美人寄托政治理想的传统手法,以美人隐喻自己的政治追求。天一方:指在遥远的地方,不能相见。　⑳客:这里指西川绵竹道士杨世昌,字子京,善吹箫。清赵翼《陔余丛考》卷二四《赤壁赋洞箫客》条:"东坡《赤壁赋》:'客有吹洞箫者',不著姓字。吴匏庵(明人,字原博)有诗云:'西飞一鹤去何祥?有客吹箫杨世昌。当日赋成谁与注?数行刻石旧曾藏。'"又苏轼《次孔毅父韵》诗云:"杨生自言识音律,洞箫入手清且哀。"　㉑倚歌而和:按着所唱歌曲的曲调和节拍进行伴奏。　㉒怨:怨恨。慕:爱慕。　㉓袅(niǎo)袅:形容箫声轻细悠长。　㉔缕:细丝。　㉕"舞幽壑"句:形容箫声使潜居深渊中的蛟龙也闻之而起舞。"舞"字是使动用法。　㉖嫠(lí)妇:寡妇。　㉗愀(qiǎo)然:忧愁的样子。　㉘危坐:端坐。　㉙"何为"句:为什么箫声如此凄凉忧伤呢?　㉚"月明"二句:曹操《短歌行》中的诗句。　㉛孟德:曹操的字。　㉜夏口:城名,故址在今湖北汉口。　㉝武昌:城名,故址在今湖北鄂州。　㉞山川相缪(liǎo):山和水互相盘绕。缪,盘绕。　㉟郁乎苍苍:形容山树繁茂,一片苍翠。郁郁,树木繁茂的样子。　㊱周郎:指东吴名将周瑜。孟德之困于周郎,指汉献帝建安十三年(208)曹军在赤壁被周瑜设计用火攻而大败事。　㊲方:当。荆州:汉代州名,指今湖北襄阳一带地区。建安十三年(208),曹操南击荆州,时荆州刺史刘表已死,其子刘琮不战而降,曹操即占领荆州。　㊳江陵:今湖北江陵县。曹操占领荆州后又继追刘备,进占江陵。　㊴舳舻(zhú lú)千里:指曹操战船前后相连,千里不绝。舳,船后置舵处;舻,船前置棹处。　㊵酾(shī)酒:原意为滤酒,这里是斟酒、饮酒之意。　㊶槊(shuò):长矛。　㊷一世之雄:一代英雄。　㊸渔:打鱼。樵:打柴。渚(zhǔ):江中沙洲。　㊹"侣鱼虾"句:与鱼虾为伴侣,与麋鹿做朋友。　㊺匏(páo)尊:酒器,用匏(葫芦的一种)做成。　㊻蜉蝣(fú yóu):夏秋之际生长在水边的一种小虫,生命极为短促,一般只活几个小时。这句说人生短促犹如蜉蝣寄生于天地之间一样。　㊼"渺沧海"句:人活在世上就像大海中的一粒小米那么渺小。　㊽须臾:时间短促。　㊾"挟飞仙"句:同飞仙一起,在天上乘兴遨游。挟,带,这里是结伴的意思。　㊿"抱明月"句:和明月一起永远存在。　㉛"知不可"二句:知道这是不可能轻易得到的,便只好把哀伤的心情寄托在洞箫的曲调之中,让它在悲凉的秋风中飘荡。遗响,不绝之音。　㉜逝者如斯:指岁月像流水一样逝去。《论语·子罕》:"子在川上曰:'逝者如斯夫!不舍昼夜。'"斯,此,指流水。　㉝"而未尝"句:长江的流水前面流走了,后面

又流来,因此滔滔不绝,永远流不尽。　○54盈虚:指月亮的圆和缺。彼,那,指月亮。　○55卒:最终。上句和这句意思是,月亮时圆时缺,但最终并没有缩小,也没有增大。　○56自其变者而观之:从客观事物变化的一面去观察它。　○57天地曾不能以一瞬:天地万物连一眨眼的时间也不能静止不变。　○58"自其不变"二句:如果从客观事物不变的一面去观察它,那么天地万物和我们人类都是没有穷尽,不会消失的。　○59虽:即使。一毫:形容极其细微之物。　○60"是造物者"二句:那么,大自然无穷无尽的宝藏是我和你可以共同享受的。是,是则,那么。造物者,指天,即大自然。藏(zàng),宝藏。适,快意,引申为享受。"适"字苏轼墨迹本作"食"。食即享用意。　○61洗盏更酌:洗净酒杯,重新斟酒再饮。　○62肴(yáo)核:菜肴和果品。　○63狼藉:纵横散乱的样子。　○64相与枕藉:互相依靠着睡觉。　○65既:已经。白:亮。　(这是一篇散文赋。作者灵活地运用传统赋体中主客问答的形式,生动形象地表现了他的思想矛盾、对人生的思考以及由悲而喜的感情转化过程。文中表现的变与不变的观点,是一种受庄子思想影响的相对主义和虚无主义哲学思想的表现,并不是辩证法。但它表现了作者善于自我排解,安时处顺、随缘自适的旷达的人生态度,而没有陷入悲观失望和消极颓废之中,有其积极意义。艺术上,写景、抒情、议论相结合,创造了一种情景交融、情理相生,诗情与哲理相结合的艺术境界。)

记承天寺夜游①

元丰六年②十月十二日,夜,解衣欲睡。月色入户,欣然起行。念无与为乐者③,遂至承天寺,寻张怀民④。怀民亦未寝,相与步于中庭。

庭下如积水空明;水中藻荇⑤交横,盖竹柏影也。

何夜无月,何处无竹柏,但少闲人如吾两人耳。

①《东坡集》原题缺一"寺"字,此据通行本。一题作《月夜寻张怀民》。承天寺:故址在今湖北黄冈南,离临皋亭不远,苏轼居黄州时常游于此。　②元丰六年:即公元1083年。元丰为宋神宗赵顼年号(1078—1085)。　③念无与为乐者:想到没有能够跟自己一起游乐的人。　④张怀民:即张梦得,清河(今河北清河县)人,当时亦因贬官居黄州,住在承天寺内。　⑤藻荇(xìng):两种水草名。　(这是苏轼小品文中的精品,信手写来,毫不经意,却极其生动地写出了月夜景色,并传达出作者闲适的心境和超旷的人生态度。)

黄庭坚

黄庭坚(1045—1105),字鲁直,号山谷,又号涪翁。洪州分宁(今江西修水)人。英宗治平四年(1067)进士及第,历任县尉、国子监教授、秘书省校书郎、国史编修等职。他政治态度与苏轼相似,一生政治遭遇与新旧党争密不可分。哲宗绍圣年间,新党当权,受到章惇、蔡卞等人的打击,以修《神宗实录》不实的罪名谪贬涪州(今重庆涪陵区),徽宗时曾一度起复,蔡京当国,又被除名羁管宜州(今广西宜州)。诗歌受到苏轼的赏识,与张耒、晁补之、秦观同称为"苏门四学士"。诗学杜甫,讲求学古、融古,有"点铁成金"之说,同时又追求创新和"独辟门户",诗风瘦硬峭拔而兼具老朴沉雄,但不免有过分追求声律技巧和晦涩生硬之弊。他被后人奉为"江西诗派"的开山祖。他关心现实,诗中有一些关心国计民生的作品。著有《山谷内集》、《外集》、《别集》。

登 快 阁①

痴儿了却公家事②,快阁东西倚晚晴③。落木千山天远大④,澄江⑤一道月分明。朱弦已为佳人绝⑥,青眼聊因美酒横⑦。万里归船弄长笛⑧,此心吾与白鸥盟⑨!

①这首诗作于神宗元丰五年(1082),时作者任太和县令。快阁在江西太和县。 ②痴儿:作者自指,犹言痴人。了却公家事:办完公事。《晋书·傅咸传》载,杨济与傅咸书中说:"天下大器,非可稍了,而相观每事欲了。生子痴,了官事,官事未易了也。了事正作痴,复为快耳。"此用其意。 ③倚晚晴:倚栏所见,傍晚晴空。 ④"落木"句:千山树木经秋叶落,天空显得辽阔远大。 ⑤澄江:清澈的赣江。 ⑥"朱弦"句:化用春秋时伯牙和钟子期的故事。伯牙鼓琴,钟子期为知音,钟子期死后,伯牙便绝弦不再弹。 ⑦"青眼"句:《晋书·阮籍传》载:阮籍能作青白眼,对人作青眼表示喜爱,作白眼表示厌恶。这句是说诗人只对美酒感兴趣。"横"字传出眼神的流动。 ⑧"万里"句:写自己希望乘船吹笛,回到万里之外的故乡。 ⑨"此心"句:与白鸥订盟,表示决心归隐。《列子·黄帝篇》:"海上之人有好鸥鸟者,每旦之海上,从鸥鸟游,鸥鸟之至者百数而不止。"与鸥鸟结盟为友,表明已没有世俗的诡诈机心。 (这首诗写出了作者登上快阁的所见所感,所见为清秋晚晴的明净广远景象,所感则写出了孤寂的心情和归隐的意向。)

题竹石牧牛①

子瞻画丛竹怪石,伯时②增前坡牧儿骑牛,甚有意态。戏咏。

野次小峥嵘③,幽篁④相倚绿。阿童三尺棰⑤,御此老觳觫⑥。石吾甚爱之,勿遣牛砺角⑦。牛砺角尚可,牛斗残我竹。

①这首诗大约作于哲宗元祐三年(1088)。　②伯时:李公麟(1049—1106),字伯时,北宋著名画家。　③野次:野地之中。峥嵘:本指山的高峻,这里用以指嶙峋怪石。④幽篁(huáng):幽深的竹林。　⑤阿童:指牧牛儿。三尺棰:三尺长的赶牛鞭。　⑥御:驾驭。觳觫(hú sù):牛恐惧颤抖貌,这里用以指代老牛。　⑦砺角:磨角。　(这是一首题画诗,却同时是一幅具有浓厚生活气息的农村风俗画。石、竹、牛、童本画中物,作者却当作活物来写,写出了它们的生命,也写出了自己的爱惜之情。没有一个字言及画工之妙,对画的赞美却溢于言外。)

清　平　乐

春归何处?寂寞无行路①。若有人知春去处,唤取归来同住。　春无踪迹谁知?除非问取黄鹂②。百啭③无人能解,因风飞过蔷薇。

①无行路:指春归的行踪。　②黄鹂:即黄莺。因黄鹂鸣叫于春夏之间,因此说它应该知道春的去处。　③百啭:形容黄鹂鸣声婉转。　(这是一首惜春词。语言通俗易懂,却富有情味。)

秦　观

秦观(1049—1100),字少游,又字太虚,自号淮海居士,扬州高邮(今江苏高邮)人。神宗元丰八年(1085)进士。他少豪隽慷慨,溢于文辞。他的文学才能受到苏轼的赏识。由苏轼荐举,曾入朝任秘书省正字、兼国史院编修官等职。后新党章惇当政,打击元祐党人,他先后被贬官处州、郴州、横州、雷州等地,后死藤州。秦观亦写诗,但词名大于诗名。词多写男女爱情及失意文人的愁和恨,有浓厚的感伤情绪。词风秀丽含蓄,但略嫌纤弱,是北宋婉约派代表词家之一。著有《淮海词》。

满 庭 芳

　　山抹微云,天粘衰草①,画角声断谯门②。暂停征棹③,聊共引离尊④。多少蓬莱旧事⑤,空回首,烟霭纷纷⑥。斜阳外,寒鸦万点⑦,流水绕孤村。
　　销魂⑧,当此际,香囊暗解⑨,罗带轻分⑩。漫赢得青楼薄幸名存⑪。此去何时见也,襟袖上空惹啼痕。伤情处,高城望断⑫,灯火已黄昏。

　　①天粘衰草:远天与衰草相连接。粘,一作"连"。　　②"画角"句:谯楼上的号角已经吹过,表示天已黄昏。画角,加彩绘的军中号角。谯门:谯楼,城门建楼,可以瞭望。　　③暂停征棹:因天近黄昏,故行船暂泊。征棹:行舟。　　④共引离尊:一起饮酒话别。引,举。一作"饮"。尊,同"樽",酒器。　　⑤蓬莱:传说中的仙山。蓬莱旧事,指男女欢恋的往事。承唐人习用语,以游仙、会真喻冶游。　　⑥烟霭纷纷:形容往事如云烟般消散。　　⑦"寒鸦万点"二句:用隋炀帝"寒鸦飞数点,流水绕孤村"句意。万点,一作"数点"。　　⑧销魂:这里是形容因别离引起的悲伤愁苦。　　⑨香囊暗解:解下佩带的香囊作为临别的赠物。　　⑩罗带轻分:罗带,丝织的带子。古人以罗带打成同心结,以示永远相爱。轻,轻易。这里以罗带轻分表示离别。　　⑪"漫赢得"句:用杜牧《遣怀》"十年一觉扬州梦,赢得青楼薄幸名"句意。漫,空,徒然。青楼,指妓院。薄幸,薄情。　　⑫"高城望断"二句:回头看爱人所住的高城,已是黄昏时分,但见一片灯火,高城不见,所爱之人更无从寻找了。唐欧阳詹《初发太原途中寄太原所思》诗:"高城已不见,况复城中人。"此化用其意。　　(这首词写男女离情,以秋日晚景作点染,烘托缠绵浓重的情意,不假雕琢,自然流畅。)

踏 莎 行①

郴州旅舍

　　雾失楼台②,月迷津渡,桃源望断无寻处③。可堪孤馆闭春寒④,杜鹃⑤声里斜阳暮。　　驿寄梅花⑥,鱼传尺素⑦,砌⑧成此恨无重数。郴江幸自绕郴山⑨,为谁流下潇湘去?

　　①这首词作于绍圣四年(1097),时作者贬官郴州(今湖南郴县)。　　②"雾失楼台"二句:楼台为夜雾所迷失,渡口也隐没在朦胧的月色里。　　③"桃源"句:望尽天涯,桃源却无处可寻。桃源,指可以隐居避世之处。陶渊明《桃花源记》所说桃源,在今湖南桃源县。　　④可堪:那堪,受不住。孤馆:孤居馆舍。闭春寒:春寒料峭,闭馆独处。　　⑤杜

鹃:鸟名,又名杜宇、子规。初夏时昼夜啼叫,鸣声似"不如归去"。　⑥驿寄梅花:陆凯《赠范晔诗》:"折梅逢驿使,寄与陇头人。江南无所有,聊赠一枝春。"　⑦鱼传尺素:古乐府《饮马长城窟行》:"客从远方来,遗我双鲤鱼。呼儿烹鲤鱼,中有尺素书。"以上两句都是说友人从远处来信。　⑧砌:堆积。　⑨"郴江"二句:郴江本来是绕着郴山流的,为什么要流到潇湘去呢?意思是连郴江之水也不为愁人少住而流去,而自己却只能留居于郴州旅舍,以此表现望远思乡之情。郴江,源于郴州黄岑山,北流入湘江。幸自,本自。为谁,为何。潇湘,湘水与潇水在湖南永州西合流,故称潇湘。　(这首词运用比兴手法,以凄迷的景色表现感伤情绪,抒发了作者在政治上遭到打击以后的孤寂苦闷心情。)

周邦彦

周邦彦(1056—1121),字美成,号清真居士,钱塘(今浙江杭州)人。年轻时在汴京太学读书,因献《汴京赋》得到徽宗赏识,拔为太学正。后历任庐州教授、秘书省正字等职。徽宗置议礼局,他任议礼局检讨官;由于精通音律,又做了大晟府提举。他生活放浪,喜欢狎妓。他的词讲究音律,善于铺叙,在严整中有曲折变化。好用事,喜融化古句入词。词风富艳精工。他在艺术技巧以及音律和词调创制上有一定贡献。著有《片玉词》。

六　丑①

蔷薇谢后作②

正单衣试酒③,怅客里④、光阴虚掷。愿春暂留,春归如过翼⑤,一去无迹。为问家⑥何在?夜来风雨,葬楚宫倾国⑦。钗钿堕处遗香泽⑧,乱点桃蹊⑨,轻翻柳陌⑩。多情为谁追惜?但蜂媒蝶使⑫,时叩窗槅⑬。　东园岑寂⑭,渐蒙笼暗碧⑮。静绕珍丛⑯底,成叹息。长条故惹行客⑰,似牵衣待话,别情无极。残英⑱小,强簪巾帻⑲。终不似、一朵钗头颤袅⑳,向人欹侧㉑。漂流处,莫趁潮汐㉒。恐断红、尚有相思字㉓,何由见得!

①《六丑》词调最初见于周邦彦词,可能为他所创。周密《浩然斋雅谈》卷下:"(徽宗)问《六丑》之义,莫能对。急召邦彦问之,对曰:'此犯六调皆声之美者,然绝难歌。昔高阳氏有子六人,才而丑,故以比之。'"　②一题作《落花》。　③试酒:宋代有夏历三月末或四月初酒库呈样尝新酒的习俗,见《武林旧事》卷三。这句点明三、四月间天

气。　④怅:一作"恨",惆怅、愁闷。客里:羁留他乡。在《兰陵王·柳》中词人曾自称"京华倦客",这里表现的是同样的思想感情。　⑤如过翼:像鸟飞那样迅速地过去。　⑥家:一作"花"。　⑦葬楚宫倾国:这里以美人比落花,意思是蔷薇花被夜来的风雨摧残埋葬了。李延年歌:"北方有佳人,绝世而独立。一顾倾人城,再顾倾人国。"后因以"倾国"作为美人的代称。　⑧钗钿(diàn):妇女的首饰,这里用来比喻飘落的花瓣。徐夤《蔷薇》:"晚风飘处似遗钿。"香泽:妇女涂饰用的香膏之类。　⑨桃蹊(xī):桃树下的小路。　⑩轻翻:与上句"乱点"互文,形容凋谢的蔷薇花纷乱飘落在桃树柳树下的小路上。　⑪为谁:即谁为。为,一作"更"。　⑫蜂媒蝶使:春天蜂和蝶飞舞于花枝间,好似花的媒人和使者。称蜂媒蝶使是强调蜂和蝶恋花的感情,以反衬上句无人惜花之意。　⑬槅(gé):窗槅子。　⑭岑寂:寂静。指花事凋零,已没有了春天的热闹气氛。　⑮蒙笼暗碧:草木葱茏,碧绿幽暗,指暮春景象。　⑯珍丛:已凋谢而值得珍惜的蔷薇花丛。　⑰"长条故惹行客"三句:将花拟人化,说带刺的蔷薇枝条勾住人的衣服,好像是牵着衣服有什么话要说,表现出恋恋不舍离别的无限深情。　⑱残英:残花。　⑲强:因是残花,故曰勉强。簪(zān):插戴。巾帻(zé):头巾。　⑳"终不似"句:总不如盛开的蔷薇花插在钗头上那么颤动可爱。颤袅:颤抖摆动,形容花朵的婀娜多姿。㉑攲(qī)侧:斜依,一种取媚于人的姿态。㉒趁:追逐。潮汐:早潮叫潮,晚潮叫汐。㉓"恐断红"二句:借用唐人红叶题诗的故事。据《云溪友议》及《本事诗》等书载,唐代宫女题诗红叶上,置御沟中,随水漂出,后被人拾得,巧结姻缘。这里以残花喻指红叶,是说落花莫要随潮汐漂走,恐怕上面也有相思字,如若漂走,那就永远叫人无从得见了。　(这首词是周邦彦咏物词的代表作。全词通过咏凋谢了的蔷薇来表达他的惜春之情,并隐约透露出一种迟暮落寞之感。艺术表现上,运用拟人化的手法,从花和人两面着笔,回环曲折,一唱三叹,写出缠绵不尽之意。)

苏幕遮

燎沉香①,消溽暑②。鸟雀呼晴,侵晓③窥檐语。叶上初阳干宿雨④,水面清圆⑤,一一风荷举⑥。　故乡遥,何日去?家住吴门⑦,久作长安⑧旅。五月渔郎相忆否⑨?小楫⑩轻舟,梦入芙蓉浦⑪。

①燎:烧。沉香,一种香气浓烈的香料,一名沉水香。　②溽(rù)暑:夏季潮湿闷热的天气。溽,湿。　③侵晓:天刚亮时。　④宿雨:昨夜的雨。　⑤清圆:清谓荷叶之质,圆谓荷叶之形。　⑥"一一"句:晨风吹来,片片荷叶挺立水面。　⑦吴门:苏州的别称。作者为钱塘人,古代吴地包括今浙江省北部,故称"家住吴门"。　⑧长安:借指汴京。时作者居汴京。　⑨"五月"句:旧时在夏日一起打鱼的伴侣还记得我不?　⑩楫(jí):划船用的工具。　⑪芙蓉浦:荷花塘。这两句是说梦见划着小舟,轻快地驶上开着

荷花的水塘中。浦：这里指流动的浅水。　（这首词描写夏日荷塘景色，并抒写思乡之情。风格清新雅淡，与其他词作的"富艳精工"不同。描写荷花二句，王国维《人间词话》称其"真能得荷花之神理者"。）

二、南宋诗词散文

李清照

　　李清照(1084—1155？)，号易安居士，济南(今属山东)人。她出身于一个具有文化传统的士大夫家庭，父亲李格非是一位散文家兼学者。十八岁与太学生赵明诚结婚，赵是一位金石学家，曾任莱州、淄州知州。1127年靖康之难，赵明诚病死，更兼国破家亡，此后她便在杭州、越州(今浙江绍兴)、金华一带过着孤苦飘零的生活。李清照多才多艺，能书善画，文学上诗、词、散文兼擅，而以词为最著名。存诗不多，其题材、风格与词作迥异。词作多写个人生活及其感受，南渡前基调较开朗乐观，南渡后主要抒写亡国之痛和身世之感，情调哀伤愁苦。风格婉约俊秀，在语言艺术上造诣很高。著有《漱玉词》。

如梦令

　　昨夜雨疏风骤，浓睡不消残酒①。试问卷帘人②，却道"海棠依旧"③。"知否④？知否？应是绿肥红瘦。"

　①浓睡：睡得很深、很熟。残酒：残留的醉意。　②卷帘人：正在卷帘的侍女。③"却道"句：这句是卷帘侍女的答话，说海棠依旧是原来那样。却，反而。表示问话人不相信卷帘侍女的回话。　④"知否"三句：这是对卷帘侍女回话的纠正，意思是：经过一夜风雨，海棠该是花残叶茂了。肥、瘦，以人喻花树，包含了痛惜凄哀的感情。　（这首词通过主人公对花开花落的关怀，抒发了词人惜春伤春的感情。词很短，却有对话，有形象，写得婉曲含蓄，富有情致。）

醉花阴

九　日①

　　薄雾浓云愁永昼②,瑞脑消金兽③。佳节又重阳,玉枕纱厨④,半夜凉初透。　　东篱把酒黄昏后⑤,有暗香盈袖⑥。莫道不消魂⑦,帘卷西风⑧,人比黄花瘦。⑨

　　①九日:旧历九月初九日,重阳节。　　②薄雾浓云:形容闺房里因燃香料而烟雾缭绕。愁永昼:因愁思萦怀而觉得时间过得很慢,白天显得很长。永,长。　　③瑞脑:香料名,即龙脑,俗称冰片。消金兽:香炉里的香料逐渐燃尽。金兽,兽形的铜制香炉。　　④玉枕:对枕的美称。纱厨:即碧纱橱,以木架做成,形如小屋,中间安置床榻,蒙上绿色轻纱,以避蚊虫。　　⑤"东篱"句:黄昏后饮酒赏菊。陶渊明《饮酒》:"采菊东篱下,悠然见南山。"东篱在这里泛指种有菊花的园地。　　⑥暗香:指菊花的幽香。盈袖:满袖。古诗《庭中有奇树》:"攀条折其荣,将以遗所思。馨香盈怀袖,路远莫致之。"此用其意。　　⑦消魂:同"销魂",指离愁别绪使人十分悲伤。江淹《别赋》:"黯然销魂者,唯别而已矣。"　　⑧帘卷西风:秋风吹动帘子。　　⑨黄花:菊花。这句以人比菊瘦表现人的凄哀和憔悴。　　(这是一首闺怨词,抒写了一个多愁善感的闺中少妇在重阳节怀念自己丈夫的寂寞凄苦感情。)

渔家傲

记　梦

　　天接云涛连晓雾①,星河欲转千帆舞②。仿佛梦魂归帝所③,闻天语④,殷勤问我归何处?　　我报路长嗟日暮⑤,学诗谩有惊人句⑥。九万里风鹏正举⑦。风休住⑧,蓬舟吹取三山去⑨!

　　①"天接"句:天色微明时,天边的云彩如汹涌的波涛,与晨雾相连接,构成一片迷蒙壮观景象。　　②"星河"句:天上银河斜转,无数的星星在闪烁,看起来如千帆竞舞。　　③帝所:天帝所居的地方。　　④天语:指天帝的问话。　　⑤报:回答。"路长"、"日暮"都是引起嗟叹的原因。这里用屈原《离骚》"欲稍留此灵琐兮,日忽忽其将暮"和"路漫漫其修远兮,吾将上下而求索"句意,表示自己不顾路途的艰苦,将坚持理想的追求。　　⑥"学诗"句:是说自己学诗虽也写出过惊人的句子,却是空有诗才,靠写诗不能实现自

己的理想。谩,通"漫",徒,空。 ⑦"九万里"句:自己将像大鹏鸟一样乘风展翅高飞九万里。《庄子·逍遥游》:"鹏之徙于南冥也,水击三千里,抟扶摇而上者九万里。"此用其意。 ⑧住:停止。 ⑨蓬舟:小舟,言其轻如蓬草。吹取:吹到。三山:传说蓬莱、方丈、瀛洲是海上的三座仙山。 (这首词通过记梦,创造出一种雄奇壮阔的意境,表现了作者欲展翅奋飞的豪情壮志和对理想的执着追求,以及道路漫长,理想难于实现的嗟叹和苦闷,风格雄健豪放。)

声声慢

寻寻觅觅①,冷冷清清,凄凄惨惨戚戚。乍暖还寒时候②,最难将息③。三杯两盏淡酒④,怎敌他晚来风急⑤!雁过也⑥,正伤心,却是旧时相识。

满地黄花堆积⑦,憔悴损⑧,如今有谁堪摘⑨?守着窗儿,独自怎生得黑⑩!梧桐更兼细雨,到黄昏点点滴滴。这次第⑪,怎一个愁字了得⑫!

①"寻寻觅觅"三句:三句意思互有关联而又递进,寻寻觅觅写追寻求索、若有所失的心情,冷冷清清写环境的清冷和心情的孤寂,凄凄惨惨戚戚写内心无法排解的忧愁与悲哀。 ②乍暖还寒:指深秋天气变化不定,冷暖无常。 ③将息:调养。 ④淡酒:薄酒,言"淡"也暗含了无饮酒的意趣。 ⑤晚来:犹言"向晚"。一作"晓来"。 ⑥"雁过也"三句:见北雁南飞,引起伤感,而雁又是"旧时相识"(意从北国家乡飞来),就更加勾起怀乡之愁,令人悲苦难禁了。却是,正是。 ⑦黄花:菊花。 ⑧憔悴损:指花的凋残,也指人的消瘦。 ⑨"如今"句:暗指丈夫已经逝去,无人相伴摘菊赏玩。 ⑩怎生:怎样。得黑:挨到天黑。 ⑪这次第:这情景。 ⑫"怎一个"句:一个愁字怎么能概括得了。 (这首词生动形象地表现了一个身历国破家亡的孤苦妇女,在秋日黄昏时分的孤寂愁苦心情。全词突出写一个"愁"字,却并不单调,运用铺叙手法,通过一系列景象与事物的描写刻画,反复渲染,将抽象的感情化为具体可感的形象,揭示了词人复杂丰富的内心世界。)

永遇乐

落日熔金①,暮云合璧②,人在何处③?染柳烟浓④,吹梅笛怨⑤,春意知几许⑥?元宵佳节,融和天气,次第⑦岂无风雨?来相召⑧,香车宝马,谢他酒朋诗侣。 中州盛日⑨,闺门多暇,记得偏重三五⑩。铺翠冠儿⑪,捻金雪柳⑫,簇带争济楚⑬。如今憔悴,风鬟雾鬓⑭,怕见⑮夜间出去。不如向帘儿底下⑯,听人笑语。

①落日熔金:落日的红光如熔化的赤金。　②暮云合璧:傍晚时分云气升腾,连成一片,如合起来的美玉。璧:圆形而中间有孔的玉。　③人在何处:落日暮云引起内心异乡漂泊之感。　④染柳烟浓:即浓烟染柳,浓重的雾气笼罩着柳树。　⑤吹梅笛怨:即笛吹梅怨,羌笛吹出《梅花落》哀怨的曲调。《梅花落》为古曲名。　⑥几许:多少,意重在少,即春意尚浅。　⑦次第:转眼。　⑧"来相召"三句:朋友们乘坐香车宝马邀我同去饮酒作诗,因无游兴,都被我婉言谢绝了。　⑨中州:河南古称中州,这里指北宋故都汴京。盛日:繁盛时日,指北宋未沦亡时。　⑩三五:指旧历正月十五,元宵节。　⑪铺翠冠儿:装饰着翡翠的帽子。　⑫捻金雪柳:捻,搓。雪柳是宋时妇女在元宵节赏玩时头上所戴饰物的一种。捻金雪柳,捻金作线状以制作雪柳。　⑬簇带:插带,宋时俗语。济楚:齐整。　⑭风鬟雾鬓:因经乱离而衰老憔悴,头发凌乱,两鬓如霜。　⑮怕见:怕得,懒得。见,语助词。　⑯帘儿底下:帘子里。

张元幹

张元幹(1091—1161),字仲宗,自号芦川居士,永福(今福建永泰)人。他生活于北宋和南宋之际,对金人入侵,北方沦陷深感悲愤,他坚决反对和议,力主抗金,在词中抒发爱国感情,是南宋前期爱国词人的杰出代表。词的主要特色是"长于悲愤"。著有《芦川词》。

贺新郎①

送胡邦衡谪新州②

梦绕神州路③。怅秋风、连营画角④,故宫离黍。底事昆仑倾砥柱⑤,九地黄流乱注⑥?聚万落千村狐兔⑦。天意从来高难问⑧,况人情老易悲难诉。更南浦⑨,送君去！　　凉生岸柳催⑩残暑。耿斜河⑪,疏星淡月,断云微度⑫。万里江山知何处⑬?回首对床夜语⑭。雁不到⑮,书成谁与?目尽青天怀今古⑯,肯儿曹恩怨相尔汝！举大白⑰,听《金缕》⑱。

①这首词作于宋高宗绍兴十二年(1142)。　②胡邦衡:即胡铨,邦衡其字。绍兴八年(1138),秦桧派王伦为计议使赴金国签订屈辱投降的和约,胡铨当时任枢密院编修官,上书皇帝,请斩王伦、秦桧、孙近三人,因此遭贬。先贬任福州签判,绍兴十二年又被

除名押往新州(今广东新兴)编管。张元幹时在福州,写这首词为胡铨送行,后亦获罪。题一作《送胡邦衡待制赴新州》,待制是负责应答宫中咨询的官,胡铨二十多年后方任此职,此题显系后人所改。　③"梦绕"句:在梦中自己的心也萦绕着沦陷的中原地区。神州原指中国,这里指中原地区。　④"怅秋风"二句:在使人惆怅悲哀的秋风里,从一个连着一个的兵营里传来悲凉的号角之声,想那沦入敌手的汴京城里,昔日的宫殿已变得一片荒凉了。离黍:"黍离"二字的倒用。《诗经·王风·黍离》首句云:"彼黍离离"。离离是黍穗下垂的样子。《黍离》是哀故都荒废的诗,后因以黍离之悲指亡国的哀痛。⑤底事:为什么。昆仑:昆仑山。《神异经》载昆仑山上有支撑天的铜柱。砥(dǐ)柱:砥柱山,在黄河中。倾:倒塌。　⑥九地:即九州之地,指全国。黄流乱注:黄河之水四处泛滥,比喻金兵侵占中原像洪水那样凶猛。　⑦"聚万落"句:千村万落为狐兔所盘踞。狐兔,比喻金人。　⑧"天意"二句:用杜甫《暮春江陵送马大卿公恩命追赴阙下》"天意高难问,人情老易悲"句意。天意,指皇帝的旨意。两句大意是:皇帝的旨意是很难猜测的,况且自己已经衰老,而人之常情是人老易悲,这悲伤又是极难倾诉的。　⑨南浦:泛指送别之地。浦,水口。　⑩催:催逼,驱散。　⑪耿:明亮。斜河:天河。天河斜转,表示夜已很深。　⑫断云微度:片片残云轻轻飘过。　⑬"万里"句:指离别后关山阻隔,相距万里,很难知道彼此的踪迹。　⑭回首:回忆。对床夜语:两人深夜对床相谈的情景。　⑮"雁不到"二句:是说别后音讯难通。传说北雁南飞,至衡阳而止;新州在衡阳之南,大雁即使能够传书,也是飞不到那里的。　⑯"目尽青天"二句:指作者和胡铨都是放眼天下,怀想古今的人,关心的是国家大事,怎么肯像小儿女们那样只谈些个人之间的恩怨私情!韩愈《听颖师弹琴》:"昵昵儿女语,恩怨相尔汝。"　⑰大白:酒杯名。　⑱《金缕》:《金缕曲》,《贺新郎》词调的别名。　(这首送别词表现了词人与胡邦衡在共同的爱国思想基础上建立的深厚情谊。词中对朋友因反对投降派而受迫害的同情与支持,对统治者屈膝投降的愤慨和遣责,对金入侵者的强烈仇恨,以及杀敌报国的雄心壮志,多种感情有机地交织在一起,写得慷慨悲壮,豪放中透出苍凉之感。)

岳 飞

岳飞(1103—1141),字鹏举,相州汤阴(今属河南)人。南宋初著名的抗金将领和民族英雄。他屡破金兵,战功卓著,累官至太尉,又授少保,为河南河北招讨使。因坚持抗金,反对投降,被奸相秦桧阴谋害死。今存词仅三首,著有《岳武穆集》。

满江红①

怒发冲冠②,凭阑处、潇潇③雨歇。抬望眼④,仰天长啸⑤,壮怀激烈。三十功名尘与土⑥,八千里路云和月⑦。莫等闲⑧、白了少年头,空悲切。靖康耻⑨,犹未雪;臣子恨,何时灭!驾长车⑩、踏破贺兰山缺⑪。壮志饥餐胡虏肉,笑谈渴饮匈奴血。待从头、收拾旧山河,朝天阙⑫。

①这首词大约作于宋高宗绍兴二年(1132)前后。对其是否为岳飞所作,尚有争议。②怒发冲冠:形容极其愤怒。 ③潇潇:下雨的声音。 ④抬望眼:抬头远望。 ⑤长啸:长声呼喊。 ⑥"三十"句:意谓三十壮年为建功立业而跋涉奔波。 ⑦"八千"句:指披星戴月,转战各地数千里,不辞辛劳,跟金入侵者进行斗争。 ⑧莫等闲:莫,领字,贯穿至"空悲切"。等闲,平常,用以修饰下句"白了少年头"。 ⑨靖康耻:指靖康元年(1126)金兵攻陷汴京,掳掠徽、钦二宗的耻辱。 ⑩长车:古代兵车。 ⑪贺兰山:在今宁夏回族自治区西北部,这里泛指金人占领的地区。缺,指山的空缺处。 ⑫朝天阙:朝见皇帝。天阙,指京城里的宫殿。 (这首词表现了词人热烈的爱国感情和崇高的民族气节,一气呵成,激昂慷慨,具有强烈的鼓舞力量。)

陆 游

陆游(1125—1210),字务观,号放翁,越州山阴(今浙江绍兴)人。他出身于一个有文化教养和爱国传统的官僚家庭,自小受到很好的文化教育和爱国思想的熏陶,二十岁即立下"上马击狂胡,下马草军书"的雄心壮志。陆游前后做官近三十年,由于坚持抗金复国的主张,遭到投降派的排挤打击,曾四次被罢黜。南郑边防前线的军中生活和入蜀后的生活,都对他的创作产生巨大的影响。晚年退居山阴,过了二十年的闲居生活。陆游忧国忧民,爱国主义精神贯穿他的一生,也是他创作的中心主题。他是南宋时期伟大的爱国诗人,诗歌反映了丰富充实的现实内容,具有鲜明的时代特色。他曾学江西诗派,却不为其所束缚,在生活实践中找到了自己的创作道路,创造了自己独特的风格。诗风凡历三变,早期工巧,中期宏肆,晚期趋于平淡,而以豪迈奔放为主要特色。陆游诗、词、散文兼擅,而以诗名为高。著有《剑南诗稿》、《放翁词》、《渭南文集》等。

夜读兵书①

孤灯耿②霜夕,穷山③读兵书。平生万里心④,执戈王前驱⑤。战死士所有,耻复守妻孥⑥。成功亦邂逅⑦,逆料政自疏⑧。陂泽号饥鸿⑨,岁月欺贫儒⑩。叹息镜中面,安得长肤腴⑪。

①这首诗作于宋高宗绍兴二十六年(1156)。 ②耿:照明。 ③穷山:深山。 ④万里心:立功万里之外以报效祖国的雄心。 ⑤执戈王前驱:《诗经·卫风·伯兮》:"伯也执殳,为王前驱。"此用其意。执戈,拿起武器,前驱,先驱,先遣部队。 ⑥妻孥(nú):妻子儿女。 ⑦"成功"句:建立功业也要靠机遇。邂逅:不期而遇,这里指事物的偶然性。 ⑧"逆料"句:预料将来能否建立功业未免有些迂阔而不现实。逆料,预料,预测。政,同"正"。疏:迂阔。 ⑨陂(bēi)泽:地低而蓄水处。饥鸿:比喻饥饿的人民。 ⑩"岁月"句:岁月很快消逝,而事功未成,壮志难伸,似乎岁月也在有意欺人。贫儒,作者自称。 ⑪"安得"句:怎样才能永葆青春。肤腴,肌肤丰泽,说明年轻。 (这首诗写诗人夜读兵书的感想,表现了他决心报效祖国的坚强意志和以厮守妻孥为耻的崇高的人生态度,同时也流露了岁华易逝、壮志难伸的内心苦闷。)

游山西村①

莫笑农家腊酒浑②,丰年留客足鸡豚③。山重水复疑无路,柳暗花明又一村。箫鼓追随春社近④,衣冠简朴古风存。从今若许闲乘月⑤,拄杖无时⑥夜叩门。

①这首诗大约作于宋孝宗乾道三年(1167)。乾道二年(1166)七月,陆游因支持张浚北伐,调隆兴府(治所在今江西南昌)任通判,不久被罢职回山阴镜湖的三山居住。 ②腊酒:农历十二月称腊月,腊月所酿之酒称腊酒。 ③豚(tún):小猪。足鸡豚:有鸡有肉,菜肴丰足。 ④"箫鼓"句:古代以立春后第五个戊日为春社日,在这一天祭土地神以祈求丰年。这句写春社日将到时农村里热闹欢乐的气氛。 ⑤闲乘月:乘月明之夜外出闲游。 ⑥无时:不定时,随时。 (这首诗写诗人被罢官归乡时期跟农民的亲切关系和美好感情,表现了他身处逆境而不消极悲观,热爱生活、热爱大自然、热爱人民的美好品德。全诗感情真挚,描写生动,对仗工稳,语言明畅。)

剑门道中遇微雨①

衣上征尘②杂酒痕,远游无处不消魂③。此身合是诗人未④?细雨骑驴入剑门。

①这首诗作于宋孝宗乾道八年(1172)。这年十一月,诗人正准备大展宏图时,却突然从南郑(今陕西汉中)前线调任成都府安抚司参议官,途经剑门时作此诗。剑门:山名,在今四川剑阁县北。 ②征尘:旅途中衣服上所蒙的尘土。 ③消魂:本有令人神往、高兴和令人沮丧、凄哀两解,这里两义兼有,表现了诗人复杂矛盾的思想感情。
④"此身"二句:唐代诗人李白、郑棨、李贺都有骑驴作诗的故事,今在雨中骑驴入剑门,便自然地联想到自己的命运,自己本不愿只做一个诗人,首先要做的是一个为国捐躯的战士,现在调离前线,到成都去做一个闲官,因而不禁深为感叹:我现在在细雨中骑驴进入剑门,大概命里注定只该做一个诗人的吧? 合:该。 (这首旅途中即景抒情的小诗,看似自喜,实为自嘲,在富有幽默风趣的笔调中,含蓄婉曲地表现了诗人抑郁愤懑的心情。)

关 山 月①

和戎诏下十五年②,将军不战空临边③。朱门沉沉按歌舞④,厩⑤马肥死弓断弦。戍楼刁斗催落月⑥,三十从军今白发。笛里谁知壮士心⑦,沙头⑧空照征人骨。中原干戈古亦闻⑨,岂有逆胡传子孙。遗民忍死望恢复⑩,几处今宵垂泪痕!

①这首诗作于宋孝宗淳熙四年(1177),时作者在成都。《关山月》:汉乐府横吹曲名。 ②"和戎诏"句:隆兴元年(1163),宋孝宗以王之望为金国通问使,与金议和,至作此诗时已十五年。和戎,古书中本指与少数民族和平相处,宋人借以指对金人的屈膝投降政策。 ③空:应战而不战,故云"空",意即"白白地"。临:到。 ④朱门:代指大官僚贵族的住宅。沉沉:深远的样子。按歌舞:按曲调节奏表演歌舞。 ⑤厩(jiù):马棚。 ⑥戍(shù)楼:守卫边境的岗楼。刁斗:古代一种铜制的军中用具,既可作炊饭用的锅,亦可作打更报时的工具。催落月:是说月亮在刁斗声中下落,暗含在凄凉的刁斗声中战士们度过了无数个清冷的月夜之意,与下句"三十从军今白发"呼应。 ⑦笛:古乐府中横吹曲多用笛。"笛"字照应题目《关山月》。全句说:戍边而不战,岁月空流,人已衰老,内心的苦闷和悲愤只能借笛声传出,却是无人知晓。 ⑧沙头:沙原之上,即边

境的战场上。　⑨"中原"二句:从古以来也曾听说过外族侵入中原地区进行蹂躏掠夺之事,岂能容忍他们子孙相传、长期占领呢?　⑩遗民:指中原地区沦陷于金人之手的汉族人民。忍死:指在死亡线上挣扎,有所期待。　(这首诗以守边将士的身份和口吻,揭露和谴责了南宋统治阶级对金人屈膝投降的政策,写出了守边战士不战而老、沦陷区人民盼望恢复而不得的悲痛感情,充分地抒发了作者爱国愤世的思想,内容丰富深厚,爱憎鲜明强烈,声情苍凉激越,风格悲壮沉郁。)

书　愤①

　　早岁那知世事艰?中原北望气如山②。楼船夜雪瓜洲渡③,铁马秋风大散关④。塞上长城空自许⑤,镜中衰鬓已先斑。《出师》一表真名世⑥,千载谁堪伯仲间⑦。

　　①这首诗作于宋孝宗淳熙十三年(1186),时作者家居山阴。　②"中原"句:指北望中原,失地未复,心中愤恨,意气如高山那样磅礴雄放。　③"楼船"句:指宋高宗绍兴三十一年(1161)冬,金主亮南侵,宋将虞允文等在瓜洲阻击,金兵败退。瓜洲渡,在江苏省镇江对岸。　④"铁马"句:绍兴三十一年秋,金兵攻占大散关,宋将吴璘率部抵御,次年金兵退却。铁马:披铁甲的战马。大散关:在今陕西省宝鸡西南,是当时宋金边界要地。　⑤"塞上"句:南朝宋文帝杀害北伐有功的名将檀道济,死前道济大怒,脱帻投地曰:"乃坏汝万里长城。"(见《南史·檀道济传》)陆游一生以恢复中原为己任,因而以"塞上长城"自许。加一"空"字,见出壮志难伸,悲愤无比。　⑥"出师"句:三国时蜀国丞相诸葛亮向后主刘禅上《出师表》,以表示北伐曹魏的决心。名世:名传后世。　⑦堪:可。伯仲:古时用以表示长幼次序之词,伯为长,仲为次,因称兄弟为伯仲,又用以指人与人之间关系地位之次序等差。全句意思是:千载以来,有谁能跟诸葛亮相提并论呢? (这首诗表现了作者坚持恢复失地、统一祖国的坚强意志和决心,同时又表现了两鬓斑白、壮志难酬的悲愤心情。)

临安春雨初霁①

　　世味年来薄似纱②,谁令骑马客京华③?小楼一夜听春雨,深巷明朝卖杏花。矮纸斜行闲作草④,晴窗细乳戏分茶⑤。素衣莫起风尘叹⑥,犹及清明可到家⑦。

　　①这首诗作于宋孝宗淳熙十三年(1186)春。时作者将知严州,由家乡山阴到临安

(今浙江杭州)等候召见。霁(jì):雨止天晴。 ②"世味"句:近年来对人情世态的兴味(这里指做官的兴致)如纱一样淡薄。 ③京华:京城,这里指临安。 ④矮纸:短纸。斜行:歪斜不整,形容作草书。闲:形容从容不迫的样子。草:草书。 ⑤细乳:茶中精品。《茶谱》:"婺州有举岩茶,其片甚细,味极甘芳,煎如碧乳。"又《谈苑》:"茶之精者,北苑名白乳头。"分茶:烹茶的一种方法,煎茶用姜盐,分茶则不用。以上二句是说客居京华,闲暇无事,以写字和分茶自遣。 ⑥"素衣"句:陆机《为顾彦先赠妇》诗:"京洛多风尘,素衣化为缁。"意思是京洛风尘太大,白色的衣服容易变黑。这里取其意而反用,是说不在京城久居,因而不必有素衣变色之叹。 ⑦犹及:还赶得上。清明:二十四节气之一,在每年旧历的四月初五或初六。陆游见孝宗后,三月返家,七月方赴严州任。(这首诗表现了作者对仕宦生活的淡漠和闲居生活的兴致。三、四两句写南方城市春雨初霁情景,对仗工稳,描写生动,是历来传诵的名句。)

示 儿①

死去元②知万事空,但悲不见九州同③。王师北定中原日,家祭无忘告乃翁④。

①这首诗作于宋宁宗嘉定三年(1210)春,是诗人的绝笔诗。 ②元:同"原"。 ③但:只。九州同:指恢复中原,统一全国。 ④无忘:不要忘记。乃翁:你们的父亲,即诗人自己。 (这首诗表现了诗人一颗伟大的心灵,他死后也不能忘记祖国的统一,并且坚信祖国必定有统一的一天,他对祖国的热爱是那样的强烈、深挚、执着!)

诉 衷 情①

当年万里觅封侯②,匹马戍梁州③。关河梦断何处④,尘暗旧貂裘⑤! 胡⑥未灭,鬓先秋⑦,泪空流。此生谁料,心在天山⑧,身老沧州⑨!

①这首词写作年代不详,从内容看,可能作于罢归山阴的晚年。 ②"当年"句:回忆当年,怀着在万里之外建立边功求取封侯的雄心壮志。作者《夜游宫》[记梦寄师伯浑]一词中有"自许封侯在万里"句,可见恢复中原、为国立功是作者从年轻时起就一直追求的。古人将立功和封侯联系在一起,东汉班超投笔从戎,曾叹道:"大丈夫无他志略,犹当效傅介子、张骞立功异域,以取封侯,安能久事笔砚间乎?"后出使西域,建立大功,封定远侯。 ③"匹马"句:指宋孝宗乾道八年(1172)作者在南郑边境所过的一段军中生活。戍,守卫。梁州,古代九州之一,在今陕西西南部及四川一带地方,这里指南

郑。　④关河:指曾经战斗过的边关之地。　⑤"尘暗"句:也是回忆南郑时的军中生活。作者在描写南郑生活的诗中多次提到貂裘。如《三月十七日夜醉中作》:"去年射虎南山秋,夜归急雪满貂裘。"《忆昔》:"挺剑刺乳虎,血溅貂裘殷。""尘暗"与上句中的"梦断",都表现出往事已成了陈旧的记忆。　⑥胡:指金侵略者。　⑦秋:秋霜,指鬓毛变白。　⑧天山:即祁连山,在新疆。这里指边疆战地。将军三箭定天山,壮士长歌入汉关。心在天山,说明诗人壮心不衰。　⑨沧州:水边之地,隐者所居。这里指晚年退居的山阴镜湖边的三山。　(这首词抒写词人想为国立功而不能的内心苦闷;然而极为可贵的是,晚年退休,却仍向往着投身沙场,杀敌报国。)

卜算子①

咏　梅

　　驿外断桥边,寂寞开无主。已是黄昏独自愁,更著②风和雨。　　无意苦争春,一任③群芳妒。零落成泥碾作尘④,只有香如故。

　　①这首词作年不详。　②著(zhuó):附着,这里指经受。　③一任:完全听凭。④碾作尘:被车轮碾为尘泥。　(这是一首托物咏志的词,作者以梅花自比,表现了不怕妒忌、不怕摧残,始终保持自己高洁本性的孤傲品格。与作者的《言怀》诗"兰碎作香尘,竹裂成直纹。炎火炽昆冈,美玉不受焚",表现了相同的旨趣。)

钗头凤①

　　红酥手②,黄縢酒③,满城春色宫墙柳④。东风恶,欢情薄。一怀愁绪,几年离索⑤。错!错!错!　　春如旧⑥,人空瘦⑦,泪痕红浥鲛绡透⑧。桃花落,闲池阁⑨。山盟⑩虽在,锦书难托⑪。莫!莫!莫⑫!

　　①这首词大约作于宋高宗绍兴二十一年至二十五年之间(1151—1155)。宋陈鹄《耆旧续闻》卷一〇:"余弱冠客会稽,游许氏园,见壁间有陆放翁题词(即此《钗头凤》,原文略),笔势飘逸,书于沈氏园,辛未(绍兴二十一年)三月题。"又周密《齐东野语》卷一亦载其事,谓园壁题词时在绍兴乙亥岁(二十五年),未知孰是。《历代诗余》卷一一八引夸娥斋主人说唐氏答词云:"世情薄,人情恶,雨送黄昏花易落。晓风干,泪痕残。欲笺心事,独语倚阑,难、难、难!　人成各,今非昨,病魂常似秋千索。角声寒,夜阑珊。怕人寻问,咽泪装欢,瞒、瞒、瞒!"说者多以为是后人据残句"世情薄,人情恶"续成。今录此以备参考。　②红酥手:形容女子的手细腻红润。　③黄縢(téng)酒:縢有缄封

之义,黄縢酒即黄封酒。宋代官酒有黄纸封口,称黄封酒。陆游《病中偶得名酒,小醉作此篇,是夕极寒》诗中有句:"一壶花露拆黄縢",足见黄縢酒为名酒。 ④宫墙柳:记往日游踪,不必特指沈氏园。 ⑤离索:分索,离散。《礼记·檀弓》上:"子夏曰:'吾离群而索居,亦已久矣。'"郑玄注:"索,犹散也。" ⑥春如旧:言"旧"与上片"满城春色"相呼应,以见今昔离合悲欢之异。 ⑦空瘦:徒瘦,白白地瘦,意即人因悲伤而消瘦,却无济于事,不能再合。 ⑧浥(yì):润湿。红:妇女脸上的脂粉。鲛绡:手帕的别称。任昉《述异记》载:鲛人(神话传说中的美人鱼)在海底织绡(丝巾),称鲛绡纱,一名龙纱,其价百余金。 ⑨闲池阁:池阁清寂。 ⑩山盟:指山为盟誓,表示二人相爱如山一样永远不变。⑪锦书:前秦窦滔妻苏蕙,其夫苻坚时为秦州刺史,被徙流沙,苏氏因织锦为回文旋图诗赠滔,以寄相思之情。(见《晋书·窦滔妻苏氏传》)此用其事,代指书信。 ⑫莫、莫、莫:犹今说罢、罢、罢,愤激而又无可奈何之词。 (这首词写的是陆游本人的爱情婚姻悲剧,感情真挚,情辞凄恻,深婉缠绵;语言明畅精练而意蕴丰厚。哽咽难言,欲说还休,比之酣畅淋漓,尽意发挥,具有更强的艺术感染力。)

范成大

　　范成大(1126—1193),字致能,早年自号此山居士,晚年退居石湖,又号石湖居士,平江吴郡(今江苏苏州)人。自幼家境贫寒,饱尝流离丧乱之苦。高宗绍兴二十四年(1154)进士及第,此后经历了三十年左右的仕宦生活,官至四川制置使、参知政事,后因疾退居。他是一位关心人民并具有爱国思想的作家,孝宗乾道六年(1170),他出使金国,行前做了"不戮则执"的思想准备,毅然赴命,在金统治者面前大义凛然,终不辱使命,全节而归。范成大诗、文、词兼擅,诗名尤盛,是南宋著名诗人之一。他的诗初学江西诗派,后广泛学习从陶渊明到唐宋诸大家,博采众家之长而加之融会创造,表现了鲜明的现实主义倾向。晚年退居,写出了不少田园诗,在描绘田园风光和农村劳动场面的同时,不忘揭露剥削者的罪恶,为田园诗的创作开拓了新的蹊径。著有《石湖诗集》。

后催租行①

　　老父②田荒秋雨里,旧时高岸今江水。佣耕③犹自抱长饥,的知无力输租米④。自从乡官新上来,黄纸放尽白纸催⑤。卖衣得钱都纳却⑥,病骨虽寒聊免缚。去年衣尽到家口⑦,大女临歧两分首⑧。今年次女已行媒⑨,亦复驱将换升斗⑩。家中更有第三女,明年不怕催租苦!

①这首诗约作于宋高宗绍兴二十五年(1155)。作者以前曾效唐代王建写过《催租行》,故题为《后催租行》。　②老父:老翁,老农。　③佣耕:因自己的田被淹,被迫沦为雇农。　④的知:确知。输:交纳。　⑤黄纸:指皇帝赦免租税的诏书,因地方官用黄纸抄录布告,所以叫"翻黄"。白纸:指地方官催交租税的公文。这句是说,对灾民的租税是上免而下不免,皇帝的诏书不过是一纸空文。　⑥纳却:交完,即把卖衣的钱全花光。　⑦衣尽到家口:衣服卖完了,只好卖家里的人。　⑧"大女"句:是说先卖了长女。歧,分离。　⑨已行媒:媒人已来提过亲,意即已经订婚。　⑩驱将:驱赶。将,助词,用在动词后。升斗,少量的粮食。　(这首诗以一位老农在水灾之年的悲惨遭遇,揭露了统治阶级对灾民宽免租税的虚伪,控诉了他们残酷剥削劳动者的罪行。)

州　桥①

南望朱雀门,北望宣德楼,皆旧御路也②。

州桥南北是天街③,父老年年等驾回④。忍泪失声询使者,"几时真有六军来⑤?"

①宋孝宗乾道六年(1170),作者出使金国,把使金沿途所见所感写成七十二首绝句,这是其中的一首。州桥:即天汉桥,在汴河上。　②朱雀门:汴京的正南门。宣德楼:宫城(大内)的正门楼。御路:皇帝车驾出入之路。　③天街:即御路,由宣德楼往南,经州桥,直通朱雀门。　④等:企盼。　⑤六军:周制,天子有六军,每军一万二千五百人。这里指"王师",即南宋的军队。　(这首诗通过出使金国时在旧都汴京的见闻,表现了沦陷区人民殷切盼望恢复的思想感情。)

四时田园杂兴(六十首选三)

淳熙丙午①,沉疴少纾②,复至石湖旧隐,野外即事,辄书一绝;终岁得六十篇,号《四时田园杂兴》。

其三十一

昼出耘田夜绩麻③,村庄儿女各当家④。童孙⑤未解供耕织,也傍桑阴学种瓜。

①淳熙丙午:宋孝宗淳熙十三年(1186)。　②沉疴(kē)少纾:重病稍减。　③耘:除草。绩麻:把麻捻成线或绳。　④当家:当行,本等职务。　⑤童孙:幼小的孙子。（这首诗写农村中男耕女织、各司其职的劳动生活,极富情趣。）

其三十五

采菱辛苦废犁鉏①,血指流丹鬼质枯②。无力买田聊种水,近来湖面亦收租!

①鉏:同锄。这句指经营池面而废种地。　②"血指"句:采菱时手指被菱角刺破而流血。鬼质枯:人消瘦枯槁如鬼。　（这首诗写采菱劳动的艰辛和官府租税的苛重,种地种水皆不可逃。）

其四十四

新筑场泥镜面平,家家打稻趁霜晴。笑歌声里轻雷动,一夜连枷①响到明。

①连枷:一种打稻脱粒的工具。　（这首诗写秋收时节农民紧张欢乐的劳动情景。）

杨万里

杨万里(1127—1206),字廷秀,号诚斋,吉州吉水(今江西吉水)人。二十八岁时进士及第,初做地方官,后入朝为东宫侍读,官至宝谟阁直学士。他关心国事,敢于直言指摘朝政,因此得罪权相韩侂胄,被罢官家居十五年,忧愤而死。在南宋,他是与范成大齐名的著名诗人。其诗初学江西诗派;中年以后改学唐人和宋代的王安石、陈师道;后又兼取众家之长而独辟蹊径,创造了一种具有独特风格和面貌的"杨诚斋体"。他向大自然吸取诗情,即兴而发,不事雕琢,却善于捕捉和描绘形象,意境新颖,富有情趣。著有《诚斋集》。

悯 农①

稻云不雨不多黄②,荞麦空花早着霜③。已分忍饥度残岁④,更堪岁里闰添长⑤!

①这首诗作于宋孝宗隆兴二年(1164),时作者家居。 ②"稻云"句:水稻长势很好,一望如云,却逢天旱不雨,稻粒迟迟不黄。 ③"荞麦"句:旱地里的荞麦因遇早来的霜冻而只开花不结实。 ④分(fèn):料想,甘愿。残岁:指岁末,一年中剩下的日子。这句说对于越冬度岁要忍饥挨饿是有充分思想准备的。 ⑤更堪:那堪,不堪。闰添长:因遇闰月而使一年的时间加长。 (这首诗写灾年农民的悲苦生活,并寄予了诗人的深切同情。)

初入淮河绝句①(四首选二)

其 一

船离洪泽岸头沙②,人到淮河意不佳③。何必桑乾方是远④,中流以北即天涯⑤。

①这组诗作于宋光宗绍熙元年(1190)。时作者奉命迎接金使,有感而作。 ②洪泽:湖名,在江苏西部,与淮水相通。沙:指岸边沙地。 ③"人到"句:因当时淮河已成为宋金的国界,故至淮便感到心中有难言的悲愤。 ④桑乾:即永定河,源出山西,流经北京(当时的燕山府,已陷入金人之手)西南,至直沽(今天津)入海。方是远:才算是遥远的地方。从前认为桑乾才是靠近塞北的边远之地。 ⑤"中流"句:指越过淮河中流向北,就是金国的国境,虽近却使人感到远在天涯。 (这首诗写诗人对国土沦陷的悲愤,表现了热烈深沉的爱国感情。)

其 四

中原父老莫空谈①,逢着王人诉不堪②。却是归鸿不能语③,一年一度到江南!

①空谈:指诉说悲苦而无济于事。 ②王人:天子的使臣,这里是作者自指。 ③"却是"二句:写中原父老向往南宋,却不如不能说话的大雁,每年都有南飞的机会。

(这首诗写沦陷区的中原人民对恢复的盼望和失望的心情,同时也寄托了诗人对南宋朝廷无意恢复中原的悲愤。)

闲居初夏午睡起二绝句①

其 一

梅子留酸②软齿牙,芭蕉分绿与窗纱③。日长睡起无情思④,闲看儿童捉柳花。

①这两首诗作于宋孝宗乾道二年(1166),时作者家居。 ②留酸:梅子未熟透,食后有余酸。 ③"芭蕉"句:窗纱的绿色为芭蕉所分给,写初夏碧绿清幽景象,极为传神。 ④情思(sī):情绪。 (这首诗以清新自然的笔调写初夏景象,表现了作者静观宇宙的闲居心境和透脱的胸襟。)

戏 笔①(二首选一)

其 一

野菊荒苔各铸钱②,金黄铜绿两争妍。天公支与穷诗客③,只买清愁不买田。

①这首诗作于宋孝宗淳熙六年(1179),时作者家居。 ②"野菊"二句:以野菊荒苔比钱,首句取其形,次句取其色。联想出奇,乃是为了写出后两句。 ③支:支付。穷诗客:诗人自指。 (这首诗在一种幽默感中写出了诗人对自然景象的一种独特感受,从中透出作者对生活的一种小小的不满和牢骚,表现了"诚斋体"所特有的奇趣。)

晓出净慈送林子方①(二首选一)

其 二

毕竟西湖六月中,风光不与四时同。接天莲叶无穷碧②,映日荷花别样红。

①这首诗作于宋孝宗淳熙十四年(1187),时作者在杭州任秘书少监。净慈:寺名,

全名为净慈报恩光孝禅寺,与灵隐寺相并为西湖著名寺庙。　②"接天"句:写西湖莲叶碧绿无际,与天相接。　(这首诗写西湖夏日景象,抓住荷花盛开这一特点,从"碧"和"红"色彩着笔,既写出了西湖的秀丽,也写出了西湖的开阔。)

辛弃疾

　　辛弃疾(1140—1207),字幼安,号稼轩,历城(今山东济南)人。他出生于金人统治的沦陷区,生活在民族矛盾十分尖锐的年代,身历目睹金侵略者对北方人民的压迫蹂躏,自幼受到广大人民反对金人入侵、掠夺,反对妥协投降的斗争潮流的影响。他出身在一个世代仕宦之家,父亲辛郁早死,祖父辛赞被迫降金,曾做过金朝的地方官,但他具有爱国思想,曾引辛弃疾"登高远望,指画山河",以舒国愤。时代和家庭都使他从小受到爱国思想的教育,年轻时即立下杀敌报国、恢复中原的雄心壮志。绍兴三十一年(1161),金主完颜亮率大军南侵,促使了北方人民抗金斗争的高涨,二十二岁的辛弃疾组织了两千多人的抗金队伍,并率部投奔济南起义首领耿京,为掌书记。次年叛将张安国杀耿京降金,辛弃疾率五十骑突入敌营,活捉张安国,投奔南宋。南归后,由于投降派当权,不被重用。他先后上《美芹十论》、《九议》,陈述自己抗金复国的方针、措施,均不被采纳。曾先后任湖北、湖南、江西安抚使等职,都不能施展其才能和实现其抱负。由于屡遭排挤打击,壮志难伸,四十二岁后先后在上饶带湖和铅山瓢泉筑室闲居近二十年。辛弃疾一生致力于词的创作,词成为他表现爱国思想、跟投降派作斗争的武器。辛词题材广泛,内容丰富多彩,词风雄劲豪迈、悲壮沉郁。他沿苏轼开辟的豪放一路发展,并在题材内容、艺术手法等方面有进一步的开拓;他"以文为词",不仅丰富了词的内容,也提高了词的表现力。著有《稼轩词》。

水 龙 吟①

登建康赏心亭②

　　楚天千里清秋③,水随天去秋无际④。遥岑远目⑤,献愁供恨⑥,玉簪螺髻⑦。落日楼头,断鸿⑧声里,江南游子⑨。把吴钩看了⑩,栏杆拍遍,无人会⑪,登临意。　休说鲈鱼堪脍⑫,尽西风,季鹰归未? 求田问舍⑬,怕应羞见,刘郎才气。可惜流年⑭,忧愁风雨⑮,树犹如此⑯! 倩何人唤取⑰、红巾翠袖⑱,揾英雄泪⑲?

①这首词作于宋孝宗淳熙元年(1174),时作者在建康,任江东安抚司参议官。②建康:今江苏南京市。赏心亭:在建康下水门城上,下临秦淮河。　③楚天:因战国时南方大片土地属楚,故常以楚天泛指南方的天空。清秋:清爽的秋天。　④"水随"句:长江东流,远接天边,秋色无际。　⑤遥岑:远山。远目:极目远望。　⑥献愁供恨:是说远山引起人的愁恨。说"献"和"供",就使无生命的山与人的感情相通。　⑦玉簪(zān)螺髻(jì):比喻山的形状像妇女头上绾发的玉簪和螺形的发髻。　⑧断鸿:失群的孤雁。　⑨江南游子:漂泊到江南地区的人,作者自指。　⑩吴钩:古代吴地所造的宝刀,这里泛指刀、剑。看吴钩,表示志在杀敌。　⑪会:理解。　⑫"休说"三句:张翰字季鹰,晋代吴郡人,在洛阳做官,见秋风起,因而想起吴中的莼菜羹和鲈鱼脍,便辞官归家。(事见《世说新语·识鉴》)这里反用其意,是说自己在国难当头之时,不会一见秋风起就忘怀国事,思归故乡的。休说:不要说。堪:可。脍(kuài):把肉切成细片。
⑬"求田"三句:三国时许汜(sì)对刘备说,他过下邳时见陈元龙(即陈登),陈元龙不理睬他,自上大床睡去,使他睡下床,未免太傲慢不敬。刘备批评许汜说:"君有国士之名,今天下大乱,帝主失所,望君忧国忘家,有救世之意;而君求田问舍,言无可采,是元龙所讳也,何缘(有什么理由)当与君语? 如小人(刘备自称),欲卧百尺楼上,卧君于地,何但(只)上下床之间耶!"(事见《三国志·陈登传》)此用其事,意思是说,自己胸怀国家大事,耻于做许汜那样只顾自己一家私利的庸人。求田问舍:买田置屋。刘郎:指刘备。才气:才干、气魄。　⑭流年:流逝的岁月。　⑮忧愁风雨:为风雨飘摇的国事而忧愁。⑯树犹如此:晋朝桓温北征,看见他早年种的柳树已经长得非常粗大,不禁感慨地说:"木犹如此,人何以堪!"(事见《世说新语·言语》)此用其事,意思是说,大好的时光白白地流逝,人已衰老,却只能为国势的危殆而忧愁。　⑰倩(qìng):请。唤取:叫来。⑱红巾翠袖:女子的穿戴,借指女子。这里指歌女。　⑲揾(wèn):拭、擦。　(这首词写词人登上建康赏心亭,见祖国大好河山沦于敌手,而自己抗敌复国的壮志不能实现,一片忧国之心也无人理解;抒发了国事飘摇,而自己年华虚度、不能报效祖国的忧愤心情。)

菩萨蛮①

书江西造口壁②

郁孤台下清江水③,中间多少行人④泪。西北望长安⑤,可怜无数山⑥。青山遮不住⑦,毕竟东流去。江晚正愁余⑧,山深闻鹧鸪⑨。

①这首词作于宋孝宗淳熙三年(1176),时作者任江西提典刑狱。 ②江西造口:即皂口镇,在今江西万安县西南。词书于造口壁上。 ③郁孤台:在今江西赣州市西南,因"隆阜郁然,孤起平地数丈"而得名。唐代李勉为虔州刺史,登台北望长安,感慨地说"心在魏阙",因又称"望阙台"。宋代为赣州名胜。清江:赣江经郁孤台北流,与袁江合流处称清江。 ④行人:指四十多年前金兵侵扰江西时流离逃难的人们。高宗建炎三年(1129),金兵大举南侵,一路直下临安,追击宋高宗;一路由湖北入江西,追击隆裕太后(高宗的伯母),至造口,对江西骚扰极大。 ⑤长安:借指北宋旧都汴京。 ⑥"可怜"句:可惜被无数青山遮住了视线。 ⑦"青山"二句:是说青山虽然能遮住远望长安的视线,却不能阻挡东流的江水。暗指抗金复国的斗争潮流是不可遏止的。 ⑧愁余:使我忧愁。 ⑨鹧鸪:鸟名,鸣声凄哀,似"行不得也哥哥"。 (这首词追忆四十多年前金兵侵扰江西时带给人民的深重苦难,联想到中原沦丧、旧京未复的现实情景,既表现了自己抗金复国的决心和信念,又抒发了壮志难酬的悲愤。)

摸 鱼 儿

淳熙己亥①,自湖北漕移湖南②,同官王正之置酒小山亭③,为赋。

更能消、几番风雨④,匆匆春又归去。惜春长怕花开早⑤,何况落红无数⑥。春且住⑦,见说道、天涯芳草无归路⑧。怨春不语,算只有殷勤⑨,画檐蛛网,尽日惹飞絮。 长门事⑩,准拟佳期又误,蛾眉曾有人妒。千金纵买相如赋⑪,脉脉此情谁诉?君莫舞⑫,君不见、玉环飞燕皆尘土!闲愁最苦⑬,休去倚危栏⑭,斜阳正在、烟柳断肠处⑮。

①淳熙己亥:宋孝宗淳熙六年(1179)。 ②"自湖北"句:从湖北(荆湖北路)转运副使调任湖南(荆湖南路)转运副使。漕:漕司,即转运司,职掌财赋及谷物转运等事务。 ③王正之:王正己,字正之,作者的朋友,曾任荆湖北路转运判官,故称"同官"。小山亭:在鄂州(今湖北武昌)转运副使官衙内。 ④"更能消"句:再经受不住几番风雨的吹打。消,经得住。 ⑤长怕:经常怕,总是怕。 ⑥落红:落花。 ⑦且住:暂且留下。 ⑧"见说"句:见说道,听说,据说。全句意思是,芳草长满天边,春天已没有归路。 ⑨"算只"三句:算:算来,看来。画檐:经绘饰的屋檐。惹:招惹,牵挂。飞絮:飞舞的柳絮,象征春天。三句意思是,看来只有画檐上的蛛网整天殷勤地沾惹飞絮,想把春天留住。 ⑩"长门"三句:长门事,指汉武帝的陈皇后失宠后贬居长门宫。准拟,约定。佳期,相会的日期。蛾眉,弯而细长的眉毛,借指美人。《离骚》:"众女嫉余之蛾眉兮,谣诼谓余以善淫。"三句字面意思是,因有人嫉妒被贬的陈皇后美貌,进了谗言,使得本来汉武帝和她约定了重新相会的日子又被耽误了。 ⑪"千金"二句:相如,指汉代辞赋家司

马相如。他所作《长门赋序》说:"孝武皇帝陈皇后,时得幸,颇妒。别在长门宫,愁闷悲思。闻蜀郡成都司马相如,天下工为文,奉黄金百斤,为相如、文君取酒,因于解悲愁之辞。而相如为文以悟主上,陈皇后复得亲幸。"此用其事。脉脉:含情而视的样子。二句意思是:纵然花了千金买来司马相如写的赋,可我满怀深情与愁苦又能向谁诉说呢?这里暗喻作者一片忠君爱国之心不能得到皇帝的理解和信任。 ⑫"君莫"二句:君:你们,暗指朝中当权的投降派。莫舞:不要手舞足蹈、得意忘形。二句是说你们不要过于高兴,你们没有看见杨玉环和赵飞燕都已化为尘土了吗?意思是嫉贤妒能、得意忘形的人都没有好下场。玉环,杨玉环,唐玄宗的宠妃,安史之乱中被赐死。飞燕,赵飞燕,汉成帝的宠妃,被废后自杀。 ⑬闲愁:指为国势危亡而忧愁。 ⑭危栏:高楼上的栏杆。 ⑮烟柳:烟雾笼罩的柳树。夕阳照射在烟柳之上是令人伤心的景象,所以称为"断肠处"。 (这首词采用比兴手法,含蓄婉曲地寄托了词人的身世之感和爱国情怀,表现了对祖国命运的深切关怀和对投降派的强烈憎恨。上片写由惜春而留春,留春不住而怨春的复杂感情,隐微地传达了作者对时光流逝、国势危急的忧虑和悲痛;下片借古人古事来诉说自己受到排挤打击、报国无门的不幸遭遇,并对妒贤嫉能的投降派表示了强烈的憎恨和轻蔑,预言他们不会有好的结果。)

破 阵 子

为陈同甫赋壮词以寄之①

醉里挑灯看剑,梦回吹角连营②。八百里分麾下炙③,五十弦翻塞外声④,沙场秋点兵⑤。 马作的卢飞快⑥,弓如霹雳弦惊⑦。了却君王天下事⑧,赢得生前身后名,可怜白发生!

①陈同甫:陈亮字同甫,辛弃疾志同道合的好友,南宋时著名的思想家和爱国词人。孝宗淳熙十五年(1188)冬,辛弃疾住铅山瓢泉,正患小病,陈亮从浙江东阳来看他。两人在瓢泉附近的鹅湖寺纵谈十日,"长歌相答,极论时事"。别后两人以《贺新郎》调作词唱和,互相激励,共抒爱国情怀。这就是南宋词坛上传为美谈的"鹅湖之会"。这首词具体作年不详,大约写于"鹅湖之会"互相唱和之后。 ②梦回:梦醒。吹角连营:各个军营里接连不断地响起号角声。 ③八百里:牛名。《世说新语·汰侈》:"王君夫(恺)有牛,名八百里驳。"麾(huī)下:部下。炙:烤肉。全句意思是把烤牛肉分赏给众多的部下。 ④五十弦:指瑟。李商隐《锦瑟》:"锦瑟无端五十弦。"这里泛指各种乐器。翻:演奏。塞外声:边塞军中乐曲。全句意思是,乐队演奏出悲壮的军中乐曲。 ⑤沙场:战场。点兵:检阅军队。 ⑥作:如。的卢:骏马名。《三国志·蜀书·先主传》注引《世说》说:刘备兵败樊城,被敌将追击,陷入檀溪中,所骑的卢马,一跃三丈,遂得脱险。全句说,战马像的卢那样飞快奔驰。 ⑦"弓如"句:弓弦发出如霹雳般巨响。形容战斗的

激烈。　⑧了却:完成,实现。天下事:指恢复中原的大事。　(这首词描写了意气豪壮的抗金战斗生活,抒发了渴望杀敌报国的雄心壮志,以及壮志难酬而年事渐高的深沉苦闷。上片写战地秋天早晨点兵的情景和气氛,是对昔日战斗生活的追忆和概括;下片写紧张激烈的战斗场面,而以报国无门的深长感叹作结。)

鹧鸪天①

有客慨然谈功名②,因追念少年时事③,戏作。

壮岁旌旗拥万夫④,锦襜突骑渡江初⑤。燕兵夜娖银胡䩮⑥,汉箭朝飞金仆姑⑦。　追往事,叹今吾,春风不染白髭须⑧。却将万字平戎策⑨,换得东家种树书⑩。

①这首词具体作年不详,从词意看,当作于退居农村时期。　②功名:这里指为国建功立业。　③少年时事:指年轻时起义抗金,活捉叛将张安国等战斗生活。　④"壮岁"句:年轻时曾统帅过上万人的抗金军队。作者率众附耿京及其后南归时仅二十二三岁,故云"壮岁"。旌旗,军旗。　⑤"锦襜(chān)"句:指率部渡江南归事。锦襜突骑:穿着锦衣的精锐骑兵。襜,本指围裙一类的蔽前衣,这里泛指军服。　⑥燕兵:指作者率领的北方抗金义兵,与下句"汉箭"互文。娖(chuò):整理,准备。银胡䩮:银色装饰的箭袋。　⑦汉箭:指抗金义军使用的箭。金仆姑:箭名。以上两句表现了时间的流动,夜里准备,清晨战斗打响。　⑧"春风"句:春风不会把已经白了的胡须变黑,即不会使自己重新年轻起来。髭(zī):唇上胡子。　⑨平戎策:平定外族入侵的策略,指他向南宋统治阶级上的《美芹十论》、《九议》等。　⑩"换得"句:意思是壮志难酬,却被迫退居农村,学种庄稼。东家,东邻农家。　(这首词追忆了年轻时的抗金战斗生活,表现了词人热烈的爱国感情;而年事已高,壮志未酬,抚今追昔,又不免发出深沉的怨恨和感叹。)

西江月

夜行黄沙道中①

明月别枝惊鹊②,清风半夜鸣蝉。稻花香里说丰年③,听取蛙声一片。七八个星天外,两三点雨山前。旧时茅店社林边④,路转溪桥忽见。

①这首词具体作年不详。黄沙岭在江西上饶西,距城四十里,因此可能作于1182至1191年闲居上饶带湖时期。　②别枝:斜出的树枝。全句说,月光惊醒了斜枝上的

鸟鹊。　③"稻花"二句:一片欢快的蛙声,像是在向人们报告丰年的消息。　④社林:社庙附近的树林。社,古代祭祀土地神的地方。　(这首词写作者在夏夜行走在黄沙道上的所见所感。虽然分片,却是前后浑然一体,连续不断地将他于道中所见所闻摄入笔底,情景交融,生动活泼,格调轻快明丽。)

永 遇 乐①

京口北固亭怀古②

千古江山,英雄无觅③、孙仲谋④处。舞榭歌台⑤,风流总被、雨打风吹去⑥。斜阳草树,寻常巷陌,人道寄奴曾住⑦。想当年⑧,金戈铁马,气吞万里如虎。　元嘉草草⑨,封狼居胥,赢得仓皇北顾。四十三年⑩,望中犹记、烽火扬州路⑪。可堪回首⑫,佛狸祠下,一片神鸦社鼓。凭谁问⑬:廉颇老矣,尚能饭否?

①这首词作于宋宁宗开禧元年(1205),时作者知镇江府(今江苏镇江)。　②京口:今镇江。三国时吴国初在此建都,后迁建业(今江苏南京)。北固亭:又名北固楼,在镇江城北北固山上,为晋蔡谟所建,下临长江,三面濒水,形势险要。梁武帝改名北顾亭。　③觅(mì):寻找。　④孙仲谋:即孙权,仲谋其字,曾建都京口,据江东,与刘备联合,在赤壁大败曹兵。故作者登北固亭怀古首先想到了他。　⑤舞榭(xiè)歌台:供歌舞用的楼台,这里借指昔日的繁华生活。榭,高台上的建筑物。　⑥风流:指昔日英雄业绩的流风余韵。　⑦寄奴:南朝宋武帝刘裕的小字。他曾在京口起兵讨伐桓玄,后来推翻东晋,做了皇帝。《南畿志》:"丹徒(今镇江丹徒镇)在镇江城南,宋武帝微时宅也。"　⑧"想当年"三句:写刘裕当年率兵北伐时的威风气势。金戈铁马:形容兵强马壮。气吞万里:指军队的气势极盛,所向无敌。　⑨"元嘉"三句:指刘裕的儿子宋文帝刘义隆轻率北伐而招致失败事。元嘉:宋文帝年号(424—453)。草草:草率,轻率。封:在山上筑坛祭天。狼居胥:山名,在今内蒙古自治区西北部。汉将霍去病追击匈奴,至狼居胥山,祭天而还。赢得:剩得。仓皇北顾:惊惶逃窜,北望追兵。《宋书·王玄谟传》:"玄谟每陈北侵之策,上谓殷景仁曰:'闻玄谟陈说,使人有封狼居胥意。'"据《南史·宋文帝纪》载,元嘉二十七年(450)王玄谟北伐失败,后魏军队乘胜追到长江边,声称要渡江,都城震恐。宋文帝登楼北望,深悔北伐之举。《宋书·索虏传》载,刘义隆有"惆怅惧迁逝,北顾涕交流"诗句。这里作者引历史教训警告南宋统治阶级不可轻率北伐。　⑩四十三年:辛弃疾于绍兴三十二年(1162)南归,至作此词时,正好四十三年。　⑪扬州路:即淮南东路,治所在扬州(今江苏扬州),辖境相当今长江以北,安徽、河南、江苏部分地区。作者南归前奉耿京命南下,先至楚州见淮南转运副使杨抗,再赴行在,时完颜亮犯淮南。　⑫"可堪"三句:是说往事不堪回首,人们竟在佛狸祠下奏乐祭祀,连

一点抗战的迹象也看不到了。可堪,哪堪,怎能忍受。回首:回想。佛狸祠,北魏太武帝拓跋焘小名佛狸,他于450年率军追击王玄谟的军队,直至长江北岸的瓜步山,在山上修建一座行宫,后人称为佛狸祠。神鸦,指啄食祭品的乌鸦。社鼓,祭神时的鼓乐之声。这也是借古事感叹今事。 ⑬"凭谁问"三句:以廉颇自比,感慨年纪已老,雄心尚在,却不为统治者所理解和重视。廉颇,战国时赵国的著名将领,善用兵,晚年被排挤奔魏。后来秦国攻赵,赵王想起用廉颇,但怕他年纪已老,便派人去探看。廉颇为表示自己尚能为国效力,在使者面前一顿饭吃了一斗米和十斤肉,还披甲上马。但廉颇的仇人郭开买通使者,回报赵王说:"廉将军虽老,尚善饭;然与臣坐顷之,三遗矢(同屎)矣。"赵王因此以为他已衰老而不再起用。(事见《史记·廉颇蔺相如列传》) (这首词题为"怀古",实际是把古事和今事融合在一起,通过追怀与京口有关的历史人物,抒写自己的爱国情怀,虽已年迈却仍不忘建功立业;同时借历史事件、历史人物,发表对时政的看法,警告统治者在做好充分准备以前不可轻率北伐。在词里发表政治见解,在辛词以前是极少见的。)

清平乐①

村 居

茅檐低小,溪上青青草。醉里吴音相媚好②,白发谁家翁媪③? 大儿锄豆溪东,中儿正织鸡笼。最喜小儿无赖,溪头卧剥莲蓬。

①这首词具体作年不详,大约作于退居带湖时期。 ②吴音:泛指南方话。 ③媪(ǎo):老年妇人。 (这首农村词,有景、有人、有情,形象鲜明,生活气息浓烈,风格自然清新。)

陈 亮

陈亮(1143—1194),字同甫,婺州永康(今浙江永康)人。他是南宋时期著名的爱国主义文学家和进步的思想家。一生坚持抗金,反对和议。曾写《上孝宗皇帝书》四篇和《中兴论》等文,提出抗金主张及恢复策略,但不被采用。政治上备受打击,曾几次下狱。晚年中进士第一名,受命任建康府金判,未至任所即卒。他与辛弃疾为好友,爱国思想一致,词风也相近,以豪迈为主,写得比较质朴。著有《龙川集》。

水调歌头

送章德茂大卿使虏①

不见南师久②,谩说北群空③。当场只手④,毕竟还我万夫雄⑤。自笑堂堂汉使⑥,得似洋洋河水,依旧只流东。且复穹庐拜⑦,会向藁街逢⑧。尧之都⑨,舜之壤,禹之封,于中应有、一个半个耻臣戎。万里腥膻如许⑩,千古英灵安在⑪,磅礴几时通⑫?胡运何须问⑬,赫日自当中⑭。

①章德茂:章森,字德茂。宋孝宗淳熙十一年(1184)八月及十二年(1185)十一月,他曾两次使金。第一次是贺正旦(阴历正月初一),第二次是贺金主生辰。这首词可能作于章森第二次使金时。章森当时任试户部尚书,所以尊称为大卿。 ②南师:南宋北伐的军队。 ③谩说:本意为随便说,此处犹且莫说、休说。北群空:韩愈《送温处士赴河阳军序》:"伯乐一过冀北之野,而马群遂空。"这里比喻没有杰出的人才。 ④只手:指能独立支撑局面的巨手。 ⑤还:犹仍旧是、依然是之意。万夫雄:力敌万夫的英雄人物。 ⑥"自笑"三句:自笑,含自我嘲笑之意。三句谓堂堂汉使,却不断地去朝拜金国。"不见"四句一层意思,正面说;"自笑"三句一层意思,反面说;下面"且复"二句一层意思,退一步说。得似:相似,如同。洋洋河水:滔滔奔流的黄河之水。洋洋,水盛貌。 ⑦且复:姑且再一次。穹(qióng)庐:古代北方少数民族居住的用毡做的帐篷,犹今蒙古包。 ⑧藁街:汉代长安的一条街名,是当时的使馆区。丘迟《与陈伯之书》有"对穹庐以屈膝"和"方当系颈蛮邸,悬首藁街"句。这里是说总有一天会将金统治者的首级斩下悬挂于藁街的。 ⑨"尧之都"四句:意思是:在自古以来汉民族繁衍生存的中原土地上,应该有一个半个耻于向异族侵略者屈膝称臣的志士。都:都邑。壤:土地。封:封疆。三句词语稍有不同,都是指中乃汉民族历史悠久的故土。 ⑩腥膻:原指牛羊的腥臊味,这里喻指北方金侵略者。如许:像这个样子。 ⑪千古英灵:指千古以来抗暴御敌的仁人志士的英魂,承上尧、舜、禹。 ⑫磅礴:广大貌。这里是郁结不通的意思。 ⑬胡运:指金侵略者的命运。 ⑭"赫日"句:以光明的太阳高照天空,比喻抗金斗争必定取得胜利。 (这首词不是一般的送别词,而是写出了对一个出使敌国、负有重大使命的朋友的希望、信任和鼓励,深沉婉曲地表现了作者对当权的投降派的不满,对金入侵者的仇恨,对民族命运的忧虑关切,以及对抗金复国斗争的坚强意志和胜利信心。)

姜　夔

姜夔(1155?—1221?),字尧章,号白石道人,饶州鄱县(今江西鄱阳)

人。早岁孤贫，生活比较艰苦。没有出仕，以布衣终身。早年流寓长江下游及江淮间；后来接交官宦，依人为生，居停在吴兴、杭州、苏州一带。他与辛弃疾、范成大、杨万里等人均有交往。他的词以纪游咏物和描写爱情为主要内容，也有少数篇章寄寓了家国之感。他能诗，善书法，尤精于音乐，能自度曲。词作有较强的音乐性。姜词讲究章法结构，注意音韵和美，意境和风格清幽峭拔，咏物与抒情常常得到较好的结合。著有《白石词》。

扬 州 慢①

　　淳熙丙申至日②，予过维扬③。夜雪初霁④，荠麦弥望⑤。入其城则四顾萧条，寒水自碧；暮色渐起，戍角悲吟⑥。予怀怆然⑦，感慨今昔。因自度此曲。千岩老人以为有《黍离》之悲也⑧。

　　淮左名都⑨，竹西佳处⑩，解鞍少驻初程⑪。过春风十里⑫，尽荠麦青青。自胡马窥江去后⑬，废池乔木⑭，犹厌言兵。渐黄昏，清角吹寒，都在空城。
　　杜郎俊赏⑮，算而今⑯，重到须惊。纵豆蔻词工⑰，青楼梦好，难赋深情。二十四桥仍在⑱，波心荡、冷月无声。念桥边红药⑲，年年知为谁生？

①《扬州慢》：这是作者自度（创制）曲。　②淳熙丙申：宋孝宗淳熙三年（1176）。至日：冬至这一天。　③维扬：扬州的别名。《尚书·禹贡》："淮南维扬州。"后来因此借维扬指扬州。　④霁(jì)：天由雪转晴。　⑤荠(jì)麦：野生的麦子。弥望：满眼。　⑥戍角：守兵的号角声。　⑦怆然：悲伤的样子。　⑧千岩老人：指作者的叔岳父萧德藻，字东夫，号千岩老人。福建闽清人，在当时颇有诗名。黍离之悲：国家沦亡的悲痛。参见张元幹《贺新郎·送胡邦衡谪新州》注④。　⑨淮左：即淮东。宋时在淮河下游的地区设淮南东路。扬州是淮南东路的著名城市。　⑩竹西：亭名，在扬州北门外五里，禅智寺左侧。杜牧《题扬州禅智寺》诗："谁知竹西路，歌吹是扬州。"后人因此以竹西名亭。　⑪少驻初程：完成旅程的最初阶段后在扬州停留稍事休息。　⑫春风十里：杜牧《赠别》诗："娉娉袅袅十三余，豆蔻梢头二月初。春风十里扬州路，卷上珠帘总不如。"此用其意，指昔日扬州的繁华街道。　⑬胡马窥江：宋高宗建炎三年（1129）和绍兴三十一年（1161），金兵曾两次南侵，窥伺欲渡长江，扬州都遭到焚掠。　⑭废池：被战争破坏而未恢复的城池。乔木：古老高大的树木。　⑮杜郎：指唐代著名诗人杜牧。俊赏：眼光很高的鉴赏。　⑯"算而今"二句：是说当年那样赞美扬州的杜牧，要是看到如今的残破景象，也一定会感到吃惊。算：料想。　⑰"纵豆蔻"三句：是说纵然有像杜牧那样能写出像"豆蔻"、"青楼"这些美好诗句的才华，也很难写出自己面对扬州残破景象时

内心的悲痛之情。豆蔻:指前引《赠别》诗中有"豆蔻梢头二月初"之句。青楼梦好:杜牧《遣怀》诗中有"十年一觉扬州梦,赢得青楼薄幸名"。青楼指歌妓居住之处。 ⑱二十四桥:唐代扬州有二十四桥,但北宋时仅残存八座。沈括《梦溪笔谈·补笔谈》卷三中曾记下二十四桥的名字。这里泛指扬州的名桥,非实指。杜牧《寄扬州韩绰判官》诗:"二十四桥明月夜,玉人何处教吹箫?" ⑲"念桥边"二句:桥边的芍药花虽然盛开,却无人欣赏,花又是为谁而生呢? 红药:芍药花。据《画舫录》,二十四桥一名红药桥。宋王观《扬州芍药谱》:"扬之芍药甲天下。" (这首词感叹国事,抒发"黍离之悲"。全词着眼于今昔对比,表现了家国残破的悲哀,寄慨很深。写得抑郁低回,凄凉幽怨,情与景交融在一起,婉曲深沉,饶有情韵。)

文天祥

文天祥(1236—1283),字履善,又字宋瑞,号文山,吉州庐陵(今江西吉安)人。理宗宝祐四年(1256)举进士第一。曾任刑部郎官,以后又在湖南、江西等地任地方官。恭宗德祐元年(1275),元军包围临安,文天祥任右丞相兼枢密使,出使元军谈判被拘留。后逃脱,拥立端宗,起兵转战东南,图谋恢复。端宗景炎三年(1278),兵败被俘,被押解大都(今北京)囚禁四年。狱中坚强不屈,表现了崇高的民族气节,后从容就义。文天祥诗、文、词都有创作,以诗为主。其创作以临安沦陷为界,分为前后两期,前期多应酬之作,后期诗文多抒发他崇高的民族气节和热烈的爱国感情,写得激昂慷慨,苍凉悲壮。著有《文山先生全集》。

过零丁洋①

辛苦遭逢起一经②,干戈落落四周星③。山河破碎风飘絮,身世浮沉雨打萍。惶恐滩头说惶恐④,零丁洋里叹零丁⑤。人生自古谁无死,留取丹心照汗青⑥。

①零丁洋:在今广东中山南。南宋帝昺祥兴元年(1278),文天祥在五坡岭(今广东海丰县北)兵败被俘。次年,元军都元帅汉奸张弘范挟文天祥进攻厓山(在今广东新会县南海中,是南宋帝昺所居的最后据点),此诗是他过零丁洋时所写。张弘范一再强迫文天祥招降坚守厓山的宋将张世杰,文天祥便出示此诗给张,以明其志不可动摇。
②"辛苦"句:指他经考试进士及第被朝廷起用。遭逢:遭际,指被朝廷选拔。起一经:因

通晓《易》、《书》、《诗》、《礼》、《春秋》五经之一而被起用做官。文天祥以明经考取进士。　　③"干戈"句：四年来在抗元战争中度过。干戈：指战争。落落：多貌。四周星：四年。周星：岁星（木星）十二年一周天，称为周星。地球十二个月围绕太阳运行一周，也称为周星。这里的周星，即指一年的时间。文天祥从德祐元年（1275）起兵勤王，至帝昺祥兴元年被俘，前后共经历了四个年头。　　④惶恐滩：赣江十八滩之一，水流湍急，在今江西万安县境内。端宗景炎二年（1277），文天祥在江西空阬（今江西吉水县附近）为元军所败，经此退往福建。　　⑤叹零丁：感叹自己身陷敌中，孤单而没有依靠。　　⑥留取：留得。汗青：代指史册。古代纪事用竹简，制竹简时，先用火烤竹片，去其水分，称为杀青，因此又称竹简为汗青。　　（这首诗是作者兵败被俘后的作品，在回顾自己的身世遭遇中，感叹国家山河破碎，并以诗明志，表示将以死来殉自己的爱国理想，表现了坚贞的民族气节。）

金陵驿①（二首选一）

其　一

草合离宫转夕晖②，孤云飘泊复何依③？山河风景原无异④，城郭人民半已非⑤。满地芦花和我老⑥，旧家燕子傍谁飞⑦！从今却别江南路⑧，化作啼鹃带血归⑨。

①这首诗是宋帝昺祥兴二年（1279）作者被押赴燕京（今北京），路过金陵驿时作。　　②草合：草已长满。离宫：即行宫，皇帝出巡时居住的地方。金陵为宋代陪都，故有离宫。　　③"孤云"句：感叹自己的身世飘零。　　④"山河"句：《世说新语·言语》："过江诸人每至美日，辄相邀新亭，藉卉饮宴。周侯中坐而叹曰：'风景不殊，举目有山河之异！'"这里暗用其意。　　⑤"城郭"句：《搜神后记》："丁令威学道于灵虚山，后化鹤归辽，徘徊空中而言曰：'有鸟有鸟丁令威，去家千里今始归，城郭如故人民非，何不学仙冢累累？'遂高上冲天。"这里借用这个典故，说明金陵在战乱中人民死伤很多。　　⑥"满地"句：谓芦荻暮秋开花，为时已晚；而自己起兵抗元，国势已无法挽救。刘禹锡《西塞山怀古》"金陵王气黯然收"、"故垒萧萧芦荻秋"。这里暗用其意。　　⑦"旧家"句：谓民房多毁于战火，燕子归来也难觅旧家。刘禹锡《乌衣巷》："旧时王谢堂前燕，飞入寻常百姓家。"这里化用其意。　　⑧却：含了结意。却别，犹言告别了，离开了。　　⑨"化作"句：意谓北行必殉国，但灵魂化作杜鹃，也要回归南方。传说周末蜀王杜宇，号望帝，死后灵魂化为杜鹃鸟，啼鸣"不如归去"，直至出血。　　（这首诗写作者被俘北去，救国无望的悲痛心情，表现了他以死殉国，死后也不忘恢复的民族气节。）

三、金元诗词

元好问

元好问(1190—1257),字裕之,号遗山,太原秀容(今山西忻县)人。系出北朝魏代鲜卑贵族拓跋氏。曾从郝天挺习经学诗。金宣宗兴定五年(1221)进士及第,哀宗正大元年(1224)中博学宏词科,授儒林郎,充国史院编修,历任镇平、内乡、南阳县令,官至尚书省掾、左司都事。金亡后不仕,著述甚丰,编有《东坡乐府集选》、《唐诗鼓吹》和金诗总集《中州集》等。他诗、词、文、散曲、小说均有创作,以诗的成就最高。他年轻时即身历战乱,诗作反映了金元之际的社会现实和人民的苦难,有较强的现实内容。他的词也为金代之冠,题材广泛,有充实的内容。著有《元遗山先生全集》。

论诗绝句①(三十首选三)

其 七

慷慨歌谣绝不传②,穹庐一曲本天然③。中州万古英雄气④,也到阴山敕勒川⑤。

①题下作者自注:"丁丑岁三乡作。"丁丑为金宣宗兴定元年(1217)。三乡:今河南洛宁县三乡镇。作者效法杜甫《戏为六绝句》的形式,以诗评诗,对汉魏以来至宋的重要诗家发表评论,发表了他对诗歌创作的重要见解。　②"慷慨"句:古代北方敕勒族人民慷慨悲壮的诗歌传统中绝而没有流传下来。　③"穹庐"句:指北魏民歌《敕勒歌》:"敕勒川,阴山下。天似穹庐,笼盖四野。天苍苍,野茫茫,风吹草低见牛羊。"天然:指自然真实,不事雕琢。　④中州:中原地区,今河南一带。　⑤敕勒川:在今大青山南境。(这首诗讲北方鲜卑族的诗歌传统是以慷慨悲壮为特色。)

其 八

沈宋横驰翰墨场①,风流初不废齐梁②。论功若准平吴例③,合着黄金铸子昂④。

①沈宋:指初唐诗人沈佺期、宋之问。他们所代表的靡丽诗风,曾一时笼罩诗坛。翰墨场:指诗坛。　②"风流"句:以沈宋为代表的初唐诗歌继承了南朝齐梁时代绮靡柔媚的诗风。　③"论功"句:《吴越春秋》载,春秋时范蠡辅助越王勾践灭掉吴国,越王为嘉奖他的功勋,为他用黄金塑像。这句说,如果以平吴论功为范蠡塑像作为标准的话。　④"合着"句:子昂,指初唐诗人陈子昂。他在唐初诗风转变上起了很好的作用,作者认为他的功劳很大,应该像越王奖赏范蠡那样,用黄金来为陈子昂塑像。　(这首诗通过对初唐诗人沈佺期、宋之问和陈子昂的不同评价,批判了六朝唐初绮靡纤弱的诗风,而提倡一种爽朗刚健的诗风。)

其 十 二

望帝春心托杜鹃,佳人锦瑟怨华年①。诗家总爱西昆好②,独恨无人作郑笺③。

①"望帝"二句:参见唐李商隐《锦瑟》诗。首句用李诗成句,次句用李诗首联句意。佳人:美好的人,喻指所追慕、怀想的人。意思是从凄哀的锦瑟声中不禁感叹自己的年华身世。　②西昆:北宋初以杨亿、刘筠、钱惟演为代表的一个诗歌流派,作诗宗法李商隐,因唱和诗集编为《西昆酬唱集》而得名。　③郑笺:指东汉郑玄对《毛诗》、《周礼》、《仪礼》、《礼记》、《周易》、《春秋》等经典的笺注。意思是李商隐和学习李商隐的西昆派诗,含义晦涩,很难索解,没有人能像郑玄给儒家经典作笺注那样作出精确深刻的解释。(这首诗对李商隐及在他影响下产生的西昆体诗提出了批评。)

岐 阳①(三首选一)

其 二

百二关河草不横②,十年戎马暗秦京③。岐阳西望无来信④,陇水东流闻哭声⑤。野蔓有情萦战骨⑥,残阳何意照空城⑦。从谁细向苍苍问⑧,争遣蚩尤作五兵⑨?

①这组诗作于金哀宗正大八年(1231)。据《金史纪事本末》:正大八年春正月,蒙古兵围凤翔,四月凤翔陷。这组诗即作者哀凤翔陷落而作。岐阳:即凤翔。　②"百二"句:《史记·高祖本纪》:"秦,形胜之国,带山河之险,悬隔千里,持戟百万,秦得百二焉。"《集解》引苏林注云:"行百中之二焉。秦地险固,二万人足以当诸侯百万人也。"关

河:关塞山河。草不横:汉代终军自称"无横草之功",颜师古注以为"横草"即是在草里走,使草倒伏。元好问用这个典故说明关河无人防守。 ③"十年"句:从金宣宗兴定五年(1221)蒙古兵攻金陕北,至凤翔城破(1231),共十一年,举成数,言"十年"。秦京:即指凤翔。因凤翔为秦地重镇。暗秦京:杜甫《愁》诗:"十年戎马暗万国。"全句是说,蒙古军长期进行侵略战争,使凤翔蒙受了巨大的灾难。 ④"岐阳"句:凤翔消息断绝,诗人十分焦急。 ⑤"陇水"句:陇水即陇头水。全句用《陇头歌辞》"陇头流水,鸣声呜咽。遥望秦川,心肝断绝"之意,意思是说战乱中凤翔人民流离失所,哭泣逃亡。这是纪实,据元好问《中州集》载雷琯《商歌十章序》里说:"客有自关辅来,言秦民之东徙者余数十万口,携持负戴,络绎山谷间。昼餐无粮糒,夕休无室庐,饥羸暴露,滨死无几。" ⑥"野蔓"句:写金兵战死,横尸野草丛中惨状。萦:缠绕。 ⑦"残阳"句:想象凤翔城破后被屠掠一空的惨状。残阳:夕阳。 ⑧苍苍:苍天。 ⑨争遣:怎遣,为什么遣。蚩尤:传说中黄帝时期作乱的部族首领,这里代指蒙古军。《史记·五帝本纪》:"蚩尤作乱,黄帝征师诸侯,与蚩尤战于涿鹿之野,遂禽杀蚩尤。"五兵:指戈、殳、戟、酋矛、夷矛五种兵器。作五兵,指发动战争。 (这首诗描写了凤翔城被蒙古军攻陷时苦难人民流离失所和金兵横尸野草的惨状,并表现了诗人对侵略战争的谴责。)

壬辰十二月车驾东狩后即事①(五首选一)

其 二

惨淡龙蛇日斗争,干戈直欲尽生灵②。高原水出山河改③,战地风来草木腥。精卫有冤填瀚海④,包胥无泪哭秦廷⑤。并州豪杰今谁在⑥,莫拟分军下井陉⑦。

①壬辰:金哀宗天兴元年(1232)。这年正月,蒙古军围汴京(金朝的南京,今河南开封)。四月,金乞和,形势曾一度缓解。七月后和议断绝,汴京便长期被围。十二月,哀宗兵败,退走归德(今河南商丘)。车驾东狩(shòu):指此。这时元好问任左司都事,居汴京围城中。 ②"惨淡"二句:是说蒙古军发动侵金战争,百姓消灭殆尽。惨淡:惨暗无色。龙蛇:《阴符经》有"天发杀机,龙蛇起陆"。《易》坤卦上六爻辞:"龙战于野,其血玄黄。"这里以龙蛇比喻金和蒙古。日斗争:指绵延不绝的战争。生灵:百姓。 ③"高原"句:指自然界出现灾异现象,山河将要改色,喻指金朝将亡。《左传·桓公元年》:"秋大水。凡平原出水为大水。"旧注以为平原高地不积停雨水,也无泉水涌出,故"水不入于土而出于地上",是一种灾异现象。 ④精卫:鸟名,又称冤禽。古代神话传说,炎帝的女儿女娃"游于东海,溺而不返",后化为精卫,常衔西山木石,以填东海。(见《山海经·北山经》)据《金史·宣帝纪》载,贞祐二年(1214)三月,奉卫绍王公主归于大元太

祖皇帝,是为公主皇后。翰海:指大沙漠。这里以精卫暗喻金卫绍王公主。就像精卫填海是个悲剧一样,卫绍王公主远度沙漠嫁给元太祖也不能挽救金朝的危亡,所以说"有冤"。　　⑤"包胥"句:包胥,申包胥,春秋时楚国大夫。吴攻楚都郢,情势危急,申包胥到秦国请求援助,在秦依廷墙而哭,七日不绝声,感动了秦哀公,终于发兵救楚。这里是说,即使有像申包胥那样的爱国志士,如今也是欲哭无泪了。《金史·世宗诸子璹传》载,金哀宗要派年幼的曹王作为人质,出使蒙古求和,他的叔父完颜璹认为曹王年幼,"恐不能办大事",请求哀宗派自己做副使,或派自己出使。此句可能指这一史实。　　⑥"并州"句:感叹当时没有像西晋时刘琨那样能孤军奋战的爱国将领。西晋末,北方混乱,刘琨出任并州刺史,孤军苦斗,辗转始达治所。而当时哀宗出征兵败时,河朔诸帅拥重兵而不救。　　⑦"莫拟"句:更不打算分兵去攻打蒙古军了。莫拟,不打算。下:征服,占有。井陉(xíng):关名,在今河北井陉山上,形势险要。　　(这首诗抒发了作者在蒙古军包围汴京、哀宗东征兵败、人民遭受苦难,而又无人能挽救金亡的危局时无比悲愤的心情。)

四、元代散曲

关 汉 卿

　　关汉卿,号已斋(一说名一斋,字汉卿),大都(今北京)人,一说祁州(今河北安国)人。生卒年不可确考,大约生于金末,卒于元成宗大德年间(1300年左右)。他大概是当时太医院所属的一个医户,本人可能会行医,也可能不会。他活动的地区主要在大都,也曾到过汴梁,南宋亡后还到过临安,是一位生活落拓而不肯仕进的知识分子,熟悉下层人民的生活,一生致力于戏剧创作。今见于著录的杂剧六十五本,存十八本。著名的有《窦娥冤》、《救风尘》、《望江亭》、《单刀会》等。他的剧作反映了元代黑暗的现实生活,歌颂了人民的反抗斗争精神,有很强的现实性和战斗性。在杂剧艺术上也取得了杰出的成就。除杂剧外,也创作散曲,今存小令五十七首,套曲十四套,多反映他的个人生活与性格特征,成就不及杂剧。有今人吴晓铃等编校的《关汉卿戏曲集》。

〔南吕〕一枝花①
不伏老

【一枝花】攀出墙朵朵花②,折临路枝枝柳。花攀红蕊嫩③,柳折翠条柔。浪子风流,凭着我折柳攀花手④,直熬得花残柳败休。半生来折柳攀花,一世里眠花卧柳⑤。

【梁州第七】我是个普天下郎君领袖⑥,盖世界浪子班头⑦。愿朱颜不改常依旧,花中消遣,酒内忘忧;分茶攧竹⑧,打马藏阄⑨,通五音六律滑熟⑩,甚闲愁到我心头。伴的是银筝女银台前理银筝笑倚银屏⑪,伴的是玉天仙携玉手并玉肩同登玉楼⑫,伴的是金钗客歌金缕捧金樽满泛金瓯⑬。你道我老也暂休⑭,占排场风月功名首⑮,更玲珑又剔透⑯。我是个锦阵花营都帅头⑰,曾玩府游州。

【隔尾】子弟每是个茅草岗沙土窝初生的兔羔儿乍向围场上走⑱,我是个经笼罩受索网苍翎毛老野鸡蹅踏的阵马儿熟⑲。经了些窝弓冷箭铁枪头⑳,不曾落人后。恰不道"人到中年万事休",我怎肯虚度了春秋㉑。

【尾】我是个蒸不烂煮不熟捶不扁炒不爆响珰珰一粒铜豌豆㉒,怎子弟们谁教你钻入他锄不断斫不下解不开顿不脱慢腾腾千层锦套头㉓。我玩的是梁园月㉔,饮的是东京酒㉕,赏的是洛阳花㉖,攀的是章台柳㉗。我也会吟诗,会篆籀㉘,会弹丝㉙,会品竹㉚;我也会唱鹧鸪㉛,舞垂手㉜;会打围㉝,会蹴鞠㉞;会围棋,会双陆㉟。你便是落了我牙,歪了我口,瘸了我腿,折了我手,天赐与我这几般儿歹症候㊱,尚兀自不肯休㊲。则除是阎王亲自唤,神鬼自来勾,三魂归地府,七魄丧冥幽㊳,天哪,那其间才不向烟花路儿上走㊴!

①〔南吕〕一枝花:〔南吕〕是宫调名,《一枝花》是〔南吕〕宫中常用的套数。一般以《一枝花》、《梁州第七》、《尾声》三支曲子组成。本套因为加了一支曲子,故《尾声》改为《隔尾》。这一套数以首曲《一枝花》命名,称《一枝花》套。　②"攀出"二句:这里的"出墙花"和"临路柳"都是指妓女。　③红蕊嫩:喻指妓女的年轻美貌。下句"翠条柔"意同。　④折柳攀花手:指狎妓老手。　⑤"半生来"二句:指一辈子也不会改变狎妓的生活。　⑥郎君领袖:浪荡公子的头儿。　⑦浪子:与上句"郎君"意同,指狎妓的人。班头:下层人民中各种行业的头领。　⑧分茶:品评茶味以分等次的活动,可能当时妓院中经常进行,将茶沏好后分注于小杯中,分别请狎客饮尝。一说分茶为烹茶的一种方法。攧(diān)竹:是一种赌博性质的抽签活动。攧是摇动的意思,竹签上有字,摇出竹

签以决胜负。 ⑨打马藏阄:都是古代的两种博戏。打马即打双陆。双陆是一种棋名,黑白棋子各十五枚,称为黑马、白马,各沿棋盘上所定路线前行,先走到对方的为胜。藏阄(jiū):亦称藏钩,参加活动的人分为两方,一方将钩藏在手里,另一方猜,猜中为胜。⑩五音:指宫、商、角、徵、羽。六律:指黄钟、太簇、姑洗、蕤宾、夷则、无射,是十二律中的阳声之律。滑熟:非常熟悉。 ⑪银筝女:弹拨银筝的歌女。 ⑫玉天仙:形容妓女的美丽姣好。句中的"玉"字都是美好的意思。 ⑬金钗客:插戴金钗的人,指修饰华艳的歌女。金缕:曲调名,即《金缕衣》。又,词调《贺新郎》又名《金缕曲》。金瓯:盛酒的金杯,这里转义为指酒。 ⑭老也暂休:年龄老了就该退下来,意即不能再作风月场中的首领。 ⑮"占排场"句:指在演戏及其他伎艺的表演上都是杰出人物。排场,即做场,指戏剧演出或其他伎艺的表演。 ⑯玲珑剔透:指伎艺十分精巧熟练。 ⑰锦阵花营:指歌儿舞女活动的场所,或说在歌儿舞女群中。都帅头:总头领。 ⑱子弟每:子弟指风流子弟,花花公子。每:同"们"。围场:打猎的场所。 ⑲"我是个"句:"经笼罩受索网"云云,是指经过考验和锻炼的。蹅(chǎ)踏:践踏。阵马儿熟:指有应付猎人的经验。这句意思是说在风月场中他处处超过年轻人(即"子弟每")。 ⑳窝弓:猎人捕兽时暗藏的弓箭。 ㉑春秋:岁月。 ㉒"我是个蒸不烂"句:这里以铜豌豆作比喻,说明自己经得起一切磨难和考验。 ㉓恁:你们。他:指风月场中的艺人妓女。锦套头:网套,用以比喻妓女笼络嫖客的手段。 ㉔梁园:汉代梁孝王所建的兔园,在今河南开封附近,有池馆林木。这里代指名胜之地。 ㉕东京:可能是指宋代的东京,即汴京(今河南开封)。金设有东京路,辖境相当于今辽宁东部和吉林东南部地区,但从关汉卿的行迹看,不可能是指金东京。亦可理解为泛指名都,不必拘泥指实。 ㉖洛阳花:洛阳产花,以牡丹为最著名。 ㉗章台柳:章台是汉代长安的街名,为娼妓所居之处。唐韩翃有《寄柳氏》词:"章台柳,章台柳,昔日青青今在否?纵使长条似旧垂,也应攀折他人手。"(见孟棨《本事诗》) ㉘会篆(zhuàn)籀(zhòu):会写字。篆和籀都是古代的书体名,籀相传为周宣王时太史所造。篆在这里作动词用。 ㉙弹丝:演奏弦乐器。 ㉚品竹:演奏管乐器。 ㉛鹧鸪:曲调名。 ㉜垂手:舞蹈名。 ㉝打围:打猎。 ㉞蹴(cù)踘(jū):踢球。 ㉟双陆:古代一种博戏名,又称十二棋。参见前注⑨。 ㊱歹症候:指前面所说喜爱歌、舞、球、棋等癖好。 ㊲尚兀自:尚自,仍然。 ㊳冥幽:阴间。迷信以为人死后到了阴间。 ㊴那其间:那时候。以上六句说,只有死才能改变自己的爱好和习性。

(这首套曲生动率直地表现了关汉卿与下层歌女演员之间的亲密关系,以及他多才多艺的慧质和放浪不羁的性格,使我们从一个侧面看出他在戏曲艺术上取得杰出成就的原因。他肯定并大胆渲染眠花宿柳、追欢逐乐的生活,是有其特定历史条件和特定内容的,在今天不足为训。)

白 朴

白朴(1226—1306),字太素,一字仁甫,号兰谷。原籍隩州(今山西河曲),后移居真定(今河北正定)。父白华,在金朝任枢密院判官。白朴幼年时适逢蒙古统治者灭金,身历丧乱,母被虏,父又适远方,后随父亲的朋友元好问北渡黄河避乱。他在思想和文学方面都受到元好问的影响。金亡后他放浪形骸,郁郁不乐。有人荐举他到元朝做官,他辞谢不就。元灭南宋后他徙家金陵,诗酒优游,放情山水。他的杂剧创作在当时很有名,与关汉卿、马致远、郑光祖合称为元曲四大家。所著杂剧十六种,今存三种:《梧桐雨》、《墙头马上》、《东墙记》。有词集《天籁集》,他的散曲作品附于词集后,名"摭遗"(清初杨友敬掇拾编辑),存小令三十六首,套数四套。杂剧与散曲都以绮丽婉约为主要风格特色。

〔双调〕沉醉东风

渔　夫

黄芦岸白蘋渡口①,绿杨堤红蓼滩头②。虽无刎颈交③,却有忘机友④,点秋江白鹭沙鸥⑤。傲煞人间万户侯⑥,不识字烟波钓叟。

①白蘋:又名大萍,生于浅水中,夏天开白花。　②红蓼(liǎo):草本植物名,多生于水边,花呈淡红色。　③刎颈交:旧时代谓同生共死的患难之交。　④忘机友:彼此间以诚相待,没有机心的朋友。古有鸥鹭忘机的故事(见《列子·黄帝》),说没有机心的人,连鸟类都愿跟他交朋友。　⑤白鹭:即鹭鸶,水鸟名,羽白,腿长。沙鸥:水鸟名,善飞。　⑥"傲煞"句:对人间富贵表示出极大的蔑视。煞:极。万户侯:食邑万户之侯,这里借指大官。　(这首曲子歌颂了渔夫自由自在、无忧无虑的生活,并表现出对功名利禄的轻视,从中寄寓了作者的隐逸思想。)

马致远

马致远(约1250—1321至1324间),号东篱,大都(今北京市)人。曾任江浙行省务官,晚年退隐山林,以诗酒自娱。与关汉卿、郑光祖、白朴并称为元曲四大家。著有杂剧十五种,今存《汉宫秋》、《荐福碑》、《岳阳楼》、《黄粱梦》、《陈抟高卧》、《青衫泪》、《任风子》七种。他在当时大都的元贞书会中是一位杰出的作者,被推为"曲状元"。散曲有今人任中敏辑录的《东篱乐府》一卷,存小令一百十五首,套数二十二曲及残曲。多为"叹世"

之作,抒发了作者怀才不遇、愤世嫉俗的感情。描写自然风景的作品最有特色。

〔越调〕天净沙
秋 思

枯藤老树昏鸦①,小桥流水人家,古道西风瘦马②。夕阳西下,断肠人在天涯③。

①昏鸦:黄昏时归巢的乌鸦。 ②古道:古老荒凉,行人稀少的道路。 ③断肠人:漂泊在外,思家而不得归的伤心人。 (这首小令通过以景传情的手法,将客观的环境、景色与作者主观的心境、感受融合为一体,创造出一种充满凄清孤寂之感的艺术境界,抒发了漂泊天涯的游子思家而不得归的惆怅心情。)

张 养 浩

张养浩(1270—1329),字希孟,号云庄,山东济南人。初出仕,担任过监察御史、礼部尚书、参议中书省事等职。他为官清正,直言敢谏,因得罪当权者,便弃官归隐。元文宗天历二年(1329),关中大旱,他被征为陕西行台中丞,到关中治旱救灾,因勤劳公事,死于任所。他的散曲多创作于辞官归里之后,许多作品在对隐居生活的讴歌中透露了对仕途险恶的不满;另一些作品表现了对人民疾苦的关怀并揭露了统治阶级的罪恶,在元代曲家中是很难得的。在艺术上自然流畅,较少雕琢。著有散曲集《云庄休居自适小乐府》,简称《云庄乐府》。

〔中吕〕山坡羊
潼关怀古①

峰峦如聚②,波涛如怒③,山河表里潼关路④。望西都⑤,意踌躇⑥。伤心秦汉经行处⑦,宫阙万间都做了土⑧。兴,百姓苦;亡,百姓苦。

①潼关:关名,在今山西省潼关县。关城雄踞山腰,下临黄河,地势险要,为古代兵家必争之地。　②如聚:形容山峰的密集。　③如怒:形容黄河波涛的汹涌澎湃。　④"山河"句:说潼关依山临水,地理形势极为险要。　⑤西都:东汉建都洛阳,称为东都,因称长安为西京或西都。这里指古都长安。　⑥踟(chí)蹰(chú):本意为犹豫,引申为心潮起伏,感到十分悲伤。　⑦秦汉经行处:指西望所见秦汉以来的历史旧迹。⑧"宫阙"句:指无数的皇帝宫殿因历史的荡涤而化为尘土。　(这首曲词写作者登潼关所见,抚今追昔,从历代王朝的兴亡替废,想到人民的痛苦,表现了作者对历史的思索和对苦难人民的同情。)

睢景臣

睢景臣,字景贤,生卒年不详。元成宗大德年间在世。扬州人。曾写过《屈原投江》《牡丹记》《千里投人》三部杂剧,都没有流传下来。散曲今仅存套曲三首和几句残句,但他的〔般涉调·哨遍〕《高祖还乡》却使他在散曲史上占有不容忽视的地位。

〔般涉调〕哨遍

高祖还乡①

【哨遍】社长排门告示②,但有的差使无推故③。这差使不寻俗④:一壁厢纳草除根⑤,一边又要差夫⑥,索应付⑦。又言是车驾,都说是銮舆⑧,今日还乡故。王乡老执定瓦台盘⑨,赵忙郎抱着酒葫芦⑩。新刷来的头巾⑪,恰糨来的绸衫⑫,畅好是妆幺大户⑬。

【耍孩儿】瞎王留引定火乔男女⑭,胡踢蹬吹笛擂鼓⑮。见一彪人马到庄门⑯,匹头里几面旗舒⑰。一面旗白胡阑套住个迎霜兔⑱,一面旗红曲连打着个毕月乌⑲,一面旗鸡学舞⑳,一面旗狗生双翅㉑,一面旗蛇缠葫芦㉒。

【五煞】红漆了叉㉓,银铮了斧㉔,甜瓜苦瓜黄金镀㉕。明晃晃马镫枪尖上挑㉖,白雪雪鹅毛扇上铺㉗。这几个乔人物,拿着些不曾见的器仗,穿着些大作怪衣服㉘。

【四煞】辕条上都是马㉙,套顶上不见驴㉚,黄罗伞柄天生曲㉛。车前八个天曹判㉜,车后若干递送夫㉝。更几个多娇女㉞,一般穿着,一样妆梳。

【三煞】那大汉下的车[35],众人施礼数[36]。那大汉觑得人如无物[37]。众乡老展脚舒腰拜,那大汉挪身着手扶。猛可里抬头觑[38],觑多时认得,险气破我胸脯!
【二煞】你身须姓刘[39],你妻须姓吕[40],把你两家儿根脚从头数[41]。你本身做亭长耽几盏酒[42],你丈人教村学读几卷书。曾在俺庄东住,也曾与我喂牛切草,拽坝扶锄[43]。
【一煞】春采了桑[44],冬借了俺粟,零支了米麦无重数[45]。换田契强秤了麻三秤[46],还酒债偷量了豆儿斛[47]。有甚胡突处[48]?明标着册历[49],见放着文书[50]。
【尾声】少我的钱差发内旋拨还[51],欠我的粟税粮中私准除[52]。只道刘三[53],谁肯把你揪捽住[54]?白甚么改了姓、更了名、唤做汉高祖[55]!

①高祖:汉高祖刘邦。高祖十二年(前195),刘邦平定英布后凯旋,经过故乡沛县,志得意满,威风凛凛,这首套曲毫不留情地揭露了他的可笑和可耻的本来面目。 ②社长:基层小吏。社是古代地方基层组织的单位,设有社长,以负责管理事务。元代乡村组织约五十家为一社。排门告示:挨家通知。 ③但有的:凡是摊派下来的。无推故:不得借故推脱。 ④不寻俗:不同寻常。 ⑤一壁厢:一边。纳草除根:交纳草料要去掉草根。 ⑥差夫:服劳役的民夫。 ⑦索:须。 ⑧车驾、銮(luán)舆:前者指皇帝出行时的车马仪仗,后者指皇帝出行时所用的车子,这里都代指皇帝。 ⑨乡老:在当地年长而较有地位的人。瓦台盘:陶制的用来奉献贡品的高盘。 ⑩忙郎:宋元时期俗语,指牧童,又写作芒郎。这里是对社长仆役的戏称。酒葫芦:用葫芦做成的酒器。 ⑪新刷来的:新洗过的。 ⑫恰:刚刚。糨(jiàng):旧时洗衣为求干后挺直,在清洗完后再浸入掺有米汤之类的水里称为糨。 ⑬畅好是:真正是。妆幺大户:装模作样的大户。 ⑭瞎王留:乡村人物的诨名。火:同"伙"。乔:装腔作势。 ⑮胡踢蹬:胡乱地。⑯一彪(biāo):一彪,一队。 ⑰匹头:劈头,当头。舒:展开。 ⑱白胡阑:即白环。胡阑的合音为"环"。迎霜兔:白色的兔子。这句写月旗。传说月亮里有白兔捣药,所以这里用白环里套着个兔子来进行调侃。 ⑲红曲连:即红圈。曲连的合音为"圈"。毕月乌:传说太阳里有三足乌鸦,因以毕月乌代指太阳。这句写日旗。 ⑳鸡学舞:写凤旗。㉑狗生双翅:写飞虎旗。 ㉒蛇缠葫芦:写蟠龙旗。 ㉓红漆了叉:涂上红色的叉。叉和下句中的斧都是仪仗中的兵器。 ㉔银铮:镀了银的。 ㉕"甜瓜"句:写金瓜锤。㉖"明晃晃"句:写朝天镫。镫:马镫。 ㉗"白雪雪"句:写鹅毛宫扇。鹅毛之白好似铺了雪一样。 ㉘大作怪:怪里怪气的。 ㉙辕条:驾车用的辕木。 ㉚套顶:牲口拉车时套在脖颈上的圈套和绳子。不见驴:指没有用驴拉车。这是写车驾的异样,与农村日常所见不同。 ㉛黄罗伞:皇帝乘舆所用的车盖,称"曲盖",形如一把曲柄大伞。㉜天曹判:天上的判官,写皇帝侍从的可怕形象。 ㉝递送夫:指奔前跑后侍候皇帝生活的随从。 ㉞多娇女:娇态媚人的妇女,指随驾的嫔妃宫女。 ㉟大汉:对刘邦的蔑称。 ㊱施礼数:行礼。 ㊲觑(qù):看。 ㊳猛可里:突然间。 ㊴须:应该。 ㊵你

妻：指吕后，姓吕名雉。 ㊶根脚：根底，底细。数（shǔ）：列举，揭露。 ㊷亭长：秦时十里为一亭，十亭为一乡，亭设亭长。刘邦发迹前曾担任过泗水亭长的职务。耽（dān）：嗜好，沉迷。 ㊸拽（zhuài）坝：拉耙。坝，通“耙”。 ㊹采：这里当指刘邦偷采或强行采。 ㊺零支：零星借支。无重数：数不清。 ㊻“换田”句：是说刘邦因换田契缺钱，曾强行向他借了三秤麻。第一个“秤”（chēng）字作动词用，是称重量的意思；第二个“秤”字是名词作量词用。 ㊼斛：量器名。古以十斗或五斗为一斛。 ㊽胡突：糊涂。 ㊾册历：账本。 ㊿见：同“现”。文书：契约，借据。 (51)“少我的”句：是说过去借的钱要在现在摊派的官差钱里扣除。差发：当官差。旋：立即。 (52)私准除：私下里扣除。 (53)刘三：刘邦排行第三，称他刘三，是藐视他的地位。 (54)捽（zuó）：揪。 (55)白甚么：凭什么，即平白无故地。 （这首散套是元代曲中的讽刺杰作。作品以辛辣的语言，生动的描绘，剥掉了刘邦至尊天子的外衣，还他以一个流氓无赖的本来面目。处处以村民眼中所见描写，越是渲染他的威风气派，就越是煞他的风景。嬉笑怒骂，痛快淋漓，表现出一种幽默诙谐的独特风格。）

张可久

张可久（约1270—1348后），字小山（一说字久可，号小山），庆元（今浙江宁波）人。生平不可详考。仕途很不顺利，以路吏转首领官，曾为桐庐曲史，七十多岁时为昆山幕僚。时官时隐，足迹遍及江、浙、皖、闽、湘、赣等地。作品题材狭隘，多描写归隐生活，间有感叹身世和愤世嫉俗之作。他是元散曲中清丽派的代表作家，艺术上讲究格律音韵，注意句法辞藻，常熔铸诗、词名句于散曲中，工丽而不失自然，他的散曲作品在当时颇有影响，明清以来也受人推重。著有《小山乐府》，今存小令八百余首，套曲九篇。

〔越调〕天净沙

江　上

嗈嗈落雁平沙①，依依孤鹜残霞②，隔水疏林几家。小舟如画，渔歌唱入芦花。

①嗈（yōng）嗈：雁鸣声。 ②“依依”句：从王勃《滕王阁序》“落霞与孤鹜齐飞”化来。依依：依恋的样子。鹜（wù）：水鸭子。 （这首小令写江上晚景，显得疏淡而轻快自然。）

五、宋元话本

碾玉观音①

（上）

　　山色晴岚景物佳，暖烘回雁起平沙。东郊渐觉花供眼，南陌依稀草吐芽。　　堤上柳，未藏鸦，寻芳趁步到山家。陇头几树红梅落，红杏枝头未着花。

这首《鹧鸪天》说孟春景致②，原来又不如《仲春词》做得好：

　　每日青楼醉梦中，不知城外又春浓。杏花初落疏疏雨，杨柳轻摇淡淡风。　　浮画舫，跃青骢，小桥门外绿阴笼。行人不入神仙地，人在珠帘第几重？

这首词说仲春景致，原来又不如黄夫人③做着《季春词》又好：

　　先自春光似酒浓，时听燕语透帘栊。小桥杨柳飘香絮，山寺绯桃散落红。　　莺渐老，蝶西东，春归难觅恨无穷。侵阶草色迷朝雨，满地梨花逐晓风。

这三首词都不如王荆公④看见花瓣儿片片风吹下地来，原来这春归去，是东风断送的。有诗道：

　　春日春风有时好，春日春风有时恶。
　　不得春风花不开，花开又被风吹落！

苏东坡⑤道："不是东风断送春归去，是春雨断送春归去。"有诗道：

　　雨前初见花间芯，雨后全无叶底花。
　　蜂蝶纷纷过墙去，却疑春色在邻家。

秦少游⑥道："也不干风事，也不干雨事，是柳絮飘将春色去。"有诗道：

　　三月柳花轻复散，飘扬淡荡送春归。
　　此花本是无情物，一向东飞一向西。

邵尧夫⑦道："也不干柳絮事，是蝴蝶采将春色去。"有诗道：

　　花正开时当三月，蝴蝶飞来忙劫劫。
　　采将春色向天涯，行人路上添凄切。

曾两府⑧道："也不干蝴蝶事，是黄莺啼得春归去。"有诗道：

　　花正开时艳正浓，春宵何事恼芳丛？

黄鹂啼得春归去,无限园林转首空。

朱希真⑨道:"也不干黄莺事,是杜鹃啼得春归去。"有诗道:

杜鹃叫得春归去,物边啼血尚犹存。
庭院日长空悄悄,教人生怕到黄昏。

苏小妹⑩道:"都不干这几件事,是燕子衔将春色去。"有《蝶恋花》词为证:

妾本钱塘江上住,花开花落,不管流年度。燕子衔将春色去,纱窗几阵黄梅雨。　斜插犀梳云半吐,檀板轻敲,唱彻《黄金缕》。歌罢彩云无觅处,梦回明月生南浦。

王岩叟⑪道:"也不干风事,也不干雨事,也不干柳絮事,也不干蝴蝶事,也不干黄莺事,也不干杜鹃事,也不干燕子事;是九十日春光已过,春归去。"曾有诗道:

怨风怨雨两俱非,风雨不来春亦归。
腮边红褪青梅小,口角黄消乳燕飞。
蜀魄健啼花影去,吴蚕强食柘桑稀。
直恼春归无觅处,江湖辜负一蓑衣⑫!

说话的因甚说这春归词?绍兴年间⑬,行在有个关西延州延安府人⑭,本身是三镇节度使咸安郡王⑮,当时怕春归去,将带着许多钧眷游春⑯,至晚回家,来到钱塘门里,车桥前面。钧眷轿子过了,后面是郡王轿子到来。只听得桥下裱褙铺⑰里一个人叫道:"我儿出来看郡王!"当时郡王在轿里看见,叫帮总虞侯⑱道:"我从前要寻这个人,今日却在这里!只在你身上,明日要这个人入府中来!"当时虞侯声诺⑲,来寻这个看郡王的人,是甚色目人⑳?正是:

尘随车马何年尽?情系人心早晚休。

只见车桥下一个人家,门前出着一面招牌,写着"璩家装裱古今书画"。铺里一个老儿,引着一个女儿,生得如何?

云鬓轻笼蝉翼㉑,蛾眉淡拂春山㉒。朱唇缀一颗樱桃㉓,皓齿排两行碎玉㉔。莲步半折小弓弓㉕,莺啭一声娇滴滴㉖。

便是出来看郡王轿子的人。虞侯即时到他家对门一个茶坊里坐定,婆婆把茶点来㉗,虞侯道:"启请婆婆,过对门裱褙铺里,请璩大夫㉘来说话。"婆婆便去请到来。两个相揖㉙了就坐。璩待诏问:"府干有何见谕㉚?"虞侯道:"无甚事,闲问则个㉛。适来㉜叫出来看郡王轿子的人,是令爱么㉝?"待诏道:"正是拙女,止有三口。"虞侯又问:"小娘子贵庚㉞?"待诏应道:"一十八岁。"再问:"小娘子如今要嫁人,却是趋奉官员?"待诏道:"老拙㉟家寒,哪讨钱来嫁人？将来也只是献与官员府第。"虞侯道："小娘子甚本事？"待诏说出女孩儿一件本事来，有词寄《眼儿媚》㉜为证：

深闺小院日初长，娇女绮罗裳。不做东君造化㉞，金针刺绣郡芳㊴。

斜枝嫩叶包开蕊㊵，唯只欠馨香。曾向园林深处，引教蝶乱蜂狂。

原来这女儿会绣作。虞侯道："适来郡王在轿里，看见令爱身上系着一条绣裹肚㊶。府中正要寻一个绣作的人，老丈何不献与郡王？"璩公归去与婆婆说了，到明日写一纸献状㊷，献来府中，郡王给与身价，因此取名秀秀养娘㊸。

不则一日㊹，朝庭赐下一领团花绣战袍，当时秀秀依样绣出一件来。郡王看了欢喜道："主上赐与我团花战袍，却寻甚么奇巧的物事献与官家㊺？"去府库里寻出一块透明的羊脂美玉来，即时叫将门下碾玉待诏道："这块玉堪㊻做甚么？"内中一个道："好做一副劝杯㊼。"郡王道："可惜！恁般㊽一块玉，如何将来㊾只做得一副劝杯！"又一个道："这块玉上尖下圆，好做一个摩侯罗儿㊿。"郡王道："摩侯罗儿只是七月七日乞巧使得，寻常间又无用处。"数中一个后生㉛，年纪二十五岁，姓崔名宁，趋事㉜郡王数年，是升州建康府㉝人；当时叉手㉞向前，对着郡王道："告恩王：这块玉上尖下圆，甚是不好，只好碾一个南海观音。"郡王道："好！正合我意！"就叫崔宁下手，不过两个月，碾成了这个玉观音。郡王即时写表㉟进上御前，龙颜大喜。崔宁就本府增添请给㊱，遭遇㊲郡王。

不则一日，时遇春天，崔待诏游春回来，入得钱塘门，在一个酒肆㊳，与三四个相知㊴方才吃得数杯，则㊵听得街上闹吵吵。连忙推开楼窗看时，见乱烘烘道："井亭桥有遗漏㊶！"吃不得这酒成，慌忙下酒楼看时，只见：

初如萤火，次若灯火。千条蜡烛焰难当，万座糁盆㊷敌不住；六丁神㊸推倒宝天炉，八力士㊹放起焚山火。骊山会上㊺，料应褒姒㊻逞娇容；赤壁矶㊼头，想是周郎㊽施妙策。五通神㊾牵住火葫芦；宋无忌㊿赶翻赤骡子。又不曾泻烛浇油，直恁的㉛烟飞火猛！

崔待诏望见了，急忙道："在我本府前不远！"奔到府中看时，已搬挈得馨尽㉜，静悄悄地无一个人。崔待诏既不见人，且循着左手廊下入去。火光照得如同白日，去那左廊下，一个妇女摇摇摆摆从府堂里出来，自言自语，与崔宁打个胸厮撞㉝。崔宁认得是秀秀养娘，倒退两步，低声唱个喏㉞。原来郡王当日尝㉟对崔宁许道："待秀秀满日㊱，把来嫁与你。"这些众人都撺掇㊲道："好对夫妻！"崔宁拜谢了，不则一番。崔宁是个单身，却也痴心；秀秀见恁地个后生，却也指望。当日有这遗漏，秀秀手中提着一帕子金珠富贵㊳，从左廊下出来，撞见崔宁，便道："崔大夫！我出来得迟了，府中养娘，各自四散,管顾不得。你如今没奈何,只得将我去躲避则个。"

当下崔宁和秀秀出府门,沿着河走到石灰桥。秀秀道:"崔大夫!我脚疼了,走不得。"崔宁指着前面道:"更行几步,那里便是崔宁住处。小娘子到家中歇脚,却也不妨。"到得家中坐定,秀秀道:"我肚里饥,崔大夫与我买些点心来吃。我受了些惊,得杯酒吃更好。"当时崔宁买将酒来,三杯两盏,正是:

　　三杯竹叶⑦穿心过,两朵桃花上脸来。

道不得个"春为花博士,酒是色媒人"。秀秀道:"你记得当时在月台上赏月,把我许你,你兀自⑧拜谢。你记得也不记得?"崔宁叉着手,只应得喏,秀秀道:"当日众人都替你喝采:'好对夫妻!'你怎地倒忘了?"崔宁又则应得喏。秀秀道:"比似只管等待,何不今夜我和你先做夫妻?不知你意下何如?"崔宁道:"岂敢!"秀秀道:"你知道不敢,我叫将起来,教坏了你。你却如何将我到家中?我明日府里去说!"崔宁道:"告小娘子:要和崔宁做夫妻不妨;只一件,这里住不得了。要好趁这个遗漏,人乱时,今夜就走开去,方才使得。"秀秀道:"我既和你做夫妻,凭你行。"当夜做了夫妻。

四更已后,各带着随身金银物件出门。离不得⑩饥餐渴饮,夜住晓行,迤逦来到衢州⑫。崔宁道:"这里是五路总头⑬,是打哪条路去好?不若取信州⑭路上去。我是碾玉作,信州有几个相识,怕那里安得身。"即时取路到信州。住了几日,崔宁道:"信州常有客人到行在往来,若说道我等在此,郡王必然使人来追捉,不当稳便⑮。不若离了信州,再往别处去。"两个又起身上路,径取潭州⑯。

不则一日,到了潭州,却是走得远了。就潭州市里,讨间房屋,出面招牌,写着"行在崔待诏碾玉生活"。崔宁便对秀秀道:"这里离行在有二千余里了,料得无事。你我安心,好做长久夫妻。"潭州也有几个寄居官员⑰,见崔宁是行在待诏,日逐⑱也有生活得做。崔宁密使人打探行在本府中事,有曾到都下的,得知府中当夜失火,不见了一个养娘,出赏钱寻了几日,不知下落,也不知道崔宁将他走了,见在⑲潭州住。

时光似箭,日月如梭,也有一年之上。忽一日,方早开门,见两个着皂衫的⑳,一似㉑虞侯、府干打扮,入来铺里坐地㉒,问道:"本官㉓听得说有个行在崔待诏,教请过来做生活㉔。"崔宁分付了家中,随这两个人到湘潭县路上来。便将崔宁到宅里相见官人,承揽了玉作生活,回路归家。正行间,只见一个汉子,头上戴个竹丝笠儿,穿着一领白缎子两上领布衫,青白行缠㉕扎着裤子口,着一双多耳㉖麻鞋,挑着一个高肩担儿,正面来,把崔宁看了一

看。崔宁却不见这汉面貌,这个人却见崔宁,从后大踏步尾着崔宁来。正是:

谁家稚子鸣榔板[98],惊起鸳鸯两处飞。

(下)

竹引牵牛花满街,疏篱茅舍月光筛[99]。琉璃盏内茅柴酒[100],白玉盘中簇豆梅[101]。　　休懊恼,且开怀,平生赢得笑颜开。三千里地无知己,十万军中挂印来。

这只《鹧鸪天》词是关西秦州雄武军刘两府[102]所作;从顺昌入战之后[103],闲在家中,寄居湘南潭州湘潭县。他是个不爱财的名将,家道贫寒,时常到村店中吃酒,店中人不识刘两府,欢呼啰唣[104],刘两府道:"百万番人[105],只如等闲。如今却被他们诬罔[106]!"做了这只《鹧鸪天》,流传直到都下。当时殿前太尉是阳和王[107],见了这词,好伤感:"原来是刘两府直恁孤寒!"教提辖官差人送一项钱与刘两府。今日崔宁的东人[108]郡王,听得说刘两府恁地孤寒,也差人送一项钱与他。却经由潭州路过,见崔宁从湘潭路上来,一路尾着崔宁到家,正见秀秀坐在柜身子里。便撞破[109]他们道:"崔大夫!多时不见,你却在这那!秀秀养娘他如何也在这里?郡王教我下书来潭州,今遇着你们,原来秀秀养娘嫁了你,也好!"当时吓杀崔宁夫妻两个,被他看破。

那人是谁?却是郡王府中一个排军[110],从小伏侍郡王,见他朴实,差他送钱与刘两府。这人姓郭名立,叫做郭排军。当下夫妻请住郭排军,安排酒来请他,分付道:"你到府中,千万莫说与郡王知道。"郭排军道:"郡王怎知得你两个在这里?我没事却说甚么?"当下酬谢了出门。回到府中,参见郡王,纳了回书,看看郡王道:"郭立前日下书回,打潭州过,却见两个人在那里住。"郡王问:"是谁?"郭立道:"见秀秀养娘并崔待诏两个,请郭立吃了酒食,教休来府中说知。"郡王听说,便道:"叵耐[111]这两个做出这事来!却如何直走到那里?"郭立道:"也不知他仔细。只见他在那里住地,依旧挂招牌做生活。"郡王教干办[112]去分付临安府,即时差一个缉捕使臣[113],带着做公的,备了盘缠,径来湖南潭州府,下了公文,同来寻崔宁和秀秀。却似:

皂雕[114]追紫燕,猛虎唅[115]羊羔。

不两月,捉将两个来,解到府中;报与郡王得知,即时升厅。原来郡王杀番人时,左手使一口刀,叫做"小青";右手使一口刀,叫做"大青":这两口刀不知剁了多少番人。那两口刀,鞘内藏着,挂在壁上。郡王升厅,众人声喏,即将这两个人押来跪下。郡王好生焦躁,左手去壁牙[116]上取下小青,右手一掣,掣刀在手,睁起杀番人的眼儿,咬得牙齿剥剥地响,当时唬杀夫人,在屏风背后道:"郡王!这里是帝辇之下[117],不比边廷上面。若有罪过,只消解去临安府施行。如何胡乱凯[118]得人?"郡王听说道:"叵耐这两个畜生逃走,今日捉将来,我恼了,如何不凯?既然夫人来劝,且捉秀秀入府后花园去;把崔宁解去临安府断治[119]。"

当下喝赐钱酒赏犒捉事人。解这崔宁到临安府,一一从头供说:"自从当夜遗漏,来到府中,都搬尽了。只见秀秀养娘从廊下出来,揪住崔宁道:'你如何安手在我怀中?若不依我口,教坏了你。'要共逃走。崔宁不得已,与他同走。只此是实。"临安府把文案呈上郡王。郡王是个刚直的人,便道:"既然恁地,宽了崔宁,且与从轻断治。"崔宁不合[120]在逃,罪杖,发遣[121]建康府居住。当下差人押送。

方出北关门,到鹅项头,见一顶轿儿,两个人抬着,从后面叫:"崔待诏且不得去!"崔宁认得像是秀秀的声音,赶将来又不知怎地,心下好生疑惑。伤弓之鸟[122],不敢揽事,且低着头只顾走。只见后面赶将上来,歇了轿子,一个妇人走出来,不是别人,便是秀秀,道:"崔待诏,你如今去建康府,我却如何?"崔宁道:"却是怎地好?"秀秀道:"自从解你去临安府断罪,把我捉入后花园,打了三十竹篦,遂便赶我出来。我知道你建康府去,赶将来同你去。"崔宁道:"恁地却好。"讨了船,直到建康府。押发人自回。若是押发人是个学舌的[123],就有一场是非出来。因晓得郡王性如烈火,惹着他不是轻放手的;他又不是王府中人,去管这闲事怎地?况且崔宁一路买酒买食,奉承得他好,回去时,就隐恶而扬善了。

再说崔宁两口在建康居住,既是问断[124]了,如今也不怕有人撞见,依旧开个碾玉作铺。浑家道[125]:"我两口却在这里住得好。只是我家爹妈,自从我和你逃去潭州,两个老的吃了些苦;当日捉我入府时,两个去寻死觅活。今日也好教人去行在取我爹妈来这里同住。"崔宁道:"最好!"便教人来行在取他丈人丈母。写了他地理、脚色[126]与来人,到临安府寻见他住处,问他邻舍,指道:"这一家便是。"来人去门首看时,只见两扇门关着,一把锁锁着,一条竹竿封着。问邻舍:"他老夫妻那里去了?"邻舍道:"莫说!他有个花枝也似女儿,献在一个奢遮去处[127],这个女儿不受福德,却跟一个碾玉的待诏逃走了。前日从湖南潭州捉将回来,送在临安府吃官司!那女儿吃[128]郡王捉进后花园里去,老夫妻见女儿捉去,就当下寻死觅活,至今不知下落,只恁地关着门在这里。"来人见说,再回建康府来,兀自未到家。且说崔宁正在家中坐,只见外面有人道:"你寻崔待诏住处,这里便是。"崔宁叫出浑家来看时,不是别人,认得是璩公、璩婆。都相见了,喜欢的做一处[132]。

那去取老儿的人,隔一日才到,说如此这般,寻不见,却空走了这遭。两个老的且自来到这里了。两个老人道:"却生受你[133]!我不知你们在建康住,教我寻来寻去,直到这里。"其时四口同住,不在话下。

且说朝庭官里[134],一日到偏殿看玩宝器,拿起这玉观音来看。这个观音身上,当时有一个玉铃儿失手脱下。即时问近侍官员:"却如何修理得?"官员将玉观音反覆看了,道:"好个玉观音!怎地脱落了铃儿?"看到底下,下面碾着三字"崔宁造","恁地容易。既是有人造,只消得宣这个人来教他修整。"敕[135]下郡王府,宣取碾玉匠崔宁。郡王回奏:"崔宁有罪,在建康府居住。"

即时使人去建康取得崔宁到行在歇泊[136]了。当时宣崔宁见驾[137],将这玉观音教他领去用心整理。崔宁谢了恩,寻一块一般的玉,碾一个铃儿接住了,御前交纳;破分请给养了崔宁[138],令只在行在居住。崔宁道:"我今日遭际御前[139],争得气再来清湖河下,寻间屋儿开个碾玉铺,须不怕你们撞见!"可煞事有斗巧[140],方才开得铺三两日,一个汉子从外面过来,就是那郭排军,见了崔待诏便道:"崔大夫恭喜了!你却在这里住?"抬起头来,看柜身里却立着崔待诏的浑家,郭排军吃了一惊,拽开脚步就走。浑家说与丈夫道:"你与我叫住那排军,我相问则个。"正是:

　　平生不作皱眉事,世上应无切齿人。

崔待诏即时赶上扯住,只见郭排军把头只管侧来侧去,口里喃喃地道:"作怪!作怪!"没奈何只得与崔宁回来,到家中坐地。浑家与他相见了,便问:"郭排军!前者我好意留你吃酒,你却归去说与郡王,坏了我两个的好事。今日遭际御前,却不怕你去说。"郭排军吃他相问得无言可答,只道得一声"得罪!"相别了,便来到府里,对着郡王道:"有鬼!"郡王道:"这汉则甚[138]?"郭立道:"告恩王,有鬼!"郡王问道:"有甚鬼?"郭立道:"方才打清湖河下过,见崔宁开个碾玉铺,却见柜身里一个妇女,便是秀秀养娘。"郡王焦躁道:"又来胡说!秀秀被我打杀了,埋在后花园,你须也看见,如何又在那里?却不是取笑我!"郭立道:"告恩王,怎敢取笑?方才叫住郭立,相问了一回,怕恩王不信,勒下军令状[139]了去。"郡王道:"真个在时,你勒[140]军令状来。"那汉也是合苦[141],真个写一纸军令状来。郡王收了,叫两个当值的轿番[142],抬一顶轿子,教:"取这妮子[143]来。若真个在,把来凯取一刀;若不在,郭立你须替他凯取一刀!"郭立同两个轿番,来取秀秀。正是:

麦穗两歧[144],农人难辨。

郭立是关西人,朴直,却不知军令状如何胡乱勒得!三个一径来到崔宁家里,那秀秀兀自在柜身里坐地,见那郭排军来得恁地慌忙,却不知他勒了军令状来取你。郭排军道:"小娘子!郡王钩旨,教命取你则个。"秀秀道:"既如此,你们少等,待我梳洗了同去。"即时入去梳洗,换了衣服,出来上了轿,分付了丈夫。两个轿番便抬着径到府前。郭立先入去。

郡王正在厅上等待。郭立唱了喏道:"已取到秀秀养娘。"郡王道:"着[145]他入来。"郭立出来道:"小娘子!郡王教你进来。"掀起帘子看一看,便是一桶水倾在身上,开着口则合不得。就轿子里不见了秀秀养娘!问那两个轿番,道:"我不知。则见他上轿,抬到这里,又不曾转动。"那汉叫将入来道:"告恩王,恁地真个有鬼!"郡王道:"却不叵耐,教人捉这汉,等我取过军令状来,如今凯了一刀!"先去取下小青来。那汉从来伏待郡王,身上也有十数次官了[146];盖缘[147]是粗人,只教他做排军。这汉慌了道:"见有两个轿番见证,乞叫来问。"即时叫将轿番来道:"见他上轿,抬到这里,却不见了。"说得一般,想必真个有鬼,只消得叫将崔宁来问。便使人叫崔宁来到府中。崔宁从头至尾说了一遍。郡王道:"恁地,又不干崔宁事,且放他去。"崔宁拜辞去了。郡王焦躁,把郭立打了五十背花棒[148]。

崔宁听得说浑家是鬼,到家中问丈人丈母。两个面面厮觑[149],走出门,看着清湖河里,扑通地都跳下水去了。当下叫"救人",打捞,便不见了尸首。原来当时打杀秀秀时,两个老的听得说,便跳在河里,已自死了,这两个也是鬼。

崔宁到家中,没情没绪,走进房中,只见浑家坐在床上,崔宁道:"告姐姐,饶我性命!"秀秀道:"我因为你,吃郡王打死了埋在后花园里。却恨郭排军多口,今日已报了冤仇,郡王已将他打了五十背花棒。如今都知道我是鬼,容身不得了。"道罢,起身双手揪住崔宁,叫得一声,四肢倒地。邻舍都来看时,只见:

两部脉尽[150]总皆沉,一命已归黄壤下。

崔宁也被扯去和父母四个一块儿做鬼去了。后人评论得好:

咸安王捺[151]不下烈火性,郭排军禁不住闲磕牙[152]。
璩秀娘舍不得生眷属,崔待诏撇不脱鬼冤家。

①本篇选自《京本通俗小说》卷一〇,冯梦龙编的《警世通言》卷八也选入了这一篇,题为《崔待诏生死冤家》。《京本通俗小说》是宋元小说家话本选集,为清末民初人缪荃孙所刻印,编入《烟画东堂小品》中。据缪氏称,此书"的是影元人写本",但近年来

经不少研究者考证,认为出于伪造,是缪荃孙据《警世通言》、《醒世恒言》纂辑而成。书虽出于伪托,但作品系宋元话本则基本上可以肯定。因其流行广泛,影响很大,故本篇文字仍从此书。碾(niǎn):琢磨,雕刻。碾玉观音:即玉雕观音。 ②孟春:农历正月。旧时以孟、仲、季三字分别指每季中的三个月。 ③黄夫人:南宋初女词人,身世不详。有人认为是黄铢的母亲孙道绚,即冲虚居士,疑不可靠。 ④王荆公:即王安石,北宋著名政治家和文学家,神宗时曾封为荆国公,世称王荆公。 ⑤苏东坡:即苏轼,北宋著名文学家,字子瞻,号东坡居士,世称苏东坡。 ⑥秦少游:即秦观,字少游,北宋著名词人。 ⑦邵尧夫:即邵雍,北宋理学家,字尧夫。 ⑧曾两府:曾是姓,两府指官衔。不详所指为谁。宋代宰相兼管东西两府事务,东府即中书省,西府即枢密院,因此对担任过宰相或枢密使职务的人称为"两府"。 ⑨朱希真:即朱敦儒,字希真,南宋时词人。 ⑩苏小妹:传说是苏东坡的妹妹,秦观的妻子,颇有文才。但下面引的《蝶恋花》词,传说是司马才仲在梦中听到南齐名妓苏小小所唱,又为宋代的秦观所补足。 ⑪王岩叟:北宋时谏官,字彦霖。 ⑫篇中所引诗词,多为说话人信手拈来连缀敷演而成,作者、词句很难一一符合。 ⑬绍兴:南宋高宗赵构的年号(1131—1162)。 ⑭行(xíng)在:皇帝出外巡幸临时居住的地方。这里指南宋都城临安(今浙江杭州)。延州延安府:今陕西省延安市。 ⑮三镇:指镇南、武安、宁国三个地方。节度使:官名,唐代开始设立,为掌管军事、政务、财务大权的地方长官。宋代已成为虚衔。咸安郡王:南宋名将韩世忠的封号。 ⑯钧眷:对官员家属的敬称。 ⑰裱(biǎo)褙(bèi)铺:装裱书画的店铺。 ⑱帮总虞侯:指跟随郡王的侍从人员。帮总:指帮助料理事务的小官。虞侯是宋朝军校的一种,负责禁卫,当时高级武官多以虞侯为随从。 ⑲声诺:答应。 ⑳甚色目人:什么样人。色目:种类。 ㉑"云鬟"句:是说鬟发轻轻地笼罩着,像蝉翼一样柔薄光泽。 ㉒"蛾眉"句:是说细长的眉毛淡淡地描画着,像春山一样秀美。 ㉓"朱唇"句:是说红红的小嘴像是点缀着的一颗樱桃。 ㉔"皓齿"句:洁白的牙齿像是整齐排列着的两行细碎的玉石。 ㉕莲步:旧称裹过的小脚为三寸金莲。折(zhǎ):读作"拃",拇指和食指伸开的距离,两拃为一尺。小弓儿:缠脚女子所穿的鞋。 ㉖"莺啭"句:形容说话像黄莺鸣啭那么好听。 ㉗把茶点来:泡了茶来。点:泡,沏。 ㉘大夫:宋代常用官职专名来作为一般手艺人的尊称,这里的"大夫"和下文的"待诏"都是如此,犹如今天称"师傅"。 ㉙揖(yī):作揖,古时一种行礼方式。 ㉚府干:对在贵族官僚家中办事的人的敬称。见谕:吩咐,是一种客气的说法。 ㉛则个:句末加强语气的助词,略等于"罢了"、"而已"一类意思。 ㉜适来:适才,刚才。 ㉝令爱:对别人女儿的客气称呼。 ㉞贵庚:询问别人多大年纪的一种客气说法。 ㉟却是:还是。趋奉:伺候,服侍。 ㊱老拙:年老的人对自己的谦称。 ㊲寄:按谱填词。《眼儿媚》,词调名。词寄:以什么词调作词。 ㊳"不做"句:虽然不能像东君神那样化育出春天。东君:春天之神。造化:化育,创造。 ㊴群芳:装饰春天的百花。 ㊵包开蕊:簇拥着已经开放的花朵。 ㊶绣裹肚:绣花的围裙。 ㊷献状:卖女契据。献:奉献,这里是出卖的一种体面说法。 ㊸养娘:婢女。 ㊹不则一日:不只一天,即不久。则:只。 ㊺奇巧物事:又稀奇又精巧的东西。官家:指皇帝。 ㊻堪:可以,能够。 ㊼劝杯:一种长颈大酒杯,用来敬酒,所以叫劝杯。 ㊽恁(nèn)般:这样。 ㊾将来:拿来。 ㊿摩侯罗儿:一种农历七月七日乞巧时用的类似玩具的小偶像。 ㊿数中:当中,其中。后生:青年男子。 ㊼趋事:服侍,伺候。 ㊾升州建康府:今江苏省南京市。 ㊼叉手:作揖行礼。 ㊼表:即奏章,臣下写给皇帝的文书。 ㊼请给:薪俸,工资。 ㊼遭遇:得到赏识器重。 ㊼酒肆:酒店。 ㊼相知:朋友。 ㊼则:便。 ㊼遗漏:失火。 ㊼糁(shēn)盆:同"粎(shēn)盆"。旧时风俗,除夕送神时焚烧用松柏搭成的高架叫"粎盆"。 ㊼六丁神:民间传说中的火神。 ㊼八力士:传说中的八位天神。 ㊼骊(lí)山:在今陕西省西安东南。 ㊼褒(bāo)姒(sì):周幽王的宠妃。为了博她一笑,周幽王竟在骊山燃起烽火,向诸侯告急,以戏弄取乐。 ㊼赤壁矶:这里应指今湖北赤壁市长江边上的赤壁,三国时著名的赤壁之战在这里进行。 ㊼周郎:对周瑜的美称,他是三国时东吴杰出的将领,赤壁之战时他是吴军统帅,当时年纪很轻,用计大败曹操。 ㊼五通神:民间传说中的妖神。 ㊼宋无忌:传说中的火仙,骑一匹载火的骡子。 ㊼直恁的:竟这样。 ㊼挈(qiè):提,拿。罄(qìng)尽:精光,一点不剩。 ㊼打个胸厮撞:当胸相撞。 ㊼唱个喏(rě):古代男子见面时行礼的一种方式,一边作揖,一边口中连声说"喏、喏",以表恭敬。 ㊼尝:曾经。 ㊼满日:秀秀卖到郡王府中为工奴有一定期限,满日即到期。 ㊼撺(cuān)掇(duo):怂恿,用言语鼓动。 ㊼金珠富贵:金银珠宝等贵重的东西。 ㊼竹叶:竹叶青,一种酒名。 ㊼兀(wù)自:还。 ㊼离不得:少不得。 ㊼迤(yǐ)逦(lǐ):连绵不断地,不停息地。衢(qú)州:今浙江省衢州市。 ㊼五路总头:四通八达的交通枢纽。 ㊼信州:今江西省上饶市。 ㊼不当稳便:不大稳妥。 ㊼径取:直往。潭州:今湖南省长沙市。 ㊼寄居官员:即不在本地做官而家住那儿的外地官员。 ㊼日逐:每天。 ㊼见在:同"现在"。 ㊼着皂衫的:官府的差役。古代公差穿黑色衣服。 ㊼一似:好像。 ㊼坐地:坐下。地:语助词。 ㊼本官:自己的上司,这里指湘潭县官。 ㊼做生活:做活儿。 ㊼两上领:在衣领上再加一层衬领。 ㊼青白行缠:用黑白两种颜色的布做的裹腿。 ㊼耳:麻鞋的鞋绊。 ㊼鸣榔板:敲击榔板。榔板是一种赶鱼用的木板,捕鱼时用榔板敲击船边,使鱼受惊而入网。 ㊼筛:漏射。 ㊿茅柴酒:一种质量低劣的酒,味苦而性烈。 ㊿簇(cù)豆梅:用盐渍的梅脯,味酸咸。 ㊿秦州:今甘肃省天水市。雄武军:在今河北省蓟县东北。军是宋代比州小的行政区划。刘两府:指南宋抗金名将刘锜,因他曾在两府供职,所以称为刘两府。这里关西秦州是指他做官的地方,而雄武军应是指他的籍贯。刘锜实际是德顺军人,当是说话人误记。 ㊿顺昌:今安徽阜阳市。刘锜曾在顺昌大败金兵。 ㊿欢呼啰唣:喧闹呼喊。 ㊿番人:指金兵。 ㊿诬罔:本是诬陷、冤枉的意思,这里引申为轻蔑。 ㊿殿前太尉:宋代最高一级的武官。阳和王:"阳"字当系"杨"字之误,南京将领杨存中,死后追封为和王。 ㊿东人:主人,指咸安郡王。 ㊿撞破:说破,揭穿。 ⑩排军:即牌军,卫兵。 ⑪叵(pǒ)耐:不可耐,可恨。 ⑫干办:宋代官府里办事的官员。 ⑬缉捕使臣:捕捉罪犯的公差头目。 ⑭皂雕:黑色的大鹰。 ⑮啖(dàn):吃。 ⑯壁牙:墙上挂东西的钉子。 ⑰帝辇

(niǎn)之下:即在京城之中。辇,皇帝乘坐的车子。 ⑱剐:同"砍"。 ⑲断治:判刑治罪。 ⑳不合:不该。 ㉑发遣:发配充军。 ㉒伤弓之鸟:意同"惊弓之鸟",指吃了苦头因而十分怕事的人。 ㉓学舌的:多嘴的。 ㉔问断了:判过罪的。 ㉕浑家:妻子。 ㉖地理:居住地址。脚色:身份、年龄、面貌等情况。 ㉗奢遮去处:了不起的地方,指富贵人家。 ㉘吃:被。 ㉙喜欢的做一处:高兴得成一团,形容十分欢喜、亲热。 ㉚生受你:难为你,麻烦你。 ㉛官里:犹如说"官家",指皇帝。 ㉜敕(chì):皇帝的命令。 ㉝歇泊:安顿,住下。 ㉞见驾:拜见皇帝。 ㉟破分(fēn):打破常例,破格。给(jǐ)养:工钱。 ㊱遭际御前:受到皇帝的赏识。 ㊲可煞:可是,真是。斗巧:凑巧。 ㊳则甚:干什么。 ㊴军令状:古代军队里接受命令后写下的保证书,表示如不能完成任务,愿受最严厉的处分。 ㊵勒:立下,写下。 ㊶合苦:合该倒霉。 ㊷当值的轿番:值班的轿夫。 ㊸妮子:对女孩子的贱称,犹如说"丫头"。 ㊹麦穗两歧:一支麦秆上长出两个麦穗,很难辨认。 ㊺着:让,命。 ㊻"身上"句:意思是他立过十几次功,已有十几次可以做官的机会了。 ㊼盖:大概。缘:由于。 ㊽背花棒:用棒打脊背。脊背被打破,伤处叫背花。 ㊾面面厮觑(qù):你看看我,我看着你。 ㊿两部脉尽:两口手腕的脉搏已停止跳动。 ㊿捺(nà):按捺,控制。 ㊿闲磕牙:多嘴多舌,爱说闲话。

(这篇小说写了一个爱情婚姻的悲剧。悲剧是由残酷的阶级剥削和压迫所造成。工奴卖身到贵族官僚家里,不仅遭受剥削,而且丧失了人身自由。璩秀秀大胆热情地争取爱情婚姻的斗争,是跟她反压迫剥削、争取人身自由的斗争紧密结合的。这是秀秀性格的光辉之处,也是这篇小说在思想上的独特成就。小说以同情的笔调,描写了官僚府第中工奴的悲苦命运,热情地赞颂了她追求自由幸福、大胆坚决的斗争精神,同时也揭露了官僚阶级的残忍暴戾。崔宁的形象与秀秀的形象形成鲜明的对比,各有特色。情节的安排也曲折生动,颇具匠心。)

六、元代杂剧

关汉卿

窦娥冤①

第三折

(外①扮监斩官上,云)下官监斩官是也。今日处决犯人,着做公的②把住巷口,休放往来人闲走。(净扮公人,鼓三通、锣三下科)(刽子磨旗③、提刀,押正旦带枷上)

(刽子云)行动些④,行动些,监斩官去法场上多时了。(正旦唱)

【正宫端正好】没来由犯王法,不提防遭刑宪,叫声屈动地惊天!顷刻间游魂先赴森罗殿⑤,怎不将天地也生埋怨。

【滚绣球】有日月朝暮悬,有鬼神掌着生死权。天地也只合把清浊分辨,可怎生错看了盗跖颜渊⑥:为善的受贫穷更命短,造恶的享富贵又寿延。天地也,做得个怕硬欺软,却元来也这般顺水推船。地也,你不分好歹何为地?天也,你错勘贤愚枉做天!哎,只落得两泪涟涟。

(刽子云)快行动些,误了时辰也。(正旦唱)

【倘秀才】则被这枷纽的我左侧右偏,人拥的我前合后偃⑦,我窦娥向哥哥行⑧有句言。(刽子云)你有甚么话说?(正旦唱)前街里去心怀恨,后街里去死无冤,休推辞路远。

(刽子云)你如今到法场上面,有甚么亲眷要见的,可教他过来,见你一面也好。(正旦唱)

【叨叨令】可怜我孤身只影无亲眷,则落得吞声忍气空嗟怨。(刽子云)难道你爷娘家也没的?(正旦云)止有个爹爹,十三年前上朝取应去了,至今杳无音信。(唱)早已是十年多不睹爹爹面。(刽子云)你适才要我往后街里去,是什么主意?(正旦唱)怕则怕前街里被我婆婆见。(刽子云)你的性命也顾不得,怕他见怎的?(正旦云)俺婆婆若见我披枷带锁赴法场餐刀⑨去呵,(唱)枉将他气杀也么哥⑩,枉将他气杀也么哥。告哥哥,临危好与人行方便!

(卜儿哭上科,云)天那,兀的不是我媳妇儿!(刽子云)婆子靠后。(正旦云)既是俺婆婆来了,叫他来,待我嘱咐他几句话咱。(刽子云)那婆子,近前来,你媳妇要嘱咐你话哩。(卜儿云)孩儿,痛杀我也!(正旦云)婆婆,那张驴儿把毒药放在羊肚儿汤里,实指望药死了你,要霸占我为妻。不想婆婆让与他老子吃,倒把他老子药死了。我怕连累婆婆,屈招了药死公公,今日赴法场典刑。婆婆,此后遇着冬时年节,月一十五,有瀽⑪不了的浆水饭,瀽半碗儿与我吃;烧不了的纸钱,与窦娥烧一陌儿⑫。则是看你死的孩儿面上!(唱)

【快活三】念窦娥葫芦提当罪愆⑬,念窦娥身首不完全,念窦娥从前已往干家缘⑭;婆婆也,你只看窦娥少爷无娘面。

【鲍老儿】念窦娥伏侍婆婆这几年,遇时节将碗凉浆奠;你去那受刑法尸骸上烈些⑮纸钱,只当把你亡化的孩儿荐。(卜儿哭科,云)孩儿放心,这个老身都记得。天那,兀的不痛杀我也!(正旦唱)婆婆也,再也不要啼啼哭哭,烦烦恼恼,怨气冲天。这都是我做窦娥的没时没运,不明不暗,负屈衔冤。

(刽子做喝科,云)兀那婆子靠后,时辰到了也。(正旦跪科)(刽子开枷科)(正旦云)窦娥告监斩大人,有一事肯依窦娥,便死而无怨。(监斩官云)你有甚么事?你说。(正旦云)要一领净席,等我窦娥站立;又要丈二白练,挂在旗枪⑯上:若是我窦娥委实冤枉,刀过处头落,一腔热血休半点儿沾在地下,都飞在白练上者。(监斩官云)这个就依你,打甚么不紧⑰。(刽子做取席站科,又取白练挂旗上科)(正旦唱)

【耍孩儿】不是我窦娥罚下这等无头愿⑱,委实的冤情不浅;若没些儿灵圣与世人传,也不见得湛湛⑲青天。我不要半星热血红尘洒,都只在八尺旗枪素练悬。等他四下里皆瞧见,这就是咱苌弘化碧⑳,望帝啼鹃㉑。

(刽子云)你还有甚的说话,此时不对监斩大人说,几时说那?(正旦再跪科,云)大人,如今是三伏天道㉒,若窦娥委实冤枉,身死之后,天降三尺瑞雪,遮掩了窦娥尸首。(监斩官云)这等三伏天道,你便有冲天的怨气,也召不得一片雪来,可不胡说!(正旦唱)

【二煞】你道是暑气暄,不是那下雪天;岂不闻飞霜六月因邹衍㉓?若果有一腔怨气喷如火,定要感的六出冰花㉔滚似绵,免着我尸骸现;要甚么素车白马㉕,断送出古陌荒阡㉖!

(正旦再跪科,云)大人,我窦娥死的委实冤枉,从今以后,着这楚州亢旱㉗三年!
(监斩官云)打嘴!那有这等说话!(正旦唱)

【一煞】你道是天公不可期,人心不可怜,不知皇天也肯从人愿。做甚么三年不见甘霖降?也只为东海曾经孝妇冤㉘。如今轮到你山阳县。这都是官吏每无心正法,使百姓有口难言。

(刽子做磨旗科,云)怎么这一会儿天色阴了也?(内做风科,刽子云)好冷风也!(正旦唱)

【煞尾】浮云为我阴,悲风为我旋,三桩儿誓愿明题遍。(做哭科,云)婆婆也,直等待雪飞六月,亢旱三年呵,(唱)那其间才把你个屈死的冤魂这窦娥显。

(刽子做开刀,正旦倒科)(监斩官惊云)呀,真个下雪了,有这等异事!(刽子云)我也道平日杀人,满地都是鲜血,这个窦娥的血都飞在那丈二白练上,并无半点落地,委实奇怪。(监斩官云)这死罪必有冤枉。早两桩儿应验了,不知亢旱三年的说话,准也不准?且看后来如何。左右,也不必等待雪晴,便与我抬他尸首,还了那蔡婆婆去罢。(众应科,抬尸下)

①外:"外末"的省称,指正末以外的次要角色,在元杂剧中一般扮演老年男子。"外净"、"外旦"有时省作"外"。 ②着:命,派。做公的:衙门里的差役。 ③磨旗:挥旗开路。 ④行动些:催促之词,即走快点。 ⑤森罗殿:即阎王殿。迷信,人死后灵魂将到阴间,属阎王管辖。 ⑥错看了盗跖颜渊:即不分是非、善恶。盗跖是春秋时一个著名的"大盗"(实际是奴隶起义的领袖);颜渊是春秋时孔子的学生,是当时和后世著名的贤人。这里即将两个举以作坏人和好人的代称。 ⑦前合后偃(yǎn):前倾后倒,

行走不稳。　⑧哥哥行(háng)：就是哥哥那边的意思。"行"在宋元语言里是一个指示方位的词，一般用在人称名词之后，如哥哥行、我行、伊行等。　⑨餐刀：被杀。　⑩也么哥：表示感叹的语气词，用在句末，有声无义。[叨叨令]曲牌中照例用这几个字，并且重迭。有时也写作"也波哥"或"也末哥"。　⑪瀽(jiǎn)：泼、倒。这里指祭祀时浇奠酒浆。　⑫一陌儿：即一百个纸钱。陌，通"百"。　⑬葫芦提：糊里糊涂，不明不白。有时也写作"胡卢题"或"胡卢提"。罪愆(qiān)：罪过。　⑭干家缘：操持家务。家缘，家计、家业，这里指家务。　⑮烈些：烧一些。　⑯旗枪：装有枪头的旗杆。　⑰打甚么不紧：即没什么要紧。　⑱无头愿：拿头来相拼的誓愿。　⑲湛(zhàn)湛：清澈而深远的样子。　⑳苌(cháng)弘化碧：苌弘是周朝的大夫，他受诬杀于蜀地，蜀人将他的血藏起来，三年后化成一块碧玉。碧：青绿色的美石。　㉑望帝啼鹃：望帝即传说中的蜀王杜宇，他被迫传位给臣子，死后魂化为杜鹃鸟，日夜悲鸣，其声凄切。　㉒三伏天道：即一年中最热的季节。三伏：即初伏、中伏、末伏。天道：时令，季节。　㉓"飞霜"句：邹衍是战国时人，他事燕惠王十分忠，后被诬陷下狱，他仰天大哭，天为之感动，五月天竟为之下霜。　㉔六出冰花：即雪。因雪的结晶体为六瓣，故称雪为"六出花"。　㉕素车白马：运载棺木的车马。　㉖断送：指送葬。古陌(mò)荒阡(qiān)：荒凉的野外。阡和陌均指田间小路，这里泛指野外。　㉗亢(kàng)旱：大旱。　㉘东海曾经孝妇冤：汉代传说：东海有一个寡妇叫周青，对婆婆十分孝敬。后婆婆因他故自缢身死，周青被诬问斩。行刑前，她呼冤说：我如果有罪，被杀后血往下流；如为诬枉，则血逆流向上染红长竿。后其血染长竿，天为之所感，东海地区三年干旱不雨，后来冤屈昭雪方才下雨。窦娥临死前三桩誓愿并皆实现的情节，作者显然化用了东海孝妇的故事，并加以改造。(这一折是全剧情节发展的高潮。主要内容写行刑、诉冤，作者将整场戏让给了女主角一个人，通过她一系列的道白和唱腔，充分展示了她既善良而又刚强不屈的性格，同时以血泪文字深刻地揭露了官吏的贪鄙残暴。尤其是三桩誓愿，突出地表现了窦娥感天动地的沉冤和她不屈不挠的反抗精神，既是被压迫者负屈含冤的痛苦呼喊，也是对黑暗社会的血泪控诉和抗议。)

救风尘①

第 三 折

(周舍同店小二②上，诗云)万事分已定，浮生空自忙；无非花共酒，恼乱我心肠。店小二，我着你开着这个客店，我那里希罕你那房钱养家；不问官妓私科子③，只等有好的来你客店里，你便来叫我。(小二云)我知道，只是你脚头乱④，一时间那里寻你去？(周舍云)你来粉房⑤里寻我。(小二云)粉房里没有呵？(周舍云)赌房里来寻。(小二云)赌房里没有呵？(周舍云)牢房里来寻。(下)(丑扮小闲挑笼上，诗云)钉靴雨伞为活计,偷寒送暖作营生;不是闲人闲不得,及至得了闲时又闲不成。自家张小闲的便是。平生做不的买卖,止是与歌者姐姐每叫些人,两头往来,传消寄信都是我。这里有个大姐赵盼儿,着我收拾两箱子衣服行李,往郑州去。都收拾停当了,请姐姐上马。(正旦上,云)小闲,我这等打扮,可冲动得那厮么?(小闲做倒科)(正旦云)你做甚么哩?(小闲云)休道冲动那厮,这一会儿连小闲也酥倒了。(正旦唱)

【正宫端正好】则为他满怀愁,心间闷,做的个进退无门。那婆娘家一涌性无思忖⑥,我可也强打入迷魂阵。

【滚绣球】我这里微微的把气喷,输个姓因⑦,怎不教那厮背槽抛粪⑧!更做道普天下无他这等郎君。想着容易情⑨,忒献勤⑩,几番家待要不问⑪;第一来我则是可怜见无主娘亲⑫,第二来是我惯曾为旅偏怜客⑬,第三来也是我自己贪怀惜醉人。到那里呵,也索费些精神。

(云)说话之间,早来到郑州地方了。小闲,接了马者。且在柳阴下歇一歇咱。(小闲云)我知道。(正旦云)小闲,咱闲口论闲话:这好人家好举止,恶人家恶家法。(小闲云)姐姐,你说我听。(正旦唱)

【倘秀才】县君⑭的则是县君,妓人的则是妓人。怕不扭捏着身子蓦入他门⑮;怎禁他使数的到支分⑯,背地里暗忍⑰。

【滚绣球】那好人家将粉扑儿浅淡匀,那里像咱干茨腊⑱手抢着粉;好人家将那篦梳儿慢慢地铺髩⑲,那里像咱解了那襻胸带⑳,下颏上勒一道深痕。好人家知个远近,觑个同顺,衒㉑一味良人家风韵;那里像咱们,恰便是空房中锁定个猢狲:有那千般不实乔躯老㉒,有万种虚嚣㉓夕议论,断不了风尘。

(小闲云)这里一个客店,姐姐好住下罢。(正旦云)叫店家来。(店小二见科)(正旦云)小二哥,你打扫一间干净房儿,放下行李。你与我请将周舍来,说我在这里久等多时也。(小二云)我知道。(做行叫科,云)小哥在那里?(周舍上,云)店小二,有什么事?(小二云)店里有个好女子请你哩。(周舍云)咱和你就去来。(做见科,云)是好一个科子也。(正旦云)周舍,你来了也。(唱)

【幺篇】俺那妹子儿有见闻,可有福分,抬举的个丈夫俊上添俊,年纪儿恰正青春。(周舍云)我那里曾见你来?我在客火㉔里,你弹着一架筝,我不与了你个褐色绸段㉕儿?(正旦云)小的,你可见来?(小闲云)不曾见他有甚么褐色绸段儿。(周舍云)哦,早起杭州客火散了,赶到陕西客火里吃酒。我不与了大姐一分饭来?(正旦云)小的每,你可见来?(小闲云)我不曾见。(正旦唱)你则是忒现新,忒忘昏㉖,更做道你眼钝。那唱词话㉗的有两句留文:"咱也曾武陵溪畔曾相识,今日佯推不认人㉘。"我为你断梦劳魂。

(周舍云)我想起来了,你敢是赵盼儿么?(正旦云)然也。(周舍云)你是赵盼儿,好,好!当初破亲也是你来。小二,关了店门,则打这小闲。(小闲云)你休要打我。俺姐姐将着锦绣衣服,一房一卧㉙来嫁你,你倒打我?(正旦云)周舍,你坐下,你听我说。你在南京㉚时,人说你周舍名字,说的我耳满鼻满,则是不曾见你。后得见呵,害的我不茶不饭,只是思想着你。听的你娶了宋引章,教我如何不恼?周舍,我待嫁你,你却着我保亲!(唱)

【倘秀才】我当初倚大呵妆儇㉛主婚,怎知我嫉妒呵特故里㉜破亲?你这厮外相儿通疏就里村㉝!你今日结婚姻,咱就肯罢论。

(云)我好意将着车辆鞍马至房来寻你,你划地将我打骂?小闲,拦回车儿,咱家去来。(周舍云)早知姐姐来嫁我,我怎肯打舅舅?(正旦云)你真个不知道?你既不知,你休出店门,只守着我坐下。(周舍云)休说一两日,就是一两年,您儿也坐的将去。(外旦上,云)周舍两三日不家去,我寻到这店门首,我试看咱。原来是赵盼儿和周舍坐哩。兀那老弟子不识羞,直赶到这里来。周舍,你再不要来家,等你来时,我拿一把刀子,你拿一把刀子,和你一递一刀子戳哩。(下)(周舍取棍科,云)我和你抢生吃㉞哩!不是奶奶在这里,我打杀你。(正旦唱)

【脱布衫】我更是的不待饶人,我为甚不敢明闻;肋底下插柴自忍㉟,怎见你便打他一顿?

【小梁州】可不道一夜夫妻百夜思,你可便息怒停嗔。你村时节背地里使些村,对着我合恩忖:那一个双同叔打杀俏红裙㊱?

【幺篇】则见他恶哏哏㊲摸按着无情棍,便有火性的不似你个郎君。(云)你拿着偌粗的棍棒,倘或打杀他呵,可怎了?(周舍云)丈夫打杀老婆,不该偿命。(正旦云)这等说,谁敢嫁你?(背唱)我假意儿瞒,虚科儿喷㊳,着这厮有家难奔。妹子也,你试看咱风月救风尘。

(云)周舍,你好道儿㊴。你这里坐着,点的㊵你媳妇来骂我这一场。小闲,拦回车儿,咱回去来。(周舍云)好奶奶,请坐。我不知道他来;我若知道他来,我就该死。(正旦云)你真个不曾使他来?这妮子不贤惠。打一棒快毬子㊶,你舍的宋引章,我一发㊷嫁你。(周舍云)我到家里就休了他。(背云)且慢着,那个妇人是我平日间打怕的,若与了一纸休书,那妇人就一道烟去了。这婆娘他若不嫁我呵,可不弄的尖担两头脱?休的造次㊸,把这婆娘摇撼的实着㊹。(向旦云)奶奶,你孩儿肚肠是驴马的见识。我今家去把媳妇休了呵,奶奶,你把肉吊窗儿放下来㊺,可不嫁我,做的个尖担两头脱。奶奶,你说下个誓着。(正旦云)周舍,你真个要我赌咒?你若休了媳妇,我不嫁你呵,我着堂子里马踏杀,灯草打折臁儿骨㊻。你逼的我赌这般重咒哩!(周舍云)小二,将酒来。(正旦云)休买酒,我车儿上有十瓶酒哩。(周舍云)还要买羊。(正旦云)休买羊,我车上有个熟羊哩。(周舍云)好、好、好,待我买红㊼去。(正旦云)休买红,我箱子里有一对大红罗。周舍,你争甚么?你的便是我的,我的就是你的。(唱)

【二煞】则这紧的到头终是紧,亲的原来只是亲。凭着我花朵儿身躯,笋条儿年纪[48],为这锦片儿前程,倒赔了几锭儿花银。拼着个十米九糠[49],问什么两妇三妻!受了些万苦千辛,我着人头上气忍,不枉了一世做郎君[50]。

【黄钟尾】你穷杀呵甘心守分捱贫困,你富呵休笑我饱暖生淫惹议论。您心中觑个意顺[51],但休了你这眼下人,不要你钱财使半文,早是我走将来自上门。家业家私待你六亲,肥马轻裘待你一身,倒贴了奁房和你为眷姻。(云)我若还嫁了你,我不比那宋引章,针指油面、刺绣铺房、大裁小剪,都不晓得一些儿。(唱)我将你写了的休书正了本[52]。(同下)

①《救风尘》:全名为《赵盼儿风月救风尘》。戏剧内容是:年幼无知的歌妓宋引章,经不起周同知的儿子、富商周舍的引诱欺骗,不顾赵盼儿真诚劝诫,答应嫁给周舍。嫁去后果然落入火坑,备受凌辱摧残。赵盼儿闻讯后,满腔义愤,急人之急,设计以风月场中卖笑调情的手段,把沦落于风尘之中的姊妹宋引章救出了火坑。这是一本色调明朗、爱憎分明的喜剧,作者热情地歌颂了女主人公赵盼儿的侠肝义胆和聪明机智,塑造了一个下层妇女的光辉形象。 ②店小二:客店中的伙计。 ③私科子:即私窝子,私娼,与入籍的官妓相对。 ④脚头乱:到处走,行踪不定。 ⑤粉房:妓院。 ⑥婆娘家:指宋引章。一涌性无思忖:一时冲动没有很好考虑。 ⑦输个姓因:疑为"输个婚姻"之误。 ⑧背槽抛粪:牲口在槽中吃食,又背槽下粪,比喻周舍的翻脸无情,忘恩负义。 ⑨容易情:指宋引章轻易就将自己的感情交给周舍。容易:轻易,随便。 ⑩忒(tuī)献勤:过分地奉献殷勤。 ⑪几番家:几次。不问:指不理睬宋引章。 ⑫无主娘亲:指没有主意的娘亲(指宋引章的母亲)。 ⑬为旅偏怜客:自己出门在外,对别的旅客也自然抱着同情。与下句"贪杯惜醉人",都是比喻同病相怜。 ⑭县君:唐宋以来对贵族妇女的封号,一般指官太太。 ⑮蓦(mò)入:迈进。 ⑯使数的:指奴仆。支分:使唤,支使。全句意思是:不能忍受(入门后)他家的奴仆倒支使起自己来。 ⑰暗忍:暗中忍受凌辱痛苦。 ⑱干茨腊:或作"干支刺",很干的意思。茨腊,加强语气的助词。 ⑲铺髩(bìn):梳整鬓发。髩,同"鬓"。 ⑳襻(pàn)胸带:古代妇女梳头时用以束发的带,包裹至下颏。 ㉑衠(zhūn):真,纯。 ㉒乔躯老:坏身段,坏样子。乔,即矫,假装,不自然,引申为坏。老,语尾助词,无义。 ㉓虚嚣:虚浮、奸诈。 ㉔客火:即客伙,旅客。这里指旅店。 ㉕绸段:即绸缎。 ㉖忒现新,忒忘昏:俗语,意指喜新厌旧。 ㉗词话:宋元时期一种说唱体通俗文艺形式,略近于今天的弹词、鼓书。 ㉘"咱也曾"二句:武陵溪畔曾相识,指曾有过爱情关系。神话故事:刘晨、阮肇入山采药,在武陵溪畔遇仙女而发生爱情。 ㉙一房一卧:一房妆奁,一房铺盖,泛指嫁妆。 ㉚南京:指汴梁(今河南开封)。金主亮改汴梁为南京。 ㉛妆儇(xuān):装乖,弄巧。儇,或作谖,慧黠的意思。 ㉜特故里:特意。 ㉝外相儿通疏就里村:外貌看起来聪明通达内里却是愚蠢粗野。 ㉞抢生吃:不等食物煮熟就抢来吃,形容性急。这是承上文"和你一递一刀子戳哩"说的。 ㉟肋底下插柴自忍:元代歇后语,元剧中习用,意即肋骨底下插木柴,别人不知

道，只有自己忍痛。 ㊱双同叔打杀俏红裙：双同叔，指宋代双渐，他是元丰年间进士，相传他与妓女苏小卿相恋，当时勾栏中流传双渐赶苏小卿的故事。俏红裙，指妓女。㊲恶哏哏：即恶狠狠。 ㊳虚科儿：假情假意。喷：骗说。 ㊴道儿：诡计。 ㊵点的：指点的，即暗里唆使。 ㊶打一棒快毬子：宋元时代打毬的术语，这里比喻采用干脆痛快手段迅速解决问题。 ㊷一发：索性。 ㊸休的造次：不可鲁莽。 ㊹实着：确有把握的定着。 ㊺肉吊窗儿放下来：肉吊窗儿指眼皮，眼皮吊下来，即闭上眼不理睬。㊻"我着堂子里"二句：是当时一种很重的誓词。据钱塘丁氏藏本《罗李郎》杂剧第一折，其中人物汤哥誓词云："塘子里洗澡马踏杀，灯草打折臁（lián）儿骨。"意即在不该遭灾的地方也会遭灾。堂子，即塘子，洗澡池。臁儿骨，臁同"肷"，指肋骨与胯骨之间的部分。 ㊼买红：指买订婚用红色绸缎之类的喜庆之物。 ㊽笋条儿年纪：指青春年少。㊾十米九糠：指生活穷困。一说，疑指彼此不相称。 ㊿"受了些万苦千辛"三句：意思是，不论吃多少苦，受多少气，也不能让你白做了一辈子郎君（丈夫）。 51觑个意顺：看得称心如意。 52正了本：本指本钱，正了本就是够本，意思是你休了宋引章，娶了我，是够本的。（这折戏写赵盼儿使用风月手段，制伏恶棍流氓周舍的过程，美和丑，聪明与愚蠢，崇高与卑劣，在这里形成了鲜明强烈的对比。）

单刀会[①]

第四折

（鲁肃上，云）欢来不似今朝，喜来那逢今日。小官鲁子敬是也。我使黄文持书去请关公，欣喜许今日赴会，荆襄地合归还江东。英雄甲士已暗藏壁衣之后，令人江上相候，见船到便来报我知道。

（正末关公引周仓上，云）周仓，将到那里也？（周云）来到大江中流也。（正云）看了这大江，是一派好水也呵！（唱）

【双调新水令】大江东去浪千叠[②]，引着这数十人驾着这小舟一叶。又不比九重龙凤阙[③]，可正是千丈虎狼穴。大丈夫心别[④]，我觑这单刀会似赛村社[⑤]。

（云）好一派江景也呵！（唱）

【驻马听】水涌山叠，年少周郎[⑥]何处也？不觉的灰飞烟灭[⑦]，可怜黄盖转伤嗟。破曹的樯橹一时绝，鏖兵的江水犹然热[⑧]，好教我情惨切！（云）这也不是江水，（唱）二十年流不尽的英雄血！

（云）却早来到也，报复[⑨]去。（卒报科）（做相见科）（鲁云）江下小会，酒非洞里之长春[⑩]，乐乃尘中之菲艺[⑪]，猥劳[⑫]君侯屈高就下，降尊临卑，实乃鲁肃之万幸也！（正云）量某有何德能，着[⑬]大夫置酒张筵，既请必至。（鲁云）黄文，将酒来。二公子满饮一杯。(正云)大夫饮此杯。(把盏科)(正云)想古今咱这人过日月⑭好疾也呵!(鲁云)过日月是好疾也。光阴似骏马加鞭,浮世似落花流水。(正唱)

【胡十八】想古今立勋业,那里也舜五人、汉三杰⑮?两朝相隔数年别,不付能⑯见者,却又早老也。开怀的饮数杯,(云)将酒来。(唱)尽心儿待醉一夜。

(把盏科)(正云)你知"以德报德,以直报怨"⑰么?(鲁云)既然将军言"以德报德,以直报怨",借物不还者谓之怨。想君侯文武全材,通练⑱兵书,习《春秋》《左传》,泼拔颠危⑲,匡扶社稷⑳,可不谓之仁乎?待玄德如骨肉,觑曹操若仇雠,可不谓之义乎?辞曹归汉,弃印封金㉑,可不谓之礼乎?坐服于禁,水淹七军㉒,可不谓之智乎?且将军仁义礼智俱足,惜乎只少个信字,欠缺未完。再若得全个信字,无出君侯之右也㉓。(正云)我怎生失信?(鲁云)非将军失信,皆因令兄玄德失信。(正云)我哥哥怎生失信来?(鲁云)想昔日玄德公败于当阳之上,身无所归,因鲁肃之故,屯军三江夏口。鲁肃又与孔明同见我主公,即日兴师拜将,破曹兵于赤壁之间。江东所费巨万,又折了首将黄盖㉔。因将军贤昆玉㉕无尺寸地,暂借荆州以为养军之资;数年不还。今日鲁肃低情曲意,暂取荆州,以为救民之急;待仓廪丰盈,然后再献与将军掌领。鲁肃不敢自专,君侯台鉴㉖不错。(正云)你请我吃筵席来那,是索荆州来?(鲁云)没,没,没,我则这般道。孙、刘结亲,以为唇齿,两国正好和谐。(正唱)

【庆东原】你把我真心儿待,将筵宴设,你这般攀今览古㉗,分甚枝叶㉘?我根前使不着你"之乎者也"、"诗云子曰",早该豁口截舌㉙!有意说孙刘,你休目下番成吴越㉚!

(鲁云)将军原来傲物轻信!(正云)我怎么傲物轻信?(鲁云)当日孔明亲言:破曹之后,荆州即还江东。鲁肃亲为代保。不思旧日之恩,今日恩变为仇,犹自说"以德报德,以直报怨"。圣人道:"信近于义,言可复也㉛。"去食去兵,不可去信㉜。"大车无辊,小车无轨,其何以行之哉㉝?"今将军全无仁义之心,枉作英雄之辈。荆州久借不还,却不道"人无信不立!"(正云)鲁子敬,你听的这剑戛㉞么?(鲁云)剑戛怎么?(正云)我这剑戛,头一遭诛了文丑㉟,第二遭斩了蔡阳㊱,鲁肃呵,莫不第三遭到你也?(鲁云)没,没,我则这般道来。(正云)这荆州是谁的?(鲁云)这荆州是俺的。(正云)你不知,听我说。(唱)

【沉醉东风】想着俺汉高皇图王霸业,汉光武秉正除邪,汉献帝将董卓诛,汉皇叔把温侯㊲灭,俺哥哥合承受汉家基业。则你这东吴国的孙权,和俺刘家却是甚枝叶㊳?请你个不克己先生㊴自说!

(鲁云)那里甚么响?(正云)这剑戛二次也。(鲁云)却怎么说?(正云)这剑按天地之灵,金火之精,阴阳之气,日月之形;藏之则鬼神遁迹,出之则魑魅潜踪;喜则恋鞘沉沉而不动,怒则跃匣铮铮而有声。今朝席上,倘有争锋,恐君不信,拔剑施

呈。吾当摄剑,鲁肃休惊。这剑果有神威不可当,庙堂之器岂寻常;今朝索取荆州事,一剑先交㊶鲁肃亡。(唱)

【雁儿落】则为你三寸不烂舌,恼犯我三尺无情铁。这剑饥餐上将头,渴饮仇人血。

【得胜令】则是条龙向鞘中蛰㊷,唬得人向坐间呆,今日故友每才相见,休着俺弟兄每相间别㊸。鲁子敬听者,你心中休乔怯㊹,畅好是随邪㊺,休怪我十分酒醉也。

(鲁云)臧宫动乐。(臧宫上,云)天有五星,地攒㊻五岳,人有五德,乐按五音。五星:金、木、水、火、土。五岳者:常、恒、泰、华、嵩。五德者:温、良、恭、俭、让。五音者:宫、商、角、徵、羽。(甲士拥上科)(鲁云)埋伏了者。(正击案,怒云)有埋伏也无埋伏?(鲁云)并无埋伏。(正云)若有埋伏,一剑挥之两段!(做击案科)(鲁云)你击碎菱花㊼。(正云)我特来破镜㊽!(唱)

【搅筝琶】却怎生闹炒炒军兵列,休把我当拦者!(云)当着我的,呵呵!(唱)我着他剑下身亡,目前流血。便有那张仪口、蒯通舌㊾,休那里躲闪藏遮。好生的送我到船上者,我和你慢慢的相别。

(鲁云)你去了倒是一场伶俐㊿。(黄文云)将军,有埋伏哩。(鲁云)迟了我的也。(关平领众将上,云)请父亲上船,孩儿每来迎接哩。(正云)鲁肃,休惜殿后㊿。(唱)

【离亭宴带歇指煞】我则见紫袍银带公人列,晚天凉风冷芦花谢,我心中喜悦。昏惨惨晚霞收,冷飕飕江风起,急颩颩㊿云帆扯。承管待,承管待、多承谢、多承谢。唤梢公㊿慢者,缆解开岸边龙㊿,船开波中浪,棹㊿搅碎江中月。正欢娱有甚进退,且谈笑不分明夜㊿。说与你两件事先生记者:百忙里趁㊿不了老兄心,急切里㊿倒不了俺汉家节。

  题目 孙仲谋独占江东地 请乔公言定三条计㊿
  正名 鲁子敬设宴索荆州 关大王独赴单刀会

①《单刀会》:全名是《关大王独赴单刀会》。戏剧内容是:鲁肃为了索还荆州,约请关羽过江赴会,企图威逼关羽接受,不成则出伏兵擒住关羽,以武力夺还荆州。关羽明知过江是置身于"千丈虎狼穴",但为了蜀汉的利益,毅然置个人安危于不顾,以大无畏的精神单刀赴会。剧本采用虚实结合的手法,突出地刻画并热情地歌颂了关羽的智慧、勇敢和忠心,表现了带有理想色彩的英雄主义主题。 ②"大江东去"句:见苏轼《念奴娇·赤壁怀古》。此用其意,以表现关羽面对东去的长江滔滔流水引起的感叹。 ③九重龙凤阙:指皇帝所住华丽幽深的宫殿。 ④别:一本作"烈",是。烈:壮烈,即具有英雄气胆。 ⑤似赛村社:像是乡村社日迎神赛会一般,意即虽入虎狼之穴却视若等闲。 ⑥周郎:指东吴年轻的将领周瑜。 ⑦灰飞烟灭:指赤壁之战用火烧曹操战船事。苏轼《念奴娇·赤壁怀古》有"谈笑间,樯橹灰飞烟灭"句。 ⑧鏖(áo)兵:即鏖战,激烈的战

斗。犹然:仍然。　⑨报复:报告,回复。　⑩洞里之长春:指窖藏多年的好酒。长春,酒名。　⑪尘中之菲艺:世俗中普通的技艺。菲,菲薄,引申为平凡的,普通的。　⑫猥劳:犹言"辱劳",是一种客气的说法。猥,意为卑下,这里表示谦虚。　⑬着:让,使得。⑭日月:时光,岁月。　⑮舜五人:相传舜有五个贤臣:禹、弃、契、皋陶(yáo)、夔。汉三杰:汉初辅佐高祖平定天下的三位谋臣:张良、萧何、韩信。　⑯不付能:即不甫能,好不容易。　⑰"以德报德"二句:语出《论语·宪问》,意思是:对有恩德于我的人,将以恩德来回报他;对跟我有怨仇的,也要以公正的态度来对待他。　⑱通练:通晓。　⑲泼拔颠危:挽回危险的局面。　⑳匡扶:匡正扶持。社稷:社为土地神,稷为五谷神,这里代指国家。　㉑弃印封金:关羽因兵败曾留居许昌曹操处,曹操对他甚厚,授以"汉寿亭侯"印,并赠金银,后关羽得知刘备消息,即弃印封金离曹操而去,这表现了关羽对刘备的忠心不二。　㉒"坐服于禁"二句:指关羽用计挫败于禁事。曹操命于禁统领七军(七支部队)进攻刘备所在的樊城,以庞德为先锋,关羽机智地决襄江之水淹了七军,生擒庞德。　㉓"无出……之右":没有比……更高的。　㉔折了首将黄盖:此处所讲情节与后来的《三国演义》有所不同。小说写周瑜用苦肉计,打了黄盖,使他向曹操诈降,并未在赤壁之战中折损。　㉕贤昆玉:对别人弟兄的敬称。　㉖台鉴:犹言"您明察"。台是对别人的敬称。　㉗攀今览古:意指重提旧事以达到今天的目的。览,一作"揽",义亦通。㉘分甚枝叶:意思是一棵树上的枝叶是不可分割的,暗示鲁肃要索回荆州就要破坏吴蜀间的密切关系。　㉙豁口截舌:豁开口把舌头截断,意思是责怪鲁肃说了不该说的话。㉚番:同"翻"。吴越:春秋时的吴国和越国,因为仇敌,常用以比喻对立关系。　㉛"信近于义"二句:语见《论语·学而》,意思是守信用而接近于义,他的话是可以用实践来证明的。　㉜"去食去兵"二句:《论语·颜渊》:"足食足兵,民信之矣。子贡曰:'必不得已而去,于斯三者何先?'曰:'去兵。'子贡曰:'必不得已而去,于斯二者何先?'曰:'去食。'自古皆有死,民无信不立。"这里引用这两句话,是说宁可没有饭吃,没有武装,也不能不守信用。　㉝"大车无輗"三句:《论语·为政》:"子曰:人而无信,不知其可也。大车无輗(ní),小车无軏(yuè),其何以行之哉?"古代牛车叫大车,马车叫小车。驾牲口的横木上的活塞,大车叫輗,小车叫軏,缺少它们,就不能驾车行走。这里借以比喻人如果没有信用,就不能在社会上立身行事。　㉞剑戛:剑响。戛,原作"界",误。　㉟诛了文丑:文丑是袁绍手下名将,为关羽所杀。　㊱蔡阳:曹操手下的将军,被关羽所斩。以上二事与史书记载不合,出于小说家言。　㊲温侯:指吕布,字奉先,曾封温侯,为董卓部将,后被曹操、刘备所擒杀。　㊳枝叶:关系。　㊴不克己先生:不肯吃亏的人。　㊵魑(chī)魅(mèi):古代传说中害人的山林精怪。　㊶交:同"教"。　㊷蛰:藏伏。　㊸间别:离间,分别。　㊹乔怯:假装害怕。　㊺畅好是:真是。随邪:不正经。㊻攒(zǎn):积聚。　㊼菱花:因古代铜镜背后多用菱花做装饰图案,后因以菱花代指镜子。㊽破镜:承上句"菱花"来。镜与"子敬"的"敬"字谐音,故破镜语含双关。　㊾张仪口、蒯通舌:指巧言善辩的人。张仪,战国时魏人,相于秦,曾游说六国连横事秦。蒯通:楚汉相争时的著名辩士,韩信用其计平定了齐地。　㊿伶俐:干净利落。　㉛休惜殿后:意思是要鲁肃随后护送,语含讥刺。殿后,队伍的后军,起掩护作用。 ㉒急飐飐(zhǎn):风急吹貌。 ㉓梢公:撑船的人。 ㉔岸边龙:指停靠在岸边的船。 ㉕棹(zhào):桨,划船的工具。 ㉖明夜:白天和黑夜。 ㉗趁:同"称"。 ㉘急切里:忽迫之间。 ㉙请乔公言定三条计:本剧第一折里写鲁肃为索回荆州,定下三条计策,与乔公商量。三条计是:请关羽过江赴宴,先以礼索还荆州;此计不成,则拘留关羽,胁迫交还荆州;此计再不成,则于席间出伏兵擒拿关羽,以武力夺回荆州。 (本折是戏剧情节发展的高潮,在前面三折充分铺垫的基础上,正面描写关羽与鲁肃的冲突,席间关羽以非凡的英雄气概,拒绝交出荆州,并喝退伏兵,在关平的接应下安然回到了荆州,剧本最后完成了一个光彩照人的英雄形象的塑造。)

王实甫

　　王实甫(生卒年不详),名德信,大都(今北京)人。他的活动年代跟关汉卿相去不远,主要创作活动时期大致在元成宗元贞、大德年间(1295—1307前后)。他早年可能做过官,但仕途蹭蹬。他主要的生活经历,跟关汉卿很相似,是一位生活于城市"勾栏"、"瓦舍"之中,和下层的歌妓、艺人有密切交往的知识分子。他聪明过人,才华出众,是一位驰骋于城市下层艺坛,跟演员歌妓合作得很好的"书会才人"中的大作手。他的杂剧创作,今存目十四种。完整地保存下来的有三种:《崔莺莺待月西厢记》、《四丞相歌舞丽春堂》和《吕蒙正风雪破窑记》。仅存残曲的有两种:《苏小卿月夜贩茶船》、《韩彩云丝竹芙蓉亭》。其余九种亡佚。他的杂剧,辞章华美,富有风韵,在当时极负盛誉。尤其是《西厢记》,被标为"天下夺魁"之作。王实甫也有少量散曲流传,但影响不大。

西 厢 记①

第二本　崔莺莺夜听琴

第 三 折

　　(夫人排桌子上云)红娘去请张生,如何不见来?(红见夫人云)张生着红娘先行,随后便来也。(末上见夫人施礼科)(夫人云)前日若非先生,焉得有今日;我一家之命,皆先生所活也。聊备小酌,非为报礼,勿嫌轻意。(末云)"一人有庆②,兆民赖之。"此贼之败,皆夫人之福。万一杜将军不至,我辈皆无免死之术。此皆往事,不必挂齿。(夫人云)将酒来,先生满饮此杯。(末云)"长者赐③,少者不敢辞。"(末做饮酒科)(末把夫人酒了)(夫人云)先生请坐!(末子)小子侍立座下,尚然④越礼,焉敢与夫人对坐。(夫人云)道不得个"恭敬不如从命"。(末谢了,坐)(夫人云)红娘,去唤小姐来,与先生行礼者!(红朝鬼门道唤云)老夫人后堂待客,请小姐出来哩!(旦应云)我身子有些不停当⑤,来不得。(红云)你道请谁哩?(旦云)请谁?(红云)请张生哩!(旦云)若请张生,扶病也索走一遭。(红发科⑥了)(旦上云)免除崔氏全家祸,尽在张生半纸书。

【双调】 【五供养】若不是张解元识人多,别一个怎退得干戈。排着酒果,列着笙歌。篆烟⑦微,花香细,散满东风帘幕。救了咱全家祸,殷勤呵正礼,钦敬呵当合⑧。

【新水令】恰才向碧纱窗下画了双蛾⑨,拂拭了罗衣上粉香浮涴⑩,只将指尖儿轻轻的贴了钿窝⑪。若不是惊觉人呵,犹压着绣衾卧。

(红云)觑俺姐姐这个脸儿吹弹得破⑫,张生有福也呵!

【幺篇】没查没利谎偻罗⑬,你道我宜梳妆的脸儿吹弹得破。

(红云)俺姐姐天生的一个夫人的样儿。(旦)

你那里休聒⑭,不当一个信口开合⑮。知他命福是如何?我做一个夫人也做得过。

(红云)往常两个都害,今日早则喜也!(旦唱)

【乔木查】我相思为他,他相思为我,从今后两下里相思都较可⑯。酬贺间礼当酬贺,俺母亲也好心多。

(红云)敢着⑰小姐和张生结亲呵!怎生不做大筵席,会亲戚朋友?安排小酌为何?(旦云)红娘,你不知夫人意。

【搅筝琶】他怕我是赔钱货⑱,两当一便成合⑲。据着他举将除贼,也消得⑳家缘过活。费了甚一股那㉑?便待要结丝萝㉒。休波㉓,省人情的妳妳试虑过㉔,恐怕张罗㉕。

(末云)小子更衣㉖咱。(做撞见旦科)(旦唱)

【庆宣和】门儿外,帘儿前,将小脚儿那㉗。我恰待目转秋波,谁想那识空便㉘的灵心儿早瞧破。唬得我倒越㉙,倒。

(末见旦科)(夫人云)小姐近前拜了哥哥者!(末背云)呀,声息㉚不好了也!(旦云)呀,俺娘变了卦也!(红云)这相思又索害也。(旦唱)

【雁儿落】荆棘刺㉛怎动那!死没腾无回豁㉜!措支剌㉝不对答!软兀剌难

存坐㉞!

【得胜令】谁承望这即即世世㉟老婆婆,着莺莺做妹妹拜哥哥。白茫茫溢起蓝桥水㊱,不邓邓点着祆庙火㊲。碧澄澄清波,扑剌剌将比目鱼分破㊳;急攘攘因何,扢搭地把双眉锁纳合㊴。

(夫人云)红娘看热酒,小姐与哥哥把盏者!(旦唱)

【甜水令】我这里粉颈低垂,蛾眉频蹙,芳心无那㊵,俺可甚"相见话偏多"㊶?星眼朦胧,檀口嗟咨㊷,擞窖㊸不过,这席面儿畅好是乌合㊹!

(旦把酒科)(夫人央科)(末云)小生量窄。(旦云)红娘接了台盏者㊺!

【折桂令】他其实咽不下玉液金波㊻。谁承望月底西厢,变做了梦里南柯。泪眼偷淹,酩子里揾湿香罗㊼。他那里眼倦开,软瘫做一垛㊽;我这里手难抬,称㊾不起肩窝。病染沉疴㊿,断然难活。则被你送了人呵,当甚么偻罗。

(夫人云)再把一盏者!(红递盏了)(红背与旦云)姐姐,这烦恼怎生是了!(旦唱)

【月上海棠】而今烦恼犹闲可(51),久后思量怎奈何?有意诉衷肠,争奈母亲侧坐,成抛趓(52),咫尺间如间阔(53)。

【幺篇】一杯闷酒尊前过,低首无言自摧挫(54)。不甚醉颜酡(55),却早嫌玻璃盏大。从因我(56),酒上心来觉可。

(夫人云)红娘送小姐卧房里去者!(旦辞末出科)(旦云)俺娘好口不应心也呵!

【乔牌儿】老夫人转关儿(57)没定夺,哑谜儿怎猜破;黑阁落甜话儿将人和(58),请将来着人不快活。

【江儿水】佳人自来多命薄,秀才每从来懦。闷杀没头鹅(59),撇下陪钱货;下场头那答儿发付我!

【殿前欢】恰才个笑呵呵,都做了江州司马泪痕多(60)。若不是一封书将半万贼兵破,俺一家儿怎得存活。他不想结姻缘想甚么?到如今难着莫(61)。老夫人谎到天来大;当日成也是恁个母亲(62),今日败也是恁个萧何。

【离亭宴带歇指煞】从今后玉容寂寞梨花朵(63),胭脂浅淡樱桃颗(64),这相思何时可?昏邓邓黑海来深,白茫茫陆地来厚,碧悠悠青天来阔;太行山般高仰望,东洋海般深思渴。毒害的怎么。俺娘呵,将颤巍巍双头花蕊搓,香馥馥同心缕带割,长挽挽连理琼枝挫。白头娘不负荷(65),青春女成担搁,将俺那锦片也似前程蹬脱(66)。俺娘把甜句儿落空了他,虚名儿误赚了我。(下)

(末云)小生醉也,告退。夫人根前,欲一言以尽意,未知可否?前者贼寇相迫,夫人所言:"能退贼者,以莺莺妻之。"小生挺身而出,作书与杜将军,庶几得免夫人之祸。今日命小生赴宴,将谓有喜庆之期;不知夫人何见,以兄妹之礼相待?小生非

293 | 宋 元

图哺啜⑳而来,此事果若不谐,小生即当告退。(夫人云)先生纵有活我之恩,奈小姐先相国在日,曾许下老身侄儿郑恒。即日有书赴京唤去了,未见来。如若此子至,其事将如之何?莫若多以金帛相酬,先生拣豪门贵宅之女,别为之求。先生台意㉘若何?(末云)既然夫人不与,小生何慕金帛之色。却不道"书中有女颜如玉"。则今日便索告辞。(夫人云)你且住者,今日有酒也,红娘扶将哥哥去书房中歇息,到明日咱别有话说。(下)(红扶末科)(末念)有分只熬萧寺一夜,无缘难遇洞房春。(红云)张生,少吃一盏却不好。(末云)我吃什么来?(末跪红科)小生为小姐昼夜忘餐废寝,魂劳梦断,常忽忽如有所失。自寺中一见,隔墙酬和,迎风待月,受无限之苦楚。甫能㉚得成就婚姻,夫人变了卦,使小生智竭思穷,此事几时是了?小娘子,怎生可怜见小生,将此意申与小姐,知小生之心。就小娘子前解下腰间之带,寻个自尽。(末念)可怜刺股悬梁志㉑,险作离乡背井魂。(红云)街上好贱柴㉒,烧你个傻角!你休慌,妾当与君谋之。(末云)计将安在?小生当筑坛拜将㉓。(红云)妾见先生有囊琴一张,必善于此。俺小姐深慕于琴。今夕妾与小姐同至花园内烧夜香,但听咳嗽为令,先生动操㉔,看小姐听得时,说什么言语。却将先生之言达知。若有话说,明日妾来回报;这早晚怕夫人寻我,回去也。(下)

①西厢记:全名《崔莺莺待月西厢记》,演述崔莺莺和张生的爱情故事。最初写崔张故事的是唐代元稹的传奇小说《莺莺传》,以后由宋金至元,崔张故事在文人和下层艺人中同时流传,不断得到加工改造。通俗文艺中演唱崔张故事现存最完整也最重要的作品,是金代董解元的《西厢记诸宫调》。王实甫的《西厢记》,在前代崔张故事长期流传的基础上,进行了带总结性的艺术创造,使这个故事无论在情节、人物、主题思想上都产生了新的面貌。剧本热情地肯定和歌颂了青年男女的爱情追求,揭露和批判了封建家长和封建礼教对自由爱情的压制和束缚,表达了作者"愿天下有情的都成了眷属"的美好理想。全剧结构宏大,由五本二十一套曲子组成。第二本《崔莺莺夜听琴》写崔张爱情的发展和跟老夫人的冲突。第四本《草桥店梦莺莺》写在红娘的帮助下,崔张二人私下结合;并通过曲折的斗争,迫使老夫人同意将莺莺许配张生,却又要张生进京赴考,以考中得官为结合的条件,使两人经受了离别的痛苦。 ②"一人有庆"二句:语见《尚书·吕刑》。庆:福。兆民:指普天下的百姓。兆,极言其多。 ③"长者赐"二句:语出《礼记·曲礼》:"长者赐,幼者贱者不敢辞。" ④尚然:尚且。 ⑤不停当:不舒服。 ⑥发科:元代戏曲术语,指演员一种引人发笑的动作和表情。 ⑦篆烟:即盘香,因其形状盘曲如篆文,故称。或称作"香篆"。 ⑧当合:合当的倒文,押韵所需。 ⑨双蛾:双眉。 ⑩浮涴(wò):浮尘。涴污。 ⑪钿(diàn)窝:疑即钿窠,衣服上的饰品。 ⑫吹弹得破:形容面庞娇嫩。 ⑬没查没利:即没查利,又写作"卖查梨"、"没遭懹",卖弄口舌,说话不实。这里引申为调皮的意思。偻罗:即喽啰,能干、伶俐的意思。这里作名词用,略近于今人说"家伙"。 ⑭休聒(guō):不要啰唆。 ⑮不当一个:即不当个,意思是不应当。个字是语助词。信口开合:即信口开河,随便乱说。 ⑯较可:有时写作"较好",病愈。 ⑰敢着:犹"敢则",必定,表现一种肯定的意思。 ⑱赔钱货:旧时男尊女

卑观念,因称生女为赔钱货。 ⑲两当一便成合:以两个当一个成交,意即廉价卖出。⑳消得:消受得了。 ㉑一股那:一股犹“一分”(钱财),那,语词。 ㉒结丝萝:兔丝女萝互相缠绕,比喻结婚。古诗:“与君为婚姻,兔丝附女萝。” ㉓休波:算了吧! 波,语助词。 ㉔省(xǐng)人情:懂得人情。妳妳:同“奶奶”。忒:太。虑过:过虑,担心。㉕张罗:筹划,办理。 ㉖更衣:指上厕所。 ㉗那:同“挪”,移动。 ㉘识空便:机灵,聪慧。 ㉙趓:同“躲”。 ㉚声息:说话的语气意思。 ㉛荆棘刺:形容神情惊慌。“荆”与“惊”同音假借,棘刺为语助词,无义。 ㉜死没腾:发愣的样子。无回豁:无反应。豁,语助词。 ㉝措支剌:惊慌失措的样子。 ㉞软兀剌:软瘫无力的样子。兀剌,语助词。难存坐:坐不稳。 ㉟即即世世:即积积世世,形容阅历深,狡黠世故。 ㊱“白茫茫”句:传说尾生跟所爱的女子相约在蓝桥相会,尾生先至,河水突然上涨,尾生不肯失约,紧抱桥柱被淹死了。 ㊲“不邓邓”句:传说蜀帝的公主与陈生相爱,两人相约在祆(xiān)庙相会。公主去时见陈生已睡熟,便将玉环放到他的怀里回宫去了。陈生醒后十分后悔,怨气变成了火焰,烧毁了庙宇,自己也被烧死。不邓邓,形容火势凶猛。㊳朴剌剌:形容声势猛烈。剌剌,语助词。比目鱼:即鲽鱼,据传两鱼相合,比目才能游行,因此常用以比喻夫妇。 ㊴扢搭:形容动作快速。这里可作“一下子”解。双眉锁纳合,即双眉紧锁。 ㊵无那:无奈。 ㊶“俺可甚”句:意思是我那里有什么话可说?“相见话偏多”是当时成语。 ㊷檀口:女子涂红的嘴唇。嗟咨:叹息。 ㊸攧(dié)窨(yìn):顿足忍气,表示心中怨恨。 ㊹乌合:杂乱的样子。 ㊺台盏:酒具。 ㊻玉液金波:指美酒。 ㊼酩子里:暗地里。揾:拭。香罗:手帕。 ㊽一垛:一堆。 ㊾称:支撑。 ㊿沉疴(kē):重病。 (51)闲可:不打紧。 (52)抛趓:同“抛躲”,抛开,分离。(53)间阔:远离。 (54)摧挫:这里指伤心。 (55)醉颜酡(tuó):因喝酒而脸红。 (56)“从因我”二句:意思是张生因我而不胜酒力,要真因为酒醉,心里还好受一点。觉可,即较可,较好。 (57)转关儿:玩弄权术。 (58)黑阁落:暗地里,引申为不光明正大,搞阴谋。和(huǒ):哄骗。 (59)没头鹅:没有头的鹅,比喻摸不着头脑,这里指张生。 (60)江州司马泪痕多:白居易《琵琶行》作于贬官江州司马时,诗中有“座中泣下谁最多,江州司马青衫湿”之句。江州司马,这里借指张生。 (61)着莫:同“捉摸”,猜测。 (62)“当日成”二句:活用成语“成也萧何,败也萧何”。萧何为汉高祖谋士,由他举荐成就了韩信的功名,后来又由他设计将韩信害死。 (63)玉容寂寞梨花朵:白居易《长恨歌》:“玉容寂寞泪阑干,梨花一枝春带雨。”这里化用其意,用以形容莺莺的寂寞苦闷。 (64)“胭脂”句:指无心打扮。 (65)不负荷:不负责任。 (66)蹬脱:拆散,这里引申为断送。 (67)哺啜(chuò):吃喝。 (68)台意:犹如说“尊意”。台是表示尊敬之词。 (69)萧寺:即佛寺。梁武帝萧衍信佛,喜建寺院,后世因称佛寺为萧寺。 (70)甫能:方能。 (71)刺股悬梁志:发愤读书的志向。刺股,指战国时苏秦苦读的故事,他用锥子刺股,以防倦怠。悬梁,指汉代人孙敬发愤读书的故事,他用绳子将头发悬于梁上,以避免昏睡。 (72)“街上”二句:意思是死是十分容易的,死了就把你烧掉,反正劈柴是很便宜的。这是红娘嘲笑张生的话。 (73)筑坛拜将:这里是酬劳、奖赏的意思。汉高祖筑坛拜韩信为大将军。 (74)动操(cāo):弹琴。操,琴曲的一种。 (这一折俗本简目题为《赖婚》,承接上一折,戏剧情节的发展出现了突变,掀起了波澜。孙飞虎兵围普救寺,在危难之际,老夫人当众宣称谁有退兵之策就将莺莺嫁他为妻,可是在张生请白马将军杜确解围之后,却马上翻脸悔婚,在设宴酬张时,只让莺莺拜张生为兄。这折戏在矛盾冲突中揭示了老夫人自私、老于世故、坚持封建礼教和"门当户对"的婚姻观念等思想性格,同时也表现了崔张二人相爱的真挚、内心的悲苦以及潜伏着、酝酿着的坚强的反抗精神。这对全剧反封建主题的表现,戏剧冲突的推进和人物性格的刻画,都有着重要意义。)

第四本　草桥店梦莺莺

第 三 折

(夫人长老①上,云)今日送张生赴京,就十里长亭②,安排下筵席。我和长老先行,不见张生小姐来到。(旦末红同上)(旦云)今日送张生上朝取应③。早是离人伤感,况值那暮秋天气,好烦恼人也呵!悲欢聚散一杯酒,南北东西万里程。(唱)

【正宫端正好】碧云天④,黄花地,西风紧,北雁南飞。晓来谁染霜林醉?总是离人泪。

【滚绣球】恨相见得迟,怨归去得疾。柳丝长玉骢难系⑤,恨不得倩⑥疏林挂住斜晖。马儿迍迍⑦的行,车儿快快的随。却告了相思回避⑧,破题儿又早别离。听得道一声"去也",松了金钏;遥望见十里长亭,减了玉肌。此恨谁知!

(红云)姐姐今日怎么不打扮?(旦云)你那知我的心哩!(唱)

【叨叨令】见安排著车儿、马儿,不由人熬熬煎煎的气。有甚心情将花儿、靥儿⑨,打扮的娇娇滴滴的媚。准备著被儿、枕儿,则索昏昏沉沉的睡。从今后衫儿、袖儿,都揾湿做重重叠叠的泪。兀的不闷杀人也么哥,兀的不闷杀人也么哥!久已后书儿、信儿,索与我恓恓惶惶⑩的寄。

(做到了科,见夫人了)(夫人云)张生和长老坐,小姐这壁坐,红娘将酒来。张生,你向前来,是自家亲眷,不要回避。俺今日将莺莺与你,到京师休辱没⑪了俺孩儿,挣揣⑫一个状元回来者。(末云)小生托夫人余荫⑬,凭着胸中之才,视得官如拾芥⑭耳。(洁⑮云)夫人主张不差,张生不是落后的人。(把酒了,坐)(旦长吁科)(唱)

【脱布衫】下西风黄叶纷飞,染寒烟衰草萋迷⑯。酒席上斜签着坐的⑰,蹙愁眉死临侵地⑱。

【小梁州】我见他阁泪汪汪不敢垂,恐怕人知。猛然见了把头低,长吁气,推整素罗衣。

【幺篇】虽然久后成佳配,奈时间⑲,怎不悲啼。意似痴,心如醉,昨宵今日,清减⑳了小腰围。

(夫人云)小姐把盏者!(红递酒了,旦把盏长吁科,云)请吃酒!(唱)

【上小楼】合欢未已,离愁相继。想着俺前暮私情,昨夜成亲,今日别离。我谂知㉑这几日相思滋味,却原来比别离情更增十倍。

【幺篇】年少呵轻远别,情薄呵易弃掷。全不想腿儿相压,脸儿相偎,手儿相携。你与俺崔相国做女婿,妻荣夫贵,但得个并头莲㉒,煞强如㉓状元及第。

(红云)姐姐不曾吃早饭,饮一口儿汤水。(旦云)红娘,什么汤水咽得下!(唱)

【满庭芳】供食太急,须臾对面,顷刻别离。若不是酒席间子母每当回避,有心待与他举案齐眉。虽然是厮守得一时半刻,也合著俺夫妻每共桌而食。眼底空留意㉔,寻思起就里㉕,险化做望夫石。

(夫人云)红娘把盏者!(红把酒科)(旦唱)

【快活三】将来的酒共食,尝著似土和泥;假若便是土和泥,也有些土气息,泥滋味。

【朝天子】暖溶溶玉醅㉖,白泠泠似水,多半是相思泪。眼面前茶饭怕不待要吃,恨塞满愁肠胃。"蜗角虚名,蝇头微利"㉗,拆鸳鸯在两下里。一个这壁,一个那壁,一递一声㉘长吁气。

(夫人云)辆起车儿㉙,俺先回去,小姐随后和红娘来。(下)(末辞洁科)(洁云)此一行别无话说,贫僧准备买登科录㉚看,做亲的茶饭少不得贫僧的。先生在意㉛,鞍马上保重者!"从今经忏无心礼㉜,专听春雷第一声㉝。"(下)(旦唱)

【四边静】霎时间杯盘狼藉,车儿投东,马儿向西。两意徘徊,落日山横翠。知他今宵宿在那里?有梦也难寻觅。

(旦云)张生,此一行得官不得官,疾早便回来。(末云)小生这一去,白夺一个状元。正是:"青霄有路终须到,金榜无名誓不归"。(旦云)君行别无所赠,口占一绝㉞,为君送行:"弃掷今何道㉟,当时且自亲。还将旧来意,怜取眼前人。"(末云)小姐之意差矣,张珙更敢怜谁?谨赓㊱一绝,以剖寸心㊲:"人生长远别,孰与最关亲?不遇知音者,谁怜长叹人?"(旦唱)

【耍孩儿】淋漓襟袖啼红泪㊳,比司马青衫更湿㊴。伯劳东去燕西飞㊵,未登程先问归期。虽然眼底人千里,且尽樽前酒一杯。未饮心先醉,眼中流血,心内成灰。

【五煞】到京师服水土,趁程途㊶节饮食,顺时自保揣身体㊷。荒村雨露宜眠早,野店风霜要起迟!鞍马秋风里,最难调护,最要扶持。

【四煞】这忧愁诉与谁？相思只自知,老天不管人憔悴。泪添九曲黄河溢⁴³,恨压三峰华岳低⁴⁴。到晚来闷把西楼倚,见了些夕阳古道,衰柳长堤。

【三煞】笑吟吟一处来,哭啼啼独自归。归家若到罗帏里,昨宵个绣衾香暖留春住,今夜个翠被生寒有梦知。留恋你应无计,见据鞍上马,阁不住⁴⁵泪眼愁眉。

(末云)有什么言语嘱咐小生咱？(旦唱)

【二煞】你休忧"文齐福不齐"⁴⁶,我则怕你"停妻再娶妻"⁴⁷。你休要"一春鱼雁⁴⁸无消息"！我这里青鸾⁴⁹有信频须寄,你却休"金榜无名誓不归"。此一节君须记:若见了那异乡花草⁵⁰,再休似此处栖迟⁵¹。

(末云)再谁似小姐？小生又生此念。小姐放心,小生就此拜辞。(旦唱)

【一煞】青山隔送行,疏林不做美,淡烟暮霭相遮蔽。夕阳古道无人语,禾黍秋风听马嘶。我为甚么懒上车儿内,来时甚急,去后何迟？

(红云)夫人去好一会,姐姐,咱家去！(旦唱)

【收尾】四围山色中,一鞭残照里,遍⁵²人间烦恼填胸臆,量这些大小车儿⁵³如何载得起？

(旦红下)(末云)仆童赶早行一程儿,早寻个宿处。泪随流水急,愁逐野云飞。(下)

①长(zhǎng)老:寺院里的住持和尚,这里指普救寺里的法本。　②十里长亭:原为建于路旁供人休息的亭舍,后来常成为人们送别的地方。　③上朝取应:赴京应试。　④"碧云天"二句:化用范仲淹《苏幕遮》"碧云天,黄叶地"句意。　⑤玉骢难系:形容难留离人远去。玉骢,青白两色的马。　⑥倩:请。　⑦迍(zhūn)迍:缓慢的样子。　⑧"却告了"二句:意思是刚刚摆脱了相思之苦,又开始了离别之愁。却,义同恰。破题儿,唐宋人作诗赋,常在开头几句点破题意,称为破题,因称事情的开始叫"破题儿"。　⑨靥(yè)儿:面颊上的酒窝,这里指在面颊上贴的妆饰物。　⑩索:须。恓恓惶惶:急迫、匆忙的样子,犹言及时。　⑪辱没:玷污,指未考中,身份地位与相国小姐不相配。　⑫挣揣:奋力争取。　⑬余荫:剩余的恩泽、福分,是一种客气的说法。托……余荫,犹今说"托您的福"。　⑭拾芥:形容毫不费力。芥,小草。　⑮洁:元代民间称和尚为洁郎,省称洁,这里指法本。　⑯"染萋烟"句:寒冷的烟雾笼罩着枯草,显得迷离凄凉。萋,通"凄"。　⑰斜签着坐的:斜侧着身子坐着的,这种坐法表示晚辈侍坐的一种礼节,这里指张生。　⑱死临侵地:形容表情呆滞。　⑲奈时间:无奈眼前这时候。　⑳清减:消瘦。　㉑谂(shěn)知:知悉,体会到。　㉒并头莲:即并蒂莲,比喻男女相爱,不能分离。　㉓煞强如:远远胜过。　㉔"眼底"句:只能从眼神传达情意。　㉕就里:就中,指心中的一片深情。　㉖煖:同"暖"。玉醅(pēi):美酒。　㉗"蜗角"二句:比喻追名逐利,这里指张生进京赴考,求取功名,原本微不足道。《庄子·则阳》:"有国于蜗之左角者,曰蛮

氏;国于蜗之右角者,曰触氏,争地而战,伏尸百万。"苏轼《满庭芳》词:"蜗角虚名,蝇头微利。" ㉘一递一声:你一声,我一声,接连不断地。 ㉙辆起车儿:套上车子。 ㉚登科录:科举考试被录取的人名册。 ㉛在意:留意,小心。 ㉜经忏:指佛经。礼:这里是诵习的意思。 ㉝春雷第一声:指考中状元的捷报。 ㉞口占一绝:随口吟出一首绝句。 ㉟"弃置今何道"四句:这四句诗原是元稹《莺莺传》中莺莺谢绝已婚的张生要求跟她会面时写的,借用在这里,以表现莺莺提醒张生中了状元后不要另爱他人。诗的大意是:当时表现得那么亲热,现在抛弃了我有什么好说的;你还是将你从前爱我的那份情意,去爱你眼前的新人吧。 ㊱赓(gēng):续作。 ㊲剖:表白。 ㊳红泪:伤心至极之泪。《拾遗记》:"以玉唾壶承泪,壶即红色。" ㊴司马青衫:唐代诗人白居易任江州司马时,一次听到船上的歌女弹琵琶诉说悲凉的身世,引起共鸣而流泪,他在长诗《琵琶行》中写道:"座中泣下谁最多,江州司马青衫湿。" ㊵"伯劳"句:伯劳,鸟名,善鸣。乐府诗《东飞伯劳歌》:"东飞伯劳西飞燕,黄姑织女时相见。"这里比喻情人离别。 ㊶趁程途:赶路程。 ㊷"顺时"句:顺应季节变化,好好保重身体。揣,揣度,估量。 ㊸"泪添"句:形容眼泪很多。黄河从积石山到龙门一段曲折极多,故有"九曲黄河"之称。 ㊹"恨压"句:形容愁恨极重。西岳华山有三座高峰:莲花峰、毛女峰、松桧峰。 ㊺阁不住:禁不住。 ㊻"文齐福不齐":当时成语,意思是很有文才运气却不好。 ㊼"停妻再娶妻":当时成语,意思是弃置前妻而另外再娶。 ㊽鱼雁:古时相传鱼和雁都能替人传书。 ㊾青鸾:神话传说中能传信的鸟。 ㊿花草:比喻女子。 ㈤栖迟:留恋、停息。这里指产生恋情。 ㈥遍:整个。 ㈦大小车儿:意即小车儿。 (这折戏写在老夫人的逼迫下张生进京赴考,莺莺、红娘和老夫人同到十里长亭送别。通过唱词,充分地表现莺莺在同张生分别时内心的痛苦和怨恨。戏剧冲突以人物内心独白的形式得到强化和发展。客观景物的描写烘托出一种凄凉的气氛,与人物内心的痛苦和谐地统一在一起。莺莺的唱词,在怨恨中表现出抗争的锋芒。她的反抗性格在这一折中有了进一步的发展,但仍然保持了她作为一个相国小姐的特点,既是大胆的,又是深沉含蓄的。对张生赴考,莺莺既盼望他成功,又担心他考中后在他乡见异思迁,内心充满了矛盾。本折的唱词具有抒情诗的特点,以景写情,情景交融,构成一种凄清哀婉的诗的意境,曲词精练优美,充满诗情画意。)

明　清

一、明代诗文

宋　濂

宋濂(1310—1381)，字景濂，号潜溪，浦江(今浙江浦江县)人。元至正时曾荐授翰林院编修，以奉养双亲，辞不赴。后隐居龙门山，闭门著书十余年。元至正二十年(1360)，被朱元璋征用，相佐平定天下。后总修《元史》，除翰林学士承旨，知制诰，兼修国史，朝廷礼文大政他都参与制作裁定，深得朱元璋赞赏，称他为"开国文臣之首"。宋濂长于散文，在元时曾从散文家吴莱、柳贯等人学习，在明初颇负文名。作品以人物传记成就较高。散文学习唐宋时的韩愈和欧阳修，文笔平易畅达。著有《宋学士文集》。

送东阳马生序①

余幼时即嗜学②，家贫无从致书③以观，每假借于藏书之家，手自笔录④，计日以还⑤。天大寒，砚冰坚，手指不可屈伸，弗之怠⑥。录毕，走⑦送之，不敢稍逾约。以是人多以书假余，余因得遍观群书。

既加冠⑧，益慕圣贤之道⑨，又患无硕师⑩、名人与游。尝趋⑪百里外，从乡之先达⑫，执经叩问⑬。先达德隆望尊⑭，门人弟子填⑮其室，未尝稍降辞色⑯。余立侍左右，援疑质理⑰，俯身倾耳以请。或遇其叱咄⑱，色愈恭，礼愈至⑲，不敢出一言以复⑳。俟其忻悦㉑，则又请焉。故余虽愚，卒㉒获有所闻。

当余之从师也，负箧曳屣㉓，行深山巨谷中。穷冬㉔烈风，大雪深数尺，足肤皲裂㉕而不知。至舍，四肢僵劲㉖不能动，媵人持汤沃灌㉗，以衾㉘拥覆，久而乃和。寓逆旅㉙，主人日再食㉚，无鲜肥滋味之享。同舍生皆被绮绣㉜，戴朱缨宝饰㉝之帽，腰白玉之环，左佩刀，右备容臭㉞，烨然㉟若神人。余则缊袍敝衣㊱处其间，略无慕艳㊲意；以中有足乐者㊳，不知口体之奉㊴不若人也。盖余之勤且艰若此。

今虽耄老㊵,未有所成,犹幸预㊶君子之列,而承天子之宠光㊷,缀㊸公卿之后,日侍坐备顾问㊹,四海亦谬称㊺其氏名;况才之过于余者乎?

今诸生学于太学㊻,县官日有廪稍之供㊼,父母岁有裘葛之遗㊽,无冻馁之患矣;坐大厦之下而诵诗书,无奔走之劳矣;有司业、博士㊾为之师,未有问而不告、求而不得者也;凡所宜有之书,皆集于此,不必若余之手录,假诸人而后见也。其业有不精,德有不成者,非天资之卑㊿,则心不若余之专耳,岂他人之过哉!

东阳马生君则,在太学已二年,流辈(51)甚称其贤。余朝京师(52),生以乡人之子谒(53)余,撰长书以为贽(54),辞甚畅达;与之论辨,言和而色夷(55)。自谓少时用心于学甚劳,是可谓善学者矣!其将归见其亲也,余故道为学之难以告之。谓余勉乡人以学者,余之志也;诋我夸际遇之盛(56)而骄乡人者,岂知予者哉!

①东阳:今浙江省东阳。马生:名君则。生是对年轻读书人的称呼。序:古代文体之一种,分书序和赠序,这是一篇赠序。 ②嗜学:好学。 ③致书:得到书,这里是买书的意思。 ④手自笔录:亲手抄录。 ⑤计日以还:约定日期归还。 ⑥弗之怠:对抄书这件事一点也不懈怠。 ⑦走:原意是跑,这里是赶快的意思。 ⑧加冠:男子成年。古代男子二十岁行加冠礼,表示已经成年。 ⑨圣贤之道:指儒家的孔孟之道,这是封建时代读书人最重要的学习内容。 ⑩硕师:学问渊博而有名望的老师。 ⑪趋:奔走。 ⑫乡:同乡。先达:学问通达的前辈。 ⑬执经叩问:拿着经书请教。 ⑭德隆望尊:品德崇高,名望很大。 ⑮填:充满。 ⑯稍降辞色:言辞表情变得稍微温和亲切些。 ⑰援疑质理:提出疑问,询问道理。 ⑱叱咄(chì duō):呵斥。 ⑲至:周到。 ⑳复:回答。 ㉑俟(sì):等待。忻:同“欣”。 ㉒卒:最后,终于。 ㉓负箧(qiè)曳屣(yè xǐ):背着书箱,拖着鞋。 ㉔穷冬:深冬。 ㉕皲(jūn)裂:皮肤因天气寒冷干燥而开裂。 ㉖舍:旅店。 ㉗僵劲:僵硬麻木。 ㉘媵(yìng)人:原意为随嫁的婢女,这里指旅店中的仆役。汤:热水。沃灌:浇洗。 ㉙衾(qīn):被子。 ㉚逆旅:旅店。 ㉛日再食(sì):(主人)每天给两顿饭吃。 ㉜被绮(qǐ)绣:穿着丝绸绣花的衣服。 ㉝朱缨宝饰之帽:有红色穗子和用宝石装饰的帽子。 ㉞容臭(xiù):香囊。臭是气味的意思。 ㉟烨(yè)然:光彩夺目的样子。 ㊱缊(yùn)袍:旧絮棉袍。敝衣:破旧衣服。 ㊲慕艳:羡慕。 ㊳以中有足乐者:因为心中有足以感到快乐的事。 ㊴口体之奉:吃穿方面的享用。 ㊵耄(mào)老:年老。《礼记·曲礼上》:“八十九十曰耄”。 ㊶幸预:很幸运地能列入。 ㊷承天子之宠光:受到皇帝给予的信任和荣誉。 ㊸缀:连缀,引申为追随。 ㊹日侍坐备顾问:每日侍奉在皇帝身旁,以备皇帝的询问。 ㊺谬称:不该称而称。这是作者自谦的说法。 ㊻诸生:这里指太学生。太学:即国子

监,明代设于京城的最高学府。 ㊼县官:这里指朝廷或皇帝。廪(lǐn)稍:官府供给的粮食。 ㊽裘:皮衣。葛:夏天穿的葛布衣。遗(wèi):给予。 ㊾司业、博士:太学里的学官和导师。 ㊿卑:低下。 (51)流辈:同辈。 (52)朝京师:这里指宋濂退休后到京师去朝见皇帝。 (53)谒(yè):拜见辈分或地位比自己高的人。 (54)譔:同“撰”,写作。长书:长信。贽:见面礼。 (55)夷:平和。 (56)诋(dǐ):攻击,毁谤。夸际遇之盛:向人夸耀自己好的遭遇(指得到皇帝的信任而地位很高)。 (这篇文章是作者写给他的同乡后辈太学生马君则的一篇赠序。作者以他亲身的实践和体会告诉马生:学习必须勤奋刻苦,专心致志,不辞辛劳,才能取得好的成绩。作者态度平易近人,文笔质朴生动,读来使人感到十分亲切,富于启发意义。)

刘 基

刘基(1311—1375),字伯温,处州青田(今浙江青田)人。元元统元年(1333)进士,曾任江西高安县丞、江浙儒学副提举。因与当权者不合,愤而弃官归田里,隐居于青田山中。明初为朱元璋征用,为开国功臣,曾任太史令、御史中丞、弘文馆学士等职,封诚意伯。他诗文兼长,散文“气昌而奇”,以揭露性的寓言故事和杂文较有影响,诗风质朴雄健。著有《诚意伯文集》二十卷。

田 家①

田家无所求,所求在衣食。丈夫事耕稼②,妇女攻纺绩③。侵晨荷锄出,暮夜不遑息④。饱暖匪⑤天降,赖尔筋与力。租税所从来⑥,官府宜爱惜。如何恣刻剥⑦,渗漉尽涓滴⑧?怪当休明时⑨,狼藉⑩多盗贼。岂无仁义矛⑪,可以弭锋镝⑫?安得廉循吏⑬,与国共欣戚⑭?清心罢苞苴⑮,养民瘳国脉⑯。

①这首诗约作于元顺帝至正十五年(1355)左右。 ②事耕稼:从事农业生产。③攻纺绩:从事纺线绩麻的劳动。 ④不遑(huáng)息:无暇休息。 ⑤匪:同“非”。⑥所从来:由此而来。 ⑦恣刻剥:恣意地进行剥削。 ⑧渗漉(lù):将水进行过滤。涓滴:细小的水点。这句形容对农民的剥削,滴水不留,十分严酷。 ⑨休明时:政治清明的时期。 ⑩狼藉:这里形容社会动荡不安。 ⑪仁义矛:以仁义作为平息百姓叛乱的武器。这里反映的是作者仁政德治的思想。 ⑫弭(mǐ):平息。锋镝:战争,这里指农民起义。 ⑬廉循吏:清廉正直的官吏。 ⑭欣戚:喜忧。 ⑮苞苴(jū):馈赠的礼

物,引申为贿赂。 ⑯瘳(chōu)国脉:恢复国家的气脉。瘳:病愈。 (这首诗尖锐地揭出了统治阶级对人民残酷剥削的事实,并提出了缓和阶级矛盾的方法,表现了作者对人民的同情,也反映了他的德治仁政的思想。在元末农民大起义的时期是具有现实意义的。)

卖柑者言①

杭②有卖果者,善藏柑,涉寒暑不溃③,出之烨然④,玉质而金色。置于市,贾⑤十倍,人争鬻⑥之。

予贸⑦得其一,剖之,如有烟扑口鼻,视其中,则干若败絮⑧。予怪而问之曰:"若所市于人者,将以实笾⑨、豆、奉祭祀、供宾客乎? 将炫外以惑愚瞽乎⑩? 甚矣哉,为欺也!"

卖者笑曰:"吾业是有年矣⑪,吾赖是以食吾躯⑫。吾售之,人取之,未尝有言,而独不足子所乎⑬? 世之为欺者不寡矣,而独我也乎? 吾子未之思也。今夫佩虎符、坐皋比者⑭,洸洸乎干城之具也⑮,果能授孙吴之略耶⑯? 峨大冠、拖长绅者⑰,昂昂乎庙堂之器也⑱,果能建伊皋之业耶⑲? 盗起而不知御,民困而不知救,吏奸而不知禁,法斁⑳而不知理,坐糜廪粟㉑而不知耻,观其坐高堂、骑大马、醉醇醲而饫肥鲜者㉒,孰不巍巍乎可畏,赫赫乎可象也㉓? 又何往而不㉔金玉其外,败絮其中也哉! 今子是之不察㉕,而以察吾柑!"

予默然无以应。退而思其言,类东方生滑稽之流㉖。岂其愤世疾邪者㉗耶? 而托于柑以讽㉘耶?

①言:谈话。 ②杭:今浙江杭州市。 ③涉:经历。溃:腐烂。 ④烨(yè)然:鲜亮夺目的样子。 ⑤贾:同"价"。 ⑥鬻(yù):卖,这里是买的意思。 ⑦贸:购买。 ⑧败絮:破棉絮。 ⑨实:盛放,装满。笾(biān):竹编的食器。豆:木制的食器。 ⑩炫(xuàn):炫耀。惑:欺骗。瞽:盲人。 ⑪业是:以此为职业,做这个买卖。有年:已有许多年。 ⑫食(sì)吾躯:养活自己的躯体,即维持生活。 ⑬而独不足子所:却唯有不能使你满意。足,满足。子所:你那里。 ⑭虎符:刻成虎形的兵符,是古代武将用以调动军队的凭据。 皋比(gāo pí):虎皮,指将军的虎皮座椅。 ⑮洸(guāng)洸乎:威武的样子。干城之具:抵御外敌、保卫祖国的人才。 ⑯孙:孙武、孙膑;吴:吴起。孙吴是春秋战国时著名的军事家。略:谋略,兵法。 ⑰峨:高,这里作动词用,意思是高高地戴着。绅:腰带。 ⑱昂昂乎:高傲的样子。庙堂之器:指朝廷重臣。 ⑲伊皋:伊尹和皋陶(yáo),他们分别是商汤和虞舜时的贤臣。 ⑳斁(dù):败坏。 ㉑坐:徒,白

白地。 糜:消耗。廪粟:国家发给的粮食。 ㉒醇醲(chún nóng):美酒。饫(yù):饱食。肥鲜:鲜美的鱼肉。 ㉓巍巍乎:高大的样子。赫赫乎:显赫的样子。象:效法。 ㉔何往而不:到哪儿不是。 ㉕是:这,代指上文提到的"金玉其外,败絮其中"的大人物。察:考察,认识。 ㉖类:象,类似。东方生:东方朔,字曼倩,汉武帝时人,以滑稽幽默著称。 ㉗愤世疾邪者:对社会怀着愤慨、对坏人充满痛恨的人。 ㉘托于柑以讽:假借柑来表达对社会的讽刺。 (这是一篇寓言体的讽刺小品。借卖柑人的话,揭露了封建社会里那些文臣武将"金玉其外,败絮其中"的骗人本质。文章短小精悍,犀利泼辣,观点鲜明而又发人深思,具有杂文的艺术风格。)

高 启

高启(1336—1374),字季迪,号槎轩,长洲(今江苏苏州)人。元末张士诚据吴,他住外家吴淞江畔的青丘,因自号青丘子。明初,朱元璋召他修《元史》,授翰林院编修。后朱元璋要提拔他任户部右侍郎,他固辞不赴,因遭忌恨。退隐青丘后,以教书治田为生。后朱元璋因怀疑他作诗有所讽刺,借苏州知府魏观一案,将他腰斩于南京。高启在明初被称为"海内诗宗",其诗雄健有力,颇富才情。学诗兼采众家之长,避免了褊狭之病,但从汉魏一直模拟到宋人,对前后七子的复古主义产生了一定的影响。述志感怀之作,风格雄劲奔放,近于李白。反映现实、同情人民的作品,写得质朴真切,富有生活气息。著有《高太史大全集》。

登金陵雨花台望大江①

大江来从万山中,山势尽与江流东②。钟山如龙独西上③,欲破巨浪乘长风④。江山相雄⑤不相让,形胜争夸天下壮。秦皇空此瘗黄金⑥,佳气葱葱至今王⑦。我怀郁塞⑧何由开?酒酣走上城南台⑨。坐⑩觉苍茫万古意,远自荒烟落日之中来。石头城⑪下涛声怒,武骑千群⑫谁敢渡?黄旗入洛竟何祥⑬,铁锁横江未为固⑭。前三国⑮,后六朝⑯,草生宫阙何萧萧⑰!英雄乘时务割据⑱,几度战血流寒潮。我今幸逢圣人起南国⑳,祸乱㉑初平事休息。从今四海永为家㉒,不用长江限南北。

①这首诗作于明太祖洪武二年(1369),时作者在金陵修《元史》。金陵:今江苏南

京市。雨花台：在南京中华门外。大江：长江。 ②"山势"句：指万山的形势与长江的流向相同，都是由西而东。 ③钟山：即紫金山，在南京市东。独西上：指钟山的山势与众山不同，是由东向西而上升。 ④"欲破"句：比喻钟山如游龙的气势。 ⑤相雄：互相争雄。 ⑥"秦皇"句：相传秦始皇时有个望气的人说："金陵有天子气"。秦始皇怕有人跟他争天下，便在钟山埋下金玉杂宝，并开凿秦淮河，加以镇压、破坏。空此：白白地这样做，即目的并未达到。瘗(yì)：埋藏。 ⑦"佳气"句：指明代当时建都金陵，说明"天子之气"并未压住，至今犹盛。葱葱：茂盛的样子。王(wàng)：同"旺"，旺盛。 ⑧郁塞：心中郁闷而无处言说。 ⑨城南台：因雨花台在南京城南，故又称城南台。 ⑩坐：因而。 ⑪石头城：古城名，故址在今南京清凉山。 ⑫武骑(jì)千群：犹言千军万马。 ⑬"黄旗"句：三国时，吴主孙皓因迷信"黄旗紫盖见于东南"的谣言，便携带王室官女数千人到洛阳去当天子，"以顺天命"，结果途中阻雪，军心不稳，被迫返回。祥：祸福吉凶的征兆。 ⑭"铁锁"句：晋太康元年（280），西晋大将王濬率水军攻吴。吴军用铁缆、铁锥封锁长江，结果仍被王濬攻破，孙皓投降，吴亡。 ⑮前三国：指曹魏、蜀汉、东吴三国。 ⑯后六朝：指先后建都于建康（即南京）的东吴、东晋、宋、齐、梁、陈六朝。 ⑰草生宫阙：指历史上的那些王朝早已覆亡，当日的宫殿已是杂草丛生。萧萧：荒凉貌。 ⑱"英雄"句：指六朝开国的英雄们初来金陵建都时无不致力于割据。务：追求。 ⑲"几度"句：谓追求割据的英雄们最后都归于失败，几度战血，尽付空流。 ⑳圣人：指明太祖朱元璋。起南国：指朱元璋起事于安徽凤阳。 ㉑祸乱：指元末的战乱。 ㉒四海永为家：指全国统一。 （这首诗写作者登上金陵雨花台时的所见所感，描绘了江山争雄的壮丽景色和长江的险要形势，回顾历史，俯仰古今，归结到歌颂朱元璋统一全国上。即景抒怀，感慨极深；风格雄劲，气势磅礴。）

归有光

归有光（1506—1571），字熙甫，号震川，昆山（今江苏昆山）人。九岁即能属文。嘉靖十九年（1540）考中举人，其后功名极不顺利，二十余年会试不第。于是退居嘉定（今属上海市）安亭江上，读书论道，讲学著文二十余年。六十岁时始中进士，先后任长兴知县、顺德府通判、南京太仆寺丞等职。他生活于前后七子之间，与王慎中、茅坤、唐顺之等人相率反对拟古，崇尚唐宋古文，提出变秦汉为欧、曾，力矫时弊，史称"唐宋派"。归有光是"唐宋派"散文家中创作成就最高的作家。他主张作文要写出真实的感情。他的散文长于细节描写，有真情实感，风格平易自然，淡远清新，但题材狭窄，多以家庭琐事为内容。著有《震川先生集》。

项脊轩志①

项脊轩,旧南阁子也。室仅方丈②,可容一人居。百年老屋,尘泥渗漉③,雨泽④下注;每移案⑤,顾视无可置者。又北向⑥,不能得日,日过午已昏。余稍为修葺⑦,使不上漏;前辟四窗,垣墙周庭⑧,以当南日,日影反照,室始洞然⑨。又杂植兰桂竹木于庭,旧时栏楯⑩,亦遂增胜⑪。借书满架,偃仰⑫啸歌,冥然兀坐⑬,万籁⑭有声。而庭阶寂寂,小鸟时来啄食,人至不去。三五⑮之夜,明月半墙,桂影斑驳⑯,风移影动,珊珊⑰可爱。

然余居于此,多可喜,亦多可悲。先是,庭中通南北为一。迨诸父异爨⑱,内外多置小门墙,往往而是⑲。东犬西吠,客逾庖而宴⑳,鸡栖于厅。庭中始为篱,已㉑为墙,凡再变㉒矣。

家有老妪㉓,尝居于此。妪,先大母㉔婢也,乳二世㉕,先妣抚之甚厚㉖。室西连于中闺㉗,先妣尝一至。妪每谓余曰:"某所而母立于兹㉘。"妪又曰:"汝姊在吾怀,呱呱㉙而泣,娘以指扣门扉曰:'儿寒乎?欲食乎?'吾从板外相为应答。"语未毕,余泣,妪亦泣。余自束发㉚,读书轩中。一日,大母过㉛余曰:"吾儿,久不见若㉜影,何竟日㉝默默在此,大类女郎也?"比去㉞,以手阖门㉟,自语曰:"吾家读书久不效㊱。儿之成,则可待乎?"顷之,持一象笏㊲至,曰:"此吾祖太常公宣德间执此以朝㊳。他日汝当用之。"瞻顾遗迹,如在昨日,令人长号不自禁。

轩东,故㊴尝为厨,人往,从轩前过。余扃牖㊵而居,久之,能以足音辨人。轩凡四遭火,得不焚,殆㊶有神护者。

项脊生㊷曰:蜀清守丹穴,利甲天下,其后秦皇帝筑女怀清台㊸;刘玄德与曹操争天下,诸葛孔明起陇中㊹。方二人之昧昧于一隅㊺也,世何足以知之?余区区㊻处败屋中,方扬眉瞬目㊼,谓有奇景;人知之者,其谓与坎井之蛙㊽何异?

余既为此志㊾,后五年,吾妻来归㊿。时㉛至轩中,从余问古事,或凭几学书㉜。吾妻归宁㉝,述诸小妹语曰:"闻姊家有阁子,且何谓阁子也?"其后六年,吾妻死,室坏不修。其后二年,余久卧病无聊,乃使人复葺南阁子,其制㉞稍异于前。然自后余多在外,不常居。

庭有枇杷树,吾妻死之年所手植也,今已亭亭如盖㉟矣。

①项脊轩:归有光书斋的名字。关于它的取意,一种说法是:作者的远祖宋代的归

道隆曾居住在太仓(今江苏太仓)之项脊泾,作者以此名轩,是为了纪念远祖。另一种说法是:形容书斋的窄小。志:记,这里指一种记叙性散文文体。　②方丈:一丈见方,形容屋子狭小。　③渗漉(shèn lù):渗漏。　④雨泽:雨水。　⑤案:桌子。　⑥北向:坐南朝北。　⑦修葺(qì):修理房屋。　⑧垣(yuán)墙周庭:修一圈矮墙把庭院围绕起来。　⑨洞然:明亮的样子。　⑩栏楯(shǔn):栏杆。楯是栏杆上的横木。　⑪增胜:增添美色。胜,美景。　⑫偃(yǎn)仰:俯仰。　⑬冥然:静思沉思的样子。兀(wù)坐:端坐。　⑭万籁(lài):大自然发出的各种声音。这句是形容环境非常安静,连各种声音都可以听到。　⑮三五:阴历每月十五日。　⑯斑驳:形容树影零乱错落。　⑰珊珊:轻柔缓慢的样子。　⑱迨(dài):等到。诸父:叔父、伯父。异爨(cuàn):分家单过。爨:烧火做饭。　⑲往往而是:到处都是这样。　⑳逾(yú)庖而宴:指这一家的客人要穿过另一家的厨房去就餐。庖,厨房。　㉑已:已而,后来。　㉒凡再变:一共变异了两次。　㉓老妪(yù):老妇人。　㉔先大母:对已经去世的祖母的称呼。　㉕乳二世:奶过两代孩子。　㉖先妣(bǐ):对已经去世的母亲的称呼。抚:照顾,优待。　㉗中闺:内室。　㉘而:通"尔",你。兹:此,这里。　㉙呱(gū)呱:小儿哭声。　㉚束发:古代男孩到了成童之年(说法不一,有说八岁以上,有说十五岁,有说十五岁以上),把头发盘到头上作髻。　㉛过:访,这里是探视的意思。　㉜若:通"汝",你。　㉝竟日:整天。　㉞比(bǐ)去:等到离开的时候。　㉟阖(hé)门:关门。　㊱不效:没有成效,指没有考中做官。　㊲笏(hù):古代大臣上朝时所持的手板,可以记事备忘。明代四品以上的大官用象牙制的笏。　㊳太常公:指作者祖母的祖父夏昶(chǎng),字仲昭,昆山(今江苏昆山)人,永乐年间进士,以擅长书法得到明成祖朱棣的赏识,官至太常寺卿。宣德:明宣宗朱瞻基年号(1426—1435)。　㊴故:过去。　㊵扃牖(jiōng yǒu):关着窗户。　㊶殆:大概,也许。　㊷项脊生:作者自称。　㊸"蜀清守丹穴"三句:《史记·货殖列传》载:秦时蜀的巴邑有个名叫清的寡妇,她的先人经营丹砂矿致富,而清"能守其业,用财自卫,不见侵犯",后来秦始皇把她看作贞妇,筑"女怀清台"来尊崇她。丹穴:出产丹砂的矿穴。利甲天下:获利为天下第一。　㊹"刘玄德"二句:《三国志·蜀书·诸葛亮传》载:诸葛亮,字孔明,汉末大乱时,他退居家乡南阳邓州的隆中,躬耕陇亩。刘备与曹操争天下,屯扎在新野时,曾三顾茅庐请他出山。后来诸葛亮辅佐刘备创建了蜀汉王朝。刘玄德:刘备,字玄德。陇中:陇亩之中,即田野之中。　㊺方:当。昧昧:本意是昏暗,引申为默默无闻,不为人所知。隅(yú):角落。　㊻区区:这里是渺小不足道的意思。　㊼扬眉瞬目:得意的样子。瞬目:眨眼。　㊽坎井之蛙:浅井之蛙,比喻见闻浅陋的人。　㊾此志:即这篇《项脊轩志》。以下文字为后来所作。　㊿来归:出嫁。　51时:经常。　52凭几学书:伏在案旁学习写字。　53归宁:古时妇女出嫁后回娘家看父母。　54制:体制,规模。　55亭亭如盖:形容树木高大挺立的样子。盖,车盖,伞。形容枇杷树枝叶繁茂。　(这是一篇记叙性的抒情散文。作者通过对他青少年时读书的书斋项脊轩变迁的记叙,写出了他家庭的种种变异和身世遭遇的不幸,抒写了他的希望和梦想,喜悦与悲哀。篇中充满了封建知识分子的生活情趣和浓重的感伤情调。文章借轩写人,借轩抒情,以项脊轩绾合全篇,自由挥洒而又十分紧凑,在艺术构思上很有特色。)

寒花葬志①

婢,魏孺人媵②也。嘉靖丁酉③五月四日死,葬虚丘。事我而不卒④,命也夫!

婢初媵⑤时,年十岁,垂双鬟,曳深绿布裳⑥。一日,天寒,爇火者荸荠熟⑦,婢削之盈瓯⑧。予入自外,取食之;婢持去,不与。魏孺人笑之。孺人每令婢倚几旁饭⑨,即饭,目眶冉冉动⑩。孺人又指予以为笑,回思是时,奄忽⑪便已十年。吁!可悲也已!

①寒花:篇中所写婢女的名字。志:墓志。 ②魏孺人:指作者的妻子,姓魏。明清时期官员的妻子七品以下者封孺人。媵(yìng):陪嫁的婢女。 ③嘉靖丁酉:明世宗朱厚熜嘉靖十六年(1537)。 ④卒:终,到头。 ⑤初媵:刚陪嫁来时。媵字在这里作动词用。 ⑥曳(yè):拖着。布裳:布裙。 ⑦爇(ruò)火:烧火。荸荠:即荸荠。 ⑧瓯(ōu):瓦盆。 ⑨饭:吃饭。 ⑩冉冉动:形容忽闪忽闪地转动的目光。 ⑪奄(yǎn)忽:很快地。 (这篇文章以精练的笔墨,通过几个有典型意义的细节,就栩栩如生地刻画出一个天真可爱的婢女形象。平淡自然,却含蓄而富有情致。)

宗 臣

宗臣(1525—1560),字子相,号方城山人,兴化(今江苏兴化)人。嘉靖二十九年(1550)进士,历任刑部主事、吏部员外郎、福州布政使司左参议、提学副使等职。为人刚正不阿,不趋附权贵,因此得罪权奸严嵩。在福建任上抵御倭寇立功。文学上主张复古,是"后七子"之一。创作上散文较诗歌成就为高。著有《宗子相集》。

报刘一丈书①

数千里外,得长者时赐一书,以慰长想,即亦②甚幸矣;何至更辱馈遗③,则不才④益将何以报焉!书中情意甚殷⑤,即⑥长者之不忘老父,知老父之念长者深也。

至以"上下相孚⑦,才德称位"语不才⑧,则不才有深感焉。夫才德不称,固自知之矣;至于不孚之病⑨,则尤不才为甚。

且今世之所谓孚者何哉?日夕策马⑩,候权者⑪之门。门者故不入⑫,则甘言媚词⑬,作妇人状,袖金以私⑭之。即门者持刺入⑮,而主者又不即出见。立厩中仆马之间⑯,恶气袭衣袖,即⑰饥寒毒热不可忍,不去也。抵暮,则前所受赠金者出,报客曰:"相公⑱倦,谢客矣;客请明日来。"即明日,又不敢不来。夜披衣坐,闻鸡鸣,即起盥栉⑲,走马抵门。门者怒曰:"为谁?"则曰:"昨日之客来。"则又怒曰:"何客⑳之勤也?岂有相公此时出见客乎?"客心耻之㉑,强忍而与言曰:"亡㉒奈何矣,姑容㉓我入。"门者又得所赠金,则起而入之,又立向所立厩中。幸主者出,南面㉔召见,则惊走匍匐㉕阶下。主者曰:"进。"则再拜,故迟不起,起则上所上寿金㉖。主者故不受,则固㉗请;主者故固不受,则又固请;然后命吏内㉘之,则又再拜,又故迟不起,起则五六揖㉙始出。出,揖门者曰:"官人幸顾我㉚,他日来,幸亡阻我也。"门者答揖。大喜,奔出。马上遇所交识,即扬鞭语曰:"适㉛自相公家来,相公厚我㉜!厚我!"且虚言状㉝。即所交识,亦心畏㉞相公厚之矣。相公又稍稍㉟语人曰:"某也贤,某也贤。"闻者亦心计交赞之㊱。此世所谓上下相孚也,长者谓仆㊲能之乎?

前所谓权门者,自岁时伏腊一刺㊳之外,即经年不往也。间㊴道经其门,则亦掩耳闭目,跃马疾走过之,若有所追逐者。斯则仆之褊衷㊵,以此常不见悦于长吏㊶。仆则愈益不顾也,每大言㊷曰:"人生有命,彼将奈我何矣!"长者闻此,得无厌其为迂㊸乎?

乡园多故㊹,不能不动客子㊺之愁。至于长者之抱才而困㊻,则又令我怆然㊼有感。天之与先生者甚厚㊽,亡论㊾长者不欲轻弃之,即天意亦不欲长者之轻弃之也,幸宁心㊿哉!

①这篇文章约作于明世宗嘉靖三十四年(1555)至三十六年(1557)之间,时作者任吏部郎官。报:答,复。刘一丈:字墀石,是作者父亲的朋友,为同乡先辈,时闲居在家,与作者常有书信来往。丈,对长辈的敬称。一,排行居长。　②即亦:也就。　③辱:谦辞。馈遗(kuì wèi):赠送礼物。　④不才:对自己的谦称,犹言"不肖"。　⑤殷:殷切,深厚。　⑥即:依照,由……看来。　⑦"上下相孚":上下级互相信任,实际上指取信于上级。　⑧"才德称(chèn)位":才能和品德都跟所居的职位相称。语(yù):告知,这里有劝诫之意。　⑨不孚之病:不能取得上级信任的缺点。　⑩策马:赶着马。策:马鞭,这里作动词用。　⑪权者:有权势的人。　⑫门者:守门的人。故不入:有意刁难,不让

进门。⑬甘言媚词：讨好人的甜言蜜语。⑭私：这里是贿赂的意思。⑮即：及，至。刺：名片。⑯厩(jiù)：马圈。仆马：驾车的马。⑰即：即使。⑱相公：宰相的别称。这里影射当权的严嵩。⑲盥栉(guàn zhì)：指晨起洗脸梳头。⑳客：这里作动词，是作客、访问的意思。㉑心耻之：内心里为此事感到羞耻，而脸上却没有表现出来。㉒亡：同"无"。㉓容：允许。㉔南面：古代以面南而坐为尊位，这里表现主者的傲慢无礼。㉕匍匐：伏地而行。㉖寿金：礼金。㉗固：坚持。㉘内：同"纳"，收下。㉙揖(yī)：作揖，古人的一种行礼方式，抱拳高拱。㉚官人：对做大官的人的称呼，这里指相公。幸：希望。顾：照顾。㉛适：刚才。㉜厚我：待我很优厚，即很器重我。㉝虚言状：编造谎言称说相公厚待他的情状。㉞畏：敬畏。㉟稍稍：指不经意，顺便。㊱心计：内心盘算、考虑。交赞：交口称赞。㊲仆：作者对自己的谦称。㊳岁时伏腊：伏指伏日，在农历六月；腊指腊日，在农历十二月。伏日和腊日是古代进行祭祀的两个重大节日，这里泛指逢年过节需要进行礼节性交往的日子。一刺：送一张名片，即作一次礼节性拜访。㊴间(jiàn)：偶然。㊵褊(biǎn)衷：狭小的心胸，实指正直，有骨气。㊶长(zhǎng)吏：长官，上级。㊷大言：斗胆地扬言。㊸得无：恐怕，也许。厌：不喜欢。迂：迂腐，固执而不通人情。㊹乡园：家乡。故：事故，这里指沿海倭寇入侵之事。㊺客子：作者自指。因当时作者在北京，刘一丈在兴化。㊻抱才而困：怀才不遇，身处困境。㊼怆(chuàng)然：悲伤的样子。㊽厚：丰厚，指德才。㊾亡论：且不说。㊿宁心：安心。（这封书信实际上是一篇笔锋犀利的讽刺性杂文。作者以夸张的漫画化的手法，栩栩如生地刻画了权贵、奔走于权贵之门的阿谀逢迎者和权贵的走狗三种人的丑恶形象，寥寥数笔，他们的心理神态并皆跃然纸上，无可遁形。与这三种人相对立的，是藐视权贵、不事逢迎、刚正不阿、正气凛然的作者的自我形象。在正与邪、美与丑的鲜明比照中，传达了作者强烈的爱憎感情。）

袁宏道

袁宏道(1568—1610)，字中郎，号石公，公安(今湖北公安县)人。万历二十年(1592)进士，多次做官又多次辞退。先后任过吴县县令、顺天教授、礼部仪制司主事、仪曹主事、考功员外郎、稽勋郎中等职，晚年定居沙市(今湖北沙市)。他与兄袁宗道、弟袁中道并称公安派的"三袁"，"三袁"中以他文学成就最高。他猛烈抨击前后七子的复古主义，提出文随时变，一个时代有一个时代的文学，并倡导"独抒性灵，不拘格套"。诗文均有创作，以散文成就为高。他的散文题材广泛，无论记事、写景、写人，都写得清新自然，具有抒情特色。著有《袁中郎全集》。

满井游记①

　　燕②地寒,花朝节③后,余寒犹厉④,冻风时作⑤,作则飞沙走砾⑥。局促⑦一室之内,欲出不得。每冒风驰行⑧,未百步辄返。

　　廿二日,天稍和⑨,偕数友出东直⑩,至满井。高柳夹堤,土膏微润⑪,一望空阔,若脱笼之鹄⑫。于时冰皮⑬始解,波色乍明,鳞浪⑭层层,清澈见底,晶晶然⑮如镜之新开,而冷光之乍出于匣⑯也。山峦为晴雪⑰所洗,娟然如拭⑱,鲜妍明媚,如倩女之靧面⑲,而髻鬟之始掠⑳也。柳条将舒未舒,柔梢披风㉑。麦田浅鬣㉒寸许。游人虽未盛,泉而茗者㉓,罍㉔而歌者,红装而蹇㉕者,亦时时有。风力虽尚劲㉖,然徒步则汗出浃㉗背。凡曝沙㉘之鸟,呷浪之鳞㉙,悠然自得,毛羽鳞鬣㉚之间,皆有喜气。始知郊田之外,未始㉛无春,而城居者未之知也。

　　夫能不以游堕事㉜,而潇然㉝于山石草木之间者,惟此官㉞也。而此地适㉟与余近,余之游将自此始,恶能无纪㊱?己亥㊲之二月也。

①这篇文章作于明神宗万历二十七年(1599)。满井:地名,在北京东北郊。　②燕(yān):古国名,在今河北省北部一带。今北京旧属燕地,所以这里以燕指代北京。　③花朝节:旧时以农历二月初二日为百花的生日,称为花朝节。　④厉:厉害。　⑤冻风时作:不时刮起寒风。　⑥砾(lì):小石子。　⑦局促:形容屋子狭小。这里作动用,是范围于、拘禁于的意思。　⑧驰行:快走。　⑨和:温暖。　⑩东直:即东直门,北京内城东北面的一个城门。　⑪土膏:肥沃的土地。润:湿润。　⑫若脱笼之鹄(hú):像是放出笼子可以自由飞翔的鸟,这是形容到郊外时的舒畅心情。鹄,水鸟,即天鹅。　⑬冰皮:水面上的浮冰。　⑭鳞浪:像鱼鳞一样细微的水波。　⑮晶晶然:明亮的样子。　⑯匣:承上句比喻,指镜匣。　⑰晴雪:在阳光照耀下融化的雪。　⑱娟然:秀丽的样子。拭:擦拭。　⑲倩(qiàn)女:美丽的少女。靧(huì)面:洗脸。　⑳髻(jì)鬟:环形的发髻。掠:梳拢。　㉑披风:在风中披散。　㉒浅鬣(liè):兽类颈上短短的鬃毛。这里用以形容很低的麦苗。　㉓泉而茗者:汲泉水而煮茶的人。　㉔罍(léi):古代的一种酒器,这里作动词用,指举杯饮酒。　㉕红装:指妇女。蹇(jiǎn):驴,这里是骑驴的意思。　㉖劲:有力。　㉗浃(jiā):湿透。　㉘曝沙:在沙滩上晒太阳。　㉙呷(xiā)浪之鳞:在水波中吞吐嬉戏的鱼。　㉚毛羽:指鸟类的羽毛。鳞鬣:指鱼的鳞和鳍。　㉛未始:未尝,未必。　㉜不以游堕事:不因为游赏风景而耽误正事。　㉝潇然:自由无拘的样子。　㉞此官:作者自指。时作者在北京任顺天府儒学教授,是个闲职。　㉟适:恰好。　㊱恶(wù)能:怎么能。纪:同"记",指作文记述。　㊲己亥:明神宗万历二十七年。

(这篇游记以明畅清新的笔调,写出了北京郊外初春时节的喜人景色,并传达出作者自由舒展的心情,而文末又于欣喜中隐约地透露出对身居闲职的不满。)

张 岱

张岱(1597—1689?),字宗子,一字石公,别号陶庵,山阴(今浙江绍兴)人。他原是一个大家子弟,一直过着富贵豪华的生活。他生性孤傲,一生不仕。明亡后,隐居四明山中,放情山水,读书著文。文学主张接近公安和竟陵派,反对复古主义,提倡抒写真性情。由于他由明入清,经历了社会动乱、历史的转折,散文创作的内容比"三袁"有所扩大,晚年著作中充满国破家亡之感。他是晚明小品文的代表作家,散文多短小精悍,流丽清新,语言平易流畅,富于诗情画意。著有《琅嬛文集》和《陶庵梦忆》、《西湖梦寻》。

西湖七月半①

西湖七月半,一无可看,只可看看七月半之人。看七月半之人,以五类看之。其一,楼船箫鼓②,峨冠③盛筵,灯火优傒④,声光相乱,名为看月而实不见月者,看之。其一,亦船亦楼,名娃闺秀,携及童娈⑤,笑啼杂之,还坐露台⑥,左右盼望,身在月下而实不看月者,看之。其一,亦船亦声歌,名妓闲僧⑦,浅斟低唱,弱管轻丝⑧,竹肉相发⑨,亦在月下,亦看月而欲人看其看月者,看之。其一,不舟不车,不衫不帻⑩,酒醉饭饱,呼群三五,跻⑪入人丛,昭庆、断桥⑫,嘄呼⑬嘈杂,装假醉,唱无腔曲⑭,月亦看,看月者亦看,不看月者亦看,而实无一看者,看之。其一,小船轻幌⑮,净几暖炉,茶铛旋煮⑯,素瓷静递⑰,好友佳人,邀月同坐,或匿影树下,或逃嚣⑱里湖,看月而人不见其看月之态,亦不作意⑲看月者,看之。

杭人游湖,已出酉归⑳,避月如仇。是夕好名㉑,逐队争出,多犒门军酒钱㉒,轿夫擎燎㉓,列俟㉔岸上。一入舟,速舟子急放断桥㉕,赶入胜会㉖。以故二鼓以前,人声鼓吹㉗,如沸如撼㉘,如魇如呓㉙,如聋如哑。大船小船一齐凑岸㉚,一无所见,止见篙击篙,舟触舟,肩摩肩,面看面而已。少刻兴尽,官府席散,皂隶喝道去㉛。轿夫叫船上人,怖以关门㉜,灯笼火把如列星,一一簇拥而去。岸上人亦逐队赶门㉝,渐稀渐薄,顷刻散尽矣。

吾辈始舣舟㉞近岸。断桥石磴始凉,席㉟其上,呼客纵饮。此时月如镜新磨,山复整妆,湖复頮面㊱,向之浅斟低唱者出,匿影树下者亦出,吾辈往通声气㊲,拉与同坐。韵友㊳来,名妓至,杯箸安㊴,竹肉发。月色苍凉,东方将白,客方散去。吾辈纵舟酣睡于十里荷花之中,香气拍人㊵,清梦甚惬㊶。

①西湖:在今浙江省杭州市。七月半:农历七月十五日,旧时称中元节或鬼节,佛道两家都要举行隆重的祭祀活动,人们也常于此日夜出外观月游赏。 ②楼船箫鼓:装饰华贵的高大的游船上,吹箫击鼓,演奏热闹的音乐。 ③峨冠:高高的帽子,这里指富贵人家的穿戴。 ④优傒(xī):倡优和仆人。 ⑤童娈(luán):美童。 ⑥露台:楼船上的平台。 ⑦闲僧:在寺外追求游乐的和尚。 ⑧弱管轻丝:指轻柔地奏起音乐。管,管乐;丝,弦乐。 ⑨竹肉相发:以箫笛等管乐来为歌唱伴奏。竹,管乐器;肉,歌喉。 ⑩不衫不帻(zé):指衣冠不整。帻,古代男子用来包发的头巾。 ⑪跻(jī)入:升入,挤入。 ⑫昭庆、断桥:指昭庆寺和断桥,都是西湖上的名胜。 ⑬嘄(jiào)呼:狂呼乱叫。 ⑭无腔曲:随口哼出的不成腔调的曲子。 ⑮轻幌(huǎng):柔细的帷幔。 ⑯茶铛(chēng):一种煮茶的小锅。旋:立即。旋煮即新煮。 ⑰素瓷:指雅洁精致的杯子。静递:轻轻地传递。 ⑱逃嚣:躲避喧闹。 ⑲作意:用意,故意做作。 ⑳巳:上午九点到十一点。酉:下午五点到七点。酉时正是日落月出之时,说明游者本无意于赏月。 ㉑好(hào)名:追求虚名。 ㉒犒(kào)门军:犒赏守城门的军人。 ㉓擎(qíng)燎:举着火把。 ㉔列俟:排列等待。 ㉕速:催促。舟子:船夫。放:泛船,行船。 ㉖胜会:盛大的集会。 ㉗鼓吹:音乐声。 ㉘如沸如撼:像是水沸翻腾的声音,又像是东西震动的声音。 ㉙如魇(yǎn)如呓:如人在梦中惊吓和说话的声音。 ㉚凑岸:靠岸。 ㉛皂隶:官府中的衙役。喝道:衙役呼喊,要人们给官员让路。去:离开。 ㉜怖:恐吓。 ㉝赶门:赶在关城门以前回城。 ㉞舣(yǐ)舟:整船靠岸。 ㉟席:设席,摆酒宴。 ㊱頮(huì)面:洗脸。 ㊲通声气:打招呼,邀请。 ㊳韵友:情趣相投的朋友。 ㊴箸:筷子。安:置,摆。 ㊵香气拍人:形容香气扑面而来。 ㊶惬(qiè):适意。 (这篇文章是对昔日杭州人七月半游西湖的风习和情景的追忆。通过具体的描绘,表现了作者对达官贵人、名娃闺秀和无赖子弟一流人物庸俗趣味的蔑视,抒发了他清高自傲的思想和风雅不俗的情怀。文章构思精巧,语言明洁,描写生动,情景相生,充满诗情画意。)

湖心亭看雪①

崇祯五年②十二月,余住西湖。大雪三日,湖中人鸟声俱绝③。

是日,更定④矣,余拏⑤一小舟,拥毳衣⑥炉火,独往湖心亭看雪。雾凇沆砀⑦,天与云与山与水,上下一白。湖上影子,惟长堤一痕⑧,湖心亭一点,与余舟一芥⑨,舟中人两三粒⑩而已。

到亭上,有两人铺毡对坐,一童子烧酒,炉正沸。见余大喜,曰:"湖中焉得更有此人?"拉余同饮。余强饮三大白⑪而别。问其姓氏,是金陵人,客此⑫。

及下船,舟子喃喃⑬曰:"莫说相公⑭痴,更有痴似相公者。"

①湖心亭:在杭州西湖中。 ②崇祯:崇祯是明思宗朱由检年号(1628—1644)。 ③绝:无。 ④更定:初更开始。古时夜间计时,将一夜分成五更。初更为刚入夜时,击鼓报告,叫作定更。 ⑤拏:这里是驾船的意思。 ⑥毳(cuì)衣:用鸟兽的细毛所织之衣。 ⑦雾凇沆砀(sōng hàng dàng):雾凇是雾气结成水珠。沆砀是一片白色混茫的样子。 ⑧长堤:指西湖上的白堤。一痕:形容长堤在一片白色中模模糊糊地留下一道痕迹。 ⑨芥:小草。一芥,形容十分细小。 ⑩粒:微点。 ⑪大白:酒杯。 ⑫客此:旅居在这里。 ⑬喃喃:细语不断。 ⑭相公:对人的尊称,多指富贵人家子弟。 (这篇短文,通过湖心亭看雪表达了作者独立不群、孤高自赏的避世心情,写景逼真传神,能融情于景,不言情而情自现。)

张　溥

张溥(1602—1641),字天如,太仓(今江苏太仓)人。自幼即刻苦好学,读书必自手录。崇祯四年(1631)进士,被选为翰林院庶吉士。崇祯五年(1632)组织政治兼文学团体复社,提倡"兴复古学,务为有用",复古而强调为现实斗争服务,与前后七子的复古主义不同。他的散文在明末较有名,风格质朴明快。著有《七录斋集》。

五人墓碑记①

五人者,盖当蓼洲周公②之被逮,激于义而死焉者也。至于今,郡之贤士大夫请于当道③,即除逆阉废祠④之址以葬之,且立石于其墓之门,以旌⑤其所为。呜呼,亦盛⑥矣哉!夫五人之死,去今之墓而葬⑦焉,其为时止⑧十有一月耳。夫十有一月之中,凡富贵之子,慷慨得志之徒⑨,其疾病而死,死而堙没不足道者⑩,亦已众矣,况草野之无闻者⑪欤!独五人之皦皦⑫,何也?

予犹记周公之被逮,在丁卯三月之望⑬。吾社之行为士先者⑭,为之声义⑮,敛赀财⑯以送其行,哭声震动天地。缇骑⑰按剑而前,问:"谁为哀者⑱?"众不能堪,抶而仆之⑲。是时以大中丞抚吴⑳者,为魏之私人㉑,周公之逮,所由使㉒也。吴之民方痛心焉,于是乘其厉声以呵,则噪而相逐,中丞匿于溷藩㉓以免。既而以吴民之乱请于朝,按诛㉔五人,曰:颜佩韦、杨念如、马杰、沈扬、周文元,即今之傫然㉕在墓者也。然五人之当刑㉖也,意气阳阳㉗,呼中丞之名而詈㉘之,谈笑以死。断头置城上,颜色不少变。有贤士大夫发五十金㉙,买五人之脰而函㉚之,卒与尸合。故今之墓中,全㉛乎为五人也。

嗟夫!大阉之乱,缙绅㉜而能不易其志者,四海之大,有几人欤?而五人生于编伍㉝之间,素不闻诗书之训,激昂大义,蹈死不顾㉞,亦曷故㉟哉?且矫诏㊱纷出,钩党之捕㊲,遍于天下。卒以吾郡之发愤一击,不敢复有株治㊳;大阉亦逡巡畏义㊴,非常之谋㊵,难于猝发㊶。待圣人之出㊷,而投缳道路㊸,不可谓非五人之力也。

由是观之,则今之高爵显位,一旦抵罪㊹,或脱身以逃,不能容于远近;而又有剪发杜门㊺,佯狂不知所之㊻者,其辱人贱行㊼,视五人之死,轻重固何如哉?是以蓼洲周公,忠义暴㊽于朝廷,赠谥美显㊾,荣于身后;而五人亦得以加其土封㊿,列其姓名于大堤之上,凡四方之士,无有不过而拜且泣者,斯固百世之遇㉛也。不然,令五人者保其首领㉜,以老于户牖㉝之下,则尽其天年㉞,人皆得以隶使㉟之,安能屈豪杰之流,扼腕㊱墓道,发其志士之悲哉?故予与同社诸君子,哀斯墓之徒有其石㊲也,而为之记;亦以明死生之大㊳,匹夫之有重于社稷也㊴。

贤士大夫者,冏卿因之吴公㊵、太史文起文公㊶、孟长姚公也㊷。

①明熹宗时,政治黑暗,宦官魏忠贤专权,引起了以东林党为代表的一部分地主阶级知识分子的强烈反对,他们的斗争得到了广大人民的支持。天启六年(1626)魏忠贤派人到苏州逮捕东林党人周顺昌,引起了苏州人民的强烈反抗,愤而打死旗尉一人,打伤公差多人。朝廷下令对此事严加追究,市民斗争领袖人物颜佩韦、杨念如、马杰、沈扬、周文元,为了保护群众,挺身投案,英勇就义。苏州人民葬五人于苏州虎丘山,并为之立碑。这篇文章即为五人之死而作。 ②蓼(liǎo)州周公:即周顺昌,字景文,号蓼洲,吴县(今江苏苏州)人。神宗万历时进士,官至吏部员外郎,因反对魏忠贤被捕下狱,受酷刑而死。 ③郡:吴郡,即指苏州。贤士大夫:指与东林党有关的一些人物。当道:当权者,指当地的行政长官。 ④除:清除,收拾。逆阉:指魏忠贤。逆阉是对专权宦官的一种蔑称。废祠:魏忠贤因权势极大,其爪牙为他在各地建立不少生祠,废祠即被废除的生祠。 ⑤旌(jīng):表彰。 ⑥盛:盛大,隆重。 ⑦墓而葬:建墓安葬。 ⑧止:仅仅。 ⑨慷慨得志之徒:做了官而志得意满的人。 ⑩堙(yīn)没:不为人所知。不足道:值不得一提。 ⑪草野:指生活在乡间的普通老百姓。 ⑫皦(jiǎo)皦:明亮洁

白。这里指五人获得崇高的声誉。 ⑬丁卯:明熹宗天启七年(1627)。据史实,周顺昌被捕事在天启六年丙寅,作者系误记。望:农历每月的十五日。 ⑭吾社:指东林党。当时复社尚未成立,但许多东林党人后来转入复社;因张溥以复社继承东林,故称"吾社"。行为士先者:品行为一般士人表率的人物。 ⑮声义:伸张正义。 ⑯敛赀(zī)财:募集资财。赀,同"资"。 ⑰缇骑(tí jì):穿红色衣服的马队,这里指东厂派到苏州逮捕周顺昌的旗尉。缇,浅绛色。 ⑱谁为哀者:是谁在为周顺昌痛哭。 ⑲抶(chì):殴打。仆:倒。 ⑳大中丞:指巡抚毛一鹭。中丞:官名,都察院的副都御史。抚吴:在吴郡任巡抚。 ㉑私人:私党。 ㉒所由使:由他所主使。 ㉓匿:藏。溷(hùn)藩:厕所。 ㉔按诛:依照法律处死。 ㉕傫(lěi)然:多而重叠的样子。 ㉖当刑:受刑时。 ㉗意气阳阳:阳阳,同"扬扬",慷慨激昂,从容不迫的样子。 ㉘詈(lì):骂。 ㉙发:拿出,捐赠。 ㉚脰(dòu):本指脖子,这里代指头。函:匣子,这里作动词用,是用匣子盛的意思。 ㉛全:指尸首完整。 ㉜缙(jìn)绅:做官的人。缙同"搢",插。绅,衣带。缙绅指官僚上朝时将朝板插在衣带上,故缙绅成为官僚的代称。 ㉝编伍:指平民。古时户口编制以五家为一伍。 ㉞蹈死不顾:赴死而毫不顾惜。 ㉟曷(hé)故:什么缘故。 ㊱矫诏:假传皇帝的诏令。 ㊲钩党之捕:互相牵连,视为同党而加以逮捕。 ㊳株治:株连治罪。 ㊴逡(qūn)巡畏义:因害怕正义力量而犹豫不决。 ㊵非常之谋:指魏忠贤弑君篡位的阴谋。 ㊶难于猝(cù)发:不敢贸然发动。猝,突然。 ㊷圣人之出:指明思宗朱由检即皇帝位。他在即位后不久就严厉镇压阉党,逮捕魏忠贤。 ㊸投缳(huán)道路:天启七年十一月,明思宗将魏忠贤放逐到安徽凤阳,途中魏自缢身死。缳:绳套。 ㊹抵罪:因犯法而被治罪。 ㊺剪发:削发出家。杜门:闭门不出。 ㊻不知所之:不知去向。之,去,往。 ㊼辱人贱行:可耻的为人,卑劣的行径。 ㊽暴:显露。 ㊾赠谥(shì)美显:指明思宗给周顺昌以"忠介"的谥号。谥,对死者追赠称号。美显,美好光荣。 ㊿加其土封:加高其坟墓,以表示对他们的表彰与尊敬。封,坟堆。 ㈢百世之遇:历史上很少遇到的。 ㈡保其首领:指活命全身。 ㈣老于户牖(yǒu)之下:在家中终老。户牖:门窗,指家中。 ㈤尽其天年:长寿而终。 ㈥隶使:当作奴仆使唤。 ㈦屈豪杰之流:使英雄人物倾慕拜倒。 ㈧扼腕:用一只手握住另一只手的手腕,以表示悲愤、激动、惋惜之类的感情。 ㈨徒有其石:空有墓石。 ㈩明死生之大:阐明死和生的重大意义。 ㈠"匹夫"句:普通的百姓对国家也可以做出重要贡献。 ㈡囧(jiǒng)卿因之吴公:吴默,字因之,官至太仆寺卿。习称太仆寺卿为囧卿。 ㈢太史文起文公:文震孟,字文起,官至翰林院编修。太史是翰林的别称。 ㈣孟长姚公:姚希孟,字孟长,任翰林院庶吉士。 (这篇文章不同于一般的墓志碑记,而是一篇发诸胸臆、政治色彩强烈、爱憎感情十分鲜明的文章。作者热情地歌颂了激于大义、敢于同阉党作斗争、为保护群众而敢于自我牺牲的下层市民,在对比中充分地表现了他们的英雄气概和崇高品质。文章激情充沛,描写生动,人物形象栩栩如生。)

二、明代小说

无 名 氏

杜十娘怒沉百宝箱①

扫荡残胡立帝畿②,龙翔凤舞势崔嵬③。左环沧海天一带④,右拥太行山万围⑤。戈戟九边雄绝塞⑥,衣冠万国仰垂衣⑦。太平人乐华胥世⑧,永永金瓯⑨共日辉。

这首诗,单夸我朝燕京⑩建都之盛。说起燕都的形势,北倚雄关,南压区夏⑪,真乃金城天府⑫,万年不拔之基。当先洪武爷⑬扫荡胡尘,定鼎⑭金陵,是为南京。到永乐爷从北平起兵靖难⑮,迁于燕都,是为北京。只因这一迁,把个苦寒地面,变作花锦世界。自永乐爷九传至于万历爷⑯,此乃我朝第十一代的天子。这位天子,聪明神武,德福兼全,十岁登基,在位四十八年,削平了三处寇乱。那三处?日本关白平秀吉⑰,西夏哱承恩⑱,播州杨应龙⑲。平秀吉侵犯朝鲜,哱承恩、杨应龙是土官⑳谋叛,先后削平。远夷莫不畏服,争来朝贡。真个是:

一人有庆㉑民安乐,四海无虞国太平。

话中单表万历二十年间,日本国关白作乱,侵犯朝鲜,朝鲜国王上表告急,天朝发兵泛海往救。有户部官奏准:目今兵兴之际,粮饷未充,暂开纳粟入监㉒之例。原来纳粟入监的有几般便宜:好㉓读书,好科举,好中,结末来又有个小小前程结果。以此宦家公子,富室子弟,倒不愿做秀才,都去援例做太学生。自开了这例,两京㉔太学生各添至千人之外。内中有一人,姓李名甲,字干先,浙江绍兴府人氏。父亲李布政㉕所生三儿,惟甲居长。自幼读书在庠㉖,未得登科,援例入于北雍。因在京坐监㉗,与同乡柳遇春监生同游教坊司㉘院内,与一个名姬相遇。那名姬姓杜名媺,排行第十,院中都称为杜十娘,生得:

浑身雅艳,遍体娇香。两弯眉画远山青,一对眼明秋水润。脸如莲萼㉙,分明卓氏文君㉚;唇似樱桃,何减白家樊素㉛。可怜一片无瑕玉,误落风尘花柳中。

那杜十娘自十三岁破瓜㉜,今一十九岁,七年之内,不知历过了多少公子王孙,一个个情迷意荡,破家荡产而不惜。院中传出四句口号㉝来,道是:

坐中若有杜十娘,斗筲之量㉞饮千觞;院中若识杜老媺,千家粉面㉟都如鬼。

却说李公子风流年少,未逢美色;自遇了杜十娘,喜出望外,把花柳情怀,一担儿挑在他身上。那公子俊俏庞儿,温存性儿,又是撒漫㊱的手儿,帮衬的勤儿㊲,与十娘一双两好,情投意合。十娘因见鸨儿㊳贪财无义,久有从良㊴之志;又见李公子忠厚志诚,甚有心向他。奈李公子惧怕老爷,不敢应承。虽则如此,两下情好愈密,朝欢暮乐,终日相守,如夫妇一般,海誓山盟,各无他志。真个:

恩深似海恩无底,义重如山义更高。

再说杜妈妈,女儿被李公子占住,别的富家巨室,闻名上门,求一见而不可得。初时李公子撒漫用钱,大差大使,妈妈胁肩谄笑㊵,奉承不暇。日往月来,不觉一年有余,李公子囊箧渐渐空虚,手不应心,妈妈也就怠慢了。老布政在家闻知儿子嫖院,几遍写字来唤他回去。他迷恋十娘颜色,终日延捱。后来闻知老爷在家发怒,越不敢回。

古人云:"以利相交者,利尽而疏。"那杜十娘与李公子真情相好,见他手头愈短,心头愈热。妈妈也几遍教女儿打发李甲出院,见女儿不统口㊶,又几遍将言语触突李公子,要激怒他起身。公子性本温克㊷,词气愈和。妈妈没奈何,日逐㊸只将十娘叱骂道:"我们行户㊹人家,吃客穿客,前门送旧,后门迎新,门庭闹如火,钱帛堆成垛。自从那李甲在此,混帐㊺一年有余,莫说新客,连旧主顾都断了。分明接了个钟馗㊻老,连小鬼也没得上门。弄得老娘一家人家有气无烟㊼,成什么模样!"杜十娘被骂,耐性不住,便回答道:"那李公子不是空手上门的,也曾费过大钱来。"妈妈道:"彼一时,此一时。你只教他今日费些小钱儿,把与老娘,办些柴米,养你两口也好。别人家养的女儿便是摇钱树,千生万活;偏我家晦气,养了个退财白虎㊽。开了大门七件事㊾,般般都在老身心上,倒替你小贱人白白养着穷汉,教我衣食从何处来?你对那穷汉说,有本事出几两银子与我,到得你跟了他去,我别讨个丫头过活却不好?"十娘道:"妈妈,这话是真是假?"妈妈晓得李甲囊无一钱,衣衫都典尽了,料他没处设法,便应道:"老娘从不说谎,当真哩。"十娘道:"娘,你要他许多银子?"妈妈道:"若是别人,千把银子也讨了;可怜那穷汉出不起,只要他三百两,我自去讨一个粉头代替。只一件:须是三日内交付与我,左手交银,右手交人;若三日没有银时,老身也不管三七二十一,公子不公子,一顿孤拐㊾打那光棍出去,那时莫怪老身。"十娘道:"公子虽在客边乏钞,谅三百金还措办得来。只是三日忒近,限他十日便好。"妈妈想道:"这穷汉一双赤手,便限他一百日,他那里来银子?没有银子,便铁皮包脸,料也无颜上门。那时重整家风,嬷儿也没得话讲。"答应道:"看你面,便宽到十日。第十日没有银子,不干老娘之事。"十娘道:"若十日内无银,料他也无颜再见了。只怕有了三百两银子,妈妈又翻悔起来。"妈妈道:"老身年五十一岁了,又奉十斋㊿,怎敢说谎?不信时与你拍掌为定。若翻悔时,做猪做狗!"

从来海水斗难量,可笑虔婆㊾意不良;料定穷儒囊底竭,故将财礼难娇娘。

是夜,十娘与公子在枕边议及终身之事。公子道:"我非无此心,但教坊落籍㊿,其费甚多,非千金不可。我囊空如洗,如之奈何?"十娘道:"妾已与妈妈议定,只要三百金,但须十日内措办。郎君游资虽罄㊿,然都中岂无亲友,可以借贷?倘得如数,妾身遂为君之所有,省受虔婆之气。"公子道:"亲友中为我留恋行院,都不相顾。明日只做束装起身,各家告辞,就开口借贷路费,凑聚将来,或可满得此数。"起身梳洗,别了十娘出门。十娘道:"用心作速,专听佳音。"公子道:"不须分付。"

公子出了院门,来到三亲四友处,假说起身告别,众人倒也欢喜。后来叙到路费欠缺,意欲借贷。常言道:"说着钱,便无缘。"亲友们就不招架㊿。他们也见得是,道:"李公子是风流浪子,迷恋烟花㊿,年许不归,父亲都为他气坏在家。他今日抖然㊿要回,未知真假。倘或说骗盘缠到手,又去还脂粉钱,父亲知道,将好意翻成恶意,始终只是一怪,不如辞了干净。"便回道:"目今正值空乏,不能相济,惭愧,惭愧!"人人如此,个个皆然,并没有个慷慨丈夫,肯统口许他一十二十两。

李公子一连奔走了三日,分毫无获。又不敢回决十娘,权且含糊答应。到第四日又没想头,就羞回院中。平日间有了杜家,连下处也没有了,今日就无处投宿,只得往同乡柳监生寓所借歇。柳遇春见公子愁容可掬,问其来历。公子将杜十娘愿嫁之情,备细说了。遇春摇首道:"未必,未必。那杜嬷曲中㊿第一名姬,要从良时,怕没有十斛明珠,千金聘礼,那鸨儿如何只要三百两?想鸨儿怪你无钱使用,白白占住他的女儿,设计打发你出门。那妇人与你相处已久,又碍却面皮,不好明言,明知你手内空虚,故意将三百两卖个人情,限你十日。若十日没有,你也不好上门;便上门时,他会说你笑你,落得一场亵渎㊿,自然安身不牢。此乃烟花逐客之计。足下三思,休被其惑。据弟愚意，不如早早开交⁶⁰为上。"公子听说，半晌无言，心中疑惑不定。遇春又道："足下莫要错了主意。你若真个还乡，不多几两盘费，还有人搭救；若是要三百两时，莫说十日，就是十个月也难。如今的世情，那肯顾缓急二字的？那烟花也算定你没处告贷，故意设法难你。"公子道："仁兄所见良是。"口里虽如此说，心中割舍不下，依旧又往外边东央西告，只是夜里不进院门了。

公子在柳监生寓中，一连住了三日，共是六日了。杜十娘连日不见公子进院，十分着紧，就教小厮四儿街上去寻。四儿寻到大街，恰好遇见公子。四儿叫道："李姐夫，娘在家里望你。"公子自觉无颜，回复道："今日不得功夫，明日来罢。"四儿奉了十娘之命，一把扯住，死也不放，道："娘叫咱寻你，是必同去走一遭。"李公子心上也牵挂着婊子，没奈何，只得随四儿进院。见了十娘，嘿嘿⁶¹无言。十娘问道："所谋之事如何？"公子眼中流下泪来。十娘道："莫非人情淡薄，不能足三百之数么？"公子含泪而言，道出二句："'不信上山擒虎易，果然开口告人⁶²难'。一连奔走六日，并无铢两⁶³，一双空手，羞见芳卿⁶⁴，故此这几日不敢进院。今日承命呼唤，忍耻而来。非某不用心，实是世情如此。"十娘道："此言休使虔婆知道。郎君今夜且住，妾别有商议。"十娘自备酒肴，与公子欢饮。睡至半夜，十娘对公子道："郎君果不能办一钱耶？妾终身之事，当如何也？"公子只是流涕，不能答一语。渐渐五更天晓，十娘道："妾所卧絮褥内，藏有碎银一百五十两，此妾私蓄，郎君可持去。三百金，妾任其半，郎君亦谋其半，庶易为力⁶⁵。限只四日，万勿迟误！"

十娘起身将褥付公子。公子惊喜过望，唤童儿持褥而去，径到柳遇春寓中。又把夜来之情与遇春说了。将褥拆开看时，絮中都裹着零碎银子。取出兑⁶⁶时，果是一百五十两。遇春大惊道："此妇真有心人也！既系真情，不可相负。吾当代为足下谋之。"公子道："倘得玉成⁶⁷，决不有负。"当下柳遇春留李公子在寓，自出头各处去借贷。两日之内，凑足一百五十两，交付公子道："吾代为足下谋债⁶⁸，非为足下，实怜杜十娘之情也。"

李甲拿了三百两银子，喜从天降，笑逐颜开，欣欣然来见十娘，刚是第九日，还不足十日。十娘问道："前日分毫难借，今日如何就有一百五十两？"公子将柳监生事情又述了一遍。十娘以手加额⁶⁹道："使吾二人得遂其愿者，柳君之力也！"两个欢天喜地，又在院中过了一晚。

次早，十娘早起，对李甲道："此银一交，便当随郎君去矣。舟车之类，合当预备。妾昨日于姊妹中借得白银二十两，郎君可收下为行资也。"公子正愁路费无出,但不敢开口,得银甚喜。说犹未了,鸨儿恰来敲门,叫道:"媺儿,今日是第十日了。"公子闻叫,启户相延道:"承妈妈厚意,正欲相请。"便将银三百两放在桌上。鸨儿不料公子有银,嘿然变色,似有悔意。十娘道:"儿在妈妈家中八年,所致⑦金帛,不下数千金矣。今日从良美事,又妈妈亲口所订。三百金不欠分毫,又不曾过期。倘若妈妈失信不许,郎君持银去,儿即刻自尽。恐那时人财两失,悔之无及也。"鸨儿无词以对。腹内筹划了半晌,只得取天平兑准了银子,说道:"事已如此,料留你不住了。只是你要去时,即今就去。平时穿戴衣饰之类,毫厘休想。"说罢将公子和十娘推出房门,讨锁来就落了锁。此时九月天气。十娘才下床,尚未梳洗,随身旧衣,拜了妈妈两拜。李公子也作了一揖。一夫一妇,离了虔婆大门。

鲤鱼脱却金钩去,摆尾摇头再不来。

公子教十娘且住片时:"我去唤个小轿抬你,权往柳荣卿寓所去,再作道理。"十娘道:"院中诸姊妹平昔相厚,理宜话别;况前日又承她借贷路费,不可不一谢也。"乃同公子到各处姊妹处谢别。姊妹中惟谢月朗、徐素素与杜家相近,尤与十娘亲厚。十娘先到谢月朗家。月朗见十娘秃髻⑪旧衫,惊问其故。十娘备述来因。又引李甲相见。十娘指月朗道:"前日路资,是此位姐姐所贷,郎君可致谢。"李甲连连作揖。月朗便教十娘梳洗,一面去请徐素素来家相会。十娘梳洗已毕,谢、徐二美人各出所有,翠钿金钏⑫、瑶簪宝珥⑬,锦袖花裙,鸾带绣履⑭,把杜十娘装扮得焕然一新,备酒作庆贺筵席。月朗让卧房与李甲、杜媺二人过宿。次日,又大排筵席,遍请院中姊妹。凡十娘相厚者,无不毕集,都与他夫妇把盏称喜,吹弹歌舞,各逞其长,务要尽欢,直饮至夜分。十娘向众姊妹一一称谢。众姊妹道:"十娘为风流领袖,今从郎君去,我等相见无日。何日长行⑮,姊妹们尚当奉送。"月朗道:"候有定期,小妹当来相报。但阿姊千里间关⑯,同郎君远去,囊箧萧条,曾无约束⑰。此乃吾等之事,当相与共谋之,勿令姊有穷途之虑也。"众姊妹各唯唯而散。

是晚,公子和十娘仍宿谢家。至五鼓,十娘对公子道:"吾等此去,何处安身?郎君亦曾计议有定着⑱否?"公子道:"老父盛怒之下,若知娶妓而归,必然加以不堪,反致相累。辗转寻思,尚未有万全之策。"十娘道:"父子天性,岂能终绝。既然仓卒难犯,不若与郎君于苏杭胜地,权作浮居⑲。郎君先回,求亲友于尊大人面前劝解和顺,然后携妾于归⑳,彼此安妥。"公子道:"此言甚当。"

次日,二人起身,辞了谢月朗,暂往柳监生寓中,整顿行装。杜十娘见了柳遇春，倒身下拜，谢其周全之德："异日我夫妇必当重报。"遇春慌忙答礼道："十娘钟情所欢，不以贫窭⑪易心，此乃女中豪杰。仆因风吹火⑫，谅区区何足挂齿！"三人又饮了一日酒。

次早，择了出行吉日，雇倩⑬轿马停当。十娘又遣童儿寄信别谢月朗。临行之际，只见肩舆⑭纷纷而至，乃谢月朗与徐素素拉众姊妹来送行。月朗道："十姊从郎君千里间关，囊中消索，吾等甚不能忘情。今合具薄贶⑮，十姊可检收，或长途空乏，亦可少助。"说罢，命从人挈一描金文具⑯至前，封锁甚固，正不知什么东西在里面。十娘也不开看，也不推辞，但殷勤作谢而已。须臾，舆马齐集，仆夫催促起身。柳监生三杯别酒，和众美人送出崇文门外，各各垂泪而别。正是：

他日重逢难预必，此时分手最堪怜。

再说李公子同杜十娘行至潞河⑰，舍陆从舟，却好有瓜洲⑱差使船转回之便，讲定船钱，包了舱口。比及下船时，李公子囊中并无分文余剩。你道杜十娘把二十两银子与公子，如何就没了？公子在院中嫖得衣衫蓝缕，银子到手，未免在解库⑲中取赎几件穿着，又制办了铺盖，剩来只勾⑳轿马之费。公子正当愁闷，十娘道："郎君勿忧。众姊妹合赠，必有所济。"乃取钥开箱。公子在傍，自觉惭愧，也不敢窥觑箱中虚实。只见十娘在箱里取出一个红绢袋来，掷于桌上道："郎君可开看之。"公子提在手中，觉得沉重。启而观之，皆是白银，计数整五十两。十娘仍将箱子下锁，亦不言箱中更有何物，但对公子道："承众姊妹高情，不惟途路不乏，即他日浮寓吴越间㉑，亦可稍佐吾夫妻山水之费㉒矣。"公子且惊且喜道："若不遇恩卿，我李甲流落他乡，死无葬身之地矣！此情此德，白头不敢忘也！"自此，每谈及往事，公子必感激流涕。十娘亦曲意抚慰。一路无话。

不一日，行至瓜洲，大船停泊岸口。公子别雇了民船，安放行李，约明日侵晨剪江㉓而渡。其时仲冬㉔中旬，月明如水。公子和十娘坐于舟首。公子道："自出都门，困守一舱之中，四顾有人，未得畅语。今日独据一舟，更无避忌；且已离塞北，初近江南：宜开怀畅饮，以舒向来抑郁之气。恩卿以为何如？"十娘道："妾久疏谈笑，亦有此心。郎君言及，足见同志耳。"公子乃携酒具于船首，与十娘铺毡并坐，传杯交盏。饮至半酣，公子执卮㉕对十娘道："恩卿妙音，六院㉖推首，某相遇之初，每闻绝调㉗，辄不禁神魂之飞动。心事多违，彼此郁郁，鸾鸣凤奏，久矣不闻。今清江明月，深夜无人，肯为我一歌否？"十娘兴亦勃发，遂开喉顿嗓，取扇按拍，呜呜咽咽，歌出元人施君美《拜月亭》杂剧㉘上"状元执盏与婵娟"一曲，名《小桃红》。真个：

声飞霄汉云皆驻,响入深泉鱼出游。

①本篇选自冯梦龙编刻的《警世通言》卷三二。　②残胡:指元朝统治者。立帝畿(jī):指建都。畿是靠近国都的地区。　③崔嵬(wéi):高峻的样子。　④"左环"句:指北京东临大海。　⑤"右拥"句:指北京西边有太行山。　⑥九边:明代北方的九个边防区,即辽东、蓟州、宣府、太原、大同、延绥、宁夏、固原、甘肃。绝塞:辽远的边塞。　⑦衣冠万国:泛指外国。仰:仰慕。垂衣:垂衣而治的意思,指皇帝垂衣拱手,端坐不语,而天下清平。　⑧华胥世:神话传说中理想的清平世界。　⑨金瓯(ōu):金盆,比喻国土的完整和巩固。　⑩燕京:即北京。　⑪区夏:中原地区,中国的别称。　⑫金城:比喻城池的坚固。天府:形胜而富庶的地方。　⑬洪武爷:明太祖朱元璋,洪武是他的年号(1368—1398)。　⑭定鼎:建都。　⑮永乐爷:明成祖朱棣,永乐是他的年号(1403—1424)。靖难:平定祸患。明太祖死后传位给嫡孙朱允炆,即建文帝。朱棣是朱元璋的第四子,初封燕王,以"靖难"的名义起兵夺得了帝位。　⑯万历爷:明神宗朱翊钧,万历是他的年号(1573—1620)。　⑰关白平秀吉:关白是日本古代的官名,相当于中国的宰相。平秀吉:即丰臣秀吉。明万历二十年(1592)派兵侵略朝鲜,明朝出兵救援,终于获胜。　⑱西夏哱承恩:西夏即宁夏镇,当时边防区之一。哱承恩是原宁夏镇副总兵哱拜的儿子,后袭父爵,万历二十年起兵叛明,后被平定。　⑲播州:即今贵州省的遵义市。杨应龙当时任播州宣慰使,万历二十五年(1597)起兵反叛明朝,二十八年(1600)被平定。　⑳土官:指边远地区由当地人担任官职者。　㉑庆:福气。　㉒纳粟入监:用向政府交纳米粟或银子的办法取得到国子监做监生的资格。监:国子监,当时的国立最高学府。明代初年,秀才中的优秀者或落第举人,才能入监读书,称为监生或太学生。后来可以用捐款纳粟的办法取得这种资格,并不一定要到国子监去念书。　㉓好:便于,有利于。　㉔两京:指北京和南京。当时在北京和南京都同时设有国子监,北京的称为"北雍",南京的称为"南雍"。　㉕布政:官名,即承宣布政使司布政使,省级的地方最高长官。　㉖庠(xiáng):古代学校名。　㉗坐监:指正式在国子监读书。　㉘教坊司:本为管理音乐歌舞等伎艺的机关。明代统治者将原来的官妓和籍没了的政敌的妻女都划作乐户,在京都的就设立教坊司来管领,教坊司就成为妓院的泛称。　㉙莲萼:莲花瓣。　㉚卓氏文君:卓文君,西汉时人,著名文学家司马相如的妻子。　㉛白家樊素:唐代诗人白居易的歌姬。　㉜破瓜:女子破身。　㉝口号:诗歌的一种体裁,类似顺口溜。　㉞斗筲(shāo)之量:形容酒量很小。斗,容十升,筲,容一斗二升。　㉟粉面:指妓女。　㊱撒漫:用钱挥霍,大手大脚。　㊲帮衬的勤儿:指善于体贴、献殷勤的人。　㊳鸨(bǎo)儿:妓院里的老板娘。　㊴从良:指妓女脱籍嫁人。　㊵胁肩谄笑:耸肩媚笑,一副奉承人的卑下丑态。　㊶不统口:不同意,不答应。　㊷温克:温和谦恭。　㊸日逐:每天。　㊹行(háng)户:指妓院。　㊺混帐:这里是胡混、纠缠的意思。　㊻钟馗(kuí):民间传说中捉鬼的神。　㊼有气无烟:形容穷到断炊。　㊽退财白虎:白虎是传说中的凶神,退财白虎指耗费钱财的凶神。　㊾七件事:指日常生活的必需品:油、盐、柴、米、酱、醋、茶。　㊿孤拐:指脚踝骨。　㊑十斋:信奉佛教的人逢夏历的初一、初八、

十四、十五、十八、二十三、二十四、二十八、二十九、三十等十天不吃荤,以为这样做可以免灾。　㊼虔婆:对老太婆的骂称,这里指鸨母。　㊽落籍:从教坊乐籍上除名,即妓女从良。　㊾罄(qìng):尽。　㊿招架:应承,照顾。　51烟花:指妓女。　52抖然:突然。　53曲中:妓院中。　54亵渎:侮辱。　55开交:放手。　56嘿:同"默"。　57告人:求告于人,即向人开口借钱。　58铢(zhū):重量单位,二十四铢为一两。　59芳卿:男子对女子的爱称。　60庶易为力:大概容易做到了。　61兑:用秤称。　62玉成:对别人成全、帮助自己的一种客气的说法。　63谋债:设法借贷。　64以手加额:一种表示高兴和庆幸的动作。　65致:招致,这里是赚的意思。　66秃髻:发誓上没有戴首饰。　67翠钿(diàn):用翡翠镶嵌的金属首饰。金钏:金镯子。　68瑶簪:玉簪。宝珥(ěr):宝石耳环。　69鸾带:绣有鸾凤的衣带。绣履:绣花鞋。　70长行:远行。　71间关:指崎岖辗转,行程艰难。　72约束:这里指行李。曾,加强语气的词。　73定着:确定无疑的着落。　74浮居:短暂而不固定的居住。　75于归:指女子出嫁到夫家。　76贫窭(jù):贫穷。　77因风吹火:指顺势帮助,没有费多大的力气。　78雇倩:雇请。　79肩舆:轿子。　80薄贶:临别时赠送一点薄薄的礼物。　81描金文具:描绘着金色图案的文具箱。　82潞河:北运河,在今北京市通州区。　83瓜洲:大运河入长江处,在今江苏扬州南部。　84解库:典当铺。　85勾:同"够"。　86吴越间:指苏杭一带。　87山水之费:旅费。　88剪江:横江。　89仲冬:农历十一月。　90卮(zhī):酒器。　91六院:京都妓院的统称。　92绝调:绝妙的歌声。　93《拜月亭》:传奇名,又叫《幽闺记》,相传为元人施惠(字君美)所作。这里称杂剧,系误记。

　　却说他舟有一少年,姓孙名富,字善赉,徽州新安①人氏。家资巨万,积租扬州种盐②。年方二十,也是南雍中朋友。生性风流,惯向青楼③买笑,红粉④追欢,若嘲风弄月⑤,到是个轻薄的头儿。事有偶然,其夜亦泊舟瓜洲渡口,独酌无聊。忽听得歌声嘹亮,凤吟鸾吹不足喻其美。起立船头,伫听半响,方知声出邻舟。正欲相访,音响倏已寂然。乃遣仆者潜窥踪迹,访于舟人,但晓得是李相公雇的船,并不知歌者来历。孙富想道:"此歌者必非良家,怎生得他一见?"辗转寻思,通宵不寐。捱至五更,忽闻江风大作。及晓,彤云密布,狂雪飞舞。怎见得?有诗为证:
　　　千山云树灭⑥,万径人踪绝。扁舟蓑笠翁,独钓寒江雪。
因这风雪阻渡,舟不得开。孙富命艄公移船泊于李家舟之傍。孙富貂帽狐裘,推窗假作看雪。值十娘梳洗方毕,纤纤玉手揭起舟傍短帘,自泼盂中残水,粉容微露,却被孙富窥见了,果是国色天香⑦。魂摇心荡,迎眸注目,等候再见一面,杳不可得。沉思久之,乃倚窗高吟高学士⑧《梅花诗》二句道:
　　　雪满山中高士卧,月明林下美人来。

李甲听得邻舟吟诗，舒头出舱，看是何人。只因这一看，正中了孙富之计：孙富吟诗，正要引李公子出头，他好乘机攀话。当下慌忙举手，就问："老兄尊姓何讳？"李公子叙了姓名乡贯，少不得也问那孙富。孙富也叙过了。又叙了些太学中的闲话，渐渐亲热。孙富便道："风雪阻舟，乃天遣与尊兄相会，实小弟之幸也。舟次⑨无卿，欲同尊兄上岸，就酒肆中一酌，少领清诲⑩，万望不拒。"公子道："萍水相逢，何当厚扰？"孙富道："说那里话！四海之内，皆兄弟也。"喝教艄公打跳⑪，童儿张伞，迎接公子过船，就于船头作揖。然后让公子先行，自己随后，各各登跳上涯⑫。行不数步，就有个酒楼。二人上楼，拣一副洁净坐头，靠窗而坐。酒保列上酒肴。孙富举杯相劝，二人赏雪饮酒。先说些斯文中套话⑬，渐渐引入花柳之事⑭。二人都是过来之人，志同道合，说得入港⑮，一发成相知了。

孙富屏去左右，低低问道："昨夜尊舟清歌者何人也？"李甲正要卖弄在行，遂实说道："此乃北京名姬杜十娘也。"孙富道："既系曲中姊妹，何以归兄？"公子遂将初遇杜十娘，如何相好，后来如何要嫁，如何借银讨他，始末根由，备细述了一遍。孙富道："兄携丽人而归，固是快事，但不知尊府中能相容否？"公子道："贱室⑯不足虑。所虑者，老父性严，尚费踌躇耳。"孙富将机就机，便问道："既是尊大人未必相容，兄所携丽人，何处安顿？亦曾通知丽人，共作计较否？"公子攒眉⑰而答道："此事曾与小妾议之。"孙富欣然问道："尊宠⑱必有妙策？"公子道："他意欲侨居苏杭，流连山水，使小弟先行，求亲友宛转于家君⑲之前，俟家君回嗔⑳作喜，然后图归。高明㉑以为何如？"孙富沉吟半晌，故作愀然㉒之色道："小弟乍会㉓之间，交浅言深，诚恐见怪。"公子道："正赖高明指教，何必谦逊？"孙富道："尊大人位居方面㉔，严帷薄之嫌㉕。平时既怪兄游非礼之地，今日岂容兄娶不节之人？况且贤亲贵友，谁不迎合尊大人之意者？兄枉去求他，必然相拒。就有个不识时务的讲言于尊大人之前，见尊大人意思不允，他就转口了。兄进不能和睦家庭，退无词以回复尊宠，即使流连山水，亦非长久之计。万一资斧㉖困竭，岂不进退两难？"公子自知手中只有五十金，此时费去大半，说到资斧困竭，进退两难，不觉点头道是。孙富又道："小弟还有句心腹之谈，兄肯俯听否？"公子道："承兄过爱，更求尽言。"孙富道："'疏不间亲'㉗，还是莫说罢。"公子道："但说何妨？"孙富道："自古道：'妇人水性无常㉘'。况烟花之辈，少真多假。他既系六院名姝㉙，相识定满天下，或者南边原有旧约，借兄之力，挈带而来，以为他适之地㉚。"公子道："这个恐未必然。"孙富道："即不然，江南子弟，最工㉛轻薄，兄留丽人独居，难保无逾墙钻穴之事㉜；若挈之同归，愈增尊大人之怒。为兄之计,未有善策。况父子天伦,必不可绝。若为妾而触父,因妓而弃家,海内必以兄为浮浪不经㉝之人。异日妻不以为夫,弟不以为兄,同袍㉞不以为友,兄何以立于天地之间?兄今日不可不熟思也。"公子闻言,茫然自失,移席问计道:"据高明之见,何以教我?"孙富道:"仆有一计,于兄甚便。只恐兄溺㉟枕席之爱,未必能行,使仆空费词说耳。"公子道:"兄诚有良策,使弟再睹家园之乐,乃弟之恩人也,又何惮㊱而不言耶?"孙富道:"兄飘零岁余,严亲怀怒,闺阁㊲离心,设身以处兄之地,诚寝食不安之时也。然尊大人所以怒兄者,不过为迷花恋柳,挥金如土,异日必为弃家荡产之人,不堪承继家业耳。兄今日空手而归,正触其怒。兄倘能割衽席之爱㊳,见机而作,仆愿以千金相赠。兄得千金,以报尊大人,只说在京授馆㊴,并不曾浪费分毫,尊大人必然相信。从此家庭和睦,当无间言㊵。须臾之间,转祸为福。兄请三思。仆非贪丽人之色,实为兄效忠于万一也。"李甲原是没主意的人,本心惧怕老子,被孙富一席话,说透胸中之疑,起身作揖道:"闻兄大教,顿开茅塞㊶。但小妾千里相从,义难顿绝,容归与商之。得其心肯㊷,当奉复耳。"孙富道:"说话之间,宜放婉曲。彼既忠心为兄,必不忍使兄父子分离,定然玉成兄还乡之事矣。"二人饮了一回酒,风停雪止,天色已晚。孙富教家僮算还了酒钱,与公子携手下船。正是:

　　逢人且说三分话,未可全抛一片心。

却说杜十娘在舟中摆设酒果,欲与公子小酌,竟日未回,挑灯以待。公子下船,十娘起迎,见公子颜色匆匆㊸,似有不乐之意,乃满斟热酒劝之。公子摇首不饮,一言不发,竟自床上睡了。十娘心中不悦,乃收拾杯盘,为公子解衣就枕,问道:"今日有何见闻,而怀抱郁郁如此?"公子叹息而已,终不启口。问了三四次,公子已睡去了。十娘委决不下㊹,坐于床头而不能寐。

到夜半,公子醒来,又叹一口气。十娘道:"郎君有何难言之事,频频叹息?"公子拥被而起,欲言不语者几次,扑簌簌掉下泪来。十娘抱持公子于怀间,软言抚慰道:"妾与郎君情好,已及二载,千辛万苦,历尽艰难,得有今日。然相从数千里,未曾哀戚;今将渡江,方图百年欢笑,如何反起悲伤?必有其故。夫妇之间,死生相共,有事尽可商量,万勿讳㊺也。"公子再四被逼不过,只得含泪而言道:"仆天涯穷困,蒙恩卿不弃,委曲相从,诚乃莫大之德也。但反复思之,老父位居方面,拘于礼法,况素性方严,恐添嗔怒,必加黜逐㊻,你我流荡,将何底止㊼?夫妇之欢难保,父子之伦又绝。日间蒙新安孙友邀饮,为我筹及此事,寸心如割!"十娘大惊道:"郎君意将如何?"公子道:"仆事内之人,当局而迷。孙友为我画㊽一计颇善,但恐恩卿不从耳。"十娘道："孙友者何人？计如果善，何不可从？"公子道："孙友名富，新安盐商，少年风流之士也。夜间闻子清歌，因而问及。仆告以来历，并谈及难归之故。渠㊾意欲以千金聘汝。我得千金，可借口以见吾父母；而恩卿亦得所天㊿。但情不能舍，是以悲泣。"说罢，泪如雨下。十娘放开两手，冷笑一声道："为郎君画此计者，此人乃大英雄也。郎君千金之资既得恢复，而妾归他姓，又不致为行李之累(51)；发乎情，止乎礼，诚两便之策也。那千金在那里？"公子收泪道："未得恩卿之诺(52)，金尚留彼处，未曾过手。"十娘道："明早快快应承了他，不可错过机会。但千金重事，须得兑足，交付郎君之手，妾始过舟，勿为贾竖子(53)所欺。"

时已四鼓，十娘即起身挑灯梳洗道："今日之妆，乃迎新送旧，非比寻常。"于是脂粉香泽，用意修饰，花钿绣袄，极其华艳，香风拂拂，光彩照人。装束方完，天色已晓。孙富差家童到船头候信。十娘微窥公子，欣欣似有喜色，乃催公子快去回话，及早兑足银子。公子亲到孙富船中，回复依允。孙富道："兑银易事，须得丽人妆台为信。"公子又回复了十娘。十娘即指描金文具道："可便抬去。"孙富喜甚，即将白银一千两，送到公子船中。十娘亲自检看，足色(54)足数，分毫无爽(55)。乃手把船舷，以手招孙富。孙富一见，魂不附体。十娘启朱唇，开皓齿道："方才箱子可暂发来，内有李郎路引(56)一纸，可检还之也。"孙富视十娘已为瓮中之鳖，即命家童送那描金文具，安放船头之上。十娘取钥开锁，内皆抽替(57)小箱。十娘叫公子抽第一层来看，只见翠羽明珰(58)，瑶簪宝珥，充牣(59)于中，约值数百金。十娘遽投之江中。李甲与孙富及两船之人，无不惊诧。又命公子再抽一箱，乃玉箫金管。又抽一箱，尽古玉紫金玩器，约值数千金。十娘尽投之于大江中。岸上之人，观者如堵(60)，齐声道："可惜，可惜！"正不知什么缘故。最后又抽一箱，箱中复有一匣。开匣视之，夜明之珠，约有盈把；其他祖母绿、猫儿眼(61)，诸般异宝，目所未睹，莫能定其价之多少。众人齐声喝彩，喧声如雷。十娘又欲投之于江。李甲不觉大悔，抱持十娘恸哭。那孙富也来劝解。

十娘推开公子在一边，向孙富骂道："我与李郎备尝艰苦，不是容易到此。汝以奸淫之意，巧为谗说(62)，一旦破人姻缘，断人恩爱，乃我之仇人。我死而有知，必当诉之神明，尚妄想枕席之欢乎？"又对李甲道："妾风尘(63)数年，私有所积，本为终身之计。自遇郎君，山盟海誓，白首不渝。前出都之际，假托众姊妹相赠，箱中韫藏百宝，不下万金。将润色(64)郎君之装，归见父母，或怜妾有心，收佐中馈(65)，得终委托，生死无憾。谁知郎君相信不深，惑于浮议(66)，中道见弃，负妾一片真心。今日当众目之前，开箱出视，使郎君知区区千金,未为难事。妾椟⑥中有玉,恨郎眼内无珠。命之不辰⑧,风尘困瘁⑩,甫⑩得脱离,又遭弃捐。今众人各有耳目,共作证明,妾不负郎君,郎君自负妾耳!"于是众人聚观者,无不流涕,都唾骂李公子负心薄幸。公子又羞又苦,且悔且泣,方欲向十娘谢罪,十娘抱持宝匣向江心一跳。众人急呼捞救,但见云暗江心,波涛滚滚,杳无踪影。可惜一个如花似玉的名姬,一旦葬于江鱼之腹。

<u>三魂渺渺归水府,七魄悠悠入冥途。</u>

当时旁观之人,皆咬牙切齿,争欲拳殴李甲和那孙富。慌得李、孙二人手足无措,急叫开船,分途遁去。李甲在舟中看了千金,转忆十娘,终日愧悔,郁成狂疾,终身不瘥。孙富自那日受惊得病,卧床月余,终日见杜十娘在傍诟骂,奄奄而逝。人以为江中之报也。

却说柳遇春在京坐监完满,束装回乡,停舟瓜步⑪。偶临江净脸,失坠铜盆于水,觅渔人打捞。及至捞起,乃是个小匣儿。遇春启匣观看,内皆明珠异宝,无价之珍。遇春厚赏渔人,留于床头把玩。是夜梦见江中一女子,凌波⑫而来,视之,乃杜十娘也。近前万福,诉以李郎薄幸之事。又道:"向承君家慷慨,以一百五十金相助,本意息肩⑬之后,徐图报答。不意事无终始。然每怀盛情,悒悒⑭未忘。早间曾以小匣托渔人奉致,聊表寸心,从此不复相见矣。"言讫,猛然惊醒,方知十娘已死,叹息累日。

后人评论此事,以为孙富谋夺美色,轻掷千金,固非良士;李甲不识杜十娘一片苦心,碌碌蠢才,无足道者。独谓十娘千古女侠,岂不能觅一佳侣,共跨秦楼之凤⑮!乃错认李公子,明珠美玉,投于盲人,以致恩变为仇,万种恩情,化为流水,深可惜也!有诗叹云:

<u>不会风流莫妄谈,单单情字费人参⑯;若将情字能参透,唤作风流也不惭。</u>

①徽州新安:今安徽歙县。 ②积祖:祖祖辈辈,好几代人。种盐:制盐。 ③青楼:妓院。 ④红粉:指妓女。 ⑤嘲风弄月:喻指嫖妓。 ⑥"千山"四句:这里改用唐代柳宗元的《江雪》诗,原诗是:"千山鸟飞绝,万径人踪灭。孤舟蓑笠翁,独钓寒江雪。" ⑦国色天香:形容女子容貌极美。 ⑧高学士:明代诗人高启,因他曾任翰林院编修,故称高学士。 ⑨舟次:行舟旅途中。 ⑩清诲:高雅的教诲。这是邀人谈话的一种敬辞。 ⑪打跳:搭上跳板。 ⑫涯:岸。 ⑬斯文中套话:读书人相互间的客套话。 ⑭花柳之事:寻花问柳之事,喻指嫖妓。 ⑮入港:投机。 ⑯贱室:在人前对自己妻子的谦称。 ⑰攒(cuán)眉:皱眉。 ⑱尊宠:对别人妾的尊称。 ⑲家君:犹家父,在人前自己父亲的称呼。 ⑳回嗔(chēn):息怒。 ㉑高明:对人赞美其聪明有识见的敬称。 ㉒愀(qiǎo)然:神色严肃的样子。 ㉓乍会:初次见面。 ㉔位居方面:掌管一

个政区大权的地方官。 ㉕帷薄之嫌:指男女之间不合封建礼法的交往。帷:幔。薄:帘。都是指将妇女居住的内室隔开的帘幕。 ㉖资斧:旅费。 ㉗疏不间亲:关系疏远的人不能挑拨离间关系亲近的人之间的关系。 ㉘水性无常:像水一样流动无定,比喻妇女爱情不专一。 ㉙姝(shū):美女。 ㉚他适之地:另嫁他人的处所。 ㉛工:长于,善于。 ㉜逾墙钻穴:指男女间的偷情幽会。 ㉝浮浪不经:轻浮放浪,不守礼法。㉞同袍:情谊深重的朋友。 ㉟溺:沉醉。 ㊱惮(dàn):害怕。 ㊲闺阁:这里指妻子。㊳衽(rèn)席之爱:即枕席之爱,指男女爱情。 ㊴授馆:做家庭教师。 ㊵间(jiàn)言:不和睦、有隔阂的话。 ㊶顿开茅塞:比喻心中忽然开朗。 ㊷心肯:同意。 ㊸颜色匆匆:神情着急的样子。 ㊹委决不下:犹疑不决,放心不下。 ㊺讳:隐瞒。 ㊻黜(chù)逐:斥责、驱逐。 ㊼将何底止:何处是归宿。 ㊽画:谋划。 ㊾渠:他。 ㊿所天:这里指丈夫。封建时代以君、父、夫权为至高无上,所以称君、父、夫为所天。 (51)行李之累:旅途中的累赘。 (52)诺:同意。 (53)贾(gǔ)竖子:市侩小人。 (54)足色:银子的成色纯正,质量很好。 (55)爽:差错。 (56)路引:为官府签发的行路执照。 (57)抽替:同“抽屉”。 (58)翠羽:羽毛形状的翡翠首饰。明珰:珠玉做的耳饰。 (59)充牣(rèn):充满。 (60)如堵:形容人很多。堵,墙。 (61)祖母绿:绿色透明的宝石。猫儿眼:一种类似猫眼的宝石。 (62)谗说(shuì):劝说别人做坏事。 (63)风尘:指妓女生活。 (64)润色:装点。 (65)收佐中馈:辅佐主妇料理家务,意即留下做妾。封建时代,认为料理饭食是主妇的职责,因而中馈成为妻子的代称。 (66)浮议:没有根据的不可靠的话。 (67)椟(dú):匣子。 (68)命之不辰:生不逢时,命运不好。 (69)困瘁:困苦忧患。 (70)甫:才。(71)瓜步:即瓜步镇,在今江苏南京六合区南瓜步山下。 (72)凌波:在水波上行走。(73)息肩:这里是生活安定的意思。 (74)悒悒:心中不畅,这里指心里放不下。 (75)共跨秦楼之凤:神话传说,春秋时萧史善吹箫,秦穆公将女儿嫁给了他,两人志同道合,十分恩爱。一天,夫妻吹箫,招来了赤龙,紫凤,便双双乘龙跨凤一道升天。这里借以比喻结为美满的夫妻。 (76)参:参悟;懂得。 (这篇小说通过被侮辱、被迫害的妓女杜十娘的爱情悲剧,揭露和控诉了封建礼教和封建制度的罪恶,热情地歌颂了杜十娘的美好品质和对自由幸福生活的执着追求。杜十娘的爱情追求,体现了明代后期以“情”反“理”以及在爱情上要求真诚、平等和对人格的尊重等新的时代内容。小说鞭挞了李甲和孙富怯懦、自私和卑劣的灵魂,对以李布政为代表的社会上强大而又冷酷的封建礼教的势力作了深刻的揭露。这篇小说是明代拟话本的优秀之作,在艺术上构思精巧,含意深刻;情节生动,结构完整;人物形象鲜明生动,富有典型性。)

三、明代戏曲

汤显祖

汤显祖(1550—1616),字义仍,号若士,又号海若,别署清远道人。临川(今江西抚州)人。少有才华,并刻苦读书,二十一岁时中举。他为人正派刚直,不肯趋附权贵,因此得罪了宰相张居正和申时行等人,三十四岁时才考取进士。四十岁时任南京礼部祠祭司主事。因作《论辅臣科臣疏》,批评朝政,弹劾首辅申时行,被贬广东徐闻县典史,后又调任浙江遂昌知县。为官廉正,关心人民,颇有善政。他不满于当时的黑暗政治,与早期东林党人顾宪成、高攀龙等人结为政治上的好友。四十九岁时愤然辞官归里,以后即在临川闲居,读书、创作并进行戏剧活动,他受到当时左派王学进步思潮的影响,反对程朱理学,追求个性解放,对具有叛逆思想的李贽和紫柏禅师(即达观)十分敬慕。同时也受到佛道思想的消极影响。戏剧主张重意趣神色,不受音律束缚,与以沈璟为代表的"吴江派"相对立,形成戏剧史上的"临川派"。戏曲创作主要有《紫钗记》、《牡丹亭》(又称《还魂记》)、《南柯记》和《邯郸记》,合称"临川四梦"或"玉茗堂四梦"。他还创作了大量的诗文书札等作品。上海古籍出版社汇为《汤显祖戏曲集》和《汤显祖诗文集》出版。

牡 丹 亭①

闺 塾②

(末上)吟余改抹前春句,饭后寻思午晌茶。蚁上案头沿砚水,蜂穿窗眼咂③瓶花。我陈最良杜衙设帐④,杜小姐家传《毛诗》⑤,极承老夫人管待。今日早膳已过,我且把《毛诗》潜玩⑥一遍。(念科)"关关雎鸠⑦,在河之洲;窈窕淑女,君子好逑。"好者,好也;逑者,求也。(看科)这早晚了,还不见女学生进馆,却也娇养的凶。待我敲三声云板⑧。(敲云板科)春香,请小姐上书⑨。(旦引贴⑩捧书上)

【绕地游】素妆才罢,款步⑪书堂下,对净几明窗潇洒。(贴)《昔氏贤文》⑫,把人禁杀⑬,恁时节⑭则好教鹦哥唤茶。

(见科)(旦)先生万福⑮!(贴)先生少怪!(末)凡为女子,鸡初鸣⑯,咸盥漱栉笄,问安于父母;日出之后,各供其事。如今女学生以读书为事,须要早起。(旦)以后不敢了。(贴)知道了。今夜不睡,三更时分请先生上书。(末)昨日上的《毛诗》可温习?(旦)温习了,则待讲解。(末)你念来。(旦念科)"关关雎鸠,在河之洲;窈窕淑女,君子好逑。"(末)听讲。"关关雎鸠":"雎鸠"是个鸟;"关关",鸟声也。(贴)怎样声儿?(末作鸠声)(贴学鸠声诨⑰科)(末)此鸟性喜幽静。"在河之洲"……(贴)是了。不是昨日是前日,不是今年是去年,俺衙门关着个斑鸠儿,被小姐放去,一去去在何知州家。(末)胡说! 这是兴⑱。(贴)兴个甚的那?(末)兴者,起也,起那下头。"窈窕淑女",是幽闲女子;有那等君子,好好的来求他。(贴)为甚好好的求他?(末)多嘴! (旦)师父,依注解书,学生自会,但把《诗经》大意敷演⑲一番。

【掉角儿】(末)论六经《诗经》最葩⑳,闺门内许多风雅:有指证姜产哇㉑,不嫉妒后妃贤达㉒;更有那咏鸡鸣㉓、伤燕羽㉔、泣江皋㉕、思汉广㉖,洗尽铅华㉗,有风有化,宜室宜家。(旦)这经文偌多㉚!(末)《诗》三百㉛,一言以蔽之,没多些,只"无邪"两字,付与儿家㉜。

(末)书讲了。春香取文房四宝来模字。(贴下,取上)纸、笔、墨、砚在此。(末)这甚么墨?(旦)丫头错拿了。这是螺子黛㉝,画眉的。(末)这甚么笔?(旦笑科)这便是画眉细笔。(末)俺从不曾见。拿去,拿去! 这是甚么纸?(旦)薛涛笺㉞。(末)拿去,拿去! 只拿那蔡伦㉟造的来。这是甚么砚?是一个是两个?(旦)鸳鸯砚。(末)许多眼㊱?(旦)泪眼㊲。(末)哭 甚么子?一发㊳换了来。(贴背科)好个标老儿㊴! 待换去。(下,换上)这可好?(末看科)着㊵(旦)学生自会临书㊶。春香还劳把笔㊷。(末)看你临。(旦写字科)(末看惊科)我从不曾见这样好字。这甚么格㊸?(旦)是卫夫人传下美女簪花之格㊹。(贴)待俺写个奴婢学夫人㊺。(旦)还早哩。(贴)先生,学生领出恭牌㊻。(下)(旦)敢问师母尊年㊼?(末)目下平头六十㊽。(旦)学生待绣对鞋儿上寿,请个样儿。(末)生受了! 依《孟子》上样儿,做个"不知足而为屦"㊾罢了。(旦)还不见春香来。(末)要唤他么?(末叫三度科)(贴上)害淋的㊿! (旦作恼科)劣丫头,那里来?(贴笑科)溺尿去来。原来有座大花园,花明柳绿,好耍子哩。(末)哎也! 不攻书,花园去,待俺取荆条来。(贴)荆条要做甚么?

【前腔】女郎行㊾,那里应文科判衙㊿? 止不过识字儿书涂嫩鸦㊾。(起科)(末)古人读书,有囊萤的㊾,趁月亮的㊾,知道么?(贴)待映月,耀蟾蜍眼花;待囊萤,把虫蚁儿活支煞㊾。(末)悬梁㊾、刺股㊾呢?(贴)比似你悬了梁,损头发;刺了股,添疤疤㊾。有甚光华?(内叫卖花科)(贴)小姐,你听,一声声卖花,把读书声差㊾。(末)又引逗小姐哩,待俺当真打一下。(末做打科)(贴闪科)你待打,打这哇哇,桃李门墙㊾,崄把负荆人㊾唬煞。

(贴抢荆条投地科)(旦)死丫头,唐突㊾了师父,快跪下! (贴跪科)(旦)师父,看他初犯,容学生责认㊾一遭儿。

【前腔】手不许把秋千架拿,脚不许把花园路踏。(贴)则瞧罢。(旦)还嘴! 这招风嘴㊾,把香头来绰疤㊾;招花眼㊾,把绣针儿签瞎。(贴)瞎了中甚用?(旦)则要你守砚台,跟书案,伴"诗云",陪"子曰",没的争差㊾。(贴)争差些罢。(旦捽㊾贴发科)则问你几丝儿头发?几条背花㊾?敢也怕些些夫人堂上那些家法㊾。

(贴)再不敢了。(旦)可知道!(末)也罢,松㉔这一遭儿。起来。(贴起科)

【尾声】(末)女弟子则争个不求闻达㉕,和男学士一般儿教法。你们功课完了,方可回衙。咱和相公陪话㉖去。(合)怎辜负的这一弄㉗明窗新绛纱。

(末下)(贴做指末背骂科)村㉘老牛!痴老狗!一些趣也不知。(旦作扯科)死丫头,一日为师,终身为父,他打不得你?俺且问你,那花园在那里?(贴做不说)(旦笑问科)(贴指科)兀那㉙不是!(旦)可有甚么景致?(贴)景致么,有亭台六七座,秋千一两架;绕的流觞曲水㉚,面着太湖山石㉛。名花异草,委实华丽。(旦)原来有这等一个所在。且回衙去。

(集唐)㉜　也曾飞絮谢家庭㉝,(李山甫)
　　　　　欲化西园蝶未成㉞。(张泌)
　　　　　无限春愁莫相问,(赵嘏)
　　　　　绿阴终借暂时行。(张祜)

①《牡丹亭》:又名《还魂记》或《牡丹亭还魂记》。内容写南安太守之女杜丽娘,自小受到封建礼教的教育和严格的约束,但在《诗经》中爱情诗的启发和自由活泼的伴读丫头春香的诱导下,青春觉醒,在梦中和自己理想中的情人柳梦梅发生了爱情。梦醒后,因思念情人,感病而死。死前自画小像,并嘱家人将她葬于后花园的梅树下,画像藏于太湖石底。青年书生柳梦梅到南安游学,在梅花观拾得丽娘画像,产生爱慕之情,既而和丽娘的鬼魂相爱。为情所感,杜丽娘死而复生。柳梦梅携丽娘到京城临安,考中状元之后,经过一番曲折,丽娘的婚姻终于得到父母的承认,最后以团圆结局。　②闺塾:《牡丹亭》全剧五十五出,《闺塾》是第七出。封建时代称私人设立的学校为塾,闺塾是指专门为贵族小姐设立的学舍。　③咂(zā):吸吮。　④设帐:东汉马融曾坐在绛纱帐中教学生,所以后来称坐馆教书叫设帐。　⑤《毛诗》:相传为战国末鲁人毛亨和赵人毛苌所传,汉时有《毛诗》二十九卷,《毛诗故训传》三十卷,都是解释《诗经》的书。后来传《诗经》的齐鲁韩三家书散失,《毛诗》遂用作《诗经》的代称。　⑥潜玩:默默地思索玩味。　⑦"关关雎鸠"四句:这是《诗经》首篇《关雎》中的头四句。关关:鸟鸣声。雎鸠(jū jiū):水鸟名,常雌雄相伴不离。窈窕(yǎo tiǎo):美好的样子。好逑(qiú):好的配偶。　⑧云板:一种铁制的乐器,这里用作书房中的传讯物。　⑨上书:上课。　⑩贴:戏曲角色名,"贴旦"的简称,扮演次要的女性人物,这里指丫头春香。　⑪款步:慢步。　⑫《昔氏贤文》:一种用格言形式编成的宣扬儒家思想的启蒙读物。　⑬把人禁杀:把人拘禁死了。　⑭恁时节:这时候。　⑮万福:唐宋时妇女见人时的一种礼节,口称"万福",后亦泛指妇女行礼。　⑯"鸡初鸣"三句:这是封建礼教所规定的妇女生活守则,《礼记·内则》:"子事父母,鸡初鸣,咸盥、漱、栉、纵、笄……以适父母舅姑之所。"盥(guàn):洗脸。栉(zhì):梳头。笄(jī):用簪子绾住头发。　⑰诨(hùn):打诨,取笑。　⑱兴(xìng):《诗经》中的表现手法之一,由某种事物引起联想,进而抒写自己的思想感情,叫托物起兴。　⑲敷演:阐述、解释。　⑳葩(pā):花。这里指华美,有文采。韩愈

《进学解》有“诗正而葩”之句,后人因称《诗经》为“葩经”。 ㉑姜嫄(yuán)产哇:见《诗经·大雅·生民》,传说姜嫄为帝喾(kù)之妃,因在野外踩了巨人之迹而怀孕生了后稷。哇,同“娃”。 ㉒后妃贤达:指后妃美好的品德。《诗经》中许多爱情诗,都被儒家曲解为宣扬后妃之德的作品。 ㉓咏鸡鸣:指《诗经·齐风·鸡鸣》,《诗序》认为是“思贤妃,刺齐公”的,实际是描写夫妇生活的诗。 ㉔伤燕羽:指《诗经·邶风·燕燕》,《诗序》认为是写“庄姜(卫庄公之妻,齐东宫得臣之妹)送归妾”的,实际是一首描写惜别的诗。 ㉕泣江皋:指《诗经·召南·江有汜》,《诗序》认为是写“嫡(正妻)不以媵(妾媵,古时诸侯嫁女,常以妹妹或侄女从嫁)备数,媵无怨,嫡亦自悔”的,实际是描写女子被遗弃的诗。 ㉖思汉广:指《诗经·周南·汉广》,《诗序》认为它是写“文王之道被于南国,美化行乎江汉之域,无思犯礼,求而不可得”的,实际是描写女子失恋的诗。㉗洗尽铅华:一洗华丽之习而归于朴素。铅华,搽脸用的铅粉。 ㉘有风有化:有益于社会道德风尚,即有教育意义。 ㉙宜室宜家:语本《诗经·周南·桃夭》:“之子于归,宜其室家。”意思是,女子出嫁后,使夫家生活和顺。 ㉚偌(ruò)多:这么多。 ㉛“《诗》三百”二句:语出《论语·为政》:“《诗》三百,一言以蔽之,曰:思无邪。”《诗》三百:《诗经》在汉以前不称“经”,取其三百零五篇的约数,称《诗》三百。蔽:概括。思无邪:思想纯正,即不违背封建统治阶级的道德规范。 ㉜付与儿家:教给后辈。 ㉝螺子黛:古代妇女用以画眉的一种青色颜料。 ㉞薛涛笺:薛涛是唐代名妓,女诗人,她命匠人特制的一种狭小便于写诗的笺纸,称为薛涛笺。 ㉟蔡伦:东汉时人,相传他发明用树皮、破布等做原料造纸。 ㊱眼:质地上等的砚台,常有天然石纹圆晕如眼。 ㊲泪眼:据《砚谱》,砚眼又有活眼、泪眼、死眼之分。泪眼,指砚石上的眼纹四旁浸渍,不甚鲜明。㊳一发:一齐。 ㊴标老儿:不知趣的老头儿。 ㊵着:应答之词,行,可以。 ㊶临书:照着字帖习字。 ㊷把笔:手把手教人写字。 ㊸格:指书法的气格体式。 ㊹卫夫人:晋代著名的女书法家。美女簪花之格:形容一种秀美的书法风格。梁代袁昂评卫恒的书法说:“如插花美女,舞笑镜台。”卫夫人是卫恒的侄女,得卫恒书法的真传。 ㊺奴婢学夫人:比喻学得不像样。 ㊻出恭牌:科举考试时,规定考生上厕所必须领一块写有“出恭入敬”的牌子,称出恭牌。 ㊼尊年:问人年纪的一种尊敬的说法。 ㊽平头六十:整整六十岁。 ㊾生受:多承费心关切的意思。 ㊿“不知足而为屦(jù)”:语出《孟子·告子》,意思是不知道足的大小就去做鞋。此处是作者信手拈来附会取笑的。(51)害淋的:骂人的话,淋指淋病,中医对排尿障碍等泌尿系统疾病的总称,又叫“五淋”。(52)女郎行(háng):女儿家。行,有辈或家的意思。 (53)应文科:应科举考试。判衙:坐堂判案。全句意思是:应举做官不是女孩儿家的事。 (54)书涂嫩鸦:形容写字写得很难看。 (55)囊萤:古代著名的苦读故事。晋代的车胤家贫无油点灯,在夏夜囊聚萤火虫取光读书。 (56)趁月亮的:南齐时江泌,家贫无灯,常借星月之光读书。 (57)蟾蜍(chán chú):癞蛤蟆。传说月亮里有蟾蜍,故借蟾蜍为月的代称。 (58)活支煞:活活地折磨死。(59)悬梁:汉代孙敬在太学抄书写经,将头发悬在梁上,以免困时睡觉。 (60)刺股:战国时苏秦以锥刺股,发愤读书。 (61)疤痆(niè):疤痕。 (62)差(chà):搅扰。 (63)桃李门墙:

指培养造就学生的地方。 ⑭崄:同"险"。负荆人:有过失而知悔悟的人。 ⑮唐突:冒犯、冲撞。 ⑯责认:责备。 ⑰招风嘴:招惹是非的嘴巴。 ⑱绰:通"灼",烧。 ⑲招花眼:指不遵从非礼勿视的礼法规范,爱瞧热闹而招惹是非的眼睛。 ⑳争差:差错。 ㉑挦(xián):扯。 ㉒背花:背上被鞭打的伤痕。 ㉓家法:封建家长处罚人的工具。 ㉔松:饶恕。 ㉕则争:只差。不求闻达:不追求出名和地位显达。 ㉖陪话:陪着谈话。 ㉗一弄:一派。 ㉘村:野。 ㉙兀:发语词。兀那:就是那,但语气较强。 ㉚流觞曲水:古人常在三月三日上巳节,聚会在适宜于游宴的曲折的小溪旁,将盛上酒的杯子放到曲水之中,让其顺水流动,坐在溪旁的人可以顺手取饮。觞,酒杯。 ㉛太湖山石:产于太湖的一种多孔的石头,常用来叠山,装点园林。 ㉜集唐:凑集唐人现成的诗句成为一首完整的诗。《牡丹亭》每出之后都有一首集唐诗。 ㉝"也曾"句:东晋女诗人谢道韫,下雪时其叔父问何所似,道韫答以"柳絮因风起"。此用其事。 ㉞"欲化"句:《庄子·齐物论》记庄周曾梦见自己化成一只蝴蝶。此用其事。 (这出戏主要描写了杜丽娘所受的封建教育,以及她对这种教育的不满和反抗。表现了杜丽娘在《诗经》中爱情诗的启发下青春的初步觉醒,她向往大自然的美好春光,追求着个性自由。剧中刻画了塾师陈最良的迂腐可笑,通过机智幽默的侍读丫头春香,对他进行了辛辣的嘲讽。春香自由活泼的性格跟杜丽娘的含蓄矜持形成鲜明的对比,表现了杜丽娘作为一个贵族小姐在思想上受到封建礼教的束缚,在反抗礼教的道路上,迈步是十分艰难的。)

惊　梦①

【绕池游】(旦上)梦回莺转②,乱煞年光遍③。人立小庭深院。(贴)炷尽沉烟④,抛残绣线⑤,恁今春关情⑥似去年?

　　【乌夜啼】"(旦)晓来望断梅关⑦,宿妆残。(贴)你侧着宜春髻子⑧恰凭栏。(旦)剪不断⑨,理还乱,闷无端⑩。(贴)已分付催花莺燕借春看。"(旦)春香,可曾叫人扫除花径?(贴)分付了。(旦)取镜台衣服来。(贴取镜台衣服上)"云髻罢梳还对镜,罗衣欲换更添香。"镜台衣服在此。

【步步娇】(旦)袅晴丝⑪吹来闲庭院,摇漾春如线。停半晌,整花钿⑫。没揣菱花⑬,偷人半面,迤逗的彩云偏⑭。(行介)步香闺怎便把全身现!

　　(贴)今日穿插的好。⑮

【醉扶归】(旦)你道翠生生出落的裙衫儿茜⑯,艳晶晶花簪八宝填⑰,可知我常一生儿爱好是天然⑱。恰三春好处无人见⑲。不提防沉鱼落雁鸟惊喧⑳,则怕的羞花闭月㉑花愁颤。

　　(贴)早茶时了,请行。(行介)你看:"画廊金粉半零星,池馆苍苔一片青。踏草怕泥㉒新绣袜,惜花疼煞小金铃㉓。"(旦)不到园林,怎知春色如许!

【皂罗袍】原来姹紫嫣红开遍㉔,似这般都付与断井颓垣㉕。良辰美景奈何天㉖,赏心乐事谁家院㉗!恁般景致,我老爷和奶奶再不提起。(合)朝飞暮卷㉘,云霞翠轩㉙;雨丝风片,烟波画船——锦屏人忒看的这韶光贱㉚!

(贴)是花㉛都放了,那牡丹还早。

【好姐姐】(旦)遍青山啼红了杜鹃㉜,荼蘼外烟丝醉软㉝。春香呵,牡丹虽好,他春归怎占的先㉞!(贴)成对儿莺燕呵,(合)闲凝眄㉟,生生燕语明如剪㊱,呖呖莺歌溜的圆㊲。

(旦)去罢。(贴)这园子委是观之不足也。(旦)提他怎的!(行介)

【隔尾】观之不足由他缱㊳,便赏遍了十二亭台是枉然㊴。到不如兴尽回家闲过遣㊵。

(作到介)(贴)"开我西阁门,展我东阁床。瓶插映山紫㊶,炉添沉水香。"小姐,你歇息片时,俺瞧老夫人去也。(下)(旦叹介)"默地游春转㊷,小试宜春面㊸。"春呵,得和你两留连㊹,春去如何遣?咳,恁般天气,好困人也。春香那里?(作左右瞧介)(又低首沉吟介)天呵,春色恼人,信有之乎!常观诗词乐府,古之女子,因春感情㊺,遇秋成恨,诚不谬矣。吾今年已二八,未逢折桂之夫㊻;忽慕春情,怎得蟾宫之客?昔日韩夫人得遇于郎㊼,张生偶逢崔氏㊽,曾有《题红记》㊾、《崔徽传》㊿二书。此佳人才子,前以密约偷期,后皆得成秦晋㈤。(长叹介)吾生于宦族,长在名门。年已及笄,不得早成佳配,诚为虚度青春,光阴如过隙耳㈥。(泪介)可惜妾身颜色如花,岂料命如一叶㈦乎!

【山坡羊】没乱里春情难遣㈧,蓦地里怀人幽怨。则为俺生小婵娟㈨,拣名门一例、一例里神仙眷㈩,甚良缘,把青春抛的远㈦!俺的睡情谁见?则索因循腼腆㈧。想幽梦谁边,和春光暗流转㈨?迁延㈩,这衷情那处言!淹煎㈦,泼残生㈧,除问天!

身子困乏了,且自隐几而眠㈨。(睡介)(梦生介)(生持柳枝上)"莺逢日暖歌声滑㈩,人遇风情㈤笑口开。一径落花随水入,今朝阮肇到天台。"小生顺路儿跟着杜小姐回来,怎生不见?(回看介)呀!小姐,小姐!(旦作惊起介)(相见介)(生)小生那一处不寻小姐来,却在这里!(旦作斜视不语介)(生)恰好花园内,折取垂柳半枝。姐姐,你既通㈥书史,可作诗以赏此柳枝乎?(旦作惊喜,欲言又止介)(背想)这生素昧平生㈦,何因到此?(生笑介)小姐,咱爱杀你哩!

【山桃红】则为你如花美眷㈧,似水流年㈨,是答儿闲寻遍。在幽闺自怜。小姐,和你那答儿㈩讲话去。(旦作含笑不行)(生作牵衣介)(旦低问)那边去?(生)转过这芍药栏前,紧靠着湖山石边。(旦低问)秀才,去怎的?(生低答)和你把领扣松,衣带宽,袖梢儿揾着牙儿苫也㈦,则待你忍耐温存一晌眠。(旦作羞)(生前抱)

(旦推介)(合)是那处曾相见,相看俨然[73],早难道[74]这好处相逢无一言!

(生强抱旦下)(末扮花神束发冠,红衣插花上)"催花御史惜花天[75],检点春工[76]又一年。蘸客伤心红雨下[77],勾人悬梦彩云边。"吾乃掌管南安府后花园花神是也。因杜知府小姐丽娘,与柳梦梅秀才,后日有姻缘之份,杜小姐游春感伤,致使柳秀才入梦。咱花神专掌惜玉怜香,竟来保护他,要他云雨[78]十分欢幸也。

【鲍老催】(末)单则是混阳蒸变[79],看他似虫儿般蠢动把风情扇。一般儿娇凝翠绽魂儿颤。这是景上缘[80],想内成[81],因中见[82]。呀,淫邪展污了[83]花台殿。咱待拈片落花儿惊醒他。(向鬼门[84]丢花介)他梦酣春透了怎留连?拈花闪碎的红如片。

秀才才到的半梦儿,梦毕之时,好送杜小姐仍归香阁。吾神去也。(下)

【山桃红】(生、旦携手上)(生)这一霎天留人便[85],草藉花眠。小姐可好?(旦低头介)(生)则把云鬟点[86],红松翠偏[87]。小姐休忘了呵,见了你紧相偎,慢厮连,恨不得肉儿般团成片也,逗的个日下胭脂雨上鲜。(旦)秀才,你可去呵?(合)是那处曾相见,相看俨然,早难道这好处相逢无一言!

(生)姐姐,你身子乏了,将息[88],将息。(送旦依前作睡介)(轻拍旦介)姐姐,俺去了。(作回顾介)姐姐,你可十分将息,我再来瞧你那。"行来春色三分雨,睡去巫山一片云。"(下)(旦作惊醒,低叫介)秀才,秀才,你去了也?(又作痴睡介)(老旦上)"夫婿坐黄堂[89],娇娃立绣窗。怪他裙衩上,花鸟绣双双。"孩儿,孩儿,你为甚瞌睡在此?(旦惊醒,叫秀才介)咳也。(老旦)孩儿怎的来[90]?(旦作惊起介)奶奶到此!(老旦)我儿,何不做些针指,或观玩书史,舒展[91]情怀?因甚昼寝于此?(旦)孩儿适花园中闲玩,忽值春暄[92]恼人,故此回房。无可消遣,不觉困倦少息。有失迎接,望母亲恕儿之罪。(老旦)孩儿,这后花园中冷静,少去闲行。(旦)领母亲严命。(老旦)孩儿,学堂看书去。(旦)先生不在,且自消停[93]。(老旦叹介)女孩儿长成,自有许多情态,且自由他。正是:"宛转[94]随儿女,辛勤做老娘。"(下)(旦长叹介)(看老旦下介)哎也,天哪,今日杜丽娘有些侥幸也。偶到后花园中,百花开遍,睹景伤情。没兴而回,昼眠香阁。忽见一生,年可弱冠[95],丰姿俊妍。于园中折得柳丝一枝,笑对奴家说:"姐姐既淹通书史,何不将柳枝题赏一篇?"那时待要应他一声,心中自忖,素昧平生,不知名姓,何得轻与交言。正如此想间,只见那生向前说了几句伤心话儿,将奴搂抱去牡丹亭畔,芍药栏边,共成云雨之欢。两情和合,真个是千般爱惜,万种温存。欢毕之时,又送我睡眠,几声"将息"。正待自送那生出门,忽值母亲来到,唤醒将来。我一身冷汗,乃是南柯一梦[96]。忙身参礼母亲,又被母亲絮了许多闲话。奴家口虽无言答应,心内思想梦中之事,何曾放怀。行坐不宁,自觉如有所失。娘呵,你教我学堂看书去,知他看那一种书消闷也!(作掩泪介)

【绵搭絮】雨香云片[97],才到梦儿边。无奈高堂[98],唤醒纱窗睡不便。泼新鲜冷汗粘煎[99],闪的俺心悠步嚲[100]意软鬟偏。不争多费尽神情[101],坐起谁忺[102]?则待去眠。

(贴上)"晚妆销粉印,春润费香篝⑩。"小姐,薰了被窝睡罢。

【尾声】(旦)困春心游赏倦,也不索香薰绣被眠。天呵,有心情那梦儿还去不远。

　　　春望逍遥出画堂,(张说)
　　　间梅遮柳不胜芳。(罗隐)
　　　可知刘阮逢人处⑩?(许浑)
　　　回首东风一断肠。(韦庄)

①《惊梦》选自《牡丹亭》第十出。　②梦回莺啭:黄莺的鸣叫惊醒了迷梦。啭:鸟鸣。　③乱煞年光遍:乱人心的春光又到来了。遍:周遍,周而复始。　④炷(zhù)尽沉香。炷本指灯芯,这里作动词用,是燃的意思。沉烟,沉水香燃起的烟。　⑤抛残绣线:抛下刺绣针线活不做,连封建规范要求的女工也懒怠了。　⑥关情:牵动感情,指春光扰人。　⑦梅关:即大庾岭,宋代在此设有关城,为广东、江西来往的通道,位置在杜丽娘所居住的南安府以南。　⑧宜春髻子:饰有宜春彩燕的发髻。相传古代在立春那天,妇女们将丝绸剪成燕子形状,上贴"宜春"字样,戴在发髻上,故称为"宜春髻"。　⑨"剪不断"二句:形容杜丽娘内心的愁闷无法摆脱。语出南唐后主李煜的《乌夜啼》词。　⑩无端:无由。　⑪袅:缓缓飘动的样子。晴丝:春天晴日空间的游丝。　⑫花钿:妇女头上戴的嵌有金花珠宝的首饰。　⑬没揣:没料到,即突然间。菱花:镜子,古代铜镜背面常铸有菱花花纹,故以菱花代指镜子。　⑭迤逗(tuō dòu):挑逗,招引。彩云:妆饰美丽的头发。　⑮穿插:即穿戴。　⑯出落:显出。翠生生:色彩鲜艳。茜:红色。　⑰艳晶晶:形容光艳夺目。填:镶嵌。　⑱天然:天性如此。　⑲三春好处:以绚丽的春色暗寓自己的美丽。　⑳沉鱼落雁:形容女子非常漂亮。语出《庄子·齐物论》:"毛嫱、丽姬,人之所美者,鱼见之深入,鸟见之高飞。"　㉑羞花闭月:比花和月更漂亮,也是形容女子美丽的套语。　㉒泥:作动词用,污染的意思。　㉓"惜花"句:据传唐玄宗时,宁王用红丝绳密缀金铃,系于花梢之上,有鸟鹊来时,就叫人拉绳索将鸟鹊惊走。　㉔姹(chà)紫嫣(yān)红:形容春天花色繁丽鲜艳。　㉕断井颓垣:败落的庭院。断井,废井。颓垣,断墙。　㉖良辰:美好的时辰。这里指春天。奈何天:无法排解的意思。　㉗谁家院:哪一家的院。述上句语出谢灵运《拟魏太子邺中集诗序》:"天下良辰美景,赏心乐事,四者难并。"　㉘朝飞暮卷:语出唐人王勃《滕王阁》诗:"画栋朝飞南浦云,珠帘幕卷西山雨。"形容轩阁的高旷。　㉙云霞翠轩:云霞笼罩着华丽精美的轩阁。　㉚锦屏人:指富贵人家幽居而与自然风光隔绝的人。韶光:美好的春光。　㉛是花:所有的花。　㉜杜鹃:杜鹃花,晚春时开放。这里又关合杜鹃啼血的传说。　㉝荼蘼(tú mí):花名,属蔷薇科,花黄白色,暮春开放。烟丝:即游丝。醉软:形容游丝飘荡袅娜多姿的样子。　㉞"他春归"句:借牡丹虽美却春归时才开放,以表达内心因青春被耽误而产生的幽怨。　㉟凝眄(miǎn):斜着眼凝视。　㊱生生:燕子鸣叫的声音。剪:形容燕语的清脆明快。

㊲溜的圆：形容莺歌的圆润柔和。 ㊳缱（qiǎn）：留恋不舍。 ㊴十二：这里是虚指，犹言所有的。枉然：徒然，没有意思。 ㊵过遣：消遣，排遣。 ㊶映山紫：映山红的一种，色呈红紫色。 ㊷默地：悄悄地。 ㊸宜春面：头上梳起宜春髻的一种打扮。这里泛指梳妆打扮。 ㊹两留连：相互留恋。 ㊺感情：动情，伤情。 ㊻折桂：指科举及第。下句“蟾宫”意同。 ㊼韩夫人得遇于郎：唐传奇《流红记》载：唐僖宗时，宫女韩夫人在红叶上题诗，从御沟流出宫外，为于祐拾得。于亦于红叶上题诗，由御沟上游流入宫内，适为韩氏拾得，最后两人结为夫妇。 ㊽张生偶逢崔氏：指《西厢记》中张君瑞和崔莺莺的爱情故事。 ㊾《题红记》：明代王骥德所作传奇，据《流红记》故事写成。 ㊿《崔徽传》疑为《莺莺传》或《西厢记》之误。《崔徽传》写的是士子裴敬中和妓女崔徽的爱情故事，见《丽情集》。 (51)得成秦晋：春秋时，秦、晋两国世代结为婚姻，后因以秦晋之好代指联姻。 (52)光阴如过隙：指时间过得很快。《庄子·知北游》：“人生天地之间，若白驹之过隙，忽然而已。”白驹指骏马，这里指日光；隙指缝隙。 (53)命如一叶：指命薄。
(54)没乱里：形容心中很难理清的千愁万绪。 (55)婵娟：娟秀美好的样子。 (56)拣名门：在贵族之家择配。神仙眷：神仙的眷属，指物质生活的豪华舒适。 (57)“甚良缘”二句：意思是，在名门贵族中择配只会断送自己的青春，不会有什么良缘。 (58)则索：只得。索，要，须。因循：守旧，这里指受封建礼教的束缚。腼腆：害羞。 (59)流转：消逝。
(60)迁延：指时光缓慢地流逝。 (61)淹煎：受熬煎。 (62)泼：原是骂人的话，这里表示厌恶的感情。 (63)隐几：凭靠着几案。 (64)消：停歇。 (65)风情：指男女欢会。 (66)“今朝”句：指跟相爱的人实现了欢会。相传东汉时阮肇、刘晨入天台山采药，在桃花溪畔遇见两位仙女，于是相爱。 (67)淹通：精通。 (68)素昧平生：以前从未见过面。 (69)似水流年：形容时光如水一样流去。 (70)是答儿：是处，到处。 (71)那答儿：那边。 (72)“袖梢儿”句：用牙咬着衣袖遮住自己，是一种不好意思的样子。揾（wèn）：擦。苫（shàn）：遮盖。 (73)俨然：样子很像。 (74)早难道：即难道，语气较强。 (75)催花御史：唐穆宗时置“惜花御史”，职掌护惜鲜花之事。这里借用。 (76)检点春工：指在春天司百花开放之职。 (77)蘸（zhàn）：沾。红雨：指落花。 (78)云雨：喻指男女欢合之事。 (79)“单则是”三句：这是从花神眼中形容杜丽娘与柳梦梅幽会的情景。 (80)景上缘：景同“影”，景上缘意为如影子般不实的姻缘，只是一场梦幻。这是佛家的说法。 (81)想内成：指在幻想中实现的事。 (82)因中见：见同“现”，因中见，佛家认为一切事均由因缘造成。 (83)展污：弄脏，玷污。 (84)鬼门：又称古门，旧戏舞台上演员上下场的门。 (85)天留人便：上天给人方便。 (86)云鬟：这里代指头。 (87)红松翠偏：头上的装饰被弄乱了。 (88)将息：将养，休息。 (89)坐黄堂：指任太守之职。古代太守衙门的正厅称黄堂，后因以黄堂代指太守。 (90)怎的来：怎么样了。 (91)舒展：排解，宽松。 (92)春暄（xuān）：指绚丽温暖的春光。 (93)消停：休息。 (94)宛转：照顾周全。 (95)弱冠：古代男子二十岁行加冠礼，表示成年。 (96)南柯一梦：唐代李公佐作传奇《南柯太守传》，写淳于棼梦中被大槐安国招为驸马，并做了南柯郡太守，历尽荣华富贵、人世沉浮，醒来发现大槐安国不过是大槐树下的一个蚁穴，南柯郡则是另一蚁穴，后来南柯便用作梦的代称。 (97)雨香云片:即云雨,指与柳梦梅梦中的幽会。　⑱高堂:对父母的尊称,这里指母亲。　⑲泼:很,非常,表程度的副词。　⑩闪的俺:弄得我。心悠步踔(duǒ):心神不定,步履歪斜。踔,偏斜。　⑩不争多:差不多,几乎。　⑩坐起谁忺(xiān):无论坐起都不适意。忺,惬意。　⑩香篝(gōu):薰香用的香笼。　⑩刘阮:即刘晨阮肇。　(这出戏前后两个部分,前面写游园,后面写惊梦。游园部分写杜丽娘青春觉醒,向往于大自然的春色,终于大胆地挣破了封建礼教的束缚,走向了一个新的充满生命活力的世界。通过几支优美的曲词,生动真实地揭示了女主人公又是惊喜、又是羞怯的复杂微妙的心理状态,表现了她对桎梏她的封建礼教的不满和怨恨,以及对自身命运的悲叹。惊梦部分写她在梦中与情人的幽会,这大胆的行动正是前面思想的发展,母亲来后又写出了她内心的冲突。)

四、清代诗文

吴伟业

吴伟业(1609—1672),字骏公,号梅村。祖籍昆山,祖父时迁太仓(今江苏太仓)。崇祯四年(1631)进士,曾任翰林编修、东宫讲读官、南京国子监司业等职。他是复社领袖张溥的学生,曾与阉党余孽作斗争。南明福王时任少詹事,因与马士英等人不合,不久辞官。入清后被迫赴京,任秘书院侍讲、国子监祭酒,后因母丧辞归。因屈节事清,深以为憾,晚年闲居故里,生活痛苦寂寞。他身处易代动乱时期,诗多反映现实,取法盛唐诸大家及元白,诗风早年清丽,晚趋苍凉,以七言歌行为长。著有《梅村家藏稿》。

圆 圆 曲①

鼎湖当日弃人间②,破敌收京下玉关。恸哭六军俱缟素③,冲冠一怒为红颜。红颜流落非吾恋④,逆贼天亡自荒宴⑤。电扫黄巾定黑山⑥,哭罢君亲再相见⑦。相见初经田窦家⑧,侯门歌舞出如花⑨。许将戚里空侯伎⑩,等取将军油壁车⑪。家本姑苏浣花里⑫,圆圆小字娇罗绮⑬。梦向夫差苑里游⑭,宫娥拥入君王起。前身合是采莲人⑮,门前一片横塘水⑯。横塘双桨去如飞,何处豪家强载归⑰。此际岂知非薄命⑱,此时只有泪沾衣。熏天意气连宫掖⑲,明眸皓齿无人惜。夺归永巷闭良家⑳,教就新声倾坐客。坐客飞觞红日暮[21],一曲哀弦向谁诉?白皙通侯最少年[22],拣取花枝屡回顾。早携娇鸟出樊笼[23],待得银河几时渡[24]?恨杀军书底死催[25],苦留后约将人误。相约恩深相见难,一朝蚁贼满长安[26]。可怜思妇楼头柳,认作天边粉絮看。遍索绿珠围内第[28],强呼绛树出雕阑[29]。若非壮士全师胜[30],争得蛾眉匹马还?蛾眉马上传呼进[31],云鬟不整惊魂定。蜡炬迎来在战场,啼妆满面残红印[32]。专征箫鼓向秦川[33],金牛道上车千乘。斜谷云深起画楼,散关月落开妆镜。传来消息满江乡[34],乌臼红经十度霜。教曲妓师怜尚在[35],浣纱女伴忆同行[36]。旧巢共是衔泥燕[37],飞上枝头变凤凰[38]。长向尊前悲老大[39],有人夫婿擅侯王[40]。当时只受声名累[41],贵戚名豪竞延致。一斛珠连万斛愁[42],关山漂泊腰支细。错怨狂风飏落花[43],无边春色来天地。尝闻倾国与倾城[44],翻使周郎受重名。妻子岂应关大计[45],英雄无奈是多情[46]。全家白骨成灰土[47],一代红妆照汗青[48]。君不见馆娃初起鸳鸯宿[49],越女如花看不足[50],香径尘生乌自啼[51],屧廊人去苔空绿[52]。换羽移宫万里愁[53],珠歌翠舞古梁州[54]。为君别唱吴宫曲[55],汉水东南日夜流[56]!

①这首诗约作于清顺治十六年(1659)之后。圆圆:陈圆圆,名沅,字畹花,明末苏州名妓,后归吴三桂。 ②"鼎湖"二句:指1644年2月李自成攻入北京后,崇祯皇帝去世,吴三桂引清兵入关攻打李自成军,入北京,李自成率军返陕。顺治二年(1645),清兵破潼关入西安。鼎湖,相传黄帝在荆山(在今河南灵宝南)下铸鼎,鼎成,乘龙而去,后世因称其地为鼎湖。(见《史记·封禅书》)这里喻指崇祯之死。敌,这里指李自成起义军,京,北京。玉关,在甘肃敦煌西。这里借指西北。 ③"恸哭"二句:指明朝军队听说崇祯帝自杀,都服丧哀悼,而吴三桂却因自己的爱姬陈圆圆被李自成部将俘获而怒发冲冠。六军,这里指明王朝的军队。缟素,丧服。红颜:年轻漂亮的女子,这里指陈圆圆。 ④红颜流落:指陈圆圆被李自成部将所获。吾:拟吴三桂自指。以后四句都是吴三桂对自己罪行的辩护。 ⑤逆贼:对李自成的诬称。天亡自荒宴:沉溺于荒淫宴乐,是天意要他灭亡。 ⑥"电扫"句:指吴三桂对李自成农民起义军的攻击。电扫,用《后汉书·吴汉传赞》"电扫群孽"语,比喻出击的神速。黄巾,汉末张角领导的农民起义军,头裹黄巾,称黄巾军。黑山,汉末张燕领导的农民起义军,活动于常山一带,号黑山军。这里黄巾和黑山都借指李自成农民起义军。 ⑦君亲:指崇祯皇帝和吴三桂的父母。史载,李自成义军攻占北京后,命吴三桂之父吴襄写信给吴三桂招降,吴三桂拒绝,吴襄为义军所杀。 ⑧田窦:指武安侯田蚡和魏其侯窦婴,都是汉代著名的外戚。这里喻指崇祯皇帝田妃的父亲田畹。 ⑨"侯门"句:陈圆圆为田畹家的歌舞乐伎,在招待吴三桂的宴席上表演歌舞,为吴所识。如花:比喻陈圆圆的美貌。 ⑩许:允许。戚里:指外戚居住的地方,这里指田畹家。空侯:即"箜篌",一种弹拨乐器,体长而曲,二十三弦。空侯伎:指弹奏箜篌的乐伎,即陈圆圆。 ⑪将军:指吴三桂。油壁车:用油涂饰车壁的车

子,多指美人所乘。古乐府《苏小小歌》:"我乘油壁车,郎乘青骢马。" ⑫姑苏:今江苏省苏州市。浣花里:唐代蜀中名妓薛涛所居地名浣花溪,这里借用为陈圆圆所居地。 ⑬小字:小名。娇罗绮:比喻美丽姣好。江淹《别赋》:"罗与绮兮娇上春。" ⑭夫差:春秋时吴国的君主。苑:宫苑。 ⑮前身:前世。采莲人:指西施,春秋时越国的美女,吴王夫差战败越王勾践后,接受越国所献美女西施,荒淫失政,终于败亡。 ⑯横塘:在今苏州市胥门外。 ⑰"何处"句:指陈圆圆先为田畹所得,成为歌伎。 ⑱"此际"二句:陈圆圆当时思嫁冒襄,因而进入权贵之家并非本愿,所以伤薄命而泪沾衣。 ⑲"熏天"二句:指外戚之家田畹权势很大,将圆圆献入宫中,崇祯不纳。熏天,形容权势很大。宫掖:指后宫。掖庭为宫中的旁舍,嫔妃所居。 ⑳"夺归"二句:据载,陈圆圆进宫后未被召见,不久遇到外放永巷宫人,田妃将陈圆圆名字窜入宫人名单中,后被放出,复归于田畹家。这两句即指其事。永巷:宫中长巷,为宫女所居。闭:锁闭,深藏。良家:这里指田畹家。新声:时行的新曲调。倾坐客:使座上客倾倒。 ㉑"坐客"句:指田畹家宴请宾客,饮酒作乐,直到日落入暮。觞:酒器。 ㉒白皙(xī):皮肤白净。通侯:汉代爵位名,后来用作武官的美称,这里指吴三桂。 ㉓娇鸟:喻指陈圆圆。樊笼:鸟笼。这里指田畹家。 ㉔"待得"句:以牛郎织女每年七月七日相会事,喻指吴三桂因军情紧急,匆匆离陈而去,后会难期。 ㉕"恨杀"二句:指吴三桂留恋陈圆圆,迟迟不赴山海关任所,后军书紧催,终于离别而去,空留相约之言,令人十分痛苦。底死催,拼命催。 ㉖蚁贼:对李自成起义军的蔑称。长安:这里指北京。崇祯十七年(1644)三月,李自成起义军攻入北京。 ㉗"可怜"二句:意谓陈圆圆已成为吴三桂的妾,却仍被人当作轻贱的妓女看待。思妇楼头柳:王昌龄《闺怨》:"闺中少妇不知愁,春日凝妆上翠楼,忽见陌头杨柳色,悔教夫婿觅封侯。"此用其意。天边絮:比喻未从良的妓女。 ㉘绿珠:西晋时石崇的爱妾。石崇失势后,孙秀矫诏捕崇,欲夺绿珠,绿珠坠楼自杀。这里绿珠喻指陈圆圆。内第:指妇女居住的内室。全句借指李自成部将搜索陈圆圆。 ㉙绛树:汉末著名舞伎,魏文帝曹丕的宠姬,这里喻指陈圆圆。 ㉚"若非"二句:意谓要不是吴三桂取得全胜,怎能夺回陈圆圆?壮士指吴三桂。他引清兵入关后大败李自成,故云"全师胜"。争得:怎得。蛾眉:指陈圆圆。 ㉛"蛾眉"二句:吴三桂攻占北京后,追李自成至山西,尚不知陈圆圆下落。部将于都城访得,立即飞骑传送。吴三桂结彩楼,列旌旗,箫鼓三十里,亲往迎接。此记其事。传呼:喝道。 ㉜残红印:眼泪沾湿脂粉,在脸上留下了痕迹。 ㉝"专征"四句:写吴三桂携陈圆圆出镇云南的情形。专征:古代帝王授予有功的将帅掌握军旅的特权,不待天子之命,即可自行征伐,独当一面。吴三桂为平西王,出镇云南,为清初四大藩镇之一,故称"专征"。秦川:今陕西一带。金牛道:古栈道名,又称金牛峡,自今陕西省勉县而西,南至剑阁县大剑关口。车千乘:形容随从很多。斜(yé)谷:在今陕西省眉县西南,即褒斜谷。散关:大散关,在今陕西省宝鸡市西南大散岭上,与褒斜谷相通。 ㉞"传来"二句:意谓消息传到陈圆圆的家乡,已是她离家十年之时了。乌臼:即乌桕树,一种落叶乔木,秋天叶子变红。温庭筠《西州词》:"门前乌桕树,惨淡天将曙。"写的是男女临别时的景色。十度霜:十度经霜,即十年,这里是举成数。

㉟教曲妓师：指教陈圆圆学曲的师父。 ㊱浣纱女伴：指儿时在乡里的女友。 ㊲衔泥燕：比喻乡里的旧友本来都同是地位低贱的人。 ㊳变凤凰：比喻陈圆圆由贱变贵，成了侯王夫人。 ㊴“尊前”句：尊前：即樽前，指饮酒。这里是说圆圆旧时同伴的自悲感，有借酒浇愁之意。悲老大：因年纪大而悲伤。 ㊵夫婿：丈夫。擅王侯：据有王侯之位。㊶“当时”二句：意谓当年陈圆圆为歌妓时，声名很大，贵族富豪竞相招致，反而受累。㊷“一斛”二句：意谓陈受吴三桂宠爱，却招来无限的哀愁，后来的漂泊生活把人也折磨瘦了。一斛珠：事出《梅妃传》，唐玄宗思念梅妃，适外国进贡珠宝，便密赐一斛给梅妃。梅妃作诗，玄宗命乐工度曲，称《一斛珠》。古以十斗为一斛，后改为五斗。 ㊸“错怨”二句：意谓陈圆圆曾抱怨自己身世不幸，如被狂风吹打飘零的落花，但后来享受富贵，却如无边春色。 ㊹“尝闻”二句：意谓三国时周瑜因娶著名美女小乔为妻而出名，以比喻吴三桂亦因娶陈圆圆而出名。倾国倾城：形容妇女极其美貌。李延年《李夫人歌》：“宁不知倾城与倾国，佳人难再得。” ㊺大计：指国家大计。 ㊻英雄：这里指吴三桂。㊼“全家”句：批吴襄一家八口被李自成农民起义军所杀。 ㊽一代红妆：指陈圆圆。照汗青：留名史册。 ㊾馆娃：馆娃宫，吴王夫差为越女西施所建，后两人在宫中过一种形影不离的鸳鸯般生活。 ㊿越女：西施。这里喻指陈圆圆。 (51)香径：采香径，今名箭径，在今苏州市西。尘生：形容人迹不到，一片荒芜。 (52)屟(xiè)廊：响屟廊，吴王宫中的廊，传说专为西施而建，以梓板铺地，西施着屟行其中而有声，故名。屟，古时一种木底鞋。 (53)换羽移宫：以曲调的变换比喻改朝换代，吴三桂降清。羽和宫是古代五音中的两个音阶。 (54)珠歌翠舞：指吴三桂沉湎声色的生活。古梁州：汉中南郑为古梁州所在地。吴三桂于顺治五年(1648)移驻汉中。一说古梁州指云南，《明史·地理志》：“云南，《禹贡》‘梁州徼外地’。”吴三桂最后镇守云南，并在那里反叛清廷。 (55)别唱：另唱一支。吴宫曲：吴王夫差时咏叹吴宫盛衰的歌曲，这里喻指《圆圆曲》。 (56)汉水：汉中临汉水，汉水东南流入长江。李白《江上吟》：“功名富贵若长在，汉水亦应西北流。”这句比喻吴三桂富贵难常。 （这首诗通过吴三桂与陈圆圆悲欢离合的故事，揭露和讽刺了吴三桂为一红颜而叛明降清的丑恶嘴脸，部分地反映了明末清初的动乱现实。诗中作者以维护亡明统治的态度，指斥李自成农民起义为盗贼，显然是一种地主阶级的偏见。）

过吴江有感[①]

落日松陵[②]道，堤长欲抱城[③]。塔盘湖势动[④]，桥引月痕生[⑤]。市静人逃赋[⑥]，江宽客避兵[⑦]。廿年交旧散[⑧]，把酒叹浮名[⑨]。

①这首诗大约作于清康熙七年(1668)或稍后。吴江：今江苏省吴江。 ②松陵：即指吴江。松陵原属吴县，后为吴江县治，所以吴江又称松陵。 ③“堤长”句：长堤在吴

江东吴淞江岸,宋庆历二年(1042)筑,明万历十三年(1585)重筑,长八十里。 ④"塔盘"句:意谓在湖的四周都可以见到塔,就好像湖在围绕着塔转动。塔:指吴江东门外宁境华严寺方塔,共七层,宋元祐四年(1089)建。 ⑤"桥引"句:意谓月光下桥影投入水中,如引生出一道长痕。桥,指吴江长桥,有七十二孔。 ⑥人逃赋:人因赋重而逃亡。⑦客避兵:人们因战乱避兵而客居在外。 ⑧"廿(niàn)年"句:据靳荣藩《吴诗集览》引《吴江县志》:顺治七年(1650)吴江遗民组织惊隐诗社,康熙二年(1663)因《明史》案株连而星散。诗社之起至作此诗时约二十年。廿:二十。交旧:旧时的朋友。 ⑨把酒:举杯饮酒。叹浮名:感叹为虚名所累,暗寓被迫出仕事。 (这首诗通过吴江景物和萧条景象的描写,反映了在重赋和战乱条件下民不聊生的情况,并抒发了自己的身世感叹。)

顾炎武

顾炎武(1613—1682),本名继绅,更名绛,字忠清。明亡后改名炎武,字宁人,号亭林。昆山(今江苏昆山)人。他是明清之际著名的思想家、学者和文学家。弘光朝以贡生荐授兵部司务。清兵南下时,参加了昆山、嘉定一带的抗清斗争;失败后流亡各地,考察祖国的山川形势,时刻不忘反清复明。在学术上主张经世致用,反对空谈。治学范围十分广泛,又能将读书和实地考察结合起来。文学上主张作文要有益于天下,反对模拟和复古。诗歌创作主张"言意",抒写性情,不务奇巧。他的诗作具有较强的现实性和政治性,风格沉郁苍凉,刚健质朴。散文内容充实,不事藻饰,语言简明朴实。著有《亭林诗文集》和《日知录》等。

海 上①(四首选一)

其 一

日入空山海气侵②,秋光千里自登临。十年天地干戈老③,四海苍生痛哭深。水涌神山来白鸟④,云浮仙阙见黄金。此中何处无人世⑤?只恐难酬壮士心⑥。

①这组诗写于清顺治三年(1646)。顺治二年(1645),南明福王(弘光)朱由崧、潞王朱常淓相继降清,郑芝龙、黄道周、郑鸿逵等人拥立唐王朱聿键于福州,建元隆武,遥授顾炎武为兵部职方司主事,顾因故未赴,却十分兴奋。郑芝龙因与黄道周一派不和,

为了一己私利,与大汉奸洪承畴暗订降清密约。尽撤仙霞岭二百里防线上的守军,清军于是长驱直入福建。1646 年福州失守,唐王逃至汀州(今福建长汀)被俘死,郑芝龙降。郑芝龙之子郑成功等率所部入海,坚持抗清。诗即感此事而作。 ②"日入"二句:写作者登山望海所见景象,太阳落山,海气侵逼,秋光无限,借以引起下文的无限感慨。 ③"十年"二句:写连年战火不息,全国百姓陷于水深火热之中。苍生,百姓。 ④"水涌"二句:写他神驰海上,似乎看见白鸟从仙山飞来,还看见了神仙居住的黄金宫阙。《史记·封禅书》:"此三神山(方丈、蓬莱、瀛洲)者,其传在渤海中……诸仙及不死之药在焉。其物禽兽尽白,黄金银为宫阙。" ⑤"此中"句:海中哪里都可以过人世的生活。 ⑥酬:实现。壮士心:指郑成功等反清复明的理想。 (这首诗写作者观海而怀想郑成功等入海的抗清壮士,写得悲壮沉郁。)

精 卫①

"万事有不平,尔②何空自苦;长将一寸身,衔木到终古③?""我愿平东海,身沉心不改;大海无平期④,我心无绝⑤时!"呜呼!君不见,西山衔木众鸟多⑥,鹊来燕去自成窠。

①这首诗作于清顺治四年(1647)。精卫:传说中的一种鸟。《山海经·北山经》载:"发鸠之山,有鸟状如乌,文首(花头)白喙(白嘴)赤足,名曰精卫。常衔西山之木石,以湮于东海。" ②尔:指精卫。 ③终古:永远。 ④平期:填平的时候。 ⑤绝:断绝,这里指改变。 ⑥"西山"二句:以燕鹊忙于构筑自己的小巢讽刺那些为了个人私利而降清仕清的人们,并与衔木填海的精卫作对比。 (这首诗借精卫填海的神话故事,表现了诗人反清复明、誓不屈服的顽强意志和崇高的民族气节。)

王 士 禛

王士禛(1634—1711),字子真,一字贻上,号阮亭,别号渔洋山人,新城(今山东桓台县)人。顺治年间进士,官至刑部尚书,谥文简。他论诗标举神韵,追求一种言语之外的意趣和韵致,以清远为尚。他的诗歌创作是他理论的实践。他各体都写,但以绝句和律诗较为出色。内容多为描写山水,抒发个人情怀,或酬赠友朋,缺乏现实内容。一些小诗写得委婉含蓄,格调清新,富于情韵,但终嫌格局太小,缺少气势。著有《带经堂全集》。

江　上①

吴头楚尾②路如何？烟雨秋深暗白波③。晚趁寒潮渡江去,满林黄叶雁声多。

①这首诗约作于清顺治十七年(1660)。这年八月,王士禛充江南乡试同考试官,由扬州过江到南京。王丹麓《今世说》载:"阮亭为同考,至白门(南京),夜鼓柁行大江中,漏下将尽,始抵燕子矶。王兴发欲登,会天雨新霁,林木萧飒,江涛喷涌,与山谷相应答。从者顾视色动,王径呼束苣以往,题数诗于石壁,从容疑步而还。翌日诗传白下,和者凡数十家。"　②吴头楚尾:《方舆胜览》:"豫章之地,吴头楚尾。"豫章,古地名,其地在淮南江北之界。又汉置豫章郡,属扬州,郡治在江南,辖区相当于今江西省,因此吴头楚尾又指江西。这里当指江北淮南一带。　③白波:指江上水波。　(这首诗写江上所见深秋景色,有声有色,意境深远。)

秦淮杂诗①（十四首选一）

其　一

年来肠断秣陵舟②,梦绕秦淮水上楼。十日雨丝风片里③,浓春烟景似残秋。

①这组诗作于清顺治十八年(1661),时作者客居金陵,馆于秦淮布衣丁继之家。秦淮:秦淮河,在南京城南。这里代指南京。　②秣陵:即南京。秦时改金陵为秣陵,晋又以建业为秣陵,其地都在今天的南京市。　③雨丝风片:细雨微风。汤显祖《牡丹亭》:"雨丝风片,烟波画船。"　(这首诗以秦淮景象的残败,追想昔日繁华,抒写感伤情绪。)

真州绝句①（五首选一）

其　四

江干多是钓人居②,柳陌菱塘一带疏③。好是日斜风定后,半江红树④卖鲈鱼。

①这组诗写于清康熙元年(1662)。真州:今江苏仪征。　②江干:江岸。钓人居:

渔民居住的地方。　③疏:疏朗明丽。　④半江红树:指夕阳照在柳树上,把树梢染成红色,树倒映在江中,连江水也映红了。　(这首诗生动地描写了江边明丽迷人的风景和渔民们欢乐的生活,疏淡清隽,含蓄有味。)

查慎行

查慎行(1650—1727),初名嗣琏,字夏重,后改名悔馀,号他山。海宁(今浙江海宁)人。康熙四十二年(1703)以举人特赐进士出身,授翰林院庶吉士。诗歌宗宋人,尤受到苏轼和陆游的影响。诗以白描见长,多纪游吊古之作,诗风宏丽稳惬。著有《敬业堂集》。

村家四月词①(十首选一)

其　十

山妻赤脚子蓬头,从此劳劳直过秋②。海角③为农知更苦,合家筋力替耕牛④。

①这组诗写夏四月农村的景象和诗人的感受。　②劳劳:勤劳辛苦的耕作生活。直过秋:直到秋天收割完毕。　③海角:海角荒僻之地。　④"合家"句:耕地以人代牛。(这首诗写海边农民耕作的艰辛。)

方　苞

方苞(1668—1749),字凤九,一字灵皋,晚号望溪,桐城(今安徽桐城)人。康熙三十八年(1699)中乡试第一名,康熙四十五年(1706)中进士,因母病未参加殿试。后因戴名世《南山集》案株连入狱,论死。经营救得赦,入汉军旗籍,得到康熙重视,入南书房,后又充武英殿修书总裁,累官至翰林院侍讲学士、内阁学士兼礼部侍郎。七十五岁因年迈自请免职回乡。他是桐城派散文的开山祖,思想上尊奉程朱理学,散文宗唐宋,提倡"义法",主张"言有物"、"言有序"。所作散文简练雅洁,议论文字不够深刻,叙事抒情散文有生动可读之作。著有《方望溪先生全集》等。

左忠毅公逸事①

先君子②尝言:乡先辈左忠毅公视学京畿③,一日,风雪严寒,从数骑出。微行④,入古寺,庑⑤下一生伏案卧,文方成草⑥。公阅毕,即解貂覆生⑦,为掩户。叩之寺僧⑧,则史公可法⑨也。及试,吏呼名至史公,公瞿然⑩注视;呈卷,即面署第一⑪。召入,使拜夫人,曰:"吾诸儿碌碌⑫,他日继吾志者,惟此生耳。"

及左公下厂狱⑬,史朝夕狱门外。逆阉⑭防伺甚严,虽家仆不得近。久之,闻左公被炮烙,旦夕且⑮死。持五十金,涕泣谋于禁卒⑯,卒感焉。一日,使史更敝衣草屦⑰,背筐,手长镵⑱,为除不洁者⑲。引入,微指左公处,则席地倚墙而坐,面额焦烂不可辨,左膝以下筋骨尽脱矣。史前跪,抱公膝而呜咽。公辨其声而目不可开,乃奋臂以指拨眦⑳,目光如炬,怒曰:"庸奴㉑,此何地也,而汝来前!国家之事,糜烂㉒至此。老夫已矣㉓,汝复轻身而昧大义㉔,天下事谁可支拄㉕者?不速去,无俟奸人构陷㉖,吾今即扑杀汝!"因摸地上刑械,作投击势。史噤㉗不敢发声,趋㉘而出。后常流涕述其事以语人,曰:"吾师肺肝,皆铁石所铸造也!"

崇祯㉙末,流贼㉚张献忠出没蕲、黄、潜、桐间。史公以凤庐道奉檄守御㉛。每有警,辄数月不就寝,使壮士更休㉜,而自坐幄幕外。择健卒十人,令二人蹲踞而背倚之㉝,漏鼓移㉞,则番代㉟。每寒夜起立,振㊱衣裳,甲㊲上冰霜迸落,铿然㊳有声。或劝以少休,公曰:"吾上恐负朝廷,下恐愧吾师也。"

史公治兵㊴,往来桐城,必躬造左公第㊵,候太公、太母起居㊶,拜夫人于堂上。

余宗老涂山㊷,左公甥也,与先君子善㊸,谓狱中语,乃亲得之于史公云。

①左忠毅公:左光斗(1575—1625),字遗直,号浮丘,桐城人。明万历年间进士,官至左佥都御史。因弹劾宦官魏忠贤,被陷下狱死。弘光时追谥"忠毅"。逸事:为史书不载而在民间流传的事迹。 ②先君子:对自己已死父亲的称呼。方苞的父亲名仲舒,字逸巢。 ③乡先辈:同乡的长辈。视学:督察学务。京畿:京城管辖的地区。明天启初,左光斗由御史出督畿辅学政。 ④微行:古时皇帝或高级官员改换百姓衣服访察民间称微行。 ⑤庑(wǔ):廊屋。 ⑥成草:写成草稿。 ⑦解貂:解下貂皮大衣。 ⑧叩:问。 ⑨史公可法:史可法(1601—1645),字宪之,号道邻,祥符(今河南省开封市)人。

崇祯年间进士。南明福王时官至兵部尚书大学士,出镇扬州,坚守孤城,兵败不屈死。⑩瞿(jù)然:吃惊而注视的样子。 ⑪面署第一:当面签字,选为第一。 ⑫碌碌:平庸无能。 ⑬厂狱:明代特务机关东厂所设的监狱。 ⑭逆阉:叛逆的宦官,这里指魏忠贤及其一党。 ⑮旦夕:早晨或晚上,形容时间很短。且:将。 ⑯谋:商量,求情。禁卒:看守监狱的衙役。 ⑰更:换上。敝衣草屦(jù):破衣草鞋。 ⑱手长镵(chán):手里拿着长镵。手,作动词用,拿着。长镵,一种长柄的掘土工具。 ⑲为除不洁者:化装成打扫卫生的人。 ⑳眦(zì):眼眶。 ㉑庸奴:目光短浅、不识大体的庸才。 ㉒糜烂:指政治腐败。 ㉓已矣:完了,指将死。 ㉔轻身:不看重自己的生命。昧大义:不明大义。 ㉕支拄:犹支撑。 ㉖无俟:不等。奸人:指阉党。构陷:捏造罪名陷害。 ㉗噤(jìn):闭口。 ㉘趋:快步走。 ㉙崇祯:明思宗年号(1628—1644)。 ㉚流贼:封建统治阶级对农民起义的诬称。张献忠,明末著名的农民起义领袖,在四川称帝,建大西国。清顺治三年(1646)战死。蕲(qí):蕲州府,今湖北蕲春县一带。黄:黄州府,今湖北黄冈一带。潜:今安徽潜山。桐:今安徽桐城。 ㉛以凤庐道:以凤阳、庐州道员的身份。道,明清时期在省、府间设监察区,有分巡道、兵备道等之别,长官称道员。檄:征讨的文书。 ㉜更休:轮换休息。 ㉝踞(jù):蹲坐在地上。背倚之:指史可法的背倚靠着健卒。 ㉞漏鼓移:指过一段时间。漏,古代滴水计时的器具。鼓,更的别称。古代夜里击鼓以报时。 ㉟番代:轮换代替。 ㊱振:抖动。 ㊲甲:古代将士的军衣,用金属或皮革制成。 ㊳铿然:响亮的声音。 ㊴治兵:统帅和管理军队。 ㊵躬造左公第:亲自到左公的家宅去。 ㊶候……起居:问候安好。太公太母:指左光斗的父母。 ㊷宗老:同一宗族的前辈。涂山:方苞族祖父的号。 ㊸善:交好。 (这篇文章通过左光斗和史可法的关系,着重表现了左光斗公而忘私,以国家利益为重,将个人的生死荣辱置之度外的崇高品质和斗争精神。作者善于提炼典型的场面和细节,叙事简练集中,语言生动,人物形象栩栩如生。)

袁 枚

袁枚(1716—1798),字子才,号简斋,钱塘(今浙江杭州)人。乾隆四年(1739)进士,初授翰林院庶吉士,后到溧水、江宁等地任知县。中年即辞官,退居江宁(今南京市)小仓山之随园,因号随园。他酷爱山水园林,过一种自由清狂的生活,以从事诗文著述为乐。他论诗标举性灵,主张在诗中要写出诗人的真情实感和个性,反对拟古和形式主义倾向。但他的诗由于生活范围狭小,多抒写个人的生活感受和思想情趣,内容浅薄,缺乏现实性和社会意义。他的诗技巧较高,选材别致,表现新颖,格律也严整妥帖。风格清新流丽,但有部分作品流于浮浅油滑。著有《小仓山房诗文集》和《随园诗话》等。

马 嵬①（四首选一）
其 四

莫唱当年《长恨歌》②，人间亦自有银河③。石壕村里夫妻别④，泪比长生殿上多⑤。

①这组诗是清乾隆十七年(1752)，诗人赴陕西候补任官，经过马嵬坡时所作。马嵬：即马嵬坡，在陕西省兴平西二十五里。唐天宝十四载(755)，安禄山起兵叛乱，唐玄宗携杨贵妃仓皇逃往四川，途经马嵬坡时，护驾士兵杀死杨国忠，并要求将杨贵妃处死，玄宗无奈，赐死贵妃。这组诗即有感于这一史事而作。　②《长恨歌》：白居易的一首著名长诗，描写唐玄宗与杨贵妃的爱情故事，对他们的生离死别，给予深厚的同情。　③"人间"句：神话传说，牛郎织女相爱，却被银河分隔，每年只能于七月七日相会一次。全句意思是，人间的夫妻离别的也不少。　④"石壕"句：杜甫《石壕吏》写安史之乱中由于官府征兵征役，在石壕村里一对老年夫妻惨别的情景。　⑤长生殿：旧址在今陕西西安临潼区城东南骊山华清宫内，相传唐玄宗与杨贵妃在这里定情密誓。《长恨歌》："七月七日长生殿，夜半无人私语时。在天愿作比翼鸟，在地愿为连理枝。"（这首诗认为，杜甫《石壕吏》中民间老夫妻的惨别，要比当年唐玄宗与杨贵妃的生离死别更值得同情，因而认为《长恨歌》不值得传唱。这表现了作者不同凡俗的历史眼光和文学见解。）

苔①

白日不到处②，青春恰自来③。苔花如米小，也学牡丹开。

①苔(tái)：青苔。　②"白日"句：苔生于阴湿之处。　③自来：因不需阳光，所以称自来。　（诗人于人们不经意处发现了生命的活力和生命的价值，从一个独特的角度歌颂了青春的美好，别具慧眼。）

赵 翼

赵翼(1727—1814)，字云崧，一字耘崧，号瓯北，阳湖(今江苏常州)人。乾隆二十六年(1761)进士，历任翰林院编修、镇安知府、广州知府、贵西兵备道。后辞官家居,以诗文著述自娱。曾一度主讲扬州安定书院。他论诗与袁枚接近,主张创新,推重性灵,具有文学随时代发展的观点。他的诗在当时与袁枚、蒋士铨齐名,合称"乾隆三大家"。长于五言古诗,风格明快流畅,但有时议论过多。著有《瓯北诗集》、《瓯北诗话》等。

论 诗(五首选一)

其 二

李杜①诗篇万口传,至今已觉不新鲜。江山代有才人出②,各领风骚③数百年。

①李杜:指唐代伟大的诗人李白和杜甫。 ②代:时代。才人:优秀的人才,这里指杰出的诗人。 ③风骚:风原指《诗经》中的国风,骚原指屈原的《离骚》,都是古代最优秀的诗歌作品,这里用以指具有时代特色的诗歌创作。 (这首诗表现了作者反对拟古因袭,主张创新的文学观点,充满一种极为可贵的文学创作的自信心。)

姚 鼐

姚鼐(1731—1815),字姬传,一字梦谷,因室名惜抱轩,世称惜抱先生,安徽桐城人。乾隆二十八年(1763)进士,曾担任过几任考官,参加了《四库全书》的修纂,官至刑部郎中。后辞官,主讲梅花、紫阳等书院四十余年。他是继方苞、刘大櫆之后桐城派的代表作家,也是桐城派理论的集大成者。提倡作文应将"义理"、"考据"、"辞章"三方面合而为一,又要求将文章的格律声色和神理气味结合起来。他按照这套理论编选的古文选本《古文辞类纂》流传很广。散文创作宗唐宋,并学明代归有光,简洁雅淡,雍容和易。著有《惜抱轩全集》。

登泰山记①

泰山之阳②,汶水③西流;其阴④,济水⑤东流。阳谷⑥皆入汶,阴谷⑦皆入济。当其南北分者⑧,古长城⑨也。最高日观峰⑩,在长城南十五里。

余以乾隆⑪三十九年十二月,自京师乘⑫风雪,历齐河、长清⑬,穿泰山西北谷,越长城之限⑭,至于泰安。是月丁未⑮,与知府朱孝纯子颖⑯由南麓登。四十五里,道皆砌石为磴⑰,其级七千有余。泰山正南面有三谷。中谷绕泰安城下,郦道元所谓环水⑱也。余始循以⑲入;道少半⑳,越中岭;复循西谷,遂至其巅。古时登山,循东谷入,道有天门㉑。东谷者,古谓之天门溪水,余所不至也。今所经中岭及山巅,崖限㉒当道者,世皆谓之天门云。道中迷雾冰滑,磴几不可登。及既上,苍山负雪㉓,明烛㉔天南。望晚日照城郭㉕,汶水、徂徕㉖如画,而半山居雾㉗若带然。

戊申晦㉘,五鼓,与子颖坐日观亭㉙,待日出。大风扬积雪击面。亭东自足下皆云漫㉚,稍见云中白若摴蒱㉛数十立者,山也。极天㉜云一线,异色㉝,须臾成五彩,日上,正赤如丹㉞,下有红光,动摇承之㉟。或曰,此东海也。回视日观以西峰,或得日或否㊱,绛皓驳色㊲,而皆若偻㊳。

亭西有岱祠㊴,又有碧霞元君㊵祠。皇帝行宫㊶在碧霞元君祠东。是日,观道中石刻,自唐显庆㊷以来,其远古刻尽漫失㊸。僻不当道者㊹皆不及往。

山多石,少土。石苍黑色,多平方㊺,少圜㊻。少杂树,多松,生石罅㊼,皆平顶。冰雪,无瀑水。无鸟兽音迹。至日观数里内无树,而雪与人膝齐。

桐城姚鼐记。

①这篇文章作于清乾隆三十九年十二月底(已入1775年),时作者辞官归里,途经泰安,登上泰山。泰山:我国著名"五岳"之一,在山东泰安县北,为登览胜地。 ②阳:山的南面。 ③汶水:大汶河,发源于山东省莱芜东北的原山,向西南流经泰安县东。 ④阴:山的北面。 ⑤济水:又叫沇水,发源于河南省济源附近的王屋山,向东流经山东。 ⑥阳谷:南面的山谷。 ⑦阴谷:北面的山谷。 ⑧南北分者:南北水流分界之处。 ⑨古长城:指战国时齐国所筑的长城。 ⑩日观峰:泰山东南的顶峰,可观海中日出。 ⑪乾隆:清高宗弘历的年号(1736—1795) ⑫京师:北京。 ⑬历:经过。齐河、长清:县名,在今山东省。 ⑭限:界限。 ⑮丁未:十二月二十八日。 ⑯知府:府的最高行政长官。朱孝纯:字子颖,号海愚,历城(今山东济南市)人,这时任泰安知府。 ⑰磴(dèng):石级。 ⑱郦道元:字善长,北魏时人,我国古代著名的地理学家,《水经注》的作者。环水:指泰安城的护城河。《水经注·汶水》中说:"又合环水,水出泰山南溪。" ⑲循:沿着。 ⑳道少半:走了一小半。道,作动词用。 ㉑天门:泰山由南麓攀登要经过三个天门,即一天门、中天门、南天门。 ㉒崖限:像门槛一样横在路上的山崖。 ㉓负雪:覆盖着雪。 ㉔明烛:照亮。 ㉕晚日:夕阳。城郭:城市的内外。外城叫郭。 ㉖徂徕:山名,在泰安县城东南四十里,为大汶河、小汶河的分界处。 ㉗居雾:缭绕不散的雾气。 ㉘戊申:这年的十二月二十九日。晦:阴历每月的最后一天。

㉙日观亭:在日观峰上。 ㉚云漫:弥漫着的云气。 ㉛摴蒱(chū pú):古代的一种赌具,共五子,木制,又称"五木",类似后来的骰子。 ㉜极天:在天尽头。 ㉝异色:颜色奇异。 ㉞正赤:纯正的红色。丹:朱砂。 ㉟承之:托住它。 ㊱或否:有的地方没有得到阳光。 ㊲绛:红色。皜(hào):白色。驳:颜色驳杂。 ㊳偻(lǔ):腰背弯曲的样子。形容所见山峰的形态。 ㊴岱祠:又称玉帝观、东岳祠,东岳大帝的庙。因泰山又称岱宗,故称东岳祠为岱祠。 ㊵碧霞元君:女神,传说中东岳大帝的女儿。 ㊶行宫:皇帝出行在外居住的地方。 ㊷显庆:唐高宗李治的年号(656—661)。 ㊸刻:石刻。漫失:磨蚀缺失。 ㊹僻不当道者:地处偏僻而不在路边的。 ㊺平方:平整方正。 ㊻圜:同"圆"。 ㊼罅(xià):缝隙。 (这篇文章简括而生动地介绍了泰山的地理形势,当时登山的路径,以及山上的建筑古迹等,而重点在描写日观亭观日出的壮美景象。作者能于客观景象的描绘中抓住特点,并能融入自己的切身感受,因而真实生动,不一般化。文章还体现了桐城派古文家将义理、考据、辞章三者结合的特点。)

黄景仁

黄景仁(1749—1783),字汉镛,一字仲则,号鹿菲子,武进(今江苏常州)人。幼年丧父,十七岁补博士弟子员,但此后屡赴乡试不中,以秀才终一生。年轻时开始浪游生活,在一些官僚处做幕客。二十七岁时高宗东巡召试,他列为二等,授武英殿书签官。后纳资为县丞,未补官而卒,死时才三十五岁。他是一个身世凄凉、怀才不遇、多愁善感的才子,其诗多抒发穷愁悲凉的身世之感,哀怨感伤是其基调。一部分七言歌行写得较有气势,受到李白的影响。著有《两当轩集》。

癸巳除夕偶成①(二首选一)

其 一

千家笑语漏迟迟②,忧患潜从物外知③。悄立市桥④人不识,一星如月看多时。

①这两首诗作于清乾隆三十八年(1773)。时作者在安徽督学朱筠幕中,除夕归家过年,有感而作。 ②漏:漏壶,古代计时仪器。迟迟:指时间过得很慢。 ③潜:暗中,悄悄地。物外知:从时间流逝、外物变迁中感觉出来。 ④市桥:指作者家乡市镇中的桥。江南城镇多傍水为街,市中多桥。 (这首诗抒发了在千家万户欢度除夕之时作者

内心孤寂苦闷的感情,写得情词凝重,凄哀感人。)

都门秋思①(四首选一)

其 三

五剧车声隐若雷②,北邙③唯见冢千堆。夕阳劝客登楼去④,山色将秋绕郭来⑤。寒甚更无修竹倚⑥,愁多思买白杨栽⑦。全家都在风声里⑧,九月衣裳未剪裁。

①这组诗作于清乾隆四十二年(1777),时作者在北京任武英殿书签官。母亲妻子来京,生活十分困难。都门:指北京。 ②五剧:四通八达的道路。隐:同辚。像车声。 ③北邙(máng):本为山名,在洛阳北,因东汉时王侯公卿多葬于此,后因代指坟地。 ④"夕阳"句:意谓夕阳无限好,好像在劝客登楼观赏。 ⑤将:带,送。郭:城郭。 ⑥"寒甚"句:用杜甫《佳人》诗"天寒翠袖薄,日暮倚修竹"句意,形容生活寒苦,一无所有。 ⑦"愁多"句:汉乐府《驱车上东门行》:"驱车上东门,遥望北郭墓。白杨何萧萧,松柏夹广路。"此用其意,谓穷愁潦倒,恐不久于人世,故想到买白杨树到坟地栽种。 ⑧"全家"二句:用《诗经·豳风·七月》"七月流火,九月授衣"句意,谓九月秋风骤起,全家受冻,寒衣尚无着落。 (这首诗写诗人居京时生活的贫困和内心的悲苦感情。)

五、清 词

陈 维 崧

陈维崧(1625—1682),字其年,号迦陵,宜兴(今江苏宜兴县)人。入清后为诸生,康熙十八年(1679)举博学鸿词,授翰林院检讨,后参加修纂《明史》。工骈文和词,以词名为显。他长调和小令都作,数量颇富,今存词一千多首。他词学苏、辛,风格豪放,也有部分作品气韵娴雅,接近周、姜。清初与朱彝尊齐名,并称"朱陈",有二人合刻词集《朱陈村词》行世。他是"阳羡派"代表词人。著有《湖海楼诗文词全集》,词集题《湖海楼词》,又名《迦陵词》。

点绛唇

夜宿临洺驿①

晴鬟离离②,太行山势如蝌蚪③。稗花盈亩④,一寸霜皮厚⑤。 赵魏燕韩⑥,历历堪回首。悲风吼,临洺驿口,黄叶中原走。

①临洺(míng)驿:关名,在今河北省永年县西。 ②晴鬟:形容晴空下山峦如妇女头上的发髻。离离:犹"历历",分明的样子。 ③太行山:绵延于山西高原与河北平原之间,山势险峻。由临洺驿西望,太行山起伏的山势如游动的蝌蚪。 ④稗:稻田中的一种杂草,花小而白。 ⑤"一寸"句:形容白色的稗花聚集,如凝结上一层厚厚的白霜。 ⑥赵魏燕韩:战国时的四个诸侯国。这里指自己的游迹经历了四国故地。 (这首词寓情于景,通过作者的所见所感,在客观景物的生动描绘中,写出一种萧瑟清冷的境界,寄寓了他对身世遭遇的感慨。全词意境雄阔,气势豪迈,设喻奇特,造语不凡。)

朱彝尊

朱彝尊(1629—1709),字锡鬯,号竹垞,又号金风亭长,晚号小长芦钓师。秀水(今浙江嘉兴市)人。康熙十八年(1679)举博学鸿词,授翰林院检讨,入直南书房,曾参加纂修《明史》。博通经史,诗文考据均所擅长。诗与王士禛南北齐名。他是浙西词派的代表词人,宗姜夔、张炎,词作题材狭小,咏物词和集句词偏重形式。著有《曝书亭集》等。

卖花声

雨花台①

衰柳白门湾②,潮打城还③。小长干接大长干④。歌板酒旗零落尽,剩有渔竿。 秋草六朝寒⑤,花雨空坛⑥。更无人处一凭阑。燕子斜阳来又去⑦,如此江山!⑧

①雨花台:在南京南城三里聚宝门外,据冈阜最高处。 ②白门:本指建康(即南京)台城的外门,后因以白门指建康。 ③潮打城还:用刘禹锡《石头城》诗"山围故国

周遭在,潮打空城寂寞回"句意。城,指石头城,在今南京清凉山一带。 ④小长干、大长干:南京城南地名。刘渊林《吴都赋注》:"江东谓山间为干。建业南五里有山冈,其间平地,吏民杂居。东长干中有大长干、小长干,皆相连。大长干在越城东,小长干在越城西,地有长短,故号大、小长干。" ⑤六朝:吴、东晋、宋、齐、梁、陈都建都建康,史称六朝。寒:荒寒。 ⑥花雨空坛:相传梁武帝时有云光法师讲经,感天雨花,因称其地为雨花台。这句说当年繁盛的雨花台,如今已荒落而成空坛。 ⑦"燕子"句:用刘禹锡《乌衣巷》诗"旧时王谢堂前燕,飞入寻常百姓家"句意,谓时移境迁,当年南京的贵族大家皆已败落。 ⑧如此江山:谓江山依旧而人事已非。 (这首词以南京城的萧条冷落景象,寄托作者的兴亡之感。)

纳兰性德

纳兰性德(1655—1685),原名成德,字容若,号楞伽山人。其先祖原为蒙古吐默特氏,后为满洲正黄旗人,父明珠为康熙时大学士。二十二岁时殿试赐进士出身,做过康熙的侍卫,很得宠幸。词作以小令见长,清新自然,直抒胸臆,风格接近李煜。内容多抒写个人的相思离别和哀感闲愁,情调感伤低沉,凄婉哀怨。感情自然真挚,多用白描手法。著有《饮水词》,又名《纳兰词》。

长 相 思①

山一程,水一程,身向榆关那畔行②。夜深千帐灯③。 风一更④,雪一更,聒碎乡心梦不成⑤。故园无此声⑥。

①这首词于清康熙二十一年(1682)作者随康熙出巡山海关外,途中所作。 ②榆关:即山海关,在今河北省秦皇岛市东北。那畔:那边。 ③千帐:极言跟随康熙出巡卫军的营帐很多。 ④"风一"二句:意思是风雪一夜不停。更,旧时夜里的计时单位,每夜五更,每更约相当于两个小时。 ⑤聒(guō):声音嘈杂,这里指风雪声。 ⑥故园:家乡,这里指北京。 (这首词生动地描写了出巡关外的漫长行程以及夜宿军营的情景,并抒发了思乡的愁苦之情。语言简淡朴素,情致深沉缠绵。)

蝶 恋 花

又到绿杨曾折处①,不语垂鞭②,踏遍清秋路。衰草连天无意绪③,雁声远向萧关去④。　　不恨天涯行役苦,只恨西风、吹梦成今古⑤。明日客程还几许,沾衣况是新寒雨。

①"又到"句:又到了从前分别的地方。古人折柳赠别。吴文英《桃源忆故人》:"潮带旧愁生暮,曾折垂杨处。"　②"不语"二句:意谓沉思昔日相别时情景,默默无言,垂鞭让马缓行。　③"衰草"句:遥望秋日野外衰草连天,引起无限愁绪。无意绪,没有好的心绪。　④萧关:在今宁夏固原东南,这里泛指边塞之地。　⑤"只恨"句:是说西风吹断了对往事的回忆,旧日的情景如梦一样变得遥远而不可即。　(这首词写别情兼写旅愁,深婉缠绵,充满惆怅之感。)

张惠言

张惠言(1761—1802),字皋文,武进(今江苏常州市)人。嘉庆四年(1799)进士,改庶吉士,授翰林院编修。工词和散文。散文受桐城派的影响,开阳湖一派。后又学韩、欧。他有感于浙西词派题材内容的狭窄,提倡"比兴寄托",比较注重思想内容,是常州词派的开创者和代表词人。词风微婉沉郁,有时却又流于隐晦。著有《茗柯文编》及《茗柯词》。

木兰花慢

杨　花

尽飘零尽了①,何人解②,当花看。正风避重帘,雨回深幕③,云护轻幡④。寻他一春伴侣,只断红⑤、相识夕阳间。未忍无声委地,将低重又飞还。　　疏狂情性,算凄凉耐得春阑⑥。便月地和梅,花天伴雪,合称清寒。收将十分春恨,做一天、愁影绕云山。看取青青池畔,泪痕点点凝斑。

①尽:任凭。　②解:理解,懂得。　③幕:帐幕。　④幡(fān):护花幡。　⑤断红:落花。　⑥春阑:春尽。　(这是一首咏物词,写杨花又兼抒发人生感慨。疏狂的性情,清寒的风格,飘零的命运,既属杨花也属人,二者融合为不可分的整体。虽不免愁恨感伤,却有较高的标格。)

六、清代小说

蒲松龄

蒲松龄(1640—1715),字留仙,一字剑臣,号柳泉居士。山东淄川(今山东淄博市)人。他出身于一个累世书香但逐渐败落的地主阶级家庭,自幼由父亲蒲槃亲自启蒙教读,十九岁时以县、府、道三个第一考中秀才,以后却屡试不中,直到七十二岁时才援例补为岁贡生。一生中除三十一岁到三十二岁时到江苏宝应、高邮做幕宾外,几十年间主要在家乡缙绅家设帐坐馆。从小喜爱搜集民间精怪鬼魅传说,从中吸取营养,穷毕生精力创作出一部杰出的文言短篇小说集《聊斋志异》。作品除小说外,还有《墙头记》、《姑妇曲》等通俗俚曲十四种,以及《聊斋文集》、《聊斋诗集》等。

叶 生①

淮阳②叶生者,失其名字③。文章词赋,冠绝④当时;而所如不偶⑤,困于名场⑥。会关东⑦丁乘鹤,来令是邑⑧。见其文,奇之;召与语,大悦。使即官署受灯火⑨,时赐钱谷恤⑩其家。值科试⑪,公游扬于学使⑫,遂领冠军⑬。公期望綦切⑭。闱⑮后,索文读之,击节⑯称叹。不意时数⑰限人,文章憎命⑱,榜既放⑲,依然铩羽⑳。生嗒丧㉑而归,愧负知己,形销骨立,痴若木偶。公闻,召之来而慰之。生零涕㉒不已。公怜之,相期考满㉔入都,携与俱北㉕。生甚感佩。辞而归,杜门不出。

无何㉖,寝疾㉗。公遗问㉘不绝;而服药百裹㉙,殊罔所效㉚。公适以忤㉛上官免,将解任㉜去。函㉝致生,其略云:"仆东归㉞有日,所以迟迟者,待足下耳。足下朝至,则仆夕发㉟矣。"传㊱之卧榻。生持书啜泣㊲。寄语㊳来使:"疾革难遽瘥㊴,请先发。"使人返白㊵,公不忍去,徐待之。

逾数日,门者忽通㊶叶生至。公喜,逆㊷而问之。生曰:"以犬马㊸病,劳夫子㊹久待,万虑不宁。今幸可从杖履㊺。"公乃束装戒旦㊻。抵里㊼,命子师事生㊽,夙夜㊾与俱。公子名再昌,时年十六,尚不能文。然绝惠㊿,凡文艺三两过㊾,辄无遗忘。居之期岁㊿,便能落笔成文。益之公力○53,遂入邑庠○54。生以生平所拟举子业○55,悉录授读。闱中七题○56,并无脱漏,中亚魁○57。

公一日谓生曰:"君出余绪○58,遂使孺子成名。然黄钟○59长弃奈何?"生曰:"是殆有命○60。借福泽为文章吐气,使天下人知半生沦落,非战之罪也○61,愿亦足矣。且士得一人知己,可无憾,何必抛却白纻○62,乃谓之利市○63哉?"公以其久客,恐误岁试○64,劝令归省。○65惨然不乐。公不忍强○66,嘱公子至都,为之纳粟○67。公子又捷南宫○68,授部中主政○69,携生赴监○70,与共晨夕。逾岁,生入北闱○71,竟领乡荐○72。

会公子差南河典务○73,因谓生曰:"此去离贵乡不远。先生奋迹云霄○74,锦还○75为快。"生亦喜。择吉就道,抵淮阳界,命仆马送生归。归见门户萧条,意甚悲恻。逡巡○76至庭中,妻携簸具○77以出,见生,掷具骇走。生凄然曰:"我今贵矣。三四年不觌○78,何遂顿○79不相识?"妻遥○80谓曰:"君死已久,何复言贵?所以久淹君柩○81者,以家贫子幼耳。今阿大亦已成立,将卜窀穸○83,勿作怪异吓生人。"生闻之,怃然○84惆怅。逡巡入室,见灵柩俨然○85,扑地而灭○86。妻惊视之,衣冠履舄如脱委○87焉。大恸,抱衣悲哭。子自塾中归,见结驷○89于门,审所自来○90,骇奔告母。母挥涕告诉。又细询从者,始得颠末○91。从者返,公子闻之,涕堕垂膺○92。即命驾○93哭诸其室;出橐营丧○94,葬以孝廉○95礼。又厚遗其子,为延师教读。言于学使,逾年游泮○96。

异史氏曰○97:魂从知己,竟忘死耶？闻者疑之,余深信焉。同心倩女○98,至离枕上之魂;千里良朋○99,犹识梦中之路。而况茧丝蝇迹○100,呕学士之心肝○101;流水高山○102,通我曹○103之性命者哉！嗟呼！遇合难期○104,遭逢不偶。行踪落落○105,对影长愁;傲骨嶙嶙○106,搔头自爱。叹面目之酸涩,来鬼物之揶揄○108。频居康了之中○109,则须发之条条可丑○110;一落孙山之外○111,则文章之处处皆疵○112。古今痛哭之人,卞和惟尔○113;颠倒逸群之物○114,伯乐伊谁○115？抱刺于怀○116,三年灭字;侧身以望○117,四海无家。人生世上,只须合眼放步,以听造物之低昂○118而已。天下之昂藏○119沦落如叶生其人者,亦复不少,顾安得令威○120复来,而生死从之也哉？噫！

①本篇选自《聊斋志异》卷一。　②淮阳:今河南省淮阳县。　③失其名字:名字已失传。　④冠绝:超群出众。　⑤所如:所到之处,处处。如,往,到。不偶:命运不好,所遇都不顺利。古人以为偶(双)数代表吉祥,奇(单数)代表不吉利,故以不偶和数奇代指命运不好。　⑥名场:科举考试的考场。古代士子通过科举考试求取功名,因称科举考试为名场。　⑦会:适逢。关东:指山海关以东地区,包括今天辽宁、吉林、黑龙江等省。　⑧令:县令,这里作动词用,是担任县令的意思。　⑨即:到。灯火:夜晚读书

需用灯火,这里用以指代学习费用。 ⑩恤(xù):帮助,周济。 ⑪科试:或称科考,乡试之前的预考,科考合格的人才能参加乡试。 ⑫公:对丁乘鹤的敬称。游扬:到处宣扬。学使:又称提学使、学政、学道,主管一省教育事务的官员。 ⑬领冠军:指科考获得第一名。 ⑭綮(qǐ)切:十分殷切。 ⑮闱(wéi):科举考试的考场,这里代指乡试。 ⑯击节:表示赞赏的一种动作。节是一种打击乐器,演奏乐曲时用来打拍子。 ⑰时数:命运。 ⑱文章憎命:意思是文章写得好反而妨碍了命运的显达。语出杜甫《天末怀李白》:"文章憎达"。 ⑲放:公布。 ⑳铩(shā)羽:原意是鸟的翅膀受到摧残而无法奋飞,这里喻指考试落榜。 ㉑嗒(tà)丧:垂头丧气,失魂落魄的样子。 ㉒形销骨立:因失意而形容消瘦枯槁。 ㉓零涕:形容泪如雨下。 ㉔相期:互相约定。考满:在任期满。清代地方官三年一考,考核其政绩表现,以定升降。满一任期进行一次考核,故以考代指任期。 ㉕俱北:一起北上入都。 ㉖无何:不多久。 ㉗寝疾:生病卧床。 ㉘遗(wèi)问:赠送物品以表示慰问。 ㉙裹:付,剂。 ㉚残罔所效:毫无效果。 ㉛忤(wǔ):触犯。免:免职。 ㉜解任:去任。 ㉝函:这里作动词用,写信。 ㉞仆:对自己的谦称。东归:从淮阳回到家乡辽东去。 ㉟发:动身。 ㊱传:送到。 ㊲啜(chuò)泣:吞声抽噎。 ㊳寄语:请……口头传话。 ㊴革(jí):通"亟",危重。遄瘥(chài):很快痊愈。 ㊵白:禀白,告诉。 ㊶通:通报,传达。 ㊷逆:迎。 ㊸犬马:对自己的谦称,表示自己毫无足轻重。 ㊹夫子:犹今称先生。 ㊺从杖履:跟随出行(这里指东归)。杖指拐杖,履指鞋,习惯称老年人出门为杖履,这里有表示尊敬的意思。 ㊻束装:整理好行装。戒旦:等待天亮。 ㊼抵里:回到乡里。 ㊽师事生:拜叶生为老师。 ㊾夙夜:早晚。 ㊿绝惠:非常聪明。 51过:遍。 52期(jī)岁:满一年。 53益:加上。公力:指他父亲的声望和社会关系。 54邑庠(xiáng):县学。入县学即取得了秀才的资格。 55拟:撰写。举子业:指八股文。 56七题:明清科举考试制度规定,乡试和会试要考三场,头场考题共有七道。 57亚魁:指乡试第二名。 58余绪:多余的才学。 59黄钟:古代乐器,其发音可校正音乐十二律中的第一律"中阳律",因此常用黄钟来象征正宗的音乐。这里喻指叶生出众的才学。 60是:代词,指考试不中这件事。殆:大概,也许。有命:命中注定。 61非战之罪:《史记·项羽本纪》载:项羽兵败垓下时,感叹说:"此天之亡我,非战之罪也。"意思是,是上天要我失败,不是不会打仗。这里借指叶生并不是没有才学。 62白纻(zhù):白布衣服,古时平民所穿。 63利市:幸运。 64岁试:科举制度中规定的一种考试,每三年由省里的学政到各地府、州、县学对生员(即秀才)进行考核,以定优劣奖惩。 65归省(xǐng):回家探亲。 66强:强迫,勉强。 67纳粟:用交钱粮的方法取得监生的资格。 68捷南宫:指参加会试取得了胜利。会试由礼部主持,南宫是礼部的别称,因以南宫代指会试。 69主政:又称主事,是明清中央各部中最低一级的属官。 70监:国子监,明清时期的最高学府。 71入北闱:参加在顺天府(今北京)举行的乡试。明清时期的乡试在顺天府和应天府(清代为江宁府,今南京)及各省举行。在顺天府举行的称"北闱",在应天府举行的称"南闱"。 72领乡荐:指参加乡试,中了举人。原意是指唐代由州、县长官推荐人才赴京应试。⑬差:派遣。南河典务:到南河河道担任典务(管理查工、核料、税收一类事务)的差使。⑭奋迹云霄:对考中举人的一种恭维的说法。 ⑮锦还:衣锦还乡的省略。⑯逡(qūn)巡:因有顾虑而徘徊不前。 ⑰簸具:一种竹制的簸扬谷物的工具。 ⑱觌(dí):见面。⑲顿:顿时,忽然。 ⑳遥:因害怕而站得远远地。㉑淹:淹留,停留。柩:灵柩。㉒成立:长大成人。㉓卜:选择。窀穸(zhūn xī):墓穴。㉔怃然:茫然若失的样子。㉕俨然:清清楚楚的样子。㉖灭:消失。㉗履舄(xì):指鞋。古代的鞋有两种,单底叫履,复底叫舄,以后都成为鞋的泛称,不再分别。脱委:即蜕委,像蝉蜕壳那样褪下来。㉘塾:读书的地方。㉙结:拴着。驷:四匹马拉的车,这里指马。㉚审:询问。㉛颠末:始末,事情的来龙去脉。㉜膺(yīng):胸。㉝命驾:命人驾车。㉞出橐(tuó)营丧:花钱料理丧事。㉟孝廉:明清时称举人为孝廉。㊱游泮(pàn):入学读书,即中了秀才,取得了生员的资格。古代的学校称为泮宫,故入学称游泮。㊲异史氏:《聊斋志异》作者蒲松龄自称。㊳倩女:唐张玄祐作传奇《离魂记》中的女主人公,她与王宙相爱,却受父阻不能结合,灵魂便离开躯体而跟情人生活在一起。㊴千里良朋:《后汉书·范式传》载,山阳人范式和汝南人张劭是好朋友,二人分别时相约范式到汝南跟张劭相会。后张劭死,托梦给范式,范式不远千里赶到汝南,为张劭办理了后事。⑩茧丝蝇迹:形容学习写作的艰辛,文思如蚕吐丝,字迹如蝇头般细小。⑩"呕学"句:学子学习作文,呕心沥血,绞尽脑汁。⑩流水高山:一般作"高山流水",比喻知音。春秋时俞伯牙善弹琴,钟子期最能听懂他弹的意思,伯牙弹琴时想着高山,想着流水,他都能准确地指出来。⑩我曹:我辈,指读书应举的人。 ⑩遇合:本指臣民受到君主的赏识,这里指被人理解、欣赏。⑩落落:孤苦失意的样子。 ⑩嶙嶙:形容人的性格孤傲不屈而如突兀峭拔的山势。⑩酸涩:形容面色的穷愁憔悴。⑩揶揄:嘲笑。用《世说新语》中罗友遇鬼的典故,是说人的命运不好,连鬼也要来嘲笑。⑩"频居"句:是说长期参加科举考试都未考中。康了,用唐人柳冕的典故:柳冕因安乐的乐字跟落第的"落"字同音,要仆人称安乐为安康。后来他参加考试,仆人看榜后向他报告说:"秀才康了"。后因以康了代落第。 ⑩"则须"句:意思是因久试未中,内心痛苦,形容憔悴,连须发都显得丑陋难看。 ⑪"一落"句:指考试不中。相传宋代有个秀才名叫孙山,一同乡跟他一起应考,孙山取在最后一名,同乡落榜,后因以"名落孙山"或"孙山之外"代指落第。⑫疵:指缺点。⑬卞和:春秋时楚人,他于山中得一玉璞,献于楚厉王,厉王让玉工辨认,玉工说是石头,厉王使砍去卞和的左脚;厉王死,卞和又把玉璞献给武王,又被砍去了右脚。文王即位后,卞和抱玉在荆山下痛哭,文王命玉工剖开玉璞,果然得一美玉。这就是著名的和氏璧。事见《韩非子·和氏篇》。卞和惟尔,是说古今空有才学、怀才不遇的人都跟卞和一样。⑭颠倒:反复辨识。逸群:超群出众,比喻人才杰出。⑮伯乐伊谁:除了伯乐还有谁?伯乐,相传古代一位善于相马的人。⑯"抱刺"二句:是说把名片揣在怀里,希望有人赏识,可是时间过了很久,连名片上的字都磨掉了,还是受人冷落。这里用了汉代祢衡的典故,见《后汉书·祢衡传》。刺,名片。⑰侧身以望:一种生活失意的动作神态。 ⑱造物:上天。低昂:升降。 ⑲昂藏:气宇不凡的样子。 ⑫顾:不过,只是。令威:指丁令威,汉代人,传说他学道成仙,变成鹤飞回家乡,劝人修道成仙。事见《搜神后记》。这里借指丁乘鹤,说明知己难得。 (这篇小说通过才学出众的叶生屡试不中,以致落魄潦倒,忧愤而死的遭遇,从压抑和埋没人才的角度揭露了科举考试制度的不合理。小说写得十分沉痛,显然融入了作者蒲松龄的切身体验在内。)

婴 宁①

　　王子服,莒②之罗店人。早孤,绝慧,十四入泮。母最爱之,寻常不令③游郊野。聘④萧氏,未嫁而夭⑤,故求凰未就⑥也。会上元⑦,有舅氏子吴生,邀同眺瞩⑧。方至村外,舅家有仆来,招吴去。生见游女如云,乘兴独遨⑨。有女郎携婢,捻梅花一枝,容华绝代,笑容可掬。生注目不移,竟忘顾忌。女过去数武⑩,顾婢子笑曰:"个儿郎目灼灼⑪似贼!"遗花地上,笑语自去。生拾花怅然,神魂丧失,怏怏⑫遂反。至家,藏花枕底,垂头而睡,不语亦不食。母忧之。醮禳益剧⑬,肌革锐减⑭。医师诊视,投剂发表⑮,忽忽若迷。母抚问所由⑯,默然不答。适吴生来,嘱密诘⑰之。吴至榻前,生见之泪下。吴就榻⑱慰解,渐致研诘⑲。生具吐其实,且求谋画。吴笑曰:"君意亦复痴,此愿有何难遂?当代访之。徒步于野,必非世家⑳。如其未字㉑,事固谐㉒矣;不然,拚以重赂㉓,计必允遂㉔。但得痊瘳㉕,成事在我。"生闻之,不觉解颐㉖。吴出告母,物色女子居里㉗,而探访既穷㉘,并无踪绪㉙。母大忧,无所为计。然自吴去后,颜顿开,食亦略进。数日,吴复来。生问所谋,吴绐㉚之曰:"已得之矣。我以为谁何人,乃我姑氏女,即君姨妹,今尚待聘。虽内戚有婚姻之嫌㉛,实告之,无不谐者。"生喜溢眉宇,问:"居何里?"吴诡曰:"西南山中,去此可三十余里。"生又付嘱再四,吴锐身自任㉜而去。

　　生由此饮食渐加,日就平复。探视枕底,花虽枯,未便凋落,凝思把玩,如见其人。怪吴不至,折简㉝招之。吴支托不肯赴召。生恚怒㉞,悒悒不欢。母虑其复病,急为议姻。略与商榷,辄摇首不愿。惟日盼吴。吴迄无耗㉟,益怨恨之。转思三十里非遥,何必仰息㊱他人?怀梅袖中,负气自往,而家人不知也。伶仃独步,无可问程㊲,但望南山行去。约三十余里,乱山合沓㊳,空翠爽肌,寂无行人,止有鸟道㊴。遥望谷底,丛花乱树中,隐隐有小里落㊵。下山入村,见舍宇无多,皆茅屋,而意甚修雅㊶。北向一家,门前皆丝柳,墙内桃杏犹繁,间以修竹,野鸟格磔㊷其中。意其园亭㊸,不敢遽入㊹。回顾对户,有巨石滑洁,因据坐少憩⑮,俄闻墙内有女子长呼:"小荣!"其声娇细。方伫听间,一女郎由东而西,执杏花一朵,俯首自簪;举头见生,遂不复簪,含笑捻花而入。审视⑯之,即上元途中所遇也。心骤喜,但念无以阶进⑰。欲呼姨氏,顾从无还往,惧有讹误,门内无人可问。坐卧徘徊,自朝至于日昃⑱,盈盈望断⑲,并忘饥渴。时见女子露半面来窥,似讶其不去者。忽一老媪扶杖出,顾生曰:"何处郎君?闻自辰刻⑳便来,以至于今,意将何为?得勿㉑饥耶?"生急起揖之,答云:"将以盼亲㉒。"媪聋聩㉓不闻。又大言之。乃问:"贵戚何姓?"生不能答。媪笑曰:"奇哉!姓名尚自不知,何亲可探?我视郎君,亦书痴耳,不如从我来,啖以粗粝㉔,家有短榻可卧。待明朝归,询知姓氏,再来探访,不晚也。"生方腹馁㉕思啖,又从此渐近丽人,大喜,从媪入。见门内白石砌路,夹道红花,片片坠阶上。曲折而西,又启一关,豆棚花架满庭中。肃㉖客入舍,粉壁光明如镜;窗外海棠,枝朵探入室中;茵藉㉗几榻,罔不洁泽㉘。甫㉙坐,即有人自窗外隐约相窥。媪唤:"小荣,可速作黍㉚。"外有婢子嗷声㉛而应。坐次㉜,具展宗阀㉝。媪曰:"郎君外祖,莫姓吴否?"曰:"然。"媪惊曰:"是吾甥也!尊堂㉞,我妹子。年来以家婆贫㉟,又无三尺男㊱,遂致音问梗塞。甥长成如许,尚不相识。"生曰:"此来即为姨也,匆遽遂忘姓氏。"媪曰:"老身秦姓,并无诞育㊲,弱息㊳仅存,亦为庶产㊴。渠母改醮㊵,遗我鞠养㊶,颇亦不钝;但少教训,嬉㊷不知愁。少顷,使来拜识。"未几,婢子具饭,雏尾盈握㊸。媪劝餐已,婢来敛具。媪曰:"唤宁姑来。"婢应去。良久,闻户外隐有笑声。媪又唤曰:"婴宁!汝姨兄在此。"户外嗤嗤笑不已。婢推之以入,犹掩其口,笑不可遏。媪瞋目曰:"有客在,咤咤叱叱㊹,是何景象!"女忍笑而立,生揖之。媪曰:"此王郎,汝姨子。一家尚不相识,可笑人㊺也。"生问:"妹子年几何矣?"媪未能解,生又言之。女复笑,不可仰视。媪谓生曰:"我言少教诲,此可见矣。年已十六,呆痴才如婴儿。"生曰:"小于甥一岁。"曰:"阿甥已十七矣,得非庚午属马㊻者耶?"生首应㊼之。又问:"甥妇阿谁?"答云:"无之。"曰:"如甥才貌,何十七犹未聘耶?婴宁亦无姑家㊽,极相匹敌㊾,惜有内亲之嫌。"生无语,目注婴宁,不暇他瞬㊿。婢向女小语云:"目灼灼,贼腔未改。"女又大笑,顾婢曰:"视碧桃开未?"遽起,以袖掩口,细碎连步㊿而出。至门外,笑声始纵。媪亦起,唤婢襆被㊿,为生安置。曰:"阿甥来不易,宜留三五日,迟迟㊿送汝归。如嫌幽闷,舍后有小园可供消遣,有书可读。"

次日,至舍后,果有园半亩,细草铺毡,杨花糁径㊿。有草舍三楹㊿,花木四合其所。穿花小步,闻树头苏苏有声,仰视,则婴宁在上。见生来,狂笑欲堕。生曰:"勿尔⑧!堕矣!"女且下且笑,不能自止。方将及地,失手而堕,笑乃止。生扶之,阴捘其腕⑧。女笑又作,倚树不能行,良久乃罢。生俟其笑歇,乃出袖中花示之。女接之曰:"枯矣,何留之?"曰:"此上元妹子所遗,故存之。"问:"存之何意?"曰:"以示相爱不忘也。自上元相遇,凝思成疾,自分化为异物⑧,不图得见颜色,幸垂⑨怜悯!"女曰:"此大细事⑨,至戚何所靳惜⑨?待兄行时,园中花,当唤老奴来,折一巨捆负送之。"生曰:"妹子痴耶?"女曰:"何便是痴?"生曰:"我非爱花,爱捻花之人耳。"女曰:"葭莩之情⑨,爱何待言?"生曰:"我所谓爱,非瓜葛⑨之爱,乃夫妻之爱。"女曰:"有以异乎?"曰:"夜共枕席耳。"女俯思良久,曰:"我不惯与生人睡。"语未已,婢潜至,生惶恐遁去。少时,会母所。母问:"何往?"女答以园中共话。媪曰:"饭熟已久,有何长言,喋嗫乃尔⑨?"女曰:"大哥欲我共寝。"言未已,生大窘,急目瞪之,女微笑而止。幸媪不闻,犹絮絮究诘⑨。生急以他词掩之,因小语责女。女曰:"适此语不应说耶?"生曰:"此背人语。"女曰:"背他人,岂得背老母?且寝处亦常事,何讳之?"生恨其痴,无术可以悟之。

食方竟,家中人捉双卫⑨来寻生。先是,母待生久不归,始疑。村中搜觅几遍,竟无踪兆⑨,因往询吴。吴忆曩⑨言,因教以西南山行觅。凡历数村,始至于此。生出门,适相值⑩。便入告媪,且请偕女同归。媪喜曰:"我有志,匪伊朝夕⑩,但残躯不能远涉⑩。得甥携妹子去,识认阿姨,大好。"呼婴宁,宁笑至。媪曰:"有何喜,笑辄不辍?若不笑,当为全人。"因怒之以目。乃曰:"大哥欲同汝去,可便装束。"又饷⑩家人酒食,始送之出,曰:"姨家田产丰裕,能养冗人⑩。到彼且勿归,小学诗礼⑩,亦好事翁姑⑩。即烦阿姨为汝择一良匹。"二人遂发。至山坳回顾,犹依稀见媪倚门北望也。

抵家,母睹妹丽⑩,惊问为谁。生以姨妹对。母曰:"前吴郎与儿言者,诈也。我未有姊,何以得甥?"问女,女曰:"我非母出。父为秦氏,没⑩时,儿在襁中⑩,不能记忆。"母曰:"我一姊适⑩秦氏,良确⑪。然殂谢⑫已久,那得复存?"因细诘面庞痣赘,一一符合。又疑曰:"是矣。然亡已多年,何得复存?"疑虑间,吴生至,女避入室。吴询得故,惘然⑬久之。忽曰:"此女名婴宁耶?"生然之。吴极称怪事。问所自知⑭,吴曰:"秦家姑去世后,姑丈鳏居⑮,祟于狐⑯,病瘵死⑰。狐生女名婴宁,绷⑱卧床上,家人皆见之。姑丈殁,狐犹时来。后求天师符⑲粘壁间,狐遂携女去。将勿⑳此耶?"彼此疑参㉑。但闻室中吃吃,皆婴宁笑声。母曰:"此女亦太憨生㉒。"吴请面之㉓。母入室,女犹浓笑不顾。母促令出,始极力忍笑,又面壁移时,方出。才一展拜,翻然遽入,放声大笑。满室妇女,为之粲然㉔。吴请往觇其异㉕,就便执柯⑫。寻至村所,庐舍全无,山花零落而已。吴忆姑葬处,仿佛不远,然坟垄湮没⑫,莫可辨识,诧叹而返。母疑其为鬼,入告吴言,女略无骇意;又吊⑫其无家,亦殊无悲意,孜孜⑬憨笑而已。众莫之测⑬。母令与少女同寝止,昧爽即来省问⑬。操女红,精巧绝伦。但善笑,禁之亦不可止。然笑处嫣然⑬,狂而不损其媚,人皆乐之。邻女少妇,争承迎之。母择吉将为合卺⑬,而终恐为鬼物。窃于日中窥之,形影殊无少异。至日,使华妆行新妇礼,女笑极,不能俯仰⑬,遂罢。生以其憨痴,恐泄漏房中隐事,而女殊秘密,不肯道一语。每值母忧怒,女至,一笑即解。奴婢小过,恐遭鞭楚,辄求诣母共话,罪婢投见,恒得免。而爱花成癖,物色遍戚党⑬,窃典⑬金钗购佳种,数月,阶砌藩溷⑭,无非花者。

庭后有木香⑭一架,故邻西家⑭。女每攀登其上,摘供簪玩。母时遇见,辄诃⑭之,女卒⑭不改。一日,西邻子见之,凝注倾倒⑭,女不避而笑。西邻谓女意属己⑭,心益荡。女指墙底,笑而下。西邻子谓示约处⑭,大悦。及昏而往,女果在焉。就而淫之,则阴如锥刺,痛彻于心,大号而蹄⑭。细视,非女,则一枯木卧墙边,所接乃水淋窍也。邻父闻声,急奔研问,呻而不言。妻来,始以实告。爇火烛⑭窍,见中有巨蝎,如小蟹然。翁碎木,捉杀之。负子至家,半夜寻卒。邻人讼主,讦发⑭婴宁妖异。邑宰素仰生才,稔知其笃行士⑮,谓邻翁讼诬,将杖责之。生为乞免,遂释而归。母谓女曰:"憨狂尔尔⑫,早知过喜而伏忧也。邑令神明,幸不牵累;设糊涂官宰,必逮妇女质公堂⑬,我儿何颜见戚里⑭?"女正色,矢⑮不复笑。母曰:"人罔不笑,但须有时。"而女由是竟不复笑,虽故逗之,亦终不笑;然竟日未尝有戚容⑮。

一夕,对生涕零。异之。女哽咽曰:"曩以相从日浅,言之恐致骇怪;今日察姑及郎,皆过爱无有异心,直告或无妨乎?妾本狐产。母临去,以妾托鬼母,相依十余年,始有今日。妾又无兄弟,所恃者惟君。老母岑寂山阿⑮,无人怜而合厝⑮之,九泉辄为悼恨。君倘不惜烦费,使地下人消此怨恫⑮,庶养女者不忍溺弃⑯。"生诺之,然虑坟冢迷于荒草。女但言:"无虑。"刻日⑯,夫妻舆榇⑯而往。女于荒烟错楚⑯中,指示墓处,果得媪尸,肤革犹存。女抚哭哀痛。舁⑯归,寻秦氏墓合葬焉。是夜,生梦媪来称谢,寤而述之。女曰:"妾夜见之,嘱勿惊郎君耳。"生恨不邀留,女曰:"彼鬼也,生人多,阳气盛,何能久居?"生问小荣,曰:"是⑯亦狐,最黠⑯。狐母留以视妾。每摄果饵相哺,故德之,常不去心⑯。昨问母,云已嫁之。"由是,岁至寒食⑯,夫妻登秦墓,拜扫无缺。女逾年生一子,在怀抱中,不畏生人,见人辄笑,亦大有母风⑰云。

异史氏曰:观其孜孜憨笑,似全无心肝者;而墙下恶作剧,其黠孰甚焉⑪?至凄恋鬼母,反笑为哭,我婴宁殆隐于笑⑫者矣。窃闻山中有草,名"笑矣乎",嗅之,则笑不可止。房中植此一种,则合欢、忘忧⑬并无颜色矣;若解语花⑭,正嫌其作态耳⑮。

①本篇选自《聊斋志异》卷二。　②莒(jǔ):今山东莒县一带。　③不令:不许。　④聘:订婚。　⑤夭:夭折,早死。　⑥求凰未就:指未成婚配。凤凰是传说中的一种鸟,雌的称凰,雄的称凤。求凰指男方向女方求亲。　⑦上元:旧历正月十五日为上元节。　⑧眺瞩(tiào zhǔ):远望,这里是游览的意思。　⑨遨:游玩。　⑩数武:几步。迈一次脚的距离为一武。　⑪个:这个。灼灼:目光明亮的样子,这里引申为张大眼睛盯着。　⑫怏(yàng)怏:郁郁不乐的样子。　⑬醮禳(jiào ráng):请和尚或道士设坛祈祷,以求福消灾。益剧:病情更加严重。　⑭肌革锐减:身体很快消瘦。　⑮投剂:下药。发表:中医用药将人体内病气发散出来称为发表。　⑯抚询:关切地询问。所由:得病的原因。　⑰诘:询问。　⑱就榻:坐在床上。　⑲研诘:细问。　⑳世家:世代做官的富贵人家。　㉑未字:未许婚。　㉒谐:成功。　㉓拼以重赂:不惜以重金去求婚。赂,财物。　㉔计:估计。允遂:同意。　㉕瘳(chōu):病愈。　㉖解颐(yí):开颜为笑。颐,面颊。　㉗物色:探寻。居里:住处。　㉘穷:遍。　㉙踪绪:踪迹、线索。　㉚绐(dài):诳骗。　㉛内戚:母系亲戚。嫌:避忌。　㉜锐身:挺身。　㉝折简:写一封短信。　㉞恚(huì)怒:恼怒。　㉟迄(qì):终究。耗:消息。　㊱仰息:仰人鼻息,即依赖别人。　㊲无可问程:无处可以问路。　㊳合沓(tà):重叠聚积。　㊴鸟道:只有鸟能飞过的高险的山道。　㊵里落:村落。　㊶意:风格意趣。修雅:整齐幽雅。　㊷格磔(zhé):鸟叫声,这里用作动词。　㊸意:猜想。园亭:富贵人家的园林亭阁。　㊹遽(jù)入:贸然进入。　㊺憩(qì):休息。　㊻审视:仔细地看。　㊼无以阶进:找不到进去的理由。阶进,阶梯,引申为缘由。　㊽日昃(zè):太阳过午。　㊾盈盈望断:犹言望眼欲穿。盈盈,目光流转的样子。　㊿辰刻:指上午七时至九时。　㉛得勿:莫非,是否。　㉜盼亲:探望亲戚。　㉝聋聩(kuì):耳聋。　㉞啖(dàn):吃。粗粝(lì):糙米,这里指粗茶淡饭。　㉟馁(něi):饿。　㊱肃:恭敬地导引。　㊲茵(yīn)藉:座席,垫褥。　㊳罔:无。洁泽:光洁明亮。　㊴甫:刚。　㊵作黍:做饭。黍,黍子,去皮后叫黄米。　㊶嗷(jiào)声:大声。　㊷坐次:坐着的时候,即入座以后。次,指某种行为或事件正在进行中。　㊸展:展示,这里是自我介绍的意思。宗阀:家世门第。　㊹尊堂:即令堂,旧时对别人母亲的尊称。　㊺窭(jù)贫:贫穷。　㊻三尺男:指儿子。　㊼诞育:生育。　㊽弱息:弱女,这里指婴宁。息:子女。　㊾庶产:妾所生。　㊿渠:他。改醮:改嫁。　㉛鞠养:抚养。　㉜钝:愚笨。　㉝嬉:嬉戏,玩耍。　㉞雏尾盈握:《礼记·内则》:"雏尾不盈握弗食。"意思是鸡鸭之类尾部抓着还不满一手,说明尚未长大,不应该食用,故雏尾盈握就是指肥大的鸡鸭。　㉟咤(zhà)咤叱(chì)叱:形容笑声,这里带有无拘束、不检点的意思。　㊱可笑人:令人笑话。　㊲庚午属马:生在庚午年,属相为马。

⑦⑧首应:点头答应。 ⑦⑨姑家:婆家。姑:指婆婆。 ⑧⑩匹敌:这里指婚姻上相配。 ⑧①他瞩:看别的东西。 ⑧②细碎连步:每步迈得很小,却走得很快。 ⑧③襥(fú)被:准备被褥。 ⑧④迟迟:慢慢。 ⑧⑤糁(sǎn)径:散落在路径上。糁,原意是将米和在羹汤里,这里比喻杨花点点落在小路上,如米粒之和于羹内。 ⑧⑥三楹:三间。楹,原指厅堂的前柱,后用为计算房屋的单位,一间为一楹(或说一列为一楹)。 ⑧⑦勿尔:不要这样。 ⑧⑧阴捘(zùn)其腕:暗中捏她的手腕。 ⑧⑨自分(fèn):自以为。化为异物:指死去。 ⑨⑩幸垂:犹如说希望俯赐,一种客气的说法。 ⑨①大细事:很小的事。 ⑨②靳(jìn)惜:吝惜。 ⑨③葭(jiā)莩之情:葭莩是芦苇内的薄膜,比喻较疏远的亲戚,这里泛指亲戚关系。 ⑨④瓜葛:两种蔓生植物,这里用以喻指亲戚关系。 ⑨⑤啁嗻(zhōu zhè):形容话多。乃尔:竟然如此。 ⑨⑥絮絮:唠叨不断。究诘:查问。 ⑨⑦捉双卫:牵着两头驴。卫,驴的别称。 ⑨⑧踪兆:踪影。 ⑨⑨曩(nǎng):从前。 ⑩⑩相值:相逢。 ⑩①匪伊朝夕:不是一朝一夕。匪,通"非"。伊,语助词,无义。 ⑩②残躯:犹言"老身"。远涉:远行。 ⑩③饷(xiǎng):款待。 ⑩④冗人:闲人。 ⑩⑤小学:稍微学一点。诗礼,指《诗经》、《礼记》一类封建时代对女子进行教育的儒家经典。 ⑩⑥事翁姑:侍奉公婆。 ⑩⑦姝(shū)丽:美貌女子。 ⑩⑧殁:同"殁",死。 ⑩⑨褓:包裹婴儿的被服。 ⑩⑩适:出嫁。 ⑪①良确:千真万确。 ⑪②殂(cú)谢:死亡。 ⑪③惘然:迷惑不解的样子。 ⑪④所由知:从何而知。 ⑪⑤鳏(guān):成年男子无妻独居。 ⑪⑥祟于狐:被狐狸精作祟。 ⑪⑦病瘠(jí)死:得虚病而死。病,这里作动词用。瘠,虚弱之症。 ⑪⑧绷:即小儿褓褓。 ⑪⑨天师符:指道教为人驱怪治病的符咒。天师,即张天师。东汉张道陵创道教,世代相传,元代封其三十六世孙张宗演为辅汉天师,人称张天师。 ⑫⑩将勿:莫不是。 ⑫①疑参:怀疑猜想。 ⑫②憨(hān):痴傻。生,语助词,无义。 ⑫③面:作动词用,指见面。 ⑫④为之粲然:因为她而大笑。 ⑫⑤觇(chān):私下观察。 ⑫⑥执柯:做媒。语本《诗经·豳风·伐柯》:"伐柯如何?匪斧不克。取妻如何?匪媒不得。"后因称作媒为执柯或作伐。 ⑫⑦湮(yān)没:埋没。 ⑫⑧略无骇意:一点没有害怕的表情。 ⑫⑨吊:同情,抚慰。 ⑬⑩孜孜:不停地。 ⑬①莫之测:对她猜不透。 ⑬②昧爽:天刚亮。省(xǐng)问:请安。 ⑬③女红(gōng):妇女做的针线活。 ⑬④嫣然:妩媚的样子。 ⑬⑤合卺(jǐn):举行婚礼。古时举行婚礼时,将葫芦剖为两半,新郎新娘各执一半饮酒,称为"合卺"。故称结婚为"合卺"。 ⑬⑥俯仰:指婚礼时起立、下跪一类动作。 ⑬⑦鞭楚:鞭打。楚:打人的荆条。 ⑬⑧戚党:亲戚朋友。 ⑬⑨典:典当。 ⑭⑩阶砌:台阶。藩溷(hùn):厕所。 ⑭①木香:即酴醾酴醿,又叫"荼蘼"、"佛见笑",蔷薇科,条有刺,初夏开白花。 ⑭②故邻西家:本来同西边一户人家相邻。 ⑭③诃:同"呵",斥责。 ⑭④卒:终于,到底。 ⑭⑤倾倒:十分爱慕。 ⑭⑥意属(zhǔ)己:倾心于自己。 ⑭⑦约处:幽会的地方。 ⑭⑧踣(bó):跌倒。 ⑭⑨爇(ruò)火:燃火。烛:照。 ⑮⑩讦(jié)发:告发。 ⑮①稔(rěn)知:熟知。笃行士:品德诚实的读书人。 ⑮②尔尔:如此。 ⑮③质:对质。 ⑮④里:邻里。 ⑮⑤矢:同"誓"。 ⑮⑥戚容:愁容。 ⑮⑦山阿(ē):山坳。 ⑮⑧合厝(cuò):合葬。 ⑮⑨怨恫(tōng):怨恨和哀痛。 ⑯⑩"庶养"句:自己作为女儿而能使母亲死后得到安宁,这样也许可以使世上养育女儿的

人不再以为生活无靠而忍心将女婴在刚出生后溺死。　⑯刻日:选定一个日子。 ⑯舆榇(chèn):用车子运载棺材。榇,棺材。　⑯错楚:杂乱的树丛。　⑯舁(yú):抬。 ⑯是:此,这人,指小荣。　⑯黠(xiá):聪慧,狡猾。　⑯德:感谢。　⑯不去心:心中不能忘怀。　⑯寒食:寒食节,在清明前两日,民间习俗在这一天不生火做饭,故称为寒食。　⑰母风:母亲的风貌、秉性。　⑰"其黠"句:她的机灵谁能超过呢?　⑰隐于笑:掩藏于笑的后面,指她孝敬母亲等善良美好的品质。　⑰合欢、忘忧:花草名。合欢夏天开红花;忘忧即萱草,夏天开红黄色的花。　⑰解语花:唐玄宗曾称杨贵妃为"解语花",即懂得说话(能领会人意)的花,后人因以"解语花"称聪慧的美人。　⑰作态:矫揉造作的样子。　(这篇小说塑造了一个独特的妇女形象婴宁,她外憨内慧,天真、爽朗、纯洁、善良、自由放纵、不受礼法的拘束。全篇以笑作点染,将她的性格风貌从内到外写得栩栩如生;用花作烘托,以一种优美的艺术气氛和意境,使人物显得更加美丽可爱。)

红　玉①

广平②冯翁有一子,字相如。父子俱诸生③。翁年近六旬,性方鲠④,而家屡空。数年间,媪与子妇又相继逝,井臼⑤自操之。一夜,相如坐月下,忽见东邻女自墙上来窥。视之,美。近之,微笑。招以手,不来亦不去。固⑥请之,乃梯⑦而过。遂共寝处。问其姓名,曰:"妾,邻女红玉也。"生大爱悦,与订永好,女诺之。夜夜往来,约半年许。翁夜起,闻子舍⑧笑语,窥之,见女,怒。唤生出,骂曰:"畜生!所为何事?如此落寞⑨,尚不刻苦,乃学浮荡耶?人知之,丧汝德⑩;人不知,亦促⑪汝寿。"生跪自投⑫,泣言知悔。翁叱女曰:"女子不守闺戒⑬,既自玷⑭,而又复玷人。倘事一发⑮,当不仅贻寒舍羞!⑯"骂已,愤然归寝。女流涕曰:"亲庭⑰罪责,良足⑱愧辱,我两人缘分尽矣!"生曰:"父在不得自专⑲。卿⑳如有情,尚当含垢㉑为好。"女言辞决绝,生乃洒涕。女止之曰:"妾与君无媒妁之言㉒,父母之命,逾墙钻隙㉓,何能白首?此处有一佳耦㉔,可聘㉕也。"生告以贫。女曰:"来宵相俟,妾为君谋之。"次夜,女果至,出白金㉖四十两赠生。曰:"此去六十里,有吴村卫氏女,年十八矣,高其价㉗,故未售㉘也。君重赂之㉙,必合谐允㉚。"言已,别去。

生乘间语父㉛,欲往相㉜之,而隐馈金㉝,不敢告父。翁自度㉞无资,以是故止之。生又婉言:"试可乃已㉟。"翁颔㊱之。生遂假仆马㊲,诣卫氏。卫故田舍翁㊳,生呼出,引与间语㊴。卫知生望族㊵,又见仪采轩豁㊶,心许之,而虑其靳于资㊷。生听其词意吞吐,会其旨㊸,倾囊陈几上。卫乃喜,浼邻生居间⁴⁴,书红笺而盟焉⁴⁵。生入拜媪。居室逼侧⁴⁶,女依母自障⁴⁷。微睇⁴⁸之,虽荆布之饰⁴⁹,而神情光艳,心窃喜。卫借舍款婿,便言:"公子无须亲迎,待少作衣妆,即合昇⁵⁰送去。"生与订期而归。诡告翁,言:"卫爱清门⁵¹,不责资⁵²。"翁亦喜。至日,卫果送女至。女勤俭,有顺德⁵³,琴瑟甚笃⁵⁴。逾二年,举⁵⁵一男,名福儿。

会清明,抱子登墓⁵⁶,遇邑绅⁵⁷宋氏。宋官御史⁵⁸,坐行赇⁵⁹,免居林下⁶⁰,大扇威虐⁶¹。是日亦上墓归,见女,艳⁶²之。问村人,知为生配。料冯贫士,诱以重赂⁶³,冀可摇⁶⁴,使家人风示⁶⁵之。生骤闻,怒形于色;既⁶⁶思势不敌,敛怒为笑。归告翁,翁大怒奔出,对其家人指天划地,诟骂⁶⁷万端。家人鼠窜而去。宋氏亦怒,竟遣数人入生家,殴翁及子,汹若沸鼎⁶⁸。女闻之,弃儿于床,披发号救。群篡昇⁶⁹之,哄然便去。父子伤残,呻吟在地,儿呱呱啼室中。邻人共怜之,扶置榻上。经日,生杖⁷⁰而能起。翁忿不食,呕血,寻毙。生大哭,抱子兴词⁷¹,上至督抚⁷²,讼几遍⁷³,卒不得直⁷⁴。后闻妇不屈死,益悲。冤塞胸吭⁷⁵,无路可伸。每思邀路⁷⁶刺杀宋,而虑其扈从⁷⁷繁,儿又罔托⁷⁸。日夜哀思,双睫为之不交。忽一丈夫吊诸其室,虬髯阔颔⁷⁹,曾与无素⁸⁰。挽坐,欲问邦族⁸²。客遽⁸³曰:"君有杀父之仇,夺妻之恨,而忘报乎?"生疑为宋人之侦,姑伪应之。客怒,眦欲裂⁸⁴,遽出曰:"仆以君人也,今乃知不足齿之伧⁸⁵!"生察其异,跪而挽之曰:"诚恐宋人饵⁸⁶我。今实布腹心⁸⁷:仆之卧薪尝胆⁸⁸者,固有日⁸⁹矣;但怜此褓中物,恐坠宗祧⁹⁰。君义士,能为我杵臼⁹¹否?"客曰:"此妇人女子之事,非所能。君所欲托诸人者⁹²,请自任之;所欲自任者,愿得而代庖⁹³焉。"生闻,崩角⁹⁴在地。客不顾⁹⁵而出。生追问姓字,曰:"不济⁹⁶,不任受怨;济,亦不任受德⁹⁷。"遂去。生惧祸及,抱子亡去⁹⁸。

至夜,宋家一门俱寝,有人越重垣¹⁰⁰入,杀御史父子三人,及一媳一婢。宋家具状告官,官大骇。宋执谓¹⁰¹相如,于是遣役捕生。生遁,不知所之¹⁰²,于是情益真。宋仆同官役诸处冥搜¹⁰³,夜至南山,闻儿啼,迹¹⁰⁴得之,系缧¹⁰⁵而行。儿啼愈嗔¹⁰⁶,群夺儿抛弃之。生冤愤欲绝。见邑令,问:"何杀人?"生曰:"冤哉!某以夜死,我以昼出,且抱呱呱者¹⁰⁷,何能逾垣杀人?"令曰:"不杀人,何逃乎?"生词穷,不能置辩,乃收诸狱。生泣曰:"我死无足惜,孤儿何罪?"令曰:"汝杀人子多矣,杀汝子,何怨?"生既褫革¹⁰⁸,屡受梏惨¹⁰⁹,卒无词。令是夜方卧,闻有物击床,震震有声,大惧而号。举家惊起,集而烛之,一短刀,铦利¹¹⁰如霜,剁床入木者寸余,牢不可拔。令睹之,魂魄丧失。荷戈遍索,竟无踪迹。心窃馁¹¹¹;又以宋人死,无可畏惧。乃详诸宪¹¹²,代生解免,竟释生。生归,瓮无升斗,孤影对四壁。幸邻人怜馈饮食,苟且自度。念大仇已报,则辗然⑬喜;思惨酷之祸,几于灭门⑭,则泪潸潸堕;及思半生贫彻骨,宗支不续⑮,则于无人处大哭失声,不复能自禁。如此半年,捕禁益懈,乃哀邑令,求判还卫氏之骨。既葬而归,悲怛⑰欲死,辗转空床,竟无生路。

忽有款门⑱者,凝神寂听,闻一人在门外,譨譨⑲与小儿语。生急起窥觇⑳,似一女子。扉初启,便问:"大冤昭雪,可幸无恙㉑?"其声稔熟㉒,而仓卒不能追忆。烛之,则红玉也。挽一小儿,嬉笑胯下。生不暇问,抱女鸣哭㉓。女亦惨然。既而推儿曰:"汝忘尔父耶?"儿牵女衣,目灼灼视生。细审之,福儿也。大惊,泣曰:"儿那得来?"女曰:"实告君:昔言邻女者,妄也,妾实狐。适㉕宵行,见儿啼谷中,抱养于秦㉖。闻大难已息,故携来与君团聚耳。"生挥涕拜谢。儿在女怀,如依其母,竟不复能识父矣。天未明,女即遽起。问之,答曰:"奴欲去。"生裸跪床头,涕不能仰。女笑曰:"妾诳君耳。今家道新创,非夙兴夜寐㉗不可。"乃剪莽拥篲㉘,类男子操作。生忧贫乏,不能自给。女曰:"但请下帷读㉙,勿问盈歉㉚,或当不殍㉛饿死。"遂出金治㉜织具,租田数十亩,雇佣耕作。荷镵诛茅㉝,牵萝补屋㉞,日以为常。里党㉟闻妇贤,益乐资助之。约半年,人烟腾茂㊱,类素封㊲家。生曰:"灰烬之余㊳,卿白手再造矣。然一事未就安妥,如何?"诘之,答云:"试期已迫,巾服尚未复耳㊴。"女笑曰:"妾前以四金寄广文㊵,已复名在案。若待君言,误之已久。"生益神之㊶。是科遂领乡荐㊷。时年三十六,腴田连阡㊸,夏屋渠渠㊹矣。女袅娜㊺如随风飘去,而操作过农家妇,虽严冬自苦,而手腻如脂。自言三十八岁,人视之,常若二十许人。

异史氏曰:其子贤,其父德,故其报之也侠㊻。非特人侠,狐亦侠也,遇亦奇矣!然官宰悠悠㊼,竖人毛发,刀震震入木㊽,何惜不略移床上半尺许哉?使苏子美读之㊾,必浮白曰:"惜乎击之不中!"

①本篇选自《聊斋志异》卷二。 ②广平:府名,府治在今河北省永年县。 ③诸生:明清时期指已入学的生员。 ④方鲠(gěng):方正耿直。 ⑤井臼(jiù):汲水舂米一类的家务劳动。 ⑥固:坚持。 ⑦梯:这里作动词用,指攀梯越墙。 ⑧子舍:正房旁的偏房,一说指儿子的居室,亦通。 ⑨落寞:因家境贫寒而受人冷落。 ⑩丧:败坏。德:品德,操守。 ⑪促:减少,缩短。 ⑫自投:自首,自己承认错误。 ⑬闺戒:指封建社会中用来束缚妇女思想行为的封建道德。 ⑭玷(diàn):玷辱。 ⑮发:败露。 ⑯贻寒舍羞:给家里带来羞辱。贻:带给。 ⑰亲庭:父亲的代称。孔子曾经当庭教训儿子。后因称父训为庭训。 ⑱良足:非常地。 ⑲自专:不经父母同意而自己决定事情。 ⑳卿:对情人的昵称。 ㉑含垢:忍辱。 ㉒媒妁(shuò)之言:媒人的说

合。　㉓逾墙钻隙：封建时代专指男女之间的私相幽会，带有贬斥的意思。《孟子·滕文公下》："不待父母之命，媒妁之言，钻穴隙相窥，逾墙相从，则父母国人皆贱之。"㉔佳耦：理想的配偶。耦，同"偶"。　㉕聘：这里指订亲、迎娶。　㉖白金：银子。㉗高其价：指索求很高的聘金。　㉘售：这里指出嫁。这里表现了封建时代嫁女的买卖婚姻性质。　㉙啖(dàn)：原意是给人吃，这里是给人财物的意思。　㉚必合谐允：肯定会得到许诺。　㉛乘间(jiàn)：寻找机会。语：告诉。　㉜相：看，相亲。　㉝馈(kuì)金：赠送的银子。㉞度(duó)：考虑。　㉟"试可"句：试试看行不行，如不行再作罢。可，在这里作可否解。乃已，罢了。　㊱颔(hàn)：点头表示同意。㊲假：借。仆马：仆人和马匹。借仆马是为了表示自己家里有钱。㊳故：原来。田舍翁：老农民。　㊴间(xián)语：间，通"闲"，闲语即秘密地谈话。　㊵望族：世家大族。　㊶仪采：仪容风采，指外貌风度。轩豁：态度开朗大方。　㊷虑：担心。靳于资：舍不得出聘金。靳，吝啬、小气。　㊸会其旨：领会了他的意思。　㊹浼(měi)：托请。居间，做中间人，以作证。㊺"书红"句：在红纸上写下婚约。　㊻居室逼侧：住房窄小。　㊼"女侬"句：形容卫氏女害羞的样子。障，隐藏。　㊽睨(nì)：斜视，偷看。　㊾荆布之饰：荆钗布裙，贫家妇女的打扮。　㊿舁(yú)：用轿子抬。　51清门：本指寒素人家，这里指家世清白的书香门第。　52不责资：不求资财(指聘金)。　53顺德：指妇女出嫁后顺从丈夫，这是封建礼教所谓"三从四德"一类对妇女的要求。　54琴瑟：指夫妻间的感情。《诗经·小雅·棠棣》："妻子好合，如鼓瑟琴。"琴和瑟是两种经常合奏的乐器，因其发音和谐，故用以比喻和美的夫妻关系。笃(dǔ)：深厚。　55举：生下。　56登墓：指清明节扫墓。　57邑绅：地方豪绅。　58御史：封建时代负责监察和考核官吏政绩的官职。　59坐：坐罪，犯法。行赇(qiú)：用财物行贿以求免罪。　60免：被罢官。居林下：住在乡间。　61大扇威虐：肆无忌惮逞威风、压迫人。　62艳：艳羡，这里指迷恋于卫氏女的姿色。　63摇：动摇，指动摇冯相如对妻子的感情。　64风示：传话暗示。　65既：既而，随即。　66垢(gòu)骂：辱骂。万端：凡能骂的话都骂出来了。　67汹若沸鼎：气势汹汹，人声喧嚷，如开锅的水一样。　68篡舁：用轿子强行抬走。篡，抢夺。　69经日：过了一天。　70杖：扶杖。　71兴词：到官府去告状。　72督抚：督，总督，明末及清代为一省的最高军政长官。抚，巡抚，清代为一省的最高行政长官，职权略低于总督。　73讼几遍：差不多各级府官都去告遍了，讼，告状。　74卒：最后，终究。直：申冤昭雪。　75吭(háng)：喉咙。　76邀路：半路拦截。　77扈从：跟从保卫的人。　78罔托：无可托付。　79吊：探访慰问。　80虬(qiú)髯：蜷曲的络腮胡子。阔颔：宽大的下巴。　81"曾与"句：素不相识。曾，向来。无素，没有交往，引申为互不认识。素，等于说素交、素友，即真诚的朋友。　82邦族：籍贯和姓氏。　83遽：突然。　84眦(zì)欲裂：形容瞪眼发怒的样子。眦，眼角。　85不足齿：即不足挂齿，不值得一提，表示轻蔑。伧(cāng)：粗鄙而没有血性的人。　86忝(tiǎn)：欺骗。　87实布腹心：老老实实地把心里话讲出来。　88卧薪尝胆：春秋时，越国被吴国所灭，为了报仇雪耻，越王勾践睡在干柴上，头上悬着苦胆，时时刻刻能尝着苦味，兢兢业业，艰苦奋斗，终于打败了吴国，实现了报仇雪恨的目的。事见

中国古代文学作品选注 | 370

《史记·越王勾践世家》。卧薪表示不敢安逸,尝胆表示不近甘味。后因以"卧薪尝胆"表示刻苦自励、立志复仇。 ⑧⑨固有日:实在有些日子了。 ⑨⑩褓中物:指婴儿。 ⑨①恐坠宗祧(tiāo):生怕断绝了香火,指担心绝了后代,没有人到宗祠里去祭祀。 ⑨②杵臼:指春秋时期人公孙杵臼。晋灵公时,晋国的大夫赵朔与屠岸贾不和,屠将赵氏满门抄斩,又企图捕杀赵朔的遗腹子。赵朔的门客程婴和公孙杵臼设法营救赵氏孤儿,程婴将自己的儿子与赵氏孤儿调包,由公孙杵臼将程婴之子抱持逃往山中,然后程婴出首告发,结果屠岸贾将杵臼及冒充赵氏孤儿的程婴之子捉杀,使程婴得以安全地保存和抚养了赵氏孤儿,终于为赵家报了仇。这里从下文文意看,"能为我杵臼否"应是指替自己抚养儿子,历史上代为抚养赵氏孤儿的是程婴,不是杵臼,当是作者误记。 ⑨③欲托诸人者:想托付给别人办的事情。 ⑨④代庖(páo):代别人去完成本来不是自己分内的任务。语出《庄子·逍遥游》。 ⑨⑤崩角:磕响头,是一种表示非常感激的礼节。角:额头。 ⑨⑥不顾:不回头看,表示十分坚决。 ⑨⑦不济:不成功。 ⑨⑧德:报恩。 ⑨⑨亡去:逃走。 ⑩⑩重垣:多重院墙。 ⑩①执谓:坚持认为。 ⑩②所之:逃往的地方。 ⑩③冥搜:暗中查访搜捕。 ⑩④迹:踪迹。这里作动词用,循声探访的意思。 ⑩⑤系缧(léi):用绳子捆绑。缧,捆人的绳子。 ⑩⑥嗔:本指嗔怒,这里是哭声更大的意思。 ⑩⑦呱(gū)呱者:指婴儿。呱呱,状婴儿的哭声。 ⑩⑧褫(chǐ)革:科举时代,秀才犯了罪,须先革除他的秀才功名,并不许他穿秀才的制服,然后才审讯判刑。褫革即指革除功名。 ⑩⑨梏(gù)惨:残酷的刑罚。 ⑩⑩铦(xiān)利:锋利。 ⑩①窃馁(něi):心里暗自害怕。 ⑩②详:本指下级向上级呈报的公文,这里用作动词,即呈报的意思。宪:对上级官员的尊称。 ⑩③辴(chǎn)然:欢笑的样子。 ⑩④灭门:全家死绝。 ⑩⑤潸(shān)潸:泪流不止的样子。 ⑩⑥宗支不续:指小儿死去,无人承继宗族。 ⑩⑦悲怛(dá):悲痛。 ⑩⑧款门:敲门。 ⑩⑨譨(nóng)譨:形容话多。 ⑩⑩窥觇(chān):观看。 ⑩①恙:疾病或忧愁。 ⑩②稔(rěn)熟:非常熟悉。 ⑩③呜哭:低声哭泣。 ⑩④妄:虚妄,不真实。 ⑩⑤适:适逢,正值。 ⑩⑥秦:古秦地,在今陕西省一带。 ⑩⑦夙(sù)兴夜寐:早起晚睡,形容勤苦持家。 ⑩⑧莽:杂草。拥彗:用扫帚打扫。 ⑩⑨下帷读:指不受外界影响,专心一意地读书。 ⑩⑩盈歉:盈是满,歉是亏,这里指家庭收入的多和少。 ⑩①殍(piǎo):饿死。殍饿死,即饿死,同义反复。 ⑩②治:置办。 ⑩③荷镵(chán):锄草工具。 ⑩④萝:女萝,一种蔓生植物。牵萝补屋:形容生活的艰辛。 ⑩⑤里党:指邻里乡亲。古时以二十五家为里,五百家为党。 ⑩⑥人烟腾茂:形容人丁繁旺,家业兴盛。 ⑩⑦类:类似。素封:不做官而富有的人家。 ⑩⑧灰烬之余:比喻大难之后。 ⑩⑨"巾服"句:指尚未恢复被革除的秀才资格,不恢复就没有资格参加科举考试。巾服,指秀才穿戴的服饰。 ⑩⑩广文:明清时期对学官的通称。 ⑩①神之:对她感到惊奇敬佩。 ⑩②是科:这一次科举考试。领乡荐:指乡试考中举人,取得了进京参加会试(考进士)的资格。 ⑩③腴(yú)田:肥沃的土地。连阡:连成一大片,指很多。阡,间小路,也泛指田野。 ⑩④夏屋:高大的房屋。渠渠:高大的样子。 ⑩⑤袅娜:形容轻盈柔美的风姿。 ⑩⑥侠:指锄恶助困的侠义行为。 ⑩⑦悠悠:指昏庸腐败。 ⑩⑧"刀震"句:指文中所写虬髯豪侠深夜以刀刺县令床入木寸余事。

⑭"苏子美"三句:宋代文学家苏舜钦,字子美。相传他读《后汉书·张良传》,当读到张良与刺客袭击秦始皇而不中时,拍掌感叹道:"惜乎击之不中!"然后"浮一大白"(即喝一大杯酒)。作者引用这一典故,借以表达他对贪官污吏的强烈憎恨。(这篇小说通过一个爱情婚姻的悲惨故事,揭示了一个具有鲜明政治色彩的社会主题。一方面,揭露了土豪劣绅的罪恶和官府的黑暗腐败;另一方面,又描写了怀着强烈的正义感的虬髯侠客和狐女红玉对恶人的惩罚及对冯相如的热情帮助,歌颂了除暴扶弱、乐于助人的侠义行为和美好品德。情节生动曲折,作者爱憎分明,感情强烈。)

促 织①

宣德②间,宫中尚③促织之戏,岁征④民间。此物故非西产⑤,有华阴令⑥欲媚上官,以一头进,试使斗而才⑦,因责常供⑧。令以责之里正⑨。市中游侠儿⑩,得佳者笼养之,昂其值⑪,居为奇货。里胥猾黠⑫,假此科敛丁口⑬,每责一头,辄倾⑭数家之产。

邑⑮有成名者,操童子业⑯,久不售⑰。为人迂讷⑱,遂为猾胥报充里正役⑲,百计营谋不能脱。不终岁⑳,薄产累尽。会征促织,成不敢敛户口㉑,而又无所赔偿㉒,忧闷欲死。妻曰:"死何裨益㉓?不如自行搜觅,冀有万一之得。"成然之。早出暮归,提竹筒、铜丝笼,于败堵㉔丛草处,探石发穴㉕,靡计不施㉖,迄无济㉗。即捕得三两头,又劣弱不中于款㉘。宰严限追比㉙,旬余,杖至百,两股间脓血流离㉚,并虫亦不能行捉矣。转侧床头,惟思自尽。

时村中来一驼背巫㉛,能以神卜㉜。成妻具资诣问㉝,见红女白婆㉞,填塞门户。入其舍,则密室垂帘,帘外设香几㉟。问者爇香于鼎㊱,再拜。巫从旁望空代祝,唇吻翕辟㊲,不知何词。各各竦立㊳以听。少间,帘内掷一纸出,即道人意中事,无毫发爽㊴。成妻纳钱案上,焚拜如前人。食顷㊵,帘动,片纸抛落。视之,非字而画。中绘殿阁,类兰若㊶;后小山下怪石乱卧,针针丛棘㊷,青麻头伏焉;旁一蟆㊸,若将跳舞。展玩㊹不可晓。然睹促织,隐中胸怀㊺。折藏之,归以示成。成反复自念:得无教我猎虫所㊻耶?细瞻景状,与村东大佛阁逼似。乃强起扶杖,执图诣寺后,有古陵蔚起㊼。循陵而走,见蹲石鳞鳞㊽,俨然类画。遂于蒿莱中㊾,侧听徐行,似寻针芥,而心目耳力俱穷,绝无踪响㊿。冥搜未已○51,一癞头蟆猝然○52跃去。成益愕,急逐趁○53之,蟆入草间。蹑迹披求○54,见有虫伏棘根。遽扑之,入石穴中。掭○55以尖草,不出;以筒水灌之,始出,状极俊健。逐而得之,审视,巨身修尾,青项金翅,大喜。笼归，举家庆贺，虽连城拱璧不啻⁵⁷也。上于盆而养之，蟹白栗黄⁵⁸，备极护爱。留待限期，以塞官责。

成有子九岁，窥父不在，窃发盆⁵⁹。虫跃掷径出，迅不可捉。及扑入手，已股落腹裂，斯须⁶⁰就毙。儿惧，啼告母。母闻之，面色灰死，大骂曰："业根！⁶¹死期至矣！而翁⁶²归，自与汝覆算⁶³耳！"儿涕而出。未几成归，闻妻言，如被冰雪。怒索儿，儿渺然不知所往。既⁶⁴得其尸于井，因而化怒为悲，抢呼⁶⁵欲绝。夫妻向隅⁶⁶，茅舍无烟，相对默然，不复聊赖⁶⁷。日将暮，取儿藁葬⁶⁸，近抚之，气息惙然⁶⁹。喜置榻上，半夜复苏。夫妻心稍慰。但儿神气痴木，奄奄思睡。成顾蟋蟀笼虚，则气断声吞，亦不复以儿为念。自昏达曙，目不交睫。

东曦既驾⁷⁰，僵卧长愁。忽闻门外虫鸣，惊起觇视⁷¹，虫宛然尚在。喜而捕之，一鸣辄跃去，行且速。覆之以掌，虚若无物；手才举，则又超忽⁷²而跃。急趁之，折过墙隅，迷其所往。徘徊四顾，见虫伏壁上。审谛⁷³之，短小，黑赤色，顿⁷⁴非前物。成以其小，劣之。惟彷徨瞻顾，寻所逐者。壁上小虫，忽跃落襟袖间。视之，形若土狗⁷⁵，梅花翅，方首长胫⁷⁶，意似良，喜而收之。将献公堂，惴惴⁷⁷恐不当意，思试之斗以觇之。村中少年好事者，驯养一虫，自名"蟹壳青"，日与子弟角⁷⁸，无不胜。欲居之以为利，而高其值，亦无售⁷⁹者。径造庐⁸⁰访成。视成所蓄，掩口胡卢⁸¹而笑。因出己虫，纳比笼中⁸²。成视之，庞然修伟，自增惭怍⁸³，不敢与较。少年固强之。顾念⁸⁴蓄劣物终无所用，不如拼博一笑⁸⁵，因合纳斗盆⁸⁶。小虫伏不动，蠢若木鸡。少年又大笑。试以猪鬣毛撩拨虫须，仍不动。少年又笑。屡撩之，虫暴怒，直奔，遂相腾击，振奋作声。俄见小虫跃起，张尾伸须，直龁敌领⁸⁷。少年大骇，解令休止。虫翘然矜鸣⁸⁸，似报主知。成大喜。方其瞻玩，一鸡瞥⁸⁹来，径进一啄。成骇立愕呼。幸啄不中，虫跃去尺有咫⁹⁰。鸡健进，逐逼之，虫已在爪下矣。成仓卒⁹¹莫知所救，顿足失色。旋见鸡伸颈摆扑，临视⁹²，则虫集⁹³冠上，力叮不释。成益惊喜，掇⁹⁴置笼中。

翌日⁹⁵进宰，宰见其小，怒诃⁹⁶成。成述其异，宰不信。试与他虫斗，虫尽靡⁹⁷；又试之以鸡，果如成言。乃赏成，献诸抚军⁹⁸。抚军大悦，以金笼进上⁹⁹，细疏其能¹⁰⁰。既入宫中，举天下所贡蝴蝶、螳螂、油利挞、青丝额……一切异状，遍试之，无出其右者¹⁰¹。每闻琴瑟之声，则应节¹⁰²而舞。益奇之。上大嘉悦¹⁰³，诏赐抚臣名马衣缎。抚军不忘所自¹⁰⁴，无何，宰以"卓异"闻¹⁰⁵。宰悦，免成役；又嘱学使¹⁰⁶，俾入邑庠¹⁰⁷。后岁余，成子精神复旧，自言："身化促织，轻捷善斗，今始苏耳。"抚军亦厚赉¹⁰⁸成。不数岁，田百顷，楼阁万椽¹⁰⁹，牛羊蹄蹴各千计⑪。一出门,裘马过世家⑫焉。

异史氏曰:天子偶用一物,未必不过此已忘,而奉行者即为定例。加以官贪吏虐,民日贴妇⑬卖儿,更无休止。故天子一跬步⑭,皆关民命,不可忽也。独是成氏子以蠹⑮贫,以促织富,裘马扬扬⑯。当其为里正,受扑责时,岂意其至此哉!天将以酬长厚者⑰,遂使抚臣、令尹并受促织恩荫⑱。闻之:一人飞升⑲,仙及鸡犬。信夫⑳!

①本篇选自《聊斋志异》卷四。促织:蟋蟀的别名。 ②宣德:明宣宗朱瞻基的年号(1426—1435)。 ③尚:崇尚,喜好。 ④岁:每年。征:征收。 ⑤故:原本。西:指陕西。 ⑥华阴:县名,在今陕西省渭南县境。令:县令。 ⑦才:有才干,指蟋蟀善斗。 ⑧责:责令。常供:按时进奉。 ⑨里正:乡里基层小吏,犹保甲长。 ⑩游侠儿:原指古代那些仗义锄恶、济困扶危的好汉。这里指乡里游手好闲、不务正业的浪荡子弟。 ⑪昂其值:抬高蟋蟀的价钱。 ⑫里胥:政府派到乡间办事的小官吏。猾黠(xiá):狡猾奸诈。 ⑬假:借。科敛丁口:按人口摊派费用。 ⑭倾:倒,花光。 ⑮邑:县的别称,这里指华阴。 ⑯童子:即童生。科举时代,应考的读书人在考取秀才之前一律称为童生。操童子业,即指童生为应考而读书。 ⑰久不售:长期没有考中。 ⑱迂讷(nè):迂阔呆板,不善辞令。 ⑲充里正役:充任里正的职务。 ⑳不终岁:不到一年。 ㉑敛户口:按户和人丁数目摊派征收。 ㉒无所赔偿:拿不出钱来垫赔。 ㉓裨(bì)益:好处。 ㉔败堵:断墙。 ㉕探石发穴:在石缝和洞穴里探寻。 ㉖靡计不施:什么办法都用尽了。 ㉗迄:到头来,终究。无济:无济于事,未获成功。 ㉘不中于款:不符合要求。 ㉙宰:县令。严限:严格规定完成任务的期限。追比:旧时代官府限令差役或地方当值人员在规定期限内完成某种任务,到期未完成者则加拷打,过一次期限拷打一次,称为"追比"。 ㉚股:大腿。流离:血肉模糊的样子。 ㉛巫:用迷信方法为人判断祸福吉凶的人。 ㉜以神卜:借用神的力量预卜吉凶。 ㉝具资诣问:准备好钱去求问。 ㉞红女白婆:年轻妇女和白发老太太。 ㉟香几:烧香拜神的几案。 ㊱爇(ruò)香:点燃香。鼎:三脚香炉。 ㊲唇吻:嘴唇。翕(xī)辟:一张一闭,口中念念有词。 ㊳竦(sǒng)立:严肃而恭敬地站立。 ㊴无毫发爽:没有丝毫不相符合的地方。 ㊵食顷:吃一顿饭的工夫。 ㊶兰若(rě):即寺庙,佛教梵文译名"阿兰若"的简称。 ㊷针针丛棘:一丛丛带刺的灌木。 ㊸青麻头:和下文的蝴蝶、螳螂、油利挞、青丝额等,都是蟋蟀的名称。 ㊹蟆:癞蛤蟆。 ㊺展玩:展示玩味。 ㊻隐中胸怀:暗合心中所想的事。 ㊼得无:也许,莫非。猎虫所:捉促织的地方。 ㊽古陵:古墓。蔚起:古墓上长着茂盛的草木。 ㊾蹲石鳞鳞:一块块石头如蹲在地上,好像一片鱼鳞似的。 ㊿蒿莱中:杂草丛中。 51踪响:踪迹和响声。 52冥搜:暗中搜寻。未已:不停止。 53猝然:突然。 54逐赼:追逐。 55蹑迹:循着踪迹追寻。披求:拨开草丛寻找。 56掭(tiàn):撩拨。 57连城:价值连城,说明是一种珍品。拱璧:双手合抱的大璧玉。不啻(chì):不止。 58蟹白栗黄:螃蟹腿的肉和煮熟的栗子仁,都是喂蟋蟀的高级养料。

㉟窃发盆:偷偷地将盆打开。 ⑥⓪斯须:不一会儿。 ⑥①业根:佛家语,即业障。这里是成名之妻用来骂儿子的话,等于说"祸种"。 ⑥②而翁:即尔翁,你爸爸。 ⑥③覆算:算账。 ⑥④既:既而,随后。 ⑥⑤抢(qiāng)呼:用头撞地,仰天悲号。 ⑥⑥向隅:对着墙角,形容十分悲哀。 ⑥⑦不复聊赖:不再有所凭借和寄托,指儿子死了,断绝了希望。 ⑥⑧藁(gǎo)葬:用草席裹尸埋葬。 ⑥⑨惙(chuò)然:呼吸十分微弱的样子。 ⑦⓪东曦(xī)既驾:指天亮。神话传说,太阳每天早晨是由曦和(太阳神)驾着六条龙拉的车子从东方升起来的。 ⑦①觇(chān)视:察看。 ⑦②超忽:突然而又迅速的样子。 ⑦③审谛:仔细观察。 ⑦④顿:截然,显然。 ⑦⑤土狗:即蝼蛄,俗称土狗子。 ⑦⑥胫:小腿。 ⑦⑦惴惴:忧惧不安貌。 ⑦⑧角:比斗。 ⑦⑨售:这里是买的意思。 ⑧⓪造庐:登门,上门。 ⑧①胡卢:窃笑,表示轻蔑。 ⑧②纳比笼中:放进比斗用的笼子里。 ⑧③惭怍(zuò):惭愧。 ⑧④顾念:回头想想。 ⑧⑤拼搏一笑:豁出去比斗,即使输了也能博取大家一笑。 ⑧⑥合纳斗盆:一起放进比斗用的盆子里。 ⑧⑦蠢若木鸡:形容愚笨不中用。《庄子·达生》篇里说,善于养斗鸡的人,要把鸡训练十分镇定,这样才能不动声色,不恃意气,最后战胜对方。 ⑧⑧龁(hé):咬。领:脖子。 ⑧⑨翘然:张开翅膀很得意的样子。矜鸣:骄傲地鸣叫。 ⑨⓪瞥(piē):原意为很快地看一眼,这里是眨眼之间的意思。 ⑨①尺有咫(zhǐ):一尺八寸。古称八寸为一咫。 ⑨②仓卒(cù):同"仓猝",急迫匆忙之间。 ⑨③临视:靠近看。 ⑨④集:落到。 ⑨⑤掇(duō):小心翼翼地双手合捧。 ⑨⑥翌(yì)日:第二天。 ⑨⑦诃(hē):同"呵",斥责。 ⑨⑧尽靡:都被击败。 ⑨⑨抚军:巡抚的别称。 ⑩⓪上:指皇帝。 ⑩①疏:陈述。 ⑩②无出其右者:没有一只能战胜它的。古代以右为尊、为上。 ⑩③应节:按着音乐的节拍。 ⑩④大嘉悦:非常高兴。 ⑩⑤所自:(好处)从哪里来。 ⑩⑥卓异:才能突出,政绩卓著。 ⑩⑦学使:掌握一个地区教育事务的学官。 ⑩⑧俾(bǐ):使。邑庠:县学。古代的乡学称庠。 ⑩⑨重赉(lài):厚厚地赏赐。 ⑩⑩楼阁万椽(chuán):指房屋极多。椽:指放在檩上架着屋顶的木条。 ⑩⑪蹄躈(qiào):同"噭",嘴。古人以蹄(脚)和口计算牲口的头数,四蹄一口为一头,"千计"当指二百头。这是虚指,言其数量很多。 ⑩⑫裘马:指穿的和骑的都十分豪华。世家:世代显贵的人家。 ⑩⑬贴妇:典卖妻子。 ⑩⑭跬(kuǐ):一举足的距离,即半步。 ⑩⑮蠹(dù):蛀虫。这里指敲诈人民的贪官污吏。 ⑩⑯裘马扬扬:穿戴豪华,出门骑马,十分得意的样子。 ⑩⑰长厚者:忠厚老实的人。 ⑩⑱令尹:指县令。恩荫:恩惠和好处。 ⑩⑲"一人"二句:传说汉代淮南王刘安炼丹修道,飞升成仙,家里的鸡和狗吃了他剩下的丹药,也都升天成了神仙。这里是借以讽刺县令和抚臣都因成名的促织而得到了好处。 ⑩⑳信夫:千真万确啊! (这篇小说运用以小见大的艺术手法,以一只促织的得失、生死、优劣为情节线索,巧妙而深刻地揭露了封建社会的最高统治者皇帝的享乐生活是建立在普通百姓的深重苦难基础之上的,同时也揭露了封建官吏不过是满足皇帝的需要而压迫摧残百姓的工具。情节曲折生动,出人意料,悬念丛生,又紧扣主人公的命运和喜怒哀乐感情的变化,具有激动人心又发人深思的艺术力量。)

七、清代戏曲

洪 昇

洪昇(1645—1704),字昉思,号稗畦,又号稗村、南屏樵者,钱塘(今浙江杭州市)人。他出身于一个生活优裕的仕宦家庭,从小受到较好的文化教育。他的外祖父黄机,康熙朝曾官至吏部尚书和文华殿大学士。曾从学于著名学者陆繁弨、毛先舒等人。他勤奋好学,又富有才华,诗文词曲都有创作,受到人们的称赏。但一生功名极不顺利。康熙七年(1668)到北京国子监肄业,直至康熙二十八年(1689)因《长生殿》演出而被革去国子监生籍,二十多年间未得到一官半职。生计艰难时,竟以卖文度日。但他生性孤傲,愤世嫉俗,"交游宴集,每白眼踞坐,指古摘今"(《长生殿·徐麟序》)。康熙三十年(1691)携家南归,后在浙西乌镇不幸因酒醉落水而死。著有诗集《稗畦集》《稗畦续集》《啸月楼集》,剧作多种,今仅存杂剧《四婵娟》和传奇《长生殿》。

长 生 殿①

惊 变

(丑上)"玉楼天半起笙歌,风送宫嫔②笑语和;月殿影开闻夜漏,水晶帘卷近秋河③。"咱家高力士④,奉万岁爷之命,着咱在御花园中,安排小宴,要与贵妃娘娘,同来游赏,只得在此伺候!(生、旦乘辇⑤,老旦、贴⑥随后,二内侍引行上)

【北中吕】【粉蝶儿】⑦天淡云闲,列长空数行新雁。御园中秋色斓斑⑧:柳添黄,苹减绿,红莲脱瓣。一抹⑨雕阑,喷清香桂花初绽。

(到介)(丑)请万岁爷、娘娘下辇。(生、旦下辇介)(丑同内侍暗下)(生)妃子,朕⑩与你散步一回者!(旦)陛下请!(生携旦手介)

【南泣颜回】携手向花间,暂把幽怀同散。凉生亭下,风荷映水翩翩;爱桐阴静悄,碧沉沉并绕回廊看。恋香巢秋燕依人,睡银塘鸳鸯蘸眼⑪。

(生)高力士,将⑫酒过来,朕与娘娘小饮数杯。(丑)宴已排在亭上,请万岁爷娘娘上宴。(旦作把盏,生止住介)妃子坐了!

【北石榴花】不劳你玉纤纤[13]高捧礼仪烦,子待借小饮对眉山[14]。俺与你浅斟低唱互更番[15],三杯两盏,遣兴消闲。妃子,今日虽是小宴,倒也清雅。回避了御厨中,回避了御厨中,烹龙炰凤[16]堆盘案,咿咿哑哑,乐声催趱[17];只几味脆生生,只几味脆生生,蔬和果,清肴馔[18],雅称[19]你仙肌玉骨美人餐。

　　妃子,朕与你清游小饮,那些梨园[20]旧曲,都不耐烦听他。记得那年,在沉香亭上赏牡丹,召翰林李白,草《清平调》三章[21],命李龟年度[22]成新谱,其词甚佳,不知妃子还记得么?(旦)妾还记得。(生)妃子,可为朕歌之,朕当倚玉笛以和[23]。(旦)领旨!(老旦进玉笛,生吹介)(旦按板[24]介)

【南泣颜回】花繁,秾艳想容颜,云想衣裳光璨;新妆谁似?可怜飞燕[25]娇懒。名花国色,笑微微常得君王看。向春风解释[26]春愁,沉香亭同倚阑干。

　　(生)妙哉!李白锦心[27],妃子绣口,真双绝矣!宫娥,取巨觥[28]来,朕与妃子对饮。(老旦、贴送酒介)(生)

【北斗鹌鹑】畅好是喜孜孜驻拍停歌[29],喜孜孜驻拍停歌,笑吟吟传杯送盏。妃子干一杯!(作照干介)不须他絮烦烦射覆藏钩[30],闹纷纷弹丝弄板[31]。(又作照杯介)妃子,再干一杯!(旦)妾不能饮了。(生)宫娥每跪劝!(老旦、贴)领旨。(跪旦[32]介)娘娘请上这一杯!(旦勉饮介)(老旦、贴作连劝介)(生)我这里无语持觞仔细看,早子见花一朵上腮间。(旦作醉介)妾真醉矣!(生)一会价软哈哈柳嚲花欹[33],软哈哈柳嚲花欹,困腾腾莺娇燕懒。

　　妃子醉了。宫娥每,扶娘娘上辇进宫去者!(老旦、贴)领旨!(作扶旦起介)(旦作醉态呼介)万岁!(老旦、贴扶旦行,旦作醉态介)

【南扑灯蛾】态恹恹[34]轻云软四肢,影蒙蒙空花乱双眼;娇怯怯柳腰扶难起,困沉沉强抬娇腕,软设设金莲倒褪[35],乱松松香肩嚲云鬟[36];美甘甘思寻凤枕,步迟迟倩[37]宫娥搀入绣帏间。

　　(老旦、贴扶旦下)(丑同内侍暗上)(内击鼓介)(生惊介)何处鼓声骤发?(副净[38]急上)渔阳鼙鼓[39]动地来,惊破霓裳羽衣曲[40]。(问丑介)万岁在那里?(丑)在御花园内。(副净)军情紧急,不免径入。(进见介)陛下不好了!安禄山[41]起兵造反,杀过潼关[42],不日就到长安了。(生大惊介)守关将士何在?(副净)哥舒翰[43]兵败,已降贼了。(生)呀!

【北上小楼】你道失机的哥舒翰,称兵[44]的安禄山,赤紧的[45]离了渔阳,陷了东京[46],破了潼关。吓得人胆战心摇,吓得人胆战心摇,肠慌腹热,魂飞魄散,早惊破月明花粲。

　　卿有何策,可退贼兵?(副净)当日臣曾再三启奏,禄山必反,陛下不听,今日果应臣言。事起仓卒,怎生抵敌;不若权时幸蜀[47],以待天下勤王[48]。(生)依卿所奏,快传旨诸王百官,即时随驾幸蜀便了!(副净)领旨!(急下)(生)高力士,快些整备军马!传旨令右龙武将军陈元礼,统领御林军㊾士三千,扈驾㊿前行。(丑)领旨!(下)(内侍)请万岁爷回宫!(生转行叹科)唉!正尔欢娱,不想忽有此变,怎生是了也!

【南扑灯蛾】稳稳的宫庭宴安,扰扰的边廷造反;冬冬的鼙鼓喧,腾腾的烽火黫(51)。的溜扑碌(52)臣民儿逃散,黑漫漫乾坤(53)覆翻,碜磕磕(54)社稷(55)摧残,碜磕磕社稷摧残,当不得萧萧飒飒西风送晚,黯黯的一轮落日冷长安。

(向内问介)宫娥每,杨娘娘可曾安寝?(老旦、贴内应介)已睡熟了。(生)不要惊他,且待明早五鼓同行。(泣介)天那!寡人不幸,遭此播迁(56),累(57)他玉貌花容,驱驰道路,好不痛心也!

【南尾声】在深宫兀自娇慵惯,怎样支吾(58)蜀道难?(哭介)我那妃子呵!愁杀你玉软花柔,要将途路趱(59)。

宫殿参差落照间,
渔阳烽火照函关(60);
遏云(61)声绝悲风起,
何处黄云是陇山(62)!

①这部剧以唐代安史之乱为背景,描写了唐玄宗和杨贵妃之间曲折的爱情故事。作者对这一从中唐以来就广泛流传、被多次描写过的传统题材,加以融会总结,作了重新处理。有感于"情之所钟,在帝王家罕有"(《长生殿·例言》),剧本着重强调了李杨二人真挚的爱情关系;与此同时,剧本又融进了较多的政治内容,触及安史之乱以前复杂的社会矛盾,对帝王后妃的奢侈享乐生活和朝政的腐败,都作了一定的揭露和批判。全剧共五十出,《惊变》是第二十四出。 ②宫嫔(pín):宫女。嫔,宫中女官名。 ③秋河:银河。近秋河,极言楼阁之高。 ④高力士:唐玄宗时太监,最得宠幸,曾任左监门大将军知内侍省事、骠骑大将军等职。 ⑤辇(niǎn):帝王乘坐的车子。 ⑥贴:戏曲角色名,属旦行。女主角称旦,次要的旦角称为贴旦,简称贴。 ⑦[北中吕][粉蝶儿]:以下各曲均未标明为谁所唱,但本剧采用南北曲合套,一般是生唱北曲,旦唱南曲,故曲牌前标"北"字的为生所唱,标"南"字的为旦所唱。 ⑧斓斑:色彩缤纷。 ⑨一抹:一排,一带。 ⑩朕:皇帝自称。 ⑪蘸(zhàn)眼:招眼,引人注目。 ⑫将:拿。 ⑬玉纤纤:形容手的白嫩细腻。 ⑭子待:同"只待"。眉山:指眉毛。古代妇女用黛青色画眉,色如远山,故云。这里用眉山代指杨贵妃。 ⑮互更番:指饮酒和唱歌,迭相更替。 ⑯烹龙炰(páo)凤:泛指各种山珍海味的食品。炰,煮。 ⑰趱(zǎn):催促。 ⑱清肴馔(yáo zhuàn):清淡可口的食品。肴是荤菜的泛称,馔指饭食。从文意看,这里的肴馔指蔬果点心。 ⑲雅称:非常适合。雅,甚。 ⑳梨园:唐玄宗时教习宫廷歌舞艺人的地方。 ㉑《清平调》三章:相传为李白在长安供奉翰林时所作。据说有一次唐玄宗和杨贵妃在沉香亭观赏牡丹花,当时的宫廷乐师李龟年率梨园弟子奏乐,玄宗不喜

听旧时乐词,便召翰林学士李白,命作新词,李白即作《清平调》三首。 ㉒度:谱曲。㉓倚:吹奏。和(hè):伴奏。 ㉔按板:打拍子。 ㉕飞燕:指汉成帝的皇后赵飞燕。这里借指杨贵妃。 ㉖解释:消解,解除。 ㉗“李白”二句:指李白文思优美,杨贵妃歌声动听。语出柳宗元《乞巧文》:“骈四俪六,锦心绣口。” ㉘觞:酒杯。 ㉙畅好是:正好是。驻:停止。 ㉚射覆:一种类似猜字谜用来行酒令的游戏。藏钩:一种把东西藏起来让人猜测的游戏。 ㉛弹丝弄板:指演奏乐曲。 ㉜跪旦:向旦(即剧中的杨贵妃)跪下。 ㉝一会价:一会儿。软哈哈(hāi):软绵绵。亸(duǒ):下垂。攲(qī):倾斜。柳、花和下句中的莺、燕都代指杨贵妃。 ㉞恹(yān)恹:疲乏的样子。 ㉟金莲:指女子的小脚。褪:同“退”。 ㊱香肩亸云鬟:头发散乱地披在肩头上。 ㊲倩:请。 ㊳净:戏曲行当名,俗称花脸。一般扮演性格豪爽或暴躁、悍厉的男性人物。副净是净这类角色中较次要的人物,这里指杨国忠。 ㊴渔阳:唐郡名,治所在今天津市蓟县,时安禄山任平卢、范阳、河东三镇节度使,作乱时在此起兵。鼙(pí)鼓:古代军中用的小鼓,这里代指故事。 ㊵霓裳羽衣曲:即《霓裳羽衣舞》,唐代宫廷乐舞,相传曾经唐玄宗润色改制。㊶安禄山:唐营州柳城(在今辽宁省朝阳县南)人,少数民族出身,于天宝十四载(755)在范阳起兵叛乱。 ㊷潼关:关名,在今陕西省潼关县北。 ㊸哥舒翰:唐玄宗时大将,曾兼河西节度使,封西平郡王。安禄山叛乱时被起用为兵马副元帅,率重兵守潼关,后兵败被俘。 ㊹称兵:起兵。 ㊺赤紧的:同“吃紧的”,这里是很快的意思。 ㊻东京:指洛阳。唐代称洛阳为东都。 ㊼幸蜀:到四川去避难。古时称天子到某地为幸。㊽勤王:指朝廷有难,各地兵马前来救援。 ㊾御林军:皇帝的禁卫军。 ㊿扈(hù)驾:跟从并保护皇帝的车驾。 (51)黰(yān):黑色。 (52)的溜朴碌:形容仓皇逃难时的狼狈样子。 (53)乾坤:天地。 (54)磣磕磕:形容十分悲惨。磣,同“惨”。磕磕,一作“可可”,助词,无义。 (55)社稷:指国家。 (56)播迁:流离迁徙。 (57)累:连累。 (58)支吾:这里是对付的意思。 (59)趱:赶路。 (60)函关:函谷关,这里泛指长安一带。 (61)遏云:响遏行云,形容乐声响入云霄,将行云也遏止住了。遏,阻止。 (62)陇山:山名,在陕西、甘肃一带,由长安去成都,须经陇山东麓而南行。 (这出戏写唐代的一次巨大的政治变乱——安史之乱惊破了唐玄宗和杨贵妃温柔乡中的美梦。戏的前半写两人在御花园中饮酒作乐,忘情歌舞;后半写安禄山造反的消息传来,肠荒腹热,魂飞魄散。在气氛和人物的思想感情上都形成了鲜明的对比,有利于揭示这场政治危机跟帝王后妃荒淫享乐生活的内在关系,为后世提供了乐极悲来的历史鉴戒。)

孔尚任

孔尚任(1648—1718),字聘之,又字季重,号东塘、岸堂,自称云亭山人,晚年又称桃花词隐。山东曲阜人。孔子六十四代孙。父孔贞璠,崇祯时进士,有气节,终生不仕,对孔尚任思想有一定影响。1684年以前隐居于曲阜县北的石门山中,闭门读书,爱好诗文,又努力学习礼乐兵农。1684年康熙南巡,在曲阜行祭孔礼,孔尚任因在御前讲经受到康熙褒奖,破格授予国子监博士。次年进京,开始仕宦生活,先后任户部主事、户部广东司员外郎。早在石门隐居时期,即已开始《桃花扇》创作的准备,后经过十年时间,三易其稿,于康熙三十八年(1699)最后完成了《桃花扇》,轰动一时。次年被罢官,以后回到故乡曲阜,重过石门隐居生活。著作除《桃花扇》外,还有传奇《小忽雷》(与顾彩合著),诗文集《湖海集》、《石门山集》、《长留集》等,今人汪蔚林汇辑为《孔尚任诗文集》出版。

桃花扇①

却奁② 癸未三月③

(杂扮保儿掇马桶上④)龟尿龟尿,撒出小龟;鳖血鳖血,变成小鳖。龟尿鳖血,看不分别;鳖血龟尿,说不清白。看不分别,混了亲爹;说不清白,混了亲伯。(笑介)胡闹,胡闹!昨日香姐上头⑤,乱了半夜;今日早起,又要刷马桶,倒溺壶,忙个不了。那些孤老表子⑥,还不知搂到几时哩。(刷马桶介)

【夜行船】(末)人宿平康深柳巷⑦,惊好梦门外花郎⑧。绣户未开,帘钩才响,春阳十层纱帐。

下官杨文骢⑨,早来与侯兄⑩道喜。你看院门深闭,侍婢无声,想是高眠未起。(唤介)保儿,你到新人窗外,说我早来道喜。(杂)昨夜睡迟了,今日未必起来哩。老爷请回,明日再来罢。(末笑介)胡说!快快去问。(小旦⑪内问介)保儿,来的是那一个?(杂)是杨老爷道喜来了。(小旦忙上)倚枕春宵短,敲门好事多。(见介)多谢老爷,成了孩儿一世姻缘。(末)好说。(问介)新人起来不曾?(小旦)昨晚睡迟,都还未起哩。(让坐介)老爷请坐,待我去催他。(末)不必,不必。(小旦下)

【步步娇】(末)儿女浓情如花酿,美满无他想,黑甜共一乡⑫。可也亏了俺帮衬⑬,珠翠辉煌,罗绮飘荡,件件助新妆,悬出风流榜。

(小旦上)好笑,好笑!两个在那里交扣丁香⑭,并照菱花⑮,梳洗才完,穿戴未毕。请老爷同到洞房,唤他出来,好饮扶头卯酒⑯。(末)惊却好梦,得罪不浅。(同下)

(生、旦艳妆上)

【沉醉东风】(生、旦)这云情接着雨况,刚搔了心窝奇痒,谁搅起睡鸳鸯。被翻红浪,喜匆匆满怀欢畅。枕上余香,帕上余香,消魂滋味,才从梦里尝。

(末、小旦上)(末)果然起来了,恭喜,恭喜!(一揖,坐介)(末)昨晚催妆拙句⑰,可还说的人情么？（生揖介）多谢！（笑介）妙是妙极了，只有一件。（末）那一件？（生）香君虽小，还该藏之金屋⑱。（看袖介）小生衫袖，如何着得下⑲？（俱笑介）（末）夜来定情，必有佳作。（生）草草塞责，不敢请教。（末）诗在那里？（旦）诗在扇头。（旦向袖中取出扇介）（末接看介）是一柄白纱宫扇。（嗅介）香的有趣。（吟诗介）妙，妙！只有香君不愧此诗。（付旦介）还收好了。（旦收扇介）

【园林好】（末）正芬芬桃香李香，都题在宫纱扇上；怕遇着狂风吹荡，须紧紧袖中藏，须紧紧袖中藏。

（末看旦介）你看香君上头之后，更觉艳丽了。（向生介）世兄㉑有福，消此尤物㉑。（生）香君天姿国色，今日插了几朵珠翠，穿了一套绮罗，十分花貌，又添二分，果然可爱。（小旦）这都亏了杨老爷帮衬哩。

【江儿水】送到缠头锦㉒，百宝箱，珠围翠绕流苏帐㉓，银烛笼纱通宵亮，金杯劝酒合席唱。今日又早早来看，恰似亲生自养，赔了妆奁，又早敲门来望。

（旦）俺看杨老爷，虽是马督抚㉔至亲，却也拮据作客，为何轻掷金钱，来填烟花之窟？在奴家受之有愧，在老爷施之无名；今日问个明白，以便图报。（生）香君问得有理。小弟与杨兄萍水相交㉕，昨日承情太厚，也觉不安。（末）既蒙问及，小弟只得实告了。这些妆奁酒席，约费二百余金，皆出怀宁㉖之手。（生）那个怀宁？（末）曾做过光禄的阮圆海㉗。（生）是那皖人阮大铖么？（末）正是。（生）他为何这样周旋？（末）不过欲纳交㉘足下之意。

【五供养】（末）羡你风流雅望，东洛才名㉙，西汉文章㉚；逢迎随处有，争看坐车郎㉛。秦淮妙处㉜，暂寻个佳人相傍，也要些鸳鸯被、芙蓉妆。你道是谁的？是那南邻大阮㉝，嫁衣全忙。

（生）阮圆老原是敝年伯㉞，小弟鄙其为人，绝之已久。他今日无故用情，令人不解。（末）圆老有一段苦衷，欲见白㉟于足下。（生）请教。（末）圆老当日曾游赵梦白㊱之门，原是吾辈。后来结交魏党，只为救护东林。不料魏党一败，东林反与之水火㊲。近日复社㊳诸生，倡论攻击，大肆殴辱。岂非操同室之戈㊴乎？圆老故交虽多，因其形迹可疑，亦无人代为分辩。每日向天大哭，说道："同类相残，伤心惨目，非河南侯君，不能救我。"所以今日谆谆㊵纳交。（生）原来如此。俺看圆海情辞迫切，亦觉可怜。就便真是魏党，悔过来归，亦不可绝之太甚，况罪有可原乎？定生、次尾㊶，皆我至交，明日相见，即为分解㊷。（末）果然如此，吾党之幸也。（旦怒介）官人是何说话？阮大铖趋附权奸，廉耻丧尽，妇人女子，无不唾骂。他人攻之，官人救之，官人自处于何等也？

【川拨棹】不思想，把话儿轻易讲。要与他消释灾殃，要与他消释灾殃，也提防旁人短长㊸。官人之意，不过因他助俺妆奁，便要徇私废公；那知道这几件钗钏衣裙，原放不到我香君眼里。（拔簪脱衣介）脱裙衫，穷不妨，布荆人㊹，名自香。

（末）阿呀！香君气性，忒㊺也刚烈。（小旦）把好好东西，都丢一地，可惜，可惜！

(拾介)(生)好！好！好！这等见识，我倒不如，真乃侯生畏友㊻也。(向末介)老兄休怪，弟非不领教，但恐为女子所笑耳。

【前腔】(生)平康巷，他能将名节讲；偏是咱学校朝堂，偏是咱学校朝堂，混贤奸不问青黄㊼。那些社友平日重俺侯生者，也只为这点义气；我若依附奸邪，那时群起来攻，自救不暇，焉能救人乎？节和名，非泛常㊽；重和轻，须审详㊾。

(末)圆老一段好意，也还不可激烈㊿。(生)我虽至愚，亦不肯从井救人。(末)既然如此，小弟告辞了。(生)这些箱笼，原是阮家之物，香君不用，留之无益，还求取去罢。(末)正是：多情反被无情恼㉛，乘兴而来兴尽还㉜。(下)(旦恼介)(生看旦介)俺看香君天姿国色，摘了几朵珠翠，脱去一套绮罗，十分容貌，又添十分，更觉可爱。(小旦)虽如此说，舍了许多东西，到底可惜。

【尾声】金珠到手轻轻放，惯成了娇痴模样，辜负俺辛勤做老娘。

(生)些须东西，何足挂念？小生照样赔来。(小旦)这等才好。

　　　　(小旦)花钱粉钞㊷费商量，
　　　　(旦)裙布钗荆也不妨；
　　　　(生)只有湘君能解佩㊸，
　　　　(旦)风标不学世时妆㊹。

①《桃花扇》是一部以南明王朝的兴亡为内容的历史剧，它以复社文人侯方域和秦淮名妓李香君的恋爱故事为线索，表现了以侯方域、吴次尾、陈定生等人为代表的复社文人与以阮大铖、马士英为代表的权奸之间的斗争，揭露了南明王朝政治的腐败，在广阔的时代背景上，反映了明末动乱的社会面貌，并以作者所能达到的思想高度，总结了明亡的历史经验。全剧共四十出(另有试、闰、加、续四出)，《却奁》是第七出。　②却：谢绝。奁(lián)：妆奁，女子出嫁时的嫁妆。这里指为侯方域、李香君订婚而送的礼物。③癸未三月：明崇祯十六年(1643)旧历三月。　④保儿：在妓院中干杂活的仆役。掇(duō)：提着。　⑤香姐：指秦淮名妓李香君。上头：本指女子十五岁时把头发总束到头上用簪子束住，这里指妓女第一次接客，又称"梳栊"。　⑥孤老：妓女对长期固定嫖客的称呼。表子：即婊子，对妓女的贱称。　⑦平康：唐代长安坊里名，为妓女聚居之处，后因以代指妓院。柳巷：也指妓院。　⑧花郎：指卖花的人。　⑨杨文骢：字龙友，贵阳(今贵州贵阳市)人。明万历间举人，曾任知县。南明弘光朝官兵部副使，出任常、镇二府巡抚。南京失陷后，随宗室唐王起兵抗清，兵败被杀。他善书画，有文才，喜推奖名士。　⑩侯兄：即侯方域(1618—1655)，字朝宗，明归德府(河南省商丘)人。能诗文，是复社文人的代表之一。入清后应乡试，中副榜举人。为本剧中的男主人公。　⑪小旦：这里指李香君的养母李贞丽。　⑫黑甜：俗以黑甜乡为睡梦中的境界。　⑬帮衬：帮忙，撮合。　⑭交扣丁香：丁香本为花名，这里指衣服上形似丁香花的纽扣，又称为丁香结。交扣丁香，指互相替对方扣衣服。　⑮菱花：指镜子。古代镜子用铜制成，背后常镂刻菱花图案，后因以菱花指代镜子。　⑯扶头卯酒：指振奋精神的早酒。卯酒，指

早晨卯时(上午五至七时)饮的酒。扶头,指振奋精神;或指酒性浓烈容易喝醉的酒。⑰催妆拙句:指写给别人喜结良缘的诗,拙句是谦辞。这里指上出《眠香》中杨文骢送给侯、李二人的催妆诗。 ⑱藏之金屋:用汉武帝"金屋藏娇"的典故。相传汉武帝做太子时,他的姑妈长公主问他要不要妻子,他说要。长公主指左右百余位宫女,他都说不要。当指到长公主自己的女儿阿娇时,汉武帝说:"若得阿娇作妇,当作金屋贮之也。"后来便以金屋藏娇喻指丈夫对妻子的宠爱。金屋,极其豪华的屋子。 ⑲着得下:放得下。因杨文骢催妆诗中有"怀中婀娜袖中藏"之句,故侯方域有此戏语。 ⑳世兄:原指世交之家平辈子弟之间的互称,后来一般朋友间也有以此相称的,以表示关系的亲密。 ㉑消:消受,享用。尤物:本指特殊人物,后常用来指姿色艳丽的女人。 ㉒缠头锦:以帛锦之类送给妓女的财物称为缠头锦。 ㉓流苏帐:周围用流苏装饰的帐子。流苏,用彩色丝线或羽毛做成的垂饰。 ㉔马督抚:指马士英,当时任凤阳督抚。 ㉕萍水相交:比喻偶然相遇,交情不深。 ㉖怀宁:指阮大铖,他是安徽怀宁人。 ㉗光禄:光禄寺卿,管理皇帝膳食的官。阮圆海:阮大铖别号圆海。 ㉘纳交:向人赠送财物礼品以求结交。㉙东洛才名:晋代左思花了十年时间写成《三都赋》,才名大显,人们广为传抄,致使洛阳纸贵。这里比喻侯方域文章写得很好,名气很大。 ㉚西汉文章:指西汉时文学家司马迁及司马相如等人的文章。这也是借以称颂侯方域的才名的。 ㉛"争看"句:相传晋代的潘岳长得很漂亮,每次坐车出游,沿途的妇女都争着看他。这也是称颂侯方域的。㉜秦淮妙处:南京秦淮河畔当时是妓女聚居之处。 ㉝南邻大阮:晋代的阮籍和阮咸为叔侄,二人都是当时著名的文士,人称大阮、小阮。这里借指阮大铖。因他的家乡安徽怀宁在阮籍的家乡河南陈留的南面,故称他为南邻大阮。 ㉞敝年伯:敝是对自己的谦称。年伯:科举时代,同年登第的人互称"同年",儿子称父亲的同年为同年伯。阮大铖和侯方域之父侯恂为同年,所以称阮大铖为年伯。 ㉟见白:表白,剖白。 ㊱赵梦白:即赵南星,字梦白,号侪鹤,明末高邑(今河北省元氏县)人,天启初拜吏部尚书,为人刚正耿直,因得罪魏忠贤,被贬到代州而死,谥号忠毅。 ㊲水火:比喻势不两立,不能相容。 ㊳复社:明代天启年间以江苏太仓人张溥等人为代表发起成立的一个进步的文学与政治团体,以恢复古学相号召,代表中小地主阶级的政治利益。他们继承东林党人的主张和精神,反对阉党。 ㊴操同室之戈:即同室操戈。本指兄弟之间互相残杀,这里指同一派别的人互相攻击。 ㊵谆谆:殷勤,热诚。 ㊶定生:复社文人陈贞慧,字定生。次尾:复社文人吴应箕,字次尾。 ㊷分解:分辩,解释。 ㊸旁人短长:指旁人说长道短的议论。 ㊹布荆人:指以布衣荆钗做服饰的贫家妇女。 ㊺忒:义同"太"。㊻畏友:指方正刚直的朋友。 ㊼青黄:是非曲直。 ㊽泛常:寻常。 ㊾审详:仔细考虑。 ㊿激烈:这里指过于绝情。 (51)"多情"句:苏轼词《蝶恋花》(花褪残红青杏小)里的句子,稍有改动,原句是"多情却被无情恼"。这里的意思是,好心好意,自寻烦恼。(52)"乘兴"句:相传东晋王子猷雪夜乘船去访戴安道,半途而回,人问其故,答曰:"乘兴而来,兴尽而返,何必见戴?"这里指杨文骢碰壁而归。 (53)花钱粉钞:指妇女用于花粉妆饰上的费用。 (54)湘君能解佩:屈原《九歌·湘君》中有"遗余佩兮澧浦"的句子,因"湘君”与“香君”同音,便借用来赞美香君的却奁行为。 (55)风标:指风度,品格。世时妆:指世俗的入时打扮。 (这出戏集中地刻画了女主人公李香君的形象。她在复杂的政治斗争中,头脑清醒,眼光敏锐,一下就看穿了阮大铖送妆奁纳交侯方域的阴谋,立即拔簪脱衣,断然拒绝,并无情地揭露了阮大铖的丑恶嘴脸,还斥责了侯方域的软弱动摇。作者运用对比的手法,将一个下层女子非凡的眼光、思想、胸怀、气节生动地表现了出来。)

近　代

一、近代诗文

龚自珍

龚自珍(1792—1841),字尔玉,又字璱人;更名易简,字伯定;又更名巩祚,号定庵,仁和(今浙江杭州市)人。出身于世代官僚文士家庭,自幼即学经学、文学,得到很好的文化教养。二十七岁中举,三十八岁进士及第,担任过内阁中书、礼部主客司主事等小官。因政治抱负不得实现,四十八岁辞官南归,五十岁去世。他在学术上经由正统考据学而转向现实政治,主张"经世致用",注意考察社会现实。主张文学必须有用,他的诗文创作都有充实的社会内容,表现了一个历史家和政治家的眼光与胸怀。他是中国历史处于转折时期的一位杰出的思想家和文学家,敏锐地感受到时代变革的到来,并为之呼喊,开风气之先。他的诗歌想象奇异,形象生动,富于浪漫主义特色。著有《龚自珍全集》。

咏　史①

金粉东南十五州②,万重恩怨属名流③。牢盆狎客操全算④,团扇才人踞上游⑤。避席畏闻文字狱⑥,著书都为稻粱谋⑦。田横五百人安在⑧,难道归来尽列侯?

①这首诗作于清道光五年(1825)冬,时作者客居江苏昆山。　②金粉:旧时妇女化妆用的铅粉,这里是繁华绮丽的意思。东南十五州:泛指长江下游一带。　③"万重"句:社会上那些有名气的头面人物彼此猜忌倾轧,恩怨重重。　④"牢盆"句:豪门清客总揽一切。牢盆,本指煮盐的器具,这里借指把持盐政的官僚。狎客,官僚权贵的帮闲清客。操全算,操纵一切。　⑤团扇才人:指不学无术的轻薄文人。踞上游:占据高位。《宋书·乐志》载:晋王珉(王导之孙)因是贵族子弟,虽不学无术,但很年轻就当上了地位很高的中书令。他喜持白团扇,与嫂婢私通,嫂挞婢,婢作《团扇歌》。　⑥避席:古人

席地而坐,在表示尊敬或心怀畏惧时即离座而起,称为避席,这里指后者。 ⑦稻粱谋:指谋生。杜甫《同诸公登慈恩寺塔》:"君看随阳雁,各有稻粱谋。" ⑧"田横"二句:田横的五百壮士到哪里去了,难道投奔汉朝人人都能封侯吗?意思是要一般士大夫不要醉心功名利禄,对惯于欺骗的清统治者不要抱有幻想。田横事见《史纪·田儋列传》:楚汉相争时田横自立为齐王,汉灭楚后,田横率五百余人逃往海岛,刘邦几次招降,说:"田横来,大者王,小者乃侯耳!不来,且举兵加诛焉。"田横终因不愿归附汉朝而自刎,海上五百人闻讯后皆自杀。列侯,汉代异姓封侯的称为列侯。 (这首诗借咏史而讥刺现实,对社会政治的黑暗,士流和官吏的腐朽,都作了尖锐的揭露,同时表明作者对清统治者有着清醒的认识。)

己亥杂诗①(三百十五首选二)

其 五

浩荡离愁白日斜②,吟鞭东指即天涯③。落红不是无情物④,化作春泥更护花。

①己亥:清道光十九年(1839)。这年夏天作者辞官南归,旋又北上接眷,在往返九千里的旅途中陆续写成七言绝句三百十五首,总名《己亥杂诗》。这是一组内容极其广泛丰富的大型组诗,是纪实而兼抒情的自叙诗,既真实地反映了我国封建社会处于转折时期的社会面貌,也揭示了作为一个诗人兼进步思想家的作者的精神风貌。 ②浩荡:深广貌。白日斜:夕阳西下时节。 ③吟鞭东指:指诗人策马向东行。天涯:天边,指离京城很远的地方。这句纪实,诗人当时由北京外城东面的广渠门出城。 ④"落红"二句:即景托喻以抒情怀,是说自己如落花那样即使化作春泥也要护育新花。 (这首诗写辞官归乡时的离愁,并表示愿继续为国家社会效力。)

其一百二十五①

九州生气恃风雷②,万马齐喑究可哀③。我劝天公重抖擞④,不拘一格降人材⑤。

①这首诗诗末作者自注:"过镇江,见赛玉皇及风神、雷神者,祷祠万数,道士乞撰青词。"意思是:诗人经过镇江时,看见当地正在祭祀玉皇大帝及风神雷神,数以万计的人到祠中去祷告,道士请他代写一篇青词(道教向玉皇大帝的祀文,因用朱笔写在青藤纸上,故称青词)。 ②九州:中国的代称。恃:凭借,依靠。风雷:风神和雷神,这里喻指风雷激荡的社会变革。 ③喑(yīn):嘶哑。万马齐喑:喻指一种死气沉沉的政治局面。

究:毕竟,实在。 ④天公:指主宰世界的玉皇大帝,实际是借指人间的最高统治者。抖擞:振作精神,奋发有为。 ⑤不拘一格:不墨守、不拘泥于旧有的规格,意即打破传统的束缚。降:天公对人间称"降",这里含有产生、选用的意思。 (这首祭神诗言在此而意在彼,表达了诗人对黑暗政治的不满,他呼唤改革,呼唤人才,充满了政治激情和奇特的想象。)

病梅馆记①

江宁之龙蟠②,苏州之邓尉③,杭州之西谿④,皆产梅。或曰:梅以曲⑤为美,直则无姿;以欹⑥为美,正则无景;梅以疏⑦为美,密则无态。固⑧也。此文人画士,心知其意未可明诏大号⑨,以绳⑩天下之梅也;又不可以使天下之民,斫⑪直、删⑫密、锄正,以夭⑬梅、病⑭梅为业以求钱也。梅之欹、之疏、之曲,又非蠢蠢⑮求钱之民,能以其智力为⑯也。有以文人画士孤癖之隐⑰,明知鬻梅者:斫其正,养其旁条,删其密,夭其稚枝⑱;锄其直,遏其生气⑲:以求重价。而江、浙之梅皆病⑳。文人画士之祸㉑之烈至此哉!

予购三百盆,皆病者,无一完者。既泣之三日,乃誓疗之,纵㉒之,顺㉓之。毁其盆,悉埋于地㉔,解其棕缚㉕。以五年为期,必复之㉖,全之。予本非文人画士,甘受诟厉㉗,辟病梅之馆以贮之㉘。呜呼!安得使予多暇日,又多闲田,以广㉙贮江宁、杭州、苏州之病梅,穷㉚予生之光阴以疗梅也哉?

①这篇文章又题《疗梅说》,写于道光十九年(1839)作者辞官南归以后。 ②江宁:即今南京市。龙蟠:地名,即龙蟠里,在南京清凉山下,因乌龙潭而得名。一说指钟山,即紫金山。 ③邓尉:山名,在今江苏省苏州市西南。相传汉代邓尉曾在此隐居,因此得名。 ④西谿:地名,在今杭州市灵隐山西北。 ⑤曲:指枝干弯曲。 ⑥欹(qī):指枝干歪斜。 ⑦疏:指枝条稀疏。 ⑧固也:原本是这样的。 ⑨明诏大号:公开地宣告和大肆鼓吹。诏,告示,宣告。号,号令。 ⑩绳:以一定的标准衡量和约束。 ⑪斫(zhuó):砍。 ⑫删:剪除。 ⑬夭:夭折,这里是摧残梅树使之早死的意思。 ⑭病:这里用作动词,是使之生病的意思。 ⑮蠢蠢:无知的样子。 ⑯能以其智力为:能用他们的智慧力量达到目的。 ⑰孤癖之隐:与众不同的独特癖好心理。癖,偏好。隐,隐衷,内心深处。 ⑱稚枝:嫩枝。 ⑲遏:抑制。生气:生机。 ⑳病:指长成畸形。 ㉑文人画士之祸:文人画士所造成的灾祸。 ㉒纵:解除束缚。 ㉓顺之:让其按自然之势生长,也就是使病者愈、曲者直、欹者正。 ㉔埋于地:从盆里移植到地上。 ㉕棕缚:捆在梅树上的棕绳。 ㉖复:恢复。使动用法,复之就是使之恢复。下句"全"字用法同,全之就是使之完好。 ㉗诟厉:羞辱和斥骂。 ㉘辟:开设。贮(zhù):积存,

保存。　㉙广:尽可能多地。　㉚穷:竭尽。　(这篇文章包含着深刻的寓意:通过梅花被扭曲摧残以及自己爱梅、疗梅并辟病梅馆的叙写,表达了作者对封建统治阶级压制和摧残人才的强烈愤恨,对个性解放的热烈追求。文章构思新颖,比喻奇妙,寓意深微而又泼辣明快。)

魏　源

魏源(1794—1857),原名远达,字默深,又字墨生、汉士,晚年信佛,法名承贯。湖南邵阳(今隆回县)人。学问文学与龚自珍齐名,人称"龚魏"。道光二十四年(1844)中礼部会试,次年进士及第。曾任东台、兴化知县、高邮知州等职。学术上他反对脱离实际的空谈心性,主张经世致用。他具有强烈的爱国思想,力主革除弊政,抵御外国侵略。文学上主张为政事和教化服务。他的诗反映民生疾苦,揭露弊政,表现了强烈的爱国精神,风格质朴自然,以奇伟豪放为主要特色。散文有政治家、时务家色彩,与桐城派古文异趣。著有《魏默深文集》、《古微堂诗集》、《清夜斋诗稿》等,中华书局汇为《魏源集》出版。

寰海十章①
其　九

城上旍旗城下盟②,怒潮已作落潮声③。阴疑阳战玄黄血④,电挟雷攻水火并⑤。鼓角岂真天上降⑥,琛珠合向海王倾⑦。全凭宝气销兵气⑧,此夕蛟宫万丈明⑨。

①这组诗作者自注作于清道光二十年(1840),按诗的内容当大部分作于次年(1841)。作者曾在两江总督裕谦幕中数月,时裕谦率军在浙江防御英军。　②城下盟:指敌人兵临城下,被迫与之订立屈辱投降的盟约。《左传·桓公十二年》:"楚伐绞,军其南门……大败之,为城下之盟而还。"杜预注:"城下盟,诸侯所深耻。"这里指奕山和英侵略军签订丧权辱国的"广州和约"事。道光二十一年(1841)五月,英军入侵广州,清廷派往广州主持军务的靖逆将军奕山屈膝求和,接受五项停战条款,包括清军六天内退出广州,一周内交英军赎城费六百万银圆和赔偿英商损失三十万银圆。"城下盟"即指此事。　③"怒潮"句:指清廷的抗英情绪因奕山广州之役的溃败而低落。　④"阴疑"句:《周易·乾卦》上六爻辞:"龙战于野,其血玄黄。"文言:"阴疑于阳必战。"阴阳是《周

易》关于自然观的两个基本概念。孔颖达正义:"阴盛为阳所疑,阳乃发动,欲除去此阴;阴既强盛,不肯退避,故必战也。"这里借用其意,指英国侵略者依仗自己的军事力量欺压中国,迫使中国人民不得不起来浴血奋战。玄黄:杂色。 ⑤"电挟"句:形容战争的激烈。 ⑥"鼓角"句:意谓英军并非从天而降的神兵,广州之败只是清廷的腐败和守将的懦弱无能。《汉书·周勃传》载,汉景帝时派周亚夫平定吴楚七国之乱,赵涉建议亚夫率部由守军不备的右路进攻,"走蓝田,出武关,抵洛阳","直入武库,击鸣鼓,诸侯闻之,以为将军从天而下也"。这里借此隐指英军攻打广州时,守军闻炮响即逃散事。 ⑦"琛(chēn)珠"句:指对英的巨额赔款事。琛珠:珍宝。海王:海龙王,借指实行海上霸权的英国侵略者。 ⑧"全凭"句:指清廷以巨额赔款求和。 ⑨"此夕"句:谓海龙王得到珍宝而使龙宫大放光明。 (这首诗以极其愤慨的感情揭露和斥责了清统治者对英帝国主义侵略势力的屈膝投降政策。)

黄遵宪

黄遵宪(1848—1905),字公度,别号人境庐主人。广东嘉应州(今梅州市)人。出身于商人兼官僚的家庭。光绪二年(1876)中举,次年出国,此后十几年间先后在我国驻日本、美国、英国、新加坡等国使馆任职,考察了资本主义国家的政治制度,并广泛地接触了资产阶级的政治和文化思想。回国后参加变法维新活动,入"强学会",创办《时务报》。戊戌政变后放归故里。在诗歌创作上,他反对拟古主义,主张"我手写我口"。他的诗广泛地反映了近代中国社会的基本矛盾和重大事变,有"诗史"之称。多写古体,常采用散文化的笔法,风格宏肆奔放。著有《日本杂事诗》、《人境庐诗草》等。

哀旅顺①

海水一泓烟九点②,壮哉此地实天险。炮台屹立如虎阚③,红衣大将威望俨④。下有洼池列巨舰⑤,晴天雷轰夜电闪。最高峰头纵远览,龙旗百丈迎风飐⑥。长城万里此为堑⑦,鲸鹏相摩图一啖⑧。昂头侧睨何眈眈⑨,伸手欲攫终不敢。谓海可填山易撼⑩,万鬼聚谋无此胆。一朝瓦解成劫灰,闻道敌军蹈背来。

①旅顺:又称旅顺口,在辽宁省辽东半岛南端,是一个地势险要的军港。清光绪二十年(1894)十月二十一日,日军进犯旅顺,守兵相继溃败,旅顺遂被日军占领。这首诗

作于旅顺失陷以后。　②"海水"句:李贺《梦天》诗:"遥望齐州九点烟,一泓海水杯中泻。"齐州,指中国。九点烟,中国古代分为九州,称九点烟,从天视之,极言其小。一泓(hóng):一片。泓,水深的样子。这句写旅顺的形势,面临茫茫大海,为中国本土的屏障。　③虎阚(hǎn):老虎发怒的样子。《诗经·大雅·常武》:"阚如虓虎。"据范文澜《中国近代史》载,甲午战争时,旅顺港设海岸炮台十三座,陆路炮台九座。　④红衣大将:大炮台。后金天聪五年(1631),红衣大炮造成,皇帝定名为"天佑助威大将军"。⑤洼池:指大船坞,光绪十一年(1885)造。　⑥龙旗:清朝的国旗,上绣龙象。飐(zhǎn):招展。　⑦堑(qiàn):战争中用于防御的壕沟。　⑧"鲸鹏"句:比喻帝国主义国家像巨鲸大鹏一样竞相吞食中国。摩:迫近。　⑨睨:斜视。眈眈:注视貌,这里是"虎视眈眈"的意思。　⑩"谓海"四句:意思是在旅顺的清朝守军自以为有填山撼海之力,各帝国主义国家不敢聚谋来犯,但一朝听说敌军从背面攻来(时日军没有从旅顺正面进攻,而从背面的花园港登陆),便立即溃败瓦解。万鬼:喻指各帝国主义国家。劫灰:佛教所谓劫火之余灰。《高僧传·竺法兰》:"昔汉武穿昆明池底,得黑灰,以问东方朔。朔云:'不知,可问西域胡人。'后法兰既至,众人追以问之。兰云:'世界终尽,劫火洞烧,此灰是也。'"此指兵火毁坏后的灰烬。　(这是一首旅顺失陷的纪实诗,抒发了诗人的爱国情怀,对清廷的腐败无能强烈不满,对帝国主义的武力侵入充满仇恨,写得沉痛悲愤。)

书　愤①（五首选一）

其　一

一自珠崖弃②,纷纷各效尤③。瓜分惟客听④,薪尽向予求⑤。秦楚纵横日⑥,幽燕十六州⑦。未闻南北海⑧,处处扼咽喉⑨?

①这组诗作于清光绪二十四年(1898)。　②"一自"句:指清政府同意德帝国主义者强租胶州湾。珠崖:汉代郡名,辖地相当于今天海南省北部地区。汉元帝初元元年(前48),珠崖等郡人民发动起义,汉元帝想发兵镇压,贾捐之认为关东地区民众久困,希望汉元帝"弃珠崖,专用恤关东之忧"。后因以"弃珠崖"泛指放弃国土。此句下作者自注云:"胶州"。这是指光绪二十三年(1897)十一月,德帝国主义借口其传教士在山东巨野县被杀,悍然出兵强占胶州湾,以后又与清政府签订不平等条约,使胶州湾沦为德帝国主义殖民地事。　③效尤:仿效学习坏的行为。这句下作者自注云:"旅顺、大连湾、威海卫、广南湾。"这里指:在光绪二十三年德国占领胶州湾之后,十二月帝俄占领了旅顺和大连湾,次年又强迫清政府签订《旅大租借条约》,强占我辽东半岛。光绪二十四年七月,英帝国主义者又强迫清政府签订条约,将威海卫、威海湾内的岛屿及全湾沿岸十六公里以内的地方都划为英国管辖。以后法帝国主义者也强租了广州湾,并将云

南、广西、广东三省划为自己的势力范围。 ④瓜分:指各帝国主义国家纷纷抢占中国土地,像分瓜一样。惟客听:《左传·成公二年》载,齐国与晋国交战,齐败后派使臣去晋营,表示愿意奉献土地、财物以求和,并说:"不可,则惟客之所为!"意思是:"如果认为这样不行的话,那就任随你们爱怎么办就怎么办吧。"此用其典,"客"代指瓜分中国的各帝国主义国家。这句指责清政府的腐败无能,任人宰割。 ⑤"薪尽"句:指斥帝国主义列强对中国的侵略欲壑难填,永无止境。《庄子·养生主》里说:薪(柴)是可以烧完的,而火却可以因不断加柴而不断燃烧下去。此用其意。予:我,指中国。 ⑥"秦楚"句:秦楚:指战国时期的秦国和楚国。纵横:指当时秦楚所采用的统一全国的方法合纵和连横。这句以秦楚指代帝国主义列强,说他们像当年的秦楚那样,实行合纵或连横的办法侵吞中国。 ⑦"幽燕"句:幽燕泛指我国北方地区。五代时石敬瑭任后唐河东节度使,他勾结契丹贵族灭了后唐,被契丹册封为帝,建立后晋,割燕云十六州给契丹,年献帛三十万匹,自称儿皇帝。这里借用这一历史事实以揭露和指斥清政府对帝国主义的屈节投降。 ⑧南北海:指从南到北漫长的海岸线。 ⑨咽喉:比喻沿海港口及边防要地。
(这首诗对帝国主义列强瓜分中国以及清政府的腐败无能、丧权辱国进行了揭露和谴责。诗中洋溢着昂扬的爱国主义激情,语言通俗易懂,于平实中含寓着深广的忧愤。)

章炳麟

章炳麟(1869—1936),字枚叔,别号太炎,后改名绛。浙江余杭人。年轻时曾从著名学者俞樾学习经史,接受王夫之、顾炎武、黄宗羲等人进步思想的影响。一度与改良派有联系,参加"强学会",编撰《时务报》。戊戌变法失败后,摆脱了改良主义思想影响,积极投入资产阶级民主革命运动,并对改良派展开斗争。他因宣传革命而被捕。后参加"光复会",出狱后在日本主编《民报》。"五四"运动以后政治上趋于保守,学术上陷入复古主义泥坑。晚年主张抗日,表现了爱国主义思想。他的政论文成就较高,表现了很强的战斗性。诗作不多,多为五、七言旧体,尤以五言为多,但多古奥难懂。早年一些小诗,语言通俗易懂,充满革命激情。著有《章氏丛书》初编、续编、三编。

狱中赠邹容①

邹容吾小弟②,被发下瀛洲③,快剪刀除辫④,干牛肉作糇⑤。英雄一入狱,天地亦悲秋⑥。临命须掺手⑦,乾坤只两头⑧。

①邹容(1885—1905),著名的旧民主主义革命家,原名绍陶,字蔚丹,四川巴县人。在留学日本期间即参加爱国学生运动,回国后投身反清革命,写出充满激进革命思想的《革命军》,章炳麟为之作序。《革命军》于1903年5月在上海出版后,《苏报》上曾发表文章加以介绍。章炳麟的《驳康有为论革命书》也在《苏报》上发表,文中有骂光绪皇帝的话。1903年6月30日清政府勾结帝国主义逮捕了章炳麟。邹容不愿章炳麟一人受害,于7月1日自动投案,两年后病死狱中。这就是近代革命史上著名的《苏报》案。这首诗即是1903年7月22日章炳麟在狱中赠给邹容的。 ②"邹容"句:1903年,章炳麟、张继、章士钊、邹容等结为兄弟,章炳麟年纪最大,邹容年纪最小,所以作者深情地称邹为"吾小弟"。 ③被(pī)发:同披发,形容邹容很年轻。古代男子二十岁成年束发,邹容去日本留学时年仅十七岁,故称"被发"。瀛洲:古代传说海上有三座仙山,即蓬莱、方丈、瀛洲。这里借指日本。 ④"快剪"句:清政府强迫人民蓄发留辫,旧民主主义革命时期,许多革命者愤然剪去发辫,以表示自己的反清思想和意志。邹容在日本留学期间不仅剪去了自己的发辫,还跟同学一起剪掉了当时清朝派往日本监督留学生的官员姚文甫的辫子。这是当时十分激进的革命行动。 ⑤干牛肉:即牛肉干,这里指西方人的食品。糇(hóu):干粮。这里泛指饮食。 ⑥"天地"句:天地也为英雄的被捕而悲伤。古人认为萧瑟的秋天主悲,因此常以秋来表现悲伤的感情。 ⑦临命:临死。掺手:携手。 ⑧乾坤:天地之间。两头:指诗人自己和邹容两人为革命而献出自己的头颅。(这首诗表现了对一同罹难的战友深挚的感情和为革命视死如归的英雄气概。语言明快流畅,风格质朴豪壮。)

梁启超

梁启超(1873—1929),字卓如,号任公,别号饮冰室主人。广东新会人。他是康有为的学生,当时以康梁并称,同为戊戌变法的主要领导人。变法前,与康有为等人在上海组织"强学会",创办《时务报》等报刊,介绍西方政治文化思想,宣传资产阶级改良主义。变法失败后流亡日本,资产阶级民主革命时期成为保皇派。辛亥革命以后曾效力于北洋军阀政府,先后任过司法总长和财政总长,但反对袁世凯称帝和张勋复辟。晚年在天津、北京任教并致力于著述。他积极倡导文学改良,提出"诗界革命"、"小说界革命"和"文界革命",在创作上诗歌、散文、戏曲、小说都有尝试,而以散文成就为高。他的报刊政论文,立论新颖,文笔酣畅,在当时影响很大。诗歌多作于流亡国外期间,多反映民族危机和抒发内心愤慨。著有《饮冰室合集》。

读陆放翁集①（四首选一）

其　一

诗界千年靡靡风②，兵魂销尽国魂空③。集中什九从军乐④，亘古男儿一放翁⑤。

①这首诗作于清光绪二十五年（1899）流亡日本时。陆放翁：南宋时著名的爱国诗人陆游，字务观，寓居成都时自号放翁。他的诗集自题为《剑南诗稿》。　②千年：指南宋以来将近千年的时间。靡靡风：指诗歌的风格柔媚无力。　③兵魂：指描写抵御外国入侵者斗争的战斗作品。销尽：慢慢地变得一点也没有了。国魂：指诗歌中的爱国主义精神。　④集：指陆游诗集。什九：十分之九。从军乐：以歌颂投身于杀敌报国的战斗为乐。　⑤亘古：从古至今。男儿：有血性的男子汉，即英雄好汉。作者于诗末自注云："中国诗家无不言从军苦者，惟放翁则慕为国殇（为国捐躯的战士），至老不衰。"（这首诗对南宋爱国诗人陆游作了热烈的赞美和崇高的评价，从中抒发了诗人的爱国感情，同时表达了他对诗歌创作的独特见解。）